岳麓書社

世说新语 ㊤

[南朝宋] 刘义庆 撰 [南朝梁] 刘孝标 注
鄢先觉 赵振铎 注译

岳麓書社 · 长沙

前 言

《世说新语》是刘宋时期有名的志人小说。编者刘义庆是刘宋王朝的宗室，袭封临川王。根据《宋书·临川烈武王道规传》附《刘义庆传》记载："为性简素，寡嗜欲，爱好文义，文辞虽不多，然足为宗室之表。……招聚文学之士，近远必至。太尉袁淑，文冠当时，义庆在江州，请为卫军咨议参军；其余吴郡陆展，东海何长瑜、鲍照等，并为辞章之美，引为佐史国臣。"可以推见，这些人也有可能曾经参与《世说新语》的编写。

《世说新语》收录了东汉魏晋士族阶层的逸闻轶事、风俗习惯，而以两晋为主。东汉末年，天下大乱，军阀混战，宦官专权，王室衰微，统治阶级内部矛盾重重，民不聊生。北方民族纷纷南下，雄踞中原，晋室南迁，政局动荡，有些人议论朝政，受到当局镇压。为了躲避迫害，有人隐逸山林，遁迹物外，不涉足官场，不过问世事，纵酒行乐。又有人由清谈走向评骘人物，聚会品评。《世说新语》正反映了这一时代的社会状况。

本书的重点在东汉魏晋的士族阶层，同时，对于帝王将相、僧侣道士也多有记录。作者用简练的笔触将值得记录的逸闻轶事记载下来，如，刘伶之嗜酒，管宁之割席断交，何晏、王弼之妙谈玄理，石崇、王恺之斗富，王羲之之书法，顾恺之之绘画，写得栩栩如生，跃然纸上。这对于了解当时丰富的社会生活、风土人情，都大有好处。

虽然这不是史书，但是它从一个侧面反映了当时的社会变革，如东汉末年的曹氏父子专权，司马氏之篡位，西晋八王之乱，永嘉南渡，淝水之战，桓温入蜀。作者从不同的层面，用巧妙的笔法，对这些历史事件做了叙述。曹操之才雄心忍，孔融多次讥讽；司马昭之擅权，嵇康、阮籍时有微辞，不与合作；郭璞之占卜，谢安处事之从容镇定，桓温之忌恨袁虎：这些都足以补史书之缺。

汉朝刘向曾经有《世说》一书，其书早已亡佚。刘向校书，凡是他重新编次的，为了和旧本区别，都加以"新书"的名目。如《荀子》名《孙卿新书》，又有《晁氏新书》《贾谊新书》。刘义庆的书本名《世说新书》，就是袭用前代旧有的名称。此书何时被称为《世说新语》，已经无从稽考，但是从文献记录看，大概在唐末五代。《隋书·经籍志》著录"《世说》八卷，宋临川王刘义庆撰。《世说》十卷，刘孝标注"。《隋书》中提及的《世说》是该书的简称。原书为八卷，梁朝刘孝标作注把它析为十卷。刘孝标注偏重于史实考证，体例和裴松之注《三国志》相同。南宋时期董弅刊刻书籍，将它合为三卷，后来陆游翻刻过。明朝嘉靖中袁褧又根据陆本翻刻，商务印书馆据此影印而收入《四部丛刊》初编，得以广为流传。

《世说新语》较多地保存了魏晋时期的俗语，书中有些词语的意义和用法既不同于上代，也不同于后代，能够反映出时代的语言特点，前代学者对此多有留意。宋元明清的笔记，如吴曾《能改斋漫录》、程大昌《演繁露》、王楙《野客丛书》、李冶《敬斋古今黈》、杨慎《谭苑醍醐》、顾炎武《日知录》、赵翼《陔余丛考》、郝懿行《晋宋书故》《证俗文》等，里面都有一些涉及魏晋词语的考释。

上世纪以来，校注《世说新语》的论文和专著相继出现，著名的有刘盼遂的《世说新语校笺》、席启駉的《世说新语当时语》、余嘉锡的《世说新语笺疏》、徐震堮的《世说新语校笺》、张万起的《世说新语词典》、张永言和骆晓平等人的《世说新语辞典》。香港出版有杨勇的《世说新语校笺》，台湾出版有王叔岷的《世说新语补正》。在国外，美国明尼苏达州立大学出版有马瑞志（Richard B.Mather）的《世说新语》英文译注本，日本明治书院有目加田诚等的《世说新语》日文译注本。

本书译注者鄢先觉青年时酷爱此书，曾多次通读全书，大学时期更有机会专治此书。许嘉璐教授主编的文白对照《诸子集成》，她参与其间，为《世说新语》作译注，参考了前面提到的各种译注本及词典。书成之后，拟再作修订，然终因痼疾缠身，未能如愿。

赵振铎　赵邦媛

目　录

上册

德行第一……………………………………………………001
言语第二……………………………………………………047
政事第三……………………………………………………138
文学第四……………………………………………………158
方正第五……………………………………………………234
雅量第六……………………………………………………291
识鉴第七……………………………………………………324
赏誉第八……………………………………………………349

下册

品藻第九……………………………………………………419

规箴第十……465
捷悟第十一……489
夙惠第十二……496
豪爽第十三……502
容止第十四……511
自新第十五……527
企羡第十六……531
伤逝第十七……534
栖逸第十八……546
贤媛第十九……558
术解第二十……586
巧艺第二十一……594
宠礼第二十二……602
任诞第二十三……606
简傲第二十四……640
排调第二十五……653

轻诋第二十六……………………………………………………………695

假谲第二十七……………………………………………………………714

黜免第二十八……………………………………………………………728

俭啬第二十九……………………………………………………………735

汰侈第三十………………………………………………………………740

忿狷第三十一……………………………………………………………750

谗险第三十二……………………………………………………………756

尤悔第三十三……………………………………………………………760

纰漏第三十四……………………………………………………………772

惑溺第三十五……………………………………………………………779

仇隙第三十六……………………………………………………………786

附录一　魏晋风度及文章与药及酒之关系………………………794

附录二　述东晋王导之功业………………………………………807

附录三　魏晋玄学流别略论………………………………………824

附录四　八大家族世系简表………………………………………835

后　记……………………………………………………………………843

德行第一

导读

德行,即道德和品行。本门共四十七条。

这一门从不同的层面反映了待人接物应注重的道德品行。全篇虽然没有直接提到道德品行,但是从字里行间可以看出人物的风范。比如陈蕃礼贤。陈蕃是东汉时期名臣,与窦武、刘淑合称“三君”。他一到豫章太守任上就打听徐稺的住处,打算前去拜访。徐稺字孺子,东汉隐士,一生博学多识,淡泊自守,官府多次征召,皆不出仕。再如周乘鄙吝复生。他说自己几月没有见到黄宪,庸俗贪吝的思想又滋生起来了。徐稺、黄宪都是东汉时期道德修养很高的名士。

又如管宁割席。管宁、华歆一起在园中锄菜,看到地上有一片金子,管宁依旧继续锄地,而华歆却把金子捡起来又扔掉。二人还曾坐在同张席子上读书,有官员乘坐华丽的马车从门前经过,管宁照常读书,而华歆却跑出去看。管宁看不惯华歆的所作所为,割断席子与华歆分坐,说你不是我的朋友。从中可见二人对权贵和金钱的不同态度,也可以感受到作者对人物的赞赏或否定。

原文

1.1 陈仲举[1]言为士则,行为世范。登车揽辔[2],有澄清天下之志。[1]

译文

陈仲举(蕃)的言谈是读书人的准则,行为是社会上的典范。他初次做官,就有澄清天下的志向。他出任豫章太守为豫章太守，[2]至，便问徐孺子[3]所在，欲先看之。[3]主簿[4]白："群情欲府君[5]先入廨。"陈曰："武王式[6]商容[7]之闾[8]，席不暇暖。[4]吾之礼贤，有何不可？"[5]

的时候，刚到任，就探问徐孺子（稺）在什么地方，打算先去拜望。主簿禀告说："大家的意见是希望您先进官署。"陈仲举道："周武王统一天下后，连坐暖垫席的时间都没有，就先到商代贤臣商容的里门前俯首致敬。我敬重贤人，有什么不应该的呢？"

今注

1 陈仲举：即陈蕃（？—168），东汉大臣。字仲举，汝南平舆（今河南平舆北）人。历任乐安、豫章太守，尚书令，光禄勋等。桓帝时，任太尉，与李膺等反对宦官专权，为太学生所敬重，被称为"不畏强御陈仲举"，被诬免官。灵帝立，他为太傅，与大将军窦武谋诛宦官，事泄，率官属及太学生八十余人，攻入宫门，兵败入狱被害，年七十余。其家属被徙，门生故吏皆被禁锢。

2 登车揽辔（pèi）：坐上车子，拿过缰绳。古代受任的官员一般是乘车赴职，登车揽辔表示走马上任。

3 徐孺子：即徐稺（97—168）。东汉豫章南昌（今江西南昌）人，字孺子。家贫，以耕种为业。好学，习《春秋》《易》《尚书》等经。桓帝时，因不满宦官专权，虽屡为陈蕃等大臣荐举，终不为官，时称"南州高士"。

4 主簿：官名。汉代中央及郡县官署均置，掌典领文书，办理事务。魏、晋以后，渐为统兵开府大臣幕府中重要僚属，参与机要，总领府事。

5 府君：汉魏时期对太守的尊称。太守办公的地方称府，所以称太守为府君。

6 式：通"轼"。古代的一种礼仪。俯身低头扶住车厢前部扶手的横木，表示敬意。

7 商容:商代贵族。原任典乐之官,知礼容,故名“商容”。为商之贤者,因直谏被纣王废黜。周武王灭商后,曾在其闾里加以表彰。

8 闾:里门,即里巷的大门。

刘注

[1]《汝南先贤传》曰:“陈蕃字仲举,汝南平舆人。有室荒芜不埽除,曰:‘大丈夫当为国家埽天下。’值汉桓之末,阉竖用事,外戚豪横。及拜太傅,与大将军窦武谋诛宦官,反为所害。”

[2]《海内先贤传》曰:“蕃为尚书,以忠正忤贵戚,不得在台,迁豫章太守。”

[3] 谢承《后汉书》曰:“徐穉字孺子,豫章南昌人。清妙高跱,超世绝俗。前后为诸公所辟,虽不就,及其死,万里赴吊。常预炙鸡一只,以绵渍酒中,暴干以裹鸡,径到所赴冢隧外,以水渍绵,斗米饭,白茅为藉,以鸡置前,酹酒毕,留谒即去,不见丧主。”

[4] 许叔重曰:“商容,殷之贤人,老子师也。”车上跽曰式。

[5] 袁宏《汉纪》曰:“蕃在豫章,为穉独设一榻,去则县之。见礼如此。”

原文

1.2 周子居 1 常云:“吾时月 2 不见黄叔度 3,则鄙吝之心已复生矣!”[1]

1.3 郭林宗 4 至汝南,造袁奉高 5,[2] 车不停轨,鸾 6 不辍轭 7。诣黄叔度,乃弥日信宿 8。人问其故,林宗曰:“叔度汪汪如万顷之陂,澄之不

译文

周子居(乘)常常说:“我只要几个月没有见到黄叔度(宪),庸俗贪吝的念头就又萌生了!”

郭林宗(泰)到了汝南郡,去造访袁奉高(阆),车也不停,马颈曲木上的銮铃也不卸。拜会黄叔度(宪),却住了一天两夜。有人打听其中的缘故,郭林宗说道:“叔度就像汪洋

原文	译文
清，扰之不浊，其器深广，难测量也！”[3]	万顷的水塘，澄它它不清，搅它它不浑，器量深邃宽广，难以探测度量啊！”

今注

1 周子居：即周乘，字子居。汉末汝南安成（今河南汝南）人。与黄宪、陈蕃友好。担任泰山太守时有惠政。

2 时月：两三个月；数月。

3 黄叔度：即黄宪（109—156），字叔度，汉末汝南慎阳（今河南正阳）人。出身贫贱，德行高迈，时人称其为颜渊复生。

4 郭林宗：即郭泰（128—169），亦作“郭太”，系《后汉书》作者范晔避其父讳改。东汉太原界休（今山西介休东南）人，字林宗。东汉末为太学生首领，与李膺等人友善。不就官府征召，后归乡里。“党锢之祸”起，遂闭门教授，生徒以千数。以不为危言核论，得免于祸，卒于家，四方人士前来会葬者多达千余人。与许劭并称“许郭”。

5 袁奉高：即袁阆（làng），东汉汝南慎阳（今河南正阳）人。官至太尉掾，与黄宪、陈蕃友善。

6 鸾（luán）：即銮铃。古代的一种车铃。鸾，通“銮”。

7 轭（è）：驾车时套在牲口脖子上的马具。

8 信宿：连住两夜。

刘注

[1] 子居别见。《典略》曰：“黄宪字叔度，汝南慎阳人。时论者咸云‘颜子复生’。而族出孤鄙，父为牛医。颍川荀季和执宪手曰：‘足下吾师范也！’后见袁奉高曰：‘卿国有颜子，宁知之乎？’奉高曰：‘卿见吾叔度邪？’戴良少所服下，见宪则自降薄，怅然若有所失。母问：‘汝何不乐乎？复从牛医儿所来邪？’良曰：‘瞻之在前，忽焉在后，所谓良之师也。’”

[2]《续汉书》曰:"郭泰字林宗,太原介休人。泰少孤,年二十,行学至城皋屈伯彦精庐,乏食,衣不盖形,而处约味道,不改其乐。李元礼一见称之曰:'吾见士多矣!无如林宗者也。'及卒,蔡伯喈为作碑,曰:'吾为人作铭,未尝不有惭容,唯为郭有道碑颂无愧耳!'初,以有道君子征。泰曰:'吾观乾象、人事,天之所废,不可支也。'遂辞以疾。"《汝南先贤传》曰:"袁宏字奉高,慎阳人。友黄叔度于童齿,荐陈仲举于家巷。辟太尉掾,卒。"

[3]《泰别传》曰:"薛恭祖问之,泰曰:'奉高之器,譬诸泛滥,虽清易挹也。'"

原文

1.4 李元礼[1]风格秀整,高自标持[2],欲以天下名教[3]是非为己任。[1]后进之士有升其堂者,皆以为登龙门。[2]

1.5 李元礼尝叹荀淑[4]、钟皓[5],[3]曰:"荀君清识难尚,钟君至德可师。"[4]

译文

李元礼(膺)的风度器识高雅严整,在德行操守方面自视很高,想把评定社会上名教的正确或错误作为自己的使命。后辈读书人能够进入他的厅堂的,都自认为是登上了龙门。

李元礼(膺)曾经赞叹荀淑和钟皓说:"荀君见识卓越,难以超过;钟君品德高尚,可为人师表。"

今注

1 李元礼:即李膺(110—169),东汉颍川襄城(今属河南)人,字元礼。曾历任青州刺史,渔阳、蜀郡太守,度辽将军等。在任威明,声震远域。桓帝时,为河南尹。与太学生首领郭泰等结交,反对宦官专权,士人以与之结交为荣,称"登龙门"。与杜密齐名,时称"李杜",被列为"八俊之一",有"天下模楷李元礼"之誉。迁司隶校尉,捕杀宦官张让之弟、野王令张朔。延熹九年(166),宦官诬其结党诽谤朝廷,被逮入狱。释放后禁锢终身。灵帝立,外戚窦武执政,他被起用为长乐少府。窦武、陈蕃等谋诛宦官失败,复被免官。建宁二年(169)党锢之祸再起,下狱被杀。

2 高自标持:自己给自己评定的位置很高,即自视很高。标持,指标置、品评。指标举品第,评定位置。引申为自负。

3 名教:以正名定分为中心的儒家礼教。西汉武帝时,把以"三纲""五常"为核心的政治观念、道德规范等立为名分,定为名目,号为名节,制为功名,以之教化,称"以名为教"。白虎观会议后,名教观念盛行。魏晋时把"名教"与"自然"相对。

4 荀淑(83—149):字季和,汉和帝至汉桓帝时人物,以品行高洁著称。有子八人,号八龙,其孙荀彧(yù)乃曹操部下著名谋士。

5 钟皓(88—157):字季明,东汉时期名士、清议领袖,光禄大夫河东太守钟宝之子,名士钟迪之父,出身东汉名门颍川钟氏。

刘注

[1] 薛莹《后汉书》曰:"李膺字元礼,颍川襄城人。抗志清妙,有文武俊才。迁司隶校尉。为党事自杀。"

[2]《三秦记》曰:"龙门一名河津,去长安九百里,水悬绝,龟鱼之属莫能上,上则化为龙矣。"

[3]《先贤行状》曰:"荀淑字季和,颍川颍阴人也。所拔韦褐刍牧之中,执案刀笔之吏,皆为英彦。举方正,补朗陵侯相,所在流化。钟皓字季明,颍川长社人。父、祖至德著名。皓高风承世,除林虑长,不之官。人位不足,天爵有余。"

[4]《海内先贤传》曰:"颍川先辈为海内所师者:定陵陈稺叔,颍阴荀淑,长社钟皓。少府李膺宗此三君,常言:'荀君清识难尚,陈、钟至德可师。'"

原文

1.6 陈太丘[1]诣荀朗陵[2],贫俭无仆役,[1]乃使元方[3]将车,[2]季方[4]持杖后从。长文[5]尚小,载著车中。既至,荀使叔慈[6]应门,慈明[7]行酒[8],余六龙下食[9]。[3]文若[10]亦小,坐著膝前[11]。于时,太史奏:"真人[12]东行。"[4]

译文

陈太丘(寔)去拜访荀朗陵(淑),由于家境贫寒,没有仆从,就叫大儿子元方(陈纪)驾车,小儿子季方(陈谌)拿着手杖跟随在后面。孙子长文(陈群)年纪还小,就载于车中。到了荀家,荀淑叫儿子叔慈(荀靖)在门口接待,慈明(荀爽)依次巡行酌酒劝饮,其余六个儿子端菜送饭。孙子文若(荀彧)年纪也还小,就坐在荀淑膝上。当时,掌管天文历法的太史上奏朝廷说:"有才德的贤人到东方去了。"

今注

1 陈太丘:指东汉陈寔(shí,104—186 或 187),东汉颍川许县(今河南许昌东)人,字仲弓(一作"仲躬")。初为县吏,曾入太学受业。后任太丘长,为政清静,百姓安宁。"党锢之祸"起,被株连,余人多逃亡,他说:"吾不就狱,众无所恃。"自请囚禁。党禁解,大将军何进、司徒袁隗召辟,皆辞不就。年八十余卒于家,赴吊者达三万余。

2 荀朗陵:指荀淑。曾为朗陵侯相,故名。

3 元方:即陈纪,字元方,陈寔长子。

4 季方:即陈谌(chén),字季方,陈寔次子。

5 长文:即陈群(?—237),字长文,陈纪子,陈寔孙。初为豫州刺史刘备别驾,后归曹操,任司空掾。荐举得当,有"知人"之誉。东汉延康元年(220 年)任尚书,建议选任官吏,实行九品官人法。入魏,任尚书令。与曹真、司马懿同受遗命辅立明帝。任司空,录尚书事。屡请减省徭役,以利农时。有辑本《论语陈氏义说》等。

6 叔慈:即荀靖,字叔慈,荀淑第三子。

7 慈明:即荀爽(128—190),一名谞(xū),字慈明,荀淑第六子。东汉经学家。历仕郎中、光禄勋、司空。曾参与王允等谋除董卓事。少通《春秋》《论语》。治费直的古文《易》,注《周易》十一卷,已佚,清代马国翰《玉函山房辑佚书》辑有《周易荀氏注》三卷,孙堂《汉魏二十一家易注》辑有荀爽《周易注》一卷。

8 行酒:巡行酌酒劝饮。

9 下食:摆设饭菜,端饭菜上桌。

10 文若:即荀彧(163—212),字文若,荀淑孙。举孝廉。初附袁绍,继归曹操,为司马。东汉建安元年(196),建议迎汉献帝都许,挟天子以令诸侯。旋任尚书令,参与军国大事。持心平正,曾荐举郭嘉等,皆为曹操所用。后以反对曹操称"魏公",为操所不满,被迫自杀。一说病死。

11 坐著:犹坐在。

12 真人:有才德的贤人。

刘注

[1]《陈寔传》曰:"寔字仲弓,颍川许昌人。为闻喜令、太丘长,风化宣流。"

[2]《先贤行状》曰:"陈纪字元方,寔长子也。至德绝俗,与寔高名并著,而弟谌又配之。每宰府辟召,羔雁成群,世号'三君',百城皆图画。"

[3] 张璠《汉纪》曰:"淑有八子:俭、鲲、靖、焘、汪、爽、肃、敷。淑居西豪里,县令苑康曰:'昔高阳氏有才子八人。'遂署其里为高阳里。时人号曰'八龙'。"

[4] 檀道鸾《续晋阳秋》曰:"陈仲弓从诸子侄造荀父子,于时德星聚,太史奏:'五百里贤人聚。'"

原文

1.7 客有问陈季方[1]:“足下家君太丘有何功德而荷天下重名?”季方曰:“吾家君譬如桂树生泰山之阿[1],上有万仞之高,下有不测之深;上为甘露所沾,下为渊泉所润。当斯之时,桂树焉知泰山之高、渊泉之深?不知有功德与无也。”

1.8 陈元方子长文,有英才,[2]与季方子孝先[3]各论其父功德,争之不能决,咨于太丘。太丘曰:“元方难为兄,季方难为弟。[2]”[4]

译文

有位客人问陈季方(谌)道:“令尊太丘长(陈寔)到底有些什么功业和德行而能在社会上享有崇高的声誉?”陈季方回答道:“我和我父亲相比,就如一棵桂树生长在泰山的山弯里,上有万丈高峰,下有深不可测的深渊;上受甘露润泽,下得深泉滋润。在这种情况下,桂树怎么知道泰山有多高,渊泉有多深?所以我不知道他老人家究竟是有功德还是没有功德。”

陈元方(纪)的儿子长文(陈群)有卓越的才能,他和季方(陈谌)的儿子孝先(陈忠)各自夸耀自己父亲的功业与德行,彼此争执不下,就去请教祖父陈太丘(寔)。太丘说道:“元方当哥哥不容易,季方当弟弟也艰难。”

今注

1 “吾家君”句:徐震堮校笺:“玩文义,谌盖以桂树自比,而以泰山比其父,‘吾’下疑脱‘于’字。”阿(ē),弯曲之处。

2 “元方”句:难(nán)为兄,难(nán)为弟,这是魏晋南北朝习语。意思是兄弟两人都有才德,很难分出高低上下。

刘注

[1]《海内先贤传》曰："陈谌字季方，寔少子也。才识博达，司空掾公车征，不就。"

[2]《魏书》曰："陈群字长文，祖寔，尝谓宗人曰：'此儿必兴吾宗。'及长，有识度，其所善皆父党。"

[3]《陈氏谱》曰："谌子忠，字孝先。州辟不就。"

[4] 一作"元方难为弟，季方难为兄"。

原文

1.9 荀巨伯远看友人疾，[1]值胡贼攻郡。友人语巨伯曰："吾今死矣，子可去！"巨伯曰："远来相视，子令吾去。败义[1]以求生，岂荀巨伯所行邪？"贼既至，谓巨伯曰："大军至，一郡尽空，汝何男子，而敢独止？"巨伯曰："友人有疾，不忍委[2]之。宁以我身代友人命。"贼相谓曰："我辈无义之人，而入有义之国。"遂班军[3]而还，一郡并获全。

译文

荀巨伯远道去探望生病的朋友，恰好碰上外族敌寇攻打郡城。朋友对荀巨伯说："我今天是活不成了，你还是赶快走吧！"荀巨伯道："我远道而来看望你，你却叫我离开。败坏道义以求活命，岂是我荀巨伯的行径？"敌寇到了以后，对巨伯说："大军一到，全城的人都跑光了，你是什么样的人，竟敢一个人留下？"荀巨伯回答道："朋友有病，我不忍心丢下他。宁愿用我的性命来换取他的性命。"敌寇听了互相说道："我们这些不讲道义的人，却侵入了有道义的国家。"于是把军队撤了回去，整个郡城因此得以保全。

今注

1 败义：败坏道义。

2 委：抛弃，舍弃。

3 班军：撤军。

刘注

[1]《荀氏家传》曰："巨伯，汉桓帝时人也。亦出颍川，未详其始末。"

原文

1.10 华歆[1]遇子弟甚整，虽闲室之内，严若朝典；[1]陈元方兄弟恣柔爱之道。而二门之里，两不失雍熙之轨焉。

1.11 管宁[2]、华歆共园中锄菜，[2]见地有片金，管挥锄与瓦石不异，华捉而掷去之。又尝同席读书，有乘轩冕[3]过门者，宁读如故，歆废[4]书出看。宁割席分坐，曰："子非吾友也！"[3]

译文

华歆对待后辈非常严正，即使在家里，礼仪也和在朝廷上一样庄严肃穆；陈元方(纪)兄弟之间却无拘无束，温和友爱地相处着。但是这两个家族中，都没有失掉和谐安乐的治家准则。

管宁和华歆一起在园子里锄地种菜，看见地上有一片金子，管宁照旧挥着锄头，把金子看得与瓦块石头没有区别，华歆却把它捡起来再扔出去。又有一次，两人一起坐在一张垫席上读书，有达官显宦乘坐的高车大马从门前经过，管宁照旧读书，华歆却放下书本出去观看。管宁割断垫席，与华歆分开坐，说道："你不是我的朋友！"

今注

1 华歆(157—231)：字子鱼，三国平原高唐(今山东禹城西南)人。东汉末，举孝廉，任尚书郎。献帝时，任豫章太守。后被曹操征入京，任尚书、侍中，代荀彧为尚书令。曹操死，助曹丕继丞相，称"魏王"，上表劝进。入魏,任司徒。

2 管宁(158—241):字幼安,魏北海朱虚(今山东临朐东南)人。东汉末,避居辽东三十余年。因山为庐,讲诗书,无仕宦意。魏文帝征为太中大夫,明帝又征为光禄勋,皆固辞不就。著有《氏姓论》,今佚。

3 轩冕:轩,一种曲辕有幡的车,供大夫以上的官员乘坐。冕,大夫以上官员的礼帽。这里的"轩冕"是偏义复词,偏指"轩","冕"字无义。

4 废:放下。

刘注

[1]《魏志》曰:"歆字子鱼,平原高唐人。"《魏略》曰:"灵帝时,与北海邴原、管宁俱游学相善,时号三人为一龙,谓歆为龙头,宁为龙腹,原为龙尾。"

[2]《傅子》曰:"宁字幼安,北海朱虚人,齐相管仲之后也。"

[3]《魏略》曰:"宁少恬静,常笑邴原、华子鱼有仕宦意。及歆为司徒,上书让宁。宁闻之,笑曰:'子鱼本欲作老吏,故荣之耳!'"

原文

1.12 王朗 1 每以识度推华歆。[1] 歆蜡日 2 [2] 尝集子侄燕 3 饮,王亦学之。有人向张华 4 说此事,张曰:"王之学华,皆是形骸之外,去之所以更远。"[3]

1.13 华歆、王朗俱乘船避难,有一人欲依

译文

王朗常常推崇华歆有见识和气度。华歆曾经在年终大祭那一天,把子侄聚集在一起宴饮,王朗也仿效着那样做。有人向张华谈到这件事,张华说道:"王朗学华歆,学的都是表面的东西,因此距离华歆越来越远。"

华歆、王朗一道乘船避难,有一个人想搭他们的船,华歆当即表示为难。王朗说道:"幸好船还宽敞,有什么不可以

附,歆辄难之。朗曰:“幸尚宽,何为不可?”后贼追至,王欲舍所携人。歆曰:“本所以疑,正为此耳。既已纳其自托,宁可以急相弃邪?”遂携拯如初。世以此定华、王之优劣。[4]

呢?”后来强盗追上来了,王朗想丢下搭船的那个人,华歆说道:“先前我犹豫不决,正是怕出现这种情况。既然已经接受了他的请托,怎么可以因为情况紧急就抛弃他呢?”于是和最初一样携带着那人。社会上便根据这件事来评定华歆、王朗两人的高低上下。

今注

1 王朗(?—228):字景兴,魏东海郯(tán)县(今山东郯城北)人,官至司徒。博学儒雅,为政宽和,有美誉。

2 蜡(zhà)日:蜡祭日。农历年终祭百神,称蜡祭,也称蜡。

3 燕:通“宴”。宴会,饮宴。

4 张华(232—300):字茂先,范阳方城(今河北固安西南)人,西晋大臣、文学家。晋初任中书令,加散骑常侍。排除异议,力劝武帝定灭吴之计。统一后出为持节都督幽州诸军事,加强了对东北地区的统治。惠帝时,历任侍中、中书监、司空,封壮武郡公。后被赵王司马伦和孙秀所杀。以博洽著称。其诗委婉妍丽,《诗品》评为“儿女情多,风云气少”。也有感慨忧时之作。原有集,已散佚,明人辑有《张茂先集》,收入《汉魏六朝百三名家集》。另著有《博物志》。

刘注

[1]《魏书》曰:“朗字景兴,东海郯人。魏司徒。”

[2]《礼记》曰:“天子大蜡八。伊耆氏始为蜡。蜡,索也。岁十二月,合聚万物而索飨之。”《五经要义》曰:“三代名腊:夏曰嘉平,殷曰清祀,周曰大蜡,总谓之腊。”晋博士张亮议曰:“蜡者,合聚百物索飨之,岁终

休老息民也。腊者,祭宗庙五祀。《传》曰:'腊,接也。祭则新故交接也。秦、汉已来,腊之明日为祝岁,古之遗语也。"

[3] 王隐《晋书》曰:"张华字茂先,范阳人也。累迁司空,而为赵王伦所害。"

[4] 华峤《谱叙》曰:"歆为下邽令,汉室方乱,乃与同志士郑太等六七人避世。自武关出,道遇一丈夫独行,愿得与俱。皆哀许之。歆独曰:'不可。今在危险中,祸福患害,义犹一也。今无故受之,不知其义,若有进退,可中弃乎?'众不忍,卒与俱行。此丈夫中道堕井,皆欲弃之。歆乃曰:'已与俱矣,弃之不义。'卒共还,出之而后别。"

原文

1.14 王祥 1 事后母朱夫人甚谨。[1] 家有一李树,结子殊好,母恒使守之。时风雨忽至,祥抱树而泣。[2] 祥尝在别床眠,母自往暗斫 2 之。值祥私 3 起,空斫得被。既还,知母憾之不已,因跪前请死。母于是感悟,爱之如己子。[3]

1.15 晋文王 4 称 5 阮嗣宗 6 至慎,每与之言,言皆玄远,未尝臧否 7 人物。[4]

1.16 王戎 8 云:"与嵇康 9 居二十年,未尝见其喜愠之色。"[5]

译文

王祥侍奉后母朱夫人非常恭敬小心。家中有一株李树,结的李子特别好,后母一直命令他看守着。有时风雨忽然来临,王祥就抱着李树哭泣。王祥曾在另一张床上睡觉,后母亲自前去拿刀暗杀他。恰好碰上王祥起床去小便了,她只砍到了被子。王祥回来以后,知道后母为这件事遗憾不止,便跪在后母面前请求处死自己。后母因此被感动而醒悟过来,从此像疼爱自己的亲生儿子一般疼爱他。

晋文王(司马昭)称赞阮嗣宗(籍)为人最谨慎,每次和他谈话,言辞都非常玄妙深远,从来不褒贬人物。

王戎说:"和嵇康相处二十年,从来没有看见他喜悦或愤怒的表情。"

今注

1 王祥(184—268):字休徵,琅邪临沂(今山东临沂)人。汉末,隐居庐江(治今安徽庐江西南)二十余年。后为徐州别驾,有治绩。入晋,官至太保。能清谈,有名望。事后母孝,民间“二十四孝”有王祥卧冰求鲤故事。

2 斫(zhuó):用刀、斧砍。

3 私:小便。

4 晋文王:即司马昭(211—265),字子上,三国河内温县(今河南温县西南)人,司马懿次子。继兄司马师为魏大将军,专国政,并日谋代魏自立,故魏帝曹髦说:“司马昭之心,路人所知也。”甘露五年(260),杀曹髦,立曹奂为帝。景元四年(263),发兵灭蜀汉,称晋公,后进晋王。死后数月,子司马炎代魏称帝,建立晋朝,追尊为文帝。

5 称:称赞。

6 阮嗣宗:即阮籍(210—263),字嗣宗,陈留尉氏(今河南尉氏)人,三国魏文学家、思想家,“竹林七贤”之一。不预政事,尤好老庄,纵酒谈玄,不拘礼法。著有《咏怀》诗八十余首。后人辑有《阮嗣宗集》。

7 臧否(zāng pǐ):褒贬,评价。臧,善。否,贬,非议。

8 王戎(234—305):字安丰,西晋琅邪临沂(今山东临沂北)人,字濬冲。好清谈,为“竹林七贤”之一。惠帝时,累官尚书令、司徒。贪吝好货,广收八方园田,积钱无数,每自执牙筹,昼夜计算,为时所讥。

9 嵇康:(223—262,或224—263),字叔夜,谯郡铚县嵇山(今属安徽涡阳)人,三国魏文学家、思想家、音乐家。娶魏宗室女,官中散大夫。崇尚老庄,讲求养生服食之道。“竹林七贤”之一,与阮籍齐名。不满于当时掌权的司马氏集团,后遭钟会构陷,为司马昭所杀。长于诗歌,善于鼓琴,以弹《广陵散》著名。

刘注

[1]《晋诸公赞》曰:"祥,字休徵,琅邪临沂人。"《祥世家》曰:"祥父融,娶高平薛氏,生祥;继室以庐江朱氏,生览。"《晋阳秋》曰:"后母数谮祥,屡以非理使祥,弟览辄与祥俱。又虐使祥妇,览妻亦趋而共之。母患,方盛寒冰冻,母欲生鱼,祥解衣将剖冰求之,会有处冰小解,鱼出。"萧广济《孝子传》曰:"祥后母忽欲黄雀炙,祥念难卒致。须臾,有数十黄雀飞入其幕。母之所须,必自奔走,无不得焉。其诚至如此。"

[2] 萧广济《孝子传》曰:"祥后母庭中有李,始结子,使祥昼视鸟雀,夜则趁鼠。一夜风雨大至,祥抱泣至晓。母见之恻然。"

[3] 虞预《晋书》曰:"祥以后母故,陵迟不仕。年向六十,刺史吕虔檄为别驾。时人歌之曰:'海沂之康,实赖王祥,邦国不空,别驾之功。'累迁太保。"

[4]《魏书》曰:"文王讳昭,字子上,宣帝第二子也。"《魏氏春秋》曰:"阮籍,字嗣宗,陈留尉氏人,阮瑀子也。宏达不羁,不拘礼俗。兖州刺史王昶请与相见,终日不得与言。昶愧叹之,自以不能测也。口不论事,自然高迈。"李康《家诫》曰:"昔尝侍坐于先帝,时有三长史俱见。临辞出,上曰:'为官长当清、当慎、当勤,修此三者,何患不治乎?'并受诏。上顾谓吾等曰:'必不得已而去,于斯三者何先?'或对曰:'清固为本。'复问吾,吾对曰:'清慎之道,相须而成,必不得已,慎乃为大。'上曰:'卿言得之矣。可举近世能慎者谁乎?'吾乃举故太尉荀景倩、尚书董仲达、仆射王公仲。上曰:'此诸人者,温恭朝夕,执事有恪,亦各其慎也。然天下之至慎者,其唯阮嗣宗乎!每与之言,言及玄远,而未尝评论时事,臧否人物,可谓至慎乎!'"

[5]《康集叙》曰:"康字叔夜,谯国铚人。"王隐《晋书》曰:"嵇本姓溪,其先避怨徙上虞,移谯国铚县。以出自会稽,取国一支,音同本奚焉。"虞预《晋书》曰:"铚有嵇山,家于其侧,因氏焉。"《康别传》曰:"康性含垢藏瑕,爱恶不争于怀,喜怒不寄于颜。所知王濬冲在襄城,面数

百，未尝见其疾声朱颜。此亦方中之美范，人伦之胜业也。”《文章叙录》曰：“康以魏长乐亭主婿迁郎中，拜中散大夫。”

原文

1.17 王戎、和峤[1]同时遭大丧，俱以孝称。王鸡骨支床，和哭泣备礼。[1]武帝[2]谓刘仲雄[3]曰：[2]“卿数省王、和不？闻和哀苦过礼，使人忧之。”仲雄曰：“和峤虽备礼，神气不损；王戎虽不备礼，而哀毁骨立[4]。臣以和峤生孝[5]，王戎死孝[6]。陛下不应忧峤，而应忧戎。”[3]

1.18 梁王、赵王，[4]国之近属，贵重当时。裴令公[7][5]岁请二国租钱数百万，以恤中表之贫者。或讥之曰：“何以乞物行惠？”裴曰：“损有余，补不足，天之道也。[8]”[6]

译文

王戎、和峤同时遭遇母亲死亡，两人都因为竭尽孝道受到赞扬。王戎骨瘦如柴，靠在床上；和峤哀痛哭泣，礼仪周到。晋武帝（司马炎）对刘仲雄（毅）说道：“你经常去探望王戎与和峤吗？听说和峤悲哀痛苦的程度超出了礼数，真令人担忧。”刘仲雄道：“和峤虽然礼仪周全，但是元气没有亏损；王戎虽然礼仪不周，却哀伤得形销骨立。臣认为和峤是‘生孝’，王戎是‘死孝’。陛下不必为和峤担忧，而应该为王戎担忧。”

梁王（司马彤）和赵王（司马伦）都是皇帝的近亲，位尊任重，显赫一时。裴令公（楷）每年都请求让他们的封国拨出几百万租税钱，用来救济亲戚中生活贫困的人。有人讥笑他说：“为什么向人乞讨钱财来施行恩惠？”裴楷说道：“减损富裕有余者，补偿贫穷不足者，这是天理。”

今注

1 和峤（？—292）：西晋汝南西平（今河南西平西）人，字长舆。少有盛名。为颍川太守，迁中书令，得武帝信任，参预灭吴大计。惠帝时，官太子少保。家富性吝,杜预讥为有“钱癖”。

2 武帝:指晋武帝司马炎(236—290),晋王朝的建立者。公元266—290年在位。字安世,河内温县(今河南温县西南)人。司马昭长子。三国魏咸熙二年(265)八月,继昭为相国、晋王。十二月(266年初)代魏称帝,国号“晋”,都洛阳,史称“西晋”。咸宁六年(280)灭吴,统一全国,改元太康。制户调式,实行占田制,品官、贵族按等级占田荫客。采取一系列经济措施发展生产,屡次责令郡县官劝课农桑,并严禁私募佃客。又招募原吴、蜀地区民人北来,充实北方,并废屯田制,使屯田民成为州郡编户。因此,太康年间一度出现繁荣景象。但大封宗室,酿成皇室内讧。晚年生活荒淫,社会矛盾尖锐。死后不久,爆发“八王之乱”。

3 刘仲雄:即刘毅(? —285),字仲雄,东莱掖县(今山东莱州)人,魏晋时期名臣。少厉清节,喜品评人物,王公贵人望风惮之。晋武帝受禅,使掌谏官,转司隶校尉,京师肃然。累迁尚书左仆射。

4 哀毁骨立:形容父母丧后因极度哀伤而瘦得只剩下一把骨头。

5 生孝:指服丧时符合丧礼仪式而不伤生。

6 死孝:指服丧时极尽哀死之情,因过分悲伤而忘生。

7 裴令公:即裴楷(237—291),字叔则,河东闻喜(今山西闻喜)人。晋惠帝时官至中书令,加侍中,故称。

8 “损有余”句:语出《老子》七十七章:“天之道,损有余而补不足;人之道则不然,损不足以奉有余。”

刘注

[1]《晋诸公赞》曰:“戎字濬冲,琅邪人,太保祥宗族也。文皇帝辅政,钟会荐之曰:‘裴楷清通,王戎简要。’即俱辟为掾。晋践祚,累迁荆州刺史。以平吴功,封安丰侯。”《晋阳秋》曰:“戎为豫州刺史,遭母忧,性至孝,不拘礼制,饮酒食肉,或观棋弈,而容貌毁悴,杖而后起。时汝

南和峤，亦名士也，以礼法自持。处大忧，量米而食，然憔悴哀毁不逮戎也。"

[2] 王隐《晋书》曰："刘毅字仲雄，东莱掖人，汉城阳景王后也。亮直清方，见有不善，必评论之。王公大人，望风惮之。侨居阳平，太守杜恕致为功曹，沙汰郡吏三百余人。三魏佥曰：'但闻刘功曹，不闻杜府君。'累迁尚书、司隶校尉。"

[3]《晋阳秋》曰："世祖及时谈以此贵戎也。"

[4] 朱凤《晋书》曰："宣帝张夫人生梁孝王肜，字子徽，位至太宰；桓夫人生赵王伦，字子彝，位至相国。"

[5]《晋诸公赞》曰："裴楷字叔则，河东闻喜人，司空秀之从弟也。父徽，冀州刺史，有俊识。楷特精《易》义，累迁河南尹、中书令，卒。"

[6]《名士传》曰："楷行己取与，任心而动，毁誉虽至，处之晏然，皆此类。"

原文

1.19 王戎云："太保居在正始[1]中，不在能言之流。及与之言，理中[2]清远。将无[3]以德掩其言？"[1]

1.20 王安丰遭艰，至性过人。裴令往吊之，曰："若使一恸[4]果能伤人，濬冲必不免灭性之讥。"[2]

译文

王戎说："太保（王祥）生活在正始年间，不属于擅长清谈那一类人。等到和他谈论，却发现他讲的道理中肯，高深玄远。莫不是因为他崇高的德行而掩盖了他善于清谈的才能？"

王安丰（戎）居丧期间，孝顺之情超过常人。裴令（楷）前往吊唁，说道："如果极度的悲伤果真能伤人性命的话，那么濬冲（王戎）免不了要受到人们以孝而损伤性命的讥讽。"

今注

1 正始：魏曹芳年号(240—249)。

2 理中：义理恰当。徐震堮校笺："'理中'是当时习语。案：六朝人语，凡得其当者，每以中字系之，不仅'理中'一词也。得理之中曰'理中'。"

3 将无：恐怕，莫非，或许。用来表示猜测而意思偏于肯定的委婉词句。

4 恸(tòng)：极度悲伤，大哭。

刘注

[1]《晋阳秋》曰："祥少有美德行。"

[2]《曲礼》曰："居丧之礼，毁瘠不形，视听不衰。不胜丧，乃比于不慈不孝。"《孝经》曰："毁不灭性，圣人之教也。"

原文

1.21 王戎父浑，有令名，官至凉州刺史。[1] 浑薨，所历九郡义故1，怀其德惠，相率致赙数百万，戎悉不受。[2]

1.22 刘道真2尝为徒，[3] 扶风王骏3[4]以五百匹布赎之，既而用为从事中郎4。当时以为美事。

1.23 王平子5、胡毋彦国6诸人，皆以任放为达7，或有裸体者。[5] 乐广8笑曰：

译文

王戎的父亲王浑，有很好的名声，官职做到凉州刺史。浑死后，他在各州郡的义从故吏，怀念他的恩德，争相送去葬仪几百万钱，王戎一概不收。

刘道真(宝)曾经是一个服劳役的罪犯，扶风王司马骏用五百匹布把他赎了出来，不久又任用他做从事中郎。在当时，人们都认为这是一件值得称颂的好事。

王平子(澄)、胡毋彦国(辅之)等人，都以行为放纵、不拘礼法为旷达，有时还有人赤身露体。乐广笑他们说：

原文	译文
"名教中自有乐地,何为乃尔也?"	"名教中自有使人快意的地方,何必要这样做呢?"

今注

1 义故:指自愿随从的人和旧部下。义,义从;故,故吏。

2 刘道真:即刘宝,高平(今山东微山)人,官至吏部郎。

3 扶风王骏:即司马骏(232—286),字子臧,司马懿第七子。刘孝标注谓"第十七子",误。扶风,郡名。

4 从事中郎:官名。中央和地方所置属官。

5 王平子:即王澄,字平子,琅邪临沂(今山东临沂)人,司徒王戎堂弟,官至荆州刺史。为人放达,被王敦所杀。

6 胡毋彦国:即胡毋辅之,字彦国。嗜酒放达,不拘小节,官至湘州刺史。

7 达:旷达。

8 乐广:字彦辅,南阳淯阳(今河南南阳)人,征西参军乐方之子,官至尚书令。

刘注

[1]《世语》曰:"浑字长原,有才望。历尚书、凉州刺史。"

[2] 虞预《晋书》曰:"戎由是显名。"

[3]《晋百官名》曰:"刘宝字道真,高平人。"徒,罪役作者。

[4] 虞预《晋书》曰:"骏字子臧,宣帝第十七子,好学至孝。"《晋诸公赞》曰:"骏八岁为散骑常侍,侍魏齐王讲。晋受禅,封扶风王,镇关中,为政最美。薨,赠武王。西土思之,但见其碑赞者,皆拜之而泣。其遗爱如此。"

[5]《晋诸公赞》曰:"王澄字平子,有达识,荆州刺史。"《永嘉流人名》曰:"胡毋辅之字彦国,泰山奉高人,湘州刺史。"王隐《晋书》曰:"魏末阮籍,嗜酒荒放,露头散发,裸袒箕踞。其后贵游子弟阮瞻、王澄、谢鲲、

胡毋辅之之徒，皆祖述于籍，谓得大道之本。故去巾帻，脱衣服，露丑恶，同禽兽。甚者名之为通，次者名之为达也。”

原文

1.24 郗公[1]值永嘉丧乱，在乡里，甚穷馁[2]。乡人以公名德，传[3]共饴[4]之。公常携兄子迈及外生周翼二小儿往食。乡人曰：“各自饥困，以君之贤，欲共济君耳，恐不能兼有所存。”公于是独往食，辄含饭著两颊边，还，吐与二儿。后并得存，同过江。[1]郗公亡，翼为剡县[5]，解职归，席苫[6]于公灵床头，心丧[7]终三年。[2]

译文

郗公（鉴）在晋怀帝永嘉之乱时期，住在家乡，生活非常贫困，经常挨饿。乡亲们因为他德高望重，便轮流请他吃饭。郗公常常携带哥哥的儿子郗迈和外甥周翼两个小孩前往。乡亲们说：“每个人都处于穷困饥饿之中，只是因为您贤德，大家想周济您罢了，恐怕不能够兼顾这两个小孩。”郗公于是一个人单独去进食，吃完以后总是在两个腮帮里含满了饭，回来后，吐给两个小孩吃。后来两个小孩都存活了下来，他们一同到了江南。郗公逝世时，周翼正做剡县县令，他辞职回去，在郗公灵前草垫上坐卧守孝足足三年。

今注

1 郗(xī)公：即郗鉴(269—339)，东晋高平金乡（治今山东嘉祥西阿城铺）人，字道徽。孤贫好学，躬耕陇亩。惠帝时，任中书侍郎。永嘉之乱中，宗族乡人共推为主，举千余家避居峄山（在今山东邹城）。三年间，众至数万。东晋初，为兖州刺史。明帝时，参与平定王敦之乱。迁车骑将军，都督徐、兖、青三州军事，镇广陵（今江苏扬州）。明帝死，与王导、庾亮等受遗诏辅成帝。率军渡江，助陶侃平定苏峻、祖约之乱，进位侍中。

2 馁(něi):饥饿。

3 传:轮流。

4 饴(sì):通“饲”。拿食物给人吃。

5 剡(shàn)县:县名。晋属会稽郡,在今浙江嵊(shèng)州市。

6 苫(shān):草垫。

7 心丧:不穿丧服,只在心中悼念。

刘注

[1]《郗鉴别传》曰:“鉴字道徽,高平金乡人,汉御史大夫郗虑后也。少有体正,耽思经籍,以儒雅著名。永嘉末,天下大乱,饥馑相望。冠带以下,皆割己之资供鉴。元皇征为领军,迁司空、太尉。”《中兴书》曰:“鉴兄子迈,字思远,有干世才略。累迁少府、中护军。”

[2]《周氏谱》曰:“翼字子卿,陈郡人。祖奕,上谷太守。父优,车骑咨议。历剡令、青州刺史、少府卿,六十四而卒。”

原文

1.25 顾荣[1]在洛阳,尝应人请,觉行炙[2]人有欲炙之色,因辍己施焉,同坐嗤之。荣曰:“岂有终日执之而不知其味者乎?”后遭乱渡江,每经危急,常有一人左右己,问其所以,乃受炙人也。[1]

1.26 祖光禄[3]少孤贫,

译文

顾荣在洛阳的时候,曾经受人邀请去赴宴,席间发现分送烤肉的人有想吃烤肉的神色,便拿出自己那一份送给他,同座的人都讥笑顾荣。顾荣说:“哪有成天端着烤肉而不知道烤肉滋味的道理?”后来顾荣遭逢战乱而过江避难,每遇危急,常常有一个人帮助他。顾荣问其缘由,原来此人就是接受烤肉的那个人。

性至孝，常自为母炊爨[4]作食。[2]王平北[5]闻其佳名，以两婢饷[6]之，因取为中郎。[3]有人戏之者曰："奴价倍婢。"祖云："百里奚[7]亦何必轻于五羖[8]之皮邪！"[4]

祖光禄（纳）少时丧父，家境贫寒，他生性极其孝顺，常常亲自给母亲烧火做饭。王平北（乂）听说了他的好名声，就把两名婢女送给他，并任用他做中郎。有人向他开玩笑道："你的身价相当于两个婢女而已。"祖纳说道："百里奚的身价也不一定轻于五张羊皮吧！"

今注

1 顾荣（？—312）：字彦先，西晋吴郡吴县（今江苏苏州）人，世为江东著姓。吴亡，与陆机、陆云同至洛阳，时称"三俊"。历任尚书郎、太子中舍人、廷尉正，因见晋皇族纷争，常醉酒不肯问事。后还吴。广陵相陈敏起兵割据，任他为右将军，领丹阳内史。旋与甘卓等密谋诛敏。永嘉元年（307），琅邪王司马睿（即晋元帝）镇建康，吴人未附，他以王导荐，出任军司马，加散骑常侍，多所谋划。他成为支持司马睿的江东士族领袖。

2 炙：烤肉。

3 祖光禄：即祖纳，字士言，曾官至光禄大夫，故名。范阳遒（qiú）县（今河北涞水）人，镇西将军祖逖（tì）之兄，擅围棋。

4 爨（cuàn）：烧火煮饭。

5 王平北：即王乂（yì），字叔元，琅邪临沂（今山东临沂）人，西晋将领，官至平北将军。

6 饷：馈赠。

7 百里奚：春秋时虞国大夫，被晋所俘。秦穆公闻其名，用五张黑公羊皮将之赎回，委以国政，世称"五羖大夫"。

8 羖（gǔ）：黑色的公羊。

刘注

[1]《文士传》曰:"荣字彦先,吴郡人。其先越王句践之支庶,封于顾邑,子孙遂氏焉,世为吴著姓。大父雍,吴丞相。父穆,宜都太守。荣少朗俊机警,风颖标彻。历廷尉正。曾在省与同僚共饮,见行炙者有异于常仆,乃割炙以啖之。后赵王伦篡位,其子为中领军,逼用荣为长史。及伦诛,荣亦被执。凡受戮等辈十有余人。或有救荣者,问其故,曰:'某省中受炙臣也。'荣乃悟而叹曰:'一餐之惠,恩今不忘,古人岂虚言哉!'"

[2] 王隐《晋书》曰:"祖纳字士言,范阳道人。九世孝廉。纳诸母三兄,最治行操,能清言。历太子中庶子、廷尉卿。避地江南,温峤荐为光禄大夫。"

[3]《王乂别传》曰:"乂字叔元,琅邪临沂人。时蜀新平,二将作乱,文帝西之长安,乃征为相国司马,迁大尚书、出督幽州诸军事、平北将军。"

[4]《楚国先贤传》曰:"百里奚字凡伯,楚国人。少仕于虞,为大夫。晋欲假道于虞以伐虢,谏而不听,奚乃去之。"《说苑》曰:"秦穆公使贾人载盐于虞,诸贾人买百里奚以五羊皮。穆公观盐,怪其牛肥,问其故,对曰:'饮食以时,使之不暴,是以肥也。'公令有司沐浴衣冠之。公孙支让其卿位,号曰'五羖大夫'。"

原文

1.27 周镇[1]罢临川郡还都,未及上,住泊青溪渚。[1]王丞相[2]往看之。[2]时夏月,暴雨卒[3]至,舫至狭小,而又大漏,殆无复坐处。王曰:"胡威[4]

译文

周镇被免去临川郡郡守之职,回到京都,还没有来得及上岸,船停泊在清溪渚。王丞相(导)前去探望他。那时正是夏天,突然下起暴雨,船非常狭小,而且又漏得很厉害,几乎连坐的地方也没有。王丞相说道:"胡威的清廉,又哪里之清，何以过此！”即启用为吴兴郡。[3]

能超过他！”于是立即启奏任用他做吴兴郡太守。

1.28 邓攸[5]始避难[6]，于道中弃己子，全弟子。[4]既过江，取[7]一妾，甚宠爱。历年后，讯其所由，妾具说是北人遭乱，忆父母姓名，乃攸之甥也。攸素有德业，言行无玷，闻之哀恨终身，遂不复畜[8]妾。

邓攸当初躲避永嘉之乱，在半路上丢弃了自己的儿子，保全了弟弟的儿子。过江以后，他娶了一个妾，非常宠爱她。一年以后，邓攸讯问她的经历，妾详细诉说自己是北方人，遭逢战乱，来到南方，回忆起父母姓名，才知她竟然是自己的外甥女。邓攸向来有德行操守，事业有成，言行从来没有污点，听了她的述说，悲伤悔恨了一辈子，于是不再纳妾。

今注

1 周镇：字康时，陈留尉氏（今河南尉氏）人。

2 王丞相：指晋代贤相王导(276—339)，字茂弘，小字阿龙，琅邪临沂（今山东临沂）人。出身士族。西晋末，为琅邪王司马睿谋主，献策移镇建康（今江苏南京）。大兴元年(318)，司马睿称帝（元帝），他任丞相，罗致江东士族顾荣、贺循等，巩固根基。堂兄王敦握重兵，镇长江上游，王氏族人多居要职，时称“王与马，共天下”。历仕元、明、成三帝，皆居宰辅，协调南北士族关系，稳定东晋政局，江南经济、文化续有发展。

3 卒(cù)：同“猝”，突然。

4 胡威：字伯武（又作伯虎），一名貔(pí)，淮南寿春（今安徽寿州）人，曹魏至西晋时期名吏。

5 邓攸（？—326）：字伯道，晋平阳襄陵（今山西临汾东南）人。永嘉末，为石勒所俘，后逃至江南。南逃时，携一子一侄，途中不能两全，乃弃子全侄。东晋元帝时,任吴郡守,开仓济荒。官至尚书左仆射。

6 避难:指避永嘉之乱。邓攸被石勒所俘,后逃归。

7 取:通“娶”。把女子接过来成亲。

8 畜:六朝时期用于人,限于娶妾养妓。

刘注

[1]《永嘉流人名》曰:“镇字康时,陈留尉氏人也。祖父和,故安令。父震,司空长史。”《中兴书》曰:“镇清约寡欲,所在有异绩。”

[2]《丞相别传》曰:“王导字茂弘,琅邪人。祖览,以德行称。父裁,侍御史。导少知名,家世贫约,恬畅乐道,未尝以风尘经怀也。”

[3]《晋阳秋》曰:“胡威字伯虎,淮南人。父质,以忠清显。质为荆州,威自京师往省之。及告归,质赐威绢一匹。威跪曰:‘大人清高,于何得此?’质曰:‘是吾奉禄之余,故以为汝粮耳!’威受而去。每至客舍,自放驴,取樵爨炊。食毕,复随旅进道。质帐下都督阴赍粮要之,因与为伴,每事相助经营之,又进少饭,威疑之,密诱问之,乃知都督也,谢而遣之。后以白质,质杖都督一百,除其吏名。父子清慎如此。及威为徐州,世祖赐见,与论边事及平生,帝叹其父清,因谓威曰:‘卿清孰与父?’对曰:‘臣清不如也。’帝曰:‘何以为胜汝邪?’对曰:‘臣父清畏人知,臣清畏人不知,是以不如远矣!’”

[4]《晋阳秋》曰:“攸字伯道,平阳襄陵人。七岁丧父母及祖父母,持重九年。性清慎平简。”邓粲《晋纪》曰:“永嘉中,攸为石勒所获,召见,立幕下与语,说之,坐而饭焉。攸车所止,与胡人邻毂。胡人失火烧车营,勒吏案问胡,胡诬攸。攸度不可与争,乃曰:‘向为老姥作粥,失火延逸,罪应万死。’勒知,遣之。所诬胡厚德攸,遗其驴马护送,令得逸。”王隐《晋书》曰:“攸以路远,斫坏车,以牛马负妻子以叛,贼又掠其牛马。攸语妻曰:‘吾弟早亡,唯有遗民。今当步走,担两儿尽死,不如弃己儿,抱遗民。吾后犹当有儿。’妇从之。”《中兴书》曰:“攸弃儿

于草中,儿啼呼追之,至莫复及。攸明日系儿于树而去,遂渡江。至尚书左仆射,卒。弟子绥,服攸齐衰三年。”

原文

1.29 王长豫[1]为人谨顺[2],事亲尽色养之孝。[1]丞相见长豫辄喜,见敬豫辄嗔。[2]长豫与丞相语,恒以慎密为端。丞相还台,及行,未尝不送至车后。恒与曹夫人并当[3]箱箧[4]。长豫亡后,丞相还台[5],登车后,哭至台门。曹夫人作簏[6],封而不忍开。[3]

1.30 桓常侍[7]闻人道深公[8]者,辄曰:“此公既有宿名,加先达知称,又与先人至交,不宜说之。”[4]

译文

王长豫(悦)做人谨慎和顺,侍奉双亲能够尽力秉承父母的意愿。丞相(王导)看见长子长豫就高兴,看见次子敬豫(恬)就生气。长豫和丞相谈话,总是以谨慎细密为原则。丞相返回尚书省,临走时他总要把丞相送上车。他还常常和母亲曹夫人在一起收拾箱笼衣物。长豫死后,丞相到尚书省去,上车后,一路哭到官署门口。曹夫人整理竹箱,把长豫收拾过的封存起来,不忍心再打开。

桓常侍(彝)听见有人议论深公(竺法深),便说道:“此公素来有名望,加之前辈贤达的知遇推举,名望更高了;他又和先父是最要好的朋友,你们不应该随便议论他。”

今注

1 王长豫:即王悦,字长豫,琅邪临沂(今山东临沂)人。名相王导长子,官至中书侍郎。

2 顺:通“慎”。谨慎。

3 并当(dàng):收拾,料理。

4 箱箧(qiè):盛物的箱子。

5 台：中央机关；中央机构的衙署。

6 作簏(lù)：整理竹箱。簏，竹箱。

7 桓常侍：指桓彝(yí)，字茂伦，谯国龙亢（今安徽怀远西北）人。因官至散骑常侍，故名。

8 深公：竺法深，名潜，出身世家，十八岁出家，后来成为东晋著名高僧。有德行，善玄理。

刘注

[1]《中兴书》曰："王悦字长豫，丞相导长子也。仕至中书侍郎。"

[2]《文字志》曰："王恬字敬豫，导次子也。少卓荦不羁，疾学尚武，不为导所重。至中军将军。多才艺，善隶书，与济阳江虨以善弈闻。"

[3]《王氏谱》曰："导娶彭城曹韶女，名淑。"

[4]《桓彝别传》曰："彝字茂伦，谯国龙亢人，汉五更桓荣十世孙也。父颖，有高名。彝少孤，识鉴明朗。避乱渡江，累迁散骑常侍。"僧法深，不知其俗姓，盖衣冠之胤也。道徽高扇，誉播山东，为中州刘公弟子。值永嘉乱，投迹杨土，居止京邑。内持法纲，外允具瞻，弘道之法师也。以业慈清净，而不耐风尘，考室剡县东二百里岇山中。同游十余人，高栖浩然。支道林宗其风范，与高丽道人书，称其德行。年七十有九，终于山中也。

原文

1.31 庾公[1]乘马有的卢[2]，[1]或语令卖去。[2]庾云："卖之必有买者，即复害其主。宁可不安己而移于他人哉？昔孙

译文

庾公（亮）乘坐的马中有一匹叫"的卢"的凶马，有人告诫他，叫他卖掉。庾公说道："卖它，必定有买它的人，那就要危害那个新的买主。我怎么可以因为它不利于自己就把灾祸转嫁给别人呢？春

叔敖[3]杀两头蛇以为后人，古之美谈。[3]效之，不亦达乎？”

秋时的孙叔敖杀死两头蛇是为了以后的人们不再看到它，这件事在古代传为美谈。我仿效他，不是也非常通达事理吗？”

1.32 阮光禄[4]在剡，曾有好车，借者无不皆给。有人葬母，意欲借而不敢言。阮后闻之，叹曰：“吾有车而使人不敢借，何以车为？”遂焚之。[4]

阮光禄（裕）在剡县的时候，曾经有过一辆很好的车子，凡是有人来借车，没有不借给的。有一个人要安葬母亲，想要借车，可是不敢开口。阮光禄后来听说了这件事，叹息道：“我有车，却使人不敢来借，还要车子做什么呢？”于是把车子烧掉了。

今注

1 庾公：指庾亮(289—340)，字元规，东晋颍川鄢陵（今河南鄢陵西北）人。妹为明帝皇后。好老庄，善清谈，为世族领袖。历仕元帝、明帝、成帝三朝，参与平定王敦之乱。太宁三年(325)，以外戚与王导等辅立成帝，任中书令，执朝政。苏峻、祖约作乱，出奔寻阳（今江西九江西南），与温峤推荆州刺史陶侃为盟主，击灭峻、约。咸和九年(334)侃死，代镇武昌，握重兵。谋北伐未成，忧愤死。

2 的(dì)卢：额部有白色斑点的马。的，鲜明，显著。引申为白色。

3 孙叔敖：芈(mǐ)姓，蒍(wěi)氏，名敖，字孙叔。春秋时楚国令尹。

4 阮光禄：即阮裕，字思旷，晋陈留尉氏（今河南尉氏）人。曾为金紫光禄大夫，故名。

刘注

[1]《晋阳秋》曰：“庾亮字元规，颍川鄢陵人，明穆皇后长兄也。渊雅有德量，时人方之夏侯太初、陈长文之伦。侍从父琛，避地会稽，端拱嶷然，

郡人严惮之。觐接之者,数人而已。累迁征西大将军、荆州刺史。”伯乐《相马经》曰:“马白额入口至齿者,名曰榆雁,一名的卢。奴乘客死,主乘弃市,凶马也。”

[2]《语林》曰:“殷浩劝公卖马。”

[3]贾谊《新书》曰:“孙叔敖为儿时,出道上,见两头蛇,杀而埋之。归见其母,泣。问其故,对曰:‘夫见两头蛇者,必死。今出见之,故尔。’母曰:‘蛇今安在?’对曰:‘恐后人见,杀而埋之矣!’母曰:‘夫有阴德,必有阳报,尔无忧也!’后遂兴于楚朝。及长,为楚令尹。”

[4]《阮光禄别传》曰:“裕字思旷,陈留尉氏人。祖略,齐国内史。父颉,汝南太守。裕淹通有理识,累迁侍中。以疾筑室会稽剡山,征金紫光禄大夫,不就。年六十一卒。”

原文

1.33 谢奕[1]作剡令,[1]有一老翁犯法,谢以醇酒罚之,乃至过醉而犹未已。太傅[2]时年七八岁,著青布绔,在兄膝边坐,谏曰:“阿兄,老翁可念[3],何可作此!”奕于是改容曰:“阿奴[4]欲放去邪?”遂遣之。

1.34 谢太傅绝重褚公[5],常[6]称:“褚季野虽不言,而四时之气亦备。”[2]

译文

谢奕做剡县县令的时候,有一个老翁犯了法,谢奕就用饮烈酒来处罚他,以致他喝到大醉还不让他停止。太傅(谢安)当时只有七八岁,穿着靛青色的布裤,坐在哥哥膝旁,劝告说:“哥哥,老翁多么可怜,怎么可以这样惩治他呢!”谢奕的脸色立刻缓和下来,说道:“阿奴想把他放走吗?”便把老翁打发走了。

谢太傅(安)非常敬重褚公(裒),曾经称扬他说:“褚季野(裒)就算口里不说,但是春夏秋冬四时的冷暖寒热都装在心中。”

今注

1 谢奕:字无奕,陈郡阳夏(今河南太康)人。东晋大臣,太傅谢安长兄,车骑将军谢玄之父。曾为桓温幕府司马,官至安西将军、豫州刺史。

2 太傅:指谢奕弟谢安(320—385),东晋陈郡阳夏(今河南太康)人,字安石。出身士族,有盛名。年四十余始出仕。孝武帝时,位至宰相。时前秦强盛,攻破梁、益、樊、邓等地,他使弟石与侄玄为将领,加强防御。太元八年(383),前秦大军南下,江东震恐。他受命为大都督,沉着指挥,命石、玄等力拒,获得淝水大捷。乃乘胜北伐,收复洛阳及青、兖、徐、豫等州。会稽王司马道子执政,被排挤,出镇广陵(今江苏扬州),旋回京病死。

3 可念:可悯,可怜。

4 阿奴:尊长对卑幼亲昵的称呼。

5 褚公:指褚裒(póu,303—350),字季野,东晋河南阳翟(今河南禹州)人。女为康帝皇后。官征北大将军,镇京口(今江苏镇江)。永和五年(349),后赵石遵嗣位,他率军北伐,进驻彭城(今江苏徐州),北方士民争相归附,日以千计。代陂一战,兵败自贬,旋惭愤而死。

6 常:通“尝”。曾经。

刘注

[1]《中兴书》曰:“谢奕字无奕,陈郡阳夏人。祖衡,太子少傅。父裒,吏部尚书。奕少有器鉴,辟太尉掾、剡令,累迁豫州刺史。”

[2]《文字志》曰:“谢安字安石,奕弟也。世有学行。安弘粹通远,温雅融畅。桓彝见其四岁时,称之曰:‘此儿风神秀彻,当继踪王东海。’善行书。累迁太保、录尚书事。赠太傅。”《晋阳秋》曰:“褚裒字季野,河南阳翟人。祖䂮,安东将军。父治,武昌太守。裒少有简贵之风,冲默之称。累迁江、兖二州刺史,赠侍中、太傅。”

原文

1.35 刘尹[1]在郡，临终绵惙，闻阁下祠神鼓舞，正色曰："莫得淫祀！"[1]外请杀车中牛祭神，真长答曰："丘之祷久矣[2]，勿复为烦！"[2]

1.36 谢公夫人[3]教儿，问太傅："那得初[4]不见君教儿？"答曰："我常自教儿。"[3]

译文

刘尹（惔）在任上，临终弥留之际，听见阁楼下有击鼓舞蹈祭神的声音，神色严肃地说道："不得滥行祭祀！"百姓请求杀掉驾车的牛来祭神，刘真长（惔）回答道："我已经祷告很久了！你们不要再费事了！"

谢公（安）夫人教导儿子时，问太傅（谢安）道："怎么往昔没看见你教导儿子？"谢安回答道："我经常用自身的言行教导儿子。"

今注

1 刘尹：指刘惔，字真长，沛国萧县（今安徽萧县）人。出身世宦家庭，后娶晋明帝庐陵公主。历任司徒左长史、侍中、丹阳尹等职，故后世称其为"刘尹"。于三十六岁时去世，获赠前将军。刘惔被视为永和名士的风流之宗，是当时清谈的主力干将。

2 "丘之祷"句：语出《论语·述而》："子疾病，子路请祷……子曰：'丘之祷久矣。'"

3 谢公夫人：即谢安的妻子刘夫人，刘耽女，刘惔之妹。

4 初：往昔，从前。引起追叙往事之词。

刘注

[1]《刘尹别传》曰："惔字真长，沛国萧人也，汉氏之后。真长有雅裁，虽荜门陋巷，晏如也。历司徒左长史、侍中、丹阳尹。为政务镇静信诚，风尘不能移也。"

[2]《包氏论语》曰:"祷,请也。"孔安国曰:"孔子素行合于神明,故曰:'丘之祷久矣。'"

[3]《谢氏谱》曰:"安娶沛国刘耽女。"按:太尉刘子真,清洁有志操,行己以礼。而二子不才,并黩货致罪,子真坐免官。客曰:"子奚不训导之?"子真曰:"吾之行事,是其耳目所闻见,而不放效,岂严训所变邪?"安石之旨,同子真之意也。

原文

1.37 晋简文[1]为抚军时,[1]所坐床上,尘不听拂,见鼠行迹,视以为佳。有参军[2]见鼠白日行,以手板批杀之。抚军意色不说[3],门下起弹。教[4]曰:"鼠被害,尚不能忘怀。今复以鼠损人,无乃不可乎?"

译文

晋简文帝(司马昱)做抚军将军的时候,他所坐的床榻上的灰尘不许别人掸去,看见上面有老鼠的脚印,认为是好事。有一位参军看见老鼠大白天出来活动,就用手板把它打死了。抚军的神色显得很不高兴,他的门客属吏起来弹劾这个参军。他说:"老鼠被害,尚且教人不能忘怀。现在又为了一只老鼠去处罚人,恐怕不可以吧?"

今注

1 晋简文:指晋简文帝司马昱。晋穆帝幼时,曾以抚军大将军辅政。

2 参军:官名,晋至南北朝时为军府和王国的重要僚属。

3 说:"悦"的古字,高兴。

4 教:诸侯之言为教。简文帝当时为会稽王、抚军将军,所以他所言称为教。

刘注

[1]《续晋阳秋》曰："帝讳昱，字道万，中宗少子也。仁闻有智度。穆帝幼冲，以抚军辅政。大司马桓温废海西公而立帝，在位三年而崩。"

原文

1.38 范宣[1]年八岁，后园挑菜，误伤指，大啼。人问："痛邪？"答曰："非为痛，身体发肤，不敢毁伤，[2]是以啼耳。"[1]宣洁行廉约，韩豫章[3]遗绢百匹，不受。[2]减五十匹，复不受。如是减半，遂至一匹，既终不受。韩后与范同载，就车中裂二丈与范，云："人宁可使妇无裈邪？"范笑而受之。

译文

范宣八岁的时候，在后园挑菜，无意中伤了手指，便大哭起来。别人问他："很痛吗？"他回答说："不是因为痛，身体发肤，不敢毁伤，所以才哭罢了。"范宣品行高洁且清廉俭朴，韩豫章（伯）送一百匹绢给他，他不接受。减去五十匹，他还是不接受。就这样依次减半，终于减到一匹，他终究还是不肯接受。后来韩和范同乘一辆车，韩在车上撕了两丈绢给他，说道："一个人难道可以让妻子没有裤子穿吗？"范宣才笑着把绢收下了。

今注

1 范宣：又名范宜，字子宣，陈留（今河南陈留东北）人，东晋名儒。博综群书，躬耕不仕，平生以讲论为业。与当世范宁齐名，时称"二范"。

2 "身体"句：语出《孝经·开宗明义章》："身体发肤，受之父母，不敢毁伤，孝之始也。"

3 韩豫章：即韩伯，字康伯，颍川长社（今河南长葛西）人，东晋玄学家。曾在豫章郡担任太守，故称。

刘注

[1]《宣别传》曰："宣字子宣，陈留人，汉莱芜长范丹后也。年十岁，能诵《诗》《书》。儿童时，手伤改容。家人以其年幼，皆异之。征太学博士、散骑常侍，一无所就。年五十四卒。"

[2]《中兴书》曰："宣家至贫，罕交人事。豫章太守殷羡见宣茅茨不完，欲为改室，宣固辞。羡爱之，以宣贫，加年饥疾疫，厚饷给之，宣又不受。"《续晋阳秋》曰："韩伯字康伯，颍川人。好学，善言理。历豫章太守、领军将军。"

原文

1.39 王子敬 1 病笃，道家上章，应首过。问子敬："由来有何异同得失 2？"子敬云："不觉有余事，唯忆与郗家离婚。"[1]

1.40 殷仲堪 3 既为荆州，值水，俭。食常五碗盘 4，外无余肴，饭粒脱落盘席间，辄拾以啖之。虽欲率物，亦缘其性真素。每语子弟云："勿以我受任方州 5，云我豁平昔时意。今吾处之不易。贫者，士之常，焉得登枝而捐其本？尔曹其存之！"[2]

译文

王子敬(献之)病重，请道家替他上表文祈祷，照例本人应陈述自己所犯的过失。道家问子敬："你一向有些什么过错？"子敬说道："没有觉得有其他什么过失，只记得和郗家女离过婚。"

殷仲堪任荆州刺史后，正好遇上水灾，粮食歉收。他吃饭时通常只有套五碗盘，此外没有其他菜肴，饭粒掉在盘外席上，总是捡起来吃了。虽然是有心为人表率，却也是由于他生性质朴。他常常告诫子侄们说："不要因为我出任地方州郡，就认为我丢弃了平素的志向，现在我仍然坚守此志，不会改变。安于清贫是读书人的本分，怎么能因登上高枝就抛弃了做人的根本？你们要牢牢记住我的话！"

今注

1 王子敬：即王献之(344—386)，东晋书法家。字子敬，原籍琅邪临沂(今属山东)，生于会稽山阴(今浙江绍兴)。王羲之幼子。官至中书令，人称王大令。工书，兼精诸体，尤以行草擅名。在继承张芝、王羲之的基础上，进一步改变当时古拙的书风，有“破体”之称。其书英俊豪迈，饶有气势。与羲之并称“二王”。存世墨迹有行书《鸭头丸帖》，小楷刻本有《十三行》。其正、行、草书帖札，散见于宋人所刻丛帖中。

2 异同得失：徐震堮校笺：“异同得失乃偶辞偏义之例，异同与得失各为一词，此处专着重后者；而得失一词中，又专取一失字。有何异同得失，犹言有何过失。”

3 殷仲堪(？—399)：东晋陈郡长平(今河南西华东北)人。出身士族。信奉天师道。能清谈，多疑少决。孝武帝时，任都督荆益宁三州军事、荆州刺史，镇江陵。隆安二年(398)与桓玄起兵，联合王恭，声讨会稽王司马道子。次年，与桓玄勾心斗角，被玄军擒获，自杀。

4 五碗盘：魏晋六朝及隋唐时期流行于南方的一种成套食器。每套由一个圆形托盘及盛放在其中的五只小碗组成。

5 方州：地方州郡。

刘注

[1]《王氏谱》曰：“献之娶高平郗昙女，名道茂，后离婚。”《献之别传》曰：“祖父旷，淮南太守。父羲之，右将军。咸宁中，诏尚余姚公主，迁中书令，卒。”

[2]《晋安帝纪》曰：“仲堪，陈郡人，太常融孙也。车骑将军谢玄请为长史，孝武说之，俄为黄门侍郎。自杀袁悦之后，上深为晏驾后计，故先出王恭为北蕃。荆州刺史王忱死，乃中诏用仲堪代焉。”

原文

1.41 初,桓南郡[1]、杨广[2]共说殷荆州,宜夺殷觊[3]南蛮以自树。[1]觊亦即晓其旨。尝因行散[4],率尔去下舍,便不复还,内外无预知者。意色萧然,远同鬬生[5]之无愠。时论以此多之。[2]

1.42 王仆射[6]在江州,为殷、桓所逐,奔窜豫章,存亡未测。[3]王绥[7]在都,既忧戚在貌,居处饮食,每事有降。时人谓为"试守[8]孝子"。[4]

译文

当初,桓南郡(玄)和杨广一起去劝说殷荊州(仲堪),应该把殷觊的南蛮地区夺过来,用来建立自己的势力范围。殷觊也马上知道了他们的意图。一次趁着行散,他突然离开临时居住的地方,就不再回来,里里外外没有人预先知道。他神态洒脱,和古代三次免去官职的楚国令尹鬬穀於菟一样,没有一点怨恨的神色。当时的舆论因此而赞许他。

王仆射(愉)任江州刺史的时候,被殷仲堪、桓玄起兵追逐,狼狈逃窜到豫章,生死难料。他的儿子王绥在京都,满脸的忧愁悲戚,饮食起居各方面都有所下降。当时的人称他为"试守孝子"。

今注

1 桓南郡:指桓玄(369—404),东晋谯国龙亢(今安徽怀远西北)人,一名灵宝,字敬道。桓温幼子。袭爵南郡公。因不被重用,常怀不满。曾任义兴太守,弃官居江陵(今湖北荆州市荆州区)。隆安二年(398),与南兖州刺史王恭、荆州刺史殷仲堪起兵,讨会稽王司马道子父子。朝廷任为江州刺史。次年,击走殷仲堪,兼并荆州,领荆州、江州刺史,控制长江中上游地区,自称有晋国三分之二。元兴元年(402),举兵东下,攻入建康,杀司马元显,独揽朝政。次年底,代晋自立,国号"楚"。刚愎自用,诏令纷纭而纪纲不治,致失众心。旋北府兵将领刘裕起兵声讨,他退回江陵,兵败被杀。

2 杨广:字德度,晋弘农华阴(今陕西华阴)人。官南蛮校尉、淮南太守。

3 殷觊(yǐ):字伯通,殷仲堪之从兄。

4 行散:魏晋南北朝士大夫喜欢服食五石散。鲁迅《魏晋风度及文章与药及酒之关系》说:"五石散的基本,大概是五样药:石钟乳,石硫黄,白石英,紫石英,赤石脂。"这种药药性燥烈,服后必须出门散步以散发药性,叫作"行散",也叫"行药"。

5 鬬生:即鬬穀於菟(dòu gòu wū tú),楚国令君,芈姓,鬬氏,字文。

6 王仆射(yè):即王愉,字茂和,王恺弟,王坦之子,太原晋阳(今山西太原)人,少践清阶。稍迁骠骑司马,加辅国将军。桓玄篡位后,他为尚书仆射,故称。

7 王绥:王愉之子,官至荆州刺史。

8 试守:古代官吏在正式任命之前,有的要试用一段时间,以考查他的才能,称为"试守"。如同今天的"见习"。所以试守孝子等于见习孝子。

刘注

[1]《桓玄别传》曰:"玄字敬道,谯国龙亢人,大司马温少子也。幼童中,温甚爱之,临终,命以为嗣。年七岁,袭封南郡公。拜太子洗马、义兴太守。不得志,少时去职,归其国。与荆州刺史殷仲堪素旧,情好甚隆。"周祇《隆安记》曰:"广字德度,弘农人,杨震后也。"《晋安帝纪》曰:"觊字伯道,陈郡人。由中书郎出为南蛮校尉。觊亦以率易才悟著称,与从弟仲堪俱知名。"《中兴书》曰:"初,仲堪欲起兵,密邀觊,觊不同。杨广与弟佺期劝杀觊,仲堪不许。"

[2]《春秋传》曰:"楚令尹子文,鬬氏也。"《论语》曰:"令尹子文三仕为令尹,无喜色;三已之,无愠色。"

[3] 徐广《晋纪》曰:"王愉字茂和,太原晋阳人,安北将军坦之次子也。以辅国司马,出为江州刺史。愉始至镇,而桓玄、杨佺期举兵以应王

恭,乘流奄至。愉无防,惶遽奔临川,为玄所得。玄篡位,迁尚书左仆射。”

[4]《中兴书》曰:“绥字彦猷,愉子也。少有令誉。自王浑至坦之,六世盛德,绥又知名,于时冠冕,莫与为比。位至中书令、荆州刺史。桓玄败后,与父愉谋反,伏诛。”

原文

1.43 桓南郡[1]既破殷荆州1,收殷将佐十许人,咨议2罗企生亦在焉。[2]桓素待企生厚,将有所戮,先遣人语云:“若谢3我,当释罪。”企生答曰:“为殷荆州吏,今荆州奔亡,存亡未判,我何颜谢桓公!”[3]既出市,桓又遣人问:“欲何言?”答曰:“昔晋文王杀嵇康,而嵇绍为晋忠臣。[4]从公乞一弟以养老母。”桓亦如言宥之。桓先曾以一羔裘4与企生母胡,胡时在豫章。企生问至,即日焚裘。

译文

桓南郡(玄)打败了殷荆州(仲堪),逮捕了他的将领和僚属十多人,咨议参军罗企生也在其中。桓南郡向来对罗企生很好,当他将要杀掉这些人的时候,先派人去对罗企生说:“如果向我赔不是,一定赦免你的罪过。”罗企生回答道:“我是殷荆州的官吏,现在殷荆州逃亡,生死不明,我有什么面目向桓公谢罪求生!”绑赴刑场以后,桓南郡又派人去问罗企生:“你还想说些什么?”罗企生回答道:“过去晋文王杀掉嵇康,但是他的儿子嵇绍却成为晋室的忠臣。因此我想请求桓公留下我的一个弟弟来奉养老母亲。”桓南郡应他的请求饶恕了他的弟弟。桓南郡从前曾经送了一件羔皮袍子给罗企生的母亲胡夫人,这时胡夫人在豫章郡。当企生被害的消息传来,她当天就把那件皮袍烧了。

今注

1 按:晋安帝隆安三年(399),桓玄败杨佺(quán)期,破殷仲堪,杀之。

2 咨议:咨议参军的简称。主要职能是参议军事。

3 谢:认错,道歉。

4 裘:毛皮做的衣服。

刘注

[1] 玄也。

[2]《玄别传》曰:"玄克荆州,杀殷道护及仲堪参军罗企生、鲍季礼,皆仲堪所亲仗也。"

[3]《中兴书》曰:"企生字宗伯,豫章人。殷仲堪初请为府功曹,桓玄来攻,转咨议参军。仲堪多疑少决,企生深忧之,谓其弟遵生曰:'殷侯仁而无断,事必无成。成败天也,吾当死生以之。'及仲堪走,文武并无送者,惟企生从焉。路经家门,遵生绐之曰:'作如此分别,何可不执手?'企生回马授手,遵生便牵下之,谓曰:'家有老母,将欲何行?'企生挥泣曰:'今日之事,我必死之。汝等奉养,不失子道。一门之内,有忠与孝,亦复何恨!'遵生抱之愈急,仲堪于路待之。企生遥呼曰:'今日死生是同,愿少见待!'仲堪见其无脱理,策马而去。俄而玄至,人士悉诣玄,企生独不往,而营理仲堪家。或谓曰:'玄性猜急,未能取卿诚节,若遂不诣,祸必至矣!'企生正色曰:'我殷侯吏,见遇以国士,不能共殄丑逆,致此奔败,何面目就桓求生乎?'玄闻,怒而收之。谓曰:'相遇如此,何以见负?'企生曰:'使君口血未干,而生此奸计,自伤力劣,不能翦定凶逆,我死恨晚尔!'玄遂斩之,时年三十有七,众咸悼之。"

[4] 王隐《晋书》曰:"绍字延祖,谯国铚人。父康,有奇才俊辩。绍十岁而孤,事母孝谨。累迁散骑常侍。惠帝败于荡阴,百官左右皆奔散,唯绍俨然端冕,以身卫帝。兵交御辇,飞箭雨集,遂以见害也。"

原文

1.44 王恭[1]从会稽[2]还，[1]王大[3]看之。[2]见其坐六尺簟[4]，因语恭："卿东来[5]，故应有此物，可以一领及我。"恭无言。大去后，即举所坐者送之。既无余席，便坐荐上。后大闻之，甚惊，曰："吾本谓卿多，故求耳。"对曰："丈人不悉恭，恭作人无长物[6]。"

译文

王恭从会稽回来，王大(忱)去探望他。看见他坐在一张六尺长的竹席上，便对王恭说："你从东边回来，自然应该有这些东西，可以拿一张给我。"王恭没有说话。王大离开以后，王恭就把所坐的那张竹席送给了他。他自己已经没有多余的竹席了，就坐在草垫子上。后来王大听说这件事，非常吃惊，对王恭说："我本来认为你有多余的，所以才向你要的。"王恭回答道："您老人家不了解我，我生活上没有多余的东西。"

今注

1 王恭(？—398)：字孝伯，太原晋阳(今山西太原)人。历任秘书丞、中书令。晋安帝隆安中，与桓玄、殷仲堪起兵反，兵败被诛。

2 会稽：晋郡名。治所在山阴(今浙江绍兴)。

3 王大：指王忱(？—392)，字元达，小字佛大，人称阿大，太原晋阳(今山西太原)人。中书令王坦之第四子，与王恭、王珣俱流誉一时。曾任骠骑长史。太元中，出任荆州刺史，都督荆、益、宁三州军事。

4 簟(diàn)：竹席。

5 卿：尊辈称晚辈，或同辈熟人间的亲热称呼。　东：东晋时把会稽、吴郡称为东。

6 长物：多余的东西。

刘注

[1] 周祗《隆安记》曰："恭字孝伯，太原晋阳人。祖父濛，司徒左长史，风流标望。父蕴，镇军将军，亦得世誉。"《恭别传》曰："恭清廉贵峻，志存格正。起家著作郎，历丹阳尹、中书令，出为五州都督、前将军、青兖二州刺史。"

[2] 王忱，小字佛大。《晋安帝纪》曰："忱字元达，平北将军坦之第四子也。甚得名于当世，与族子恭少相善，齐声见称。仕至荆州刺史。"

原文

1.45 吴郡1陈遗[1]，家至孝。母好食铛2底焦饭，遗作郡主簿3，恒装一囊，每煮食，辄贮录焦饭，归以遗母。后值孙恩4贼出吴郡，[2]袁府君5[3]即日便征。遗已聚敛得数斗焦饭，未展归家，遂带以从军。战于沪渎6，败，军人溃散，逃走山泽，皆多饥死，遗独以焦饭得活。时人以为纯孝之报也。

译文

吴郡陈遗，在家里最孝顺。母亲喜欢吃饭锅巴，陈遗在吴郡做主簿的时候，经常带一个口袋，每逢煮饭，就把锅巴存在口袋里，回家时送给母亲。后来遇上孙恩叛军流窜吴郡，袁府君（山松）即日出兵征讨。这时陈遗已经收集了几斗锅巴，来不及送回家，便带着它随军出征。双方在吴淞江下游一带开战，袁府君兵败，军士溃散，逃跑到山林沼泽之中，多数人被饿死，唯独陈遗依靠锅巴得以存活下来。当时的人认为这是他淳厚的孝行获得的善报。

今注

1 吴郡：晋郡名。治所在吴县(今江苏苏州)。

2 铛(chēng)底焦饭：俗称"锅巴"。铛，釜类，即锅。

3 主簿：官名。职能是掌管文书、簿籍、印鉴等。

4 孙恩(？—402):字灵秀。信奉五斗米教。曾率众攻入会稽等八郡,一度逼近建康。后败于刘裕,投水自杀。

5 袁府君:即袁山松(？—401),亦作"袁崧"。东晋陈郡阳夏(今河南太康)人。祖乔随桓温伐蜀,封湘西伯,他嗣爵。安帝时,任吴郡太守。隆安四年(400)筑沪渎垒(在今上海市青浦区东北),防孙恩。次年垒陷被杀。善音乐,曾改旧歌《行路难》,酒酣高歌,听者流泪,时称一绝。著有《后汉书》百篇,今有辑本。

6 沪渎(dú):水名。在今上海东北吴淞江下游靠近东海之处。

刘注

[1] 未详。

[2]《晋安帝纪》曰:"孙恩一名灵秀,琅邪人。叔父泰,事五斗米道,以谋反诛。恩逸逃于海上,聚众十万人,攻没郡县。后为临海太守辛昺斩首送之。"

[3] 山松,别见。

原文

1.46 孔仆射[1]为孝武[2]侍中[3],豫蒙眷接[4]。烈宗[5]山陵[6],孔时为太常[7],形素羸瘦,著重服[8],竟日涕泗流涟[9],见者以为真孝子。[1]

译文

孔仆射(安国)做晋孝武帝(司马曜)的侍中时,先期非常受优待。孝武帝逝世,孔当时任太常,他的身子一向瘦弱,穿着一身重孝服,成天泪流不止,见到的人都认为他是真正的孝子。

今注

1 孔仆射:指孔安国(？—408),东晋大臣,会稽山阴(今浙江绍兴)人,官至尚书仆射。与西汉经学家孔安国非同一人。

2 孝武：晋孝武帝司马曜(yào,362—396)。在位时间是372—396年。死后谥孝武。

3 侍中：官名。侍从皇帝左右，掌礼仪、备应对是其主要职能。

4 眷接：优厚的款待、接待。

5 烈宗：孝武帝庙号。

6 山陵：帝王陵墓。此处指帝王去世。

7 太常：九卿之一，掌礼乐祭祀等。

8 重(zhòng)服：服重丧时所穿的衣服。重丧，父母死后所服的丧。

9 流涟：泪流不止的样子。

刘注

[1]《续晋阳秋》曰："孔安国字安国，会稽山阴人，车骑愉第六子也。少而孤贫，能善树节，以儒素见称。历侍中、太常、尚书，迁左仆射、特进，卒。"

原文

1.47 吴道助、附子[1]兄弟居在丹阳[2]郡后[3]，遭母童夫人艰[4]，[1]朝夕哭临。及思至，宾客吊省，号踊[5]哀绝，路人为之落泪。韩康伯时为丹阳尹，母殷在郡，每闻二吴之哭，辄为凄恻。语康伯曰："汝若为选官，当好料理此人。"康伯亦甚相知。韩后果为吏部

译文

吴道助(坦之)、吴附子(隐之)兄弟住在丹阳郡的官署后面，遭逢母亲童夫人去世，他们早晚哭丧。等到悲思深切，或者宾客来吊唁的时候，他们都顿足号哭，哀恸欲绝，过往行人也被感动得流下眼泪。当时韩康伯(伯)任丹阳郡太守，母亲殷夫人住在郡署中，每当她听到吴家兄弟的哭声，就会为之哀伤。她对韩康伯说："你将来如果做了负责选举人才的官，应当好好照顾这两个人。"韩康伯也很赏识他们。后来韩康伯果然做了吏

尚书。大吴不免哀制 6，小吴遂大贵达。[2]

部尚书。大吴经不起丧母的悲哀而死去，小吴最终做了大官，非常富贵显达。

今注

1 吴道助、附子：指晋吴坦之、吴隐之兄弟。坦之字处靖，小字道助；隐之字处默，小字附子。道助官至晋陵太守，附子官至广州刺史。

2 丹阳：晋郡名。治所在建业(今南京)。

3 郡后：郡署后面。

4 艰：即丁艰，又称丁忧。指遭逢父母的丧事。

5 号踊：号哭顿足。号，大哭。踊，向上跳。

6 不免哀制：未能避免服丧期间的过度悲伤，哀恸而死。

刘注

[1] 道助，坦之小字；附子，隐之小字也。《吴氏谱》曰："坦之字处靖，濮阳人。仕至西中郎将功曹。父坚，取东苑童侩女，名秦姬。"

[2] 郑缉《孝子传》曰："隐之字处默，少有孝行，遭母丧，哀毁过礼。时与太常韩康伯邻居。康伯母，扬州刺史殷浩之妹，聪明妇人也。隐之每哭，康伯母辄辍事流涕，悲不自胜，终其丧如此。谓康伯曰：'汝后若居铨衡，当用此辈人。'后康伯为吏部尚书，乃进用之。"《晋安帝纪》曰："隐之既有至性，加以廉洁，奉禄颁九族，冬月无被。桓玄欲革岭南之弊，以为广州刺史。去州二十里有贪泉，世传饮之者其心无厌。隐之乃至水上，酌而饮之，因赋诗曰：'石门有贪泉，一歃重千金。试使夷齐饮，终当不易心。'为卢循所攻，还京师。历尚书、领军将军。"《晋中兴书》曰："旧云：往广州，饮贪泉，失廉洁之性。吴隐之为刺史，自酌贪泉饮之，题石门为诗云云。"

言语第二

导读

言语，即娴于辞令，巧于应对。本门共一百零八条。

古人历来重视言辞表达，这一门的一百多条讲的都是这方面的故事。如孔融的巧言对答。孔融刚十岁的时候，去拜访当时的名士李膺。在座的宾客大多称赞孔融聪明，然而其中的陈韪却说："小时了了，大未必佳。"孔融立即回敬了一句："想君小时，必当了了！"充分表现了孔融的机敏和言辞锋利。

再如崔豹的针锋相对。晋惠帝时，都郡长官陈某问崔豹，你距离崔杼有几代？崔豹立即明白了陈某的用意，回答说，我与崔杼隔的世代，与你与陈恒隔得一样远。崔杼是春秋时期齐国大夫，他弑杀了齐国的齐庄公。陈恒是弑杀齐简公的齐大夫。对于陈某的刁难，崔豹针锋相对，指出陈某的祖先也同样犯有弑君之罪。

这一门里面类似的记载非常多，值得深入探索史籍，进行研究。

原文

2.1 边文礼[1]见袁奉高[1]，失次序[2]。[2]奉高曰："昔尧聘许由，面无怍色。[3]先生何为颠倒衣裳[3]？"文礼答曰："明府[4]初临，尧德未彰，是以贱民

译文

边文礼（让）谒见袁奉高（阆），举止有失常态。袁奉高说道："从前帝尧探访许由，许由没有羞愧的神色。先生为什么颠倒衣裳？"文礼回答道："明府您刚刚来临，像帝

颠倒衣裳耳。”[4]

2.2 徐孺子[5]年九岁，尝月下戏。人语之曰：“若令月中无物，当极明邪？”[6]徐曰：“不然。譬如人眼中有瞳子，无此必不明。”

尧那样的圣德还没有显现出来，所以贱民才把衣裳颠倒了。”

徐孺子（穉）九岁的时候，有一次在月光下玩耍。有人对他说：“如果能使月亮里什么都没有，那么，月亮该会更加明亮吧？”徐孺子说道：“不是这样。这就如人的眼睛里有瞳仁一样，要是没有它，眼睛必定会看不见。”

今注

1 边文礼：即边让，字文礼，汉末名士，兖州陈留（今河南开封）人。博学善辩，擅属文，曾作《章华赋》，名噪一时。官至扬州九江郡太守。被曹操所杀。

2 失次序：举止失措，有失常态。

3 颠倒衣裳：语出《诗经·齐风·东方未明》：“东方未明，颠倒衣裳。”古代的服装，上面的叫衣，下面的叫裳；裳是裙子的一种，男女都穿。这句话是说把上衣和下裳调换着穿，用以嘲讽边文礼举止失措。

4 明府：汉魏以来对太守的尊称。

刘注

[1]（闳）〔阆〕也。

[2]《文士传》曰：“边让字文礼，陈留人。才俊辩逸，大将军何进闻其名，召署令史，以礼见之。让占对闲雅，声气如流，坐客皆慕之。让出就曹，时孔融、王朗等并前为掾，共书刺从让，让平衡与交接。后为九江太守，为魏武帝所杀。”

[3] 皇甫谧曰：“由字武仲，阳城槐里人也。尧、舜皆师而学事焉，后隐于

沛泽之中，尧乃致天下而让焉。由为人据义履方，邪席不坐，邪膳不食，闻尧让而去。其友巢父闻由为尧所让，以为污己，乃临池洗耳。池主怒曰：'何以污我水？'由于是遁耕于中岳颍水之阳，箕山之下，终身无经天下色。死葬箕山之巅，在阳城之南十里。尧因就其墓，号曰'箕山公神'，以配食五岳，世世奉祀，至今不绝也。"

[4] 按：袁(闳)〔阆〕卒于太尉掾，未尝为汝南，斯说谬矣。

[5] 稺也。

[6]《五经通议》曰："月中有兔、蟾蜍者何？月，阴也；蟾蜍，亦阴也，而与兔并明，阴系于阳也。"

原文

2.3 孔文举[1][1]年十岁，随父到洛。时李元礼有盛名，为司隶校尉[2]，诣门者皆俊才[3]清称[4]及中表亲戚，乃通。文举至门，谓吏曰："我是李府君[5]亲。"既通，前坐。元礼问曰："君与仆有何亲？"对曰："昔先君仲尼[6]与君先人伯阳[7]有师资之尊，是仆与君奕世为通好也。"元礼及宾客莫不奇之。太中大夫陈韪后至[8]，人以其语语之[9]。韪曰："小时了了[10]，大未必佳。"文举曰：

译文

孔文举(融)十岁的时候，跟随父亲到了洛阳。当时李元礼(膺)有很高的名望，担任司隶校尉。登门拜访他的，得是才智出众、有美好的名声的人以及内外亲戚才得以通报。孔文举到了门口，对门吏说："我是李府君的亲戚。"通报以后，他进门入座。李元礼问道："您和我是什么亲戚啊？"孔文举回答道："从前我的祖先孔仲尼(孔子)和您的祖先李伯阳(老子)是师友关系，这就是说我和您世世代代是通家之好。"李元礼和宾客们听了无不感到惊奇。太中大夫陈韪后到，有人把孔文举的话告诉了他。陈韪说道："小时候聪明伶俐，长大后未必很好。"孔

"想君小时，必当了了。"髡大踧踖[11]。[2]

文举随声回答道："想来您小的时候，一定聪明伶俐。"陈韪听后十分局促不安。

今注

1 孔文举：即孔融(153—208)，汉末文学家。字文举，鲁国鲁县(今山东曲阜)人。"建安七子"之一。曾任北海相，时称孔北海。又任少府、太中大夫等职。为人恃才负气，言论往往与传统观念相背。所作散文，锋利简洁，多讥嘲之辞，又能诗。因触怒曹操被杀。原有集，已散佚，明人辑有《孔北海集》，收入《汉魏六朝百三名家集》。

2 司隶校尉：官名。掌管监察京师和所属各郡百官。

3 俊才：才智卓越的人。

4 清称：美誉。指有声望的人。

5 府君：汉魏以来对人的尊称。

6 仲尼：指孔子，字仲尼。

7 伯阳：指老子，姓李，字伯阳。

8 太中大夫：官名。掌皇帝之顾问应对。　陈韪(wěi)：曾任太中大夫，事迹不详。

9 以其语(yǔ)语(yù)之：文中指将孔融所说的话告诉陈韪。第二个"语"字为动词，告诉。

10 了了：聪明智慧，通晓事理。

11 踧踖(cù jí)：恭敬而局促不安貌。

刘注

[1] 融也。

[2]《续汉书》曰："孔融字文举，鲁国人，孔子二十四世孙也。高祖父尚，巨鹿太守。父宙，泰山都尉。"《融别传》曰："融四岁，与兄食梨，辄引

小者。人问其故？答曰：'小儿，法当取小者。'年十岁，随父诣京师。河南尹李膺有重名，融欲观其为人，遂造之。膺问：'高明父祖，尝与仆周旋乎？'融曰：'然。先君孔子与君先人李老君，同德比义，而相师友。则融与君累世通家也。'众坐莫不叹息，佥曰：'异童子也！'太中大夫陈韪后至，同坐以告。韪曰：'人小时了了者，长大未必能奇。'融应声曰：'即如所言，君之幼时，岂实慧乎？'膺大笑，顾谓融曰：'长大必为伟器。'"

原文

2.4 孔文举有二子，大者六岁，小者五岁。昼日父眠，小者床头盗酒饮之。大儿谓曰："何以不拜[1]？"答曰："偷，那得行礼？"

2.5 孔融被收[2]，中外惶怖。时融儿大者九岁，小者八岁。二儿故琢钉戏，了无遽容。融谓使者曰："冀罪止于身，二儿可得全不？"儿徐进曰："大人岂见覆巢之下，复有完卵乎？"寻亦收至。[1]

译文

孔文举（融）有两个儿子，大的六岁，小的五岁。有一天趁父亲白天睡觉时，小儿子在床头偷酒喝。大儿子对他说："为什么不行礼？"小儿子回答道："偷，哪还要行礼？"

孔融被捕，朝廷内外惶恐不安。当时孔融的儿子大的九岁，小的八岁。这两个孩子依旧在玩琢钉游戏，完全没有一点儿恐惧之色。孔融对派来收捕他的人说："希望只加罪于我，两个孩子能不能保全呢？"孩子们从容地上前说道："父亲难道看见过捣翻的鸟窝下面还有完整的蛋吗？"不久，两个儿子也被捕了。

今注

1 何以不拜：徐震堮校笺："《御览》三八五此上有'酒以行礼'四字。"

语义更足。

2 收:逮捕,拘捕。

刘注

[1]《魏氏春秋》曰:"融对孙权使有讪谤之言,坐弃市。二子方八岁、九岁,融见收,弈棋端坐不起。左右曰:'而父见执。'二子曰:'安有巢覆而卵不破者哉?'遂俱见杀。"《世语》曰:"魏太祖以岁俭禁酒,融谓'酒以成礼,不宜禁',由是惑众,太祖收置法焉。二子龆龀见收,顾谓二子曰:'何以不辟?'二子曰:'父尚如此,复何所辟?'"裴松之以为《世语》云融儿不辟,知必俱死,犹差可安。孙盛之言,诚所未譬。八岁小儿,能悬了祸患,聪明特达,卓然既远,则其忧乐之情,固亦有过成人矣!安有见父被执,而无变容,弈棋不起,若在暇豫者乎?昔申生就命,言不忘父,不以己之将死而废念父之情也。父安尚犹若兹,而况颠沛哉!盛以此为美谈,无乃贼夫人之子与!盖由好奇情多,而不知言之伤理也。

原文

2.6 颍川太守髡陈仲弓。[1]客有问元方:"府君何如?"元方曰:"高明之君也。""足下家君何如?"曰:"忠臣孝子也。"客曰:"《易》称:'二人同心,其利断金。同心之言,其臭如兰。'1,[2]何有高明之君,而刑忠臣孝子者乎?"

译文

颍川太守将陈仲弓(寔)判了髡刑而剪去了他的头发。有一位客人问陈元方(纪)道:"太守为人怎么样?"陈元方道:"是个高尚明智的人。"又问道:"您的父亲怎么样?"陈元方道:"是个忠臣孝子。"客人道:"《易经》说:'二人同心,其利断金。同心之言,其臭如兰。'哪有高尚明智的人而施刑于忠臣孝子的事呢?"陈元方道:"您的话多么荒谬元方曰:"足下言何其谬也!故不相答。"客曰:"足下但因伛为恭,而不能答。"元方曰:"昔高宗放孝子孝己,[3]尹吉甫放孝子伯奇,[4]董仲舒放孝子符起[5]。唯2此三君,高明之君;唯此三子,忠臣孝子。"客惭而退。

啊!因此我不回答你。"客人道:"您不过是以驼背之躯而假装向人鞠躬,其实是不能回答。"陈元方道:"从前殷代高宗武丁流放孝子孝己,周代尹吉甫流放孝子伯奇,汉代董仲舒流放孝子符起。这三位先生,都是高尚明智的人;这三个被流放的人,都是忠臣孝子。"客人惭愧地走了。

今注

1 "二人"句:语出《周易·系辞上》。意思是高明之君和忠臣孝子是同心的,一致的。金,金属。臭,气味。

2 唯:语首助词。无实义。

刘注

[1] 按:寔之在乡里,州郡有疑狱不能决者,皆将诣寔。或到而情首,或中途改辞,或托狂悖,皆曰:"宁为刑戮所苦,不为陈君所非。"岂有盛德感人若斯之甚,而不自卫,反招刑辟,殆不然乎?此所谓东野之言耳!

[2] 王廙注《系辞》曰:"金,至坚矣,同心者,其利无不入。兰,芳物也,无不乐者。言其同心者,物无不乐也。"

[3]《帝王世纪》曰:"殷高宗武丁有贤子孝己,其母蚤死,高宗惑后妻之言,放之而死,天下哀之。"

[4]《琴操》曰:"尹吉甫,周卿也,有子伯奇,母死,更娶。后妻生子曰伯邦,乃谮伯奇于吉甫,于是放伯奇于野。宣王出游,吉甫从,伯奇乃作歌,以言感之。宣王闻之曰:'此孝子之辞也!'吉甫乃求伯奇于野,而射

杀后妻。”

[5] 未详。

原文

2.7 荀慈明与汝南袁阆相见，[1] 问颍川人士，慈明先及诸兄。阆笑曰：“士但可因亲旧而已乎？”慈明曰：“足下相难，依据者何经？”阆曰：“方问国士，而及诸兄，是以尤之耳。”慈明曰：“昔者祁奚[1]内举不失其子，外举不失其仇，以为至公。[2] 公旦[2]《文王》之诗，不论尧、舜之德而颂文、武者，亲亲之义也。《春秋》之义，内其国而外诸夏。且不爱其亲而爱他人者，不为悖德乎？[3]”

2.8 祢衡[4]被魏武谪为鼓吏。正月半试鼓，衡扬枹为《渔阳掺檛》[5]，渊渊有金石声，四

译文

荀慈明（爽）和汝南袁阆相见，袁阆问他颍川有哪些才德出众的人，荀慈明首先提到自己的几位兄长。袁阆笑道：“有才德的人只能凭借亲朋故旧来宣扬吗？”荀慈明道：“您责难我，依据的是什么义理？”袁阆道：“我刚才问的是国中才德出众的人，而你谈到的却是自己的几位兄长，所以才指责你。”荀慈明道：“从前，祁奚告老还乡，向晋悼公推荐人才，对内没有遗漏他的儿子，对外没有遗漏他的仇人，大家认为他最公正无私。周公姬旦写《诗经·大雅·文王之什》里的诗篇，不去述说远古帝尧和帝舜的德业，却大量歌颂周文王和周武王，这是符合亲爱亲族这一大义的。《春秋》这部经典，它的记事原则就是以本国为内，以诸夏各国为外。再说，不爱自己的亲人而去爱别人的人，不是违背了道德吗？”

祢衡被魏武（曹操）降为击鼓的小吏。正值正月十五大会宾客时要测试鼓乐的音节，祢衡高举鼓槌敲奏《渔阳掺

坐为之改容。[3]孔融曰："祢衡罪同胥靡⁶，不能发明王之梦。"[4]魏武惭而赦之。

檛》曲，鼓音深沉凝重，有钟磬的声音，满座的人都为之动容。孔融说道："祢衡的罪和傅说相同，却不能激发贤明的君王的思贤之心。"魏武听了感到惭愧，就赦免了祢衡。

今注

1 祁奚：春秋时人，曾先后举荐仇人解狐和儿子祁午以自代，故有善举之美名。

2 公旦：周公姬旦。周文王子，武王弟。辅佐武王伐纣，建立周朝，封于鲁。

3 "且不"句：语出《孝经·圣治章》。原文是："不爱其亲而爱他人者，谓之悖德。"悖德，违背道德。

4 祢衡(173—198)：汉末文学家，字正平，平原般(今山东乐陵西南)人。少有才辩，长于笔札，性刚傲物。曹操欲见之，衡自称狂病，不肯往。操乃召为鼓吏，大会宾客，欲当众辱衡，反为衡所辱。操怒，遣送荆州刘表。复不合，转送江夏太守黄祖，被祖所杀。作有《鹦鹉赋》，借以抒写才智之士生于乱世的不幸遭遇，辞气慷慨，为咏物小赋中优秀之作。另有《吊张衡文》。原有集，已失传。

5 枹(fú)：鼓槌。《渔阳掺檛(càn zhuā)》：鼓曲名。掺，击鼓的调子。檛，敲击，击打。

6 胥靡：古代服劳役的刑徒。此指武丁时的贤相傅说(yuè)。

刘注

[1] 荀爽一名谞。《汉南纪》曰："谞文章典籍无不涉，时人谚曰：'荀氏八龙，慈明无双。'潜处笃志，征聘无所就。"张璠《汉纪》曰："董卓秉政，复征爽，爽欲遁去，吏持之急。起布衣，九十五日而至三公。"

[2]《春秋传》曰:“祁奚为中军尉,请老,晋侯问嗣焉。称解狐,其仇也。将立之而卒。又问焉。对曰:‘午也可。’其子也。君子谓祁奚可谓能举善矣。称其仇不为谄,立其子不为比。”

[3]《典略》曰:“衡字正平,平原般人也。”《文士传》曰:“衡不知先所出,逸才飘举。少与孔融作尔汝之交,时衡未满二十,融已五十。敬衡才秀,共结殷勤,不能相违。以建安初北游,或劝其诣京师贵游者,衡怀一刺,遂至漫灭,竟无所诣。融数与武帝笺,称其才,帝倾心欲见。衡称疾不肯往,而数有言论。帝甚忿之,以其才名不杀,图欲辱之,乃令录为鼓吏。后至八月朝会,大阅试鼓节,作三重阁,列坐宾客。以帛绢制衣,作一岑牟、一单绞及小幝。鼓吏度者,皆当脱其故衣,著此新衣。次传衡,衡击鼓为《渔阳掺檛》,蹋地来前,蹑駇脚足,容态不常,鼓声甚悲,音节殊妙。坐客莫不慷慨,知必衡也。既度,不肯易衣。吏呵之曰:‘鼓吏何独不易服?’衡便止。当武帝前,先脱幝,次脱余衣,裸身而立。徐徐乃著岑牟,次著单绞,后乃著幝。毕,复击鼓掺(槌)〔檛〕而去,颜色无怍。武帝笑谓四坐曰:‘本欲辱衡,衡反辱孤。’至今有《渔阳掺檛》,自衡造也。为黄祖所杀。”

[4]皇甫谧《帝王世纪》曰:“武丁梦天赐己贤人,使百工写其象,求诸天下。见筑者胥靡,衣褐于傅岩之野,是为傅说。”张晏曰:“胥靡,刑名。胥,相也。靡,从也。谓相从坐轻刑也。”

原文

2.9 南郡[1]庞士元[2]闻司马德操[3]在颍川,故二千里候之。至,遇德操采桑。士元从车中谓曰:“吾闻丈夫处世,当

译文

南郡庞士元(统)听说司马德操(徽)住在颍川,特地走了两千里路去拜访他。到了那里,碰见德操正在采桑。士元就在车中对他说道:“我听说大丈夫处世,应该身带金印,佩挂紫绶。哪

带金佩紫。焉有屈洪流之量，而执丝妇之事？”[1]德操曰：[2]“子且下车。子适知邪径之速，不虑失道之迷。昔伯成[4]耦耕[5]，不慕诸侯之荣；[3]原宪[6]桑枢，不易有官之宅。[4]何有坐则华屋，行则肥马，侍女数十，然后为奇？此乃许、父[7][5]所以慷慨[8]，夷、齐[9]所以长叹。[6]虽有窃秦之爵，千驷之富，[7]不足贵也。”士元曰：“仆生出边垂，寡见大义。若不一叩洪钟，伐雷鼓，则不识其音响也。”

有委屈洪流般的器量而去干治丝养蚕的妇女所做之事的？”德操说道：“您姑且下车。您仅仅知道走小路快速，却不担心会迷失道路。从前伯成子高宁愿回去耕田，也不羡慕做诸侯的荣耀；原宪用桑木做门枢，也不愿做官去住官员的宅院。为何住就得豪华的房子，行就要肥壮的马匹，数十个婢女侍妾环列，然后才算做出功绩？这正是上古隐者许由、巢父感慨的缘由，高尚之士伯夷、叔齐长叹的缘由。即使像吕不韦那样窃得秦国的高官显爵，如齐景公一般驷马千车的富有，也是不足为贵的。”士元说道：“我生长在边远地区，很少见识大道理。假若不敲一下大钟，不击一下雷鼓，是不会知道它的声响的。”

今注

1 南郡：汉代郡名。治所在江陵（今湖北荆州市荆州区）。

2 庞士元（179—214）：指庞统，字士元。与诸葛亮齐名，人称“凤雏”，荆州襄阳（今湖北襄阳）人。刘备帐下重要谋士，与诸葛亮同拜为军师中郎将。辅佐刘备入川，进围雒城（在今四川广汉）时，中流矢而亡。

3 司马德操：指司马徽（？—208），字德操，颍川阳翟（今河南禹州）人。汉末名士，精通道学、奇门、兵法、经学，有“水镜先生”之称。有知人之誉，曾向刘备推荐庞统、诸葛亮。

4 伯成：指伯成子高，尧时贤臣。

5 耦(ǒu)耕:古代两人一组的耕作方法。两人各持一耜,并肩而耕。
6 原宪:字子思,孔子弟子。
7 许、父:许由、巢父。相传为尧舜时隐士。
8 慷慨:感慨,悲叹。
9 夷、齐:伯夷、叔齐。商孤竹君二子,耻食周粟,饿死首阳山。

刘注

[1]《蜀志》曰:"庞统字士元,襄阳人。少时朴钝,未有识者。颍川司马徽有知人之鉴,士元弱冠往见徽,徽采桑树上,坐士元树下,共语,自昼至夜。徽异之曰:'生当为南州士人之冠冕。'由是渐显。"《襄阳记》曰:"士元,德公之从子也。年少,未有识者,唯德公重之。年十八,使往见德操,与语,叹曰:'德公诚知人,实盛德也!'后刘备访世事于德操,德操曰:'俗士岂识时务,此间自有伏龙、凤雏。'谓诸葛孔明与士元也。"《华阳国志》曰:"刘备引士元为军师中郎将,从攻洛,为流矢所中,卒,时年三十八。"

[2]《司马徽别传》曰:"徽字德操,颍川阳翟人。有人伦鉴识,居荆州。知刘表性暗,必害善人,乃括囊不谈议。时人有以人物问徽者,初不辨其高下,每辄言佳。其妇谏曰:'人质所疑,君宜辨论,而一皆言佳,岂人所以咨君之意乎?'徽曰:'如君所言,亦复佳。'其婉约逊遁如此。尝有妄认徽猪者,便推与之。后得其猪,叩头来还,徽又厚辞谢之。刘表子琮往候徽,遣问在不,会徽自锄园。琮左右问:'司马君在邪?'徽曰:'我是也。'琮左右见其丑陋,骂曰:'死傭!将军诸郎欲求见司马君,汝何等田奴,而自称是邪!'徽归,刈头著帻出见。琮左右见徽故是向老翁,恐,向琮道之。琮起,叩头辞谢。徽乃谓曰:'卿真不可,然吾甚羞之。此自锄园,唯卿知之耳。'有人临蚕求簇箔者,徽自弃其蚕而与之。或曰:'凡人损己以赡人者,谓彼急我缓也。今彼此正等,何为与人?'徽曰:'人未尝求己,求之不与将惭。何有以财物令人惭

者！’人谓刘表曰：‘司马德操，奇士也，但未遇耳。’表后见之，曰：‘世间人为妄语，此直小书生耳。’其智而能愚皆此类。荆州破，为曹操所得，操欲大用，会其病死。”

[3]《庄子》曰：“尧治天下，伯成子高立为诸侯。禹为天子，伯成辞诸侯而耕于野。禹往见之，趋就下风而问焉。子高曰：‘昔尧治天下，不赏而民劝，不罚而民畏。今子赏罚而民且不仁，德自此衰，刑自此立。夫子盍行邪？毋落吾事！’”

[4]《家语》曰：“原宪字子思，宋人，孔子弟子。居鲁，环堵其室，茨以生草，蓬户不完，桑枢而瓮牖，上漏下湿，坐而弦歌。子贡轩车不容巷，往见之，曰：‘先生何病也？’宪曰：‘宪闻无财谓之贫，学而不能行谓之病。今宪贫也，非病也。夫希世而行，比周而友，学以为人，教以为己。仁义之慝，舆马之饰，宪不忍为也！’”

[5] 许由、巢父。

[6]《孟子》曰：“伯夷、叔齐目不视恶色，耳不听恶声，与乡人居，若在涂炭，盖圣人之清也。”

[7]《古史考》曰：“吕不韦为秦子楚行千金货于华阳夫人，请立子楚为嗣。及子楚立，封不韦洛阳十万户，号文信侯。”以诈获爵，故曰窃也。《论语》曰：“齐景公有马千驷，民无德而称焉。”孔安国曰：“千驷，四千匹。”

原文

2.10 刘公幹 1 以失敬罹罪。[1] 文帝问曰：“卿何以不谨于文宪？”桢答曰：“臣诚庸短 2，亦由陛下纲目不疏。”[2]

2.11 钟毓、钟会 3 少有

译文

刘公幹（桢）因为有失尊敬遭受惩罚。魏文帝（曹丕）问他道：“你为什么不谨慎对待法纪？”公幹回答道：“臣固然平庸没见识，但也是由于陛下的法网太密。”

钟毓、钟会小时候就有美好的名

令誉[4]。[3]年十三,魏文帝闻之,语其父钟繇[5][4]曰:“可令二子来。”于是敕见。毓面有汗,帝问:“卿面何以汗?”毓对曰:“战战惶惶,汗出如浆。”复问会:“卿何以不汗?”对曰:“战战栗栗,汗不敢出。”

声。钟毓十三岁那年,魏文帝(曹丕)听说了他们两兄弟,就对他们的父亲钟繇说道:“可以把你的两个孩子叫来见我。”于是下令召见。钟毓的脸上有汗水,魏文帝说道:“你的脸上为什么出汗?”钟毓回答道:“战战惶惶,汗出如浆。”又问钟会:“你为什么不出汗?”钟会回答道:“战战栗栗,汗不敢出。”

今注

1 刘公幹:即刘桢(?—217),汉末文学家。字公幹,东平宁阳(今山东宁阳北)人。“建安七子”之一。为曹操丞相掾属,后为五官中郎将文学。性亢直。其五言诗在当时负有重名。后人以他与曹植并举,称为“曹刘”。但作品流传很少,内容多为酬答亲朋,抒写个人抱负。原有集,已散佚,明人辑有《刘公幹集》,收入《汉魏六朝百三名家集》。

2 庸短:指平庸浅陋,见识浅薄。用作谦辞。

3 钟毓、钟会(225—264):魏太傅钟繇二子。钟毓,字稚叔,十四岁为散骑侍郎,后历任青州刺史、御史中丞等职。钟会,字士季,少有令名,精通名理,累官至司徒,后封侯。因功高震主,深感不安,暗中与蜀将姜维谋反,被其部将所杀。

4 令誉:美好的声誉。

5 钟繇(yáo,151—230):三国魏大臣、书法家。字元常,颍川长社(今河南长葛东北)人。东汉末,为黄门侍郎。曹操执政,任为侍中守司隶校尉,持节督关中诸军。经营关中,召集流散,使生产逐渐得到恢复。曹丕代汉后,任廷尉。明帝即位,迁太傅,人称“钟太傅”。工书,师法曹喜、蔡邕、刘德昇,博采众长,兼善各体,尤精于隶、楷。点画之间，多有异趣，结体朴茂，出乎自然，形成由隶入楷的新貌，与东晋王羲之并称“钟王”。真迹不传，宋以来法帖中所刻《宣示表》《贺捷表》《荐季直表》等，疑出于后人临摹。

刘注

[1]《典略》曰：“刘桢字公干，东平宁阳人。建安十六年，世子为五官中郎将，妙选文学，使桢随侍太子。酒酣坐欢，乃使夫人甄氏出拜，坐上客多伏，而桢独平视。他日公闻，乃收桢，减死，输作部。”《文士传》曰：“桢性辩捷，所问应声而答。坐平视甄夫人，配输作部使磨石。武帝至尚方观作者，见桢匡坐正色磨石。武帝问曰：‘石何如？’桢因得喻己自理，跪而对曰：‘石出荆山悬岩之巅，外有五色之章，内含卞氏之珍。磨之不加莹，雕之不增文，禀气坚贞，受之自然。顾其理枉屈纡绕而不得申。’帝顾左右大笑，即日赦之。”

[2]《魏志》曰：“帝讳丕，字子桓，受汉禅。”按诸书或云，桢被刑魏武之世，建安二十年病亡。后七年，文帝乃即位，而谓桢得罪黄初之时，谬矣！

[3]《魏书》曰：“毓字稚叔，颍川长社人，相国繇长子也。年十四，为散骑侍郎，机捷谈笑有父风。仕至车骑将军。”

[4]《魏志》曰：“繇字元常，家贫好学，为《周易》《老子训》。历大理、相国，迁太傅。”

原文

2.12 钟毓兄弟小时，值父昼寝，因共偷服药酒。其父时觉[1]，且托寐以观之。毓拜而后饮，会饮

译文

钟毓兄弟小的时候，一次在父亲白天睡觉时，趁机一起偷服药酒。他们的父亲忽然醒来，姑且装睡来观察他们。钟毓行礼以后才喝酒，钟会喝

而不拜。[1]既而问毓何以拜，毓曰："酒以成礼，不敢不拜。"又问会何以不拜，会曰："偷本非礼，所以不拜。"

了酒后还不行礼。后来父亲问钟毓为什么要行礼，钟毓回答道："饮酒就要遵守礼仪，所以不敢不行礼。"又问钟会为什么不行礼，钟会回答道："偷本来就不合礼仪，所以不必行礼。"

2.13 魏明帝[2]为外祖母筑馆于甄氏[3]。[2]既成，自行视，谓左右曰："馆当以何为名？"侍中[4]缪袭[5]曰：[3]"陛下圣思齐于哲王，罔极[6]过于曾、闵[7]。此馆之兴，情钟舅氏，宜以'渭阳'[8]为名。"[4]

魏明帝（曹叡）在甄府原址上给外祖母修建了一座豪华的住宅。落成以后，他亲自前去察看，并且问随从说："这所住宅应当取个什么名字？"侍中缪袭回答道："陛下圣明的思想和贤明的君主一样，无穷无尽的孝心超过了曾参、闵子骞。这座住宅之所以兴建，就是因为您对舅家的钟爱，应该以'渭阳'命名。"

2.14 何平叔[9]云："服五石散，非唯治病，亦觉神明开朗。"[5]

何平叔（晏）说："服食五石散，不仅能治病，还能使人的精神清爽舒畅。"

今注

1 时觉：徐震堮校笺："时谓即时也……时觉犹言忽觉。"

2 魏明帝：即曹叡（206—239），字元仲，沛国谯县（今安徽亳州市谯城区）人。曹丕之子。能诗文，与曹操、曹丕并称魏之"三祖"，但文学成就远不及操、丕。原有集，已散佚。后人辑有散文二卷，乐府诗十余首。

3 甄氏：明皇帝母，后被废赐死。

4 侍中：官名，侍从皇帝，备应对，掌礼仪，护驾乘等。

5 缪袭（186—245）：三国魏文学家。字熙伯，东海兰陵（治今山东兰陵县兰陵镇）人。官至尚书光禄勋。与仲长统友善。多有撰述。其《魏鼓吹曲》十二首,大都为歌颂曹操功业之作。原有集,已失传。

6 罔极:《诗经·小雅·蓼莪》:"欲报之德,昊天罔极。"后指父母之恩德无穷或子女对父母的无穷哀思。

7 曾、闵:曾参和闵子骞。二人皆为孔子弟子,以孝著称。

8 渭阳:渭水北边。语出《诗经·秦风·渭阳》:"我送舅氏,曰至渭阳。"据说这篇诗是秦康公送别舅父晋文公时思念亡母而作。后以"渭阳"表示外甥对舅舅的感情。

9 何平叔:指何晏(约190—249),三国魏玄学家。字平叔,南阳宛县(今河南南阳)人。何进孙,曾随母为曹操收养。少以才秀知名,好老庄言。娶魏公主。曹爽执政时,为散骑侍郎,官至侍中尚书,典选举。后为司马懿所杀。和夏侯玄、王弼等倡导玄学,竞事清谈,为"贵无论"主要代表之一。在汉儒经学渐失统治作用后,"援老入儒",称"天地万物以无为本。无也者,开物成务,无往而不存者也"(《晋书·王衍传》)。主张君主无为而治。提出"圣人无情",无累于物,重自然而轻名教,认为名教源于"无",出于自然。能诗赋。著作除《论语集解》外,其余《道德论》《无名论》《无为论》等散见于《列子注》《世说新语》中。

刘注

[1]《魏志》曰:"会字士季,繇少子也。敏惠夙成。中护军蒋济著论,谓观其眸子,足以知人。会年五岁,繇遣见济。济甚异之,曰:'非常人也!'及壮,有才数,精练名理,累迁黄门侍郎。诸葛诞反,文王征之,会谋居多,时人谓之子房。拜镇西将军。伐蜀,蜀平,进位司徒。自谓功名盖世,不可复为人下。谓所亲曰:'我淮南已来,画无遗策,四海共知,持此欲安归乎?'遂谋反,见诛,时年四十。"

[2]《魏末传》曰:"帝讳叡,字元仲,文帝太子。以其母废,未立为嗣。文帝与俱猎,见子母鹿,文帝射其母,应弦而倒。复令帝射其子,帝置弓泣曰:'陛下已杀其母,臣不忍复杀其子。'文帝曰:'好语动人心!'遂

定为嗣，是为明帝。”《魏书》曰：“文昭甄皇后，明帝母也。父逸，上蔡令。烈宗即位，追封上蔡君。嫡孙象袭爵，象薨，子畅嗣，起大第，车驾亲自临之。”

[3]《文章叙录》曰：“袭字熙伯，东海兰陵人。有才学，累迁侍中、光禄勋。”

[4]《秦诗》曰：“渭阳，康公念母也。康公之母，晋献公之女。文公遭骊姬之难，未反而秦姬卒。穆公纳文公，康公时为太子，赠送文公于渭之阳，念母之不见也。我见舅氏，如母存焉。”按《魏书》，帝于后园为象母起观，名其里曰渭阳。然则象母即帝之舅母，非外祖母也。且渭阳为馆名，亦乖旧史也。

[5]《魏略》曰：“何晏字平叔，南阳宛人，汉大将军进孙也。或云何苗孙也。尚主，又好色，故黄初时无所事任。正始中，曹爽用为中书，主选举，宿旧者多得济拔。为司马宣王所诛。”秦丞相《寒食散论》曰：“寒食散之方虽出汉代，而用之者寡，靡有传焉。魏尚书何晏首获神效，由是大行于世，服者相寻也。”

原文

2.15 嵇中散语赵景真1：[1]“卿瞳子白黑分明，有白起2之风，[2]恨量小狭。”赵云：“尺表能审玑衡之度，[3]寸管能测往复之气。[4]何必在大，但问识如何耳！”

2.16 司马景王3东征，[5]取上党4李喜5

译文

嵇中散（康）对赵景真（至）说：“你的眼睛白黑分明，有战国名将白起的风采，遗憾的是器量小了一些。”赵景真说道：“一尺长的表尺能够测定玑衡的准确度，一寸长的竹管能够测量出入之气而定音律的高低。何必在乎大或不大，只问见识怎么样就是了。”

司马景王（师）东征，录用上党郡李喜做从事中郎。于是问李喜道：“从前先父征召您，您不肯就命；现在我征召您，您以为从事中郎6。因问喜曰："昔先公辟君，不就；今孤召君，何以来？"喜对曰："先公以礼见待，故得以礼进退。明公7以法见绳，喜畏法而至耳。"[6]

为什么来了呢？"李喜回答道："当年令尊以礼相待，所以我能够按礼节来决定进退。现在您用法令来约束我，我怕犯法，所以来了。"

2.17 邓艾8口吃，语称"艾艾"。[7]晋文王戏之曰："卿云'艾艾'，定是几艾？"对曰："'凤兮凤兮9'，故是一凤。"[8]

邓艾说话结结巴巴，自己称呼自己时，常常重复说"艾艾"。晋文王司马昭和他开玩笑说："你说'艾艾'，究竟有几个艾？"邓艾回答道："'凤兮凤兮'，本来就指一只凤。"

今注

1 赵景真：指赵至，字景真，晋代郡（治今河北蔚县）人。与嵇康相知，为太康时良吏。

2 白起：秦昭王时名将，封武安君。

3 司马景王：指司马师，死后谥为景王。

4 上党：郡名。辖境在今山西黎城、长治、壶关一带。

5 李喜：《晋书》本传作李憙。字季和，上党铜鞮（今山西沁县南）人。三国曹魏及西晋时期大臣。

6 从事中郎：魏晋时三公、郡王、州郡所置属官。

7 明公：对有名位者的尊称。

8 邓艾(197—264)：三国义阳棘阳（今河南南阳南）人，字士载。本名范，字士则。少孤贫，口吃。初为司马懿掾属，建议屯田两淮，广开漕渠，并著《济河论》，为司马懿采纳。后为魏镇西将军，拒蜀将姜维。魏景元四年(263)，与钟会分军攻蜀，自阴平道出，凿山通道，攀木缘崖，行无人之地七百余里，得先入成都灭蜀。旋遭钟会诬为谋反，被监军卫瓘所杀。

9 凤兮凤兮:凤,凤凰,传说中的神鸟名。语出《论语·微子》:"楚狂接舆歌而过孔子曰:'凤兮凤兮!何德之衰?'"何晏《集解》引孔安国曰:"比孔子于凤鸟。"

刘注

[1] 嵇绍《赵至叙》曰:"至字景真,代郡人。汉末,其祖流宕,客缑氏。令新之官,至年十二,与母共道傍看,母曰:'汝先世非微贱之家也,汝后能如此不?'至曰:'可尔耳!'归便就师诵书,蚤闻父耕叱牛声,释书而泣。师问之,答曰:'自伤不能致荣华,而使老父不免勤苦。'年十四,入太学观,时先君在学写石经古文,事讫,去。遂随车问先君姓名。先君曰:'年少何以问我?'至曰:'观君风器非常,故问耳。'先君具告之。至年十五,阳病,数数狂走五里三里,为家追得,又灸身体十数处。年十六,遂亡命,径至洛阳,求索先君不得。至邺,沛国史仲和是魏领军史涣孙也,至便依之,遂名翼,字阳和。先君到邺,至具道太学中事,便逐先君归山阳经年。至长七尺三寸,洁白黑发,赤唇明目,鬓须不多,闲详安谛,体若不胜衣。先君尝谓之曰:'卿头小而锐,瞳子白黑分明,视瞻停谛,有白起风。'至论议清辩,有从横才,然亦不以自长也。孟元基辟为辽东从事,在郡断九狱,见称清当。自痛弃亲远游,母亡不见,吐血发病,服未竟而亡。"

[2] 严尤《三将叙》曰:"白起。平原君劝赵孝成王受冯亭,王曰:'受之,秦兵必至,武安君必将,谁能当之者乎?'对曰:'渑池之会,臣察武安君小头而面锐,瞳子白黑分明,视瞻不转。小头而面锐者,敢断决也;瞳子白黑分明者,见事明也;视瞻不转者,执志强也。可与持久,难与争锋。廉颇为人,勇鸷而爱士,知难而忍耻。与之野战则不如,持守足以当之。'王从其计。"

[3]《周髀》曰:"夏至,北方二万六千里,冬至,南方十三万五千里,日中树表则无影矣。周髀长八尺,夏至日,晷尺六寸。髀,股也;晷,句也。

正南千里，句尺五寸；正北千里，句尺七寸。"《周髀》之书也。

[4]《吕氏春秋》曰："黄帝使伶伦自大夏之西、昆仑之阴，取竹之嶰谷生，其窍厚薄均者，断两节间而吹之，以为黄钟之管。制十二筩，以听凤凰之鸣。雄鸣六，雌鸣六，以为律吕。"《续汉书·律历志》曰："十二律之变，至于六十，以律候气。候气之法：为室三重，户闭，涂衅必周，密布缇幔，以木为案，加律其上，以葭莩灰抑其内，为气所动者，其灰散也。以此候之。"

[5]《魏书》曰："司马师字子元，相国宣文侯长子也。以道德清粹重于朝廷，为大将军、录尚书事。毋丘俭反，师自征之。薨，谥景王。"

[6]《晋诸公赞》曰："喜字季和，上党铜鞮人也。少有高行，研精艺学。宣帝为相国，辟喜，喜固辞疾。景帝辅政，为从事中郎，累迁光禄大夫，特进。赠太保。"

[7]《魏志》曰："艾字士载，棘阳人。少为农人养犊。年十二，随母至颍川，读故《太丘长碑文》曰'言为世范，行为士则'。遂名范，字士则。后宗族有同者，故改焉。每见高山大泽，辄规度指画军营处所，时人多笑焉。后见司马宣王，三辟为掾。累迁征西将军。伐蜀，蜀平，进位太尉。为卫瓘所害。"

[8]朱凤《晋纪》曰："文王讳昭，字子上，宣帝次子也。"《列仙传》曰："陆通者，楚狂接舆也。好养性，游诸名山。尝遇孔子而歌曰：'凤兮凤兮，何德之衰！往者不可谏，来者犹可追。'后入蜀，在峨嵋山中也。"

原文

2.18 嵇中散既被诛，向子期[1]举郡计[2]入洛。文王引进，问曰："闻君有箕山之志，何以在此？"

译文

嵇中散（康）被杀以后，向子期（秀）被郡守举荐，同计吏一起来到京都洛阳。晋文王（司马昭）召见了他，问他道："听说您有隐居山林的志向，怎么会在这对曰:“巢、许狷介之士,不足多慕。”王大咨嗟。[1]

里?”向子期回答道:“隐居箕山的巢父、许由是孤傲自守的人,不值得过多仰慕。”晋文王大为叹赏。

2.19 晋武帝始登阼,探策得一。[2] 王者世数,系此多少。帝既不说[3],群臣失色,莫能有言者。侍中裴楷进曰:“臣闻天得一以清,地得一以宁,侯王得一以为天下贞。[4]”帝说,群臣叹服。[3]

晋武帝(司马炎)刚登上帝位,用蓍草占卜,得到的是“一”。帝王世系能传多少代,与占卜所得数字相关。因此武帝非常不高兴,在场的官员也吓得变了脸色,谁也不敢说话。这时,侍中裴楷从容地上前说道:“臣听说天得到一就纯净清明,地得到一就安定宁静,侯王得到一就天下恢弘正道。”武帝听了非常高兴,所有的官员也无不叹赏佩服。

今注

1 向子期(约 227—272):即向秀,魏晋之际玄学家、文学家。字子期,河内怀(今河南武陟西南)人。“竹林七贤”之一。官至黄门侍郎、散骑常侍。曾为《庄子》作注,“发明奇趣,振起玄风”,但余《秋水》《至乐》二篇注释未竟而卒。后郭象“述而广之”,别为一书。向秀注本已佚,其注散见于《世说新语》《列子注》《文选注》《经典释文》等书中。提出万物“自生”、“自化”、各任其性的主张。认为人思五味、五色是“自然之理”,“但当节之以礼”。主张顺应自然之理,反对用压抑性情的办法求长生。还主张自然与名教统一,合儒道为一。擅诗赋,曾作《思旧赋》。另有《周易注》,已佚。

2 郡计:郡中计吏。计吏,掌计簿的小吏。

3 说:“悦”的古字。高兴。

4 “天得一”句:见《老子》三十九章。原文是:“昔之得一者:天得一以清,地得一以宁,神得一以灵,谷得一以盈,万物得一以生,侯王得一以为天下贞。”“贞”,有的本子作“正”。贞、正二字古通用。王念孙《读书杂志》认为“为天下正”即“为天下主”,“正”是“君长”的意思。

刘注

[1]《向秀别传》曰:“秀字子期,河内人。少为同郡山涛所知,又与谯国嵇康、东平吕安友善,并有拔俗之韵,其进止无不同,而造事营生,业亦不异。常与嵇康偶锻于洛邑,与吕安灌园于山阳。不虑家之有无,外物不足怫其心。弱冠著《儒道论》,弃而不录,好事者或存之。或云是其族人所作,困于不行,乃告秀,欲假其名。秀笑曰:‘可复尔耳!’后康被诛,秀遂失图,乃应岁举,到京师,诣大将军司马文王,文王问曰:‘闻君有箕山之志,何能自屈?’秀曰:‘常谓彼人不达尧意,本非所慕也。’一坐皆说。随次转至黄门侍郎、散骑常侍。”

[2]《晋世谱》曰:“世祖讳炎,字安宇,咸熙二年受魏禅。”

[3] 王弼《老子注》云:“一者,数之始,物之极也。各是一物,所以为主也。各以其一,致此清、宁、贞。”

原文

2.20 满奋 1 畏风。在晋武帝坐,北窗作琉璃屏,实密似疏,奋有难色。帝笑之。[1] 奋答曰:“臣犹吴牛 2,见月而喘。”[2]

2.21 诸葛靓 3 在吴,于朝堂大会,[3] 孙皓 4 问:“卿字仲思,为何所思?”对曰:

译文

满奋怕风。他在晋武帝(司马炎)身旁侍坐,北窗是琉璃屏风,实际很严密,看起来却透明空疏,满奋脸上有为难的神色。晋武帝取笑他。满奋回答道:“臣好比吴地水牛,看见月亮就喘息起来。”

诸葛靓在吴国时,一次在朝廷大会上,孙皓问他道:“你的字叫仲思,所思的是什么?”诸葛靓回答道:“在家

"在家思孝,事君思忠,朋友思信,如斯而已。"

2.22 蔡洪 5 [4] 赴洛,洛中人问曰:"幕府初开,群公辟命,求英奇于仄陋 6,采贤俊于岩穴 7。君吴楚之士,亡国之余,有何异才而应斯举?"蔡答曰:"夜光之珠,不必出于孟津之河;[5] 盈握之璧,不必采于昆仑之山 [6]。大禹生于东夷,文王生于西羌。[7] 圣贤所出,何必常处?昔武王伐纣,迁顽民于洛邑,[8] 得无诸君是其苗裔乎?" [9]

思孝道,事君思尽忠,交友思诚信,如此而已。"

蔡洪来到洛阳,洛阳的人问他道:"官署设置不久,众公卿奉命延揽人才,要在卑微之人里寻访优异杰出之士,到山林隐逸中选拔德才兼备的人。先生是南方人士,亡国遗民,有什么特殊才能来参加这个选拔?"蔡洪回答道:"夜光珠不一定都出自孟津河中;满握的玉璧不一定全来自昆仑山上。大禹出生于东夷,文王出生在西羌。圣贤的出生地为什么一定要在某个固定的地方?从前周武王伐纣,把殷代的顽民迁移到洛邑,莫非各位先生就是他们的后代?"

今注

1 满奋:字武秋,高平昌邑(今山东巨野南)人。晋朝大臣,曹魏太尉满宠之孙。传说满奋肥胖,有皮肤病,怕风。

2 吴牛:吴地水牛。

3 诸葛靓(jìng):字仲思,琅邪阳都(今山东沂南)人,曹魏征东大将军诸葛诞少子。诸葛诞叛乱时,他入吴为质。吴亡后投降晋朝,但因父仇而终身不仕,时人称许为至孝。

4 孙皓(242—284):字元宗,三国吴后主,孙权之孙。公元 264—280 年在位。在位时专横残暴。280 年,吴亡降晋,封归命侯。

5 蔡洪:字叔开,吴郡(治今江苏苏州)人。初仕吴,吴亡入晋。有才名,著《孤奋论》。

6 仄陋:卑贱低微。

7 岩穴:山洞。代指隐居之处或隐者。

刘注

[1] 荀绰《冀州记》曰:"奋字武秋,高平人,魏太尉宠之孙也。性清平有识,自吏部郎出为冀州刺史。"《晋诸公赞》曰:"奋体量清雅,有曾祖宠之风,迁尚书令,为荀勖所害。"

[2] 今之水牛,惟生江淮间,故谓之吴牛也。南土多暑,而此牛畏热,见月疑是日,所以见月则喘。

[3]《晋诸公赞》曰:"靓字仲思,琅邪人,司空诞少子也。雅正有才望。诞以寿阳叛,遣靓入质于吴,以靓为右将军、大司马。"

[4]《洪集录》曰:"洪字叔开,吴郡人,有才辩,初仕吴朝。太康中,本州从事,举秀才。"王隐《晋书》曰:"洪仕至松滋令。"

[5] 旧说云:"隋侯出行,有蛇斩而中断者,侯连而续之,蛇遂得生而去。后衔明月珠以报其德,光明照夜同昼,因曰隋珠。"左思《蜀都赋》所谓"隋侯鄙其夜光也"。

[6] 韩氏曰:"和氏之璧,盖出于井里之中。"

[7] 按《孟子》曰:"舜生于诸冯,东夷人也;文王生于岐周,西戎人也。"则东夷是舜非禹也。

[8]《尚书》曰:"成周既成,迁殷顽民,作《多士》。"孔安国注曰:"殷大夫心不则德义之经,故徙于王都,迩教诲也。"

[9] 按华令思举秀才入洛,与王武子相酬对,皆与此言不异,无容二人同有此辞。疑《世说》穿凿也。

原文

2.23 诸名士[1]共至洛水戏。[1]还，乐令[2][2]问王夷甫[3]曰：“今日戏，乐乎？”[3]王曰：“裴仆射[4]善谈名理[5]，混混有雅致；[4]张茂先论《史》《汉》，靡靡可听；[5]我与王安丰[6]说延陵[6]、子房[7]，亦超超玄著。”[7]

2.24 王武子[8][8]、孙子荆[9][9]各言其土地人物之美。王云：“其地坦而平，其水淡而清，其人廉且贞。”孙云：“其山嶵巍[10]以嵯峨，其水泙渫[11]而扬波，其人磊砢[12]而英多。”[10]

2.25 乐令女适大将军成都王颖[13]。[11]王兄长沙王[14]执权于洛，[12]遂构兵相图。长沙王亲近小人，远外君子，凡在朝者，人怀危惧。乐令既允朝望，加有婚亲，群小谗于长沙。长沙尝问乐令，乐令

译文

众名士一同到洛水边游玩。回来的时候，乐令（广）问王夷甫（衍）道：“今天玩得高兴吗？”王夷甫道：“裴仆射（頠）擅长谈论名理，谈起来滔滔不绝，有高雅的情趣；张茂先（华）讲述《史记》《汉书》，娓娓动听；我和王安丰（戎）谈论延陵季子（札）、张子房（良），也高深玄妙，透彻明了。”

王武子（济）、孙子荆（楚）各自谈论自己家乡的土地、人物的美好。王武子说道：“我们那里的土地宽广平坦，那里的水甘甜清澈，那里的人廉洁而且坚贞。”孙子荆说道：“我们那里的山高峻巍峨，那里的水重叠相连，那里的人有卓越之才而英杰众多。”

乐令（广）的女儿嫁给大将军成都王司马颖。成都王的哥哥长沙王（司马乂）在京都洛阳执掌大权，成都王便起兵图谋取代他。长沙王亲近小人，疏远君子，凡是在朝中做官的人都感到不安和恐惧。乐令在朝廷里已很有声望，又和成都王有姻亲关系，一些小人就在长沙王面前说乐广的坏话。长沙王为此曾经问过乐令，乐令神态自然，从容不

神色自若，徐答曰："岂以五男易一女？"[13]由是释然，无复疑虑。

迫地回答道："哪有用五个儿子的性命去换一个女儿的？"长沙王的疑心从此消释，不再猜疑他。

今注

1 名士：指以学术、诗文等著称的知名人士；也指恃才放达、鄙弃礼法、好谈玄理、不拘小节之士，如王弼、何晏、阮籍、嵇康等。

2 乐令：指乐广。曾任尚书令，故名。

3 王夷甫：即王衍(256—311)，西晋大臣。字夷甫，琅邪临沂(今山东临沂北)人。喜谈老庄，所论义理，随时更改，人称"口中雌黄"。曾任中书令、尚书令、司徒、司空、太尉等。时八王混战，匈奴刘渊乘机举兵。他居宰辅高位，不以经国为重，专谋自保。永嘉五年(311)，兵败，为石勒所俘，劝勒称帝，以图苟活，为勒所杀。

4 裴仆射：裴頠(wěi，267—300)，字逸民，河东闻喜(今山西闻喜)人，官至尚书左仆射。西晋玄学家，提出"崇有论"。

5 名理：魏晋及其后的清谈家把考核名实、辨别分析事物的是非同异叫作名理。

6 延陵：指延陵季子。春秋时吴国季札封于延陵，时人称其为延陵季子。

7 子房：汉谋臣张良，字子房。张良辅佐刘邦统一天下，封留侯。

8 王武子：即王济，字武子，太原晋阳(今山西太原)人。司徒王浑次子，晋文帝司马昭之婿。通《老》《庄》《易》，善清谈。又喜养马，杜预谓有"马癖"。

9 孙子荆(约218—293)：即孙楚，字子荆，太原中都(今山西平遥西南)人。才藻卓绝，爽迈不群。晋惠帝时为冯翊(píng yì)太守。明人辑有《孙冯翊集》，收入《汉魏六朝百三名家集》。

10 嶵(zuì)巍：山势高峻雄壮的样子。

11 沺渫(yā dié):水波重叠相连的样子。

12 磊砢(luǒ):形容植物多节。比喻人有卓越的才能。

13 成都王颖:司马颖,字章度,晋武帝第十六子。刘孝标注世祖第十九子,误。

14 长沙王:司马乂,字士度,晋武帝第六子。刘孝标注世祖第十七子,误。

刘注

[1]《竹林七贤论》曰:"王济诸人尝至洛水解禊事。明日,或问济曰:'昨游,有何语议?'济云云。"

[2] 广也。

[3] 虞预《晋书》曰:"王衍字夷甫,琅邪临沂人,司徒戎从弟。父乂,平北将军。夷甫蚤知名,以清虚通理称。仕至太尉,为石勒所害。"

[4]《晋惠帝起居注》曰:"裴𬱟字逸民,河东闻喜人,司空秀之少子也。"《冀州记》曰:"𬱟弘济有清识,稽古,善言名理。履行高整,自少知名。历侍中、尚书左仆射,为赵王伦所害。"

[5]《晋阳秋》曰:"华博览洽闻,无不贯综。世祖尝问汉事,及建章千门万户。华画地成图,应对如流,张安世不能过也。"

[6] 戎也。

[7]《晋诸公赞》曰:"夷甫好尚谈称,为时人物所宗。"

[8]《晋诸公赞》曰:"王济字武子,太原晋阳人,司徒浑第二子也。有俊才,能清言。起家中书郎,终太仆。"

[9]《文士传》曰:"孙楚字子荆,太原中都人也。"《晋阳秋》曰:"楚,骠骑将军资之孙,南阳太守弘之子。乡人王济,豪俊公子,为本州大中正,访问弘为乡里品状,济曰:'此人非乡评所能名,吾自状之。'曰:'天才英特,亮拔不群。'仕至冯翊太守。"

[10] 按《三秦记》《语林》载,蜀人伊籍称吴土地人物,与此语同。

[11] 虞预《晋书》曰:"乐广字彦辅,南阳人。清夷冲旷,加有理识。累迁

侍中、河南尹。在朝廷用心虚淡，时人重其贞贵。代王戎为尚书令。”《八王故事》曰：“司马颖字叔度，世祖第十九子，封成都王、大将军。”

[12]《晋百官名》曰：“司马乂字士度，封长沙王。”《八王故事》曰：“世祖第十七子。”

[13]《晋阳秋》曰：“成都王之起兵，长沙王猜广，广曰：‘宁以一女而易五男？’乂犹疑之，遂以忧卒。”

原文

2.26 陆机[1]诣王武子，[1]武子前置数斛羊酪，指以示陆曰：“卿江东[2]何以敌此？”陆云：“有千里莼羹，但未下盐豉耳！”

2.27 中朝[3]有小儿，父病，行乞药。主人问病，曰：“患疟[4]也。”主人曰：“尊侯明德君子，何以病疟？”[2]答曰：“来病君子，所以为疟耳。”

2.28 崔正熊[5]诣都郡[6]。都郡将[7]姓陈，问正熊：“君去[8]崔杼[9]几世？”答曰：“民去崔杼，如明府[10]之去陈恒[11]。”[3]

译文

陆机去拜访王武子（济），武子面前正好放着几斛羊奶酪，他指给陆机看，并且说道：“你们江东有什么东西能比得上它？”陆机道：“有千里湖所产莼菜做的羹，但是还没有放进豆豉呢！”

西晋时有一个小孩，父亲病了，他去向人乞讨药物。主人问得了什么病，小孩说道：“得了疟疾。”主人说道：“令尊是有完美德行的君子，为什么会得疟疾？”小孩回答道：“正因为它使君子生病，所以才叫作疟。”

崔正熊（豹）拜访都郡太守。太守姓陈，问崔正熊道：“你与崔杼相隔了几代？”崔正熊回答道：“我与崔杼相隔的世代，正如明府与陈恒相隔的世代那样远。”

今注

1 陆机(261—303):西晋文学家。字士衡,吴郡吴县华亭(今上海市松江区)人。祖逊,父抗,皆三国吴名将。少时任吴牙门将。吴亡,家居勤学。太康末,与弟云同至洛阳,文才倾动一时,时称“二陆”。曾官平原内史,世称陆平原。及成都王司马颖讨长沙王司马乂,任机为后将军、河北大都督,兵败被谗,为颖所杀。诗以华美深密见称,其重排偶的倾向对后人影响颇大。有较多拟古之作。也善骈文,《辩亡论》《吊魏武帝文》等较有名。所作《文赋》为古代重要的文学论文。原有集,已散佚,后人辑有《陆士衡集》,今人有《陆机集校笺》。另著有《晋纪》《洛阳记》等,均不传。

2 江东:长江下游南岸地区。

3 中朝:晋南渡以后,称西晋为中朝,这是因为西晋在中原地区。

4 疟:疟疾。徐震堮校笺:“‘疟’与‘虐’音同,故云。”

5 崔正熊:即崔豹,字正熊,西晋渔阳郡(今北京市密云区)人,惠帝时官至太傅丞。

6 都郡:州治所在的郡。

7 都郡将:指太守。余嘉锡笺疏:“都郡将者,以他郡太守兼都督本郡军事也。”

8 去:距离。

9 崔杼:春秋时齐国大夫,弑其君齐庄公。郡守借姓氏讥其为弑君之臣。

10 明府:即明府君,指太守。

11 陈恒:春秋时齐国大夫,弑其君齐简公。崔正熊同样以姓氏之讥回敬了郡守。

刘注

[1]《晋阳秋》曰:“机字士衡,吴郡人。祖逊,吴丞相。父抗,大司马。机与

弟云并有俊才。司空张华见而说之，曰：'平吴之利，在获二俊。'"《机别传》曰："博学善属文，非礼不动。入晋，仕著作郎，至平原内史。"

[2] 俗传行疟鬼小，多不病巨人。故光武尝谓景丹曰："尝闻壮士不病疟，大将军反病疟耶？"

[3]《晋百官名》曰："崔豹字正熊，燕国人。惠帝时，官至太傅丞。"

原文

2.29 元帝[1]始过江，[1]谓顾骠骑曰："寄人国土，心常怀惭。"荣跪对曰："臣闻王者以天下为家，是以耿、亳无定处，[2]九鼎迁洛邑。[3]愿陛下勿以迁都为念。"

2.30 庾公造周伯仁[2]。[4]伯仁曰："君何所欣说而忽肥？"庾曰："君复何所忧惨而忽瘦？"伯仁曰："吾无所忧，直是清虚日来，滓秽日去耳！"

2.31 过江诸人[3]，每至美日，辄相邀新亭[4]，藉卉饮宴。[5]周

译文

晋元帝（司马睿）刚到江南，对顾骠骑（荣）说道："寄居在别人的国土上，心中常常感到惭愧。"顾荣跪着回答道："臣听说帝王以天下为家，因此商代的君主或者迁都耿邑，或者迁都亳邑，没有一个固定的地方，而周武王也把象征国家权力的九鼎搬到了东都洛邑。因此希望陛下不要把迁都的事放在心上。"

庾公（亮）去拜访周伯仁（顗）。伯仁说道："您有什么欣喜的事而忽然发胖了？"庾公说道："您又有什么忧伤的事而忽然消瘦了？"伯仁道："我没有什么忧伤的事，只是清净虚无之志一天天增加，污浊不洁之心一天天去除而已。"

渡过长江到江南避难的士大夫，每到天气晴和的日子，就相互邀约来到新亭，坐在草地上设宴饮酒。周顗在座中叹息道："风景和中原没有什么区别，只是有山河变异之

侯[6]中坐而叹曰："风景不殊，正自有山河之异！"皆相视流泪。唯王丞相[7]愀然变色曰："当共勠力王室，克复神州，何至作楚囚 5 相对？"[8]	感啊！"大家都互相看着，流下了眼泪。只有王丞相(导)容色变得非常严肃，说道："大家正当同心协力，扶助王室，收复中原，为什么像被俘虏的囚犯一般相对流泪？"

今注

1 元帝：即司马睿(276—323)，字景文，东晋皇帝，公元 317—323 年在位。初袭封琅邪王。西晋永嘉元年(307)，任安东将军、都督扬州江南诸军事，镇建邺(今江苏南京)。由南渡士族王导主谋，联合江南大族顾荣、贺循等，抚绥新旧，清静为政，据有长江中下游和珠江流域。建兴四年(316)，刘曜攻占长安，愍帝死，睿即帝位，定都建康(今江苏南京)，史称"东晋"。后因王敦作乱，忧愤而死。

2 周伯仁：即周顗(yǐ，269—322)，字伯仁，汝南安成(今河南汝南)人，官至尚书左仆射。伯仁以雅望而获盛名，常酒醉不醒，不理俗务，有"三日仆射"之称。

3 "过江"句：西晋末年，战乱不断。黄河流域广大地区，被内迁的少数民族贵族统治者占领。中原地区的士族显宦多渡江南下避难。

4 新亭：古亭名。故址在今南京市南。

5 楚囚：被俘的楚国囚犯。事见《左传·成公九年》："晋侯观于军府，见钟仪，问之曰：'南冠而絷者谁也？'有司对曰：'郑人所献楚囚也。'"后喻处境窘迫、无计可施的人。

刘注

[1] 朱凤《晋书》曰："帝讳叡，字景文。祖伷，封琅邪王。父恭王瑾嗣。帝袭爵为琅邪王。少而明惠。因乱，过江起义，遂即皇帝位。"《谥法》

曰："始建国都曰'元'。"

[2]《帝王世纪》曰："殷祖乙徙耿，为河所毁。"今河东皮氏耿乡是也。"盘庚五迁，复南居亳。"今景亳是也。

[3]《春秋传》曰："武王克商，迁九鼎于洛邑。"今之偃师是也。

[4] 虞预《晋书》曰："周颉字伯仁，汝南安城人，扬州刺史浚长子也。"《晋阳秋》曰："颉有风流才气，少知名，正体嶷然，侪辈不敢媟也。汝南贲泰，渊通清操之士，尝叹曰：'汝、颍固多贤士，自顷陵迟，雅道殆衰。今复见周伯仁，伯仁将袪旧风，清我邦族矣！'举寒素，累迁尚书仆射，为王敦所害。"

[5]《丹阳记》曰："新亭，吴旧立，先基崩沦。隆安中，丹阳尹司马恢之徙创今地。"

[6] 颉也。

[7] 导也。

[8]《春秋传》曰："楚伐郑，诸侯救之。郑执郧公钟仪献晋，景公观军府，见而问之曰：'南冠而絷者为谁？'有司对曰：'楚囚也。'使税之。问其族，对曰：'伶人也。''能为乐乎？'曰：'先父之职，敢有二事？'与之琴，操南音。范文子曰：'楚囚，君子也。乐操土风，不忘旧也。君盍归之，以合晋楚之成。'"

原文

2.32 卫洗马[1]初欲渡江，形神惨悴，语左右云："见此芒芒[2]，不觉百端交集。苟未免有情，亦复谁能遣此！"[1]

2.33 顾司空[3]未知名，

译文

卫洗马（玠）当初将要渡江南下，神态凄惨，面容憔悴，对随从说道："看见这茫茫大江，不觉百感交集。一个人只要还有一点点情感的话，面对此情此景又怎能排遣得了这种忧伤！"

顾司空（和）还没有出名的时候，去

诣王丞相。丞相小极[4]，对之疲睡。顾思所以叩会之，[2]因谓同坐曰："昔每闻元公[3]道公协赞中宗[5]，保全江表。[4]体小不安，令人喘息。"丞相因觉，谓顾曰："此子珪璋特达[6]，机警有锋。"

拜访王丞相(导)。丞相有点疲乏，对着他打瞌睡。顾司空考虑怎样才能和他交谈问答，便对同座的人说道："过去常常听族叔元公(顾荣)说起公协力辅佐中宗(司马睿)，保全江南的功绩。现在他的贵体不太舒适，令人焦急不安。"丞相便这样醒了过来，对在座的人评论顾司空道："这人才气超群，机敏警觉有锋芒。"

2.34 会稽贺生[7]，体识清远，言行以礼。[5]不徒东南之美，[6]实为海内之秀。

会稽郡的贺生(循)，见识高远，言行遵循礼法。他不只是东南地区的杰出人物，实际上也是全国范围内的优秀人才。

今注

1 卫洗(xiǎn)马：指卫玠(jiè，286—312)，字叔宝，河东安邑(今山西夏县)人。晋朝玄学家，中国古代"四大美男"之一。官拜太子洗马，故名。逝时年仅二十七岁。

2 芒芒：同"茫茫"。辽阔无边的样子。

3 顾司空：即顾和，字君孝，吴郡吴县(今江苏苏州)人。死后赠司空。

4 极：疲乏，疲倦。

5 中宗：晋元帝司马睿之庙号。

6 珪璋特达：喻才气超群。古人以玉为美，故以珪、璋比喻美德或智慧。语出《礼记·聘义》："圭璋特达，德也。"孔颖达疏："言人之有德，亦无事不通，不须假他物而成。"

7 贺生：指贺循(260—319)，字彦先，会稽山阴(今浙江绍兴)人。官至太子太傅。

刘注

[1]《晋诸公赞》曰："卫玠字叔宝，河东安邑人。祖父瓘，太尉。父恒，黄门侍郎。"《玠别传》曰："玠颖识通达，天韵标令，陈郡谢幼舆敬以亚父之礼。论者以为出王眉子、平子、武子之右。世咸谓'诸王三子，不如卫家一儿'。娶乐广女。裴叔道曰：'妻父有冰清之姿，婿有璧润之望，所谓秦晋之匹也。'为太子洗马。永嘉四年，南至江夏，与兄别于梁里涧，语曰：'在三之义，人之所重，今日忠臣致身之道，可不勉乎？'行至豫章，乃卒。"

[2]《顾和别传》曰："和字君孝，吴郡人。祖容，吴荆州刺史。父相，晋临海太守。和总角知名，族人顾荣雅相器爱，曰：'此吾家之骐骥也，必振衰族。'累迁尚书令。"

[3] 顾荣。

[4] 邓粲《晋纪》曰："导与元帝有布衣之好，知中国将乱，劝帝渡江，求为安东司马，政皆决之，号'仲父'。晋中兴之功，导实居其首。"

[5] 贺循，别见。

[6]《尔雅》曰："东南之美者，有会稽之竹箭焉。"

原文

2.35 刘琨[1]虽隔阂[2]寇戎，志存本朝。[1]谓温峤[3]曰："班彪[4]识刘氏之复兴，马援[5]知汉光之可辅。[2]今晋祚虽衰，天命未改。吾欲立功于河北[6]，使卿延誉于江南，子其行乎？"温曰："峤虽不敏，

译文

刘琨虽然被匈奴阻隔在黄河以北，却一心思念着朝廷。他对温峤说道："班彪认识到刘家天下能够复兴，马援也知道汉光武帝（刘秀）是值得辅佐的帝王。现在晋室的国祚虽然衰微，可是天命还没有改变。我打算在黄河以北建功立业，派你去长江以南扬名播誉，你是否愿意去呢？"温峤道："我虽然不够聪敏，才能

才非昔人，明公[7]以桓、文[8]之姿，建匡立之功，岂敢辞命？”[3]

也比不上前人，但是明公想以齐桓公、晋文公那样的资质才干，建立匡复王室的功业，我怎么敢不接受命令呢？”

2.36 温峤初为刘琨使，来过江。于时，江左[9]营建始尔，纲纪未举。温新至，深有诸虑。既诣王丞相，陈主上幽越[10]、社稷焚灭、山陵夷毁[11]之酷，有《黍离》[12]之痛。温忠慨深烈，言与泗俱，丞相亦与之对泣。叙情既毕，便深自陈结，丞相亦厚相酬纳。既出，欢然言曰：“江左自有管夷吾[13]，此复何忧？”[4]

温峤作为刘琨使者，刚到江南来。当时，江南的新政权才刚刚建立，法纪还没有确立。温峤新到，深感忧虑。等到拜见王丞相（导）时，他陈述了晋帝被囚禁、宗庙社稷遭焚毁、先帝陵墓受破坏等惨状，表现出《黍离》那样的亡国之痛。温峤忠诚愤慨的感情异常深厚激烈，述说时声泪俱下，丞相也与他一起流泪。温峤表达了自己的忧国思君之情以后，又尽情地述说了自己愿与丞相交好之意，丞相也深深致谢并接受了他的友好情意。温峤出来以后，非常高兴地说道：“江南自有管仲那样的人，我还有什么值得忧虑的？”

今注

1 刘琨(271—318)：西晋将领、诗人。字越石，中山魏昌（今河北定州东南）人。少与祖逖为友，中夜闻鸡起舞，互勉建功立业。闻逖被用，有“常恐祖生先吾著鞭”语。光熙元年(306)，任并州刺史。愍帝初，任大将军，都督并州诸军事。长期坚守并州，招抚流亡，西拒刘聪，东抗石勒。后与鲜卑段匹磾相结，及为石勒所迫，投奔匹磾，旋被害。所作诗歌，今存《扶风歌》《答卢谌》《重赠卢谌》三首，慷慨激昂，抒写壮志未酬的悲愤感情。有辑本《刘越石集》。

2 隔阂：阻隔，隔绝。

3 温峤(288—329):东晋大臣,字太真,太原祁县(今山西祁县东南)人。出身士族,博学能文。初在并州为刘琨谋主,抗击刘聪、石勒。建武元年(317)奉表南下,向司马睿(晋元帝)劝进,受朝士推重,留建康(今江苏南京)。明帝即位,任为中书令。时王敦专制朝政,遂与庾亮等密谋灭敦。敦平,出任江州刺史,镇武昌。苏峻、祖约作乱,他又与庾亮、陶侃等合力讨伐。事平还镇,旋病死。

4 班彪(3—54):东汉史学家,字叔皮,扶风安陵(今陕西咸阳东北)人。初在天水依隗嚣,后至河西,为窦融从事,为其谋划归光武帝。东汉初,任徐令,因病免官。后专力从事史学,以《史记》所记史实,止于汉武帝太初年间,乃收集史料,作《后传》六十五篇。其子固续修成《汉书》。

5 马援(前14—后49):字文渊,东汉初扶风茂陵(今陕西兴平东北)人。新莽末,为新成大尹(汉中太守)。后依附陇西隗嚣。继归刘秀,参加攻灭隗嚣的战争。东汉建武十一年(35),任陇西太守,安定西羌。十七年,任伏波将军,封"新息侯"。曾以"男儿要当死于边野,以马革裹尸还葬"自誓,出征匈奴、乌桓。后在进击武陵五溪蛮时,病死军中。曾在西北养马,发展相马法,并以铜铸为"马式"。

6 河北:指黄河以北地区。

7 明公:尊称有官职、有地位的人。

8 桓、文:指春秋五霸中的齐桓公、晋文公。

9 江左:长江下游以东地区,也称江东。此指东晋王朝。

10 主上幽越:指晋怀、愍二帝被俘后被囚禁事。幽越,监禁。

11 山陵夷毁:先帝陵墓被夷平毁坏。

12《黍离》:《诗经·国风·王风》篇名。这是一篇周大夫经过周王朝的宗庙,见宫室尽为禾黍,"闵周室之颠覆,彷徨不忍去"而作的诗。后来用作感慨国家衰亡触景生情之词。

13 管夷吾:即管仲,字夷吾,齐桓公宰相。此处指王导。

刘注

[1] 王隐《晋书》曰:"琨字越石,中山魏昌人。祖迈,有经国之才。父璠,光禄大夫。琨少称俊朗。累迁司徒长史、尚书右丞。迎大驾于长安,以有殊勋,封广武侯。年三十五,出为并州刺史,为段日磾所害。"

[2]《汉书·叙传》曰:"彪字叔皮,扶风人,客于天水。陇西隗嚣有窥觎之志,彪作《王命论》以讽之。"《东观汉记》曰:"马援字文渊,茂陵人。从公孙述、隗嚣游,后见光武曰:'天下反覆,盗名字者不可胜数。今见陛下寥廓大度,同符高祖,乃知帝王自有真也。'帝甚壮之。"

[3] 虞预《晋书》曰:"峤字太真,太原祁人。少标俊清彻,英颖显名,为司空刘琨左司马。是时二都倾覆,天下大乱,琨闻元皇受命中兴,慷慨幽、朔,志存本朝。使峤奉使,峤喟然对曰:'峤虽乏管、张之才,而明公有桓、文之志,敢辞不敏,以违高旨!'以左长史奉使劝进,累迁骠骑大将军。"

[4]《史记》曰:"管仲夷吾者,颍上人。相齐桓公,九合诸侯,一匡天下。"《语林》曰:"初温奉使劝进,晋王大集宾客见之。温公始入,姿形甚陋,合坐尽惊。既坐,陈说九服分崩,皇室弛绝,晋王君臣莫不歔欷。及言天下不可以无主,闻者莫不踊跃,植发穿冠。王丞相深相付托。温公既见丞相,便游乐不住,曰:'既见管仲,天下事无复忧。'"

原文

2.37 王敦1兄含2为光禄勋3。[1] 敦既逆谋,屯据南州4,含委职奔姑孰。[2] 王丞相诣阙谢。[3] 司徒、丞相、扬州官僚问讯,仓卒不知何辞。顾司

译文

王敦的哥哥王含任光禄勋。王敦谋反以后,军队驻扎在南州,王含弃职逃跑到姑孰。王丞相(导)每日上朝谢罪。这时,司徒、丞相、扬州各府的官员前来问候,匆忙之间不知道说什么好。顾司空(和)当时任扬州别驾,提起笔来写道:

空时为扬州别驾，援翰曰："王光禄远避流言，明公蒙尘路次，群下不宁，不审尊体起居何如？"

2.38 郗太尉拜司空，语同坐曰："平生意不在多，值世故纷纭，遂至台鼎[5]。朱博翰音[6]，实愧于怀。"[4]

2.39 高坐道人[7]不作汉语。或问此意，简文曰："以简应对之烦。"[5]

"王光禄(含)为避开流言而远遁，明公天天在路上蒙受风尘，我们下属心里都很不安，不知道尊体是否康健，起居饮食怎么样？"

郗太尉(鉴)受任司空的时候，对同座的人说道："我平生志向不高，恰逢世事纷乱，所以才位列三公。就像汉代朱博徒有虚名而位至丞相，我心中实在惭愧。"

西域来的高坐道人(尸黎密)不学汉语。有人问这样做的用意，晋简文帝(司马昱)说道："这是为了免去应酬对答的烦忧。"

今注

1 王敦(266—324)：东晋大臣。字处仲，琅邪临沂(今山东临沂西北)人。王导堂兄。出身士族。西晋末，支持琅邪王司马睿移镇建康(今江苏南京)，任扬州刺史、都督征讨诸军事。以镇压杜弢起义，升镇东大将军、都督江扬荆湘交广六州诸军事，握重兵屯武昌(今湖北鄂州)。西晋灭亡，与王导等拥立司马睿建东晋政权，迁大将军、荆州牧，自选佐吏，专擅一方。后以司马睿抑制王氏势力，于永昌元年(322)起兵攻入建康，杀元帝心腹刁协、周顗、戴渊等，回屯武昌，有篡位之意。太宁二年(324)，病重，明帝发兵讨伐，他闻败报而死军中。

2 含：指王含(？—324)，字处弘，王敦兄。累迁征东将军，都督扬州、江西诸军事。王敦举兵时，为敦军元帅，与钱凤等率众攻建康。兵败，奔荆州，被荆州刺史王舒沉杀于长江。

3 光禄勋：官名，九卿之一，东汉时主掌宫殿门户宿卫。

4 南州:指姑孰。地名,在今安徽当涂。

5 台鼎:指古代三公。

6 翰音:飞向高空的声音。比喻有名无实,徒有虚名。

7 道人:僧人,和尚。

刘注

[1]《含别传》曰:"含字处弘,琅邪临沂人。累迁徐州刺史、光禄勋。与弟敦作逆,伏诛。"

[2] 邓粲《晋纪》曰:"初,王导协赞中兴,敦有方面之功。敦以刘隗为间己,举兵讨之。故含南奔武昌,朝廷始警备也。"

[3]《中兴书》曰:"导从兄敦,举兵讨刘隗,导率子弟二十余人,旦旦到公车,泥首谢罪。"

[4]《汉书》曰:"朱博字子元,杜陵人。为丞相,临拜,延登受策,有大声如钟鸣。上问扬雄、李寻,对曰:'《洪范》所谓鼓妖者也。人君不聪,空名得进,则有无形之声。'博后坐事自杀。"故《序传》曰:"博之翰音,鼓妖先作。"《易·中孚》曰:"上九,翰音登于天,贞凶。"王弼注曰:"翰,高飞也。飞者,音飞而实不从也。"

[5]《高坐别传》曰:"和尚胡名尸黎密,西域人。传云国王子,以国让弟,遂为沙门。永嘉中,始到此土,止于大市中。和尚天姿高朗,风韵遒迈。丞相王公一见奇之,以为吾之徒也。周仆射领选,抚其背而叹曰:'若选得此贤,令人无恨。'俄而周侯遇害,和尚对其灵坐,作胡祝数千言,音声高畅,既而挥涕收泪,其哀乐废兴皆此类。性高简,不学晋语。诸公与之言,皆因传译。然神领意得,顿在言前。"《塔寺记》曰:"尸黎密冢曰高坐,在石子冈,常行头陀,卒于梅冈,即葬焉。晋元帝于冢边立寺,因名高坐。"

原文

2.40 周仆射雍容好仪形。诣王公,初下车,隐[1]数人,王公含笑看之。既坐,傲然啸咏[2]。王公曰:"卿欲希嵇、阮邪?"答曰:"何敢近舍明公,远希嵇、阮?"[1]

2.41 庾公尝入佛图[3],见卧佛,[2]曰:"此子疲于津梁。"于时以为名言。

2.42 挚瞻[4]曾作四郡太守、大将军户曹参军[5]。复出作内史[6],[3]年始二十九。尝别王敦,敦谓瞻曰:"卿年未三十,已为万石,亦太蚤[7]。"瞻曰:"方[8]于将军,少为太蚤;比之甘罗,已为太老。"[4]

译文

周仆射(顗)温文尔雅,从容大方,仪表美好。他去拜访王公(导),刚下车,就有几个人搀扶着,王公满面含笑地看着他。落座以后,他傲岸不拘地且吟且啸。王公说道:"你想仿效嵇康、阮籍吗?"周仆射回答道:"我怎么敢舍弃眼前的明公,去向前代的嵇康、阮籍学习?"

庾公(亮)曾经去过一座佛寺,看见一尊卧佛,说道:"这个人因为普度众生而太疲累了。"当时的人把这句话当作名言。

挚瞻曾经做过四个郡的太守和大将军(王敦)的户曹参军。现在他又将出任内史,年纪才二十九岁。他曾经到王敦那里去辞行,王敦对他说道:"你年纪还不到三十,已经成了高官显贵,也太早了一些吧。"挚瞻说道:"比于将军,稍为太早;较之甘罗,已经太老。"

今注

1 隐:凭倚。当时贵族的一种生活习惯,要人搀扶。

2 啸咏:啸,吹口哨。咏,吟咏。吟啸是魏晋文士的一种习俗,更是名士们表现他们放诞不羁、傲岸脱俗的一种姿态。

3 佛图:梵语音译,指佛寺。

4 挚瞻：字景游，京兆长安（在今陕西西安）人，挚虞从子。起家著作郎。西晋大乱，依王敦为户曹参军。知敦有异志，与第五猗以荆州拒敦，竟为所害。

5 户曹参军：掌民户、祠祀、农桑的属官。

6 内史：掌郡国政务。

7 蚤：通"早"。

8 方：相比。

刘注

[1] 邓粲《晋纪》曰："伯仁仪容弘伟，善于俯仰应答，精神足以荫映数人。深自持，能致人，而未尝往焉。"

[2]《涅槃经》云："如来背痛，于双树间北首而卧。"故后之图绘者为此象。

[3]《挚氏世本》曰："瞻字景游，京兆长安人，太常虞兄子也。父育，凉州刺史。瞻少善属文，起家著作郎。中朝乱，依王敦为户曹参军，历安丰、新蔡、西阳太守。见敦以故坏裘赐老病外部都督。瞻谏曰：'尊裘虽故，不宜与小吏。'敦曰：'何为不可？'瞻时因醉，曰：'若上服皆可用赐，貂蝉亦可赐下乎？'敦曰：'非喻，所引如此，不堪二千石。'瞻曰：'瞻视去西阳，如脱屣耳！'敦反，乃左迁随郡内史。"

[4]《挚氏世本》曰："瞻高亮有气节，故以此答敦。后知敦有异志，建兴四年，与第五猗据荆州以距敦，竟为所害。"《史记》曰："甘罗，秦相茂之孙也。年十二，而秦相吕不韦欲使张唐相燕，唐不肯行，甘罗说而行之。又请车五乘以使赵，还报秦，秦封甘罗为上卿，赐以甘茂田宅。"

原文

2.43 梁国杨氏子九岁，甚聪惠[1]。孔君

译文

梁国的一户姓杨的人家有一个九岁的儿子，非常聪明。有一次孔君平（坦）去拜

平[2][1]诣其父，父不在，乃呼儿出。为设果，果有杨梅。孔指以示儿曰："此是君家果。"儿应声答曰："未闻孔雀是夫子家禽。"

访他的父亲，他的父亲不在，家里便叫这个儿子出来待客。他家摆上果品招待孔君平，果品中有杨梅。孔君平指着杨梅给小孩看，说道："这是您家的果子。"小孩应声回答道："没有听说过孔雀是先生的家禽。"

2.44 孔廷尉以裘与从弟沈[3]，[2]沈辞不受。廷尉曰："晏平仲[4]之俭，祠其先人，豚肩不掩豆，犹狐裘数十年。[3]卿复何辞此？"于是受而服之。

孔廷尉（坦）把一件狐皮袍送给堂弟孔沈，孔沈推辞不肯接受。孔廷尉说道："晏平仲（婴）那样节俭，祭祀他的祖先，小猪的前肘还盖不住盛食物的盘子，可还穿了几十年的狐皮袍子。你又为什么拒绝它呢？"孔沈这才收下皮袍并穿上。

2.45 佛图澄与诸石游，[4]林公[5]曰："澄以石虎为海鸥鸟[6]。"[5]

和尚佛图澄和石勒、石虎等石氏有来往，支道林（遁）说："他把石虎当作海鸥。"

今注

1 惠：通"慧"。聪明。

2 孔君平：即孔坦(286—336)，字君平，会稽山阴（今浙江绍兴）人。历任太子舍人，累迁廷尉，世称孔廷尉。

3 沈：指孔沈，字德度，孔群之子。少有美名，何充荐于王导，不就职。是时沈与魏颉、虞球、虞存、谢奉并为孔、魏、虞、谢四大士族之俊秀。

4 晏平仲：指晏婴（？—前500)，亦称"晏子"。春秋时齐国大夫，字平仲，夷维（今山东高密）人。齐灵公二十六年（前556)，其父晏弱死，继任齐卿，历仕灵公、庄公、景公三世。主张诛不避贵，赏不遗贱，重视生产，提倡蚕桑，反对厚赋重刑。曾奉景公命使晋联姻，与晋大夫叔向议论齐政,预言齐国政权终将为田氏所取代。传世《晏子春秋》系后人依托并采缀晏子言行而成。

5 林公:即支遁(314—366),东晋佛教学者,字道林。本姓关,陈留(今河南开封东北)人。二十五岁出家,后至建康(今江苏南京)讲经,与谢安、王羲之等交游,好谈玄理。注《庄子·逍遥游》,见解独到。作《即色游玄论》,宣扬"即色本空"思想,为"般若学六大家"之一。还著有《释即色本无义》等。

6 海鸥鸟:即海鸥。事见《列子·黄帝》。原文为:"海上之人有好沤鸟者,每旦之海上,从沤鸟游,沤鸟之至者百住而不止。其父曰:'吾闻沤鸟皆从汝游,汝取来,吾玩之。'明日之海上,沤鸟舞而不下也。"沤,通"鸥"。这里是说佛图澄心地洁净,物我两忘。

刘注

[1] 王隐《晋书》曰:"孔坦字君平,会稽山阴人。善《春秋》,有文辩。历太子舍人,累迁廷尉卿。"

[2]《孔氏谱》曰:"沈字德度,会稽山阴人。祖父奕,全椒令。父群,鸿胪卿。沈至琅邪王文学。"

[3] 刘向《别录》曰:"晏平仲名婴,东莱夷维人。事齐灵公、庄公,以节俭力行重于齐。"《礼记》曰:"晏平仲祀其先人,豚肩不掩豆,君子以为俭也。"又曰:"晏子一狐裘三十年,晏子焉知礼?"注:"豚,俎实也。豆,径尺。言并豚之两肩不能掩豆,喻少也。"

[4]《澄别传》曰:"道人佛图澄,不知何许人,出于燉煌,好佛道,出家为沙门。永嘉中,至洛阳,值京师有难,潜遁草泽间。石勒雄异好杀害,因勒大将军郭默略见勒,以麻油涂掌,占见吉凶。数百里外听浮图铃声,逆知祸福。勒甚敬信之。虎即位,亦师澄,号'大和尚'。自知终日。开棺无尸,唯袈裟法服在焉。"

[5]《赵书》曰:"虎字季龙,勒从弟也。征伐每斩将搴旗。勒死,诛勒诸儿,

袭位。"《庄子》曰:"海上之人好鸥者,每旦之海上,从鸥游,鸥之至者数百而不止。其父曰:'吾闻鸥鸟从汝游,取来玩之。'明日之海上,鸥舞而不下。"

原文

2.46 谢仁祖[1]年八岁,谢豫章[2][1]将[3]送客。尔时语已神悟,自参上流。诸人咸共叹之,曰:"年少,一坐之颜回!"仁祖曰:"坐无尼父[4],焉别颜回[5]?"[2]

2.47 陶公[6]疾笃,都无献替[7]之言,朝士以为恨。[3]仁祖闻之,曰:"时无竖刁[8],故不贻陶公话言。"[4]时贤以为德音。

2.48 竺法深[9]在简文坐,刘尹问:"道人何以游朱门?"答曰:"君自见其朱门,贫道[10]如游蓬户。"[5]或云卞令[11]。[6]

译文

谢仁祖(尚)八岁的时候,其父谢豫章(鲲)带着他去送客人。当时他在言谈中已经显示出极高的领悟能力,已置身于名流之中。大家都一致称赞他,说:"少年是座中的颜回!"谢仁祖道:"座中没有尼父(孔子),怎能识别颜回!"

陶公(侃)病重,可是没有一句有关兴利除弊、诤言进谏的话,朝中人士都为此而遗憾。谢仁祖(尚)听到后,说道:"现在没有像齐桓公时的竖刁那样发动叛乱的人,所以不需要陶公留下什么话。"当时的贤达认为这是一位有高尚道德的人说的话。

和尚竺法深(道潜)成为简文帝(司马昱)的座上客,刘尹(惔)问他道:"和尚为什么与富豪人家交往?"竺法深回答道:"您自己看见那是富豪人家,贫道如游于蓬门荜户。"有人说问话的人是卞令(壸)。

今注

1 谢仁祖:即谢尚(308—357),字仁祖,陈郡阳夏(今河南太康)人。精通音律,善舞蹈,工于书法,擅长清谈。历任江州刺史、尚书仆射、豫州刺史等职。后进号镇西将军,都督豫冀幽并四州军事。逝后赠散骑常侍、卫将军、开府仪同三司,谥号"简"。

2 谢豫章:指谢鲲(281—324),字幼舆,陈郡阳夏(今河南太康)人。官至豫章太守,所以世称谢豫章。

3 将:带,带领。

4 尼父:指孔子。

5 颜回:字子渊,孔子弟子。

6 陶公:指陶侃(259—334),东晋庐江寻阳(今江西九江西南)人,字士行,一作士衡。少孤贫,为县吏,渐至郡守。西晋永嘉五年(311),任武昌太守,率军讨杜弢。建兴元年(313),任荆州刺史。三年,讨平杜弢,为王敦所忌,调任广州刺史,朝夕运甓以习劳。敦败,仍还荆州。东晋太宁三年(325),加征西大将军。苏峻、祖约作乱,庾亮、温峤赖其兵力收复建康(今江苏南京)。后任荆、江二州刺史,都督八州诸军事。精勤吏职,常勉人惜分阴,鄙薄清谈浮华,为人所称。

7 献替:献可替否的省称。进献可行的,废去不可行的。就是对君主诤言进谏、劝善规过的意思。

8 竖刁:春秋时齐桓公宦官,后专权乱齐。

9 竺法深:即竺道潜,字法深,晋朝名僧。

10 贫道:和尚对自己的谦称。

11 卞令:即卞壸(kǔn,281—328),字望之,济阳冤句(今山东菏泽)人。东晋名臣,累事三朝,两度为尚书令。礼法自居,纠正当世,不畏强权。苏峻叛乱,卞壸临危受命,率二子及兵勇奋力抵抗,以身殉国。后追赠为侍中、骠骑将军、开府仪同三司,谥号"忠贞"。

刘注

[1] 鲲。子别见。

[2]《晋阳秋》曰:"谢尚字仁祖,陈郡人,鲲之子也。龆龀丧兄,哀恸过人。及遭父丧,温峤唁之,尚号叫极哀。既而收涕告诉,有异常童。峤奇之,由是知名。仕至镇西将军、豫州刺史。"

[3]《陶氏叙》曰:"侃字士衡,其先鄱阳人,后徙寻阳。侃少有远概纲维宇宙之志。察孝廉,入洛,司空张华见而谓曰:'后来匡主宁民,君其人也。'刘弘镇沔南,取为长史,谓侃曰:'昔吾为羊太傅参佐,见语云:"君后当居身处。"今相观,亦复然矣。'累迁湘、广、荆三州刺史,加羽葆鼓吹,封长沙郡公、大将军。赞拜不名,剑履上殿。进太尉,赠大司马,谥桓公。"按王隐《晋书》载,侃临终表曰:"臣少长孤寒,始愿有限,过蒙先朝历世异恩。臣年垂八十,位极人臣,启手启足,当复何恨!但以余寇未诛,山陵未复,所以愤慨兼怀,唯此而已!犹冀犬马之齿,尚可少延,欲为陛下北吞石虎,西诛李雄,势遂不振,良图永息。临书扼腕,涕泗横流。伏愿遴选代人,使必得良才,足以奉宣王猷,遵成志业。则虽死之日,犹生之年。"有表若此,非无献替。

[4]《吕氏春秋》曰:"管仲病,桓公问曰:'子如不讳,谁代子相者?竖刁何如?'管仲曰:'自宫以事君,非人情,必不可用!'后果乱齐。"

[5]《高逸沙门传》曰:"法师居会稽,皇帝重其风德,遣使迎焉,法师暂出应命。司徒会稽王天性虚澹,与法师结殷勤之欢。师虽升履丹墀,出入朱邸,泯然旷达,不异蓬宇也。"

[6] 别见。

原文

2.49 孙盛[1]为庾公记室参军,[1]从猎,将其二儿俱

译文

孙盛做庾公(亮)的记室参军,跟随着庾公去打猎,还带着他的两个儿

行。庾公不知，忽于猎场见，齐庄[2]时年七八岁，庾谓曰："君亦复[3]来邪？"应声答曰："所谓'无小无大，从公于迈'[4]。"

2.50 孙齐由[5]、齐庄二人小时诣庾公。公问齐由何字，答曰："字齐由。"公曰："欲何齐邪？"曰："齐许由。"[2] 齐庄何字，答曰："字齐庄。"公曰："欲何齐？"曰："齐庄周。"公曰："何不慕仲尼而慕庄周？"对曰："圣人生知，故难企慕。"庾公大喜小儿对。[3]

子一同前去。庾公事先并不知道，忽然在猎场上遇见了，齐庄（孙放）当时只有七八岁。庾公对他说道："您也来了吗？"齐庄随声回答道："这就是所谓的'无小无大，从公于迈'。"

孙齐由（潜）、孙齐庄（放）兄弟二人，幼年的时候去拜见庾公（亮）。庾公问齐由的字是什么，他回答道："字齐由。"庾亮又问："想向谁看齐？"他回答道："向许由看齐。"庾公接着问齐庄的字是什么，齐庄回答道："字齐庄。"庾公又问："想向谁看齐？"他回答道："向庄周看齐。"庾公道："为什么不仰慕孔子而仰慕庄周？"他回答道："圣人孔子，生来就知道一切，所以很难仰慕。"庾公非常喜欢齐庄的应答。

今注

1 孙盛（约 306—378）：东晋思想家。字安国，太原中都（今山西平遥西南）人。曾为佐著作郎、长沙太守，官至秘书监加给事中。善言名理，不同意"贵无论"和"崇有论"，反对崇尚老庄。反对生死轮回、灵魂不死、善恶报应等观念，指出"善恶兼有，各禀自然"，人死"形既粉散，知亦如之"，驳斥了佛教"神不灭"思想（见《广弘明集·孙盛答罗君章书》）。著有《魏氏春秋》《晋阳秋》，已佚，清代严可均编《全晋文》中辑有残文。

2 齐庄：即孙放，字齐庄，孙盛次子。

3 复:词缀,多用在副词、连词后面起衬音作用。没有实义。

4“无小”句:语见《诗经·鲁颂·泮水》。意思是不论大小尊卑,都跟随着庾公出游。

5 孙齐由:即孙潜,字齐由,孙盛长子。

刘注

[1]《中兴书》曰:“盛字安国,太原中都人。博学强识,历著作郎、浏阳令。庾亮为荆州,以为征西主簿,累迁秘书监。”

[2]《晋百官名》曰:“孙潜字齐由,太原人。”《中兴书》曰:“潜,盛长子也,豫章太守。殷仲堪下讨王国宝,潜时在郡,逼为咨议参军,固辞不就,遂以忧卒。”

[3]《孙放别传》曰:“放字齐庄,监君次子也。年八岁,太尉庾公召见之。放清秀,欲观试,乃授纸笔令书,放便自疏名字。公题后问之曰:‘为欲慕庄周邪?’放书答曰:‘意欲慕之。’公曰:‘何故不慕仲尼而慕庄周?’放曰:‘仲尼生而知之,非希企所及;至于庄周,是其次者,故慕耳。’公谓宾客曰:‘王辅嗣应答,恐不能胜之。’卒长沙王相。”

原文

2.51 张玄之、顾敷[1]是顾和中外孙[2],皆少而聪惠。和并知之,而常谓顾胜。亲重偏至,张颇不恹[3]。[1]于时,张年九岁,顾年七岁。和与俱至寺中,见佛般泥洹[4]像,弟子有泣者,有不泣者。和以问二孙。

译文

张玄之、顾敷分别是顾和的外孙、孙子,小时候都很聪明。顾和很了解他们,但又常常说顾敷胜过张玄之。因为顾和特别偏爱顾敷,张玄之心中非常不服。当时,张玄之九岁,顾敷七岁。顾和同他们一起到寺庙中,看见卧佛像,身旁的弟子有的哭,有的不哭。顾和问两个小孙子这是什么原因。张玄之道:

玄谓："被亲故泣，不被亲故不泣。"敷曰："不然。当由忘情故不泣，不能忘情故泣。"[2]

"受到宠爱的就哭，没有受到宠爱的就不哭。"顾敷说道："不是这样。应该是由于忘却了世俗之情，所以不哭；不能忘却世俗之情，所以哭。"

2.52 庾法畅[5]造庾太尉，握麈尾[6]至佳。公曰："此至佳，那得在？"法畅曰："廉者不求，贪者不与，故得在耳。"[3]

庾法畅去拜访庾太尉（亮），手里拿着的拂尘非常好。庾公（亮）道："这个东西这么好，怎么能保留得住？"庾法畅道："廉洁的人不会向我要，贪婪的人要我也不会给，所以我能够留得住它。"

今注

1 张玄之：字祖希，顾和之外孙。历任吴郡太守，会稽内史等职。　顾敷：字祖根，顾和孙。

2 中外孙：孙子和外孙。

3 恹(yān)：心服。

4 般泥洹(bō niè huán)：梵语，即涅槃。是脱离生死，入于寂灭的意思。这里指佛逝世。

5 庾法畅：当为"康法畅"。晋僧人，氏族不详。

6 麈(zhǔ)尾：拂尘。麈，鹿类动物，尾巴可以做拂尘，因此称拂尘为麈尾。魏晋时期的清谈之士喜欢使用它，借助它来指画和点缀自己的仪容。一说形状像羽扇，扇柄左右再装饰上麈尾毛。

刘注

[1] 敷别见。《续晋阳秋》曰："张玄之字祖希，吴郡太守澄之孙也。少以学显，历吏部尚书，出为冠军将军、吴兴太守。会稽内史谢玄同时之郡，论者以为'南北之望'。玄之名亚谢玄，时亦称'南北二玄'，卒于郡。"

[2]《大智度论》曰："佛在阴庵罗双树间入般涅槃，卧北首，大地震动。诸三学人，佥然不乐，郁伊交涕；诸无学人，但念诸法，一切无常。"

[3] 法畅氏族所出未详。法畅著《人物论》，自叙其美云："悟锐有神，才辞通辩。"

原文

2.53 庾穉恭[1]为荆州，[1]以毛扇上武帝[2]。武帝疑是故物。[2]侍中刘劭[3]曰：[3]"柏梁云构，工匠先居其下；管弦繁奏，钟、夔[4]先听其音。[4]穉恭上扇，以好不以新。"庾后闻之，曰："此人宜在帝左右。"

2.54 何骠骑[5]亡后，[5]征褚公入。既至石头[6]，王长史[7]、刘尹同诣褚。褚曰："真长何以处我？"真长顾王曰："此子能言。"褚因视王，王曰："国自有周公[8]。"[6]

2.55 桓公[9]北征，经金城[10]，见前为琅邪时种柳，皆已十围，慨然曰：

译文

庾穉恭（翼）做荆州刺史的时候，向晋武帝（司马炎）进献了一把羽毛扇。武帝怀疑它是庾穉恭曾经用过的东西。侍中刘劭说道："柏梁台高耸入云，能工巧匠先住在里面；管弦齐奏，知音者要先听听它的音效。庾穉恭进献羽毛扇，是因为它好，而不是因为它新。"庾穉恭后来听说了这件事，说道："这个人适合留在皇帝身边。"

执掌朝政的何骠骑（充）死后，朝廷征召褚公（裒）入朝。褚裒到了石头城，王长史（濛）、刘尹（惔）一起去拜访他。褚公说道："真长（刘惔），朝廷怎样安排我？"真长望着王道："这一位能够告诉你。"褚便望着王，王说道："国中本来就有周公那样的人物。"

桓公（温）北伐时，途经金城，看见自己从前任琅邪内史时种下的柳树，都已经有十围粗了，感叹道："树木尚且这样，

原文	译文
"木犹如此,人何以堪!"攀枝执条,泫然流泪。[7]	人又怎能经受得住岁月的流逝!"攀着柳树的枝条,泪珠滚滚而下。

今注

1 庾稺恭:即庾翼(305—345),字稺恭,东晋颍川鄢陵(今河南鄢陵西北)人,庾亮之弟。咸康六年(340)亮死,代镇武昌,任都督江荆司雍梁益六州诸军事、荆州刺史,戎政严明,以北伐为己任。建元元年(343),不顾朝臣阻挠,移屯襄阳,征发所统六州之奴及车牛驴马北伐。次年,被后赵击败。旋病死。

2 武帝:应为晋成帝司马衍。

3 刘劭:三国魏思想家。字孔才,广平邯郸(今河北邯郸)人。官至尚书郎、散骑侍郎,赐爵关内侯。著有《皇览》《人物志》等书。

4 钟、夔(kuí):钟子期和夔。此处泛指精通音乐的人。

5 何骠骑:指何充,字次道,庐江郡灊(qián)县(今安徽霍山东北)人。晋朝重臣,曾任骠骑将军,故名。

6 石头:即石头城。在今南京西。

7 王长史:指王濛(309—347),字仲祖,小字阿奴,太原晋阳(今山西太原)人。东晋名士,深得辅政大臣、会稽王司马昱倚重,官至司徒左长史。

8 "国自有"句:周公即周文王的儿子姬旦。辅助武王、成王灭纣兴周。这里用周公比喻晋元帝之子会稽王司马昱。意即国家大政应当由司马昱掌管。

9 桓公:指桓温(312—373),东晋谯国龙亢(今安徽怀远西北)人,字元子。明帝之婿。永和元年(345),任荆州刺史,继庾氏握长江中游兵权。三年,灭成汉。后攻前秦,入关中,以军粮不足而退。十二年,收复洛阳,屡请还都,为大族所反对。太和四年(369),攻前燕,至枋头(今河南淇县东南),因粮运不继,受挫而还。六年十一月,废海西公,改立简文帝,以大司马镇姑孰(今安徽当涂),专擅朝政,图谋代晋自立,为谢安等所阻,病死。

10 金城:地名。在今江苏句容北。

刘注

[1]《庾翼别传》曰:“翼字穉恭,颍川鄢陵人也。少有大度,时论以经略许之。兄太尉亮薨,朝议推才,乃以翼都督七州,进征南将军、荆州刺史。”

[2] 傅咸《羽扇赋序》曰:“昔吴人直截鸟翼而摇之,风不减方圆二扇,而功无加。然中国莫有生意者。灭吴之后,翕然贵之,无人不用。”按庾怿以白羽扇献武帝,帝嫌其非新,反之。不闻翼也。

[3]《文字志》曰:“劭字彦祖,彭城丛亭人。祖讷,司隶校尉。父松,成皋令。劭博识好学,多艺能,善草隶。初仕领军参军。太傅出东,劭谓京洛必危,乃单马奔扬州。历侍中、豫章太守。”

[4] 钟,钟期也。夔,舜乐正。

[5] 何充别见。

[6]《晋阳秋》曰:“充之卒,议者谓太后父裒宜秉朝政。裒自丹徒入朝。吏部尚书刘遐劝裒曰:‘会稽王令德,国之周公也,足下宜以大政付之。’裒长史王胡之亦劝归藩,于是固辞归京。”

[7]《桓温别传》曰:“温字元子,谯国龙亢人,汉五更桓荣后也。父彝,有识鉴。温少有豪迈风气,为温峤所知。累迁琅邪内史,进征西大将军,镇西夏。时逆胡未诛,余烬假息,温亲勒郡卒,建旗致讨,清荡伊、洛,展敬园陵。薨,谥宣武侯。”

原文

2.56 简文作抚军[1]时,尝与桓宣武俱入朝,更相让在前。宣武不得已而先

译文

晋简文帝(司马昱)任抚军将军的时候,曾经和桓宣武(温)一起上朝,多次互相推让要对方走在前面。桓宣

之,因曰:"伯也执殳,为王前驱。2"[1] 简文曰:"所谓'无小无大,从公于迈'。"

武不得已只好先走,于是说道:"伯也执殳,为王先驱。"简文帝回答道:"所谓'无小无大,从公于迈'。"

2.57 顾悦3与简文同年,而发蚤白。[2] 简文曰:"卿何以先白?"对曰:"蒲柳之姿4,望秋而落;松柏之质,经霜弥茂。"[3]

顾悦之和简文帝(司马昱)同岁,但头发早已发白。简文帝说道:"你的头发怎么先白了?"顾悦回答道:"蒲柳的资质很差,不到秋天就要凋零;松柏的质地坚韧,经过风霜更加茂盛。"

2.58 桓公入峡,绝壁天悬,腾波迅急。[4] 乃叹曰:"既为忠臣,不得为孝子,如何?"[5]

桓公(温)率兵进入三峡,见两岸山崖陡峭,高耸入云;峡谷中波涛翻腾,水流湍急。他于是叹息道:"既然做了忠臣,就不能再当孝子,怎么办呢?"

今注

1 抚军:官名。即抚军将军,将军称号之一。

2 "伯也"句:引自《诗经·卫风·伯兮》。伯,妻子对丈夫的称呼。殳(shū),古代的一种兵器,有棱无刃,长一丈二尺。这两句话的意思是:伯的手里拿着殳,为王打仗做先驱。

3 顾悦:即顾悦之,字君叔,晋陵(今江苏武进)人。晋代名士,官至尚书左丞。

4 姿:通"资"。资质,禀赋。

刘注

[1]《卫诗》也。殳,长一丈二尺,无刃。

[2]《中兴书》曰:"悦字君叔,晋陵人。初为殷浩扬州别驾。浩卒,上疏理浩。或谏以浩为太宗所废,必不依许。悦固争之,浩果得申,物论称之。

后至尚书左丞。”

[3] 顾(凯)〔恺〕之为父传曰:“君以直道陵迟于世。入见王,王发无二毛,而君已斑白。问君年,乃曰:‘卿何偏蚤白?’君曰:‘松柏之姿,经霜犹茂;臣蒲柳之质,望秋先零。受命之异也。’王称善久之。”

[4]《晋阳秋》曰:“温以永和二年,率所领七千余人伐蜀,拜表辄行。”

[5]《汉书》曰:“王阳为益州刺史,行部至邛僰九折坂,叹曰:‘奉先人遗体,奈何数乘此险!’以病去官。后王尊为刺史,至其坂,问吏曰:‘非王阳所畏之道邪?’吏曰:‘是。’叱其驭曰:‘驱之!王阳为孝子,王尊为忠臣。’”

原文

2.59 初,荧惑1入太微,寻废海西2。[1]简文登阼,复入太微,帝恶之。[2]时郗超3为中书,在直。[3]引超入曰:“天命修短,故非所计。政当无复近日事不?”超曰:“大司马方将外固封疆,内镇社稷,必无若此之虑。臣为陛下以百口保之。”帝因诵庾仲初4诗[4]曰:“志士痛朝危,忠臣哀主辱。5”声甚凄厉。郗受假还东,帝曰:“致意尊公6,家国之事,遂至于此。由是身不能以道匡卫,思患

译文

当初,火星进入北斗星南面的太微区域,不久,桓温废黜晋废帝(司马奕)为海西县公。简文帝(司马昱)即位,火星又进入太微区域,简文帝非常担心。这时郗超做中书侍郎,在朝值班。简文帝叫他进来,说道:“国家寿命的长短,本来不是我所能估计的。只是会不会再发生不久前的事呢?”郗超道:“大司马(桓温)正要对外巩固边疆,对内安定国家,一定不会有这样的打算。我拿全家百口人的性命来向陛下担保。”简文帝于是咏诵庾仲初(阐)的《从征诗》:“志士痛朝危,忠臣哀主辱。”声音非常悲凉哀伤。郗超请假回浙东会稽的时候,简文帝对他说道:“请向令尊转达我的问候,国家的事情,已到了这个地步。由于我不能够采取

预防。愧叹之深，言何能喻！”因泣下流襟。[5]

有效的措施来纠正失误，护卫国家，思虑灾难之将至，以防患于未然。我的羞愧和感慨之深，言谈怎么能够说得清楚！”因而泪下，弄湿衣襟。

2.60 简文在暗室中坐，召宣武。宣武至，问上何在。简文曰：“某在斯[7]。”时人以为能。[6]

简文帝（司马昱）坐在暗室中，召见宣武（桓温）。宣武到来后，问皇上在哪里。简文帝说道：“某在斯。”当时的人都认为他善于辞令。

今注

1 荧惑：古代指火星。

2 海西：即海西公司马奕，又称晋废帝。他于公元 371 年被大司马桓温废黜，降封为海西县公。

3 郗超(336—378)：东晋高平金乡（治今山东嘉祥西阿城铺）人，字景兴，一字嘉宾。善清谈，好交游。又信佛，与释支遁为友。曾任桓温参军，深获信任，随温北伐。桓温专政，他任中书侍郎，参预代晋密谋，朝廷大臣均畏其权势。温死后去职。

4 庾仲初：即庾阐，字仲初，官至散骑侍郎。作《扬都赋》，为世人所推崇。

5 “志士”句：见庾阐《从征诗》。仅存此两句。意思是“志士痛心朝廷的危难，忠臣伤怀君主的屈辱”。

6 尊公：指郗超父亲郗愔(yīn)。

7 某在斯：语见《论语·卫灵公》。说的是孔子向一个盲人音乐师介绍在座的人说：“某在斯，某在斯。”这里的某，本来指特定的某一个人，但在对话中谦称自己也可用“某”。简文帝在应答中正是巧妙地利用了这个词义的变化，使对答极为得体。

刘注

[1]《晋阳秋》曰："泰和六年闰十月，荧惑守太微端门。十一月，大司马桓温废帝为海西公。"《晋安帝纪》曰："桓温于枋头奔败，知民望之去也，乃屠袁真于寿阳。既而谓郗超曰：'足以雪枋头之耻乎？'超曰：'未厌有识之情也。公六十之年，败于大举，不建高世之勋，未足以镇厌民望。'因说温以废立之事。时温夙有此谋，深纳超言，遂废海西。"

[2] 徐广《晋纪》曰："咸安元年十二月，荧惑逆行入太微，至二年七月，犹在焉。帝惩海西之事，心甚忧之。"

[3]《中兴书》曰："超字景兴，高平人，司空愔之子也。少而卓荦不羁，有旷世之度。累迁中书郎、司徒左长史。"

[4] 庾阐《从征诗》也。

[5]《续晋阳秋》曰："帝外压强臣，忧愤不得志，在位二年而崩。"

[6]《论语》曰："师冕见，及阶，子曰：'阶也。'及席，子曰：'席也。'皆坐，子告之曰：'某在斯，某在斯。'"注："历告坐中人也。"

原文

2.61 简文入华林园[1]，顾谓左右曰："会心处不必在远。翳然林水，便自有濠濮[2]间想也，[1]觉鸟兽禽鱼自来亲人。"

2.62 谢太傅语王右军[3]曰："中年伤于哀乐，与亲友别，辄作数日恶[4]。"王曰：[2]"年在桑榆，自然至此，正[5]赖丝竹陶写。

译文

简文帝（司马昱）进入华林园游玩，回头对随从说："使人心领神会的地方不一定要很远。置身于清幽深远的树林和溪水之间，便会使人产生庄周戏游于濠水之上、垂钓于濮水之间的情怀，觉得鸟兽禽鱼自己会来与人亲近。"

谢太傅（安）对王右军（羲之）说："人到中年，容易受到哀伤情绪的影响，和亲朋好友相别，总要忧郁好几天。"王右军说道："人近晚年，自然会这样。仅能依恒恐儿辈觉，损[6]欣乐之趣。”

赖管弦丝竹陶冶性情，排遣忧愁，还常常担心晚辈们发觉，减损赏乐的情趣。”

2.63 支道林常养数匹马。或言：“道人畜马不韵。”支曰：“贫道重其神骏。”[3]

支道林(遁)曾经养着几匹马。有人说：“和尚养马不高雅。”支道林说道：“贫道看重它们的姿态骏逸雄健。”

2.64 刘尹与桓宣武共听讲《礼记》。桓云：“时有入心处，便觉咫尺玄门。”刘曰：“此未关至极，自是金华殿之语[7]。”[4]

刘尹(惔)和桓宣武(温)一起听讲《礼记》。桓宣武说道：“有时会有触动人心的地方，于是觉得距离高深的境界已经非常接近了。”刘尹说道：“这还没有涉及最精妙的境界，还只是汉成帝时儒生在金华殿上讲经时的老生常谈。”

今注

1 华林园：官苑名，在东晋都城建康(今南京)。本为东吴旧苑，晋南渡后仿照洛阳名园加以整修。

2 濠濮：濠，濠梁。濮，濮水。《庄子·秋水》中叙述了庄子与惠施游于濠梁之上以及庄子钓于濮水拒绝楚王之聘的故事。后以“濠濮”指高人闲游的地方。

3 王右军：指王羲之(303—361)，字逸少，琅邪临沂(今山东临沂)人。后迁会稽山阴(今浙江绍兴)，晚年隐居剡县金庭。历任秘书郎、宁远将军、江州刺史，后为会稽内史，领右将军。东晋时期著名书法家，有“书圣”之称。

4 恶：不适，心境不佳。

5 正：仅，只。

6 损：减少，减轻。

7 金华殿之语：指老生常谈。金华殿，汉代宫殿名，曾是儒生为汉成帝讲经之所。

刘注

[1] 濠、濮，二水名也。《庄子》曰："庄子与惠子游濠梁水上。庄子曰：'鯈鱼出游从容，是鱼乐也。'惠子曰：'子非鱼，安知鱼之乐邪？'庄子曰：'子非我，安知我之不知鱼之乐也？'""庄周钓在濮水，楚王使二大夫造焉，曰：'愿以境内累庄子。'庄子持竿不顾，曰：'吾闻楚有神龟者，死已三千年矣，巾笥而藏于庙。此宁曳尾于涂中，宁留骨而贵乎？'二大夫曰：'宁曳尾于涂中。'庄子曰：'往矣！吾亦宁曳尾于涂中。'"

[2]《文字志》曰："王羲之字逸少，琅邪临沂人。父旷，淮南太守。羲之少朗拔，为叔父廙所赏。善草隶。累迁江州刺史、右军将军、会稽内史。"

[3]《高逸沙门传》曰："支遁字道林，河内林虑人。或曰陈留人，本姓关氏。少而任心独往，风期高亮，家世奉法。尝于余杭山沈思道行，泠然独畅。年二十五，始释形入道。年五十三，终于洛阳。"

[4]《汉书·叙传》曰："班伯少受《诗》于师丹。大将军王凤荐伯于成帝，宜劝学，召见宴昵，拜为中常侍。时上方向学，郑宽中、张禹朝夕入说《尚书》《论语》于金华殿，诏伯受之。"

原文

2.65 羊秉[1]为抚军参军，少亡，有令誉。夏侯孝若[2]为之叙，极相赞悼。[1] 羊权[3]为黄门侍郎[4]，侍简文坐。帝问曰："夏侯湛[2]作《羊秉叙》，绝可想[5]。是卿何物？

译文

羊秉在简文帝（司马昱）任抚军将军时，做过他的参军，年纪很轻就死了，有很好的声誉。夏侯孝若（湛）为他写了一篇叙文，尽情地赞颂和哀悼他。后来羊权任黄门侍郎，陪侍在简文帝座旁。简文帝问道："夏侯湛撰写《羊秉叙》，极合我心。他是你的什么人？他有儿子吗？"

有后不？”[3]权潸然对曰：“亡伯令问夙彰，而无有继嗣。虽名播天听，然胤绝圣世。”帝嗟慨久之。

羊权流着眼泪回答道：“过世的伯父一向美名昭彰，可是没有后代。虽然他的名声已经传到天子耳里，然而后嗣却已在圣世断绝。”简文帝听了，感叹了很长时间。

2.66 王长史与刘真长别后相见，[4]王谓刘曰：“卿更长进。”答曰：“此若天之自高[6]耳。”[5]

王长史（濛）和刘真长（惔）别后再见面，王对刘说道：“你更有长进了。”刘真长回答道：“这好比天一样，本来就是高的。”

2.67 刘尹云：“人想王荆产[7]佳，此想长松下当有清风耳。”[6]

刘尹（惔）说：“人们推想王澄的儿子王荆产（徽）一定不错，这就好比认为高大的松树下定会有清风罢了。”

今注

1 羊秉：字长达。简文帝司马昱任抚军将军时，羊秉是他的参军。

2 夏侯孝若：即夏侯湛(243—291)，西晋文学家。字孝若，谯县(今安徽亳州市谯城区)人。官至散骑常侍。与潘岳友善，时人称为连璧。善构新词，所作小赋及杂言体诗，多写草木风物。原有集，已散佚，明人辑有《夏侯常侍集》，收入《汉魏六朝百三名家集》。另著有《新论》，仅存佚文。

3 羊权：字道舆，泰山南城(今山东平邑南)人。官至尚书左丞。

4 黄门侍郎：官名。职能是侍从皇帝，传达诏书，掌门下事。

5 可想：可意，可心。

6 天之自高：语出《庄子·田子方》：“至人之于德也，不修而物不能离焉。若天之自高，地之自厚，日月之自明。夫何修焉？”意思是说这好比天一样，本来就是高的，用不着努力去锻炼和提高。

7 王荆产：即王微，字幼仁，小名荆产，王澄之子。历任尚书郎、右军司马。

刘注

[1]《羊秉叙》曰："秉字长达，太山平阳人。汉南阳太守续曾孙。大父魏郡府君，即车骑掾元子也。府君夫人郑氏无子，乃养秉。龆龀而佳，小心敬慎。十岁而郑夫人薨，秉思容尽哀。俄而公府掾及夫人并卒，秉群从父率礼相承，人不间其亲，雍雍如也。仕参抚军将军事。将奋千里之足，挥冲天之翼，惜乎春秋三十有二而卒。昔罕虎死，子产以为无与为善。自夫子之没，有子产之叹矣！亡后有子男又不育。是何行善而祸繁也？岂非司马生之所惑欤？"

[2] 别见。

[3]《羊氏谱》曰："权字道舆，徐州刺史悦之子也。仕至尚书左丞。"

[4]《王长史别传》曰："濛字仲祖，太原晋阳人。其先出自周室，经汉、魏，世为大族。祖父佐，北军中候。父讷，叶令。濛神气清韶，年十余岁，放迈不群。弱冠检尚，风流雅正，外绝荣竞，内寡私欲。辟司徒掾、中书郎，以后父赠光禄大夫。"

[5]《语林》曰："仲祖语真长曰：'卿近大进。'刘曰：'卿仰看邪？'王问何意，刘曰：'不尔，何由测天之高也。'"

[6] 荆产，王微小字也。《王氏谱》曰："微字幼仁，琅邪人。祖父乂，平北将军。父澄，荆州刺史。微历尚书郎、右军司马。"

原文

2.68 王仲祖闻蛮语不解，茫然曰："若使介葛卢[1]来朝，故当[2]不昧此语。"[1]

译文

王仲祖(濛)听不懂南方少数民族的语言，他失望地说道："如果让春秋时那个懂得牛的语言的介国国君葛卢来朝见，一定会懂得这种语言。"

2.69 刘真长为丹阳尹，许玄度[3]出都，就刘宿。[2]床帷新丽[4]，饮食丰甘[5]。许曰："若保全此处，殊胜东山[6]。"刘曰："卿若知吉凶由人，吾安得不保此！"[3]王逸少在坐，曰："令巢、许[7]遇稷、契[8]，当无此言。"二人并有愧色。

刘真长（惔）做丹阳尹的时候，许玄度（询）到京都，在他的家里住宿。床帐新颖华丽，饮食丰腴味美。许玄度说："如果能保住这个地方，比在东山隐居强多了。"刘真长道："你如果能够确定吉凶祸福是由人来决定，我怎么会不保住这个地方！"当时王逸少（羲之）也在座中，说道："如果是巢父和许由，遇见了周代的始祖稷和商代的始祖契，肯定不会有这样的对话。"刘、许二人听后面有愧色。

今注

1 介葛卢：春秋时介国国君，相传通兽语。

2 故当：一定，必定。表示推断、猜测的语气副词。

3 许玄度：即许询，字玄度，祖籍高阳（今河北高阳），寓居会稽（今浙江绍兴）。修黄老之术，终身不仕，好游山水，有才藻，善属文，与王羲之、孙绰、支遁等皆以文义冠世。

4 新丽：新奇绮丽，新颖华丽。

5 丰甘：丰盛甘美，丰腴味美。

6 东山：在浙江上虞西南。谢安早年隐居于此，后东山遂为隐居之所的代称。

7 巢、许：巢父、许由，尧舜时的两位隐士。

8 稷、契：尧舜时的两位贤臣。

刘注

[1]《春秋传》曰："介葛卢来朝鲁，闻牛鸣，曰：'是生三牺，皆用之矣。其

音云。'问之而信。"杜预注曰:"介,东夷国。葛卢,其君名也。"

[2]《续晋阳秋》曰:"许询字玄度,高阳人,魏中领军允玄孙。总角秀惠,众称神童,长而风情简素。司徒掾辟,不就,蚤卒。"

[3]《春秋传》曰:"吉凶无门,惟人所召。"

原文

2.70 王右军与谢太傅共登冶城。[1] 谢悠然远想,有高世之志。王谓谢曰:"夏禹勤王,手足胼胝;[2] 文王旰食[1],日不暇给。[3] 今四郊多垒,[4] 宜人人自效。而虚谈废务,浮文妨要,恐非当今所宜。"谢答曰:"秦任商鞅,一世而亡,[5] 岂清言[2]致患邪?"

2.71 谢太傅寒雪日内集[3],与儿女讲论文义。俄而雪骤,公欣然曰:"白雪纷纷何所似?"兄子胡儿[4]曰:[6]"撒盐空中差可拟。"兄女[5]曰:"未若柳絮因风起。"公大笑乐。即公大兄无奕女,左将军

译文

王右军(羲之)和谢太傅(安)一同登上冶城。谢安悠然自得,凝神遐想,有超尘脱俗的意趣。王右军对谢太傅说道:"夏禹辛勤操劳国事,手脚长满老茧;文王早晚忙碌,天晚了才吃饭,总觉得时间不够用。现在都城周围遍地战垒,人人应当自觉为国效力。而一味空谈玄虚会荒废政务,崇尚浮文会妨害国事,这恐怕不是现在应该做的吧。"谢太傅回答道:"秦用商鞅,两代灭亡,难道也是清谈导致的祸患吗?"

谢太傅(安)在一个寒冷的大雪天,聚集家里的人,给儿女们讲解文章的义理。一会儿,雪下得更大了,太傅兴致勃勃地问道:"白雪纷纷何所似?"侄子胡儿(谢朗)说道:"撒盐空中差可拟。"侄女说道:"未若柳絮因风起。"太傅开怀大笑。这个侄女就是太傅的大哥谢无奕(奕)的女儿谢道韫,左将

王凝之[6]妻也。[7] | 军王凝之的妻子。

今注

1 旰(gàn)食：天晚了才吃饭。一般指因公务繁忙而推迟吃饭时间。

2 清言：清谈，玄谈。指魏晋时期那种崇尚老庄、空谈玄理、不务实际的风气。

3 内集：家人一起聚集在屋内。

4 胡儿：指谢朗，字长度，小名胡儿，陈郡阳夏（今河南太康）人，谢安之兄谢据的长子，官至东阳太守。

5 兄女：指谢道韫(yùn)，字令姜，东晋时女诗人。谢安的侄女，谢奕的女儿，王羲之次子王凝之的妻子。

6 王凝之：字叔平，王羲之次子。曾官江州刺史、左将军、会稽内史等。

刘注

[1]《扬州记》曰："冶城，吴时鼓铸之所。吴平，犹不废。王茂弘所治也。"

[2]《帝王世纪》曰："禹治洪水，手足胼胝。"世传禹病偏枯，足不相过，今称"禹步"是也。

[3]《尚书》曰："文王自朝至于日昃，不遑暇食。"

[4]《礼记》曰："四郊多垒，卿大夫之辱也。"

[5]《战国策》曰："卫商鞅，诸庶孽子，名鞅，姓公孙氏。少好刑名学，为秦孝公相，封于商。"

[6] 胡儿，谢朗小字也。《续晋阳秋》曰："朗字长度，安次兄据之长子。安蚤知之。文义艳发，名亚于玄，仕至东阳太守。"

[7]《王氏谱》曰："凝之字叔平，右将军羲之第二子也。历江州刺史、左将军、会稽内史。"《晋安帝纪》曰："凝之事五斗米道。孙恩之攻会稽，凝之谓民吏曰：'不须备防，吾已请大道，许遣鬼兵相助，贼自破矣。'

既不设备，遂为恩所害。”《妇人集》曰：“谢夫人名道蕴，有文才。所著诗、赋、诔、颂传于世。”

原文

2.72 王中郎令伏玄度、习凿齿[1]论青、楚人物1。[2]临成，以示韩康伯，韩康伯都无言。王曰：“何故不言？”韩曰：“无可无不可2。”[3]

2.73 刘尹云：“清风朗月，辄思玄度。”[4]

2.74 荀中郎在京口3，[5]登北固4望海云：[6]“虽未睹三山5，便自6使人有凌云意7。若秦、汉之君，必当褰裳8濡足9。”[7]

译文

王中郎（坦之）叫伏玄度（滔）、习凿齿两人评论青州、荆州两地的历代人物。评论完毕后拿去给韩康伯（伯）看，韩康伯一言不发。王中郎道：“你为什么不说话？”韩康伯道：“无可无不可。”

刘尹（惔）说：“每逢月色明朗，清凉的风徐徐吹来，就不免思念玄度（许询）。”

荀中郎（羡）在京口任职的时候，登上北固山眺望东海，说道：“虽然没有看到蓬莱三岛，但已经使人有凌云登仙的感觉。倘若秦皇、汉武在，一定会撩起衣裳欣然下海去找神仙了。”

今注

1 王中郎：指王坦之(330—375)，字文度，太原晋阳（今山西太原）人，尚书令王述之子。累迁中书令，领北中郎将、徐兖二州刺史。 伏玄度：即伏滔，字玄度，平昌安丘（今山东安丘）人。有才学，少知名，大司马桓温以为参军。太元中，拜著作郎，专掌国史。 习凿齿：字彦威，荆州襄阳（今湖北襄阳）人，东晋著名史学家，世代为荆楚豪族。曾被桓温辟为从事、西曹主簿，后降为户曹参军，任荥阳太守，最后解职归里巷。有《汉晋春秋》五十四卷。 青、楚：青州和荆州。

2 “无可”句：可，合适。语出《论语·微子》。意思是：“没有什么合适的，也没有什么不合适的。”

3 荀中郎：指荀羡(322—359)，字令则，颍川颍阴(今河南许昌)人。娶晋元帝之女寻阳公主，拜驸马都督。擢建威将军、吴国内史，升至北中郎将，世称荀中郎。　京口：古城名。在今江苏镇江。

4 北固：北固山，在今江苏镇江北。

5 三山：古代神话传说中的三座仙山：蓬莱、方丈、瀛洲。

6 自：语气副词。用在其他副词后边，起语助作用，无实义。

7 凌云意：高入云霄的志向。指羽化登仙、超越尘世的感怀。

8 褰(qiān)裳：撩起衣裳。褰，揭起，撩起。

9 濡(rú)足：弄湿双脚。濡，沾湿。此处代指进入海中。

刘注

[1]《王中郎传》曰：“坦之字文度，太原晋阳人。祖东海太守承，清淡平远。父述，贞贵简正。坦之器度淳深，孝友天至，誉辑朝野，标的当时。累迁侍中、中书令，领北中郎将，徐、兖二州刺史。”《中兴书》曰：“伏滔字玄度，平昌安丘人。少有才学，举秀才。大司马桓温参军，领大著作，掌国史，游击将军，卒。习凿齿字彦威，襄阳人。少以文称，善尺牍。桓温在荆州，辟为从事。历治中、别驾，迁荥阳太守。”

[2]《滔集》载其论，略曰：“滔以春秋时鲍叔、管仲、隰朋、召忽、轮扁、甯戚、麦丘人、逢丑父、晏婴、涓子；战国时公羊高、孟轲、邹衍、田单、荀卿、邹奭、莒大夫、田子方、檀子、鲁连、淳于髡、盼子、田光、颜歜、黔子、於陵仲子、王叔、即墨大夫；前汉时伏徵君、终军、东郭先生、叔孙通、万石君、东方朔、安期先生，后汉时大司徒、伏三老、江革、逢萌、禽庆、承幼子、徐防、薛方、郑康成、周孟玉、刘祖荣、临孝存、侍其元矩、孙宝硕、刘仲谋、刘公山、王仪伯、郎宗、祢正平、刘成国；魏时管幼安、邴根矩、华子鱼、徐伟长、任昭先、伏高阳。此皆青士有才德者也。凿

齿以神农生于黔中,《召南》咏其美化,《春秋》称其多才,《汉广》之风不同《鸡鸣》之篇,子文、叔敖羞与管仲比德。接舆之歌《凤兮》,渔父之咏《沧浪》,汉阴丈人之折子贡,市南宜僚、屠羊说之不为利回,鲁仲连不及老莱夫妻,田光之于屈原,邓禹、卓茂无敌于天下,管幼安不胜庞公,庞士元不推华子鱼,何、邓二尚书独步于魏朝,乐令无对于晋世。昔伏羲葬南郡,少昊葬长沙,舜葬零陵。比其人,则准的如此;论其土,则群圣之所葬;考其风,则诗人之所歌;寻其事,则未有赤眉、黄巾之贼。此何如青州邪?”滔与相往反,凿齿无以对也。

[3] 马融注《论语》曰:“惟义所在。”

[4]《晋中兴士人书》曰:“许询能清言,于时士人皆钦慕仰爱之。”

[5]《晋阳秋》曰:“荀羡字令则,颍川人,光禄大夫崧之子也。清和有识裁。少以主婿为驸马都尉。是时殷浩参谋百揆,引羡为援,频莅义兴、吴郡,超授北中郎将、徐州刺史,以蕃屏焉。”《中兴书》曰:“羡年二十八,出为徐、兖二州。中兴方伯之少,未有若羡者也。”

[6]《南徐州记》曰:“城西北有别岭入江,三面临水,高数十丈,号曰北固。”

[7]《史记·封禅书》曰:“蓬莱、方丈、瀛洲,此三山世传在海中,去人不远。尝有至者,言诸仙人不死药在焉。黄金白银为宫阙,草物禽兽尽白,望之如云。及至,反居水下。欲到,即风引船而去,终莫能至。秦始皇登会稽,並海上,冀遇三神山之奇药。汉武帝既封泰山,无风雨变至,方士更言蓬莱诸药可得,于是上欣然东至海,冀获蓬莱者。”

原文

2.75 谢公云:“贤圣去人,其间亦迩。”子侄未之许。公叹曰:“若郗超闻此语,必不至河

译文

谢公(安)说道:“贤人、圣人和一般人的距离是非常接近的。”他的子侄们不赞同这种看法。谢公叹息道:“如果是郗超听了这话,必定不会认为这是像

汉。”[1]

2.76 支公好鹤，住剡东峁山[1]。[2]有人遗其双鹤，少时翅长欲飞。支意惜之，乃铩[2]其翮[3]。鹤轩翥[4]不复能飞，乃反顾翅垂头，视之如有懊丧意。林曰：“既有凌霄之姿，何肯为人作耳目近玩！”养令翮成，置使飞去。

2.77 谢中郎[5]经曲阿后湖[6]，问左右：“此是何水？”[3]答曰：“曲阿湖。”[4]谢曰：“故当渊注渟著[7]，纳而不流。”

银河云汉一般遥远无边、不可凭信的空话。”

支公（遁）爱好养鹤，住在剡县东面的峁山上。有人送给他一对小鹤，不久小鹤的翅膀长成，将要起飞。支公心里舍不得它们，就把它们的翅膀弄伤了。鹤高举双翅，却再也不能飞翔，便回头看看翅膀，垂下了头，看上去很懊丧。支公说道：“既然你们有直冲云霄的资质，又怎肯给人当就近观赏的玩物！”于是把它们喂养到羽翼长成，就放它们飞走了。

谢中郎（万）经过曲阿后湖，问随从道：“这是什么湖？”随从回答道：“曲阿湖。”谢万道：“一定是深水灌注而存储于此，只是流入而不流出。”

今注

1 峁(àng)山：山名，在剡(shàn)县境内。在今浙江嵊州。

2 铩(shā)：摧残，伤残。

3 翮(hé)：鸟的翅膀。

4 轩翥(zhù)：鸟向上飞。

5 谢中郎：指谢万(320—361)，字万石，陈郡阳夏(今河南太康)人，谢安之弟。早年曾任司徒掾、抚军从事中郎、吴兴太守。兄谢奕去世后接任西中郎将、豫州刺史，并领淮南太守，与郗昙一同北伐前燕。大败而归，废为庶人。逝后追赠散骑常侍。

6 曲阿后湖:即曲阿湖。又名练湖,在今江苏丹阳西北。

7 著:通“贮”。储藏,存储。

刘注

[1]《超别传》曰:“超精于理义,沙门支道林以为一时之俊。”《庄子》曰:“肩吾问于连叔曰:‘吾闻言于接舆,大而无当,往而不反。怪怖其言,犹河汉而无极也。’”

[2]《支公书》曰:“山去会稽二百里。”

[3]《中兴书》曰:“谢万字万石,太傅安弟也。才气高俊,蚤知名。历吏部郎、西中郎将、豫州刺史、散骑常侍。”

[4]《太康地记》曰:“曲阿本名云阳,秦始皇以有王气,凿北阬山以败其势,截其直道,使其阿曲,故曰曲阿也。吴还为云阳,今复名曲阿。”

原文

2.78 晋武帝每饷山涛 1,恒少。谢太傅[1]以问子弟,车骑 2 [2]答曰:“当由欲者不多,而使与者忘少。”[3]

2.79 谢胡儿语庾道季 3:[4]“诸人莫 4 当就卿谈,可坚城垒。”庾曰:“若文度来,我以偏师待之;康伯来,济河焚舟 5。”[5]

2.80 李弘度 6 常

译文

晋武帝(司马炎)每次赏赐给山涛的物品都很少。谢太傅(安)问子侄们如何看待这件事,车骑(谢玄)回答道:“应当是由于领赏的人不想要得太多,才使赏赐的人忘记自己给得太少。”

谢胡儿(朗)对庾道季(龢)说道:“大家晚上也许要到你那里清谈,你要把城池堡垒加固一点儿。”庾道季说道:“如果是文度(王坦之)来,我用协助主力军作战的偏师对付他;如果是康伯(韩伯)来,我就渡河焚舟,一拼到底。”

李弘度(充)时常叹息自己得不到赏识

叹不被遇。[6]殷扬州 7 [7]知其家贫,问:"君能屈志百里不?"李答曰:"《北门》8 之叹,久已上闻。[8]穷猿奔林,岂暇择木?"遂授剡县。

提拔。殷扬州(浩)知道他家境贫寒,就问他道:"您能不能屈身降志到一个方圆只有百里的小县去做县令?"李弘度回答道:"我曾有《北门》之叹,您早就知道了。现在我就像走投无路的猿猴在山林奔窜,哪里还顾得上选择林木?"于是委任他做了剡县县令。

今注

1 山涛(205—283):西晋河内怀县(今河南武陟西南)人,字巨源。好老庄学说,与嵇康、阮籍等交游,为"竹林七贤"之一。与司马懿姻亲,懿与曹爽争权时,隐居在家。司马师执魏政时,出仕。欲引嵇康入仕,嵇康致书与之绝交。晋初,任吏部尚书,典选十余年,选用官吏,亲作评论,时称"山公启事",今有辑本。

2 车骑:指谢玄(343—388),字幼度,陈郡阳夏(今河南太康)人,谢安之侄,东晋名将。曾率北府兵取得淝水大捷,逝后追赠车骑将军。

3 庾道季:即庾龢(hé),字道季,颍川鄢陵(今河南鄢陵西北)人。东晋大臣,太尉庾亮之子。

4 莫:"暮"的本字。傍晚。

5 济河焚舟:语出《左传·文公三年》:"秦伯伐晋,济河焚舟。"也即犹如项羽巨鹿之战一般,沉舟破釜,誓死一战。济,渡,渡过。

6 李弘度:指李充,东晋文学家。字弘度,江夏鄳县(今河南罗山西)人。明帝时在世。官至中书侍郎。充任大著作郎时,因典籍混乱,遂在西晋荀勖分类的基础上,分作经、史、子、诗赋四部,中国图书目录以经史子集分部,实始于充。著有《尚书注》《翰林论》等及文集十四卷。一说《翰林论》的著者是李轨,字弘范,江夏人,东晋祠部郎中、都亭侯。原书都已失传。严可均《全晋文》辑有《翰林论》佚文。

7 殷扬州:指殷浩(? —356),东晋陈郡长平(今河南西华东北)人,字渊源。善谈论,负虚名。永和二年(346),任扬州刺史。会稽王司马昱畏桓温势盛,引参朝政。后赵灭亡,中原又乱,任都督扬豫徐兖青五州军事,统军北伐。八年,在许昌为前秦所败,次年在山桑(今安徽蒙城北)又遭姚襄伏击,大败。桓温乘机上疏攻击,被废为庶人。

8《北门》:《诗经·邶风》篇名。毛序:"北门,刺仕不得志也。"诗中有:"出自北门,忧心殷殷。终窭且贫,莫知我艰。"后用来比喻贫士怀才不遇。

刘注

[1] 安也。

[2] 玄也。

[3]《谢车骑家传》曰:"玄字幼度,镇西奕第三子也。神理明俊,善微言。叔父太傅尝与子侄燕集,问:'武帝任山公以三事,任以官人,至于赐予,不过斤合,当有旨不?'玄答有辞致也。"

[4] 道季,庾龢小字。徐广《晋纪》曰:"龢字道季,太尉亮子也。风情率悟,以文谈致称于时。历仕至丹阳尹,兼中领军。"

[5]《春秋传》曰:"秦伯伐晋,济河焚舟。"杜预曰:"示必死。"

[6]《中兴书》曰:"李充字弘度,江夏郢人也。祖(康)〔秉〕,父矩,皆有美名。充初辟丞相掾、记室参军,以贫,求剡县,迁大著作、中书郎。"

[7] 殷浩,别见。

[8]《卫诗·北门》,刺仕不得志也。

原文

2.81 王司州 1 至吴兴 2 印渚 3 中看,[1] 叹曰:"非唯使人情开涤 4,亦

译文

王司州(胡之)到吴兴印渚观赏景色,赞叹道:"不仅能让人的心绪变得开朗,身心变得很清爽,而且使人觉得日月

觉日月清朗。”

2.82 谢万作豫州都督[5],新拜,当西之都邑,相送累日,谢疲顿。于是高侍中[6]往,[2]径就谢坐,因问:“卿今仗节方州,当疆理西蕃,何以为政?”谢粗道其意。高便为谢道形势,作数百语。谢遂起坐。高去后,谢追曰:“阿酃故粗有才具[7]。”[3]谢因此得终坐。

2.83 袁彦伯[8]为谢安南[9]司马,[4]都下诸人送至濑乡。将别,既自凄惘[10],叹曰:“江山辽落,居然有万里之势!”[5]

更加清亮明朗。”

谢万出任豫州都督,刚接到命令,就要西行到任所,亲友连日给他饯行,他感到疲惫不堪。这时高侍中(崧)前来相见,径直来到谢万身边坐下,便问道:“你现在受命主管一州,就要去治理西部地区,打算怎样处理政事呢?”谢万粗略谈了一下自己的打算。高侍中就给他讲述了当地的政治局势和地理、人事情况,说了好几百句话。谢万听了不觉从座中振奋而起。高侍中走后,谢万追想道:“阿酃(高崧)确实有些才能。”谢万也因此才陪客人坐到最后。

袁彦伯(宏)被任命为谢安南(奉)的司马,都城里的友人给他送行,一直送到濑乡。快要分别的时候,不胜伤感怅惘,慨叹道:“江山辽阔旷远,的确有万里气势!”

今注

1 王司州:即王胡之,字脩龄,琅邪临沂(今山东临沂)人。年少有令誉,历任吴兴郡太守、侍中、丹阳尹,颇有作为。拜使持节、都督司州诸军事、西中郎将、司州刺史。

2 吴兴:郡名。治所在乌程(今浙江湖州市吴兴区)。

3 印渚:河中小洲名。

4 开涤:开朗清爽。

5 都督:官名。掌一州或数州军事,有时也兼管行政。

6 高侍中:即高崧,字茂琰,小名阿酃(líng)。
7 才具:才能。
8 袁彦伯:即袁宏(328—376),东晋文学家、史学家。字彦伯,小字虎,阳夏(今河南太康)人。曾任桓温的记室。以不满当时已出的几种《后汉书》,继荀悦《汉纪》,著《后汉纪》,并著有《竹林名士传》《东征赋》《北征赋》《三国名臣颂》等。
9 谢安南:指谢奉,字弘道,会稽山阴(今浙江绍兴)人。奉曾为安南将军,故名。
10 凄惘:伤感怅惘。

刘注

[1]《王胡之别传》曰:"胡之字脩龄,琅邪临沂人,王廙之子也。历吴兴太守,征侍中、丹阳尹、秘书监,并不就。拜使持节,都督司州诸军事、西中郎将、司州刺史。"《吴兴记》曰:"於潜县东七十里,有印渚,渚傍有白石山,峻壁四十丈。印渚盖众溪之下流也。印渚已上至县,悉石濑恶道,不可行船;印渚已下,水道无险,故行旅集焉。"
[2]《中兴书》曰:"高崧字茂琰,广陵人。父悝,光禄大夫。崧少好学,善史传。累迁吏部郎、侍中,以公累免官。"
[3] 阿酃,崧小字也。
[4] 安南,谢奉,别见。
[5]《续晋阳秋》曰:"袁宏字彦伯,陈郡人,魏郎中令焕六世孙也。祖猷,侍中。父勖,临汝令。宏起家建威参军,安南司马记室。太傅谢安赏宏机捷辩速,自吏部郎出为东阳郡,乃祖之于冶亭,时贤皆集。安欲卒迫试之,执手将别,顾左右取一扇而赠之。宏应声答曰:'辄当奉扬仁风,慰彼黎庶。'合坐叹其要捷。性直亮,故位不显也。在郡卒。"

原文

2.84 孙绰[1]赋《遂初》,筑室畎川[2],自言见止足之分[3]。[1]斋前种一株松,恒自手壅[4]治之。高世远[5]时亦邻居,[2]语孙曰:"松树子非不楚楚可怜,但永无栋梁用耳!"孙曰:"枫柳虽合抱,亦何所施?"

2.85 桓征西治江陵[6]城甚丽,[3]会宾僚出江津[7]望之,云:"若能目[8]此城者,有赏。"顾长康[9]时为客,在坐,目曰:"遥望层城[10],丹楼如霞。"桓即赏以二婢。

2.86 王子敬语王孝伯曰:"羊叔子[11]自复佳耳,然亦何与人事? [4]故不如铜雀台上妓。"[5]

2.87 林公见东阳[12]长山,曰:"何其坦迤!"[6]

译文

孙绰作《遂初赋》来表明自己的志向,还在畎川修筑了居所,自称已经明白了知止知足而不求名利是人的本分。他在房前种了一株松树,经常亲自培土养育它。高世远(柔)当时也住在邻近的地方,对孙绰说道:"小松树不是不娇嫩可爱,但是永远不是栋梁之材!"孙绰说道:"枫柳尽管有合抱之粗,又能派上什么用场呢?"

桓征西(温)把江陵城修筑得非常壮丽,他会集宾客僚属到江边渡口远望城景,说道:"如果谁能恰当地品评这座城,有奖赏。"顾长康(恺之)当时在江陵作客,正在座中,便品评道:"遥望层城,丹楼如霞。"桓立即赏给他两个婢女。

王子敬(献之)对王孝伯(恭)说:"羊叔子(祜)这个人固然超群出众,但是与我们又有何干?还不如铜雀台上的歌舞伎,可以让人耳目欢娱。"

林公(支遁)看见东阳郡的长山,说道:"多么平缓而连绵不绝啊!"

今注

1 孙绰(314—371):东晋文学家。字兴公,太原中都(今山西平遥西南)

人。家于会稽。官至廷尉卿，领著作郎。少爱隐居，以文才著称。为诗宣扬玄学，枯淡寡味，是玄言诗的代表作家。亦能赋，作有《遂初赋》及《游天台山赋》。原有集，已散佚，明人辑有《孙廷尉集》，收入《汉魏六朝百三名家集》。

2 畎(quǎn)川：地名。在扬州临海郡安固县(今浙江瑞安)。

3 止足之分：知道何时停止、知道何时满足是做人的本分。

4 壅：把泥土或肥料培到植物的根上。

5 高世远：即高柔，字世远，临海乐安(今浙江仙居)人，东晋名士、官员。其生平主要见孙统《高柔集叙》。

6 江陵：即今湖北江陵。

7 江津：汉水渡口。

8 目：品题，品评。

9 顾长康：即顾恺之(约345—409)，东晋画家。字长康，小字虎头，晋陵无锡(今属江苏)人。曾为桓温及殷仲堪参军，官至通直散骑常侍。多才艺，工诗赋、书法，尤精绘画，尝有"才绝、画绝、痴绝"之称。多作人物肖像及神仙、佛像、禽兽、山水等。画人汗重点睛，自云"传神写照，正在阿堵中"。其画笔迹周密、紧劲连绵，如春蚕吐丝，后人将其与南朝宋陆探微并称"顾陆"，其画法号为"密体"，以区别于南朝梁张僧繇、唐吴道子的"疏体"。著有《论画》《魏晋胜流画赞》《画云台山记》，其中"迁想妙得""以形写神"等论点，对中国画的发展有很大影响。存世《女史箴图》据传是其早期的摹本。所传另一作品《洛神赋图》，或说为宋摹本。

10 层城：古代神话中昆仑山的最高峰，一名天庭。这里比喻高峻的城楼。

11 羊叔子：羊祜(hù，221—278)，西晋大臣。字叔子，泰山南城(今山东平邑南)人。司马师妻弟。魏末，任相国从事中郎，掌司马昭机要。晋武帝(司马炎)代魏后，与他筹划灭吴。泰始五年(269)以尚书左仆射都督荆州诸军事，出镇襄阳，开屯田，储军粮，争取江汉民心，做灭吴准备。平日则与吴将陆抗互通使节,各保分界。临终,举杜预自代。一年后,晋以其生前谋略用兵灭吴,武帝流涕念其功。为官清俭,自谓“拜爵公朝,谢恩私门,吾所不取”。

12 东阳:郡名。治所在长山县(今浙江金华)。

刘注

[1]《中兴书》曰:“绰字兴公,太原中都人。少以文称,历太学博士、大著作、散骑常侍。”《遂初赋》叙曰:“余少慕老庄之道,仰其风流久矣。却感於陵贤妻之言,怅然悟之,乃经始东山,建五亩之宅,带长阜,倚茂林,孰与坐华幕、击钟鼓者同年而语其乐哉!”

[2] 世远,高柔字也,别见。

[3] 盛弘之《荆州记》曰:“荆州城临汉江,临江王所治。王被征,出城北门而车轴折,父老泣曰:‘吾王去不还矣!’从此不开北门。”

[4]《晋诸公赞》曰:“羊祜字叔子,太山平阳人也。世长吏二千石,至祜九世,以清德称。为儿时,游汶滨,有行父止而观焉,叹息曰:‘处士大好相,善为之,未六十,当有重功于天下。即富贵,无相忘!’遂去,莫知所在。累迁都督荆州诸军事。自在南夏,吴人说服,称曰羊公,莫敢名者。南州人闻公丧,号哭罢市。”

[5] 魏武《遗令》曰:“以吾妾与妓人皆著铜雀台上,施六尺床繐帷,月朝十五日,辄使向帐作伎。”

[6]《会稽土地志》曰:“山靡迤而长,县因山得名。”

原文

2.88 顾长康从会稽还,人问山川之美,顾云:“千岩竞秀,万壑争

译文

顾长康(恺之)从会稽回来,人们问他那里的山川景色有多美,顾长康说道:“那里山峰争峻秀,万壑竞奔流,草木

流，草木蒙笼其上，若云兴霞蔚 1。”[1]

葱茏，笼罩其上，好似彩云兴起，霞光灿烂。”

2.89 简文崩，孝武 2 年十余岁，立，至暝 3 不临。[2] 左右启：“依常应临。”帝曰：“哀至则哭，何常之有？”

简文帝（司马昱）驾崩，孝武帝（司马曜）才十几岁，被立为帝，直到日落还没有到灵前哭吊。侍从启奏道：“按照常规应当去哭吊了。”孝武帝道：“悲痛至极时自然会哭，有什么常规不常规？”

2.90 孝武将讲《孝经》，谢公兄弟与诸人私庭讲习。[3] 车武子 4 难苦问谢，[4] 谓袁羊 5 曰：“不问则德音有遗，多问则重劳二谢。”[5] 袁曰：“必无此嫌。”车曰：“何以知尔？”袁曰：“何尝见明镜疲于屡照，清流惮于惠风 6？”

孝武帝（司马曜）将要开讲《孝经》，谢安、谢石兄弟和众人先在家里讨论学习。车武子（胤）对多次向谢氏兄弟请教感到为难，便对袁羊（乔）说道：“不问恐怕遗漏了精湛的言论，多问又恐过于劳累了两位谢公。”袁羊道：“一定不会引起这种不满。”车武子道：“你怎么会知道是这样的呢？”袁羊道：“何曾见过明亮的镜子因连续照影而疲劳，清澈的流水会害怕和风的吹拂？”

今注

1 霞蔚：云霞盛起之貌。

2 孝武：即晋孝武帝司马曜，字昌明，东晋第九任皇帝。

3 暝：日落，黄昏。

4 车武子：即车胤（yìn），字武子。少贫好学，尝捉萤火虫照明读书。历官辅国将军、丹阳尹、吏部尚书。

5 袁羊：即袁乔，字彦叔，小字羊，陈郡阳夏（今河南太康）人。官至尚书郎，领广陵相。死后追赠益州刺史。

6 惠风:柔和的风。

刘注

[1] 丘渊之《文章录》曰:"顾恺之字长康,晋陵人。父说,尚书左丞。恺之,义熙初为散骑常侍。"

[2] 宋明帝《文章志》曰:"孝武皇帝讳昌明,简文第三子也。初,简文观谶书曰:'晋氏阼尽昌明。'及帝诞育,东方始明,故因生时以为讳,而相与忘告简文。问之,乃以讳对。简文流涕曰:'不意我家昌明便出。'帝聪惠,推贤任才,年三十五崩。"

[3]《续晋阳秋》曰:"宁康三年九月九日,帝讲《孝经》。仆射谢安侍坐,吏部尚书陆纳、兼侍中卞耽读,黄门侍郎谢石、吏部袁宏兼执经,中书郎车胤、丹阳尹王混摘句。"

[4] 车胤,别见。

[5] 袁羊,乔小字也。《袁氏家传》曰:"乔字彦升,陈郡人。父瓌,光禄大夫。乔历尚书郎、江夏相。从桓温平蜀,封湘西伯、益州刺史。"

原文

2.91 王子敬云:"从山阴道上行,[1] 山川自相映发,使人应接不暇。若秋冬之际,尤难为怀。"[2]

2.92 谢太傅问诸子侄:"子弟亦何预人事,而正欲使其佳?"诸人莫有言者,车骑答曰:[3]"譬如芝兰玉树,欲使其生于阶庭耳。"

译文

王子敬(献之)道:"在山阴道上行走,山光水色交相辉映,使人目不暇接。若是秋末冬初,会更令人难以忘怀。"

谢太傅(安)问各位子侄:"孩子们又何必去参与世事,为什么父母总想使你们成为优秀人才?"大家都没有说话。车骑(谢玄)回答道:"这好比芝兰玉树,人人都想使它生长在自家的庭前阶下罢了。"

2.93 道壹道人[1]好整饰音辞。[4]从都下还东山,经吴中。已而会雪下,未甚寒。诸道人问在道所经,壹公曰:"风霜固所不论,乃先集其惨澹[2]。郊邑正自飘瞥[3],林岫[4]便已皓然。"

道壹和尚喜欢修饰言辞。他从京都回东山,路过吴中。不久遇到下大雪,不甚寒冷。回来后许多和尚问他路上的情况,壹公说:"风霜本来就没什么可说的,不过是先凝聚成一片萧瑟暗淡的景象。城郊只不过雪花飘扬,山林中已是白茫茫一片。"

今注

1 道壹道人:东晋高僧,俗姓陆名德。

2 惨澹:亦作"惨淡",暗淡。

3 飘瞥(piē):快速飘落或飘扬。

4 林岫(xiù):山林。

刘注

[1]《会稽土地志》曰:"邑在山阴,故以名焉。"

[2]《会稽郡记》曰:"会稽境特多名山水,峰崿隆峻,吐纳云雾。松栝枫柏,擢干竦条,潭壑镜彻,清流泻注。王子敬见之曰:'山水之美,使人应接不暇。'"

[3] 谢玄。

[4] 王珣《游严陵濑诗》叙曰:"道壹姓竺氏,名德。"《沙门题目》曰:"道壹文锋富赡。孙绰为之赞曰:'驰骋游说,言固不虚。唯兹壹公,绰然有余。譬若春圃,载芬载敷。条柯猗蔚,枝干扶疏。'"

原文

2.94 张天锡[1]为凉州刺

译文

张天锡任凉州刺史,在西部地区

史，称制西隅。既为苻坚[2]所禽[3]，用为侍中。后于寿阳俱败，至都，[1]为孝武所器。每入言论，无不竟日。颇有嫉己[4]者，于坐问张："北方何物可贵？"张曰："桑椹甘香，鸱鸮[5]革响。[2]淳酪养性，人无嫉心。"[3]

割据称王。他被苻坚俘虏以后，被任命为侍中。后来跟随苻坚到寿阳，遭遇兵败，便归顺晋朝，来到京都，受到晋孝武帝（司马曜）的器重。每次入朝谈论，没有不一谈就是一整天的。很有一些人妒忌他，他们当众问他道："北方什么东西可贵？"张天锡道："桑椹又甜又香，鸱鸮振翅作响。醇厚的乳酪怡情养性，人无忌妒之心。"

2.95 顾长康拜桓宣武墓，作诗云："山崩溟海竭，鱼鸟将何依！"[4]人问之曰："卿凭重桓乃尔，哭之状其可见乎？"顾曰："鼻如广莫长风[6]，眼如悬河决溜。"[5]或曰："声如震雷破山，泪如倾河注海。"

顾长康（恺之）去拜谒桓宣武（温）的陵墓，作诗道："山崩溟海竭，鱼鸟将何依！"有人问他道："你如此倚重桓温，你哭吊他的情状可以描述一下吗？"顾长康道："鼻息似寒风呼啸，眼泪如瀑布直泻。"或说是："声音像震雷破山，眼泪如倾河注海。"

2.96 毛伯成[7]既负其才气，常称："宁为兰摧玉折，不作萧敷艾荣。"[6]

毛伯成（玄）自负自己很有才华气魄，常常声称："宁为幽兰美玉横遭摧折，不做艾蒿叶茂花荣。"

今注

1 张天锡（346—406）：十六国时期前凉国君。公元 363—376 年在位。小名独活，字纯嘏，安定乌氏（今甘肃泾川东北）人。东晋升平五年（361），主前凉国政，始用东晋年号。兴宁元年（363），杀侄玄靓自立，称凉州牧、西平公。太元元年（376），前秦攻凉，他拒战失败，降秦，封归义侯。淝水之战时，随苻坚南下，乘兵败之机奔晋，后任散骑常侍、庐江太守。

2 苻坚(338—385)：十六国时期前秦国君。公元357—385年在位。苻健从子。一名文玉，字永固。氐(dī)族。博学有大志。初为东海王，后称大秦天王。任用王猛，打击不法贵族，兴修关中水利，劝课农桑，与民休息。前秦成为十六国时期版图最大、国力最强盛政权。先后攻灭前燕、前凉、代国，统一北方大部地区，并夺取东晋益州，遣军远征西域。前秦建元十九年(383)，征调九十万军队攻晋，在淝水大败。各族首领乘机自立，他为羌族首领姚苌所杀。

3 禽：通"擒"。捕获，捉拿。

4 己：他。六朝时期作第三人称用。

5 鸱鸮(chī xiāo)：鸟名，俗称"猫头鹰"。

6 广莫长风：即广莫风，也作广漠风。语出《淮南子·天文训》："不周风至四十五日，广莫风至……则闭关梁，决刑罚。"即北风，寒风。

7 毛伯成：即毛玄，字伯成，晋颍川(今河南许昌)人。仕至征西行军参军。

刘注

[1] 张资《凉州记》曰："天锡字纯嘏，安定乌氏人，张耳后也。曾祖轨，永嘉中为凉州刺史，值京师大乱，遂据凉土。天锡篡位，自立为凉州牧。苻坚使将姚苌攻没凉州，天锡归长安，坚以为侍中、比部尚书、归义侯。从坚至寿阳。坚军败，遂南归，拜散骑常侍、西平公。"《中兴书》曰："天锡后以贫拜庐江太守。薨，赠侍中。"

[2]《诗·鲁颂》曰："翩彼飞鸮，集于泮林。食我桑椹，怀我好音。"

[3]《西河旧事》曰："河西牛羊肥，酪过精好，但写酪置革上，都不解散也。"

[4] 宋明帝《文章志》曰："恺之为桓温参军，甚被亲昵。"

[5]《春秋考异邮》曰："距不周风四十五日，广莫风至。广莫者，精大备也。

盖北风也。一曰寒风。”

[6]《征西寮属名》曰:“毛玄字伯成,颍川人。仕至征西行军参军。”

原文

2.97 范甯[1]作豫章[2],[1]八日请佛有板[3]。众僧疑,或欲作答。有小沙弥[4]在坐末曰:“世尊默然,则为许可。”众从其义。

2.98 司马太傅[5]斋中夜坐,[2]于时天月明净,都无纤翳[6]。太傅叹以为佳。谢景重[7]在坐,[3]答曰:“意谓乃不如微云点缀。”太傅因戏谢曰:“卿居心不净,乃复强欲滓秽[8]太清[9]邪!”

2.99 王中郎甚爱张天锡,问之曰:“卿观过江诸人,经纬江左轨辙,有何伟异?后来之彦,复何如中原?”张曰:“研求幽邃,自王、何以还;因时修制,荀、乐[10]之风。”[4]王曰:“卿知见有余,何故为苻坚所

译文

范甯做豫章太守的时候,在四月初八佛的诞辰日到庙里迎请佛像供奉,并将礼佛之文写在木简上。僧人们见了有些疑惑,有僧人以为应对礼佛之文作答复。末座一个小和尚说道:“如来佛默不作声,就是答应了。”大家都赞成他的说法。

司马太傅(道子)晚上在书房闲坐,这时天空明净,月色皎洁,连一丝浮云都没有。太傅赞叹不已,认为景色太美了。谢景重(重)也在座中,说道:“我觉得还不如稍有一点云彩点缀。”太傅便取笑他道:“你自己心地不干净,竟想玷污这太清圣境吗?”

王中郎(坦之)很赏识张天锡,问他道:“你看过江来的这批人,治理江南,建立法度,有什么卓异伟大的地方?后起之秀,和中原贤士相比,又怎么样?”张天锡道:“研讨探究玄理的深度,自王弼、何晏以来是最好的;根据时势修订礼仪法度,那就有荀顗、荀勖、乐

制？”[5]答曰：“阳消阴息，故天步屯蹇[11]，否剥[12]成象，岂足多讥？”

广的作风。”王中郎道：“你的知识和见解都绰绰有余，为什么会被苻坚挟制呢？”张天锡回答道：“阳衰而阴盛，因此国运艰难，时运乖舛之象已成，这难道也值得讥笑吗？”

今注

1 范甯：字武子。东晋大儒、经学家，今存《春秋穀梁传集解》。官至豫章太守，封阳遂乡侯。

2 豫章：指豫章太守。

3 板：书写在木板上的文书。晋时制度，板必须答复。

4 沙弥：初出家的男性佛教徒。

5 司马太傅：即司马道子(364—403)，东晋宗室。简文帝之子，孝武帝之弟。初封琅邪王，改会稽王。太元十年(385)，录尚书，都督中外诸军事，遍树亲党，控制朝政。与子元显大事聚敛，奢侈无度。又征调已免除奴婢身份的佃客为兵，激起反抗，爆发孙恩起义。元兴元年(402)桓玄东下破建康(今江苏南京)，元显被杀，他遭流放，后鸩死。

6 纤翳(yì)：微小的障蔽。多指浮云。

7 谢景重：即谢重，字景重，陈郡阳夏(今河南太康)人，谢安二兄谢据孙，官至骠骑长史。

8 滓(zǐ)秽：玷污。

9 太清：道教所谓“三清”之一，即所谓的仙境之一“太清圣境”。

10 荀、乐：荀指荀颉、荀勖(xù)，乐指乐广。

11 屯蹇(zhūn jiǎn)：都是《周易》卦名。意思是艰难困苦，不顺利。

12 否(pǐ)剥：也都是《周易》卦名。否为天地不交，剥为阴盛阳衰。后多指时运乖舛(chuǎn)。

刘注

[1]《中兴书》曰："甯字武子，慎阳县人。博学通览，累迁中书郎、豫章太守。"

[2]《孝文王传》曰："王讳道子，简文皇帝第五子也，封会稽王，领司徒、扬州刺史，进太傅。为桓玄所害，赠丞相。"

[3]《续晋阳秋》曰："谢重字景重，陈郡人。父朗，东阳太守。重明秀有才会，终骠骑长史。"

[4] 荀顗、荀勖修定法制，乐则未闻。

[5] 张资《凉州记》曰："天锡明鉴颖发，英声少著。"

原文

2.100 谢景重女适王孝伯儿，二门公甚相爱美。[1] 谢为太傅长史，被弹，王即取作长史，带晋陵郡。太傅已构嫌[1]孝伯，不欲使其得谢，还取作咨议，外示縶维[2]，而实以乖间之。及孝伯败后，太傅绕东府城行散，[2] 僚属悉在南门，要望候拜。时谓谢曰："王甯[3]异谋，[3] 云是卿为其计。"谢曾无惧色，敛笏对曰："乐彦辅有言：'岂以五男易一女？'"太傅

译文

谢景重（重）的女儿嫁给了王孝伯（恭）的儿子，两位亲家翁都互相赏识敬重。谢景重做太傅（司马道子）的长史，被别人弹劾，王孝伯立即任用他做长史，并兼管晋陵郡。太傅和王孝伯早有积怨，不愿意让王孝伯得到谢景重，就又把他调回担任咨议，表面上显示要挽留人才，实际是用这种办法离间他们。等到王孝伯起兵失败以后，有一天太傅绕着自己府第的围墙行散，僚属们都在南门迎候参拜。这时太傅对谢景重说道："王甯（恭）谋反，据说是你给他出的主意。"谢景重毫无畏惧的神色，从容地收好朝笏回答道："乐彦辅（广）曾经有句名言：'哪有用五个儿子去换一个女儿的？'"太傅

善其对，因举酒劝之曰："故自佳！故自佳！"

认为他回答得很好，便举杯向他劝饮，说道："确实是很好！确实是很好！"

今注

1 构嫌：结怨。
2 絷(zhí)维：语出《诗经·小雅·白驹》："皎皎白驹，食我场苗。絷之维之，以永今朝。"引申为挽留人才。
3 王甯：即王恭，小字阿甯。

刘注

[1]《谢氏谱》曰："重女月镜，适王恭子愔之。"
[2]《丹阳记》曰："东府城西，有简文为会稽王时第，东则孝文王道子府。道子领扬州，仍住先舍，故俗称东府。"
[3] 阿甯，王恭小字也。

原文

2.101 桓玄义兴还后，见司马太傅。太傅已醉，坐上多客。问人云："桓温〔晚〕[1]来欲作贼[2]，如何？"[1] 桓玄伏不得起。谢景重时为长史，举板答曰："故宣武公黜昏暗，登圣明，功超伊、霍[3]。纷纭之议，裁之圣鉴。"太傅曰："我知！我知！"即举酒云：

译文

桓玄从义兴郡回到建康，拜见司马太傅(道子)。这时太傅已经喝醉了，在座还有很多客人。太傅问大家道："桓温晚年想造反，是吗？"桓玄拜伏在地不敢起来。谢景重(重)当时任长史，举起手板回答道："已故宣武公(桓温)，废黜昏君，扶助圣主登上帝位，功勋超过伊尹、霍光。对于那些杂乱繁多的议论，还望太傅作出英明的裁决。"太傅说道："我知道！我知道！"随即举起酒杯，说

"桓义兴，劝卿酒！"桓出谢过。[2]

道："桓义兴（玄），敬你一杯酒！"桓玄于是离座谢罪。

2.102 宣武移镇南州 4，制街衢 5 平直。人谓王东亭 6 曰：[3]"丞相初营建康，无所因承，而制置纡曲，方此为劣。"[4] 东亭曰："此丞相乃所以为巧。江左地促，不如中国。若使阡陌条畅，则一览而尽。故纡余委曲，若不可测。"

宣武（桓温）转移到南州镇守，把街道修建得又平又直。有人对王东亭（珣）说："丞相（王导）当初营造建康城，没有东西可供参考，因此规划得弯弯曲曲，比起这里来是差了一些。"东亭说道："这正是丞相巧妙高明的地方。江南地方狭窄，比不上中原地区。假如让四面街道平直无阻，那就会一览无余。有意迂回曲折，那么就会深不可测。"

今注

1 据李慈铭说补。

2 作贼：造反。

3 伊、霍：伊指伊尹。商汤的宰相，汤死又辅佐其孙太甲。霍指霍光，受汉武帝遗诏辅佐幼主昭帝。

4 南州：指姑孰（今安徽当涂）。东晋都城建康门户。

5 街衢（qú）：四通八达的街道。

6 王东亭：即王珣（xún，350—401），字元琳，小字法护，琅邪临沂（今山东临沂）人。丞相王导之孙，中领军王洽之子。累官尚书左仆射，加征虏将军。豫州刺史袁真叛归前燕，王珣参与讨伐，因功受封东亭侯，故称王东亭。工于书法，尤善行书。其代表作《伯远帖》是晋代流传至今极珍贵的少数真迹之一。

刘注

[1]《晋安帝纪》曰:“温在姑孰,讽朝廷,求九锡。谢安使吏部郎袁宏具其草,以示仆射王彪之。彪之作色曰:‘丈夫岂可以此事语人邪?’安徐问其计。彪之曰:‘闻其疾已笃,且可缓其事。’安从之,故不行。”

[2] 檀道鸾论之曰:“道子可谓易于由言,谢重能解纷纭矣。”

[3]《王司徒传》曰:“王珣字元琳,丞相导之孙,领军洽之子也。少以清秀称。大司马桓温辟为主簿,从讨袁真,封交趾望海县东亭侯,累迁尚书左仆射,领选,进尚书令。”

[4]《晋阳秋》曰:“苏峻既诛,大事克平之后,都邑残荒。温峤议徙都豫章,以即丰全。朝士及三吴豪杰谓可迁都会稽,王导独谓:‘不宜迁都。建业,往之秣陵,古者既有帝王所治之表,又孙仲谋、刘玄德俱谓是王者之宅。今虽凋残,宜修劳来旋定之道,镇静群情。且百堵皆作,何患不克复乎!’终至康宁,导之策也。”

原文

2.103 桓玄诣殷荆州,殷在妾房昼眠,左右辞不之通。桓后言及此事,殷云:“初不眠。纵有此,岂不以‘贤贤易色’1 也?”[1]

2.104 桓玄问羊孚 2:[2]“何以共重吴声?”羊曰:“当以其妖而浮。”

2.105 谢混 3 问羊孚:“何以器举瑚琏 4?”[3] 羊曰:“故当以为接神之器。”

译文

桓玄拜访殷荆州(仲堪),殷荆州正在侍妾房中午睡,手下的人拒绝给他通报。桓玄后来谈到这件事,殷荆州说道:“当时我并没有睡觉。就算真睡了,难道还做不到尊重贤者而不重女色吗?”

桓玄问羊孚:“为什么大家都喜爱吴地的音乐歌曲?”羊孚回答道:“也许是因为它妩媚而又轻浮。”

谢混问羊孚道:“为什么说到器皿就要举出瑚琏?”羊孚道:“自然是因为它是迎神用的器皿。”

2.106桓玄既篡位[5]后，御床微陷，群臣失色。侍中殷仲文[6]进曰：[4]“当由圣德渊重，厚地所以不能载。”时人善之。

桓玄篡位以后，他的宝座稍微向下陷落，群臣惊惶失色。侍中殷仲文上前说道：“这是由于皇上德泽深厚，以致大地也承受不起。”当时的人都非常赞赏这句话。

今注

1 贤贤易色：语出《论语·学而》。孔安国注认为“言以好色之心好贤人则善”。后指尊重贤者，不重女色。

2 羊孚：字子道，泰山南城（今山东平邑南）人。历任太学博士、兖州别驾、太尉参军，自幼才华横溢，巧于文章。

3 谢混（？—412）：东晋文学家。字叔源，小字益寿，陈郡阳夏（今河南太康）人。谢安之孙，娶孝武帝女晋陵公主。官至尚书左仆射。因与刘毅交密，毅败，被杀。《世说新语·文学》注引《续晋阳秋》，亦谓玄言诗的风尚“至义熙中，谢混始改”。原有集五卷，已佚，今存诗三首。

4 瑚琏：古代祭祀时盛粮食的器皿。夏朝曰“瑚”，殷朝曰“琏”。

5 桓玄既篡位：晋安帝元兴元年(402)，桓玄反，攻入建康，杀会稽王司马道子。次年废晋称帝，改国号楚，年号永始。公元404年被刘裕诛灭。

6 殷仲文（？—407）：东晋文学家。陈郡长平（今河南西华东北）人。曾随桓玄举兵，任左卫将军。玄败投晋，任东阳太守。后以谋反罪，为刘裕所杀。擅文辞。《宋书·谢灵运传论》谓其诗开始改变东晋玄言诗的风尚，至谢混而大变。《南齐书·文学传论》亦谓“仲文玄气，犹不尽除”。其诗今仅存两首。原有集，已失传。

刘注

[1] 孔安国注《论语》曰：“言以好色之心好贤人则善。”

[2]《羊氏谱》曰:"孚字子道,泰山人。祖楷,尚书郎。父绥,中书郎。孚历太学博士、州别驾、太尉参军。年四十六卒。"

[3]《晋安帝纪》曰:"混字叔源,陈郡人,司空琰少子也。文学砥砺立名。累迁中书令、尚书左仆射。坐党刘毅,伏诛。"《论语》:"子贡问曰:'赐也何如?'子曰:'汝器也。'曰:'何器也?'曰:'瑚琏也。'"郑玄注曰:"黍稷器。夏曰瑚,殷曰琏。"

[4]《续晋阳秋》曰:"仲文字仲文,陈郡人。祖融,太常。父康,吴兴太守。仲文闻玄平京邑,弃郡投焉,玄甚说之,引为咨议参军。时王谧见礼而不亲,卞范之被亲而少礼。其宠遇隆重,兼于王、卞矣。及玄篡位,以佐命亲贵,厚自封崇。舆马器服,穷极绮丽,后房妓妾数十,丝竹不绝音。性甚贪吝,多纳贿赂,家累千金,常若不足。玄既败,先投义军。累迁侍中、尚书。以罪伏诛。"

原文

2.107 桓玄既篡位,将改置直馆,问左右:"虎贲中郎省应在何处?"有人答曰:"无省。"当时殊忤旨1。问:"何以知无?"答曰:"潘岳2《秋兴赋叙》曰:'余兼虎贲中郎将,寓直散骑之省。'"[1] 玄咨嗟3称善。[2]

2.108 谢灵运4好戴曲柄笠,[3] 孔隐士5谓曰:"卿欲希心高远,何

译文

桓玄篡位后,将要改设值班人员的官署,问身边的人道:"虎贲中郎将的官署应该设在什么地方?"有人回答道:"没有这个官署。"这个回答在当时的确违抗了圣旨。桓玄问道:"你怎么知道没有?"这个人回答道:"潘岳在《秋兴赋叙》里说:'我兼任虎贲中郎将,在散骑常侍的官署里值班。'"桓玄赞叹他答得很好。

谢灵运喜欢戴形状类似曲盖的斗笠,孔隐士(淳之)对他说道:"你想追求高远的理想,为什么不能忘怀达官显贵

不能遗曲盖之貌？”[4] 谢答曰：“将不[6]畏影者[7]未能忘怀！”[5]

做仪仗用的曲柄斗笠？”谢灵运回答道：“恐怕是害怕影子的人不能忘记影子吧！”

今注

1 忤旨：违抗圣旨。

2 潘岳(247—300)：西晋文学家。字安仁，荥阳中牟（今属河南）人。曾任河阳令、著作郎、给事黄门侍郎等职。谄事权贵贾谧，后为赵王司马伦及孙秀所杀。长于诗赋，尤善哀诔之文，词藻华丽，与陆机齐名。《闲居赋》《悼亡诗》较有名。原有集，已散佚，明人辑有《潘黄门集》，收入《汉魏六朝百三名家集》。

3 咨嗟：赞叹，叹息。

4 谢灵运(385 —433)：南朝宋诗人。陈郡阳夏（今河南太康）人，移籍会稽（治今浙江绍兴）。幼时寄养于外，族人因名为客儿，世称谢客。谢玄之孙。晋时袭封康乐公，故称谢康乐。入宋，曾任永嘉太守、侍中、临川内史等职。后被杀。与颜延之齐名，世称“颜谢”。其诗大都描写会稽、永嘉、庐山等地的山水名胜，善以精丽之语刻画自然景物．开文学史上的山水诗一派。但有“玄言”余习，又“颇以繁芜为累”（《诗品》语）。原有集，已散佚，明人辑有《谢康乐集》，收入《汉魏六朝百三名家集》。

5 孔隐士：即孔淳之(372—430)，字彦深，鲁郡鲁县（今山东曲阜）人。情操高尚，爱好坟籍，终身不仕。

6 将不：义同“将无”，表示猜度、委婉的语气。意思是恐怕，或许，莫非。

7 畏影者：语出《庄子·渔父》。这里的意思是：只有心里有富贵影子的人，才会害怕这种影子。恐怕你就是这种心里有富贵影子的人。

刘注

[1] 岳别见。其《赋叙》曰:"晋十有四年,余年三十二,始见二毛,以太尉掾兼虎贲中郎将,寓直散骑之省。高阁连云,阳景罕曜。仆野人也,猥厕朝列,譬犹池鱼笼鸟,有江湖山薮之思。于是染翰操纸,慨然而赋。于时秋至,故以《秋兴》命篇。"

[2] 刘谦之《晋纪》曰:"玄欲复虎贲中郎将,疑应直与不。访之僚佐,咸莫能定。参军刘简之对曰:'昔潘岳《秋兴赋叙》云:"余兼虎贲中郎将,寓直于散骑之省。"以此言之,是应直也。'玄欢然从之。"此语微异,又答者未知姓名,故详载之。

[3] 丘渊之《新集录》曰:"灵运,陈郡阳夏人。祖玄,车骑将军。父涣,秘书郎。灵运历秘书监、侍中、临川内史。以罪伏诛。"

[4]《宋书》曰:"孔淳之字彦深,鲁国人。少以辞荣就约,征聘无所就。元嘉初,散骑郎征,不到,隐上虞山。"

[5]《庄子》云:"渔父谓孔子曰:'人有畏影恶迹而去之走者,举足逾数而迹逾多,走逾疾而影不离,自以尚迟,疾走不休,绝力而死。不知处阴以休影,处静以息迹,愚亦甚矣!子修心守真,还以物与人,则无异矣。不修身而求之人,不亦外事者乎?'"

政事第三

导读

政事，即治国施政之事。本门共二十六条。

在那个动荡年代，为官的要能体恤下情，做一点事，非常困难。这一门所谈论的都是处理政府公务的事。比如晋朝王承做东海郡太守，有个小吏偷了池塘里的鱼，主管事务的官员要追查这件事，王承则说，周文王的禁苑，是和百姓共用的，池塘中的几条鱼又有什么值得可惜的呢！王承引用《孟子·梁惠王下》的故事来说明他处理这件事的态度。

魏晋时期清谈之风盛行，这遭到关心时局之人的反对，当然也有官员对清谈采取放任的态度。比如，王濛、刘惔和支遁一同去看望骠骑将军何充，何充正在看公文，没有搭理他们。王濛说，我们今日来看望你，希望你能摆脱日常事务，和我们一起畅谈玄理。何充则说，我不看这些，你们怎么能够活命呢！大家都认为他这话说得很好。

原文

3.1 陈仲弓为太丘长，时吏有诈称母病求假。事觉，收之，令吏杀焉。主簿请付狱考众奸。仲弓曰："欺君不忠，病母不孝。不忠不孝，其罪莫大。考求

译文

陈仲弓（寔）任太丘长，当时有一个小官吏谎称母亲生病而请假。事情被发觉了，陈仲弓逮捕了他，并命令执法官员把他处死。主簿请求交给狱吏查究他的其他罪行。陈仲弓道："欺骗君上不忠，咒母生病不孝。不忠不孝，

众奸,岂复过此?”[1]

他的罪行没有比这更大的了。查究其他罪行,难道还有比这个罪行更严重的吗?”

3.2 陈仲弓为太丘长,有劫1贼杀财主,主者捕之。未至发所,道闻民有在草2不起子者,回车往治之。主簿曰:“贼大,宜先按讨。”仲弓曰:“盗杀财主,何如骨肉相残?”[2]

陈仲弓(寔)做太丘长的时候,有强盗抢掠杀死货主,主管官吏逮捕了罪犯。陈仲弓还没有到达出事地点,路上听说有一家老百姓生了孩子不肯养育,便掉转车头赶去处理。主簿说道:“杀人事大,应该先去查办治罪。”陈仲弓道:“强盗杀死货主,怎么会比残杀亲骨肉更严重?”

今注

1 劫:强盗。六朝时作名词使用。

2 在草:妇女分娩。草,产蓐。

刘注

[1] 陈寔,已别见。

[2] 按后汉时贾彪有此事,不闻寔也。

原文

3.3 陈元方年十一时,[1]候袁公。袁公问曰:“贤家君1在太丘,远近称之,何所履行?”元方曰:“老父在太丘,强者绥之以德,弱者抚之以仁,恣其所安,久而

译文

陈元方(纪)十一岁的时候,去拜访袁公。袁公问他道:“令尊在太丘县任职时,远近的人都称颂他,他到底做了一些什么事?”陈元方道:“家父在太丘,用恩德去安抚强悍的人,用仁爱去体恤柔弱的人,使他们安居

益敬。”[2] 袁公曰:“孤往者尝为邺[2]令,正行此事。不知卿家君法孤,孤[3]法卿父?”[3] 元方曰:“周公、孔子,异世而出,周旋动静,万里如一。周公不师孔子,孔子亦不师周公。”

乐业,久而久之,百姓就更加敬重他。”袁公道:“我曾经做过邺县县令,正是这样做的。不知道是你的父亲效法我,还是我效法你的父亲?”陈元方道:“周公、孔子,生活在不同的时代,他们处事的举措,虽然相隔得很远,却是一样的。周公没有效法孔子,孔子也没有效法周公。”

今注

1 贤家君:对对方父亲的尊称。
2 邺:县名。在今河北临漳西南。
3 孤:王侯的自称。

刘注

[1] 陈纪,已见。
[2] 袁宏《汉纪》曰:“寔为太丘,其政不严而治,百姓敬之。”
[3] 检众《汉书》,袁氏诸公,未知谁为邺令,故阙其文以待通识者。

原文

3.4 贺太傅[1]作吴郡,初不出门。吴中诸强族轻之,乃题府门云:“会稽鸡,不能啼。”[1] 贺闻,故出行,至门反顾,索笔足之曰:“不可啼,杀吴儿。”于是至诸屯邸,检

译文

贺太傅(邵)曾任吴郡太守,上任之初,脚不出门。吴中各个豪门大族都轻视他,竟在郡署大门上写道:“会稽鸡,不能啼。”贺太傅听说后,特意外出,走到门口回过头来去看,索取笔墨补充道:“不可啼,杀吴儿。”于是到各豪门大族的庄园,查核出顾姓、陆姓家族奴役官兵和窝

校诸顾、陆役使官兵及藏逋亡，悉以事言上，罪者甚众。陆抗[2]时为江陵都督，[2]故下请孙皓，然后得释。

藏逃亡者的情况，然后把情况全部上报朝廷，获罪的人非常多。陆抗当时正任江陵都督，特意从驻地顺流而下向孙皓求情，这才得以了结。

3.5 山公以器重朝望，年逾七十，犹知管时任。[3]贵胜年少若和、裴、王之徒，并共宗咏。有署阁柱曰："阁〔道〕[3]东有大牛，和峤鞅[4]，裴楷鞦[5]，王济剔嬲[6]不得休。"[4]或云潘尼[7]作之。[5]

山公（涛）由于受到器重，在朝中又有极高的威望，年纪已经过了七十岁，还主管着时政。名流权贵子弟如和峤、裴楷、王济等人都一齐赞颂他。于是有人在阁道的柱子上写道："阁道东，有大牛，和峤在牛前，裴楷在牛后，王济在中间搅扰不得休。"有人说这是潘尼作的。

今注

1 贺太傅：即贺邵(227—275)，字兴伯，会稽山阴（今浙江绍兴）人。历仕三朝，历散骑常侍，出为吴郡太守，后迁太子太傅。

2 陆抗(226—274)：三国吴名将。字幼节，吴郡吴县华亭（今上海市松江区）人。陆逊之子。年二十为建武校尉，领父众五千人。孙皓为帝时，任镇军大将军，都督西陵、信陵、夷道、乐乡、公安诸军事，驻乐乡（今湖北松滋东北）。凤凰元年(272)，击退晋将羊祜进攻，攻杀叛将西陵督步阐。后任大司马、荆州牧。

3 据程炎震说补。

4 鞅：驾车时套在牛马脖子上的皮带。此处指代在牛前。

5 鞦(qiū)：驾车时拴在牲口屁股后边的皮带。此处指代在牛后。

6 剔嬲(niǎo)：搅扰，纠缠。

7 潘尼（约 250—约 311）：西晋文学家。字正叔，荥阳中牟（今属河南）

人。官至太常卿。与叔父潘岳以文学齐名，世称“两潘”。其诗重辞藻，多应酬赠答之作。原有集，已佚，明人辑有《潘太常集》，收入《汉魏六朝百三名家集》。

刘注

[1] 环济《吴纪》曰：“贺邵字兴伯，会稽山阴人。祖齐，父景，并历美官。邵历散骑常侍，出为吴郡太守。后迁太子太傅。”

[2]《吴录》曰：“抗字幼节，吴郡人，丞相逊子，孙策外孙也。为江陵都督，累迁大司马、荆州牧。”

[3] 虞预《晋书》曰：“山涛字巨源，河内怀人。祖本，郡孝廉。父曜，冤句令。涛蚤孤而贫，少有器量，宿士犹不慢之。年十七，宗人谓宣帝曰：‘涛当与景、文共纲纪天下者也。’帝戏曰：‘卿小族，那得此快人邪？’好庄、老，与嵇康善。为河内从事，与石鉴共传宿，涛夜起蹋鉴曰：‘今何等时而眠也！知太傅卧何意？’鉴曰：‘宰相三日不朝，与尺一令归第，君何虑焉？’涛曰：‘咄！石生，无事马蹄间也。’投传而去，果有曹爽事，遂隐身不交世务。累迁吏部尚书、仆射、太子少傅、司徒。年七十九薨，谥康侯。”

[4] 王隐《晋书》曰：“初，涛领吏部，潘岳内非之，密为作谣曰：‘阁东有大牛，王济鞅，裴楷鞦，和峤刺促不得休。’”《竹林七贤论》曰：“涛之处选，非望路绝，故贻是言。”

[5]《文士传》曰：“尼字正叔，荥阳人。祖勖，尚书左丞。父满，平原太守。并以文学称。尼少有清才，文词温雅。初应州辟，终太常卿。”

原文

3.6 贾充[1]初定律令，[1]与羊祜共咨太傅郑冲[2]。[2]

译文

贾充刚定出法令，就和羊祜一起去请教太傅郑冲。郑冲说道：“皋陶那沖曰："皋陶[3]严明之旨，非仆暗懦所探。"羊曰："上意欲令小加弘润。"沖乃粗下意[4]。[3]

种严肃而公正的立法宗旨，不是我这种愚昧懦弱的人所能探究明白的。"羊祜道："皇上想叫您稍加补充润色。"郑沖这才粗略地说了自己的意见。

3.7 山司徒前后〔领〕[5]选，殆周遍百官，举无失才。凡所题目[6]，皆如其言。唯用陆亮[7]，是诏所用，与公意异。争之，不从。亮亦寻为贿败。[4]

山司徒（涛）前后两次担任吏部官职，几乎考察遍了朝中百官，没有漏选一个人才。凡是经他评论过的人物，都像他所说的那样。只有陆亮是皇帝下令选用的，和山公的意见不同。山司徒曾经为了这事力争过，但皇帝没有采纳。陆亮不久就由于受贿而被罢官。

3.8 嵇康被诛后，山公举康子绍[8]为秘书丞。[5]绍咨公出处，[6]公曰："为君思之久矣。天地四时，犹有消息[9]，而况人乎？"[7]

嵇康被杀以后，山公（涛）推荐嵇康的儿子嵇绍做秘书丞。嵇绍向山公请教是否该出仕，山公说道："我替您考虑很久了。天地四时，还有交替变化的时候，何况是人呢？"

今注

1 贾充(217—282)：西晋大臣。字公闾，平阳襄陵（今山西临汾东南）人。三国魏时，任大将军司马、廷尉，为司马氏心腹。指使杀魏帝曹髦，参与司马氏代魏密谋。晋初，任司空、侍中、尚书令。灭吴战争中，他以太尉充大都督，总统诸军。长于法理，主持修订《晋律》。以一女为太子妃（即贾后），一女为齐王妃，宠信无比。

2 郑沖（？—274）：字文和，荥阳开封（今河南开封）人。初为魏文帝曹丕文学，累迁尚书郎、陈留太守。大将军曹爽引为从事中郎，累迁光禄勋，后又拜司空、司徒。曹奂继位，拜太保，封寿光侯。

3 皋陶(yáo):传说舜时掌管刑狱的大臣。

4 下意:提出意见或陈述意见。

5 据李慈铭说补。

6 题目:品评,评论。

7 陆亮:字长兴。司马炎时期,吏部郎出缺,山涛推荐阮咸,贾充则推荐自己的亲信陆亮,晋武帝从贾充,后陆亮因受贿被撤职。

8 康子绍:指嵇康之子嵇绍(253—304)。西晋谯郡铚县嵇山(今安徽涡阳)人,字延祖。官至侍中。永安元年(304),东海王越挟惠帝与成都王颖交战,在荡阴(今河南汤阴)大败。侍卫皆溃,他以身护帝,被杀,血溅帝衣。后世推为忠君典范。

9 消息:消长,减少和增加。

刘注

[1]《晋诸公赞》曰:"充字公闾,襄陵人。父逵,魏豫州刺史。充起家为尚书,迁廷尉,听讼称平。晋受禅,封鲁郡公。充有才识,明达治体,加善刑法,由此与散骑常侍裴楷共定科令,蠲除密网,以为《晋律》。薨,赠太宰。"

[2] 王隐《晋书》曰:"冲字文和,荥阳开封人。有核练才,清虚寡欲,喜论经史,草衣缊袍,不以为忧。累迁司徒、太保。晋受禅,进太傅。"

[3]《续晋阳秋》曰:"初,文帝命荀勖、贾充、裴秀等分定礼仪律令,皆先咨郑冲,然后施行也。"

[4]《晋诸公赞》曰:"亮字长兴,河内野王人,太常陆乂兄也。性高明而率至,为贾充所亲待。山涛为左仆射,领选。涛行业即与充异,自以为世祖所敬,选用之事,与充咨论,充每不得其所欲。好事者说充:'宜授心腹人为吏部尚书,参同选举。若意不齐,事不得谐,可不召公与选,而实得叙所怀。'充以为然。乃启亮公忠无私。涛以亮将与己异,又恐其协情不允。累启亮可为左丞相,非选官才。世祖不许,涛乃辞

疾还家。亮在职果不能允,坐事免官。"

[5]《山公启事》曰:"诏选秘书丞。涛荐曰:'绍平简温敏,有文思,又晓音,当成济也。犹宜先作秘书郎。'诏曰:'绍如此,便可为丞,不足复为郎也。'"《晋诸公赞》曰:"康遇事后二十年,绍乃为涛所拔。"王隐《晋书》曰:"时以绍父康被法,选官不敢举。年二十八,山涛启用之,世祖发诏,以为秘书丞。"

[6]《竹林七贤论》曰:"绍惧不自容,将解褐,故咨之于涛。"

[7] 王隐《晋书》曰:"绍字延祖,雅有文才,山涛启武帝云云。"

原文

3.9 王安期 1 为东海郡,[1] 小吏盗池中鱼,纲纪推之。王曰:"文王之囿,与众共之。[2] 池鱼复何足惜!"

3.10 王安期作东海郡,吏录 2 一犯夜人来。王问:"何处来?"云:"从师家受书还,不觉日晚。"王曰:"鞭挞甯越以立威名,恐非致理 3 之本。"[3] 使吏送令归家。

3.11 成帝 4 在石头,[4] 任让在帝前戮侍中钟雅 5、[5] 右卫将军刘超 6。[6] 帝泣曰:"还我侍中!"让不奉诏,

译文

王安期(承)任东海郡太守的时候,有一个低级官员偷了池塘中的鱼,主管府中事务的官吏追查这件事。王安期说:"周文王的禁苑,是和百姓共同使用的。池塘中的鱼又有什么值得可惜的呢!"

王安期(承)任东海郡太守,有一次官府中的差役拘捕来一个触犯夜行禁令的人。王安期问他:"从哪里来的?"那人回答道:"从老师家里上课回来,没有想到时间太晚了。"王安期说:"鞭打一个像甯越那样勤学的人来树立威信,恐怕不是达到太平昌盛的根本办法。"便派遣差役把他送回家去。

晋成帝(司马衍)被迁到石头城,叛军任让在成帝面前要杀掉侍中钟雅

遂斩超、雅。[7]事平之后，陶公与让有旧，欲宥之。许柳[7][8]儿思妣[8]者至佳，诸公欲全之。[9]若全思妣，则不得不为陶全让，于是欲并宥之。事奏，帝曰："让是杀我侍中者，不可宥！"诸公以少主不可违，并斩二人。

和右卫将军刘超。成帝流着眼泪说："把侍中还给我！"任让不遵从皇帝的命令，就把刘超、钟雅二人杀死了。叛敌被平定以后，陶公(侃)因为和任让有老交情，想赦免他。此外，叛军许柳的儿子许思妣(永)，很有才德，许多大臣也想保全他。可是如果保全了许思妣，就不得不为陶侃保全任让，于是他们就打算使两人一齐被赦免。当大臣们把处理的办法上奏朝廷时，成帝说道："任让是杀我侍中的人，不能赦免！"大臣们因为不能违抗这位年轻皇帝的旨意，就把两人一齐处死了。

今注

1 王安期：即王承，字安期，太原晋阳(今山西太原)人。清虚寡欲，善于清谈，累迁东海内史，为政清静，吏民怀之。

2 录：拘捕。

3 理：当作"治"，唐人避高宗李治讳改。致理，就是致治，达到太平昌盛的意思。

4 成帝：即司马衍(321—342)，东晋皇帝，公元325—342年在位。字世根，明帝长子。五岁时即位，改元咸和，尊母庾氏为皇太后，临朝称制，王导、庾亮辅政。咸和二年(327)，苏峻、祖约之乱时被俘至石头城(今江苏南京西清凉山)。

5 钟雅(？—329)：字彦胄，颍川长社(今河南长葛东北)人，官至侍中。

6 刘超(？—329)：字世逾，琅邪临沂(今山东临沂)人。苏峻之乱时，刘超任右卫将军，始终护卫晋成帝，与侍中钟雅密谋救出成帝，被叛军杀害。后追赠卫尉，谥号忠。

7 许柳：字季祖，高阳（今河北高阳）人，曾任淮南太守。协助苏峻举兵反晋，拜丹阳尹，后以罪伏诛。

8 思妣（bǐ）：即许永，字思妣，许柳之子。

刘注

[1]《名士传》曰："王承字安期，太原晋阳人。父湛，汝南太守。承冲淡寡欲，无所循尚。累迁东海内史，为政清静，吏民怀之。避乱渡江，是时道路寇盗，人怀忧惧，承每遇艰险，处之怡然。元皇为镇东，引为从事中郎。"

[2]《孟子》曰："齐宣王问：'文王之囿，方七十里，有诸？若是其大乎？'对曰：'民犹以为小也。'王曰：'寡人之囿，方四十里，民犹以为大，何邪？'孟子曰：'文王之囿，刍荛者往焉，与民同之，民以为小，不亦宜乎？今王之囿，杀麋鹿者如杀人罪，是以四十里为阱于国中也，民以为大，不亦宜乎？'"

[3]《吕氏春秋》曰："甯越者，中牟鄙人也。苦耕稼之劳，谓其友曰：'何为可以免此苦也？'其友曰：'莫如学也。学，三十岁则可以达矣！'甯越曰：'请以十五岁。人将休，吾不敢休；人将卧，吾不敢卧。'学十五岁而为周威公之师也。"

[4]《晋世谱》曰："帝讳衍，字世根，明帝太子。年二十二崩。"

[5]《晋阳秋》曰："让，乐安人，诸任之后。随苏峻作乱。"《雅别传》曰："雅字彦胄，颍川长社人。魏太傅钟繇弟仲常曾孙也。少有才志，累迁至侍中。"

[6]《晋阳秋》曰："超字世踰，琅邪人，汉成阳景王六世孙封临沂慈乡侯，遂家焉。父徵，为琅邪国上将军。超为县小吏，稍迁记室掾、安东舍人。忠清慎密，为中宗所拔。自以职在中书，绝不与人交关书疏，闭门不通宾客，家无儋石之储。讨王敦有功，封零阳伯，为义兴太守，而受拜及往还朝，莫有知者，其慎默如此。迁右卫大将军。"

[7]《雅别传》曰:“苏峻逼主上幸石头,雅与刘超并侍帝侧匡卫,与石头中人密期拔至尊出,事觉被害。”

[8]《许氏谱》曰:“柳字季祖,高阳人。祖允,魏中领军。父猛,吏部郎。”刘谦之《晋纪》曰:“柳妻,祖狄子涣女。苏峻招祖约为逆,约遣柳以众会。峻既克京师,拜丹阳尹,后以罪诛。”

[9]《许氏谱》曰:“永字思妣。”

原文

3.12 王丞相拜扬州,宾客数百人并加沾接,人人有说色。唯有临海一客姓任[1]及数胡人为未洽。公因便还到过任边,云:“君出,临海便无复人。”任大喜说。因过胡人前,弹指1云:“兰阇2!兰阇!”群胡同笑,四坐并欢。[2]

3.13 陆太尉3诣王丞相咨事,过后辄翻异4。王公怪其如此,后以问陆。[3]陆曰:“公长民5短,临时不知所言,既后觉其不可耳。”

译文

王丞相(导)出任扬州刺史,几百名贺客都受到了他亲切的款待,人人脸上都有欣喜的神色。只有临海郡一位姓任的客人和几位外国和尚并不欢洽。王丞相于是乘便绕到任姓客人身边,说道:“您出来后,临海郡就不再有人才了。”任氏听了,非常高兴。于是又来到外国和尚面前,捻弹手指道:“兰阇!兰阇!”几位外国和尚同时笑了起来。满座宾客皆大欢喜。

陆太尉(玩)到王丞相(导)那里商量公事,过后却每每更改。王公(导)奇怪他为什么这样做,后来拿这种事来问他。陆太尉道:“您的名位高,我的名位低,当时不知道该说什么好,事后发觉那样做并不妥当罢了。”

今注

1 弹指：捻弹手指作声。在佛经中有表示欢喜、许诺、警诫或乐意做功德等意思。

2 兰阇(shé)：梵语。意为清净处，寂静处。余嘉锡笺疏："盖赞美诸胡僧于宾客喧嚷之地，而能寂静安心，如处菩提场中。然则己之未加沾接者，正恐扰其禅定耳。"

3 陆太尉：即陆玩(278—341)，字士瑶，吴郡吴县华亭（今上海市松江区）人。东晋时期士族重臣，器量宽厚儒雅，有美誉。累迁侍中、尚书左仆射、尚书令，赠太尉。

4 翻异：谓事后改变主意。

5 民：当地百姓无论贵贱对地方长官都自称为民。王导当时兼任扬州刺史，陆玩是扬州吴郡人，因此也谦称为"民"。

刘注

[1]《语林》曰："任名颙，时官在都，预王公坐。"

[2]《晋阳秋》曰："王导接诱应会，少有悟者。虽疏交常宾，一见多输写款诚，自谓为导所遇，同之旧昵。"

[3]《陆玩别传》曰："玩字士瑶，吴郡吴人。祖瑁，父英，仕郡有誉。玩器量淹雅，累迁侍中、尚书左仆射、尚书令，赠太尉。"

原文

3.14 丞相尝夏月至石头看庾公[1]，庾公正料事[2]。丞相云："暑，可小简之。"庾公曰："公之遗事，天下亦未以为

译文

丞相（王导）曾经在夏天到石头城探望庾公（冰），庾公正在处理公务。丞相说："天气炎热，可以稍为简略一点。"庾公说："您宽简政务，许多事搁置不理，天下的人也未必都认为恰当。"

允。”[1]

3.15 丞相末年，略[3]不复省事，正封箓[4]诺[5]之。自叹曰：“人言我愦愦，后人当思此愦愦。”[2]

3.16 陶公性检厉，勤于事。[3]作荆州时，敕船官悉录锯木屑，不限多少，咸不解此意。后正会[6]，值积雪始晴，听事前除[7]雪后犹湿，于是悉用木屑覆之，都无所妨。官用竹，皆令录厚头[8]，积之如山。后桓宣武伐蜀，装船，悉以作钉。又云：尝发所在竹篙，有一官长连根取之，仍[9]当足。乃超两阶用之。

丞相（王导）晚年，几乎不再处理政务，只在文件上签字。他自己感叹道：“别人说我昏愦糊涂，后人一定会怀念我这昏愦糊涂。”

陶公（侃）秉性严肃认真，工作勤奋。他担任荆州刺史的时候，下令负责造船的官员把锯木屑全部收集起来，多少不限，大家都不理解他的用意。后来正月初一聚会庆贺时，正遇上连日下雪刚刚放晴，官厅大堂前面的台阶还是湿漉漉的，于是全用锯木屑覆盖上，人来人往，毫无妨碍。官府用的毛竹，他都命令把斫下的根部都收集起来，堆积得像山一样。后来桓宣武（温）讨伐西蜀，制造船只，便把这些竹根全部用来做竹钉。又有人说：陶公曾经在自己管辖的地区征调过当地的竹篙，有一个主管官员把竹子连根拔出，就用根部代替竹篙上的铁足。陶公就把他连升两级加以任用。

今注

1 庾公：即庾冰(296—344)，字季坚，颍川鄢陵（今河南鄢陵西北）人，中书令庾亮之弟。王导死后，他以中书监身份在内朝掌权。及康帝即位，进车骑将军，出镇江州，假节、镇武昌，卒，赠侍中、司空，谥曰忠成。

2 料事：处理事务。亦特指处理政事。

3 略：全，几乎完全。

4 封箓(lù):文书、奏章、公文、簿籍等。

5 诺:画诺,签字。

6 正(zhēng)会:聚会庆贺。

7 除:台阶。

8 厚头:毛竹的根。

9 仍:就,便。

刘注

[1]《殷羡言行》曰:"王公薨后,庾冰代相,网密刑峻。羡时行,遇收捕者于途,慨然叹曰:'丙吉问牛喘,似不尔。'尝从容谓冰曰:'卿辈自是网目不失,皆是小道小善耳。至如王公,故能行无理事。'谢安石每叹咏此唱。庾赤玉曾问羡:'王公治何似?讵是所长?'羡曰:'其余令绩,不复称论。然三捉三治,三休三败。'"

[2] 徐广《历纪》曰:"导阿衡三世,经纶夷险,政务宽恕,事从简易,故垂遗爱之誉也。"

[3]《晋阳秋》曰:"侃练核庶事,勤务稼穑,虽戎陈武士,皆劝厉之。有奉馈者,皆问其所由。若力役所致,欢喜慰赐;若他所得,则呵辱还之。是以军民勤于农稼,家给人足。性纤密好问,颇类赵广汉。尝课营种柳,都尉夏施盗拔武昌郡西门所种。侃后自出,驻车施门,问:'此是武昌西门柳,何以盗之?'施惶怖首伏,三军称其明察。侃勤而整,自强不息。又好督劝于人,常云:'民生在勤。大禹圣人,犹惜寸阴;至于凡俗,当惜分阴。岂可游逸!生无益于时,死无闻于后,是自弃也。'又:'《老》《庄》浮华,非先王之法言而不敢行。君子当正其衣冠,摄以威仪,何有乱头养望,自谓宏达邪?'"《中兴书》曰:"侃尝检校佐吏,若得樗蒲博弈之具,投之曰:'樗蒲,老子入胡所作,外国戏耳。围棋,尧、舜以教愚子。博弈,纣所造。诸君国器,何以为此?若王事之暇,患邑邑者,文士何不读书?武士何不射弓?'谈者无以易也。"

原文

3.17 何骠骑作会稽,[1]虞存弟謇作郡主簿,[2]以何见客劳损,欲白断常客,使家人节量择可通者。作白事成,以见存。存时为何上佐,正与謇共食,语云:"白事甚好,待我食毕作教。"食竟,取笔题白事后云:"若得门(庭)〔亭〕[1]长如郭林宗者,当如所白。[3]汝何处得此人?"謇于是止。

3.18 王、刘与林公共看何骠骑,骠骑看文书,不顾之。[4]王谓何曰:"我今故与林公来相看,望卿摆拨常务,应对玄言[2]。那得方低头看此邪[3]?"何曰:"我不看此,卿等何以得存?"诸人以为佳。

译文

何骠骑(充)任会稽内史,虞存的弟弟虞謇任郡主簿,他认为何充接待客人过于劳累伤神,打算禀告何充谢绝普通客人,让手下人酌量选择可以接见的才进行通报。报告文书写好后,送给虞存看。当时虞存是何充的高级佐吏,正同虞謇一起吃饭,说道:"这个呈文很好,等我吃完饭再作批示。"吃过了饭,虞存提笔在报告后面签署意见道:"如果能找到一个像郭林宗那样善于识别人物的人,来做主管守门的官,就一定照呈文办理。可是你从哪里找到这样的人?"虞謇只好作罢。

王濛、刘惔和林公(支遁)一同去探望何骠骑(充),何骠骑正在翻阅公文,没有理会他们。王濛对何骠骑说道:"我们今天特意和林公来看望你,希望你能撇开日常事务,和我们一起谈论精微玄妙的玄学。为什么仍然低着头看这些东西呢?"何骠骑道:"我不看这些东西,你们怎么能够活命呢?"大家都觉得他这话说得很好。

今注

1 据程炎震说校改。

2 玄言：也称玄谈或清谈。指崇尚老庄、专谈玄理的玄学谈论。

3 那得：疑问副词。 方：仍然。时间副词。表示动作或状态不因有某种情况而改变。

刘注

[1]《晋阳秋》曰："何充字次道，庐江人。思韵淹通，有文义才情。累迁会稽内史、侍中、骠骑将军、扬州刺史，赠司徒。"

[2] 孙统《存诔叙》曰："存字道长，会稽山阴人也。祖阳，散骑常侍。父伟，州西曹。存幼而卓拔，风情高逸。历卫军长史、尚书吏部郎。"范汪《棋品》曰："謇字道真，仕至郡功曹。"

[3]《泰别传》曰："泰字林宗，有人伦鉴识。题品海内之士，或在幼童，或在里肆，后皆成英彦，六十余人。自著书一卷，论取士之本，未行，遭乱亡失。"

[4]《晋阳秋》曰："何充与王濛、刘惔好尚不同，由此见讥于当世。"

原文

3.19 桓公在荆州，全欲以德被1江、汉，耻以威刑肃物。[1]令史受杖，正从朱衣上过。桓式2年少，从外来，[2]云："向从阁下过，见令史受杖，上捎云根3，下拂地足。"意讥不著4。桓公云："我犹患其重。"

3.20 简文为相，事

译文

桓公（温）做荆州刺史时，很想将仁德施及江、汉地区，耻于用威势严刑来整治人民。一位令史受了杖刑，木棒仅从他的红色衣服上擦过。这时桓式年纪还小，从外面进来，说道："刚才我从官署门前经过，看见令史受杖刑，棍子高高举起，上掠云脚，低低放下，擦着地面。"意思是讽刺棍棒根本没有触及人。桓公说道："我还担心这也太重了呢。"

简文帝（司马昱）做丞相的时候，一件

动经年,然后得过。桓公甚患其迟,常加劝勉。太宗曰:"一日万机,那得速?"[3]

政务动辄要一整年才能处理完毕。桓公(温)很担心这样太慢了,经常加以劝告勉励。简文帝说道:"每天都有成千上万件事等着处理,哪里快得了?"

3.21 山遐[5]去东阳[6],王长史就简文索东阳,云:"承借猛政,故可以和静致治。"[4]

山遐离开东阳太守职位以后,王长史(濛)向简文帝(司马昱)要求去东阳继任太守,说道:"凭借着前任严厉的政策,我便可以用温和恬淡的办法达到治理的目的。"

今注

1 被:施及,加于……之上。

2 桓式:即桓歆,字书道(又作叔道),小字式,谯国龙亢(今安徽怀远西北)人,桓温第三子。

3 云根:云起之处。比喻高。

4 不著(zhuó):没有触及。

5 山遐:字彦林,河内怀县(今河南武陟西南)人,山涛之孙。曾任东阳太守,为政严猛。

6 东阳:郡名。治所在长山县(今浙江金华)。

刘注

[1]《温别传》曰:"温以永和元年自徐州迁荆州刺史,在州宽和,百姓安之。"

[2] 式,桓歆小字也。《桓氏谱》曰:"歆字叔道,温第三子。仕至尚书。"

[3]《尚书·皋陶谟》:"一日万机。"孔安国曰:"幾,微也。言当戒惧万事之微。"

[4]《东阳记》云:"遐字彦林,河内人。祖涛,司徒。父简,仪同三司。遐

历武陵王友、东阳太守。"《江惇传》曰:"山遐为东阳,风政严苛,多任刑杀,郡内苦之。惇隐东阳,以仁恕怀物,遐感其德,为微损威猛。"

原文

3.22 殷浩始作扬州,[1]刘尹行,日小欲晚,便使左右取襆1。人问其故,答曰:"刺史严,不敢夜行。"

3.23 谢公时,兵厮逋亡,多近窜南塘2下诸舫中。或欲求一时搜索,谢公不许,云:"若不容置此辈,何以为京都?"[2]

3.24 王大为吏部郎,[3]尝作选草,临当奏,王僧弥3来,聊出示之。[4]僧弥得便以己意改易所选者近半,王大甚以为佳,更写即奏。

译文

殷浩初次出任扬州刺史,一天刘尹(惔)外出,日色将到傍晚,就命令随从拿出襆被。别人问他什么缘故,他回答道:"刺史严明,我不敢夜行。"

谢公(安)辅政的时候,兵丁差役时有逃亡,多数就近躲藏在南塘下的各个船舫里。有人请求同时搜查所有船只,谢公不同意,他说:"如果不能宽恕这类人,又怎么能够治理好国都?"

王大(忱)任吏部郎的时候,曾经起草过一份举荐人员的名单,临到要上奏的时候,王僧弥(珉)来了,王大姑且拿给他看一看。王僧弥趁机按照自己的意见改动了近半数的名字,王大认为改得很好,便重新誊写一份立即上奏。

今注

1 襆(fú):同"幞"。巾帕,包袱。古人用巾帕包物。

2 南塘:建康秦淮河南岸。

3 王僧弥:即王珉,字季琰,小字僧弥,琅邪临沂(今山东临沂)人,丞相王导孙。累迁侍中、中书令,赠太常。

刘注

[1]《浩别传》曰:"浩字渊源,陈郡长平人。祖识,濮阳相。父羡,光禄勋。浩少有重名,仕至扬州刺史、中军将军。"《中兴书》曰:"建元初,庾亮兄弟、何充等相寻薨,太宗以抚军辅政,征浩为扬州,从民誉也。"

[2]《续晋阳秋》曰:"自中原丧乱,民离本域。江左造创,豪族并兼;或客寓流离,名籍不立。太元中,外御强氐,蒐简民实。三吴颇加澄检,正其里伍。其中时有山湖遁逸,往来都邑者。后将军安方接客,时人有于坐言宜纠舍藏之失者。安每以厚德化物,去其烦细。又以强寇入境,不宜加动人情。乃答之云:'卿所忧,在于客耳!然不尔,何以为京都?'言者有惭色。"

[3] 王忱已见。

[4] 僧弥,王珉小字也。《珉别传》曰:"珉字季琰,琅邪人,丞相导孙,中领军洽少子。有才艺,善行书,名出兄珣右。累迁侍中、中书令。赠太常。"

原文

3.25 王东亭与张冠军善。[1] 王既作吴郡,人问小令[1]曰:[2]"东亭作郡,风政何似?"答曰:"不知治化何如,唯与张祖希情好日隆耳。"

3.26殷仲堪当之荆州,王东亭问曰:"德以居全为称,仁以不害物为名。方今宰牧华夏,处杀戮之职,与本操将不乖[2]乎?"殷答

译文

王东亭(珣)和张冠军(玄)非常友好。王东亭担任吴郡太守以后,有人问其弟小令(王珉)道:"东亭做郡太守,社会教化和政绩怎么样?"小令回答道:"我不了解他的政绩和教化怎么样,只知道他和张祖希(玄)的交情日益深厚罢了。"

殷仲堪准备到荆州就任刺史一职,王东亭(珣)问他道:"存心成全称为德教,不伤害人叫作仁政。现在你要去治理中部地区,处在杀伐刑戮的职

曰:"皋陶[3]造刑辟之制,不为不贤;[3]孔丘居司寇[4]之任,未为不仁。"[4]

位上,这与你原来的操守难道不违背吗?"殷仲堪回答道:"皋陶建立刑罚制度,不为不贤;孔子居于司寇的职务,不算不仁。"

今注

1 小令:指王珉。王献之曾为中书令,而后王珉代之,世称大小王令。

2 乖:违背,不协调。

3 皋陶:上古时期华夏部落首领,相传尧、舜时期之政多出其手,行五刑五教,制定《狱典》。

4 司寇:春秋时掌刑狱纠察的官。

刘注

[1] 张玄已见。

[2]《续晋阳秋》曰:"王献之为中书令,王珉代之,时人曰'大、小王令'。"

[3]《古史考》曰:"庭坚号曰皋陶,舜谋臣也。舜举之于尧,尧令作士,主刑。"

[4]《家语》曰:"孔子自鲁司空为大司寇,七日而诛乱法大夫少正卯。"

文学第四

导读

文学，即辞章学问。本门共一百零四条。

这一门涉及文辞、清谈等方面，和《言语》差不多。比如，东汉大儒郑玄家中文化气息浓厚，连婢女之间都会巧妙地引用《诗经》对话。孔子曾经说过"不学诗，无以言"，这里的"诗"是指《诗经》。这一条也反映了人们对优美语言的推崇。

再如，左思写完《三都赋》，当时的人交相非难，左思心里很不舒服，后来他拿给文学家张华看。张华说，这可以和《两都赋》《二京赋》鼎足而立，三者齐名。可是你的名望还不高，应当拿给名士看看。左思便拿去给皇甫谧看。皇甫谧看后非常赞赏，写了《三都赋序》。于是先前非难左思的人，都开始怀着敬意赞扬他的文章。《晋书·左思传》载："豪贵之家，竞相传写，洛阳为之纸贵。"这个脍炙人口的文坛掌故，至今流传。

又如，东晋大臣、文学家、书法家孙绰评价潘岳、陆机的文章，说潘岳的文章"烂若披锦"，而陆机的文章如"排沙简金"，又说潘岳的文章"浅而净"，而陆机的文章"深而芜"。这些话对后世很有影响，对学习写作的人和读者都是有益的。

原文

4.1 郑玄[1]在马融[2]门下，[1]三年不得相见，高足

译文

郑玄在马融门下求学，一住三年还没有见到老师，只是由马融的高足

弟子传授而已。尝算浑天[3]不合，诸弟子莫能解。或言玄能者，融召令算。一转便决，众咸骇服。及玄业成辞归，既而融有"礼乐皆东[4]"之叹，[2]恐玄擅名而心忌焉。玄亦疑有追，乃坐桥下，在水上据屐。融果转式[5]逐之，告左右曰："玄在土下水上而据木，此必死矣。"遂罢追。玄竟以得免。[3]

弟子传达和讲授罢了。马融曾经运算浑天，结果不相符合，众多弟子也不能解决。有人说郑玄能够推算，马融便命令他来运算。郑玄一转栻盘便解决了，大家都非常佩服。等到郑玄学业完成，辞别回家，马融随即就有"礼和乐的中心都将转移到东方"的慨叹，唯恐郑玄独享盛名，因此心中非常妒忌他。郑玄也怀疑马融会来追赶，于是坐到桥底下，抓着木屐浮在水面上。马融果然旋转栻盘来推算他的位置，然后告诉身边的人说："郑玄在土下水上，而又依托着木板，这表示他一定死了。"于是停止追逐。郑玄终于得以逃脱。

4.2 郑玄欲注《春秋传》，尚未成时，行与服子慎[6]遇宿客舍，先未相识。服在外车上与人说己注《传》意，[4]玄听之良久，多与己同。玄就车与语曰："吾久欲注，尚未了。听君向言，多与吾同，今当尽以所注与君。"遂为《服氏注》。

郑玄打算注释《春秋左氏传》，还没有完成，这时有事到外地去，遇到服子慎（虔）。两人同住在一个旅舍里，最初彼此并不相识。服子慎在旅舍外面的车子上和别人谈起自己注《春秋左氏传》的大意，郑玄听了很久，觉得许多见解都和自己相同。他便凑近车子对服子慎说道："我早就想注这本书，只是还没有完成。听您刚才所说，很多见解都和我的一致，现在应当把我已注的部分完全送给你。"于是服子慎完成了《春秋左氏传解谊》。

今注

1 郑玄(127—200):东汉经学家。字康成,世称“后郑”,以别于“先郑”郑兴、郑众父子。北海高密(今属山东)人。入太学学今文《易》和公羊学,又从张恭祖学《古文尚书》《周礼》《左传》等,最后从马融学古文经。游学归里后,聚徒讲学,弟子众至千人。以“党锢之祸”被禁,潜心著述,以古文经说为主,兼采今文经说,遍注群经,成为汉代经学的集大成者,称“郑学”。在整理古代历史文献上颇有贡献。但喜综合,以《周官》为真周制,凡不合者皆归入殷制;以《礼》注《诗》,造成许多附会。今通行本《十三经注疏》中《毛诗》、“三礼”注,即采用郑注。另注《周易》《论语》《尚书》和纬书;又作《发墨守》《箴膏肓》《起废疾》,以反驳何休。并撰《六艺论》《驳五经异义》等,均佚,清袁钧《郑氏佚书》、马国翰《玉函山房辑佚书》有辑本。孔广林《通德遗书所见录》、黄奭《高密遗书》也有辑载。

2 马融(79—166):东汉经学家、文学家。字季长,右扶风茂陵(今陕西兴平东北)人。曾任校书郎、议郎、南郡太守等职。从挚恂学。遍注《周易》《尚书》《毛诗》《三礼》《论语》《孝经》,使古文经学达到成熟的境地。生徒常有千余人,郑玄、卢植都出其门。他除注群经外,兼注《老子》《淮南子》。又常坐高堂,施绛纱帐,前授生徒,后列女乐,对魏晋清谈家的破弃礼教有一定影响。著作已佚,清马国翰《玉函山房辑佚书》、黄奭《汉学堂丛书》都有辑录。另有赋、颂等二十一篇。有集已佚,明人辑有《马季长集》,收入《汉魏六朝百三名家集》。

3 浑天:我国古代解释天体的一种学说。认为天地形状浑圆如鸟卵,天包地像壳包卵黄,天半在地上,半在地下,南北两极固定在天的两端,日月星辰绕两极的极轴旋转。人们就用这种观点去推算日月星辰的位置。

4 礼乐皆东:马融为右扶风茂陵(今属陕西)人,郑玄是北海高密(今属山东)人,故马融有此叹。

5 式:通“栻”,栻盘,推算历数或占卜用具。

6 服子慎:即服虔,东汉经学家。初名重,又名祇,字子慎。河南荥阳人。举孝廉。中平末任九江太守。信古文经学,撰《春秋左氏传解谊》,以《左传》驳难今文经学家何休。东晋元帝时,服氏《左传》曾立博士。南北朝时北方盛行服《注》。唐代孔颖达撰《五经正义》,《左传》专用杜预《注》,服《注》遂亡。清马国翰《玉函山房辑佚书》辑存四卷,李贻德辑有《左传贾(逵)服(虔)注辑述》。

刘注

[1] 融《自叙》曰:"融字季长,右扶风茂陵人。少而好问,学无常师。大将军邓骘召为舍人,弃,游武都。会羌虏起,自关以西道断。融以谓'古人有言:"左手据天下之图,而右手刎其喉,愚夫不为。"何则? 生贵于天下也。岂以曲俗咫尺为羞,灭无限之身哉?'因往应之,为校书郎,出为南郡太守。"

[2]《高士传》曰:"玄字康成,北海高密人。八世祖崇,汉尚书。"《玄别传》曰:"玄少好学书数,十三诵五经,好天文、占候、风角、隐术。年十七,见大风起,诣县曰:'某时当有火灾。'至时果然,智者异之。年二十一,博极群书,精历数图纬之言,兼精算术。遂去吏,师故兖州刺史第五元先。就东郡张恭祖受《周礼》《礼记》《春秋传》。周流博观,每经历山川,及接颜一见,皆终身不忘。扶风马季长以英儒著名,玄往从之,参考同异。季长后戚,嫚于待士,玄不得见,住左右,自起精庐,既因绍介得通。时涿郡卢子幹为门人冠首,季长又不解剖裂七事,玄思得五,子幹得三。季长谓子幹曰:"吾与汝皆弗如也。"季长临别,执玄手曰:"大道东矣,子勉之!"后遇党锢,隐居著述,凡百余万言。大将军何进辟玄,乃缝掖相见。玄长八尺余,须眉美秀,姿容甚伟。进待以宾礼,授以几杖。玄多所匡正,不用而退。袁绍辟玄,及去,饯之城东,欲玄必醉。会者三百余人,皆离席奉觞,自旦及暮,度玄饮三百余杯,而温克之容,终日无怠。献帝在许都,征为大司农,行至元

城，卒。"

[3] 马融海内大儒，被服仁义；郑玄名列门人，亲传其业，何猜忌而行鸩毒乎？委巷之言，贼夫人之子。

[4]《汉南纪》曰："服虔字子慎，河南荥阳人。少行清苦，为诸生，尤明《春秋左氏传》，为作训解。举孝廉，为尚书郎、九江太守。"

原文

4.3 郑玄家奴婢皆读书。尝使一婢，不称旨，将挞之。方自陈说，玄怒，使人曳著泥中。须臾，复有一婢来，问曰："胡为乎泥中？1"[1] 答曰："薄言往诉，逢彼之怒。2"[2]

4.4 服虔既善《春秋》，将为注，欲参考同异。闻崔烈3集门生讲《传》，[3] 遂匿姓名，为烈门人赁作食。每当至讲时，辄窃听户壁间。既知不能逾己，稍共诸生叙其短长。烈闻，不测何人。然素闻虔名，意疑之。明蚤往，及未寤，便呼："子慎！子慎！"虔不觉惊应。遂相与友善。

译文

郑玄家里的奴婢都读书。他曾经使唤一名婢女，不合心意，准备鞭打她。她刚为自己辩护，郑玄便生了气，叫人把她拖到泥水里。一会儿，又有一个婢女走来，问道："胡为乎泥中？"她回答道："薄言往诉，逢彼之怒。"

服虔长于研究《春秋》，打算给它作注，想参考各家学说中不同的意见。听说崔烈正聚集学生讲授《春秋左氏传》，便隐姓埋名去给崔烈的门人当做饭的佣工。每到崔烈讲授的时候，他总躲在门外偷听。等他了解到崔烈并不能超过自己以后，他才逐渐和那些学生谈论讲授中的长短得失。崔烈听说后，猜不出他是什么人。可是一向听说过服虔的名字，心中怀疑是他。第二天一大早前去拜访，趁着服虔还没有睡醒，便喊道："子慎！子慎！"服虔不觉惊醒答应。从此两人开始交往，结为好友。

今注

1 “胡为”句：引自《诗经·邶风·式微》。意思是：“为什么会在污泥中？”

2 “薄言”句：引自《诗经·邶风·柏舟》。意思是“我去诉说，遇着他发怒”。薄言，助词，无实义。

3 崔烈：字威考，东汉冀州安平县（今河北安平）人。为冀州名士，有文才，承家学，讲授《左传》。灵帝时，官至司徒、太尉，封阳平亭侯。著有诗、书、教、颂等凡四篇。

刘注

[1]《卫·式微》诗也。毛公曰：“泥中，卫邑名也。”

[2] 卫、邶《柏舟》之诗。

[3] 挚虞《文章志》曰：“烈字威考，高阳安平人，骃之孙，瑗之兄子也。灵帝时，官至司徒、太尉，封阳平亭侯。”

原文

4.5 钟会撰《四本论》[1]始毕，甚欲使嵇公一见。置怀中，既定[2]，畏其难，怀不敢出。于户外遥掷，便回急走。[1]

4.6 何晏为吏部尚书，有位望，时谈客盈坐。[2]王弼[3]未弱冠，往见之。晏闻弼名，[3]因条向者胜理语弼曰：“此理仆以为极，可得复难不？”弼便

译文

钟会刚刚撰写完毕《四本论》，很想让嵇公（康）看一看。他便把书放在怀中，到了嵇康住地，又害怕嵇康问难质疑，揣在怀里不敢拿出来。最终他将书从门外远远地抛了进去，便转身急急忙忙地跑了。

何晏做吏部尚书的时候，很有地位声望，当时前来清谈的客人常常满座。王弼的年龄还不满二十岁，去拜会他。何晏听说过王弼的名字，便分条列出原先那些最精妙的玄理来告诉王弼道：“这

原文	译文
作难,一坐人便以为屈。于是弼自为客主数番,皆一坐所不及。	些道理我认为已经很完美了,你可以反驳吗?”王弼便进行反驳,满座的人都认为何晏理屈。于是王弼又几度自问自答,进行辩难,所谈玄理都是在座客人赶不上的。

今注

1《四本论》:三国魏钟会撰,内容主要探讨才与性,即才能与性格或能力与操行的相互关系。所谓四本,指才性同、才性异、才性合、才性离,这是魏晋玄学主要论题之一。原文已佚,佚文见清侯康《补三国艺文志·道家类》。

2 定:这个字在句中很难解释,一说是“诣宅”的传写之误。

3 王弼(226—249):三国魏玄学家。字辅嗣,山阳(今河南焦作)人。曾任尚书郎,少年即享高名,好谈儒道,辞才逸辩,与何晏、夏侯玄等同开玄学清谈风气,为贵无论主要代表之一。认为“道者‘无’之称也”,天地虽大,“寂然至无,是其本矣”。“无”是宇宙万物的本体,“万物皆由道而生”。强调“贵无”而“贱有”,并从本末、体用、动静、一多等关系上来论证“以无为本”。认识论上提出“得意在忘象,得象在忘言”的思想。从“凡有皆始于无”,肯定名教(有)出于自然(无)。用“援老入儒”、儒道融合的玄学代替当时逐渐失势的汉儒经学。其注《易》偏重哲理,扫除汉代经学繁琐之风。著有《周易注》《周易略例》《老子注》《老子指略》等。

刘注

[1]《魏志》曰:“会论才性同异,传于世。”四本者,言才性同,才性异,才性合,才性离也。尚书傅嘏论同,中书令李丰论异,侍郎钟会论合,屯骑校尉王广论离。文多不载。”

[2]《文章叙录》曰:"晏能清言,而当时权势、天下谈士多宗尚之。"《魏氏春秋》曰:"晏少有异才,善谈《易》《老》。"

[3]《弼别传》曰:"弼字辅嗣,山阳高平人。少而察惠,十余岁,便好《庄》《老》,通辩能言,为傅嘏所知。吏部尚书何晏甚奇之,题之曰:'后生可畏。若斯人者,可与言天人之际矣!'以弼补台郎。弼事功雅非所长,益不留意,颇以所长笑人,故为时士所嫉。又为人浅而不识物情。初与王黎、荀融善,黎夺其黄门郎,于是恨黎,与融亦不终好。正始中,以公事免。其秋,遇疠疾亡,时年二十四。弼之卒也,晋景帝嗟叹之累日,曰:'天丧予!'其为高识悼惜如此。"

原文

4.7 何平叔注《老子》始成,诣王辅嗣。见王注精奇,乃神伏 1,曰:"若斯人,可与论天人之际矣!"因以所注为道德二论。[1]

4.8 王辅嗣弱冠诣裴徽 2,[2] 徽问曰:"夫无者,诚万物之所资,圣人莫肯致言,而老子申之无已,何邪?"[3] 弼曰:"圣人体无,无又不可以训,故言必及有。老、庄未免于有,恒训其所不足。"

4.9 傅嘏 3 善言虚胜,[4]

译文

何平叔(晏)注《老子》刚刚完成,去拜访王辅嗣(弼)。他看见王辅嗣所注的《老子》精深独特,心里很佩服,说道:"像这样的人,我可以和他讨论自然与人事的相互关系了!"便把自己注的《老子》改写成《道论》与《德论》。

王辅嗣(弼)二十岁时去拜访裴徽,裴徽问他说:"无,确实是万物的根本,孔圣人不肯谈论这个问题。但是老子却反复论证,这是为什么呀?"王弼说:"圣人认为无是本体,可是无的意义不能够清楚解释,所以言必及有。老子、庄子不能超脱人世之有,所以经常解释他们掌握得不够充分的无。"

傅嘏长于谈论虚无理论的美妙境

荀粲[4]谈尚玄远，[5]每至共语，有争而不相喻。裴冀州释二家之义，通彼我之怀，常使两情皆得，彼此俱畅。[6]

界，荀粲崇尚清谈的玄妙和深远，每当两人在一起谈论的时候，总会有争论而双方又不能相互理解。裴冀州（徽）能够解释清楚这两家的义理，疏通彼此的情怀，常使两人都感到满意，使双方都心情舒畅。

今注

1 伏：通“服”，敬佩，信服。

2 裴徽：字文秀，河东闻喜（今山西闻喜）人，三国时曹魏官员。官至冀州刺史，故又称裴冀州。

3 傅嘏（gǔ，209—255）：三国魏思想家。字兰石，北地泥阳（治今陕西铜川市耀州区）人。正始间为尚书部、黄门侍部，和曹爽、何晏不洽，免官。爽诛，党于司马氏，屡迁河南尹、尚书，以功封阳乡侯。在当时清谈家中，较重事功，衡鉴人物以“实才”为主。尝论“才性同异”，主张“才性同”，认为“性”（本性）无本体，“才”（才能）的外部表现即“性”。原有集二卷，已佚。现存《黄初颂》《征吴对》等文，载唐欧阳询等辑《艺文类聚》和《三国志》。

4 荀粲：字奉倩，颍川颍阴（今河南许昌）人。三国时期曹魏著名玄学家，东汉名臣荀彧（yù）幼子。性简贵，以善谈玄理名噪一时。

刘注

[1]《魏氏春秋》曰：“弼论道约美不如晏，自然出拔过之。”

[2]《永嘉流人名》曰：“徽字文季，河东闻喜人，太常潜少弟也。仕至冀州刺史。”

[3]《弼别传》曰：“弼父为尚书郎，裴徽为吏部郎，徽见异之，故问。”

[4]《魏志》曰：“嘏字兰硕，北地泥阳人，傅介子之后也。累迁河南尹、尚

书。嘏尝论才性同异,钟会集而论之。"《傅子》曰:"嘏既达治好正,而有清理识要,如论才性,原本精微,鲜能及之。司隶钟会年甚少,嘏以明知交会。"

[5]《粲别传》曰:"粲字奉倩,颍川颍阴人,太尉彧少子也。粲诸兄儒术论议各知名。粲能言玄远,常以子贡称'夫子之言性与天道,不可得而闻也',然则六籍虽存,固圣人之糠秕。能言者不能屈。"

[6]《粲别传》曰:"粲太和初到京邑,与傅嘏谈,嘏善名理,而粲尚玄远,宗致虽同,仓卒时或格而不相得意。裴徽通彼我之怀,为二家释。顷之,粲与嘏善。"《管辂传》曰:"裴使君有高才逸度,善言玄妙也。"

原文

4.10 何晏注《老子》,未毕。见王弼自说注《老子》旨,何意多所短,不复得作声,但应诺诺,遂不复注,因作《道德论》。[1]

4.11 中朝时,有怀道之流,有诣王夷甫咨疑者。值王昨已语多,小极,不复相酬答,乃谓客曰:"身今少恶,裴逸民亦近在此,君可往问。"[2]

4.12 裴成公作《崇有论》1,时人攻难2之,莫能折。唯王夷甫来,如小屈。时人即以王理难裴,

译文

何晏为《老子》作注,还没有完成。有一次他听到王弼解说其注解《老子》的要旨,感到自己的见解许多地方都不如王弼,便不敢再开口,只是连声答应"是,是"。于是他不再继续作注,另写了《道德论》。

西晋时有一批信奉道家学说的人,其中有登门向王夷甫(衍)请教疑难问题的。恰逢王夷甫因前一天谈论太多,有点疲倦,不想再接待客人,便对客人说道:"我今天有点不舒服,裴逸民(頠)也在这附近,您可以去询问他。"

裴成公(頠)作《崇有论》,当时的人非难他,可没有谁能使他折服。只有王夷甫(衍)来和他辩论,他才有点儿理屈。当时的人就用王的道理反驳裴,裴的理

理还复申。[3]

论又重新阐发得头头是道。

今注

1《崇有论》:裴頠的哲学著作。他认为"无"不能生"有,""有"是绝对的,是本体。这种观点与王弼主张的以"无"为本体的"贵无论"相对立。

2 难:反驳,非难。

刘注

[1]《文章叙录》曰:"自儒者论以老子非圣人,绝礼弃学。晏说'与圣人同',著论行于世也。"

[2]《晋诸公赞》曰:"裴頠谈理,与王夷甫不相推下。"

[3]《晋诸公赞》曰:"自魏太常夏侯玄、步兵校尉阮籍等皆著《道德论》,于时,侍中乐广、吏部郎刘汉亦体道而言约。尚书令王夷甫讲理而才虚,散骑常侍戴奥以学道为业,后进庾敳之徒,皆希慕简旷。頠疾世俗,尚虚无之理,故著《崇有》二论以折之,才博喻广,学者不能究。后乐广与頠清闲,欲说理,而頠辞喻丰博,广自以体虚无,笑而不复言。"《惠帝起居注》曰:"頠著二论,以规虚诞之弊,文词精富,为世名论。"

原文

4.13 诸葛厷[1]年少,不肯学问,始与王夷甫谈,便已超诣。王叹曰:"卿天才卓出,若复小加研寻,一无所愧。"厷后看《庄》《老》,更与王语,便足相抗衡。[1]

译文

诸葛厷年轻时不肯学习,可是一开始和王夷甫(衍)谈论,就显示出高深的造诣。王夷甫赞叹道:"你天赋的才气卓越出众,如果再稍加研究探讨,就一定不会有愧于人。"诸葛厷后来阅读了《庄子》《老子》,再和王夷甫谈论,便完全可以和他不相上下了。

4.14 卫玠总角时，问乐令梦，乐云："是想。"卫曰："形神所不接而梦，岂是想邪？"乐云："因也。未尝梦乘车入鼠穴，捣齑[2]啖铁杵，皆无想无因故也。"[2] 卫思因，经日不得，遂成病。乐闻，故命驾为剖析之，卫即小差[3]。乐叹曰："此儿胸中当必无膏肓之疾[4]。"[3]

卫玠幼年的时候，问乐令(广)："人为什么会做梦？"乐令说："是因为心有所思。"卫玠说："形体和精神都没有接触过的事物会在梦中出现，难道也是心有所思的缘故吗？"乐令说："是有所依据。人们不曾梦见过坐车进入老鼠洞，舂菜时把铁杵吃掉，这都是无所依据，因而无所思的缘故。"卫玠便思索这个依据的问题，成天找不到答案，终于生了病。乐令听说后，特意坐车去给他分析这个问题，卫玠的病才稍微好了一些。乐令感叹道："这个孩子的心中一定不会有郁积于心而无法医治的病。"

4.15 庾子嵩[5]读《庄子》，开卷一尺许便放去，曰："了不异人意。"[4]

庾子嵩(敳)读《庄子》，展开书卷一尺多长就放下了，说道："和我的想法没什么不同。"

今注

1 诸葛厷(hóng)：又作诸葛宏，字茂远，琅邪阳都(今山东沂南)人。有逸才，官至司空主簿。

2 齑(jī)：切碎的菜或肉。

3 差(chài)：病愈。后作"瘥"。

4 膏肓(huāng)之疾：无法医治的疾病。

5 庾子嵩：即庾敳(旧读 ái)，字子嵩，颍川鄢陵(今河南鄢陵西北)人。西晋时期名士、清谈家。先为陈留相，后为吏部郎，皆静默无为，不预世事。

刘注

[1] 王隐《晋书》曰:“厷字茂远,琅邪人,魏雍州刺史绪之子。有逸才,仕至司空主簿。”

[2]《周礼》有六梦:一曰正梦,谓无所感动,平安而梦也;二曰噩梦,谓惊愕而梦也;三曰思梦,谓觉时所思念也;四曰寤梦,谓觉时道之而梦也;五曰喜梦,谓喜说而梦也;六曰惧梦,谓恐惧而梦也。按乐所言“想”者,盖思梦也;“因”者,盖正梦也。

[3]《春秋传》曰:“晋景公有疾,求医于秦,秦伯使医缓为之。未至,公梦疾为二竖子。曰:‘彼良医也,惧伤我焉。’其一曰:‘居肓之上,膏之下,若我何?’医至,曰:‘疾不可为之。在肓之上,膏之下,攻之不可达,刺之不可及,药不至焉。’公曰:‘良医也!’”注:“肓,鬲也。心下为膏。”

[4]《晋阳秋》曰:“庾敳字子嵩,颍川人,侍中峻第三子。恢廓有度量,自谓是老庄之徒。曰:‘昔未读此书,意尝谓至理如此;今见之,正与人意暗同。’仕至豫州长史。”

原文

4.16 客问乐令“旨不至”1者,乐亦不复剖析文句,直以麈尾柄确2几曰:“至不?”客曰:“至。”乐因又举麈尾曰:“若至者,那得去?”[1]于是客乃悟服。乐辞约而旨达,皆此类。

4.17 初,注《庄子》者数十家,莫能究其旨

译文

有位客人问乐令(广)“旨不至”是什么意思。乐令并不分析词句的意思,只是用麈尾柄敲击着小桌说:“到尽头了吗?”客人说:“到尽头了。”乐令于是又举起麈尾说:“如果达到了尽头,又怎么能不断发展下去呢?”客人才领悟了其中的道理并心服口服。乐令说话言辞简要而意思透彻,都和这个例子相似。

当初,注《庄子》的有几十家,没有人能够探索到书中的意旨和要领。向秀在

要。向秀于旧注外为解义，妙析奇致，大畅玄风。[2]唯《秋水》《至乐》二篇未竟，而秀卒。秀子幼，义遂零落，然犹有别本。郭象[3]者，为人薄行，有俊才，[3]见秀义不传于世，遂窃以为己注。乃自注《秋水》《至乐》二篇，又易《马蹄》一篇，其余众篇，或定点文句而已。[4]后秀义别本出。故今有向、郭二《庄》，其义一也。

旧说之外，重新解说它的义理，剖析精妙新奇而且富有情趣，极大地弘扬了谈论玄理的风尚。只是《秋水》《至乐》两篇的注还没有写完，向秀就去世了。向秀的儿子还很小，他的书稿于是散佚，但是还有副本存在。郭象这个人人品不好，但是有卓越的才智，他看见向秀的注没有在社会上流传，就剽窃它作为自己的注。他又自己注了《秋水》《至乐》两篇，又改注了《马蹄》一篇，其余各篇涂抹修改一下文句而已。后来向秀注的副本流传开来。所以现在的《庄子注》有向秀、郭象两种本子，但它们内容却是一样的。

今注

1 旨不至：旨，通“指”。《庄子·天下》：“指不至，至不绝。”这句话各家解释不同。姑且解释为：指向物体，并不能达到它的实质，就算达到了，也不能穷尽它。乐广用麈尾柄敲小桌，是先至，然后去，说明所谓“至”并没有达到事物的本体和实质。

2 确：通“搉”。敲击。

3 郭象(252—312)：西晋玄学家。字子玄，河南洛阳人。官至黄门侍郎、太傅主簿。好老庄，善清谈，对向秀所注《庄子》，述而广之，作《庄子注》。阐扬老庄思想。提出“独化于玄冥之境”的观点，认为“无既无矣，则不能生有”，万物“块然而自生”，反对以“无”或“道”为宇宙本体和万物本原的学说。但又认为天地万物的生成、变化都各自独立，互不相关,“掘然自得而独化”,不需要任何条件,并由此主张“自足其性”。认为“名教”即“自然”,“夫圣人虽在庙堂之上,其心无异于山林之中”,肯定儒家的名教之治和道家的自然无为思想,合儒道为一。著作除《庄子注》外均佚,残文散见于皇侃《论语义疏》及《道藏》中。

刘注

[1] 夫藏舟潜往,交臂恒谢,一息不留,忽焉生灭。故飞鸟之影莫见其移,驰车之轮曾不掩地。是以去不去矣,庸有至乎?至不至矣,庸有去乎?然则前至不异后至,至名所以生;前去不异后去,去名所以立。今天下无去矣,而去者非假哉?既为假矣,而至者岂实哉?

[2]《秀别传》曰:“秀与嵇康、吕安为友,趣舍不同。嵇康傲世不羁,安放逸迈俗,而秀雅好读书,二子颇以此嗤之。后秀将注《庄子》,先以告康、安,康、安咸曰:‘此书讵复须注?徒弃人作乐事耳。’及成,以示二子,康曰:‘尔故复胜不?’安乃惊曰:‘庄周不死矣!’后注《周易》,大义可观,而与汉世诸儒互有彼此,未若隐《庄》之绝伦也。”《秀本传》或言:“秀游托数贤,萧屑卒岁,都无注述,惟好《庄子》,聊应崔譔所注,以备遗忘”云。《竹林七贤论》云:“秀为此义,读之者无不超然,若已出尘埃而窥绝冥,始了视听之表。有神德玄哲,能遗天下,外万物。虽复使动竞之人顾观所徇,皆怅然自有振拔之情矣。”

[3]《文士传》曰:“象字子玄,河南人。少有才理,慕道好学,托志老、庄,时人咸以为王弼之亚。辟司空掾、太傅主簿。”

[4]《文士传》曰:“象作《庄子注》,最有清辞遒旨。”

原文

4.18 阮宣子[1]有令闻。太尉王夷甫见而问曰:“老

译文

阮宣子(脩)有很好的名声。太尉王夷甫(衍)遇见他问道:“老子、庄

庄与圣教同异？”对曰：“将无同？”太尉善其言，辟之为掾。世谓“三语掾”。卫玠嘲之曰：“一言可辟，何假于三？”宣子曰：“苟是天下人望，亦可无言而辟，复何假一？”遂相与为友。[1]

子的义理和儒家圣人的教化有什么相同或相异的地方？”阮宣子回答道：“恐怕是相同的。”王夷甫很赞赏他的回答，就任命他做太尉府掾。当时的人称他为“三语掾”。卫玠嘲笑他道：“只说一个字就可以被征召，何必要借助三个字？”阮宣子说道：“如果是天下共同敬仰的人，也可以不说话就被任用，又何必要借助一个字呢？”于是两人成了好朋友。

4.19 裴散骑[2]娶王太尉女。婚后三日，诸婿大会，[2]当时名士，王、裴子弟悉集。郭子玄在坐，挑与裴谈。子玄才甚丰赡，始数交，未快。郭陈张甚盛，裴徐理前语[3]，理致甚微，四坐咨嗟[4]称快。[3]王亦以为奇，谓诸人曰：“君辈勿为尔，将受困寡人[5]女婿。”

裴散骑（遐）娶了王太尉（衍）的女儿。婚后三天，王家各位女婿大聚会。当时的有名人物以及王姓、裴姓两家子弟全都聚集在一起。郭子玄（象）也在座，他挑头和裴散骑清谈。子玄才识非常渊博，开始几次交锋，还觉得不够痛快。于是他极力铺陈张扬，气势很盛，而裴散骑却从容不迫地梳理前言，义理情趣非常精微，满座的人无不赞叹叫好。王太尉感到非常惊奇，便对大家说道：“你们不要再辩论了，不然将会被我的女婿困住。”

今注

1 阮宣子：即阮脩，字宣子，陈留尉氏（今河南尉氏）人。性简任，不修人事。好《易》《老》，善清言。

2 裴散骑：即裴遐，字叔道，河东郡闻喜（山西闻喜）人。太尉王衍女婿。

曾任散骑郎。善言玄理，曾与郭象谈论，满座叹服。

3 裴徐理前语：余嘉锡笺疏："晋宋人清谈，不唯善言名理，其音响疾徐，皆有一种风韵。"裴遐就是这样。

4 咨嗟：赞叹，叹赏。

5 寡人：晋人自称。李详注："案，晋世寡人，上下通称，不以为僭。"

刘注

[1]《名士传》曰："阮脩字宣子，陈留尉氏人。好《老》《易》，能言理。不喜见俗人，时误相逢，即舍去。傲然无营，家无担石之储，晏如也。琅邪王处仲为鸿胪卿，谓曰：'鸿胪丞差有禄，卿常无食，能作不？'脩曰：'为复可耳。'遂为鸿胪丞、太子洗马。"

[2]《晋诸公赞》曰："裴遐字叔道，河东人。父绰，长水校尉。遐少有理称，辟司空掾、散骑郎。"《永嘉流人名》："衍字夷甫，第四女适遐也。"

[3] 邓粲《晋纪》曰："遐以辩论为业，善叙名理，辞气清畅，泠然若琴瑟。闻其言者，知与不知无不叹服。"

原文

4.20 卫玠始度[1]江，见王大将军。[1] 因夜坐，大将军命谢幼舆。[2] 玠见谢，甚说[2]之，都不复顾王，遂达旦微言，王永夕不得豫[3]。玠体素羸，恒为母所禁。尔夕忽极，于此[4]病笃，遂不起。[3]

4.21 旧云，王丞相过

译文

卫玠避乱渡江之初，去拜见王大将军（敦）。由于夜坐清谈，大将军便把谢幼舆（鲲）叫来。卫玠见到谢幼舆，非常喜欢他，完全不再理会王大将军，两人就一直谈到第二天清晨，王大将军整夜不能插进一句话。卫玠的体质向来孱弱，他母亲常常禁止他清谈。这一夜他突然过度疲困，于是病情加重，卧床不起。

过去有一种说法，王丞相（导）到江

江左，止道声无哀乐 5、[4] 养生 6、[5] 言尽意 7 [6] 三理而已。然宛转关生，无所不入。	南以后，只谈论声无哀乐、养生和言尽意这三大理论而已。然而与之相互关联及从中派生出的理论非常多，将万事万物都包括在内。

今注

1 度：通“渡”。渡过。

2 说：“悦”的古字。喜爱。

3 豫：通“与”。参与。

4 于此：于是。

5 声无哀乐：嵇康著《声无哀乐论》，认为音乐是客观存在的，哀乐是人们的精神被触动后产生的感情，音乐与哀乐并无因果关系。

6 养生：嵇康著有《养生论》，认为养生之道必须修身养性，顺应自然，自足于怀，不违天性。

7 言尽意：晋人欧阳建著《言尽意论》，认为语言能够表达人们对客观事物及其规律的认识，能交流人们的思想感情，反对玄学家主张“言不尽意”的不可知论。

刘注

[1]《敦别传》曰：“敦字处仲，琅邪临沂人。少有名理，累迁青州刺史。避地江左，历侍中、丞相、大将军、扬州牧，以罪伏诛。”

[2]《晋阳秋》曰：“谢鲲字幼舆，陈郡人。父衡，晋硕儒。鲲性通简，好《老》《易》，善音乐，以琴书为业。避乱江东，为豫章太守，王敦引为长史。”《鲲别传》曰：“鲲四十三卒，赠太常。”

[3]《玠别传》曰：“玠少有名理，善《易》《老》。自抱羸疾，初不于外擅相酬对。时友叹曰：‘卫君不言，言必入冥。’武昌见大将军王敦，敦与谈

论,咨嗟不能自已。"

[4] 嵇康《声无哀乐论》略曰:"夫殊方异俗,歌笑不同。使错而用之,或闻哭而欢,或听歌而戚,然哀乐之情均也。今用均同之情,发万殊之声,斯非音声之无常乎?"

[5] 嵇叔夜《养生论》曰:"夫虱著头而黑,麝食柏而香,颈处险而瘿,齿居晋而黄。岂唯蒸之使重无使轻,芬之使香无使延哉?诚能蒸以灵芝,润以醴泉,无为自得,体妙心玄,庶与羡门比寿,王乔争年,何为不可养生哉?"

[6] 欧阳坚石《言尽意论》略曰:"夫理得于心,非言不畅;物定于彼,非名不辨。名逐物而迁,言因理而变,不得相与为二矣。苟无其二,言无不尽矣。"

原文

4.22 殷中军为庾公长史,[1] 下都,王丞相为之集,桓公、王长史、王蓝田1、[2] 谢镇西并在。丞相自起解帐带麈尾,语殷曰:"身今日当与君共谈析理。"既共清言,遂达三更。丞相与殷共相往反,其余诸贤略无所关。既彼我相尽,丞相乃叹曰:"向来语,乃竟未知理源所归,至于辞喻不相负。正始之音2,正当尔

译文

殷中军(浩)担任庾公(亮)属下的长史时,来到京都,王丞相(导)为他举行集会。桓公(温)、王长史(濛)、王蓝田(述)、谢镇西(尚)都在座。丞相起身亲自解下帷帐带子上的麈尾,对殷中军说:"我今天要与你一道谈论,辨析玄理。"于是他们一起谈论,一直谈到三更时分。丞相和殷中军反复辩论,其余诸公都参与不进去。等到双方尽情论辩以后,丞相叹息道:"刚才谈论玄理,竟然没有弄清楚玄理的本原在哪里。至于言词和比喻,两者不能互相违背。正始年间谈玄的风尚,正应当是这样的吧!"第二天早上,

耳！”明旦，桓宣武语人曰：“昨夜听殷、王清言，甚佳。仁祖亦不寂寞，我亦时复造心。顾看两王掾，[3]辄翣如生母狗馨[3]。”

桓宣武（温）告诉别人道：“昨天晚上听殷中军、王丞相两人清谈，非常精妙。仁祖（谢尚）也不觉得寂寞，我也时时有会心之处。回头看看王长史、王蓝田两位司徒掾，一直像没有驯熟的母狗一般羞涩发愣。”

今注

1 王蓝田：即王述(303—368)，字怀祖，太原晋阳（今山西太原）人，东海太守王承之子。王述早孤，事亲孝谨。袭爵蓝田侯，故称。

2 正始之音：魏晋之际崇尚玄学清谈的言论。正始，三国魏齐王曹芳的年号(240—249)。

3 辄翣(shà)如生母狗馨：这是当时俗语。馨，助词，般，样。这里大体上采用了席启駉《世说中当时语释》的说法。

刘注

[1] 按《庾亮僚属名》及《中兴书》，浩为亮司马，非为长史也。

[2]《王述别传》曰：“述字怀祖，太原晋阳人。祖湛，父承，并有高名。述蚤孤，事亲孝谨。箪瓢陋巷，宴安永日。由是为有识所知，袭爵蓝田侯。”

[3] 王濛、王述，并为王导所辟。

原文

4.23 殷中军见佛经，云：“理亦应阿堵[1]上。”[1]

4.24 谢安年少时，请

译文

殷中军（浩）看见了佛教经典，说道：“玄理也应当在这个范围以内。”

谢安年轻的时候，请阮光禄（裕）

阮光禄道《白马论》[2]。[2]为论以示谢。于时谢不即解阮语,重相咨尽。阮乃叹曰:"非但能言人不可得,正索解人亦不可得!"[3]

讲解《白马论》。阮光禄写了一篇文章给他看。当时谢安还不能够理解阮裕的话,就反复提出所有的疑问。阮光禄于是叹息道:"不仅能够谈论《白马论》的人难得,就是力求理解的人也难得!"

4.25 褚季野语孙安国[4]云:"北人学问渊综广博。"孙答曰:"南人学问清通简要。"支道林闻之,曰:"圣贤固所忘言[3],自中人以还,北人看书,如显处视月;南人学问,如牖[4]中窥日。"[5]

褚季野(裒)对孙安国(盛)说:"北方人做学问广博深厚而能融会贯通。"孙盛答道:"南方人做学问清新通达而能简明扼要。"支道林(遁)听后,说道:"圣贤本来就是只须意会无须言辞的人,从中等才智以下的人来看,北方人读书,好像在显豁处看月亮,视野虽广,但难以周详;南方人做学问,如同从窗户里望太阳,视野虽窄,但精密专一。"

今注

1 阿堵:指示代词。这,这个。

2《白马论》:战国时赵国人公孙龙著,提出"白马非马"的论点。

3 忘言:即"得意忘言",心中已领会,无须用言语说明。

4 牖(yǒu):窗户。

刘注

[1] 佛经之行中国尚矣,莫详其始。《牟子》曰:"汉明帝夜梦神人,身有日光。明日,博问群臣。通人傅毅对曰:'臣闻天竺有道者号曰佛,轻举能飞,身有日光。殆将其神也。'于是遣羽林将军秦景、博士弟子王遵等十二人之大月氏国,写取佛经四十二部,在兰台石室。"刘子政《列

仙传》曰:“历观百家之中,以相检验,得仙者百四十六人,其七十四人已在佛经,故撰得七十,可以多闻博识者遐观焉。”如此,即汉成、哀之间已有经矣。与《牟子》传记便为不同。《魏略·西戎传》曰:“天竺城中有临兒国。《浮屠经》云:其国王生浮图。浮图者,太子也。父曰屑头邪,母曰莫邪。浮屠者,身服色黄,发如青丝,爪如铜。其母梦白象而孕。及生,从右胁出而有髻,坠地能行七步。天竺又有神人曰沙津。昔汉哀帝元寿元年,博士弟子景虑受大月氏王使伊存口传《浮屠经》,曰复豆者,其人也。”《汉武故事》曰:“昆邪王杀休屠王,以其众来降,得其金人之神,置之甘泉宫。金人皆长丈余,其祭不用牛羊,唯烧香礼拜。上使依其国俗祀之。”此神全类于佛,岂当汉武之时,其经未行于中土,而但神明事之邪?故验刘向、鱼豢之说,佛至自哀、成之世明矣。然则牟传所言四十二者,其文今存非妄。盖明帝遣使广求异闻,非是时无经也。

[2]《孔丛子》曰:“赵人公孙龙云:‘白马非马。马者所以命形,白者所以命色。夫命色者非命形,故曰白马非马也。’”

[3]《中兴书》曰:“裕甚精论难。”

[4] 褚裒、孙盛并已见。

[5] 支所言,但譬成孙、褚之理也。然则学广则难周,难周则识暗,故如显处视月;学寡则易核,易核则智明,故如牖中窥日也。

原文

4.26 刘真长与殷渊源谈,刘理如小屈。殷曰:“恶[1]!卿不欲作,将善云梯[2]仰攻?”[1]

4.27 殷中军云:“康

译文

刘真长(惔)和殷渊源(浩)清谈,刘真长似乎有点理亏。殷渊源道:“哎!你不想振奋起来,拿一架好云梯来仰攻我吗?”

殷中军(浩)说:“韩康伯(伯)没有

伯未得我牙后慧。”[2]

4.28 谢镇西少时，闻殷浩能清言，故往造之。殷未过有所通[3]，为谢标榜[4]诸义，作数百语，既有佳致[5]，兼辞条丰蔚[6]，甚足以动心骇听[7]。谢注神倾意，不觉流汗交面。殷徐语左右：“取手巾与谢郎拭面。”[3]

晓悟我言外的理趣。”

谢镇西（尚）年轻的时候，听说殷浩长于清谈，特地前往拜访。殷浩没有过多地加以阐述，只是向谢镇西揭示了许多要旨，讲了好几百句话，举止谈吐，既风雅有趣，又文词丰富，很能动人心弦，使人震撼。谢镇西全神贯注，尽心听讲，不觉汗流满面。殷浩从容地对手下的人说：“拿手巾给谢郎擦擦脸。”

今注

1 恶：表示感叹、嗟叹的语气词。

2 云梯：古代战争器械，用于攀越城墙攻城，下带有轮子，可以推动行驶。

3 通：解说；阐发义理，使之通畅。

4 标榜：提示，揭示。

5 佳致：高雅的情趣。

6 丰蔚：文词丰富。

7 动心骇听：对听到的言辞感受很深，震撼极大。

刘注

[1]《墨子》曰：“公输般为高云梯，欲以攻宋。墨子闻之，自鲁往，裂裳裹足，日夜不休，十日十夜而至于郢。见楚王曰：‘闻大王将攻宋，有之乎？’王曰：‘然。’墨子曰：‘请令公输般设攻宋之具，臣请试守之。’于是公输般设攻宋之计，墨子萦带守之。输九攻之，而墨子九却之。不能入，遂辍兵。”

[2]《浩别传》曰:"浩善《老》《易》,能清言。康伯,浩甥也,甚爱之。"
[3] 按殷浩大谢尚三岁,便是时流。或当贵其胜致,故为之挥汗。

原文

4.29 宣武集诸名胜[1]讲《易》,[1] 日说一卦。简文欲听,闻此便还,曰:"义自当有难易,其以一卦为限邪?"

4.30 有北来道人好才理,与林公相遇于瓦官寺[2],讲《小品》。于时竺法深、孙兴公悉共听。此道人语,屡设疑难。林公辩答清析,辞气俱爽。此道人每辄摧屈。孙问深公:"上人[3]当是逆风家,向来何以都不言?"[2] 深公笑而不答。林公曰:"白旃檀[4]非不馥[5],焉能逆风?"[3] 深公得此义,夷然不屑。

译文

桓宣武(温)召集许多名流讲解《周易》,每天讲一卦。简文帝(司马昱)打算去听,听说是这样讲解就回来了,说道:"卦的义理本来有难有易,怎么能限定一天讲一卦呢?"

有位从北方来的和尚喜欢谈论义理,和林公(支遁)在瓦官寺相遇,两人一起研讨佛经《小品》。当时竺法深(道潜)和孙兴公(绰)都一起在听。这位和尚谈论时,一次又一次地设置疑难问题,支公都答辩得清清楚楚,言辞语气都非常爽朗。这个和尚总是被驳倒。孙兴公便问竺法深道:"上人应当是顶着风前进的人,刚才为什么完全不说话?"竺法深笑而不答。林公说道:"白檀香不是不香,逆风怎么能够闻到香气呢?"竺法深听出这话的含义,泰然自若,不加理睬。

今注

1 名胜:名流,有名望的才俊之士。

2 瓦官寺:佛寺名。晋哀帝兴宁二年(364)修建。寺在都城凤凰台。

3 上人：佛教用语。称内有德智、外有善行的人。南朝宋以后，多用作对僧人的敬称。

4 白旃(zhān)檀：即檀香，一种名贵香木。

5 馥(fù)：香。

刘注

[1]《易乾凿度》曰："孔子曰：《易》者，易也，变易也，不易也。三成德，为道包籥者，易也。其德也，光明四通，日月星辰布，八卦序，四时和也。变也者，天地不变，不能成朝；夫妇不变，不能成家。不易者，其位也。天在上，地在下；君南面，臣北面；父坐，子伏。此其不易也。故《易》者，天地人道也。"郑玄序《易》曰："易之为名也，一言而函三义，简易一也，变易二也，不易三也。"《系辞》曰："乾坤，《易》之蕴也，《易》之门户也。"又曰："《乾》，确然示人易矣；《坤》，隤然示人简矣。易则易知，简则易从。"此言其简易法则也。又曰："其为道也屡迁，变动不居，周流六虚，上下无常，刚柔相易，不可以为典要，惟变所适。"此则言其从时出入移动也。又曰："天尊地卑，乾坤定矣。卑高以陈，贵贱位矣。动静有常，刚柔断矣。"此则言其张设布列不易也。据此三义，而说《易》之道，广矣，大矣。

[2] 庾法畅《人物论》曰："法深学义渊博，名声蚤著，弘道法师也。"

[3]《成实论》曰："波利质多天树，其香则逆风而闻。"

原文

4.31 孙安国往殷中军许共论，往反精苦，客主无间[1]。左右进食，冷而复暖者数四。彼我

译文

孙安国(盛)到殷中军(浩)的住处共同谈论玄理，来回辩驳，十分尽力，主客双方都不曾间断。随从送来食物，冷了又热，热了又冷，连续数次。双方奋力挥

奋掷麈尾，悉脱落满餐饭中，宾主遂至莫[2]忘食。殷乃语孙曰："卿莫作强口马[3]，我当穿卿鼻。"孙曰："卿不见决鼻牛，人当穿卿颊。"[1]

动麈尾，以致麈毛全都落到饭食中，宾主两人竟然谈到傍晚而忘记吃饭。殷中军于是对孙安国说道："你不要做倔强的马，我会穿你的鼻子。"孙安国说道："你没有看见过挣裂鼻子的牛吗？人家要穿破你的面颊。"

4.32《庄子·逍遥篇》，旧是难处，诸名贤所可钻味[4]，而不能拔理于郭、向之外。支道林在白马寺中，将冯太常共语，[2]因及《逍遥》。支卓然标新理于二家之表，立异义于众贤之外，皆是诸名贤寻味之所不得。后遂用支理。[3]

《庄子·逍遥游》篇历来是个难点，众名士贤达们可以从中钻研玩味，却不能够在阐明义理方面超过郭象和向秀。支道林(遁)在白马寺里与冯太常(怀)一起谈论，谈到了《逍遥游》。支道林在郭象、向秀两家之外，卓越地揭示出新颖的义理，在众名贤以外提出了不同的见解，都是名贤们在探求玩味中所没有得到的。后来人们便采用支道林的义理来解释《逍遥游》。

今注

1 间：间隔，间断。无间，表示主客对话无间断，辩驳激烈。

2 莫："暮"的本字，傍晚。

3 强(jiàng)口马：不肯套上马嚼子的性情倔强的马。

4 钻味：钻研玩味。

刘注

[1]《续晋阳秋》曰："孙盛善理义。时中军将军殷浩擅名一时，能与剧谈相抗者，惟盛而已。"

[2]《冯氏谱》曰："冯怀字祖思，长乐人。历太常、护国将军。"

[3] 向子期、郭子玄《逍遥义》曰："夫大鹏之上九万，尺鷃之起榆枋，小大虽差，各任其性，苟当其分，逍遥一也。然物之芸芸，同资有待，得其所待，然后逍遥耳。惟圣人与物冥而循大变，为能无待而常通，岂独自通而已。又从有待者不失其所待，不失，则同于大通矣。"支氏《逍遥论》曰："夫逍遥者，明至人之心也。庄生建言大道，而寄指鹏鷃。鹏以营生之路旷，故失适于体外；鷃以在近而笑远，有矜伐于心内。至人乘天正而高兴，游无穷于放浪，物物而不物于物，则遥然不我得，玄感不为，不疾而速，则逍然靡不适。此所以为逍遥也。若夫有欲，当其所足，足于所足，快然有似天真。犹饥者一饱，渴者一盈，岂忘烝尝于糗粮，绝觞爵于醪醴哉？苟非至足，岂所以逍遥乎？"此向、郭之注所未尽。

原文

4.33 殷中军[1]尝至刘尹所，清言良久，殷理小屈，游辞1不已，刘亦不复答。殷去后，乃云："田舍儿强学人作尔馨语2！"[2]

4.34 殷中军虽思虑通长，然于才性偏精。忽3言及《四本》，便若汤池铁城，无可攻之势。[3]

4.35 支道林造《即色论》，[4]论成，示王中郎。[5]中郎都无言。支曰："默

译文

殷中军（浩）曾经到刘尹（惔）的住所清谈。谈了很久，殷中军的道理稍嫌不足，便不断地讲些不着边际的话来应付，刘尹也就不再论答。殷中军走了以后，刘尹才说道："乡巴佬硬要学着别人说这样的话！"

殷中军（浩）虽然思索考虑各种问题都擅长，然而对才性之学特别精到。如果谈到《四本论》，他就像灌满沸水的护城河和铁铸的城墙一般，没有可以进攻的机会。

支道林（遁）撰写《即色论》，论稿完

而识之乎[4]？”[6]王曰：“既无文殊，谁能见赏？[5]”[7]	成，送给王中郎（坦之）看。中郎任何话也没有说。支道林说：“默默地记在心里吗？”王中郎说：“既然没有文殊菩萨，谁能赏识我的默默无言？”

今注

1 游辞：不着边际、没有根据的话。

2 田舍儿：即乡巴佬，指没有学问涵养、粗鄙无礼的田家子。尔馨：当时口语，如此，这样。

3 忽：假使，如果。

4 默而识（zhì）之乎：语出《论语·述而》，意为默默地记在心里。识，记住。

5 “既无”句：典出《维摩诘经·入不二法门品》。意谓文殊菩萨能从维摩诘的默默无言中领悟其意。这里没有文殊菩萨，谁能赏识我的默默无言？

刘注

[1] 浩也。

[2] 刘惔，已见。

[3]《神农书》曰：“夫有石城七仞，汤池百步，带甲百万而无粟者，不能自固也。”

[4]《支道林集·妙观章》云：“夫色之性也，不自有色。色不自有，虽色而空。故曰：‘色即为空，色复异空。’”

[5] 王坦之，已见。

[6]《论语》曰：“默而识之，诲人不倦，何有于我哉？”

[7]《维摩诘经》曰：“文殊师利问维摩诘云：‘何者是菩萨入不二法门？’时维摩诘默然无言。文殊师利叹曰：‘是真入不二法门也。’”

原文

4.36 王逸少作会稽[1]，初至，支道林在焉。孙兴公谓王曰："支道林拔新领异，胸怀所及乃自佳。卿欲见不？"王本自有一往隽气，殊自轻之。后孙与支共载往王许，王都领域[2]，不与交言。须臾支退。后正值王当行，车已在门。支语王曰："君未可去，贫道与君小语[3]。"因论《庄子·逍遥游》。支作数千言，才藻新奇，花烂映发。王遂披襟解带，留连不能已。[1]

译文

王逸少（羲之）出任会稽内史，新到任，支道林（遁）也在那里。孙兴公（绰）对王逸少说："支道林能提出新颖的见解，对问题有独到的领会，心里想到的东西都很出色。你想见见他吗？"王逸少本来就有一股俊逸超群的气概，很瞧不起支道林。后来，孙兴公和支道林一起乘车到王逸少的处所，王逸少与他保持距离，不和他交谈。不一会儿，支道林就告退了。当时正值王逸少要外出，车子已经等在门口。支道林对王逸少说："您不能走，我要和您说几句话。"于是就谈论起《庄子·逍遥游》。支道林一讲就洋洋洒洒数千言，才华横溢，辞藻新奇，恰似繁花烂漫，交映生辉。王逸少于是敞开衣襟，解去袍带，流连不舍，不忍离去。

今注

1 作会稽：做会稽内史。

2 都领域：指与人保持距离，固守自己的行为准则。都，使……完固。领域，徐震堮以为"似有深闭固拒之意"。

3 小语：短暂交谈，稍说几句。

刘注

[1]《支法师传》曰:“法师研十地,则知顿悟于七住;寻庄周,则辩圣人之逍遥。当时名胜,咸味其音旨。”《道贤论》以七沙门比竹林七贤,遁比向秀,雅尚《庄》《老》,二子异时,风尚玄同也。

原文

4.37 三乘[1]佛家滞义。支道林分判,使三乘炳然。诸人在下坐听,皆云可通。支下坐,自共说,正当得两,入三便乱。今义弟子虽传,犹不尽得。[1]

4.38 许掾[2]年少时,人以比王苟子[2],[3]许大不平。时诸人士及(於)〔支〕法师[3]并在会稽西寺讲,王亦在焉。许意甚忿,便往西寺与王论理,共决优劣。苦相折挫,王遂大屈。许复执王理,王执许理,更相覆疏,王复屈。许谓支法师曰:“弟子向语何似?”支从容

译文

三乘是佛教中很难讲解的教义。支道林(遁)登台宣讲,详加剖析,使三乘的内容清楚明白。大家在下面坐着听讲,都说能够解说和阐发其中的道理,使之明白通畅。支道林离开座位后,大家在一起互相论说,却只能够懂得其中两乘,进入第三乘便混乱了。现在三乘的教义,弟子们虽然能够传习,却仍然不能全部领悟。

许掾(询)少年的时候,人们把他和王苟子(脩)并列,许询很不服气。当时许多名士和支道林(遁)法师在会稽西寺讲论,王苟子也在那里。许掾心里非常生气,便到西寺去和王苟子辩论玄理,要在一起分个胜负。两人尽力地互相反驳问难,结果王苟子被彻底驳倒。许掾又转过来用王苟子的论点,王苟子用许掾的论点,再度相互反复陈述,王苟子又被驳倒。许掾就问支法师道:“弟子刚才的谈论怎么

曰："君语佳则佳矣，何至相苦邪？岂是求理中之谈哉！"

样？"支道林从容地回答道："你的谈论好是好，但是何必极力相逼呢？这哪里是探求恰到好处的道理的清谈呀！"

今注

1 三乘：佛教用语，一般指声闻、缘觉、菩萨，是佛教引导众生达到解脱的三种方法、途径或教义。

2 王苟子：即王脩，字敬仁，小字苟子，琅邪临沂（今山东临沂）人，王濛之子。擅长隶书、行书，与王羲之、许询交好。逝时年仅二十四岁。

3 据徐震堮说校改。支法师即支道林。

刘注

[1]《法华经》曰："三乘者：一曰声闻乘，二曰缘觉乘，三曰菩萨乘。声闻者，悟四谛而得道也。缘觉者，悟因缘而得道也。菩萨者，行六度而得道也。然则罗汉得道，全由佛教，故以声闻为名也。辟支佛得道，或闻因缘而解，或听环佩而得悟，神能独达，故以缘觉为名也。菩萨者，大道之人也。方便则止行六度，真教则通修万善，功不为己，志存广济，故以大道为名也。"

[2] 询也。

[3] 苟子，王脩小字也。《文字志》曰："脩字敬仁，太原晋阳人。父濛，司徒左长史。脩明秀有美称，善隶行书，号曰流奕清举。起家著作佐郎，琅邪王文学，转中军司马，未拜而卒，时年二十四。昔王弼之没，与脩同年，故脩弟熙乃叹曰：'无愧于古人，而年与之齐也。'"

原文

4.39 林道人诣谢公，

译文

林道人（支遁）拜访谢公（安）。这

东阳时始总角，新病起，体未堪劳，与林公讲论，遂至相苦。[1]母王夫人在壁后听之，再遣信令还，而太傅留之。王夫人因自出云："新妇[1]少遭家难，一生所寄，唯在此儿。"因流涕抱儿以归。谢公语同坐曰："家嫂辞情慷慨，致可传述，恨不使朝士见！"[2]

时东阳（谢朗）还很幼小，生病刚好，身体还经不起劳累，他和林公谈论玄理，竟至相互辩驳诘难毫不相让。他的母亲王夫人在墙壁后面听着，一再派人叫他回去，可是被太傅（谢安）留住。王夫人只好亲自出来，说道："我早年守寡，一辈子的寄托，只在这个孩子身上。"于是流着眼泪把儿子抱回去了。谢公告诉同座的人说："家嫂的言辞情意慷慨激昂，很值得传扬，可惜没能让朝中人士听见啊！"

4.40 支道林、许掾诸人共在会稽王斋头，[3]支为法师，许为都讲[2]。[4]支通一义，四坐莫不厌心[3]；许送一难，众人莫不抃舞[4]。但共嗟咏二家之美，不辩[5]其理之所在。

支道林（遁）、许掾（询）等人一同在会稽王（司马昱）的书斋中，支道林做主讲法师，许掾做唱经的都讲。每当支道林阐述一段义理，满座的人没有一个不心服；许掾每提出一个疑难，大家也无不鼓掌欢腾。大家只是一齐赞颂两人的杰出才华，却并不去辨别他们的义理表现在什么地方。

4.41 谢车骑在安西艰中，[5]林道人往就语，将夕乃退。有人道上见者，问云："公何处来？"答云："今日与谢孝剧谈一出来[6]！"[6]

谢车骑（玄）还在父亲安西（谢奕）的丧期中，林道人（支遁）前去和他清谈，将近傍晚才离去。有人在路上碰见林道人，问道："你从哪里来？"林道人回答道："今天和谢孝子畅谈了一番哩！"

今注

1 新妇:已婚妇女的谦称。

2 都讲:魏晋以来,佛家讲经,由一个唱经,一个讲解,主讲的是法师,唱经的是都讲,是主持讲经的人。

3 厌心:心服。

4 抃(biàn)舞:拍手而舞,极言欢乐。

5 辩:通“辨”。分辨,辨别。

6 一出:一番,一次。　来:句末语气助词。

刘注

[1] 东阳,谢朗也,已见。《中兴书》曰:“朗博涉有逸才,善言玄理。”

[2]《谢氏谱》曰:“朗父据,取太康王韬女,名绥。”

[3] 简文。

[4]《高逸沙门传》曰:“道林时讲维摩诘经。”

[5] 安西,谢奕,已见。

[6]《玄别传》曰:“玄能清言,善名理。”

原文

4.42 支道林初从东出[1],住东安寺中。[1] 王长史宿构精理,并撰[2] 其才藻,往与支语,不大当对[3]。王叙致作数百语,自谓是名理奇藻。支徐徐谓曰:“身与君别多年,君义言了不长进。”王大

译文

支道林(遁)刚从会稽来到建康,住在东安寺里。王长史(濛)预先构思好精密的义理,挑选了富有才情和文采的言辞,去和支道林谈论,可是还是不大能和支道林相当。王长史又依次述说了好几百句,自认为义理出众,文辞奇丽。支道林缓缓地对他说道:“我和你分别多年,你在义理言辞两个方面一点

惭而退。

4.43 殷中军读《小品》,[2] 下二百签,皆是精微,世之幽滞 4。尝欲与支道林辩之,竟不得。今《小品》犹存。[3]

4.44 佛经以为祛练神明,则圣人 5 可致。[4] 简文云:"不知便可登峰造极 6 不?然陶练之功,尚不可诬。"

也没有长进。"王长史非常惭愧地离去了。

殷中军(浩)读佛经《小品》,在书中放了两百个签条,都是精深细微而世人感到深奥难通的地方。殷中军曾经打算去和支道林(遁)辩明这些问题,最终没有实现。今天《小品》还保存了下来。

佛经认为祛除烦恼、净化神智,就可以成佛。简文帝(司马昱)说:"不知道能否立即达到登峰造极的境地。不过,陶冶磨炼的功效,还是不可否定的。"

今注

1 从东出:从会稽到都城建康。会稽在京都之东,故有此说。

2 撰(xuǎn):通"选"。

3 当对:相当,匹敌。

4 幽滞:深奥难通。

5 圣人:佛教对佛的尊称。

6 登峰造极:比喻修养、造诣达到最高的境界。

刘注

[1]《高逸沙门传》曰:"遁居会稽,晋哀帝钦其风味,遣中使至东迎之。遁遂辞丘壑,高步天邑。"

[2] 释氏《辨空经》有详者焉,有略者焉。详者为大品,略者为小品。

[3]《高逸沙门传》曰:"殷浩能言名理,自以有所不达,欲访之于遁。遂邂逅不遇,深以为恨。其为名识赏重,如此之至焉。"《语林》曰:"浩于

佛经有所不了,故遣人迎林公,林乃虚怀欲往。王右军驻之曰:'渊源思致渊富,既未易为敌,且己所不解,上人未必能通。纵复服从,亦名不益高。若佻脱不合,便丧十年所保。可不须往。'林公亦以为然,遂止。"

[4] 释氏《经》曰:"一切众生,皆有佛性。但能修智慧,断烦恼,万行具足,便成佛也。"

原文

4.45 于法开[1]始与支公争名,后情[2]渐归支,意甚不分,遂遁迹剡下。遣弟子出都,语使过会稽。于时支公正讲《小品》。开戒弟子:"道林讲,比汝至,当在某品中。"因示语攻难数十番,云:"旧此中不可复通。"弟子如言诣支公。正值讲,因谨述开意,往反多时,林公遂屈,厉声曰:"君何足[3]复受人寄载来!"[1]

4.46 殷中军问:"自然无心于禀受,何以正善人少,恶人多?"诸人莫有言者。刘尹答曰:

译文

于法开最初和支公(遁)争名,后来人心逐渐趋向支公,他心里非常不服气,便隐居到剡县去了。有一天,于法开派遣弟子到都城建康去,吩咐弟子必须路过会稽。当时支公正在那里宣讲佛经《小品》。于法开告诫弟子说:"道林开讲《小品》,等你到达时,一定已经在讲某品了。"便告诉弟子几十个问题,要他去质疑诘难,并说:"过去这些问题是讲不通的。"于是,弟子遵照老师的指示去拜访支公。正好碰上支公宣讲《小品》,弟子便小心地陈述了于法开的见解,来回辩论了多时,支公终于被驳倒,便高声严厉地说道:"你何必受人委托来传达呢?"

殷中军(浩)问道:"大自然赋予人品性资质是无心的,为什么恰恰总是好人少,坏人多?"众人没有人能够回答。刘尹(惔)回答道:"譬如把水倾泻在地上,水

“譬如写[4]水著地，正[5]自纵横流漫，略无正方圆者。”一时绝叹，以为名通[6]。[2]

只是向四处流淌，绝对没有恰好流成方形或圆形的。”当时的人万分赞赏这句话，认为它是最精妙地阐透义理的言论。

今注

1 于法开：东晋高僧、医家，剡县（今浙江嵊州）人，精于医术及佛释之道。

2 情：人心，人情。

3 何足：何必。

4 写：同“泻”。倾倒，倾泻。

5 正：恰恰。

6 名通：精言，名言。通，指理解透彻，阐述通畅。

刘注

[1]《名德沙门题目》曰：“于法开才辩从横，以数术弘教。”《高逸沙门传》曰：“法开初以义学著名，后与支遁有克，故遁居剡县，更学医术。”

[2]《庄子》曰：“天籁者，吹万不同，而使其自已也。”郭子玄注曰：“无既无矣，则不能生有；有之未生，又不能为生。然则生生者谁哉？块然而自生耳，非我生也。我不生物，物不生我，则自然而已，然谓之天然。天然非为也，故以天言之，所以明其自然故也。”

原文

4.47 康僧渊[1]初过江，未有知者，恒周旋市肆，乞索以自营。忽往殷渊源许，值盛有宾客，

译文

康僧渊刚到江南的时候，没有人了解他，他经常在集市中盘桓，靠乞讨来自谋生活。一天忽然来到殷渊源（浩）的住所，正碰上有许多宾客在座，殷渊源让他

殷使坐，粗与寒温，遂及义理。语言辞旨，曾无愧色。领略粗举，一往参诣。由是知之。[1]

4.48 殷、谢诸人共集，[2] 谢因问殷：“眼往属[2]万形，万形来入眼不？”[3]

4.49 人有问殷中军：“何以将得位而梦棺器，将得财而梦矢[3]秽？”殷曰：“官本是臭腐，所以将得而梦棺尸；财本是粪土，所以将得而梦秽污。”时人以为名通。

坐下，稍稍和他应酬几句，就谈到了义理。康僧渊侃侃而谈，毫无愧色。不论是深刻领会的还是粗略提出的义理，全是他一向钻研而且造诣很高的成果。由于这次谈论，人们都知道了他。

殷浩、谢安等人一起聚会，谢安问殷浩：“人们的眼睛注视着万物的形象，万物的形象会不会自己进入到人的眼睛中来呢？”

有人问殷中军（浩）：“为什么将要得到官位时就梦见棺材，将要得到钱财时就梦见粪便？”殷中军道：“官本来就是腐臭的，所以将要得到它时，就梦见棺材尸体；钱财本来就是污秽不洁的东西，所以将要得到它时就梦见粪便。”当时的人认为这是阐述义理的精妙言论。

今注

1 康僧渊：东晋僧人。祖籍中亚康国，生于长安。笃信佛教，熟谙汉学。东晋成帝时(326—342)，与康法畅、支敏度结伴南下，在江南一带传播佛学。后在豫章山建佛寺讲经说法，深得要旨大义，听讲者络绎不绝。卒于该寺。

2 属(zhǔ)：注视。

3 矢：通“屎”。粪便。

刘注

[1] 僧渊氏族，所出未详，疑是胡人。尚书令沈约撰《晋书》，亦称其有义学。

[2] 殷浩、谢安。

[3]《成实论》曰:"眼识不待到而知,虚尘假空与明,故得见色。若眼到色到,色间则无空明。如眼触目,则不能见彼。当知眼识不到而知。"依如此说,则眼不往,形不入,遥属而见也。谢有问,殷无答,疑阙文。

原文

4.50 殷中军被废东阳1,[1] 始看佛经。初视《维摩诘》,[2] 疑"般若波罗密"2 太多。后见《小品》,恨此语少。[3]

4.51 支道林、殷渊源俱在相王3 许[4]。相王谓二人:"可试一交言。而才性殆是渊源崤函之固,[5] 君其慎焉!"支初作,改辙远之。数四交,不觉入其玄中。相王抚肩笑曰:"此自是其胜场,安可争锋?"

4.52 谢公因子弟集聚,问:"《毛诗》何句最佳?"遏称曰:[6]"昔我往矣,杨柳依依;今我来思,雨雪霏霏。4"公曰:

译文

殷中军(浩)被撤职罢官,迁居东阳,才开始看佛经。先读《维摩诘经》,为"般若波罗密"这话太多而疑惑。后来读到《小品》,又为这话太少而感到遗憾。

支道林(遁)、殷渊源(浩)都在相王(司马昱)府中。相王对两人说道:"你们可以试着交谈一下。不过,才性关系问题恐怕是渊源的重要关隘,像崤山、函谷关那样坚固,您可要谨慎啊!"支道林开始谈论的时候,便改变方向远远避开才性问题。经过几次交锋,他不知不觉地陷入殷渊源擅长的玄谈理论之中。相王拍着肩膀笑道:"这本来是他的特长,你哪能和他争强呢?"

谢公(安)趁子侄辈聚集在一起的时候问道:"《毛诗》里面哪一句最好?"谢遏(玄)称颂道:"昔我往矣,杨柳依依;今我来思,雨雪霏霏。"谢公道:"应该是'讦谟定命,远猷辰告'最好。"他认为这

"讦谟定命,远猷辰告。5"[7]谓此句偏有雅人深致。

个句子最具有风雅人士的深远意趣。

今注

1 殷中军被废东阳:晋穆帝永和六年(350),扬州刺史殷浩为中军将军,督师北伐,后兵败遭罢黜,迁居东阳。

2 般若波罗密:佛教名词。犹言最高智慧之完成。

3 相王:指晋简文帝司马昱。司马昱曾以会稽王居相位,故称。

4 "昔我"句:见《诗经·小雅·采薇》。意思是:从前我离乡,杨柳随风飘荡;今天我回归,雨雪漫天飞扬。思,句末语气助词。

5 "讦谟(xū mó)"句:见《诗经·大雅·抑》。意思是:有伟大的计划定要号召,有深远的政策应随时宣告。

刘注

[1] 浩黜废事,别见。

[2] 僧肇注《维摩经》曰:"维摩诘者,秦言净名,盖法身之大士,见居此土,以弘道也。"

[3] 波罗密,此言到彼岸也。《经》云:"到者有六焉:一曰檀;檀者,施也。二曰毗黎;毗黎者,持戒也。三曰羼提;羼提者,忍辱也。四曰尸罗;尸罗者,精进也。五曰禅;禅者,定也。六曰般若;般若者,智慧也。然则五者为舟,般若为导。导则俱绝有相之流,升无相之彼岸也。故曰波罗密也。"渊源未畅其致,少而疑其多;已而究其宗,多而患其少也。

[4] 简文。

[5] 崤谓二陵之地;函,函谷关也。并秦之险塞,王者之居。左思《魏都赋》曰:"崤、函,帝王之宅。"

[6] 谢玄小字,已见。

[7]《大雅》诗也。毛苌注曰:“讦,大也;谟,谋也;辰,时也。”郑玄注曰:“猷,图也。大谋定命,谓正月始和,布政于邦国都鄙。”

原文

4.53 张凭[1]举孝廉,出都,负其才气,谓必参时彦。欲诣刘尹,乡里及同举者共笑之。张遂诣刘。刘洗濯料事,处之下坐,唯通寒暑,神意不接。张欲自发无端。顷之,长史诸贤来清言,客主有不通处,张乃遥于末坐判之,言约旨远,足畅彼我之怀,一坐皆惊。真长延之上坐,清言弥日,因留宿。至晓,张退,刘曰:“卿且去,正当取卿共诣抚军[2]。”张还船,同侣问何处宿,张笑而不答。须臾,真长遣传教觅张孝廉船,同侣惋愕。即同载诣抚军。至门,刘前进谓抚军曰:“下官今日为公得一太常博士妙

译文

张凭被选拔为孝廉,到京都去,仗恃自己有才气,认为必定能够加入当时名流的行列。他想去拜访刘尹(惔),他的同乡和一同被选拔的人都取笑他。张凭最终还是去拜访了刘尹。刘尹正在洗涤和处理琐事,就把他安排在下座,只和他寒暄了几句,神情意态之间并未将他放在眼里。张凭想主动引出话题,却又没有头绪。不久,长史(王濛)等一批名流来清谈,主客间有不能相互理解的地方,张凭便远远地在末座上给他们分析评断,言辞精练而含义深远,完全能够把双方的心意表达清楚,满座的人都非常惊奇。刘尹就请他坐到上座,和他清谈了一整天,于是留他住了一夜。次日早晨,张凭告辞,刘尹说:“你暂且回去,我将邀你一同去拜见抚军。”张凭回到船中,同伴们问他在哪里过夜的,张凭笑着没有回答。不久,刘尹派传达教令的郡吏来寻找张凭的船,同行的伙伴们都非常惊愕。张凭当即和刘尹同乘一辆车去拜见

选。”既前，抚军与之话言，咨嗟称善，曰：“张凭勃窣[3]为理窟[4]。”即用为太常博士。[1]

抚军。到了门口，刘尹先进去对抚军说道：“下官今天为您找到一位太常博士的最佳人选。”张凭进见以后，抚军和他谈话，连声赞叹，说道：“张凭才华横溢，是义理荟萃之所。”于是任用他做太常博士。

今注

1 张凭：字长宗，吴郡（治今江苏苏州）人。少聪慧，举孝廉，用为太常博士。累迁吏部郎、御史中丞、司空长史。

2 抚军：指晋简文帝司马昱。

3 勃窣（sū）：形容才华横溢，词彩缤纷。

4 理窟：义理的渊薮，指富于才学。

刘注

[1] 宋明帝《文章志》曰：“凭字长宗，吴郡人。有意气，为乡闾所称。学尚所得，敏而有文。太守以才选举孝廉，试策高第。为惔所举，补太常博士。累迁吏部郎、御史中丞。”

原文

4.54 汰法师[1]云：“‘六通’[2]‘三明’[3]同归，正异名耳。”[1]

4.55 支道林、许、谢盛德共集王家。[2]谢顾谓诸人：“今日可谓彦会[4]。时既不可留，此集固亦

译文

竺法汰法师说：“‘六通’‘三明’同一归向，只是名称不同罢了。”

支道林（遁）、许询、谢安等具有高尚品德的人一同聚集在王濛家中。谢安环顾左右对大家说：“今天可以说是贤士的聚会。时光既然不可挽留，这样的聚会本来也难得常有。我们应该在一起谈论

难常。当共言咏，以写其怀。”许便问主人：“有《庄子》不？”正得《渔父》一篇。[3]谢看题，便各使四坐通。支道林先通，作七百许语，叙致精丽，才藻奇拔，众咸称善。于是四坐各言怀毕。谢问曰：“卿等尽不？”皆曰：“今日之言，少不自竭。”谢后粗难，因自叙其意，作万余语，才峰秀逸。[4]既自难干，加意气拟托，萧然自得，四坐莫不厌心。支谓谢曰：“君一往奔诣，故复自佳耳！”

吟咏，用以抒发情怀。”许询便问主人：“有《庄子》没有？”只得到《渔父》一篇。谢安看了题目，便请在座诸人各自讲解它的义理。支道林首先阐述，讲了七百多句，叙述精深美妙，才情文采新奇超拔，大家都赞许叫好。接着在座的人各自谈完自己的体会。谢安问道：“你们说完了没有？”大家都说：“今天的谈论，很少有不尽意的了。”谢安然后粗略地提出一些疑难问题，接着叙说自己的意见，洋洋洒洒一万多句，才华出众，俊秀非凡。这已经是难以达到的了，加上他的志向和气概有所比拟寄托，洒脱悠闲，神气十足，满座的人无不心悦诚服。支道林对谢安说道：“您一直不停地迫近问题的核心，所以自然佳妙啊！”

今注

1 汰法师：即竺法汰(320—387)。东莞人，少与道安、竺法雅等师事佛图澄。佛图澄圆寂后，法汰以师礼事道安。道安避难至新野，即命法汰东下。

2 六通：佛教用语。指六种神通力：即神足通（游涉往来非常自在）、天眼通（得色界天眼根，透视无碍）、天耳通（得色界天耳根，听闻无碍）、他心通（能知他人心念而无隔碍）、宿命通（知自身及六道众生宿世行业而无障碍）、漏尽通（断尽一切烦恼，自在无碍）。前五通，一般人可能修炼到。最后一通，只有圣者能做到。

3 三明：佛教用语。指天眼明（能知未来）、宿命明（能知宿世）、漏尽明（能断尽烦恼）。

4 彦会：名士的集会。彦，才能卓绝之人，指当时名士。

5 写：同“泻”。抒发。

刘注

[1]《安法师传》曰：“竺法汰者，体器弘简，道情冥到，法师友而善焉。”一说法汰即安公弟子也。经云：“六通者，三乘之功德也。一曰天眼通，见远方之色；二曰天耳通，闻障外之声；三曰身通，飞行隐显；四曰它心通，水镜万虑；五曰宿命通，神知已往；六曰漏尽通，慧解累世。三明者，解脱在心，朗照三世者也。”然则天眼、天耳、身通、它心、漏尽此五者，皆见在心之明也。宿命，则过去心之明也。因天眼发未来之智，则未来心之明也。同归异名，义在斯矣。

[2] 许询、谢安、王濛。

[3]《庄子》曰：“孔子游乎缁帷之林，休坐乎杏坛之上。孔子弦歌鼓琴，奏曲未半，有渔者下船而来，须眉交白，被发揄袂，行原以上，距陆而止，左手据膝，右手持颐以听。曲终，而招子贡、子路语曰：‘彼何为者也？’曰：‘孔氏。’曰：‘孔氏何治？’子贡曰：‘服忠信，行仁义，饰礼乐，选人伦，孔氏之所治也。’曰：‘有土之君欤？’曰：‘非也。’渔父曰：‘仁则仁矣，恐不免其身。’孔子闻而求问之，遂言八疵、四病，以诫孔子。”

[4]《文字志》曰：“安神情秀悟，善谈玄远。”

原文

4.56 殷中军、孙安国、王、谢能言诸贤，悉在会稽王许[1]。殷与孙共论《易象

译文

殷中军（浩）、孙安国（盛）、王濛、谢尚等擅长清谈的名流，都聚集在会稽王（司马昱）处。殷中军和孙安国

妙于见形》,[1]孙语道合,意气干云,一坐咸不安孙理,而辞不能屈。会稽王慨然叹曰:“使真长来,故应有以制彼。”即迎真长。孙意已不如。真长既至,先令孙自叙本理。孙粗说己语,亦觉殊不及向。刘便作二百许语,辞难简切,孙理遂屈。一坐同时拊掌而笑,称美良久。

4.57 僧意[2]在瓦官寺[3]中,[2]王苟子来,[3]与共语,便使其唱理。意谓王曰:“圣人有情不?”王曰:“无。”重问曰:“圣人如柱邪?”王曰:“如筹算[4]。虽无情,运之者有情。”僧意云:“谁运圣人邪?”苟子不得答而去。[4]

两人一起辩论《易象妙于见形》这篇文章,孙安国的谈论和道家的学说思想相结合,意气飞扬,满座的人都对他的道理不满意,但是不能驳倒他。会稽王非常感慨地叹息道:“如果真长(刘惔)来了,一定会有办法制服他。”随即派人去迎请刘真长。孙安国意识到自己辩不过刘真长。刘真长来后,先叫孙安国叙说自己原先的道理。孙安国粗略地说了一下自己的言论,也觉得很不如刚才所讲的。刘真长接着讲了两百多句话,论述和质疑都非常简明贴切,孙安国的道理便被驳倒。满座的人同时拍手大笑,赞美不已。

僧意住在瓦官寺中,王苟子(脩)到来,和他一起清谈,让他首先讲述玄理。僧意问王苟子:“圣人有感情吗?”王苟子说:“没有。”僧意又问:“圣人像柱子吗?”王苟子说:“像筹码。筹码本身虽然没有感情,但是使用它的人有感情。”僧意说:“谁来使用圣人呢?”王苟子回答不了就走了。

今注

1 许:处所。

2 僧意:东晋僧人,氐(dī)族,事迹不详。

3 瓦官寺：佛寺名。晋哀帝兴宁二年(364)修建。寺在都城凤凰台。

4 筹算：计算用的筹码。筹，古代计数的用具，多用竹子制成，上面刻有数字。

刘注

[1] 其论略曰："圣人知观器不足以达变，故表圆应于著龟；圆应不可为典要，故寄妙迹于六爻。六爻周流，唯化所适，故虽一画而吉凶并彰，微一则失之矣。拟器托象而庆咎交著，系器则失之矣。故设八卦者，盖缘化之影迹也。天下者，寄见之一形也。圆影备未备之象，一形兼未形之形。故尽二仪之道，不与乾坤齐妙；风雨之变，不与巽坎同体矣。"

[2] 未详僧意氏族所出。

[3] 苟子，王脩小字。

[4] 诸本无僧意最后一句，意疑其阙。庆校众本皆然，惟一书有之，故取以成其义。然王脩善言理，如此论，特不近人情，犹疑斯文为谬也。

原文

4.58 司马太傅问谢车骑："惠子其书五车[1]，何以无一言入玄？"谢曰："故当是其妙处不传。"[1]

4.59 殷中军被废，徙东阳，大读佛经，皆精解，唯至事数[2]处不解。[2]遇见一道人，问所签，便释然。

译文

司马太傅(道子)问谢车骑(玄)："惠子所著的书有五车之多，为什么没有一句话谈到玄学？"谢车骑回答道："一定是其中的精微之处没有流传下来吧。"

殷中军(浩)被罢官撤职以后，迁居到东阳郡，大量阅读佛经，都能够深入理解其中义理，只有谈到事数的地方理解不了。后来遇见一个和尚，便把自己签条上注明的疑难问题提出来向他请教，心中的疑惑便完全消释了。

4.60 殷仲堪精核玄论，人谓莫不研究。殷乃叹曰："使我解《四本》，谈不翅[3]尔。"[3]

殷仲堪深入地研究了老庄学说，人们说他没有哪个方面没有研究过。殷仲堪却叹息道："假使我能够领悟《四本论》，言谈就不止是现在这样了。"

今注

1 惠子其书五车：语出《庄子·天下篇》。意思是：惠施的书简可以装满五车，但是道理很杂乱，言辞也不当。惠子，即惠施。战国时宋人，名家代表人物，善诡辩。

2 事数：佛教用语。指一切事物的名相（名称及外观形象）。如佛经中的"五阴""十二入""四谛""十二因缘""五力""七觉"之类。

3 不翅：不仅，不止。翅，通"啻"。

刘注

[1]《庄子》曰："惠施多方，其书五车，其道舛驳，其言不中。谓卵有毛，鸡三足，马有卵，犬可为羊，火不热，目不见，龟长于蛇，丁子有尾，白狗黑，连环可解。能胜人之口，不能服人之心。盖辩者之囿也。"

[2] 事数，谓若五阴、十二入、四谛、十二因缘、五根、五力、七觉之属。

[3] 周祇《隆安记》曰："仲堪好学而有理思也。"

原文

4.61 殷荆州曾问远公[1]：[1]"《易》以何为体？"答曰："《易》以感为体。"殷曰："铜山西崩，灵钟东应[2]，便是《易》耶？"[2]

译文

殷荆州（仲堪）曾经问远公（慧远）："《周易》认为什么是本体？"远公回答道："《周易》认为感应是本体。"殷荆州道："西边的铜山崩塌了，东边的灵钟就有感应，这就是《周易》吗？"远公含笑没有远公笑而不答。

4.62 羊孚弟娶王永言[3]女。[3] 及王家见婿，孚送弟俱往。时永言父东阳[4]尚在，[4] 殷仲堪是东阳女婿，亦在坐。[5] 孚雅善理义[5]，乃与仲堪道《齐物》，[6] 殷难之。羊云："君四番[6]后当得见同。"殷笑曰："乃可得尽，何必相同？"乃至四番后一[7]通。殷咨嗟曰："仆便无以相异！"叹为新拔者久之。

回答。

羊孚的弟弟羊辅娶了王永言（讷之）的女儿。等到王家要见女婿的时候，羊孚送弟弟一同前去。当时王永言的父亲东阳太守（王临之）还活在世上，殷仲堪是东阳的女婿，也在座。羊孚素来擅长理义，便和殷仲堪一起谈论《庄子·齐物论》，殷仲堪向羊孚提出诘难。羊孚说："你经过四次交锋后，将会见到彼此见解相同。"殷仲堪笑着说："只要能讲完，何必相同？"及至四个回合后，两人的见解竟然相通。殷仲堪叹息道："我没有见解和你不同了！"他对羊孚新颖独特的见解慨叹了好久。

今注

1 远公：指慧远(334—416)，东晋僧人、佛教学者。本姓贾，雁门楼烦（今山西宁武附近）人。早年博通六经，尤善老庄，后从道安出家，精般若性空之学。太元六年(381)入庐山，在东林寺广收弟子，传播般若学和禅学，使禅法流行于江南各地。相传曾与十八高贤共结莲社，同修净业，倡弥陀净土法门。后世净土宗人推尊为初祖。也善诗文。著有《法性论》《沙门不敬王者论》《庐山记》等。原有集，已散佚。

2 铜山西崩，洛钟东应：出自《汉书·东方朔传》。喻重大事件彼此互相影响。

3 王永言：即王讷之，字永言，琅邪临沂（今山东临沂）人。历尚书左丞、御史中丞。

4 东阳:指东阳太守王临之,王讷之之父。

5 理义:名理学的义理。

6 番:量词。特指辩论一次,一个回合。

7 一:竟然,乃。

刘注

[1] 张野《远法师铭》曰:"沙门释惠远,雁门楼烦人。本姓贾氏,世为冠族。年十二,随舅令狐氏游学许、洛。年二十一,欲南渡,就范宣子学,道阻不通,遇释道安,以为师。抽簪落发,研求法藏。释昙翼每资以灯烛之费。诵鉴淹远,高悟冥赜。安常叹曰:'道流东国,其在远乎?'襄阳既没,振锡南游,结宇灵岳。自年六十,不复出山。名被流沙,彼国僧众皆称汉地有大乘沙门。每至,然香礼拜,辄东向致敬。年八十三而终。"

[2]《东方朔传》曰:"孝武皇帝时,未央宫前殿钟无故自鸣,三日三夜不止。诏问太史待诏王朔,朔言:'恐有兵气。'更问东方朔,朔曰:'臣闻铜者山之子,山者铜之母。以阴阳气类言之,子母相感,山恐有崩弛者,故钟先鸣。《易》曰:"鸣鹤在阴,其子和之。"精之至也。其应在后五日内。'居三日,南郡太守上书言山崩,延袤二十余里。"《樊英别传》曰:"汉顺帝时,殿下钟鸣。问英,对曰:'蜀瑨山崩,山于铜为母,母崩子鸣,非圣朝灾。'后蜀果上山崩,日月相应。"二说微异,故并载之。

[3] 孚弟,辅也。《羊氏谱》曰:"辅字幼仁,泰山人。祖楷,尚书郎。父绥,中书郎。辅仕至卫军功曹,娶琅邪王讷之女,字僧首。"

[4]《王氏谱》曰:"讷之字永言,琅邪人。祖彪之,光禄大夫。父临之,东阳太守。讷之历尚书左丞、御史中丞。"

[5]《殷氏谱》曰:"仲堪娶琅邪王临之女,字英彦。"

[6]《庄子》篇也。

原文

4.63 殷仲堪云:"三日不读《道德经》,便觉舌本间强。"[1]

4.64 提婆初至,为东亭第讲阿毗昙[1]。[2] 始发讲,坐裁[2]半,僧弥便云:"都已晓。"即于坐分数四有意[3]道人,更就余屋自讲。提婆讲竟,东亭问法冈道人曰:[3]"弟子都未解,阿弥[4]那得已解?所得云何?"曰:"大略全是,故当小未精核耳。"[4]

4.65 桓南郡与殷荆州共谈,每相攻难,年余后,但一两番。桓自叹才思转退,殷云:"此乃是君转解。"[5]

译文

殷仲堪说:"三天不读《道德经》,就觉得舌根发僵。"

提婆和尚刚到京都,就在东亭(王珣)家中讲解阿毗昙。开讲后,才到中途,僧弥(王珉)便说:"我已经全明白了。"随即在座中分出三四位有见识的和尚,改换到别的屋子里自己讲解。提婆和尚讲完以后,东亭问法冈和尚道:"我还未能全部理解,阿弥怎么可能已经全理解了呢?他到底理解了多少?"法冈说:"大体上领会得不错,只有小部分没有认真考究罢了。"

桓南郡(玄)和殷荆州(仲堪)一起谈论,时常互相反驳非难,一年多以后,论辩少到只有一两次。桓玄自己慨叹才气和思力逐渐衰退了,殷仲堪说:"这只不过是你对论辩的问题更加理解了。"

今注

1 提婆:即僧伽提婆,亦译"僧伽提和"。东晋僧人。本姓瞿昙,西域罽(jì)宾国(今克什米尔一带)人。前秦建元中来长安(今陕西西安),与竺佛念共译《阿毗昙八犍度论》。后应慧远邀请至庐山,译出《阿毗昙心论》等。东晋隆安元年(397)游建康(今江苏南京)讲学。后重译

《中阿含经》。 第：疑为“弟”之误。或解为府第，亦通。 阿毗(pí)昙(tán)：简称毗昙，全称阿毗达磨，意译为“对法”“无比法”“大法”，在佛典三藏中列为论藏。论藏属于某些高僧大德对佛经的见解和注疏，通常将某些佛经的零散观点进行系统的深入阐述，能帮助人们对佛学观点进行总体认识和系统研究。

2 裁：通“才”。

3 有意：有见识，聪明有见解。

4 阿弥：哥哥王珣对弟弟王珉的昵称。

刘注

[1]《晋安帝纪》曰：“仲堪有思理，能清言。”

[2]《出经叙》曰：“僧伽提婆，罽宾人，姓瞿昙氏，俊朗有深鉴。苻坚至长安，出诸经。后渡江，远法师请译《阿毗昙》。”远法师《阿毗昙叙》曰：“《阿毗昙心》者，三藏之要领，咏歌之微言。源流广大，管综众经，领其宗会，故作者以心为名焉。有出家开士字法胜，以《阿毗昙》源流广大，卒难寻究，别撰斯部，凡二百五十偈，以为要解，号之曰‘心’。罽宾沙门僧伽提婆，少玩斯文，因请令译焉。”《阿毗昙》者，晋言大法也。道标法师曰：“《阿毗昙》者，秦言无比法也。”

[3] 法冈，未详氏族。

[4]《出经叙》曰：“提婆以隆安初游京师，东亭侯王珣迎至舍讲《阿毗昙》。提婆宗致既明，振发义奥，王僧弥一听便自讲，其明义易启人心如此。未详年卒。”

[5] 周祇《隆安记》曰：“玄善言理，弃郡还国，常与殷荆州仲堪终日谈论不辍。”

原文

4.66 文帝尝令东阿

译文

魏文帝(曹丕)曾经限令弟弟东阿

王[1]七步中作诗，不成者行大法。应声便为诗曰："煮豆持作羹，漉[2]菽[3]以为汁。萁[4]在釜[5]下然[6]，豆在釜中泣。本自同根生，相煎何太急！"帝深有惭色。[1]

王（曹植）在走七步路这个时间里作出一首诗，假若作不出，就要杀掉他。曹植随声便作了一首诗道："煮豆持作羹，漉菽以为汁。其在釜下然，豆在釜中泣。本自同根生，相煎何太急！"魏文帝听了面露惭色。

4.67 魏朝封晋文王为公，备礼九锡，文王固让不受。公卿将校当诣府敦喻，司空郑冲[2]驰遣信就阮籍求文。籍时在袁孝尼[7]家，[3]宿醉扶起，书札[8]为之，无所点定[9]，乃写付使。时人以为神笔。[4]

魏朝封晋文王（司马昭）为晋公，准备好了加九锡大礼，文王坚决推辞不肯接受。朝中文武官吏将要到文王府第劝进，司空郑冲便疾速派遣使者到阮籍那里求写劝进文。阮籍当时正在袁孝尼（准）家，隔夜的余醉还没有消，被人扶起来将劝进书写在木札上。写完以后，没有修改就交付使者。当时的人们认为是神妙的文笔。

今注

1 东阿王：指曹植(192—232)，三国魏诗人。字子建，沛国谯县(今安徽亳州)人。曹操子。封陈王，谥思，世称"陈思王"。因富于才学，早年曾被曹操宠爱，曹操一度欲立他为太子。及曹丕、曹叡相继为帝，备受猜忌，郁郁而死。诗歌多为五言，前期之作多抒写人生抱负及宴游之乐，也有少部分反映了社会动乱。后期诸作集中反映其受压迫的苦闷和对人生悲观失望的心情。其诗善用比兴手法，语言精练而辞采华茂，对五言诗的发展有显著影响。也善辞赋、散文，《洛神赋》尤著名。原有集，已散佚，宋人辑有《曹子建集》，今人有《曹植集校注》。

2 漉(lù)：过滤。

3 菽：豆类的总称。
4 萁：豆茎，豆秸。
5 釜：古代炊事用具，相当于现在的锅。
6 然："燃"的本字。烧。
7 袁孝尼：即袁准，字孝尼，陈郡扶乐（今河南太康）人。入晋拜给事中。著书十余万言。
8 札：书写用的小木片。
9 点定：修改。

刘注

[1]《魏志》曰："陈思王植字子建，文帝同母弟也。年十余岁，诵诗论及辞赋数万言。善属文，太祖尝视其文曰：'汝倩人邪？'植跪曰：'出言为论，下笔成章。顾当面试，奈何倩人？'时邺铜雀台新成，太祖悉将诸子登之，使各为赋。植援笔立成，可观。性简易，不治威仪。舆马服饰，不尚华丽。每见难问，应声而答。太祖宠爱之，几为太子者数矣。文帝即位，封鄄城侯，后徙雍丘，复封东阿。植每求试不得，而国亟迁易，汲汲无欢。年四十一薨。"

[2] 冲，已见。

[3]《袁氏世纪》曰："准字孝尼，陈郡阳夏人。父涣，魏郎中令。准忠信居正，不耻下问，唯恐人不胜己也。世事多险，故恬退不敢求进。著书十万余言。"荀绰《兖州记》曰："准有隽才，泰始中，位给事中。"

[4] 顾恺之《晋文章记》曰："阮籍《劝进》，落落有宏致，至转说徐而摄之也。"一本注阮籍《劝进文》略曰："窃闻明公固让，冲等眷眷，实怀愚心。以为圣王作制，百代同风，褒德赏功，其来久矣。周公借已成之业，据既安之势，光宅曲阜，奄有龟、蒙。明公宜奉圣旨，受兹介福也。"

原文

4.68 左太冲[1]作《三都赋》初成，[1]时人互有讥訾，思意不惬。后示张公，[2]张曰："此二京可三。然君文未重于世，宜以经高名之士。"思乃询求于皇甫谧。[3]谧见之嗟叹，遂为作叙。于是先相非贰者，莫不敛衽赞述焉。[4]

4.69 刘伶[2]著《酒德颂》，意气所寄。[5]

4.70 乐令善于清言，而不长于手笔。将让河南尹，请潘岳为表。[6]潘云："可作耳，要当[3]得君意。"乐为述已所以为让，标位[4]二百许语。潘直取错综，便成名笔[5]。时人咸云："若乐不假潘之文，潘不取乐之旨，则无以成斯矣。"

译文

左太冲（思）写《三都赋》刚刚完，当时的人交相讥笑指责，他心里很不愉快。后来他把文章送给张公（华）看，张公说道："这可以和班固的《两都赋》、张衡的《二京赋》鼎足为三。然而您的文章还没有受到世人重视，应当拿去让名士推荐一下。"左太冲便去请教和恳求皇甫谧。皇甫谧看了后非常赞赏，便给赋写了一篇序文。于是先前非议怀疑这篇赋的人，无不深怀敬意地赞扬它。

刘伶写作的《酒德颂》，是他意志和情趣的寄托。

乐令（广）长于清谈，却不擅长写文章。他打算辞去河南尹的官职，便请潘岳代他写奏章。潘岳说道："我可以写啊，不过必须了解你的意图。"乐令便给他说明自己辞职的理由，依次列举说了两百多句话。潘岳径直取其意旨加以交错综合，就写成了一篇著名的散文。当时的人都说："如果乐令不借重潘岳的文辞，潘岳不采用乐令的意旨，就无法写成这般优美的文章了。"

今注

1 左太冲:即左思(约250—约305),西晋文学家。字太冲,齐国临淄(今山东淄博市临淄区北)人。曾官秘书郎。后退出仕途,专意典籍。出身寒微,不好交游。《晋书》本传谓其构思十年,写成《三都赋》,“豪贵之家,竞相传写,洛阳为之纸贵”。其诗语言质朴刚健,所作《咏史》诗八首,托古讽今,对门阀制度表示不满,表现了蔑视权贵的精神。原有集,已散佚,后人辑有《左太冲集》。

2 刘伶:西晋沛国(治今安徽濉溪县西北)人,字伯伦。“竹林七贤”之一。曾为建威参军。晋武帝泰始初,对朝廷策问,强调无为而治,被认为无能而罢免。嗜酒,作《酒德颂》,对“礼法”表示蔑视,宣扬老庄思想和纵酒放诞生活。

3 要当:必须,须要。

4 标位:列举。

5 笔:魏晋六朝称韵文为文,散文为笔。

刘注

[1]《思别传》曰:“思字太冲,齐国临淄人。父雍,起于笔札,多所掌练,为殿中御史。思蚤丧母,雍怜之,不甚教其书学。及长,博览名文,遍阅百家。司空张华辟为祭酒,贾谧举为秘书郎。谧诛,归乡里,专思著述。齐王冏请为记室参军,不起。时为《三都赋》未成也。后数年,疾终。其《三都赋》改定,至终乃上。初,作《蜀都赋》云:‘金马电发于高冈,碧鸡振翼而云披。鬼弹飞丸以礌礉,火井腾光以赫曦。’今无‘鬼弹’,故其赋往往不同。思为人无吏干而有文才,又颇以椒房自矜,故齐人不重也。”

[2] 张华,已见。

[3] 王隐《晋书》曰:“谧字士安,安定朝那人,汉太尉嵩曾孙也。祖叔献,

灞陵令。父叔侯，举孝廉。谧族从皆累世富贵，独守寒素。所养叔母叹曰：'昔孟母以三徙成子，曾父以烹豕存教。岂我居不卜邻，何尔鲁之甚乎？修身笃学，自汝得之，于我何有？'因对之流涕，谧乃感激。年二十余，就乡里席坦受书，遭人而问，少有宁日。武帝借其书二车，遂博览。太子中庶子、议郎征，并不就，终于家。"

[4]《思别传》曰："思造张载，问岷、蜀事，交接亦疏。皇甫谧西州高士，挚仲治宿儒知名，非思伦匹。刘渊林、卫伯舆并蚤终，皆不为思《赋》序注也。凡诸注解，皆思自为，欲重其文，故假时人名姓也。"

[5]《名士传》曰："伶字伯伦，沛郡人。肆意放荡，以宇宙为狭。常乘鹿车，携一壶酒，使人荷锸随之，云：'死便掘地以埋。'土木形骸，遨游一世。"《竹林七贤论》曰："伶处天地间，悠悠荡荡，无所用心。尝与俗士相牾，其人攘袂而起，欲必筑之。伶和其色曰：'鸡肋岂足以当尊拳！'其人不觉废然而返。未尝措意文章，终其世，凡著《酒德颂》一篇而已。其辞曰：'有大人先生者，以天地为一朝，万期为须臾，日月为扃牖，八荒为庭衢。行无辙迹，居无室庐，幕天席地，纵意所如。行则操卮执瓢，动则挈榼提壶，唯酒是务，焉知其余？有贵介公子，缙绅处士，闻吾风声，议其所以。乃奋袂攘襟，怒目切齿，陈说礼法，是非锋起。先生于是方捧罂承糟，衔杯漱醪，奋髯箕踞，枕曲藉糟，无思无虑，其乐陶陶。兀然而醉，慌尔而醒，静听不闻雷霆之声，熟视不见太山之形。不觉寒暑之切肌，利欲之感情。俯观万物之扰扰，如江汉之载浮萍。二豪侍侧焉，如蜾蠃之与螟蛉。'"

[6]《晋阳秋》曰："岳字安仁，荥阳人。夙以才颖发名。善属文，清绮绝世，蔡邕未能过也。仕至黄门侍郎，为孙秀所害。"

原文

4.71 夏侯湛作《周诗》[1]成，[1] 示潘安仁。

译文

夏侯湛补作《周诗》完毕，拿给潘安仁(岳)看。潘安仁说："这诗不仅仅写得安仁曰："此非徒温雅，乃别见孝悌之性。"[2] 潘因此遂作《家风诗》。[3]

4.72 孙子荆除妇服，作诗以示王武子。[4] 王曰："未知文生于情，情生于文。[5] 览之凄然，增伉俪之重。"

4.73 太叔广甚辩给[2]，而挚仲治[3]长于翰墨，俱为列卿。每至公坐，广谈，仲治不能对。退，著笔难广，广又不能答。[6]

温文尔雅，而且还特别表现了孝顺父母、敬爱兄长的品性。"潘安仁由此便写了《家风诗》。

孙子荆(楚)为妻子服丧期满之后，写了一首诗拿给王武子(济)看。王武子看了以后说道："真不知道是这诗因深情而作，还是这深情因诗而生。看后令人感到悲伤，也增加了夫妻情义。"

太叔广能言善辩，挚仲治(虞)却擅长写作，两人都在九卿之列。每到公众场合，太叔广谈论，挚仲治不能对答。挚仲治回去后写成文章驳难太叔广，太叔广也不能应答。

今注

1《周诗》:《诗经·小雅》里的《南陔》《白华》《华黍》《由庚》《崇丘》《由仪》六篇，诗已佚亡，只存篇名。夏侯湛用这些篇名写诗，称为《周诗》。

2 太叔广：复姓太叔，名广，字季思，西晋时人。曾任太常博士，有口才，和挚虞同朝为官。　辩给(jǐ)：口才敏捷。

3 挚仲治：即挚虞(？—311)，西晋文学家。字仲治，长安(今陕西西安市西北)人。皇甫谧弟子。武帝泰始中举贤良，累官至太常卿，后遇洛阳荒乱，饿死。撰有《三辅决录注》等；又分类编集古代文章，名《文章流别集》，并撰《文章流别志论》，对后来的文学批评颇有影响，今仅存佚文。也能诗赋。原集已佚，明人辑有《晋挚太常集》，收入《汉魏六朝百三名家集》。

刘注

[1]《文士传》曰："湛字孝若，谯国人，魏征西将军夏侯渊曾孙也。有盛才，文章巧思，善补雅词，名亚潘岳。历中书侍郎。"《湛集》载其《叙》曰："《周诗》者，《南陔》《白华》《华黍》《由庚》《崇丘》《由仪》六篇，有其义而亡其辞。湛续其亡，故云《周诗》也。"

[2] 其诗曰："既殷斯虔，仰说洪恩。夕定辰省，奉朝侍昏。宵中告退，鸡鸣在门。孳孳恭诲，夙夜是敦。"

[3] 岳《家风诗》，载其宗祖之德及自戒也。

[4]《孙楚集》云："妇，胡毋氏也。"其诗曰："时迈不停，日月电流。神爽登遐，忽已一周。礼制有叙，告除灵丘。临祠感痛，中心若抽。"

[5] 一作"文于情生，情于文生"。

[6] 王隐《晋书》曰："广字季思，东平人。拜成都王为太弟。欲使诣洛，广子孙多在洛，虑害，乃自杀。挚虞字仲治，京兆长安人。祖茂，秀才。父模，太仆卿。虞少好学，师事皇甫谧，善校练文义，多所著述。历秘书监、太常卿。从惠帝至长安，遂流离鄠、杜间。性好博古，而文籍荡尽。永嘉五年，洛中大饥，遂饿而死。"虞与广名位略同，广长口才，虞长笔才，俱少政事。众坐广谈，虞不能对；虞退，笔难广，广不能答。于是更相嗤笑，纷然于世。广无可记，虞多所录，于斯为胜也。"

原文

4.74 江左殷太常父子[1]并能言理，亦有辩讷之异。扬州口谈至剧，太常辄云："汝更思吾论。"[1]

4.75 庾子嵩作《意赋》[2]成。[2] 从子文康见，问曰：

译文

江东的殷太常（融）和侄儿殷扬州（浩）都擅长谈论玄理，但是两人也有能言善辩和言语迟钝的区别。每当殷扬州谈论激烈之际，太常总是说："你再想想我的理论。"

庾子嵩（敳）写成了《意赋》。他的

"若有意邪,非赋之所尽;若无意邪,复何所赋?"答曰:"正在有意无意之间。"

4.76 郭景纯[3]诗云:"林无静树,川无停流。[4]"[3]阮孚[5]云[4]:"泓峥萧瑟,实不可言。每读此文,辄觉神超形越。"

侄儿文康(庾亮)看了,问道:"如果是有意的话,那不是赋能够表达得尽的;如果是无意的话,又何必写这篇赋呢?"庾敳回答道:"恰恰是在有意无意之间。"

郭景纯(璞)有两句诗道:"林无静树,川无停流。"阮孚评价道:"水声泓宏,林木萧萧,实在不可言传。每当读到这两句,总觉得身驰神逸,超然物外。"

今注

1 殷太常父子:指殷融、殷浩叔侄二人。六朝时习惯称叔侄为父子。殷融:字洪远,陈郡长平(今河南西华东北)人。殷融好《易》《老》之学,善属文而不善口辩。累迁吏部尚书、太常卿。

2《意赋》:是一篇咏怀的骚体诗。《晋书·庾敳传》:"敳见王室多难,终知婴祸,乃著《意赋》以豁情。"

3 郭景纯:即郭璞(276—324),东晋文学家、训诂学家。字景纯,河东闻喜(今属山西)人。博学,好古文奇字,又喜阴阳卜筮之术。东晋初为著作佐郎,后王敦任为记室参军。敦欲谋反,命其卜筮,璞谓其必败,为敦所杀。王敦平,追赠弘农太守。擅长诗赋。所作《游仙诗》,通过对神仙境界的追求,表现忧生避祸的心情。所作《江赋》颇著名。所著《尔雅注》《尔雅音》《尔雅图》《尔雅图赞》,集"尔雅学"之大成。今存《尔雅注》三卷,刊入《十三经注疏》中。又有《方言注》,以晋代语词解释古语,可考见汉、晋语言的流变。另有《山海经注》《穆天子传注》。原有文集已佚,今传《郭弘农集》系明人所辑。

4 这首诗通常称为《幽思篇》。今仅存此两句,亦载于《艺文类聚》卷五十六。意思是:山林中没有静止不动的树木,江河中没有停滞不前的水流。

5 阮孚：字遥集，阮咸之子，西晋陈留尉氏（今河南尉氏）人。历元、明、成数帝，官至广州刺史。

刘注

[1]《中兴书》曰："殷融字洪远，陈郡人。桓彝有人伦鉴，见融，甚叹美之。著《象不尽意》《大贤须易论》，理义精微，谈者称焉。兄子浩，亦能清言，每与浩谈，有时而屈。退而著论，融更居长。为司徒左西属。饮酒善舞，终日啸咏，未尝以世务自婴。累迁吏部尚书、太常卿，卒。"

[2]《晋阳秋》曰："敳，永嘉中为石勒所害。先是，敳见王室多难，知终婴其祸，乃作《意赋》以寄怀。"

[3] 王隐《晋书》曰："郭璞字景纯，河东闻喜人。父瑗，建平太守。"《璞别传》曰："璞奇博多通，文藻粲丽，才学赏豫，足参上流。其诗赋诔颂，并传于世，而讷于言。造次咏语，常人无异。又不持仪检，形质颓索，纵情嫚惰，时有醉饱之失。友人干令升戒之曰：'此伐性之斧也。'璞曰：'吾所受有分，恒恐用之不尽，岂酒色之能害！'王敦取为参军。敦纵兵都辇，乃咨以大事，璞极言成败，不为回屈。敦忌而害之。"诗，璞《幽思篇》者。

[4] 阮孚，别见。

原文

4.77 庾阐始作《扬都赋》，道温、庾云："温挺义之标，庾作民之望。方响则金声，比德则玉亮。1" 庾公闻赋

译文

庾阐最初写完了《扬都赋》，他在赋中评价温峤和庾亮道："温挺义之标，庾作民之望。方响则金声，比德则玉亮。"庾亮听说赋已经写好了，要求看一看，同时希望能赠送给自己。于是庾阐又把其中的"望"字改为"俊"字，

成,求看,兼赠贶之。阐更改"望"为"俊",以"亮"为"润"[2]云。[1]

4.78 孙兴公作《庾公诔》[3]。袁羊曰:"见此张缓[4]。"于时以为名赏。[2]

4.79 庾仲初作《扬都赋》成,以呈庾亮。亮以亲族之怀,大为其名价,云可三《二京》,四《三都》。于此人人竞写,都下纸为之贵。谢太傅云:"不得尔!此是屋下架屋耳!事事拟学,而不免俭狭。"[3]

"亮"字改为"润"字。

孙兴公(绰)写了《庾公诔》。袁羊(乔)看了以后说道:"在这篇文章里看到了一张一弛的道理。"当时人认为这是名家的鉴赏。

庾仲初(阐)写完了《扬都赋》,把它呈献给庾亮。庾亮出于同宗的情意,极力抬高他的身价,说这篇赋可以和张衡的《二京赋》放在一起成为"三京赋",可以和左思的《三都赋》合并成为"四都赋"。因此人人争相传抄,京城里的纸张也由此涨价。谢太傅(安)说道:"不能够这样啊!这是屋下架屋呀!处处摹仿他人,就免不了显得贫乏浅陋。"

今注

1 "温挺义之标"数句:这几句的意思是说,温峤树立了道义的旗帜,庾亮振奋了百姓的希望。以声音作比方,如金钟锽锽;比拟其品德,像美玉璀璨放光。

2 改"望"为"俊",以"亮"为"润":亮是庾亮的名讳,所以需要改。既然改"亮"为"润",为了押韵,就改"望"为"俊"。

3《庾公诔》:庾公,指庾亮。诔,哀悼死者,追叙其生平事迹的纪念性文体。

4 张缓:一张一弛。此指文章叙述张弛有度。

刘注

[1]《中兴书》曰:"阐字仲初,颍川人,太尉亮之族也。少孤,九岁便能属

文。迁散骑侍郎,领大著作,为《扬都赋》,邈绝当时。五十四卒。"

[2]《袁氏家传》曰:"乔有文才。"

[3] 王隐论扬雄《太玄经》曰:"《玄经》虽妙,非益也,是以古人谓其屋下架屋。"

原文

4.80 习凿齿史才不常,宣武甚器之。未三十,便用为荆州治中1。凿齿谢笺亦云:"不遇明公,荆州老从事2耳。"后至都见简文,返命,宣武问:"见相王何如?"答云:"一生不曾见此人!"从此忤旨,出为衡阳郡,性理3遂错。于病中犹作《汉晋春秋》4,品评卓逸。[1]

译文

习凿齿修史的才能很不寻常,宣武(桓温)非常器重他。他还没到三十岁,宣武就任用他做荆州治中。习凿齿在写给宣武的谢表里也说:"如果没有遇到明公,我只不过是荆州一个老从事而已。"后来宣武派他到京都去见简文帝(司马昱),回来复命的时候,宣武问他道:"你见了相王,觉得这个人怎么样?"习凿齿回答道:"我一生中从来没有见过这样的人!"这就违背了宣武的心意,他被派往衡阳郡做地方官,从此神志错乱。他在病中还撰写了《汉晋春秋》,评论人物、史实,有卓越的见解。

今注

1 治中:官名。掌文书案卷,为州刺史助理。

2 从事:从事史,州郡属官。

3 性理:神志,性情理智。

4《汉晋春秋》:书名,东晋习凿齿撰。五十四卷(一作四十七卷),编年体史书。记东汉至西晋史事。以蜀汉为正统,将蜀汉亡年炎兴元年(263)作为汉朝灭亡之年,晋承汉祚,故名。书中视三国魏为篡逆,记事议事较为偏颇。久佚,今有辑本多种,以清汤球所辑三卷本为最善,刊入《广雅书局丛书》。

刘注

[1]《续晋阳秋》曰:"凿齿少而博学,才情秀逸,温甚奇之。自州从事,岁中三转,至治中。后以忤旨,左迁户曹参军、衡阳太守。在郡著《汉晋春秋》,斥温觊觎之心也。"《凿齿集》载其论,略曰:"静汉末累世之交争,廓九域之蒙晦,大定千载之盛功者,皆司马氏也。若以魏有代王之德,则不足;有静乱之功,则孙、刘鼎立。共(王)〔工〕、秦政犹不见叙于帝王,况暂制数州之众哉?且汉有系周之业,则晋无所承魏之迹矣。春秋之时,吴、楚称王。若推有德,彼必自系于周,不推吴、楚也。况长辔庙堂,吴、蜀两定,天下之功也。"

原文

4.81 孙兴公云:"《三都》《二京》,《五经》1鼓吹。"[1]

4.82 谢太傅问主簿2陆退3:[2]"张凭何以作母诔,而不作父诔?"退答曰:"故当是丈夫之德,表于事行;妇人之美,非诔不显。"[3]

4.83 王敬仁年十三,作《贤人论》。长史送示真长,真长答云:"见敬仁所

译文

孙兴公(绰)说:"《三都赋》《二京赋》是宣扬《五经》的东西。"

谢太傅(安)问主簿陆退:"张凭为什么只作悼念母亲的诔文,而不作悼念父亲的诔文?"陆退回答道:"这一定是因为男子的德行,可以表现在生平事业上;妇女的美德,没有诔文就无从显扬。"

王敬仁(脩)十三岁作《贤人论》。他的父亲长史(王濛)把文章送给刘真长(惔)看,真长看后回答说:"看了敬仁所写的《贤人论》,就知道他可以参与谈

作《论》,便足参微言。”[4]

玄了。”

今注

1《五经》:儒家五部经典。即《诗经》《尚书》《周易》《礼记》《春秋》。

2 主簿:属官名。掌管文书簿籍、印鉴等。

3 陆退:字黎民,吴郡吴县华亭(今上海市松江区)人。官至光禄大夫。

刘注

[1] 言此五赋是经典之羽翼。

[2]《陆氏谱》曰:“退字黎民,吴郡人。高祖凯,吴丞相。祖仰,吏部郎。父伊,州主簿。退仕至光禄大夫。”

[3]《陆氏谱》曰:“退,凭婿也。”

[4]《脩集》载其论曰:“或问:‘《易》称贤人黄裳元吉,苟未能暗与理会,何得不求通?求通则有损,有损则元吉之称将虚设乎?’答曰:‘贤人诚未能暗与理会,当居然人从,比之理尽,犹一豪之领一梁。一豪之领一梁,虽于理有损,不足以挠梁。贤有情之至寡,豪有形之至小,豪不至挠梁,于贤人何有损之者哉!’”

原文

4.84 孙兴公云:“潘文烂若披锦,无处不善;[1] 陆文若排沙简金1,往往见宝。”[2]

4.85 简文称许掾云:“玄度五言诗,可谓妙绝时人。”[3]

译文

孙兴公(绰)说:“潘岳的文章灿烂光彩,如披锦绣,没有一处不美好;陆机的文章好像沙里淘金,常常能见到瑰宝。”

简文帝(司马昱)称赞许掾(询)说:“玄度(许询)的五言诗,精妙绝伦,无人能及。”

孙兴公(绰)写成了《天台赋》,拿

4.86 孙兴公作《天台赋》成，以示范荣期2，[4]云："卿试掷地，要作金石声。"范曰："恐子之金石，非宫商中声。"然每至佳句，[5]辄云："应是我辈语。"

给范荣期（启）看，说道："您试着把它扔到地上，一定会发出金石般的铿锵之声。"范荣期说："恐怕你的金石声，不是金钟石磬等发出的乐曲声。"可是每当读到优美的文句，总要说："正该是我们这样的一流人物才能说得出来的话。"

今注

1 排沙简金：比喻从大量的事物中选取精华。简，选择，选取。

2 范荣期：即范启，字荣期，南阳顺阳（今河南淅川东南）人。以才义显于当世，与清谈之士袁宏、庾龢、韩伯等交好。初为秘书郎，累迁黄门侍郎。

刘注

[1]《续文章志》曰："岳为文，选言简章，清绮绝伦。"

[2]《文章传》曰："机善属文，司空张华见其文章，篇篇称善，犹讥其作文大治。谓曰：'人之作文，患于不才；至子为文，乃患太多也。'"

[3]《续晋阳秋》曰："询有才藻，善属文。自司马相如、王褒、扬雄诸贤世尚赋颂，皆体则《诗》《骚》，傍综百家之言。及至建安，而诗章大盛。逮乎西朝之末，潘、陆之徒虽时有质文，而宗归不异也。正始中，王弼、何晏好《庄》《老》玄胜之谈，而世遂贵焉。至过江，佛理尤盛，故郭璞五言始会合道家之言而韵之，询及太原孙绰转相祖尚。又加以三世之辞，而《诗》《骚》之体尽矣。询、绰并为一时文宗，自此作者悉体之。至义熙中，谢混始改。"

[4]《中兴书》曰："范启字荣期，慎阳人。父坚，护军。启以才义显于世，仕至黄门郎。"

[5]“赤城霞起而建标，瀑布飞流而界道”，此赋之佳处。

原文

4.87 桓公见谢安石作简文谥议，看竟，掷与坐上诸客曰：“此是安石碎金1。”[1]

4.88 袁虎少贫，[2]尝为人佣载运租。谢镇西经船行，其夜清风朗月，闻江渚间估客船上有咏诗声，甚有情致。所诵五言，又其所未尝闻，叹美不能已。即遣委曲2讯问，乃是袁自咏其所作《咏史诗》。因此相要，大相赏得。[3]

译文

桓公（温）看见谢安石（安）写的给简文帝（司马昱）谥号的奏章，看完以后，扔给座上的宾客说：“这是安石的零篇杰作。”

袁虎（宏）小时家境贫寒，曾经受雇替人运送租粮。有一次，谢镇西（尚）曾经乘船出游。那天晚上，风清月朗，他忽然听见江中小洲间商贩搭乘的船上有吟诗的声音，很有情趣风韵。那人所吟诵的五言诗又是他从来没有听到过的，他不禁赞美不绝。于是派人去讯问原委，才知是袁虎在吟咏自己的《咏史诗》。因此谢镇西便邀请袁虎过来，对他大加赞赏，彼此十分情投意合。

今注

1 碎金：散碎的金子。比喻优美的短文，零篇杰作。

2 委曲：事物的原委。

刘注

[1] 刘谦之《晋纪》载安《议》曰：“谨按《谥法》：‘一德不懈曰简，道德博闻曰文。’易简而天下之理得，观乎人文，化成天下，仪之景行，犹有彷佛。宜尊号曰太宗，谥曰简文。”

[2] 虎，袁宏小字也。

[3]《续晋阳秋》曰："虎少有逸才，文章绝丽，曾为《咏史诗》，是其风情所寄。少孤而贫，以运租为业。镇西谢尚时镇牛渚，乘秋佳风月，率尔与左右微服泛江。会虎在运租船中讽咏，声既清会，辞又藻拔。非尚所曾闻，遂住听之，乃遣问讯。答曰：'是袁临汝郎，诵诗即其《咏史》之作也。'尚佳其率有胜致，即遣要迎，谈话申旦。自此名誉日茂。"

原文

4.89 孙兴公云："潘文浅而净，陆文深而芜。"

4.90 裴郎[1]作《语林》，始出，大为远近所传，时流年少，无不传写，各有一通。载王东亭作《经(王)〔黄〕[2]公酒垆下赋》，甚有才情。[1]

4.91 谢万作《八贤论》[3]，与孙兴公往反，小有利钝[4]。[2]谢后出以示顾君齐[5]。[3]顾曰："我亦作，知卿当无所名。"

译文

孙兴公(绰)说："潘岳的文章浅显，可是纯净；陆机的文章深刻，但是繁杂。"

裴郎(启)写作《语林》，刚拿出来，远近的人大量传看，世俗少年，莫不抄录，人手一册。书中记叙王东亭(珣)写《经黄公酒垆下赋》一事，很有才情。

谢万写了《八贤论》并就其内容和孙兴公(绰)反复辩论，小有胜负。谢万后来把文章拿给顾君齐(夷)看，顾君齐说："如果我也写一篇的话，料想你这篇一定没什么可称赞的。"

今注

1 裴郎：指裴启。一名荣，字荣期。东晋河东闻喜(今山西闻喜)人，处士，以一部《语林》蜚声文坛，遂有风靡一时的"裴氏学"。郎，对年轻男子的美称。

2 据王利器、余嘉锡说校改。
3 “谢万”句:《八贤论》评论了渔父、屈原、贾谊、嵇康等八位古今贤人,认为隐处者优,出仕者劣。孙绰反驳这种观点,认为不能以隐居或出仕来定优劣。
4 利钝:顺利与不顺利。此指胜负。
5 顾君齐:即顾夷,字君齐,东晋学者、文学家。吴郡吴县(今江苏苏州)人。曾征召为州主簿,不肯就职。

刘注

[1]《裴氏家传》曰:“裴荣字荣期,河东人。父穉,丰城令。荣期少有风姿才气,好论古今人物,撰《语林》数卷,号曰《裴子》。”檀道鸾谓裴松之,以为启作《语林》,荣傥别名启乎?
[2]《中兴书》曰:“万善属文,能谈论。”《万集》载其叙四隐四显,为八贤之论,谓渔父、屈原、季主、贾谊、楚老、龚胜、孙登、嵇康也。其旨以处者为优,出者为劣。孙绰难之,以谓体玄识远者,出处同归。文多不载。
[3]《顾氏谱》曰:“夷字君齐,吴郡人。祖厥,孝廉。父霸,少府卿。夷辟州主簿,不就。”

原文

4.92 桓宣武命袁彦伯作《北征赋》[1]。[1] 既成,公与时贤共看,咸嗟叹之。时王珣在坐,云:“恨少一句。得‘写’字足韵[2]当佳。”袁即于坐揽笔益云:“感不绝于余心,溯流风而独写。[3]”公谓

译文

桓宣武(温)命令袁彦伯(宏)写一篇《北征赋》。赋写完了以后,桓宣武和当时一些有才德的人在一起观看,大家都非常赞赏。当时王珣也在座,说道:“可惜少了一句,如果用‘写’字足韵,就会更好。”袁彦伯立即在座中拿笔补写道:“感不绝于余心,

王曰:“当今不得不以此事推袁。”[2]

4.93 孙兴公道曹辅佐[4]才如白地[5]明光锦[6],[3]裁为负版绔[7],[4]非无文采,酷无裁制。

溯流风而独写。”桓宣武对王珣说道:“当今不能不以此事推重袁某。”

孙兴公(绰)评价曹辅佐(毗),说他的文才好像一幅白色质地的明光锦裁剪成差役穿的套裤,不是没有文采,只是裁剪制作太不得当了。

今注

1《北征赋》:袁宏作。时宏任桓温记室参军,随桓温北征鲜卑,《北征赋》为此而作。

2 足韵:赋是韵文和散文的综合体,往往在叙完一件事转叙另一件事时换韵。如果感到某一个韵中叙述的事没有完,就加几句来补足,这叫足韵。

3“感不”句:我心中的感慨绵绵不断,追慕前人的遗风而独自把情思抒写。

4 曹辅佐:即曹毗(pí),字辅佐,谯国(今安徽亳州)人。历任著作郎、句章令、太学博士、尚书郎、下邳太守等职,累迁至光禄勋。好文籍,能属词,曾作《扬州赋》流传于世。今存《涉江赋》《秋兴赋》《箜篌赋》等。

5 地:质地,底子。

6 明光锦:晋朝时的一种名锦。

7 负版:背图籍的差役。 绔:同“裤”。套裤。

刘注

[1]《续晋阳秋》曰:“宏从温征鲜卑,故作《北征赋》,宏文之高者。”

[2]《宏集》载其《赋》云:“闻所闻于相传,云获麟于此野。诞灵物以瑞德,奚授体于虞者!悲尼父之恸泣,似实恸而非假。岂一物之足伤,实致

伤于天下。感不绝于余心，溯流风而独写。”《晋阳秋》曰：“宏尝与王珣、伏滔同侍温坐，温令滔读其赋，至‘致伤于天下’，于此改韵。云：‘此韵所咏，慨深千载。今于“天下”之后便移韵，于写送之致，如为未尽。’滔乃云：‘得益“写”一句，或当小胜。’桓公语宏：‘卿试思益之。’宏应声而益，王、伏称善。”

[3]《中兴书》曰：“曹毗字辅佐，谯国人，魏大司马休曾孙也。好文籍，能属词，累迁太学博士、尚书郎、光禄勋。”

[4]《论语》曰：“孔子式负版者。”郑氏注曰：“版，谓邦国籍也。负之者，贱隶人也。”

原文

4.94 袁（伯彦）〔彦伯〕作《名士传》1 成，[1] 见谢公。公笑曰：“我尝与诸人道江北 2 事，特作狡狯耳，彦伯遂以著书！”

4.95 王东亭到桓公吏，既伏阁下，桓令人窃取其白事 3。东亭即于阁下更作，无复向一字。[2]

4.96 桓宣武北征 4，[3] 袁虎时从，被责免官。会须露布 5 文，唤袁倚马前令作。手不辍笔，俄得七纸，殊可观。东亭在侧，极叹其才。袁虎云：“当令齿

译文

袁彦伯（宏）写成了《名士传》，拿去见谢公（安）。谢公笑着说：“我曾经和大家谈过江北的事情，只不过说着好玩罢了，彦伯竟用来写书！”

王东亭（珣）就任桓公（温）的属官时，拜伏在官署下听候宣召，桓公叫人偷偷地拿了他的禀帖呈文。东亭立刻在官署里重写，没有重复方才的一个字。

桓宣武（温）北征前燕，袁虎（宏）当时也随军出征，因事受到责备，被免去了官职。恰巧急需一份告捷文书，桓宣武把袁虎叫来让他倚在马前写作。袁虎手不停笔，一会儿就写了七张纸，写得非常好。东亭（王珣）在旁，极力赞赏他的才华。袁虎说：“也该让我从别

舌[6]间得利。” ‖ 人的口齿言谈中得到一点好处了。”

今注

1《名士传》:全书共三卷。书中以夏侯玄、何晏等人为正始名士,阮籍、嵇康等人为竹林名士,裴楷、乐广等人为中朝名士。

2 江北:长江下游以北地区。

3 白事:禀告公务、陈说事情的文书。

4 北征:指太和四年(369)北征前燕之事。

5 露布:古代没有封口的书信、文书,特指檄文、捷报等紧急文书。

6 齿舌:口舌。比喻人的议论。

刘注

[1] 宏以夏侯太初、何平叔、王辅嗣为正始名士,阮嗣宗、嵇叔夜、山巨源、向子期、刘伯伦、阮仲容、王濬(仲)〔冲〕为竹林名士,裴叔则、乐彦辅、王夷甫、庾子嵩、王安期、阮千里、卫叔宝、谢幼舆为中朝名士。

[2]《续晋阳秋》曰:“珣学涉及通敏,文高当世。”

[3]《温别传》曰:“温以太和四年上疏自征鲜卑。”

原文

4.97 袁宏始作《东征赋》[1],都不道陶公。胡奴[2]诱之狭室中,临以白刃,[1]曰:“先公勋业如是,君作《东征赋》,云何相忽略?”宏窘蹙无计,便答:“我大道公,何以云无?”

译文

袁宏开始写《东征赋》的时候,完全没有提到陶公(侃)。陶公的儿子胡奴(陶范)把他骗到小屋中,拿刀对着他说:“先父的功勋这样大,你作《东征赋》为什么忽略了他?”袁宏窘迫困急,无计可施,便回答道:“我大大地称颂了陶公,为什么说没写?”于是朗诵道:“精因诵曰："精金百炼，在割[3]能断。功则治人[4]，职思靖乱[5]。长沙[6]之勋，为史所赞。"[2]

良的金属经过千锤百炼，能切断任何东西。陶公的功业是使人民安居乐业，将叛乱平定。长沙郡公的功勋，为史家所称赞。"

今注

1《东征赋》：袁宏作，主旨是赞颂过江诸名臣的功业。

2 胡奴：即陶范，字道则，小名胡奴，陶侃之子，太元初年官至光禄勋。

3 在割：切割。在，助词，无实义。

4 治人：使人民安居乐业。

5 靖乱：平定叛乱。

6 长沙：陶侃曾被封为长沙郡公，故以长沙代指陶侃。

刘注

[1] 胡奴，陶范，别见。

[2]《续晋阳秋》曰："宏为大司马记室参军，后为《东征赋》，悉称过江诸名望。时桓温在南州，宏语众云：'我决不及桓宣城。'时伏滔在温府，与宏善，苦谏之。宏笑而不答。滔密以启温，温甚忿。以宏一时文宗，又闻此赋有声，不欲令人显闻之。后游青山饮酌，既归，公命宏同载，众为危惧。行数里，问宏曰：'闻君作《东征赋》，多称先贤，何故不及家君？'宏答曰：'尊公称谓，自非下官所敢专，故未呈启，不敢显之耳。'温乃云：'君欲为何辞？'宏即答云：'风鉴散朗，或搜或引。身虽可亡，道不可陨。则宣城之节，信为允也。'温泫然而止。"二说不同，故详载焉。

原文

4.98 或问顾长康:"君《筝赋》何如[1]嵇康《琴赋》?"顾曰:"不赏者作后出相遗,深识者亦以高奇见贵。"[1]

4.99 殷仲文天才宏赡,[2]而读书不甚广。(博)〔傅〕[2]亮叹曰:[3]"若使殷仲文读书半袁豹[3],[4]才不减班固。"[5]

译文

有人问顾长康(恺之):"你的《筝赋》与嵇康的《琴赋》相比怎么样?"顾长康回答道:"不赏识的人会认为它是仿来的作品而舍弃它,见识深远的人则会认为它高妙新奇而推崇我。"

殷仲文天生文才丰富广博,但读书不甚多。傅亮叹息说:"假使殷仲文读的书能够有袁豹的一半,他的才华就不会次于班固。"

今注

1 何如:比……怎么样。

2 据李慈铭说改。

3 半袁豹:有袁豹的一半。袁豹,字士蔚,陈郡阳夏(今河南太康)人。博学善文辞,有经国才。初为著作佐郎,后为太尉长史、丹阳尹。

刘注

[1]《中兴书》曰:"恺之博学有才气,为人迟钝而自矜尚,为时所笑。"宋明帝《文章志》曰:"桓温云:'顾长康体中痴黠各半,合而论之,正平平耳!'世云有三绝,画绝、文绝、痴绝。"《续晋阳秋》曰:"恺之矜伐过实,诸年少因相称誉以为戏弄。为散骑常侍,与谢瞻连省,夜于月下长咏,自云得先贤风制。瞻每遥赞之。恺之得此,弥自力忘倦。瞻将眠,语捶脚人令代,恺之不觉有异,遂几申旦而后止。"

[2]《续晋阳秋》曰:"仲文雅有才藻,著文数十篇。"

[3] 亮,别见。

[4] 丘渊之《文章叙》曰："豹字士蔚，陈郡人。祖耽，历阳太守。父质，琅邪内史。豹隆安中著作佐郎，累迁太尉长史、丹阳尹。义熙九年卒。"
[5]《续汉书》曰："固字孟坚，右扶风人。幼有俊才，学无常师。善属文，经传无不究览。"

原文

4.100 羊孚作《雪赞》云："资清以化，乘气以霏，遇象能鲜，即洁成辉。1" 桓胤2遂以书扇。[1]

4.101 王孝伯在京行散，至其弟王睹3户前，[2] 问："古诗中何句为最？" 睹思未答。孝伯咏："所遇无故物，焉得不速老？4" 此句为佳。

4.102 桓玄尝登江陵5城南楼，云："我今欲为王孝伯作诔。" 因吟啸6良久，随而下笔。一坐之间，诔以之成。[3]

译文

羊孚作《雪赞》，其中说："资清以化，乘气以霏，遇象能鲜，即洁成辉。" 桓胤便把它写在扇子上。

王孝伯（恭）在京城为了消释五石散的药性步行到弟弟王睹（爽）门前，问王睹道："古诗中哪一句最好？" 王睹思索着还没有回答，孝伯便吟道："所遇无故物，焉得不速老？" 他认为这句最好。

桓玄曾经登上江陵城的南楼，说道："我现在打算给王孝伯（恭）作一篇诔文。" 于是吟啸了很久后，随即动笔。大家座谈之间，诔文就写成了。

今注

1 "资清" 四句：靠着纯净的水珠变成雪花，趁着流荡的空气漫天飞扬，各种景象接触到它都鲜艳夺目，洁净的物体一沾上它就闪闪发亮。
2 桓胤：字茂远，谯国龙亢（今安徽怀远西北）人。少有清操，恬静谦退，深得桓玄喜爱。迁中书令，转吏部尚书。桓玄败，徙安成郡，后见诛。
3 王睹：即王爽，字季明，小名睹，王恭之弟，官至侍中，赠太常。

4 “所遇”句：见《古诗十九首》之十一。意思是：一路上看到的再也不是旧日的景物，人哪能不迅速衰老呢？

5 江陵：南郡的治所，在今湖北荆州。

6 吟啸：吟咏歌啸。啸，撮口发出悠长而清越的声音。

刘注

[1]《中兴书》曰：“胤字茂祖，谯国人。祖冲，太尉。父嗣，江州刺史。胤少有清操，以恬退见称，仕至中书令。玄败，徙安成郡，后见诛。”

[2] 睹，王爽小字也。《中兴书》曰：“爽字季明，恭第四弟也。仕至侍中，恭事败，赠太常。”

[3]《晋安帝纪》曰：“玄文翰之美，高于一世。”《玄集》载其《诔叙》曰：“隆安二年九月十七日，前将军青兖二州刺史、太原王孝伯薨。川岳降神，哲人是育。既爽其灵，不贻其福。天道茫昧，孰测倚伏？犬马反噬，豺狼翘陆。岭摧高梧，林残故竹。人之云亡，邦国丧牧。于以诔之，爰旌芳郁。”文多，不尽载。

原文

4.103 桓玄初并西夏[1]，领荆江二州、二府、一国[2]。[1]于时始雪，五处俱贺，五版并入。玄在听事[3]上，版至，即答版后，皆粲然成章，不相揉杂。

4.104 桓玄下[4]都，羊孚时为兖州别驾，从京来诣门。笺云：“自顷世故

译文

桓玄刚刚统治西部地区，兼管荆、江两州，又任都督府、后将军府长官，还袭封了一个侯国。这年初次下雪，五处官府同来祝贺，五封贺信同时到达。桓玄在官厅上，贺信一到，就在信的后面写答辞，几篇答辞全都文采华美，互不混杂。

桓玄率兵东下京都，当时羊孚任兖州别驾，从京都前来登门拜访。他在拜

睽离，心事沦蕴[5]。明公启晨光于积晦，澄百流以一源。"[6]桓见笺，驰唤前，云："子道，子道，来何迟！"即用为记室参军。孟昶[2]为刘牢之主簿[7]，[3]诣门谢，见云："羊侯，羊侯，百口赖卿。"

笺中说："自顷世故睽离，心事沦蕴。明公启晨光于积晦，澄百流以一源。"桓玄见到拜笺后，很快把他请到面前，说道："子道（羊孚），子道，你为什么来得这么迟啊！"立即任用他做记室参军。孟昶这时在刘牢之手下任主簿，来到羊孚门前告辞，见面就说："羊侯，羊侯，我一家百口全靠你了。"

今注

1 桓玄初并西夏：晋安帝隆安年间，桓玄打败殷仲堪，克荆州，朝廷命桓玄都督荆、江等八州军事。西夏，中原的西部。六朝时多指荆楚地区。

2 一国：桓温死后，桓玄袭封南郡公，封国在广州，这就是一国。

3 听事：指官府办公的厅堂。

4 下：东晋建都建康，处长江下游，因此自荆、江等州赴建康都叫"下"。

5 睽(kuí)离：离散。　沦蕴(yùn)：蕴积，即郁结在心中的某种思想感情。

6 "自顷"以下四句：自不久以前由于战乱离别，我的心也深深蕴积。明公给长夜带来清晨的阳光，用一个源头澄清了百流。

7 孟昶(chǎng)：字彦达，平昌安丘（今山东安丘）人。官至吏部尚书、左仆射。　刘牢之：东晋将领。字道坚，彭城（今江苏徐州）人。初以骁勇被谢玄选为北府兵将领。太元八年(383)淝水之战时，率精兵渡洛涧，首战破敌，晋军士气大振，终至大胜，因功任龙骧将军、彭城内史。曾镇压孙恩起义。后王恭、司马元显、桓玄内斗，他握重兵，屡次倒戈，干预朝政，被部属讥为"一人三反"。以兵权为桓玄所夺，自杀。

刘注

[1]《玄别传》曰:"玄既克殷仲堪,(后)〔破〕杨佺期,遣使讽朝廷,朝廷以玄都督八州,领江州、荆州二刺史。"

[2] 别见。

[3]《续晋阳秋》曰:"牢之字道坚,彭城人,世以将显。父遁,征虏将军。牢之沈毅多计数,为谢玄参军。苻坚之役,以骁猛成功。及平王恭,转徐州刺史。桓玄下都,以牢之为前锋,行征西将军。玄至,归降,用为会稽内史。欲解其兵,奔而缢死。"

方正第五

导读

方正，即正直不阿。本门共六十六条。

这一类的事例很多。主要记载言语、行动、态度等方面表现出来的正直品质。比如，诸葛诞被司马昭杀了，他的儿子诸葛靓不肯做晋朝的官，回到家乡，终身不向朝廷所在的方向就座。司马昭到诸葛诞的姐姐琅邪王太妃那里和他见面，问他道，你还记得我们儿时的友谊吗？诸葛靓用春秋晋国豫让“吞炭漆身”作比喻，说道，我不能忍辱含垢，为父报仇，以致今天又见到了圣上。

晋室南渡，南方的豪门贵族瞧不起北方人。比如，王导初到江南的时候，想巴结南方人士，就提出把自己的女儿许配给陆玩家。陆玩是南方豪门，看不起北方来的王导，回复说：“小土丘上长不了青松翠柏，香草和臭草不能放在一个容器中。我虽然没有才能，但是在道义上不能做违反伦理道德的带头人。”以此婉言谢绝了王导的要求。《晋书·陆玩传》认为他是轻视权贵。

原文

5.1 陈太丘与友期行[1]，期日中。过中不至，太丘舍去，去后乃至。元方时年七岁，门外戏。[1]客问元方：“尊

译文

陈太丘(寔)和朋友约好同行，约定的时间是中午。过了中午朋友还没有来，太丘只好丢下他自己走了，走了以后，朋友才到。陈元方(纪)当

君在不?”答曰:“待君久不至,已去。”友人便怒曰:“非人哉!与人期行,相[2]委而去。”元方曰:“君与家君期日中。日中不至,则是无信;对子骂父,则是无礼。”友人惭,下车引之。元方入门不顾。

时七岁,正在门外玩耍。友人问元方:“令尊在吗?”回答道:“等您许久,不见您来,已经走了。”朋友便生起气来,说道:“简直不是人呀!和别人约好一起走,却丢下别人自己走了。”元方道:“您和我父亲约定的时间是中午。中午不来,是不守信用;当着别人的儿子骂他的父亲,是不讲礼貌。”友人听了非常惭愧,下车来用手牵他,元方却跑回家去不理他。

今注

1 期行:约定时间同行。

2 相:表示一方对另一方有所动作。

刘注

[1] 陈寔及纪,并已见。

原文

5.2 南阳宗世林[1],魏武同时,而甚薄[2]其为人,不与之交。及魏武作司空[3],总朝政,从容问宗曰:“可以交未?”答曰:“松柏之志犹存。”世林既以忤旨见疏,位不配德。文

译文

南阳人宗世林(承),与魏武帝(曹操)同时,非常鄙薄曹操的为人,不和他交往。等到曹操做了司空,总揽朝中大权,不慌不忙地问宗世林道:“现在可以和我交往了吧?”世林回答道:“松柏之志犹存。”世林因违抗了曹操的旨意而被疏远,官位和他的德行极不相

帝兄弟[4]每造其门，皆独拜床下，其见礼如此。[1]

称。文帝（曹丕）兄弟每次登门拜访，都以弟子之礼跪拜在他的坐榻前，他受到的尊重和礼遇就是如此。

5.3 魏文帝受禅[5]，陈群有戚容。帝问曰："朕应天受命，卿何以不乐？"群曰："臣与华歆服膺先朝，今虽欣圣化，犹义形于色。"[2]

魏文帝（曹丕）接受禅让即皇帝位，陈群脸上有忧伤的神色。文帝问道："我顺应天意，接受天命登上帝位，你为什么不高兴？"陈群说："臣和华歆铭记前朝，今日虽然欣逢盛世，还是不免将对前朝的感情流露出来。"

今注

1 宗世林：即宗承，字世林，南阳安众（今河南邓州）人。汉末名士，品德高尚，受世人敬重，素有威名，官至直谏大夫。

2 薄：形容词活用为动词，轻视。

3 司空：官名，为三公之一，是掌水土之事的最高行政长官。

4 文帝兄弟：指曹丕、曹植。

5 魏文帝受禅：公元 220 年，曹丕废汉称帝，建立魏朝。受禅，接受帝位。

刘注

[1]《楚国先贤传》曰："宗承字世林，南阳安众人。父资，有美誉。承少而修德雅正，确然不群，征聘不就，闻德而至者如林。魏武弱冠，屡造其门，值宾客猥积，不能得言。乃伺承起，往要之，捉手请交，承拒而不纳。帝后为司空，辅汉朝，乃谓承曰：'卿昔不顾吾，今可为交未？'承曰：'松柏之志犹存。'帝不说，以其名贤，犹敬礼之。敕文帝修子弟礼，就家拜汉中太守。武帝平冀州，从至邺，陈群等皆为之拜。帝犹以旧情介意，薄其位而优其礼，就家访以朝政，居宾客之右。文帝征为直

谏大夫。明帝欲引以为相,以老固辞。”

[2] 华峤《谱叙》曰:“魏受禅,朝臣三公以下并受爵位。华歆以形色忤时,徙为司空,不进爵。文帝久不怿,以问尚书令陈群曰:‘我应天受命,百辟莫不说喜,形于声色,而相国及公独有不怡者,何邪?’群起离席长跪曰:‘臣与相国曾事汉朝,心虽说喜,义干其色,亦惧陛下,实应见憎。’帝大说,叹息良久,遂重异之。”

原文

5.4 郭淮[1]作关中[2]都督[3],甚得民情,亦屡有战庸[4]。[1]淮妻,太尉王凌[5]之妹,坐凌事,当并诛,[2]使者征摄甚急。淮使戒装,克日当发。州府文武及百姓劝淮举兵,淮不许。至期遣妻,百姓号泣追呼者数万人。行数十里,淮乃命左右追夫人还。于是文武奔驰,如徇身首之急。既至,淮与宣帝书曰:“五子哀恋,思念其母。其母既亡,则无五子。五子若殒,亦复无淮。”宣帝乃表,特原[6]淮妻。[3]

译文

郭淮任关中都督,很得民心,也多次建立战功。郭淮的妻子是太尉王凌的妹妹,因为王凌犯罪的事受到株连,应当一起被处以极刑,派来缉拿她的人非常急迫。郭淮叫妻子准备好行装,限定日期就要起程。各州府的文武官员和百姓都劝说郭淮起兵反抗,郭淮不同意。到了期限,他就打发妻子上路,号哭追呼的百姓达数万人。走了几十里,郭淮才命令手下的人把夫人追回来。于是文武百官奔跑追赶,如同夺取自己的性命一般急迫。夫人被追回后,郭淮给宣帝(司马懿)写信说:“我的五个儿子悲哀伤痛,眷恋不已,思念他们的母亲。如果他们的母亲死了,我的五个儿子也无法存活。如果我的五个儿子死了,我郭淮也不会存活于世。”宣帝于是给朝廷写了奏章,特赦郭淮的妻子无罪。

今注

1 郭淮(？—255):字伯济,太原阳曲(今山西阳曲)人。三国时期魏国名将。官至雍州刺史,迁征西将军,都督雍、凉诸军事,进封阳曲侯。在关右二十余年,外征蜀、羌,内绥各族,有功于魏,死后追赠大将军。

2 关中:指函谷关以西的地区。

3 都督:地方军政长官。三国魏置,统领军事,兼理民政。蜀、吴置于军事要地。亦指领兵将帅。

4 战庸:战功。

5 王凌(172—251):三国魏大臣,字彦云,太原祁县(今山西祁县东南)人。汉司徒王允兄子。魏文帝时讨吴有功,封宜城亭侯,加建武将军,历任扬州、豫州刺史,有政绩。官至太尉。嘉平三年(251),因密谋拥立楚王曹彪,被人告发,被迫起兵反叛,自知势穷,饮药死。

6 原:赦免,宽恕。

刘注

[1]《魏志》曰:"淮字伯济,太原阳曲人。建安中,除平原府丞。黄初元年,奉使贺文帝践阼,而稽留不及。群臣欢会,帝正色责之曰:'昔禹会诸侯于涂山,防风氏后至,便行大戮。今溥天同庆,而卿最留迟,何也?'淮曰:'臣闻五帝先教,导民以德,夏后政衰,始用刑辟。今臣遭唐、虞之世,是以知免防风氏之诛。'帝说之,擢为雍州刺史,迁征西将军。淮在关中三十余年,功绩显著,迁仪同三司,赠大将军。"

[2]《魏略》曰:"凌字彦云,太原祁人。历司空、太尉、征东将军。密欲立楚王彪,司马宣王自讨之。凌自缚归罪,遥谓太傅曰:'卿直以折简召我,我当不至邪?'太傅曰:'以卿非肯逐折简者也。'遂使人送至西。凌自知罪重,试索棺钉以观太傅意,太傅给之。凌行至项城,夜呼掾属与决曰:'行年八十,身名俱灭。命邪!'遂自杀。"

[3]《世语》曰:"淮妻当从坐,侍御史往收。督将及羌、胡渠帅数千人叩头,请淮上表留妻,淮不从。妻上道,莫不流涕,人人扼腕,欲劫留之。淮五子叩头流血请淮,淮不忍视,乃命追之,于是数千骑往追还。淮以书白司马宣王曰:'五子哀母,不惜其身。若无其母,是无五子;五子若亡,亦无淮也。今辄追还,若于法未通,当受罪于主者。'书至,宣王乃表原之。"

原文

5.5 诸葛亮[1]之次渭滨,关中震动。[1]魏明帝深惧晋宣王战,乃遣辛毗[2]为军司(马)[3]。[2]宣王既与亮对渭而陈[4],亮设诱谲万方。宣王果大忿,将欲应之以重兵。亮遣间谍觇之,还曰:"有一老夫,毅然仗黄钺[5],当军门立,军不得出。"亮曰:"此必辛佐治也。"[3]

译文

诸葛亮屯兵渭水之滨,关中地区人心震动。魏明帝(曹叡)十分害怕晋宣王(司马懿)领兵出战,就派辛毗为军司。宣王已经和诸葛亮隔着渭水摆下阵势,亮千方百计诱骗他出战,宣王果然大怒,准备用雄厚的兵力应战。诸葛亮派间谍侦察动静,间谍回来说:"有一位老头,坚定地握住黄钺,面对军营门口站着,军队不能出来。"诸葛亮道:"这人一定是辛佐治(毗)。"

今注

1 诸葛亮(181—234):三国蜀汉政治家、军事家。字孔明,琅邪阳都(今山东沂南南)人。东汉末,隐居邓县隆中(在今湖北襄阳),留心世事,人称"卧龙"。建安十二年(207),刘备三顾草庐,他提出占据荆、益两州,安抚西南各族,联合孙权,对抗曹操,徐谋统一全国策略,即所谓"隆中对"。从此成为刘备主要谋士。后刘备联孙攻曹,取得"赤壁之战"的胜利,并占领荆、益,建立了蜀汉政权。章武元年(221),助刘备称帝,建蜀汉,任丞相。建兴元年(223),刘禅继位,被封为武乡侯,领益州牧,政事无论大小,都由他决定。当政期间,励精图治,赏罚严明,抑制豪强,任人唯贤。推行屯田,务农积谷,并改善和西南各族关系,有利于当地经济、文化发展。曾恢复吴蜀联盟,得以专一攻魏,五次出兵争夺中原。后与魏司马懿在渭南相拒,病死于五丈原军中,葬定军山(今陕西勉县西南),谥忠武侯。传曾革新连弩,能同时发射十箭,又制造"木牛流马",利于山地运输。著有《诸葛亮集》。

2 辛毗(pí):字佐治,颍川阳翟(今河南禹州)人。三国时期曹魏大臣。

3 军司:官名。参谋军事,即军师。徐震堮校笺:"'军司马'当作'军司'。盖晋人讳'师',改'军师'为'军司'。'马'字衍。"

4 陈:"阵"的古字。布阵。

5 黄钺(yuè):以黄金做装饰的斧。古代为帝王专用,或赐给专主征伐的重臣。

刘注

[1]《蜀志》曰:"亮字孔明,琅邪阳都人。客于荆州,躬耕陇亩,好为《梁甫吟》。长八尺,每自比管仲、乐毅,时人莫之许也。惟博陵崔州平、颍川徐元直谓为信然。先主屯新野,徐庶见先主曰:'诸葛孔明,卧龙也。将军岂愿见之乎?'先主曰:'君与俱来。'庶曰:'此人可就见,不可屈致也。'先主遂诣亮,谓关羽、张飞曰:'孤之有孔明,犹鱼之有水也。'累迁丞相、益州牧。率众北征,卒于渭南。"

[2]《魏志》曰:"毗字佐治,颍川阳翟人。累迁卫尉。"

[3]《晋阳秋》曰:"诸葛亮寇于郿,据渭水南原,诏使高祖拒之。亮善抚御,又戎政严明,且侨军远征,粮运艰涩,利在野战。朝廷每闻其出,欲以不战屈之,高祖亦以为然。而拥大军御侮于外,不宜远露怯弱之形以亏大势,故秣马坐甲,每见吞并之威。亮虽挑战,或遗高祖巾帼。巾帼,妇女之饰,欲以激怒,冀获曹咎之利。朝廷虑高祖不胜忿愤,而卫

尉辛毗骨鲠之臣，帝乃使毗仗节为高祖军司马。亮果复挑战，高祖乃奋怒，将出应之，毗仗节中门而立，高祖乃止。将士闻见者益加勇锐。识者以人臣虽拥众千万而屈于王人，大略深长，皆如此之类也。”

原文

5.6 夏侯玄[1]既被桎梏，[1]时钟毓为廷尉[2]。钟会先不与玄相知，因便狎之。玄曰：“虽复刑余之人，未敢闻命。”[2]考掠初无一言，临刑东市[3]，颜色[4]不异。[3]

5.7 夏侯泰初与广陵[5]陈本[6]善，本与玄在本母前宴饮，[4]本弟骞[7][5]行还，径入至堂户。泰初因起曰：“可得同，不可得而杂。”[6]

译文

夏侯玄被捕下狱，当时钟毓做廷尉。钟毓的弟弟钟会从前和夏侯玄没有往来，这时却趁机对夏侯玄表示亲近。夏侯玄说：“我虽是受过刑的人，也不会听你摆布。”虽然经受刑讯拷打，夏侯玄也始终不说一句话，将要在法场被斩首时，也面不改色。

夏侯泰初(玄)和广陵陈本友好。陈本和泰初在陈本的母亲面前宴饮，陈本的弟弟陈骞从外面回来，径直进入内室。泰初于是站起来说道：“我可以与志趣相投者共处一室，但不能与志趣不投者杂处一室。”

今注

1 夏侯玄(209—254)：字太初(又作“泰初”)，三国沛国谯县(今安徽亳州)人。曾任魏征西将军，都督雍、凉州诸军事。后中书令李丰等拟杀司马师，夺取司马氏权力，拥其辅政，事泄被杀。少有重名。与何晏、王弼等开玄学清谈之风，主张“自然”高于“名教”。有集已佚，今存文数篇。

2 廷尉：掌刑狱，九卿之一。

3 东市：因汉代在长安东市处决判死刑的人，后便以东市代指刑场。

4 颜色：脸色。

5 广陵：郡名。治所在淮阴。

6 陈本：字休元，临淮东阳（今安徽天长）人。历任郡守、廷尉，迁镇北将军。

7 本弟骞（qiān）：陈本之弟陈骞，字休渊，西晋开国功臣，官至大司马。

刘注

[1]《魏氏春秋》曰："玄字太初，谯国人，夏侯尚之子，大将军前妻兄也。风格高朗，弘辩博畅。正始中，护军曹爽诛，征为太常。内知不免，不交人事，不畜笔研。及太傅薨，许允谓玄曰：'子无复忧矣！'玄叹曰：'士宗，卿何不见事乎？此人尤能以通家年少遇我，子元、子上不吾容也。'后中书令李丰恶大将军执政，遂谋以玄代之。大将军闻其谋，诛丰，收玄送廷尉。"干宝《晋纪》曰："初，丰之谋也，使告玄，玄答曰：'宜详之尔！'不以闻也，故及于难。"

[2]《世语》曰："玄至廷尉，不肯下辞，廷尉钟毓自临履玄。玄正色曰：'吾当何辞？为令史责人邪？卿便为吾作。'毓以玄名士，节高不可屈，而狱当竟，夜为作辞，令与事相附，流涕以示玄。玄视之曰：'不当若是邪！'钟会年少于玄，玄不与交，是日于毓坐狎玄，玄正色曰：'钟君何得如是！'"《名士传》曰："初，玄以钟毓志趣不同，不与之交。玄被收时，毓为廷尉，执玄手曰：'太初何至于此？'玄正色曰：'虽复刑余之人，不可得交。'"按：郭颁，西晋人，时世相近，为《晋魏世语》，事多详核。孙盛之徒，皆采以著书，并云玄距钟会。而袁宏《名士传》最后出，不依前史，以为钟毓，可谓谬矣！

[3]《魏志》曰："玄格量弘济，临斩，颜色不异，举止自若。"

[4]《世语》曰："本字休元，临淮东阳人。"《魏志》曰："本，广陵东阳人。父矫，司徒。本历郡守、廷尉。所在操纲领，举大体，能使群下自尽，有率御之才，不亲小事，不读法律，而得廷尉之称。迁镇北将军。"

[5]《晋阳秋》曰:“骞字休渊,司徒第二子。无謇谔风,滑稽而多智谋。仕至大司马。”

[6]《名士传》曰:“玄以乡党贵齿,本不论德位,年长者必为拜。与陈本母前饮,骞来而出,其可得同,不可得而杂者也。”

原文

5.8 高贵乡公[1]薨,内外喧哗。[1] 司马文王问侍中陈泰[2]曰:[2]“何以静之?”泰云:“唯杀贾充以谢天下。”文王曰:“可复下此不?”对曰:“但见其上,未见其下。”[3]

5.9 和峤为武帝所亲重,语峤曰:“东宫[3]顷似更成进,卿试往看。”还,问何如。答云:“皇太子圣[4]质如初。”[4]

译文

高贵乡公(曹髦)被杀,朝廷内外议论纷纷。司马文王(昭)问侍中陈泰:“怎样才能够使大家平静下来?”陈泰回答道:“只有杀掉贾充来向全国谢罪。”文王说:“可以再考虑一个轻一点儿的办法吗?”陈泰回答道:“只知道比这更重的,不知道比这更轻的。”

和峤受晋武帝(司马炎)信赖和敬重,武帝对和峤说道:“太子近来好像有所长进,你试着去看看。”和峤回来后,武帝问他怎么样。和峤回答道:“太子的资质和以前一样。”

今注

1 高贵乡公:即曹髦(máo,241—260),字彦士,豫州沛国谯县(今安徽亳州)人,三国时期曹魏第四位皇帝(254—260年在位)。魏文帝曹丕之孙,东海定王曹霖之子,即位前封为“高贵乡公”。甘露五年(260)被司马昭部属所杀。

2 陈泰:字玄伯,颍川许昌(今河南许昌)人。魏司空陈群之子。官至侍中、左仆射。

3 东宫:太子居住的宫室,这里指太子司马衷。

4 圣:敬辞。

刘注

[1]《魏志》曰:"高贵乡公讳髦,字彦士,文帝孙,东海定王霖之子也。初封郯县高贵乡公。好学夙成。齐王废,群臣迎之,即皇帝位。"《汉晋春秋》曰:"自曹芳事后,魏人省彻宿卫,无复铠甲,诸门戎兵,老弱而已。曹髦见威权日去,不胜其忿。召侍中王沈、尚书王经、散骑常侍王业,谓曰:'司马昭之心,路人所知也。吾不能坐受废辱,今日当与卿自出讨之。'王经谏,不听,乃出怀中板令投地,曰:'行之决矣!正使死,何所恨!况不必死邪!'于是入白太后。沈、业奔走告昭,昭为之备。髦遂率僮仆数百,鼓噪而出。昭弟屯骑校尉伷入,遇髦于东止车门,左右诃之,伷众奔走。中护军贾充又逆髦,战于南阙下,髦自用剑,众欲退。太子舍人成济问充曰:'事急矣!当云何?'充曰:'公畜汝等,正为今日。今日之事,无所问也。'济即前刺髦,刃出于背。"《魏氏春秋》曰:"帝将诛大将军,诏有司复进位相国,加九锡。帝夜自将冗从仆射李昭、黄门从官焦伯等下陵云台,铠仗授兵,欲因际会,遣使自出致讨,会雨而却。明日,遂见王经等,出黄素诏于怀曰:'是可忍也,孰不可忍!今当决行此事。'帝遂拔剑升辇,率殿中宿卫仓头官僮,击战鼓,出云龙门。贾充自外而入,帝师溃散,帝犹称天子,手剑奋击,众莫敢逼。充率厉将士,骑督成倅、弟济以矛进,帝崩于师。时暴雨,雷电晦冥。"

[2]《魏志》曰:"泰字玄伯,司空群之子也。"

[3]干宝《晋纪》曰:"高贵乡公之杀,司马文王召朝臣谋其故。太常陈泰不至。使其舅荀顗召之,告以可不。泰曰:'世之论者,以泰方于舅;今舅不如泰也。'子弟内外咸共逼之,垂涕而入。文王待之曲室,谓曰:'玄伯,卿何以处我?'对曰:'可诛贾充以谢天下。'文王曰:'为吾更

思其次。'泰曰:'惟有进于此,不知其次。'文王乃止。"《汉晋春秋》曰:"曹髦之薨,司马昭闻之,自投于地曰:'天下谓我何?'于是召百官议其事。昭垂涕问陈泰曰:'何以居我?'泰曰:"公光辅数世,功盖天下,谓当并迹古人,垂美于后。一旦有杀君之事,不亦惜乎!速斩贾充,犹可以自明也。'昭曰:'公闾不可得杀也,卿更思余计。'泰厉声曰:'意惟有进于此耳,余无足委者也!'归而自杀。"《魏氏春秋》曰:"泰劝大将军诛贾充,大将军曰:'卿更思其他。'泰曰:'岂可使泰复发后言!'遂呕血死。"

[4]《晋诸公赞》曰:"峤字长舆,汝南西平人。父逌,太常,知名。峤少以雅量称,深为贾充所知,每向世祖称之。历尚书、太子少傅。"干宝《晋纪》曰:"皇太子有醇古之风,美于信受。侍中和峤数言于上曰:'季世多伪,而太子尚信,非四海之主。忧太子不了陛下家事,愿追思文、武之阼。'上既重长適,又怀齐王,朋党之论弗入也。后上谓峤曰:'太子近入朝,吾谓差进,卿可与荀侍中共往言。'及顗奉诏还,对上曰:'太子明识弘新,有如明诏。'问峤,峤对曰:'圣质如初。'上默然。"《晋阳秋》曰:"世祖疑惠帝不可承继大业,遣和峤、荀勖往观察之。既见,勖称叹曰:'太子德更进茂,不同于故。'峤曰:'皇太子圣质如初。此陛下家事,非臣所尽。'天下闻之,莫不称峤为忠,而欲灰灭勖也。"按:荀顗清雅,性不阿谀。校之二说,则孙盛为得也。

原文

5.10诸葛靓后入晋,除大司马,召不起。以与晋室有仇,常背洛水而坐。与武帝有旧,帝欲见之而无由,乃请诸

译文

诸葛靓后来到了晋朝首都洛阳,被任命为大司马,不肯应召到任。由于他和晋王室有杀父之仇,所以他常常背对洛水坐着(不面向洛阳)。他和晋武帝(司马炎)从前有交往,武帝想见他却找不到

葛妃[1]呼靓。既来，帝就太妃间相见。礼毕，酒酣，帝曰："卿故复忆竹马之好不？"靓曰："臣不能吞炭漆身[2]，今日复睹圣颜。"因涕泗百行。帝于是惭悔而出。[1]

理由，于是请求诸葛靓的姐姐琅邪王太妃去唤诸葛靓。诸葛靓来到后，武帝去太妃住所那里和他相见。行礼之后，当酒喝到畅快的时候，武帝说道："你还记得我们骑竹马之时的情谊吗？"诸葛靓回答道："臣不能吞炭漆身，今天又见到了圣颜。"于是泪流满面。当时武帝惭愧懊悔地离开了。

今注

1 诸葛妃：诸葛靓之姐，晋武帝司马炎叔母，故又称太妃。

2 吞炭漆身：事见《战国策·赵策一》《史记·刺客列传》。晋智伯为赵襄子所杀，其门客豫让为报智伯知遇之恩，漆身为癞，吞炭为哑，改变声音形貌，伺机行刺赵襄子。诸葛靓的父亲诸葛诞为晋武帝的父亲司马昭所杀。此处借用这个故事以喻忍辱含垢，为父报仇。

刘注

[1]《晋诸公赞》曰："吴亡，靓入洛，以父诞为太祖所杀，誓不见世祖。世祖叔母琅邪王妃，靓之姊也。帝后因靓在姊间，往就见焉，靓逃于厕中，于是以至孝发名。时嵇康亦被法，而康子绍死荡阴之役。谈者咸曰：'观绍、靓二人，然后知忠孝之道区以别矣。'"

原文

5.11 武帝语和峤曰："我欲先痛骂王武子，然后爵之。"峤曰："武子俊

译文

晋武帝（司马炎）对和峤说："我打算先痛骂王武子（济），然后再给他封爵。"和峤说："武子才华出众，性格豪

爽，恐不可屈。”帝遂召武子，苦责之，因曰：“知愧不？”[1]武子曰：“尺布斗粟之谣[1]，常为陛下耻之。[2]它人能令疏亲，臣不能使亲疏，以此愧陛下。”

爽，恐怕不能使他屈服。”武帝于是召见王武子，狠狠地责骂他，然后问道：“你知道羞愧吗？”武子回答道：“民间流传着尺布斗粟的歌谣，我经常为陛下感到羞愧。别人能令疏远的人亲近，臣却不能使亲近的人疏远，因此而有愧于陛下。”

今注

1 尺布斗粟之谣：比喻兄弟不和。事见《史记·淮南衡山列传》。汉文帝的弟弟淮南厉王刘长谋反事败，徙居蜀郡，途中不食而死。民间作歌道：“一尺布，尚可缝。一斗粟，尚可舂。兄弟二人，不能相容。”晋武帝也类似汉文帝，容不得同胞弟弟齐王攸。因此王济引用这首民谣来讽刺他。

刘注

[1]《晋诸公赞》曰：“齐王当出藩，而王济谏请无数，又累遣常山主与妇长广公主共入稽颡，陈乞留之。世祖甚恚，谓王戎曰：‘我兄弟至亲，今出齐王，自朕家计。而甄德、王济连遣妇入来，生哭人邪？济等尚尔，况余者乎？’济自此被责，左迁国子祭酒。”

[2]《汉书》曰：“淮南厉王长，高祖少子也。有罪，文帝徙之于蜀，不食而死。民作歌曰：‘一尺布，尚可缝；一斗粟、尚可舂。兄弟二人，不能相容。’”瓒注曰：“言一尺布帛，可缝而共衣；一斗米粟，可舂而共食。况以天下之广，而不相容也。”

原文

5.12 杜预[1]之荆州，顿

译文

杜预到荆州去，在洛阳城东七里

七里桥，朝士悉祖。[1]预少贱，好豪侠，不为物[2]所许。杨济[3]既名氏雄俊，不堪，不坐而去。须臾，和长舆来，问："杨右卫何在？"客曰："向来，不坐而去。"[2]长舆曰："必大夏门下盘马[4]。"往大夏门，果大阅骑。长舆抱内[5]车，共载归，坐如初。

桥停留。朝中人士都来饯行。杜预年轻时贫贱，为人豪迈好义，得不到世人的称许。杨济是名门杰出的人物，不能忍受这种情况，没有就座就走了。不一会儿，和长舆（峤）来了，问："杨右卫（济）在哪里？"有客人回答道："刚才没有坐就离开了。"长舆道："一定是到大夏门下骑马盘旋驰骋去了。"前往大夏门，果然看见杨济在那里骑马回旋。长舆把他拥入车中，同车回到七里桥，像刚来一样。

5.13 杜预拜镇南将军，朝士悉至，皆在连榻坐，[3]时亦有裴叔则。羊稚舒[6]后至，曰："杜元凯乃复连榻坐客！"不坐便去。[4]杜请裴追之。羊去数里住马。既而俱还杜许。

杜预被任命为镇南将军，朝中人士都来祝贺，尽皆连榻而坐。当时在座的也有裴叔则（楷）。羊稚舒（琇）后来才到，说道："杜元凯（预）竟然让宾客连榻而坐！"不落座就离开了。杜预请裴叔则去追他回来，羊稚舒走了几里路，才把马停住。不久两人一同回到杜预住所。

今注

1 杜预（222—284）：西晋将领、学者。字元凯。京兆杜陵（今陕西西安东南）人。任镇南大将军，都督荆州诸军事。以灭吴功封当阳县侯。多谋略，当时号称"杜武库"。博学多通，参加制定《晋律》。撰《春秋左氏经传集解》《春秋释例》《春秋长历》等。其中《集解》是流传至今的最早的一种《左传》注解，收入《十三经注疏》中。

2 物：众人，世人。

3 杨济：字文通，弘农华阴（今陕西华阴）人。曾任右卫将军、镇南将军、征北将军，迁太子太傅。

4 盘马：骑着马盘旋驰骋。

5 内：通“纳”。使进入。

6 羊穉舒：即羊琇，字穉舒，泰山南城（今山东平邑南）人。通济有才干，官至左将军。

刘注

[1] 王隐《晋书》曰：“预字元凯，京兆杜陵人，汉御史大夫延年十一世孙。祖畿，魏太保。父恕，幽州、荆州刺史。预智谋渊博，明于治乱，常称立德者非所企及，立功、立言，所庶几也。累迁河南尹，为镇南将军，都督荆州诸军事，镇襄阳。以平吴勋，封当阳侯。预无伎艺之能，身不跨马，射不穿札，而每有大事，辄在将帅之限。赠征南将军、仪同三司。”

[2]《八王故事》曰：“济字文通，弘农人，杨骏弟也。有才识，累迁太子太保。与骏同诛。”

[3]《语林》曰：“中朝方镇还，不与元凯共坐。预征吴还，独榻，不与宾客共也。”

[4]《晋诸公赞》曰：“羊琇字穉舒，泰山人。通济有才干，与世祖同年相善，谓世祖曰：‘后富贵时，见用作领、护军各十年。’世祖即位，累迁左将军、特进。”

原文

5.14 晋武帝时，荀勖[1]为中书监，[1]和峤为令[2]。故事[3]，监、令由来共车。峤性雅正，常疾

译文

晋武帝（司马炎）时，荀勖任中书监，和峤任中书令。按照旧例，监、令向来同车入朝。和峤素

勖谄谀。[2] 后公车来，峤便登，正向前坐，不复容勖。勖方更觅车，然后得去。监、令各给车，自此始。[3]

性贞正，常常讨厌荀勖的谄媚阿谀。等官车到来后，和峤便上车，只往前坐，不给荀勖留出位子。荀勖只好再找一辆车，然后才走。中书监、中书令分别派车从这时开始。

5.15 山公大儿著短帢4，车中倚。武帝欲见之，山公不敢辞，问儿，儿不肯行。时论乃云胜山公。[4]

山公（涛）的大儿子山该戴着简陋的便帽，在车里靠着。晋武帝（司马炎）想召见他，山公不敢推辞，去问儿子，儿子不肯去。当时的舆论便说他胜过山公。

今注

1 荀勖(xù)（？—289）：西晋律学家。字公曾，颍阴（今河南许昌）人。初仕魏。入晋后领秘书监，进光禄大夫，掌管乐事，官终尚书令。曾考定律吕，在其所制十二笛中，已实际运用管口校正法原理。

2 令：中书令。官名，掌中书省。

3 故事：旧时事例。

4 帢(qià)：古代士人戴的丝织的便帽。《傅子》有言"裁缣帛以为帢"。

刘注

[1] 虞预《晋书》曰："勖字公曾，颍川颍阴人，汉司空爽曾孙也。十余岁能属文，外祖钟繇曰：'此儿当及其曾祖。'为安阳令，民生为立祠，累迁侍中、中书监。"

[2] 王隐《晋书》曰："勖性佞媚，誉太子，出齐王。当时私议，损国害民，孙、刘之匹也。后世若有良史，当著《佞幸传》。"

[3] 曹嘉之《晋纪》曰："中书监、令常同车入朝。至和峤为令，而荀勖为监，峤意强抗，专车而坐。乃使监、令异车，自此始也。"

[4]《晋诸公赞》曰:"山该字伯伦,司徒涛长子也。雅有器识,仕至左卫将军。"

原文

5.16 向雄[1]为河内[2]主簿[3],有公事不及雄,而太守刘(淮)〔准〕[4]横怒,遂与杖遣之。雄后为黄门郎[5],刘为侍中[6],初不交言。武帝闻之,敕雄复君臣之好。雄不得已,诣刘,再拜曰:"向受诏而来,而君臣之义绝,何如?"于是即去。武帝闻尚不和,乃怒问雄曰:"我令卿复君臣之好,何以犹绝?"[1]雄曰:"古之君子,进人以礼,退人以礼。[7]今之君子,进人若将加诸膝,退人若将坠诸渊。臣于刘河内,不为戎首,亦已幸甚,安复为君臣之好?"武帝从之。[2]

译文

向雄在河内郡任主簿,有一件公事与他并无关涉,可是太守刘准暴怒,对他进行拷打并黜退了他。后来向雄做侍郎,刘准做侍中,两人从来不交谈。武帝(司马炎)听到了这件事,命令向雄恢复过去那种上下级关系。向雄不得已,到刘准那里,再拜行礼后说道:"刚才我是秉承皇帝的诏命来见你的,可是我们之间上下级的情义早已断绝,有什么办法呢?"说完就马上离去了。武帝听说两人还是没有和好,就怒冲冲地问向雄道:"我命令你去恢复往日上下级之间的和睦关系,为什么还要断绝交往?"向雄回答道:"古时候的君子,推荐人以礼作为依据,黜退人也按照礼法处理。现在的君子,推荐人时好像要把他抱在膝上,黜退人时就像要把他推入深渊。我对刘河内,不做首先挑衅的人,已经算万幸了,怎么还能够恢复旧日和睦的关系?"武帝只好随他去了。

今注

1 向雄:字茂伯,河内山阳(今河南焦作)人。初仕魏为郡主簿,晋太康初年为河南尹,赐爵关内侯。

2 河内:郡名。晋代治所在野王(今河南沁阳)。

3 主簿:官名。中央或地方之属官。

4 据程炎震说校改。刘准字君平,《晋书》无传。曾任河内太守,故下文称其为“刘河内”。

5 黄门郎:官名,即黄门侍郎。与侍中俱掌门下事,职责为侍从皇帝,传达诏命等。

6 侍中:官名。侍从皇帝左右,执掌傧赞礼仪、护驾陪乘、应对顾问等。

7 “古之君子”句:节引自《礼记·檀弓下》,原文为:“穆公问于子思曰:‘为旧君反服,古与?’子思曰:‘古之君子,进人以礼,退人以礼,故有旧君反服之礼也。今之君子,进人若将加诸膝,退人若将队诸渊,毋为戎首,不亦善乎?又何反服之礼之有?’”

刘注

[1]《汉晋春秋》曰:“雄字茂伯,河内人。”《世语》曰:“雄有节概,仕至黄门郎、护军将军。”按:王隐《孙盛不与故君相闻议》曰:“昔在晋初,河内温县领校向雄,送御牺牛,不先呈郡,辄随比送洛,值天大热,郡送牛多暍死。台法甚重,太守吴奋召雄与杖,雄不受杖,曰:‘郡牛者亦死也,呈牛者亦死也。’奋大怒,下雄狱,将大治之。会司隶辟雄都官从事,数年,为黄门侍郎。奋为侍中,同省,相避不相见。武帝闻之,给雄酒礼,使诣奋解。雄乃奉诏。”此则非刘准也。《晋诸公赞》曰:“准字君平,沛国杼秋人。少以清正称。累迁河内太守、侍中、尚书仆射、司徒。”

[2]《礼记》曰:“穆公问于子思曰:‘为旧君反服,古邪?’子思曰:‘古之君

子，进人以礼，退人以礼，故有旧君反服之礼。今之君子，进人若将加诸膝，退人若将坠诸渊。无为戎首，不亦善乎，又何反服之有？'" 郑玄曰："为兵主求攻伐，故曰戎首也。"

原文

5.17 齐王冏[1]为大司马[2]辅政。[1]嵇绍为侍中，诣冏咨事。冏设宰会，召葛旟[3]、[2]董艾[4]等[3]共论时宜[5]。旟等白冏："嵇侍中善于丝竹，公可令操之。"遂送乐器。绍推却不受。冏曰："今日共为欢，卿何却邪？"绍曰："公协辅皇室，令作事可法。绍虽官卑，职备常伯。操丝比竹，盖乐官之事，不可以先王法服为伶人之业。今逼高命，不敢苟辞，当释冠冕，袭私服。此绍之心也。"旟等不自得而退。

译文

齐王冏（司马冏）任大司马辅理朝政。嵇绍任侍中，到司马冏府中请示公务。司马冏设置了一个官属的集会，召唤葛旟、董艾等人共同讨论时政。葛旟等人告诉司马冏："嵇侍中（绍）擅长管弦乐器，您可以令他弹奏。"于是送上乐器。嵇绍推却不肯接受。司马冏说："今天大家一起玩乐，你为什么推辞呢？"嵇绍说："你辅佐皇室，做事应该能够为人表率。我的官职虽然卑微，也忝居常伯职位。吹弹演奏，本来是乐官的事。我不能够身穿先王规定的朝服而做乐工的工作。今天迫于尊者之命，不敢轻易推辞，应当让我脱下朝廷衣冠，穿上便服。这就是我的心愿。"葛旟等人自觉没趣，便退了出去。

今注

1 齐王冏：即司马冏，字景治，河内温县（今河南温县）人，晋文帝司马昭之孙，晋朝宗室，八王之乱中的其中一王。

2 大司马：官名。晋设大司马，与大将军、丞相共掌朝政。

3 葛旟：字虚旟，齐王从事中郎。齐王起义，转长史，兵败见诛。

4 董艾：字叔智，弘农(今河南灵宝)人。少好功名，不修士检。齐王起义，艾为新汲令，赴军，任右将军，兵败见诛。

5 时宜：时政。

刘注

[1] 虞预《晋书》曰："冏字景治，齐王攸子也。少聪惠，及长，谦约好施。赵王伦篡位，冏起义兵诛伦，拜大司马，加九锡，政皆决之。而恣用群小，不复朝觐，遂为长沙王所诛。"

[2]《齐王官属名》曰："旟字虚旟，齐王从事中郎。"《晋阳秋》曰："齐王起义，转长史。既克赵王伦，与董艾等专执威权。冏败，见诛。"

[3]《八王故事》曰："艾字叔智，弘农人。祖遇，魏侍中。父绥，秘书监。艾少好功名，不修士检。齐王起义，艾为新汲令，赴军，用艾领右将军。王败，见诛。"

原文

5.18 卢志 1 于众坐 [1] 问陆士衡："陆逊 2、陆抗是君何物？" [2] 答曰："如卿于卢毓 3、卢珽 4。" [3] 士龙失色 5。[4] 既出户，谓兄曰："何至如此？彼容不相知也。"士衡正色曰："我父祖名播海内，宁有不知？鬼子敢尔！" [5] 议者疑二陆优劣，谢公以此定之。

译文

卢志当着在座众人的面问陆士衡(机)："陆逊、陆抗是你的什么人？"陆机回答道："就像你和卢毓、卢珽一样。"陆士龙(云)在旁听到，脸色都变了。出门后，对哥哥说道："哪至于要这样说呢？也许他真的不知道。"士衡严肃地说："我父亲、祖父的名讳传播海内，岂有不知道的？鬼子竟敢如此无礼！"舆论界一向定不出二陆的优劣，谢公(安)就拿这件事来判定他们。

今注

1 卢志:字子道,范阳涿县(今河北涿州)人。成都王司马颖的心腹谋士。官至尚书郎。

2 陆逊(183—245):三国吴名将。本名议,字伯言,吴郡吴县华亭(今上海市松江区)人。孙策之婿,陆抗之父,陆机之祖父。世为江东大族。善谋略,曾与吕蒙定袭破关羽、夺取荆州之计。蜀汉章武元年(221),刘备大军攻吴,他任大都督,坚守不战。次年,待蜀军疲惫,利用顺风纵火,取得夷陵之战胜利。吴黄武七年(228),又破魏将曹休于石亭(今安徽潜山东北)。后任荆州牧,久镇武昌(今湖北鄂州),官至丞相。累请宽刑罚,惜民力,轻租赋。身后家无余财。

3 卢毓:字子家,范阳涿县(今河北涿州)人。三国时曹魏政治家,先后侍奉了从曹操到曹髦五位君主。官至司空,晋爵容城侯。

4 卢珽(tǐng):字子笏,曹魏司空卢毓之子。初仕曹魏,任泰山太守。西晋建立,入为卫尉卿,官至尚书。

5 士龙失色:魏晋六朝非常重视避讳。卢志当众直指陆氏兄弟父祖名讳,是无礼行为,因此陆机当面还击,陆云也因而失色。

刘注

[1]《世语》曰:"志字子通,范阳人,尚书珽少子。少知名。起家郏令,历成都王长史、卫尉卿、尚书郎。"

[2] 抗,已见。《吴书》曰:"逊字伯言,吴郡人,世为冠族。初领海昌令,号神君,累迁丞相。"

[3]《魏志》曰:"毓字子家,涿人。父植,有名于世。累迁吏部郎、尚书。选举,先性行而后言才,进司空。珽,咸熙中为泰山太守,字子笏,位至尚书。"

[4] 云,别见。

[5]《孔氏志怪》曰:“卢充者,范阳人。家西三十里有崔少府墓。充先冬至一日,出家西猎,见一獐,举弓而射,即中之。獐倒而复起,充逐之,不觉远。忽见一里门如府舍,门中一铃下有唱(家)〔客〕前。充问:‘此何府也?’答曰:‘少府府也。’充曰:‘我衣恶,那得见贵人?’即有人提襆新衣迎之。充著,尽可体,便进见少府,展姓名。酒炙数行,崔曰:‘近得尊府君书,为君索小女婚,故相延耳。’即举书示充。充,父亡时虽小,然已见父手迹,便唏嘘无辞。崔即敕内,令女郎庄严,使充就东廊。充至,妇已下车,立席头,共拜。为三日毕,还见崔。崔曰:‘君可归矣!女有娠相,生男当以相还,生女当留自养。’敕外严车送客。崔送至门,执手零涕,离别之感,无异生人。复致衣一袭,被褥一副。充便上车,去如电逝,须臾至家。家人相见,悲喜推问,知崔是亡人,而入其墓,追以懊惋。居四年,三月三日临水戏,忽见一犊车,乍浮乍没。既上岸,充往开车后户,见崔氏女与三岁男儿共载。充见之忻然,欲捉其手。女举手指后车曰:‘府君见人。’即见少府,充往问讯。女抱儿还充,又与金碗,别,并赠诗曰:‘煌煌灵芝质,光丽何猗猗!华艳当时显,嘉异表神奇。含英未及秀,中夏罹霜萎。荣曜长幽灭,世路永无施。不悟阴阳运,哲人忽来仪。会浅离别速,皆由灵与祇。何以赠余亲?金碗可颐儿。爱恩从此别,断绝伤肝脾!’充取儿、碗及诗,忽不见二车处。将儿还,四坐谓是鬼魅,佥遥唾之,形如故。问儿:‘谁是汝父?’儿径就充怀。众初怪恶,传省其诗,慨然叹死生之玄通也。充诣市卖碗,高举其价,不欲速售,冀有识者。欻有一老婢问充得碗之由,还报其大家,即女姨也。遣视之,果是。谓充曰:‘我姨姊,崔少府女,未嫁而亡,家亲痛之,赠一金碗著棺中。今视卿碗甚似,得碗本末可得闻不?’充以事对。即诣充家迎儿。儿有崔氏状,又似充貌。姨曰:‘我舅甥三月末间产。父曰:“春暖温也,愿休强也。”即字温休。温休盖幽婚也。其兆先彰矣!’儿遂成为令器,历数郡二千石,皆著绩。其后生植,为汉尚书。植子毓,为魏司空。冠盖相承至今也。”

原文

5.19 羊忱[1]性甚贞烈。赵王伦为相国,忱为太傅长史,乃版[2]以参相国军事。使者卒至,忱深惧豫祸[3],不暇被马[4],于是帖骑[5]而避。使者追之。忱善射,矢左右发,使者不敢进,遂得免。[1]

5.20 王太尉不与庾子嵩交,[2]庾卿之不置[6]。王曰:"君不得为尔。"庾曰:"卿自君我,我自卿卿。我自用我法,卿自用卿法。"

译文

羊忱秉性非常坚贞刚烈。赵王伦(司马伦)自任宰相,当时羊忱正做太傅长史,伦便授予他参相国军事的官职。使者突然来到,羊忱生怕卷入祸事,来不及给马备鞍,于是骑着光背的马就逃跑。使者去追他。羊忱擅长射箭,箭从左右两方射出,使者不敢向前,这才得以逃脱。

王太尉(衍)不和庾子嵩(敳)交好,庾子嵩却没完没了地称他为卿。王太尉道:"你不能用这样的称呼。"庾子嵩道:"卿自用君称呼我,我自用卿称呼卿。我自用我的叫法,卿自用卿的叫法。"

今注

1 羊忱(?—311):字长和,晋泰山南城(今山东平邑南)人。工于书法,名称于一时。

2 版:授予官位。

3 豫祸:卷入祸事中,受祸事牵连。豫,通"与",牵涉,参与。

4 被马:给马加上马鞍。

5 帖骑:骑没有安放鞍鞯(ān jiān)的马。

6 不置:没完没了,不停止。

刘注

[1]《文字志》曰:"忱字长和,一名陶,泰山平阳人。世为冠族。父繇,车

骑掾。忱历太傅长史、扬州刺史，迁侍中。永嘉五年，遭乱被害，年五十余。”

[2] 王夷甫、庾敳。

原文

5.21 阮宣子伐社[1]树，[1] 有人止之。宣子曰：“社而为树，伐树则社亡；树而为社，伐树则社移矣。”

5.22 阮宣子论鬼神有无者。或以人死有鬼，宣子独以为无，曰：“今见鬼者，云著生时衣服。若人死有鬼，衣服复有鬼邪？”[2]

译文

阮宣子（脩）砍伐土地神庙的树，有人劝阻他。阮宣子说：“如果为了树而立社，那么砍去了树，社就不存在了；如果种树是为了立社，那么砍掉了树，社也就搬家了。”

阮宣子（脩）谈论有没有鬼神的问题。有人认为人死后有鬼，唯独阮宣子以为没有，说：“现在看过鬼的人都说鬼穿着生前的衣服。如果人死有鬼的话，那么衣服也有鬼吗？”

今注

1 社：古代把土地神和祭祀土地神的地方都叫作社。

刘注

[1] 阮脩，已见。《春秋传》曰：“共工氏有子曰句龙，为后土，后土为社。”《风俗通》曰：“《孝经》称社者土也，广博不可备敬，故封土以为社而祀之，报功也。”然则社自祀句龙，非土之祭也。

[2]《论衡》曰：“世谓人死为鬼，非也。人死不为鬼，无知，不能害人。如审鬼者死人精神，人见之宜从裸袒之形，无为见衣带被服也。何则？衣无精神也。由此言之，见衣服象人，则形体亦象人。象人，知非死

人之精神也。凡天地之间有鬼，非人死之精神也。”

原文

5.23 元皇帝既登阼，以郑后[1]之宠，欲舍明帝[2]而立简文。时议者咸谓舍长立少，既于理非伦，且明帝以聪亮英断，益宜为储副。周、王诸公并苦争恳切，[1]唯刁玄亮独欲奉少主以阿帝旨。元帝便欲施行，虑诸公不奉诏，于是先唤周侯、丞相入，然后欲出诏付刁。[2]周、王既入，始至阶头，帝逆遣传诏遏，使就东厢。周侯未悟，即却略[3]下阶。丞相披拨传诏，径至御床前，曰：“不审陛下何以见臣。”帝默然无言，乃探怀中黄纸诏裂掷之。由此皇储始定。周侯方慨然愧叹曰：“我常自言胜茂弘，今始知不如也！”[3]

译文

晋元帝(司马睿)登上帝位后，因为郑后得宠，打算废去明帝(司马绍)而改立简文帝(司马昱)为太子。当时朝中舆论都认为废长立幼不但在道理上不合伦常，而且司马绍聪明亮察，英勇果断，更适合立为太子。周顗、王导等大臣都苦苦争辩，情意真切，只有刁玄亮一人想拥戴少主来迎合元帝的旨意。元帝准备按这个办法去做，但又顾虑大臣们不遵从命令，于是先唤周顗、王导入朝，然后就想把诏书交给刁玄亮去发布。周顗、王导入朝后，刚登上台阶，元帝已经预先派遣传达诏命的官员拦住他们，要他们先到东厢房去。周顗不明白是怎么回事，就后退几步下了台阶。王导推开传达诏令的官员，一直走到御座前，说道：“不知道陛下为什么要召见臣。”元帝默默无言，就从怀中摸出黄纸诏书撕毁扔掉。从此皇太子才确定下来。周顗这才非常惭愧，赞叹道：“我常常自认为可以胜过茂弘(王导)，今天才知道赶不上他！”

今注

1 郑后(？—326)：即郑阿春，元帝妃子，安丰太守郑恺长女，简文帝生母。太元十九年(394)，追赠为太后，葬于嘉平陵。

2 明帝：晋明帝司马绍，元帝长子。公元323—325年在位。

3 却略：后退。

刘注

[1]《中兴书》曰："郑太后字阿春，荥阳人。少孤，先嫁田氏，夫亡，依舅吴氏。时中宗敬后虞氏先崩，将纳吴氏，后与吴氏女游后园，有言之于中宗者，纳为夫人，甚宠，生简文。帝即位，尊之曰文宣太后。"

[2] 刁协。

[3]《中兴书》曰："元皇以明帝及琅邪王裒并非敬后所生，而谓裒有大成之度，胜于明帝。因从容问王导曰：'立子以德不以年，今二子孰贤？'导曰：'世子、宣城俱有爽明之德，莫能优劣。如此，故当以年。'于是更封裒为琅邪王。"而此与《世说》互异。然法盛采摭典故，以何为实？且从容讽谏，理或可安，岂有登阶一言，曾无奇说，便为之改计乎？

原文

5.24 王丞相初在江左1，欲结援吴人，请婚陆太尉。对曰："培塿无松柏，薰莸不同器2。[1]玩虽不才，义不为乱伦之始。"[2]

5.25 诸葛恢3大女适太尉庾亮儿4，[3]次女适徐州刺史羊忱儿5。[4]亮子

译文

王丞相(导)刚到江左，想结交攀附吴中人士，请求和陆太尉(玩)结成姻亲。陆玩回答说："小土丘上长不了青松翠柏，香草和臭草不能放在一个容器中。我虽然没有才能，但是在道义上不能做违反伦理道德的带头人。"

诸葛恢的大女儿嫁给太尉庾亮的儿子，二女儿嫁给徐州刺史羊忱的儿

被苏峻[6]害，改适江虨[7]。[5]恢儿[8]娶邓攸女。[6]于时谢尚书[9]求其小女婚，恢乃云："羊、邓是世婚，江家我顾伊，庾家伊顾我，不能复与谢裒儿[10]婚。"[7]及恢亡，遂婚。[8]于是王右军往谢家看新妇[11]，犹有恢之遗法，威仪端详，容服光整。王叹曰："我在遣女，裁得尔耳！"

子。庾亮的儿子被苏峻杀害后，大女儿改嫁江虨。诸葛恢的儿子娶的是邓攸的女儿。当时，谢尚书（裒）要求诸葛恢的小女儿做儿媳，诸葛恢说道："羊、邓两家和我们世代通婚，我照顾江家，庾家则照顾我，我不能够再和谢裒的儿子结亲。"等到诸葛恢死后，两家才结亲。这时王右军（羲之）到谢家去看新娘，看见新娘身上还保留着诸葛恢的风范，举止庄重安详，容貌服饰光彩整洁。王右军赞叹道："我嫁女儿，也才仅仅这样啊！"

今注

1 江左：长江下游以东地区，指东晋辖区。

2 培塿（pǒu lǒu）：小土丘。　薰莸（yóu）：香草和臭草。

3 诸葛恢：字道明，琅邪阳都（今山东沂南）人。少有令誉，称为明贤。避难江左，中宗召补主簿，累迁尚书令。

4 庾亮儿：指庾会，太尉庾亮长子，娶诸葛恢女。

5 羊忱儿：指羊楷，羊忱之子，娶诸葛恢次女。官至尚书郎。

6 苏峻（？—328）：东晋长广挺县（今山东莱阳南）人，字子高。出身孤寒。西晋末，与流人数千家结垒自守。后率众南渡，元帝任为临淮太守。以平王敦功，进冠军将军、历阳内史，有锐卒万人，遂骄肆有异志。庾亮执政，谋解除其兵权，征入朝为大司农。东晋咸和二年（327），与祖约起兵反，次年，攻入建康（今江苏南京），挟持成帝，纵兵大掠。旋温峤、陶侃等起兵讨之，兵败被杀。

7 江虨（bīn）：字思玄，西晋陈留（今河南开封）人。博学知名，兼善弈，累官国子祭酒。其妻诸葛文彪是诸葛恢的长女,她的前夫庾会被苏峻杀害后,她改嫁江虨。

8 恢儿:指诸葛衡,诸葛恢子,字峻文。仕至荥阳太守,娶河南邓攸女。

9 谢尚书:指谢裒(póu),字幼儒,陈郡阳夏(今河南太康)人,出身于陈郡谢氏,东晋元帝的吏部尚书,谢安之父。

10 谢裒儿:指谢石(327—389),东晋陈郡阳夏(今河南太康)人,字石奴。谢安之弟。太元八年(383)任都督,统兵御前秦。其侄谢玄与刘牢之率北府兵力战,取得淝水之战大胜。进尚书令。时学校废弛,上疏请兴复国学,普修乡校,为孝武帝采纳。以聚敛无厌,为时人所讥。

11 看新妇:古代风俗。《南史·徐摛传》:"晋宋以来,初昏三日,妇见舅姑,众宾皆列观。"

刘注

[1] 杜预《左传注》曰:"培塿,小阜;松柏,大木也。薰,香草;莸,臭草。"

[2] 玩,已见。

[3]《恢别传》曰:"恢字道明,琅邪阳都人。祖诞,司空。父靓,亦知名。恢少有令问,称为明贤。避难江左,中宗召补主簿,累迁尚书令。"《庾氏谱》曰:"庾亮子会,娶恢女,名文彪。"庾会别见。

[4]《羊氏谱》曰:"羊楷字道茂。祖繇,车骑掾。父忱,侍中。楷仕至尚书郎。娶诸葛恢次女。"

[5] 虨,别见。

[6]《诸葛氏谱》曰:"恢子衡,字峻文。仕至荥阳太守。娶河南邓攸女。"

[7]《永嘉流人名》曰:"裒字幼儒,陈郡人。父衡,博士。裒历侍中、吏部尚书、吴国内史。"

[8]《谢氏谱》曰:"裒子石,娶恢小女,名文熊。"《中兴书》曰:"石字石奴,历尚书令。聚敛无厌,取讥当世。"

原文

5.26 周叔治作晋陵太守[1],周侯、仲智[2]往别。叔治以将别,涕泗不止。仲智恚[3]之曰:“斯人乃妇女,与人别,唯啼泣。”便舍去。[1] 周侯独留,与饮酒言话。临别流涕,抚其背曰:“奴[4]好自爱。”[2]

5.27 周伯仁为吏部尚书,在省内[5]夜疾危急。时刁玄亮为尚书令[6],营救备亲好之至,良久小损[7]。[3] 明旦,报仲智,仲智狼狈来。始入户,刁下床对之大泣,说伯仁昨危急之状。仲智手批之,刁为辟易[8]于户侧。既前,都不问病,直云:“君在中朝[9],与和长舆齐名,那与佞人刁协有情!”径便出。

译文

周叔治(谟)任晋陵太守,周侯(𫖮)和仲智(周嵩)前去告别。叔治因为就要和两个哥哥离别,哭泣不止。仲智对他非常恼怒,说道:“这个人如女人一般,和别人告别,只是伤心哭泣。”便丢开他走了。周侯独自留下来和他饮酒聊天,临别时流着眼泪,拍着他的背说:“阿奴好自珍重。”

周伯仁(𫖮)任吏部尚书,晚上在官署内得了病,非常危急。当时刁玄亮(协)任尚书令,多方营救,表现得十分亲密友好,过了许久,周伯仁的病情稍稍减轻。第二天早晨,通知了仲智(周嵩),仲智惊慌地赶来。刚进门,刁玄亮就下座对他大哭,述说周伯仁昨晚病情危急的状况。仲智伸手就给了他一巴掌,刁玄亮被打得退避到门边。仲智走到周伯仁面前,完全不问病况,直截了当地说:“你在中朝与和长舆(峤)齐名,怎么同谄佞小人刁协有交情!”说完便径直走了。

今注

1 周叔治:指周谟,字叔治,汝南安成(今河南汝南)人,周浚之子,周𫖮、周嵩之弟,历仕元帝、明帝、成帝三朝。至明帝时为后军将军。成帝时为少府、丹杨尹、侍中、中护军，封西平侯。卒赠金紫光禄大夫，谥曰贞。　晋陵：郡名。辖区犹今镇江、常州、无锡及周边地区。

2 仲智：即周嵩，字仲智，周顗之弟。为人狷(juàn)直果侠，每以才气凌物，累迁御史中丞。

3 恚(huì)：恼怒。

4 奴：周谟小字。或以为是兄长对弟弟的昵称。

5 省内：官署内。省，指尚书省。

6 尚书令：尚书省长官。魏晋后为诸尚书之长。

7 小损：疾病稍愈。

8 辟(bì)易：退避，避开。

9 中朝：指西晋。

刘注

[1] 邓粲《晋纪》曰："周谟字叔治，顗次弟也。仕至中护军。嵩字仲智，谟兄也。性狡直果侠，每以才气陵物。顗被害，王敦使人吊焉。嵩曰：'亡兄，天下有义人，为天下无义人所杀，复何所吊？'敦甚衔之。犹取为从事中郎，因事诛嵩。"《晋阳秋》曰："嵩事佛，临刑犹诵经。"

[2] 阿奴，谟小字。

[3] 虞预《晋书》曰："刁协字玄亮，勃海饶安人。少好学，虽不研精，而多所博涉。中兴制度，皆禀于协。累迁尚书令，中宗信重之。为王敦所忌，举兵讨之。奔至江南，败死。"

原文

5.28 王含作庐江郡[1]，贪浊狼籍。王敦护其兄，故于众坐称："家兄在郡

译文

王含任庐江郡守，贪赃枉法，名声极坏。王敦袒护他的哥哥，故意向在座的众人称赞道："我哥哥在庐江郡的确

定佳，庐江人士咸称之。”时何充为敦主簿，在坐，正色曰：“充即庐江人，所闻异于此。”敦默然。旁人为之反侧，充晏然，神意自若。[1]

很不错，庐江的知名人士都称赞他。”当时何充做王敦的主簿，也在座中，严肃地说道：“我就是庐江人，所听到的和你说的完全不同。”王敦顿口无言，别人都为他坐立不安，何充却非常安然，神情和平常一样。

5.29 顾孟著[2]尝以酒劝周伯仁，伯仁不受，顾因移劝柱，而语柱曰：“讵可便作栋梁自遇？”周得之欣然，遂为衿契[3]。[2]

顾孟著(显)曾经用酒向周伯仁(𫖮)劝饮，伯仁不接受。顾孟著便转向柱子劝饮，并对柱子说：“岂能自认为是栋梁？”周伯仁听了这话非常高兴，两人便成了情投意合的朋友。

今注

1 庐江郡：晋代郡名。治所在舒县(今安徽庐江西南)。

2 顾孟著：即顾显，字孟著，吴郡(今江苏苏州)人，骠骑顾荣的哥哥的儿子。少有重名。

3 衿(jīn)契：志趣相投的朋友，知己。

刘注

[1]《中兴书》曰：“王敦以震主之威，收罗贤俊，辟充为主簿。充知敦有异志，逡巡疏外。及敦称含有惠政，一坐畏敦，击节而已，充独抗之。其时，众人为之失色。由是忤敦，出为东海王文学。”

[2] 徐广《晋纪》曰：“顾显字孟著，吴郡人，骠骑荣兄子。少有重名，泰兴中为骑郎。蚤卒，时为悼惜之。”

原文

5.30 明帝在西堂会诸公饮酒，未大醉。帝问："今名臣共集，何如尧、舜时？"周伯仁为仆射[1]，因厉声曰："今虽同人主，复那得等于圣治！"帝大怒，还内，作手诏满一黄纸，遂付廷尉[2]令收，因[3]欲杀之。[1]后数日，诏出周，群臣往省之。周曰："近知当不死，罪不足至此。"

5.31 王大将军当下，时咸谓无缘尔。伯仁曰："今主非尧、舜，何能无过？且人臣安得称兵以向朝廷？处仲狼抗刚愎，王平子何在？"[2]

译文

晋明帝（司马绍）在西堂召集众大臣饮宴，并没有大醉。明帝问道："今天同名臣们一起聚会，与尧、舜相比，怎么样？"周伯仁（𫖮）那时任仆射，便声音异常严厉地回答道："当今圣上虽然和尧、舜一样同为万民之主，可是又怎能等同于那个时候的太平盛世！"明帝大怒，回到内宫，亲手写了满满一张黄纸的诏书，就交给廷尉，命令收捕周伯仁，想趁此杀掉他。过了几天又下诏放出周伯仁。众大臣去看望他，周伯仁说："我早就知道自己不会死，因为我的罪行还不至于到这地步。"

王大将军（敦）将要领兵东下，当时的人都说他没有什么理由这样做。周伯仁（𫖮）说："当今皇上不是尧舜，怎能没有过失？况且臣下怎么可以举兵攻打朝廷？王处仲（敦）狂妄自大，倔强固执，被他杀掉的王平子（澄）如今又在哪里呢？"

今注

1 仆射：尚书省主事官员。

2 廷尉：掌刑狱的官员。

3 因：趁机。

刘注

[1] 按明帝未即位,颛已为王敦所杀。此说非也。

[2]《颛别传》曰:"王敦讨刘隗,时温太真为东宫庶子,在承华门外,与颛相见,曰:'大将军此举有在,义无有滥。'颛曰:'君年少,希更事。未有人臣若此而不作乱,共相推戴数年而为此者乎!处仲狼抗而强忌,平子何在?'"《晋阳秋》曰:"王澄为荆州,群贼并起,乃奔豫章。而恃其宿名,犹陵侮敦。敦使勇士路戎等搤而杀之。"《裴子》曰:"平子从荆州下,大将军因欲杀之。而平子左右有二十人,甚健,皆持铁楯、马鞭,平子恒持玉枕。大将军乃犒荆州文武,二十人积饮食,皆不能动。乃借平子玉枕,便持下床。平子手引大将军带绝,与力士斗甚苦,乃得上屋上,久许而死。"

原文

5.32 王敦既下,住船石头,欲有废明帝意。宾客盈坐,敦知帝聪明,欲以不孝废之。每言帝不孝之状,而皆云:"温太真所说。温尝为东宫率[1],后为吾司马,甚悉之。"须臾,温来,敦便奋其威容,问温曰:"皇太子作人何似?"温曰:"小人无以测君子。"敦声色并厉,欲以威力使从己,乃重问温:"太子何以称佳?"

译文

王敦从武昌举兵东下后,把船停驻在石头城,有废黜晋明帝司马绍的意图。一天宾客满座,王敦心知明帝聪颖明慧,想用不孝的罪名来废掉他。每次谈到明帝不孝的情况,他都会说:"这是温太真(峤)说的。温太真曾经做过东宫率,后来又做了我的司马,非常熟悉太子的情况。"一会儿,温峤来到,王敦便显出威严的神色问温峤道:"皇太子为人怎么样?"温峤回答道:"小人无法衡量君子。"王敦声色俱厉,想凭借威势使他顺从自己,再次问温峤:"太子有什么值得称扬的?"温峤回答道:"是否有广博精温曰:“钩深致远[2],盖非浅识所测。然以礼侍亲,可称为孝。”[1]

深的学识,大概不是我这种认识短浅的人所能测度的。然而以礼法侍奉双亲,可以称为孝。”

今注

1 东宫率:皇太子属官,主门卫。

2 钩深致远:能钩取深处和招致远处之物。比喻学识广博精深。

刘注

[1] 刘谦之《晋纪》曰:“敦欲废明帝,言于众曰:‘太子子道有亏,温司马昔在东宫悉其事。’峤既正言,敦忿而愧焉。”

原文

5.33 王大将军既反,至石头,周伯仁往见之。谓周曰:“卿何以相负?”对曰:“公戎车犯正,下官忝率六军,而王师不振,以此负公。”[1]

5.34 苏峻既至石头[1],百僚奔散,[2] 唯侍中钟雅独在帝侧。或谓钟曰:“见可而进,知难而退,[2] 古之道也。君性亮直,必不容于寇仇。何不用随时之宜,而坐待其弊[3]邪?”钟曰:

译文

王大将军(敦)谋反后,到了石头城,周伯仁(𫖮)去看他。大将军对周伯仁说道:“你为什么辜负我?”周伯仁回答道:“你的军队冒犯君王,下官惭愧地统率着六军应战,可是王师不能奋起杀敌,因此才辜负了你。”

苏峻率领叛军到石头城后,朝中百官奔窜逃散,只有侍中钟雅独自留在晋成帝(司马衍)身边。有人对钟雅说:“看到可能就前进,知道困难就后退。这是自古以来的常理。你的本性刚烈正直,一定不会被敌人宽容。为什么不随机应变,却要坐以待毙呢?”钟雅道:“国家

“国乱不能匡，君危不能济，而各逊遁以求免，吾惧董狐[4]将执简而进矣！”	有战乱不能够匡正，君王有危难不能够拯救，却各自逃窜以求免祸，我害怕董狐要拿着简策进朝来啦！”

今注

1 苏峻既至石头：公元 327 年，苏峻举兵反，次年攻入都城建康，迁成帝司马衍于石头城。后温峤、陶侃等率军讨之，峻兵败被杀。

2“见可而进”句：引自《左传・宣公十二年》。

3 弊：通“毙”。死亡。

4 董狐：亦称“史狐”。春秋时晋国史官。周人辛有后裔，世袭“太史”职。晋灵公十四年(前 607)，晋卿赵盾为避灵公杀害而出走，未出境，其族人赵穿杀灵公。他认为赵盾应负其责，故在史册上写道：“赵盾弑其君。”被孔子誉为“古之良史”。

刘注

[1]《晋阳秋》曰：“王敦既下，六军败绩。颛长史郝嘏及左右文武劝颛避难，颛曰：‘吾备位大臣，朝廷倾挠，岂可草间求活，投身胡虏邪？’乃与朝士诣敦，敦曰：‘近日战有余力不？’对曰：‘恨力不足，岂有余邪？’”

[2] 王隐《晋书》曰：“峻字子高，长广掖人。少有才学，仕郡主簿，举孝廉。值中原乱，招合流旧三千余家，结垒本县，宣示王化，收葬枯骨，远近感其恩义，咸共宗焉。讨王敦有功，封公，迁历阳太守。峻外营将表曰：‘鼓自鸣。’峻自斫鼓曰：‘我乡里时，有此则空城。’有顷，诏书征峻。峻曰：‘台下云我反，反岂得活邪？我宁山头望廷尉，不能廷尉望山头。’乃作乱。”《晋阳秋》曰：“峻率众二万，济自横江，至于蒋山，王师败绩。”

原文

5.35 庾公临去[1],顾语钟后事,深以相委。钟曰:“栋折榱崩[2],谁之责邪?”庾曰:“今日之事,不容复言,卿当期克复之效耳!”钟曰:“想足下不愧荀林父[3]耳!”[1]

5.36 苏峻时,孔群[4]在横塘[5]为匡术[6]所逼。王丞相保存术,[2]因众坐戏语,令术劝群酒,以释横塘之憾。群答曰:“德非孔子,厄同匡人。[7][3]虽阳和布气,鹰化为鸠[8],至于识者,犹憎其眼。”[4]

译文

庾公(亮)将要出逃时,回头向钟雅交代走后的事情,殷切地把朝廷重任委托给他。钟雅说:“栋梁摧折,椽子倒塌,这是谁的责任?”庾亮道:“今天的事不容许再说了,你将会看到打败叛军、收复京都的胜利的!”钟雅道:“想来你不会有愧于荀林父吧!”

苏峻叛乱时,孔群在横塘时受到匡术的威逼。平叛以后,王丞相(导)保全了匡术,趁着大家一起谈笑,让匡术向孔群敬酒来化解横塘一事的怨恨。孔群回答道:“我的德行赶不上孔子,遭受的困厄却同孔子遇到匡人一样。虽然春天充溢着和暖之气,老鹰变成了布谷鸟,对于有识见的人来说,还是憎恶它的眼睛。”

今注

1 临去:指苏峻攻入建康,百官奔散,庾亮也正要出逃。

2 栋折榱(cuī)崩:房屋的正梁和椽子折坏。比喻国家倾覆。榱,椽子。

3 不愧荀林父:《左传》宣公十二年和十五年记载,楚庄王围郑,晋国派荀林父率师救郑,大败。荀林父请晋侯处分自己。士贞子认为:“林父之事君也,进思尽忠,退思补过。”劝晋景公赦免了他。三年后,荀林父率军攻灭赤狄潞,为晋立了大功。

4 孔群:字敬休,会稽山阴(今浙江绍兴)人,官至御史中丞。

5 横塘:地名,在今南京南。

6 匡术:本为阜陵令,苏峻反,为其心腹。苏峻迁成帝于石头城,令匡术守宛城。以宛城降,官至司徒中郎。

7 德非孔子,厄同匡人:孔子至宋,遭到匡人围攻,孔子以礼乐感化,得以解围。此借匡人指匡术。厄,困厄。

8 鹰化为鸠:比喻恶人伪装成善类。鸠,布谷鸟。

刘注

[1]《春秋传》曰:"楚庄王围郑,晋使荀林父率师救郑,与楚战于邲,晋师败绩。桓子归,请死。晋平公将许之,士贞子谏而止。后林父败赤狄于曲梁,赏桓子狄臣千室,亦赏士伯以瓜衍之田,曰:'吾获狄田,子之功也。微子,吾丧伯氏矣。'"

[2]《会稽后贤记》曰:"群字敬休,会稽山阴人。祖竺,吴豫章太守。父奕,全椒令。群有智局,仕至御史中丞。"《晋阳秋》曰:"匡术为阜陵令,逃亡无行。庾亮征苏峻,术劝峻诛亮,遂与峻同反,后以宛城降。"

[3]《家语》曰:"孔子之宋,匡简子以甲士围之。子路怒,奋戟将战,孔子止之曰:'夫《诗》《书》之不讲,礼乐之不习,是丘之过也。若述先王之道而为咎者,非丘罪也,命也夫!歌,予和汝。'子路弹剑,孔子和之。曲三终,匡人解甲罢。"

[4]《礼记·月令》曰:"仲春之月,鹰化为鸠。"郑玄曰:"鸠,播谷也。"《夏小正》曰:"鹰则为鸠。鹰也者,其杀之时也;鸠也者,非杀之时也。善变而之仁,故具之。"

原文

5.37 苏子高事平,[1]王、庾诸公欲用孔廷尉

译文

苏子高(峻)的叛乱平定后,王(导)、庾(亮)这班大臣想任用孔廷尉(坦)为丹

为丹阳。[2]乱离之后，百姓凋弊[1]，孔慨然曰："昔肃祖[2]临崩，诸君亲升御床，并蒙眷识，共奉遗诏。孔坦疏贱，不在顾命之列。既有艰难，则以微臣为先，今犹俎上腐肉，任人脍截[3]耳！"于是拂衣而去。诸公亦止。[3]

阳尹。经过战乱流离以后，人民生活困苦。孔廷尉感慨地说："从前肃祖(司马绍)临终时，诸位亲自到御床前受到先帝关怀赏识，共同接受遗诏。我才疏位卑，不在临终受命之列。有了困难以后，你们就把我放在前面，今天我好像砧板上的腐肉，任人细细地切割罢了。"说完拂袖而去。这班大臣也就作罢。

今注

1 凋弊：衰败，困苦。

2 肃祖：晋明帝司马绍的庙号。

3 脍(kuài)截：切割。脍，切得很细的肉。

刘注

[1]《灵鬼志·谣征》曰："明帝初，有谣曰：'高山崩，石自破。'高山，峻也；硕，峻弟也。后诸公诛峻，硕犹据石头，溃散而逃，追斩之。"

[2] 孔坦。

[3] 按王隐《晋书》："苏峻事平，陶侃欲将坦上，用为豫章太守，坦辞母老不行。台以为吴郡。吴郡多名族，而坦年少，乃授吴兴内史。"不闻尹京。

原文

5.38 孔车骑[1]与中丞共行，[1]在御道[2]逢匡术，宾从甚盛。因往与车骑共语。中

译文

孔车骑(愉)和御史中丞(孔群)同行，在御道遇见匡术，他的门客随从很多。匡术于是停下车前去和孔

丞初不视，直云："鹰化为鸠，众鸟犹恶其眼。"术大怒，便欲刃之。车骑下车抱术曰："族弟发狂，卿为我宥[3]之！"始得全首领。

车骑谈话。中丞开始不看他，只是说："老鹰虽然变成了布谷鸟，所有的鸟仍然憎恶它的眼睛。"匡术大怒，便准备拿刀杀死他。孔车骑下车抱住匡术说："我的同族兄弟发疯了，你看在我的面上饶恕他吧！"孔群这才得以保住脑袋。

今注

1 孔车骑：孔愉，字敬康，会稽山阴（今浙江绍兴）人。迁尚书左仆射，赠车骑将军，故称。

2 御道：供帝王车驾通行的道路。

3 宥：宽容，饶恕。

刘注

[1]《孔愉别传》曰："愉字敬康，会稽山阴人。初辟中宗参军，讨华轶有功，封余不亭侯。愉少时尝得一龟，放于余不溪中，龟于路左顾者数过。及后铸印，而龟左顾，更铸犹如此。印师以闻，愉悟，取而佩焉。累迁尚书左仆射，赠车骑将军。"中丞，孔群也。

原文

5.39 梅颐[1]尝有惠于陶公。后为豫章太守，有事，王丞相遣收之。侃曰："天子富于春秋[2]，万机自诸侯出。王公既得录，陶公何为不可放？"乃遣人

译文

梅颐曾经对陶公（侃）有恩。后来他做豫章太守，出了事，王丞相（导）派人去逮捕他。陶公道："天子年纪很轻，政令都由大臣发出。王公既然可以收捕，我陶公为什么不可以释放？"于是派人在江口把梅颐夺了过来。梅颐见

于江口夺之。[1]颐见陶公，拜，陶公止之。颐曰："梅仲真膝，明日岂可复屈邪？"

到陶公，下拜，陶公拦住了他。梅颐说："我梅仲真(颐)的膝头，明天难道还会再弯曲吗？"

5.40 王丞相作女伎[3]，施设床席。蔡公先在坐，不说[4]而去，王亦不留。[2]

王丞相(导)设置女伎，安排坐卧用具。蔡公(谟)已先在座，不高兴地走了，王丞相也不挽留。

今注

1 梅颐：或作"梅赜"，字仲真，汝南西平(今河南西平)人。官至领军司马。据传曾献《古文尚书传》，今有诸多学者认为他是此书的伪造者。

2 富于春秋：指年轻。

3 女伎：歌女，舞女。

4 说："悦"的古字，愉悦。

刘注

[1]《晋诸公赞》曰："颐字仲真，汝南西平人。少好学隐退，而求实进止。"《永嘉流人名》曰："颐，领军司马。颐弟陶，字叔真。"邓粲《晋纪》曰："初，有谮侃于王敦者，乃以从弟廙代侃为荆州，左迁侃广州。侃文武距廙而求侃，敦闻，大怒。及侃将莅广州，过敦，敦陈兵欲害侃。敦咨议参军梅陶谏敦，乃止，厚礼而遣之。"王隐《晋书》亦同。按二书所叙，则有惠于陶是梅陶，非颐也。

[2]《蔡司徒别传》曰："谟字道明，济阳考城人。博学有识，避地江左。历左光禄、录尚书事、扬州刺史。薨，赠司空。"

原文

5.41 何次道、庾季坚

译文

何次道(充)、庾季坚(冰)一起接受

二人并为元辅[1]。[1] 成帝初崩，于时嗣君未定。何欲立嗣子，庾及朝议以外寇方强，嗣子冲幼，乃立康帝[2]。[2] 康帝登阼，会群臣，谓何曰："朕今所以承大业，为谁之议？"何答曰："陛下龙飞，此是庾冰之功，非臣之力。于时用微臣之议，今不睹盛明之世。"[3] 帝有惭色。

5.42 江仆射年少，王丞相呼与共棋。王手[3]尝不如两道许，而欲敌道戏[4]，试以观之。江不即下。王曰："君何以不行？"江曰："恐不得尔。"[4] 旁有客曰："此年少戏乃不恶。"王徐举首曰："此年少非唯围棋见胜。"[5]

遗诏为宰相。晋成帝（司马衍）刚驾崩，当时继位的君主还没有确定。何充主张立成帝的儿子，庾冰和朝中大臣的意见认为，外敌正强，皇子年幼，于是立了成帝的弟弟康帝司马岳。康帝即位，大会群臣，对何次道说道："我今天能够继承国家大业，是谁的主张？"何次道回答道："陛下登基，这是庾冰的功劳，不是我的力量。当时如果用了微臣的主张，今天就看不见太平盛世了。"康帝脸上现出惭愧的神色。

江仆射（彪）年轻的时候，王丞相（导）叫他来一起下棋。王丞相的棋艺原比他差两子左右，可是却打算和他对等比赛，试图用这个来观察他。江仆射不马上下子。王丞相说："你为什么不走？"江仆射道："恐怕不能够这样。"旁边也有客人说："这个年轻人的棋艺竟然不错。"王丞相慢慢抬起头来，说道："这个年轻人不只是以围棋胜过我。"

今注

1 元辅：指宰相。

2 康帝（322—344）：即司马岳，字世同，成帝之弟。公元 342—344 年在位。初封吴王，后徙琅邪王。即位后，委政于庾冰、何充。不久，庾氏当权。

3 手：手段，技艺。

4 敌道戏：指不求饶让，对等比赛。敌道，对等。戏，博戏，此指棋艺。

刘注

[1]《晋阳秋》曰："庾冰字季坚，太尉亮之弟也。少有检操，兄亮常器之，曰：'吾家晏平仲。'累迁车骑将军、江州刺史。"

[2]《中兴书》曰："帝讳岳，字世同，成帝同母弟也。成帝崩，即位，年二十二。"

[3]《晋阳秋》曰："初，显宗临崩，庾冰议立长君，何充谓宜奉皇子。争之不得，充不自安，求处外任。及冰出镇武昌，充自京驰还，言于帝曰：'冰不宜出。昔年陛下龙飞，使晋德再隆者，冰之勋也，臣无与焉。'"

[4] 徐广《晋纪》曰："江虨字思玄，陈留人。博学知名，兼善弈，为中兴之冠。累迁尚书左仆射、护军将军。"

[5] 范汪《棋品》曰："虨与王恬等，棋第一品，导第五品。"

原文

5.43 孔君平疾笃，庾司空为会稽 1，省之，[1] 相问讯甚至，为之流涕。庾既下床，孔慨然曰："大丈夫将终，不问安国宁家之术，乃作儿女子相问！"庾闻，回谢之，请其话言 2。[2]

5.44 桓大司马诣刘尹，卧不起。桓弯弹弹刘枕，丸迸碎床褥间。刘作色而起，

译文

孔君平（坦）病重，庾司空（冰）当时任会稽内史，去探望他，十分恳切细致地问候病情，甚至为他流下眼泪。庾司空下座准备离开，孔君平感慨地说："大丈夫临死前，你不问安邦定国的方略，竟像妇人小孩一样地问候我！"庾司空听见后，反身向他道歉，请他留下遗言。

桓大司马（温）拜访刘尹（惔），刘尹躺着没有起床。桓大司马用弹弓

曰："使君如馨[3]地，宁可[4]斗战求胜？"[3]桓甚有恨容。[4]

射刘尹的枕头，弹丸在床褥间迸碎了。刘尹变了脸色，起身道："使君怎么这样，岂可用战斗来求得胜利？"桓大司马脸上现出十分憎恨的神色。

5.45 后来年少，多有道深公者。深公谓曰："黄吻年少，勿为评论宿士。昔尝与元明二帝、王庾二公周旋。"[5]

后生少年多有谈论深公（竺法深）的。深公对他们说道："黄口小儿，不要评论老年博学之士。过去我曾经和元帝（司马睿）、明帝（司马绍）以及王公（导）、庾公（亮）交往。"

今注

1 为会稽：做会稽内史，职级为太守，为会稽郡最高行政长官。

2 话言：有益的话。这里指遗言。

3 如馨：如此，这般。

4 宁可：岂可，难道能够。

刘注

[1] 庾冰。

[2] 王隐《晋书》曰："坦方直而有雅望。"

[3]《中兴书》曰："温曾为徐州刺史。"沛国属徐州，故呼温使君。斗战者，以温为将也。

[4] 刘尹，真长，已见。

[5]《高逸沙门传》曰："晋元、明二帝，游心玄虚，托情道味，以宾友礼待法师。王公、庾公倾心侧席，好同臭味也。"

原文

5.46 王中郎年少时，[1]

译文

王中郎（坦之）年轻的时候，江彪

江彪为仆射，领选[1]，欲拟之为尚书郎[2]。有语王者，王曰："自过江来，尚书郎正用第二人，何得拟我？"江闻而止。[2]

任尚书左仆射，主管选拔官吏之事，打算任用他为尚书郎。有人把这事告诉了王中郎，他说："自从过江以来，尚书郎只用第二流人物，怎么会考虑我？"江彪听说这话，马上打消了念头。

5.47 王述转尚书令，事行便拜。文度曰："故应让杜许[3]。"蓝田云："汝谓我堪此不？"文度曰："何为不堪！但克让自是美事，恐不可阙[4]。"蓝田慨然曰："既云堪，何为复让？人言汝胜我，定不如我。"[3]

王述迁调尚书令，诏令一下达，他便接受任命。儿子文度(王坦之)说："按照惯例应该推让给杜、许。"蓝田(王述)说："你认为我能胜任这个职务吗？"文度说："怎么不能！但谦让总是好事，恐怕不可缺少。"蓝田感慨地说："既然认为我能够胜任，为什么还要推让？别人说你胜过我，终归不如我。"

今注

1 领选：兼领选拔官吏之事。

2 尚书郎：尚书省属官。晋时尚书郎主文书起草，属寒素之品，名士不屑。

3 杜许：刘盼遂说："按：'杜许'未详。《晋书·王述传》作'坦之谏以为故事应让'。"

4 阙：缺少。

刘注

[1] 坦之，已见。

[2] 按《王彪之别传》曰："彪之从伯导谓彪之曰：'选曹举汝为尚书郎，幸可作诸王佐邪！'"此知郎官，寒素之品也。

[3]《述别传》曰："述常以谓人之处世，当先量己而后动，义无虚让。是以

应辞便当固执。其贞正不逾皆此类。”

原文

5.48 孙兴公作《庾公诔》1，文多托寄之辞。[1] 既成，示庾道恩2。庾见，慨然送还之，曰：“先君与君，自不至于此！”[2]

5.49 王长史求东阳3，抚军不用。[3] 后疾笃，临终，抚军哀叹曰：“吾将负仲祖于此！”命用之。长史曰：“人言会稽王痴，真痴！”[4]

5.50 刘简4作桓宣武别驾5，后为东曹参军6，[5] 颇以刚直见疏。尝听记，简都无言。宣武问：“刘东曹何以不下意？”答曰：“会7不能用。”宣武亦无怪色。

译文

孙兴公（绰）写了一篇《庾公诔》，文中有许多表达他与庾亮间深厚情意的言辞。写成后，拿给庾道恩（羲）看。庾道恩看了，愤慨地送还给他，说道：“先父和你的交情根本没有达到这种程度。”

王长史（濛）请求出任东阳太守，抚军（司马昱）不肯委任他。后来长史病势沉重，临死前，抚军哀叹道：“我将会在这件事上对不起仲祖（王濛）。”于是下令委任他。长史说：“人们说会稽王（司马昱）痴，真是痴！”

刘简任桓宣武（温）别驾，后来任东曹参军，颇以刚强正直被宣武疏远。有一次听教令，刘简完全没有说话。宣武问道：“刘东曹（简）为什么不发表意见？”刘简回答道：“必定不会被采用。”宣武也没有见怪的脸色。

今注

1《庾公诔》：哀悼庾亮的文章。诔，记叙死者生平事迹以示哀悼的文章。

2 庾道恩：即庾羲，字叔和，小名道恩，庾亮之子，颍川鄢陵（今河南许昌）

人。少有时誉，曾为吴国内史。

3 东阳：东阳郡，治所在长山（今浙江金华）。

4 刘简：字仲约，南阳（今河南南阳）人。官至大司马参军。

5 别驾：官名，是刺史的重要佐吏。

6 东曹参军：东曹掾属一类的官，掌府内诸事。

7 会：终究，必定。

刘注

[1]《绰集》载《诔》文曰："咨予与公，风流同归。拟量托情，视公犹师。君子之交，相与无私。虚中纳是，吐诚悔非。虽实不敏，敬佩弦韦。永戢话言，口诵心悲。"

[2] 道恩，庾羲小字。徐广《晋纪》曰："羲字叔和，太保亮第三子。拔尚率到。位建威将军、吴国内史。"

[3] 简文。

[4] 王濛，已见。

[5]《刘氏谱》曰："简字仲约，南阳人。祖乔，豫州刺史。父斑，颍川太守。简仕至大司马参军。"

原文

5.51 刘真长、王仲祖共行，日旰未食。有相识小人[1]贻其餐，肴案甚盛，真长辞焉。仲祖曰："聊以充虚，何苦辞？"真长曰："小人都不可与作缘[2]。"[1]

5.52 王脩龄尝在东山[3]，

译文

刘真长（惔）、王仲祖（濛）一同外出，天很晚了还没有吃饭。有一个认识他们的普通百姓送来饭食，菜肴非常丰盛，真长辞谢了。仲祖说："暂且充饥，何苦推辞？"真长说："凡是普通百姓，都不可以和他们打交道。"

王脩龄（胡之）曾经住在东山，

甚贫乏。[2]陶胡奴为乌程令[4]，[3]送一船米遗之。却不肯取，直答语："王脩龄若饥，自当就谢仁祖索食，不须陶胡奴米。"

很贫困。陶胡奴（范）当时任乌程县令，赠送一船米给他。他推辞不肯接受，只回答说："我王脩龄如果挨饿，自然会到谢仁祖（尚）那里去要吃的，不需要陶胡奴的米。"

今注

1 小人：晋人以门第自高，士族阶级对家中奴仆、府中吏役以及各行各业的普通百姓，一概认为是"小人"，总称为"群小"，不和他们交接。

2 作缘：打交道。

3 东山：在今浙江。谢安曾于此隐居。

4 乌程令：乌程县令。乌程县，晋属吴兴郡（今浙江湖州）。相传有善酿酒的乌、程二姓居此，故名。

刘注

[1] 孔子称："唯女子与小人为难养，近之则不逊，远之则怨。"刘尹之意，盖从此言也。

[2] 司州，已见。

[3] 胡奴，陶范小字也。《陶侃别传》曰："范字道则，侃第十子也。侃诸子中最知名。历尚书、秘书监。"何法盛以为第九子。

原文

5.53 阮光禄[1]赴山陵，至都，不往殷、刘许，过事便还。诸人相与追之。（既）〔阮〕[1]亦知时流必当逐己，

译文

阮光禄（裕）去拜祭晋成帝（司马衍）的陵墓，到京都，不去殷（浩）、刘（惔）的处所，事完就回会稽。殷、刘等人一起去追赶他。阮光禄也知道这批

乃遄疾而去，至方山[2]，不相及。[2] 刘尹时（为）〔索〕[3]会稽，乃叹曰："我入，当泊安石渚下耳，不敢复近思旷傍。伊便能捉杖打人，不易。"

世俗之人一定会追赶自己，便急速离去，到了方山，众人追赶不上。刘尹（惔）当时正要求出任会稽太守，于是叹息道："我到会稽，应该把船停靠在谢安石（安）那里，不敢再靠近思旷（阮裕）身旁。否则他会拿木棒打人，改不了的。"

5.54 王、刘与桓公共至覆舟山[4]看。酒酣后，刘牵脚加桓公颈，桓公甚不堪，举手拨去。既还，王长史语刘曰："伊讵可以形色加人不？"[3]

王长史（濛）、刘真长（惔）和桓公（温）一起到覆舟山观赏，当酒喝得非常畅快以后，刘真长伸足放在桓公脖子上。桓公很受不了，抬手拨开。回来后，王长史对刘真长说："他难道可以对人发怒施威吗？"

今注

1 据沈宝砚说校改。

2 方山：山名。在今江苏南京江宁区。

3 据沈宝砚说校改。

4 覆舟山：山名。钟山西部，因形如覆舟，故名。

刘注

[1] 阮裕，已见。

[2]《中兴书》曰："裕终日颓然，无所错综，而物自宗之。"

[3]《温别传》曰："温有豪迈风气也。"

原文

5.55 桓公问桓子野[1]：

译文

桓公（温）问桓子野（伊）："谢安石

“谢安石料万石必败，何以不谏？”[1] 子野答曰：“故当出于难犯耳。”桓作色曰：“万石挠弱凡才，有何严颜难犯！”

（安）预料谢万石（万）一定会打败仗，为什么不规劝他？”子野回答道：“当然是难以触犯啊！”桓公生气地说：“万石懦弱庸才，有什么威严的面孔难以触犯！”

5.56 罗君章[2]曾在人家，主人令与坐上客共语，答曰：“相识已多，不烦复尔。”[2]

罗君章（含）曾经在别人家里做客，主人叫他和在座的客人一起谈话。罗君章回答道：“认识的人已经很多了，不劳烦再这样。”

5.57 韩康伯病，拄杖前庭消摇[3]。[3] 见诸谢皆富贵，轰隐[4]交路，叹曰：“此复何异王莽[5]时！”[4]

韩康伯（伯）生病，拄着拐杖在前院从容漫步。他看见谢家众人都富贵了，车子轰隆轰隆地在路上来来往往，叹息道：“这又和王莽时期有什么不同！”

今注

1 桓子野：即桓伊，东晋谯国铚县（今安徽濉溪西南）人，字叔夏，小字子野、野王。有武略，参诸府军事。任淮南太守，进都督豫州诸军事、豫州刺史。秦苻坚南攻，他随谢玄大破秦军于淝水，官至都督江州荆州十郡、豫州四郡军事、江州刺史。宽恤为务，民得安宁。喜音乐，善吹笛，时称“江左第一”。《神奇秘谱》所载琴曲《梅花三弄》，传为其笛曲《三调》改编。

2 罗君章：即罗含，字君章，号富和，东晋桂阳耒阳（今湖南耒阳）人。累迁散骑常侍、廷尉、长沙相，加封中散大夫。

3 消摇：从容漫步。

4 轰隐：象声词，众多车子行动的声音。

5 王莽（前 45 —后 23）：新朝建立者。汉元帝皇后之侄。公元 8—23

年在位。字巨君,魏郡元城(今河北大名东)人,原籍东平陵(今山东章丘西)。西汉末,以外戚掌握政权,成帝时封新都侯。元始五年(5)毒死平帝,自称"假皇帝"。次年立年仅二岁的刘婴为太子,号"孺子"。初始元年(8)称帝,改国号为"新",年号"始建国"。命令全国民间的土地改称"王田",奴婢改称"私属",都禁止买卖,又实行五均六管,企图缓和当时严重的社会危机。统治期间,多次改变币制,造成经济混乱;恢复五等爵,经常改变官制。法令苛细,赋役繁重,天凤四年(17)爆发全国性的农民大起义。地皇四年(23),新朝在赤眉、绿林等农民起义军的打击下崩溃,他在绿林军攻入长安时被杀。

刘注

[1] 子野,桓伊小字也。《续晋阳秋》曰:"伊字叔夏,谯国铚人。父景,护军将军。伊少有才艺,又善声律,加以标悟省率,为王濛、刘惔所知。累迁豫州刺史,赠右将军。"

[2]《罗府君别传》曰:"含字君章,桂阳枣阳人。盖楚熊姓之后,启土罗国,遂氏族焉。后寓湘境,故为桂阳人。含,临海太守彦曾孙,荥阳太守绥少子也。桓宣武辟为别驾。以官廨喧扰,于城西池小洲上立茅茨,伐木为床,织苇为席,布衣蔬食,晏若有余。桓公尝谓众坐曰:'此自江左之清秀,岂惟荆楚而已!'累迁散骑常侍、廷尉、长沙相,致仕中散大夫,门施行马。含自在官舍,有一白雀栖集堂宇;及致仕还家,阶庭忽兰菊挺生。岂非至行之征邪?"

[3] 韩伯,已见。

[4]《汉书》曰:"王莽宗族,凡十侯、五大司马。"

原文

5.58 王文度为桓公长史[1]时,桓为儿求王女,王

译文

王文度(坦之)任桓公(温)长史的时候,桓公为儿子求娶王文度的女儿。

许咨蓝田。[1] 既还，蓝田爱念[2] 文度，虽长大，犹抱著膝上。文度因言桓求己女婚，蓝田大怒，排[3] 文度下膝，曰："恶见[4]！文度已复痴，畏桓温面？兵，那可嫁女与之！"文度还报云："下官家中先得婚处。"桓公曰："吾知矣，此尊府君不肯耳。"后桓女遂嫁文度儿。[2]

王文度答应回家和蓝田侯(王述)商量。回家后，蓝田侯疼爱文度，虽然长大了，还抱在膝上。文度乘机谈到桓公求娶自己女儿的事。蓝田侯非常愤怒，把文度从膝上推下去，说道："真是不明智的见解！你又呆傻了，你是害怕驳桓温的面子吗？不过是个当兵的，怎么可以嫁女儿给他家！"文度便回复桓公说："下官家中的女儿已经先找到了婚配对象。"桓公说："我知道了，这是令尊不肯罢了。"后来桓公的女儿还是嫁给了文度的儿子。

今注

1 长史：将军府所设属官。

2 爱念：疼爱，怜爱。

3 排：推。

4 恶(è)见：佛教用语，指违背佛教正理的见解。此指不明智的见解。

刘注

[1] 王坦之、王述，并已见。

[2]《王氏谱》曰："坦之子恺，娶桓温第二女，字伯子。"《中兴书》曰："恺字茂仁，历吴国内史、丹阳尹，赠太常。"

原文

5.59 王子敬数岁时，尝看诸门生[1] 樗蒱[2]。见有胜

译文

王子敬(献之)几岁的时候，曾经观看一些门生玩樗蒱，看见各有胜负，

负，因曰："南风不竞[3]。"[1]门生辈轻其小儿，乃曰："此郎[4]亦管中窥豹，时见一斑。"子敬瞋目曰："远惭荀奉倩，近愧刘真长。"遂拂衣而去。[2]

5.60 谢公闻羊绥[5]佳，致意令来，终不肯诣。[3]后绥为太学博士，因事见谢公，公即取以为主簿。

于是说："南风不竞。"门客轻视他是个小孩，就说："这小郎也是管中窥豹，时常只看到一个花斑。"子敬瞪眼说："远的，我愧对荀奉倩（粲）；近的，我羞对刘真长（惔）。"于是拂袖而去。

谢公（安）听说羊绥很出色，向他表示问候，并请他来，可是羊绥始终不肯前来。后来羊绥任太学博士，因事去见谢公，谢公立即录用他做主簿。

今注

1 门生：投靠世族的门客，地位略高于一般仆役。王公贵人不屑与他们交往。

2 樗蒱(chū pú)：古代一种似掷骰的游戏，晋朝尤为盛行。得采有卢、雉、犊、白等，视掷出的骰色而定。

3 南风不竞：《左传·襄公十八年》载楚国攻打郑国，晋国乐师师旷歌唱南方和北方的乐曲以卜胜败，结果"南风不竞"（南方的曲调声音微弱）。由此卜出楚师必然失败。这里比喻竞赛中南方要失利。

4 郎：六朝时期，奴婢、门客称主人为"郎"或"郎君"。

5 羊绥：字仲彦，泰山南城（今山东平邑南）人。官至中书侍郎。

刘注

[1]《春秋传》曰："楚伐郑。师旷曰：'不害，吾骤歌南风，南风不竞，多死声，楚必无功。'"杜预曰："歌者吹律以咏八风，南风音微，故曰不竞也。"

[2] 荀、刘，已见。

[3]《羊氏谱》曰："绥字仲彦，太山人。父楷，尚书郎。绥仕至中书侍郎。"

原文

5.61 王右军与谢公诣阮公。[1] 至门，语谢："故当共推主人。"谢曰："推人正自难。"

5.62 太极殿始成，[2] 王子敬时为谢公长史，谢送版使王题之。王有不平色，语信云："可掷著门外。"谢后见王，曰："题之上殿何若[1]？昔魏朝韦诞[2]诸人亦自为也。"王曰："魏阼[3]所以不长。"谢以为名言。[3]

译文

王右军（羲之）和谢公（安）去拜访阮公（裕）。到了门口，王右军对谢公说："我们应当一起推崇主人。"谢公说道："推崇别人是件难事。"

太极殿刚建成，王子敬（献之）当时担任谢公（安）的长史。谢公命人送木板叫王子敬题写殿额。王子敬露出不悦的神色，对来人说道："可以扔在门外。"谢公后来见到王子敬，说："请你到殿上题写，怎么样？过去魏朝韦诞等人也写过的。"王子敬说："这便是魏朝国运不能久长的缘故。"谢公认为这是名言。

今注

1 何若：即若何，怎么样。

2 韦诞：字仲将，三国魏京兆（今陕西西安）人。有文才，善书法，官至光禄大夫。

3 魏阼：魏朝国运。

刘注

[1] 阮思旷也。

[2] 徐广《晋纪》曰:"孝武宁康二年,尚书令王彪之等启改作新宫。太元三年二月,内外军六千人始营筑,至七月而成。太极殿高八丈,长二十七丈,广十丈。尚书谢万监视,赐爵关内侯;大匠毛安之,关中侯。"

[3] 宋明帝《文章志》曰:"太元中,新宫成,议者欲屈王献之题榜,以为万代宝。谢安与王语次,因及魏时起陵云阁忘题榜,乃使韦仲将县梯上题之,比下,须发尽白,裁余气息。还语子弟云:'宜绝楷法!'安欲以此风动其意。王解其旨,正色曰:'此奇事。韦仲将魏朝大臣,宁可使其若此?有以知魏德之不长。'安知其心,乃不复逼之。"

原文

5.63 王恭欲请江卢奴[1]为长史,晨往诣江,江犹在帐中。王坐,不敢即言,良久乃得及。江不应,[1] 直唤人取酒。自饮一碗,又不与王。王且笑且言:"那得独饮?"江云:"卿亦复须邪?"更使酌与王。王饮酒毕,因得自解去。未出户,江叹曰:"人自量,固为难!"[2]

5.64 孝武问王爽:"卿何如卿兄?"王答曰:"风流秀出,臣不如恭,忠孝亦何可以假[2]人?"[3]

5.65 王爽与司马太傅

译文

王恭想请江卢奴(敳)任长史,早晨去江家拜访,江卢奴还睡在帐里。王恭坐下来,不敢马上开口,过了许久才说到这件事。江卢奴没有回答,只叫人拿酒来,自己喝了一碗,也不给王恭喝。王恭边笑边说:"哪能一个人喝?"江卢奴说:"你也要吗?"再叫人斟酒给王恭。王恭喝完酒,借机脱身而去。还没有走出门,江卢奴叹息道:"人能正确估量自己,确实很难!"

晋孝武帝(司马曜)问王爽:"你与你的哥哥相比怎么样?"王爽回答道:"风雅秀拔,臣比不上王恭,至于忠孝,又怎可以让给别人!"

王爽和司马太傅(道子)在一起

饮酒，太傅醉，呼王为“小子[3]”。王曰：“亡祖长史，与简文皇帝为布衣之交；亡姑、亡姊，伉俪[4]二宫。何小子之有？”[4]

喝酒。太傅喝醉了，呼王爽为“小子”。王爽说道：“我已故的祖父长史（王濛）和简文帝（司马昱）是布衣之交，已故的姑母、姐姐是两宫的皇后。怎么能呼我为小子呢？”

今注

1 江卢奴：即江敳，字仲凯，小字卢奴，济阳（今山东济南济阳区）人。历任黄门侍郎、骠骑咨议。

2 假：给予。

3 小子：表示轻蔑的称呼。

4 伉俪：配偶、夫妇，亦指女人嫁人为妻。

刘注

[1] 卢奴，江敳小字也。《晋安帝纪》曰：“敳字仲凯，济阳人。祖正，散骑常侍。父彪，仆射。并以义正器素，知名当世。敳历位内外，简退著称。历黄门侍郎、骠骑咨议。”

[2]《宋书》曰：“敳，即湘州江夷之父也。夷字茂远，湘州刺史。”

[3]《中兴书》曰：“爽忠孝正直。烈宗崩，王国宝夜开门入，为遗诏。爽为黄门郎，距之曰：‘大行晏驾，太子未立，敢有先入者，斩！’国宝惧，乃止。”

[4]《中兴书》曰：“王濛女讳穆之，为哀帝皇后。王蕴女讳法惠，为孝武皇后。”

原文

5.66 张玄与王建武先

译文

张玄和王建武（忱）先前并不认

不相识，[1]后遇于范豫章许。范令二人共语，[2]张因正坐敛衽1，王孰2视良久，不对。张大失望，便去。范苦譬3留之，遂不肯住。范是王之舅，[3]乃让王曰："张玄，吴士之秀，亦见遇于时，而使至于此，深不可解！"王笑曰："张祖希若欲相识，自应见诣。"范驰报张，张便束带造之。遂举觞对语，宾主无愧色。

识，后来在范豫章（宁）的住所相遇。范豫章两人一起交谈。张玄于是正襟危坐，王建武仔细地看了他很久，不讲话。张玄大失所望，便要离去。范豫章苦苦地劝导并挽留，他终究不肯留下。范豫章是王建武的舅舅，便责备他说："张玄是吴地名士中优异出众的人，被当代名士所赏识。你却使他尴尬到这个地步，真是不可理解。"王建武笑道："张祖希（玄）如果想和我认识，就应当拜访我。"范豫章飞快地通知张玄，张玄便衣冠整齐地到了王家。两人于是举杯交谈，主客双方都没有羞愧的神色。

今注

1 敛衽（rèn）：亦作"裣衽"。整理衣襟，表示恭敬。衽，衣袖。

2 孰：同"熟"，仔细。

3 苦譬（pì）：苦苦劝解、开导。

刘注

[1] 张玄，已见。建武，王忱也。《晋安帝纪》曰："忱初作荆州刺史，后为建武将军。"

[2] 范宁，已见。

[3]《王氏谱》曰："王坦之娶顺阳郡范汪女，名盖，即宁妹也，生忱。"

雅量第六

导读

雅量，即恢宏不凡的气量。本门共四十二条。

雅量要求人们注意行为举止，要旷达潇洒，强调人的思绪不能在神情态度上表露出来。不论心中怎么想，只能深藏不露，要显得处变不惊，若无其事。这一门包含的内容很多，有的今天看来不可思议。比如，王衍曾经托族人办事，过了一段时间还没有下文。后来他与族人相遇，同在一处吃喝，便问那人，前不久托你办的事，怎么还不去办呢？族人大怒，将食盒扔到他的脸上。王衍全不作声，洗干净后，拉着丞相王导乘牛车走了。在车上，他还淡定自若地说，你看我的眼光，竟然超出牛背之上。王衍自以为风采神韵出众，眼光也高人一等，不屑于计较刚才发生的事情。

又如，王徽之、王献之兄弟同在房间里，屋顶忽然起火。王徽之连木板鞋也没有穿就往外跑，王献之却从容不迫，把随从叫来扶着自己慢慢离开。当时人赞赏王献之这种"不异平常"的态度，并且以此来评定两弟兄的高下。

原文

6.1 豫章太守顾劭1，[1]是雍2之子。劭在郡卒，雍盛集僚属，自围棋。[2]外启信至，而无儿书。虽神气不

译文

豫章太守顾劭，是顾雍的儿子。顾劭死在任上，顾雍正在大请同僚属吏聚会，自己在下围棋。外面禀报传达消息的人来到，却没有他儿子的书

变,而心了其故,以爪掐掌,血流沾褥。宾客既散,方叹曰:“已无延陵[3]之高,岂可有丧明之责[4]?”[3]于是豁情散哀,颜色自若。

信。顾雍虽然神态不变,但是心里已经明白其中的缘故,便用手指用力掐手掌,血流出来沾染了所坐的褥子。宾客散后才叹气说:“我已经没有延陵季子(札)那样的旷达高尚了,难道可以再承受因丧子之痛而哭瞎眼睛的责备?”于是排遣情怀,消散悲哀,面容脸色不改常态。

今注

1 顾劭:字孝则,吴郡吴县(今江苏苏州)人,顾雍长子。博览群书,远近称之。娶孙策女为妻。年二十七任豫章太守。在郡五年,善知人,有治绩。卒于官。

2 雍:即顾雍(168—243),三国吴郡吴县(今江苏苏州)人,字元叹。出身士族。初为合肥长。孙权领会稽太守,以他为丞,行太守事。黄武四年(225),任丞相,平尚书事,在吴国执政达十九年,颇有威信。

3 延陵:地名。春秋时吴国季札受封于延陵,故称延陵季子。其长子死后,丧葬合乎礼。孔子说:“延陵季子之于礼也,其合矣乎!”见《礼记·檀弓下》。

4 丧明之责:孔子的弟子子夏的儿子死了,子夏哭瞎了眼睛,受到了曾子的责备。见《礼记·檀弓上》。

刘注

[1] 环济《吴纪》曰:“劭字孝则,吴郡人。年二十七起家为豫章太守,举善以教民,风化大行。”

[2]《江表传》曰:“雍字元叹,曾就蔡伯喈,伯喈赏异之,以其名与之。”《吴志》曰:“雍累迁尚书令,封阳遂乡侯,拜侯还第,家人不知。为人不饮

酒,寡言语。孙权尝曰:‘顾侯在坐,令人不乐。’位至丞相。”

[3]《礼记》曰:“延陵季子适齐,及其反也,其长子死,葬于嬴、博之间。孔子曰:‘延陵季子,吴之习于礼者也。’往而观其葬焉。其坎深不至于泉,其敛以时服。既葬而封,广轮掩坎,其高可隐也。既封,左袒,右还其封,且号者三,曰:‘骨肉归复于土,命也。若魂气,则无不之也。’而遂行。孔子曰:‘延陵季子之于礼也,其合矣乎!’”“子夏丧其子而丧其明,曾子吊之,曰:‘朋友丧明则哭之。’曾子哭,子夏亦哭,曰:‘天乎,予之无罪也!’曾子怒曰:‘商,汝何无罪也?吾与汝事夫子于洙泗之间,退而老于西河之上,使西河之民疑汝于夫子,尔罪一也;丧尔亲,使民未有闻焉,尔罪二也;丧尔子,丧尔明,尔罪三也。’子夏投其杖而拜曰:‘吾过矣,吾过矣!’”

原文

6.2 嵇中散临刑东市,神气不变,索琴弹之,奏《广陵散》1。曲终,曰:“袁孝尼尝请学此散,吾靳2固不与,《广陵散》于今绝矣!”[1] 太学生三千人上书,请以为师,不许。文王亦寻悔焉。[2]

6.3 夏侯太初尝倚柱作书。时大雨,霹雳破所倚柱,衣服焦然3,神色无变,书亦如故。宾客左右皆跌荡4不得住。[3]

译文

嵇中散(康)将在东市被处死刑,神态不变,要求取琴弹奏,弹的是《广陵散》。一曲完毕,说道:“袁孝尼(准)曾经请求学这支曲子,我因吝惜而一直不肯教他。《广陵散》从今以后要失传了!”太学生三千人上书朝廷,请求拜嵇康为师,没有得到允许。文王(司马昭)也随即后悔了。

夏侯太初(玄)曾经靠着柱子写字。当时正下大雨,炸雷击坏了他所靠的柱子,衣服也烧焦了,他神色不变,照旧写字。宾客和随从都跌跌撞撞站立不稳。

6.4 王戎七岁，尝与诸小儿游。看道边李树多子折枝[5]，诸儿竞走取之，唯戎不动。人问之，答曰："树在道边而多子，此必苦李。"取之，信然。[4]

王戎七岁时，曾经和许多小孩游玩。看见路旁李树上结了许多李子，压弯了树枝，小孩子们争先跑去摘取，只有王戎站立不动。有人问他，他回答道："李树长在路边却果实累累，一定是苦李。"取来一尝，果然如此。

今注

1《广陵散(sǎn)》：古琴曲名，又名《广陵止息》。嵇康以善弹此曲著称。后人推测，此曲即《琴操》所提到的《聂政刺韩王曲》。

2 靳(jìn)：吝惜，吝啬。

3 焦然：烧焦貌。

4 跌荡：跌跌撞撞，神色慌张。

5 折枝：使树枝弯曲。

刘注

[1]《晋阳秋》曰："初，康与东平吕安亲善。安嫡兄逊淫安妻徐氏，安欲告逊遣妻，以咨于康，康喻而抑之。逊内不自安，阴告安挝母，表求徙边。安当徙，诉自理，辞引康。"《文士传》曰："吕安罹事，康诣狱以明之。钟会庭论康曰：'今皇道开明，四海风靡，边鄙无诡随之民，街巷无异口之议。而康上不臣天子，下不事王侯，轻时傲世，不为物用，无益于今，有败于俗。昔太公诛华士，孔子戮少正卯，以其负才乱群惑众也。今不诛康，无以清洁王道。'于是录康闭狱。临死，而兄弟亲族咸与共别。康颜色不变，问其兄曰：'向以琴来不邪？'兄曰：'以来。'康取调之，为《太平引》。曲成，叹曰：'《太平引》于今绝也！'"

[2] 王隐《晋书》曰："康之下狱，太学生数千人请之。于时豪俊皆随康入

狱,悉解喻,一时散遣。康竟与安同诛。"

[3] 见顾恺之《书赞》。《语林》曰:"太初从魏帝拜陵,陪列于松柏下。时暴雨霹雳,正中所立之树,冠冕焦坏。左右睹之皆伏,太初颜色不改。"臧荣绪又以为诸葛诞也。

[4]《名士传》曰:"戎由是幼有神理之称也。"

原文

6.5 魏明帝于宣武场上断[1]虎爪牙,纵百姓观之。王戎七岁,亦往看。虎承间攀栏而吼,其声震地,观者无不辟易颠仆,戎湛然不动,了无恐色。[1]

6.6 王戎为侍中,南郡[2]太守刘肇[3]遗筒中笺布[4]五端,戎虽不受,厚报其书。[2]

6.7 裴叔则被收,神气无变,举止自若。求纸笔作书,书成,救者多,乃得免。后位仪同三司[5]。[3]

译文

魏明帝(曹叡)在宣武场把老虎的爪牙拔掉,任凭百姓观看。当时王戎七岁,也前去观看。老虎乘隙攀住栅栏大吼,吼声震动大地,围观的人莫不惊退跌倒。只有王戎湛然不动,完全没有恐惧的神色。

王戎任侍中时,南郡太守刘肇馈赠给他筒中细布十丈。王戎虽然没有接受,但还是辞意恳切地写了一封感谢信。

裴叔则(楷)被收捕,神态不变,举止如常。他索纸笔来写信,信写成后,营救他的人很多,才得以免罪。后来位至仪同三司。

今注

1 断:隔断,折断。

2 南郡:郡名,晋治所在江陵(今湖北荆州荆州区)。

3 刘肇(zhào):晋南郡太守。生平事迹不详。

4 筒中笺(jiān)布:一种很贵重的细布。

5 仪同三司：三司又称三公，指太尉、司徒、司空。仪同三司即仪仗同于三公，也就是非三公却给予三公的待遇。

刘注

[1]《竹林七贤论》曰："明帝自阁上望见，使人问戎姓名而异之。"

[2]《晋阳秋》曰："司隶校尉刘毅奏：'南郡太守刘肇以布五十匹杂物遗前豫州刺史王戎，请槛车征付廷尉治罪，除名终身。'戎以书未达，不坐。"《竹林七贤论》曰："戎报肇书，议者佥以为讥。世祖患之，乃发口诏曰：'以戎之为士，义岂怀私？'议者乃息，戎亦不谢。"

[3]《晋诸公赞》曰："楷息瓒，取杨骏女。骏诛，以楷婚党，收付廷尉。侍中傅祗证楷素意，由此得免。"《名士传》曰："楚王之难，李肇恶楷名重，收将害之。楷神色不变，举动自若。诸人请救，得免。"《晋阳秋》曰："楷与王戎俱加仪同三司。"

原文

6.8 王夷甫尝属族人事，经时未行。遇于一处饮燕，因语之曰："近属尊事，那得不行？"族人大怒，便举樏[1]掷其面。夷甫都无言，盥洗毕，牵王丞相臂，与共载去。在车中照镜，语丞相曰："汝看我眼光，乃出牛背上。[2]"[1]

6.9 裴遐在周馥[3]所，馥设主人。[2] 遐与人围棋，馥司马行酒。遐正戏，不时为

译文

王夷甫(衍)曾经托族人办事，过了一段时间还没有办。后来在一处宴会上碰到了，于是对他说道："原先托你办的事，怎么还没有办？"族人非常愤怒，便举起食盒扔到他脸上。夷甫全不作声，洗干净后，拉着王丞相(导)的手臂和他一起坐车走了。在车里照着镜子对王丞相说："你看我的眼光，竟然超出牛背之上。"

裴遐在周馥处，周馥做主人招待酒食。裴遐和人下围棋，周馥的

饮，司马恚，因曳遐坠地。遐还坐，举止如常，颜色不变，复戏如故。王夷甫问遐："当时何得颜色不异？"答曰："直是暗当故耳。"[3]

司马巡行酌酒劝饮。裴遐正在下棋，没有及时饮酒。司马非常生气，便把裴遐拖倒在地。裴遐回到座位上，举动如常，脸色不变，照样和先前一样下棋。后来王夷甫（衍）问裴遐："当时怎么能够做到面不改色？"裴遐回答道："只是暗中忍受罢了。"

今注

1 欙(lěi)：一种食盒，似盘，中间有格子。

2 "汝看"句：牛背是受鞭打的地方，王衍自以为风神英俊，不屑和人计较。

3 周馥：字祖宣，汝南安成（今河南汝南）人。曾任镇东将军。

刘注

[1] 王夷甫盖自谓风神英俊，不至与人校。

[2] 邓粲《晋纪》曰："馥字祖宣，汝南人。代刘淮为镇东将军，镇寿阳。移檄四方，欲奉迎天子。元皇使甘卓攻之，馥出奔，道卒。"

[3] 一作"暗故当耳"，一作"真是斗将故耳"。

原文

6.10 刘庆孙1在太傅2府，于时人士多为所构，唯庾子嵩纵心事外无迹可间3。后以其性俭家富，说太傅令换4千万，冀其有吝，于此可乘。[1]太傅于众坐中问庾，庾时颓然已醉，帻5堕几上，

译文

刘庆孙（舆）在太傅（司马越）府中任职。当时有名望的人多被他设计陷害，只有庾子嵩（敳）不把心思放在世事上，没有什么可以给他乘机利用的。后来因为他生性俭朴，家中富有，刘庆孙便唆使太傅向他借贷千万款项，希望他表现得吝啬，这样

以头就穿取，徐答云：“下官家故可有两娑千万[6]，随公所取。”于是乃服。后有人向庾道此，庾曰：“可谓以小人之虑，度君子之心。”

便可以找到可乘之机。太傅在大庭广众中问庾子嵩，这时庾子嵩已经喝得很醉了，头巾掉在几案上，就伸头去戴，慢慢地回答道：“下官家里大约有两三千万，随你取用。”于是刘庆孙才折服于他。后来有人向庾子嵩谈起这件事，庾子嵩说：“这可以说是以小人之心，度君子之腹。”

今注

1 刘庆孙：即刘舆，字庆孙，中山魏昌（今河北定州东南）人，司空刘琨之兄。历任中书侍郎、颍川太守。东海王司马越辅政，舆为左长史，封定襄侯。

2 太傅：此指司马越，西晋宗室，字元超。永兴元年(304)，挟惠帝攻成都王司马颖，大败之。二年，复起兵向关中。次年迎惠帝还洛阳，自为太傅、录尚书事。

3 间(jiàn)：乘间。

4 换：借贷。

5 帻(zé)：包头发的巾。

6 两娑千万：即两三千万。娑，通“沙”。刘盼遂校笺：“娑以声借作三。娑三双声。今北方多读三如沙，想当典午之世而已然矣。《世说》多录当日方言，此亦一斑。”

刘注

[1]《晋阳秋》曰：“刘舆字庆孙，中山人。有豪侠才算，善交结，为范阳王虓所昵。虓薨，太傅召之，大相委仗，用为长史。”《八王故事》曰：“司马越字元超，高密王泰长子。少尚布衣之操，为中外所归。累迁司空、太傅。”

原文

6.11 王夷甫与裴景声[1]志好不同,景声恶欲取之,卒不能回。乃故诣王,肆言极骂,要王答己,欲以分谤。王不为动色,徐曰:"白眼儿遂作。"[1]

6.12 王夷甫长裴成公四岁,不与相知。时共集一处,皆当时名士,谓王曰:"裴令令望何足计?"王便卿裴,裴曰:"自可全君雅志。"[2]

6.13 有往来者云:"庾公有东下意。"或谓王公:"可潜稍严[2],以备不虞。"王公曰:"我与元规虽俱王臣,本怀布衣之好。若其欲来,吾角巾径还乌衣,[3]何所稍严?"[4]

译文

王夷甫(衍)和裴景声(邈)志趣爱好不相同,景声厌烦王夷甫总想起用自己,且始终不能改变想法。于是他故意到王夷甫那里尽情谩骂,迫使王夷甫回骂自己,想用这个办法让王夷甫和自己一同受指责。王夷甫始终不动声色,安详地说道:"白眼儿终于发作了。"

王夷甫(衍)比裴成公(頠)大四岁,和他并不相知。当时两人会集到一起,与会的又多是当时的名士,有人对王夷甫说:"裴令的名声何必挂虑。"王夷甫便用"卿"来称呼裴公。裴公道:"当然可以成全你的雅趣。"

有往来京都的人说:"庾公(亮)有起兵东下的意图。"有人告诉王公(导):"应该暗中稍加戒备,以防不测。"王公说:"我和元规(庾亮)虽然都是朝廷大臣,但是本来都怀有布衣之交的感情。如果他想来,我换上便衣直接回乌衣巷老家,稍加戒备做什么?"

今注

1 裴景声:即裴邈,字景声,河东闻喜(今山西闻喜)人。少有通才,深得从兄裴頠器赏。历太傅从事中郎、左司马,监东海王诸军事。

2 严：军事上的戒备。

刘注

[1]《晋诸公赞》曰："邈字景声，河东闻喜人。少有通才，从兄頠器赏之。每与清言，终日达曙。自谓理构多如，辄每谢之，然未能出也。历太傅从事中郎、左司马，监东海王军事。少为文士，而经事为将，虽非其才，而以罕重称也。"

[2] 裴頠，已见。

[3]《丹阳记》曰："乌衣之起，吴时乌衣营处所也。江左初立，琅邪诸王所居。"

[4]《中兴书》曰："于是风尘自消，内外缉穆。"

原文

6.14 王丞相主簿[1]欲检校帐下，公语主簿："欲与主簿周旋，无为知人几案间事。"

6.15 祖士少[2]好财，阮遥集好屐，并恒自经营。同是一累，而未判其得失。[1]人有诣祖，见料视财物，客至，屏当未尽，余两小簏，著背后，倾身障之，意未能平。或有诣阮，见自吹火蜡屐，因叹曰："未知一生当著几量[3]屐！"神色闲

译文

王丞相（导）的主簿想检查办公衙署，王公对他说道："我想和主簿商量一下，不要干预别人文牍案卷上的事情。"

祖士少（约）爱财，阮遥集（孚）爱好木屐，都是经常自己料理。同样是为嗜好所累，还不能由此分出两人的高下。有人到祖约家里去，看见他正在清点查看财物，客人到了，还没有收拾整理完毕，剩下两只小箱，便放在背后，侧着身体遮挡，心神无法平静。又有人到阮孚家去，看见他亲自吹火给木屐涂蜡，还叹息道："不知这一辈子会穿几双木屐！"阮孚神态安闲自在。

畅。于是胜负始分。[2] ‖ 于是两人的高下才分出来。

今注

1 主簿:丞相府属官,掌文书簿籍。

2 祖士少:即祖约(? —330),东晋范阳遒县(今河北涞水)人,字士少。祖逖之弟。逖死,继任平西将军、豫州刺史,领逖旧部。后屯寿阳(今安徽寿县)。咸和二年(327),与苏峻起兵反。次年进攻建康(今江苏南京)。因无驾驭才,部众离心。兵败投后赵,为石勒所杀。

3 量:量词,通"緉",双(用于鞋、袜等)。

刘注

[1]《祖约别传》曰:"约字士少,范阳遒人。累迁平西将军、豫州刺史,镇寿阳。与苏峻反,峻败,约投石勒。约本幽州冠族,宾客填门。勒登高望见车骑,大惊。又使占夺乡里先人田地,地主多恨。勒恶之,遂诛约。"《晋阳秋》曰:"阮孚字遥集,陈留人,咸第二子也。少有智调,而无俊异。累迁侍中、吏部尚书、广州刺史。"

[2]《孚别传》曰:"孚风韵疏诞,少有门风。"

原文

6.16 许侍中 1、顾司空俱作丞相从事,尔时已被遇,游宴集聚,略无不同。[1]尝夜至丞相许戏,二人欢极,丞相便命使入己帐眠。顾至晓回转,不得快孰 2。许上床,便咍台 3 大鼾。丞

译文

许侍中(璪)和顾司空(和)都曾在丞相(王导)手下任从事,当时都受到赏识,游乐宴饮,集结聚会,两人完全没有差别。他们曾经晚上到丞相家中博戏,两人都非常高兴。丞相便叫他们到自己床上睡觉。顾和翻来覆去直到天亮,不能熟睡。许璪上床便呼

相顾诸客曰："此中亦难得眠处。"[2]

噜呼噜地鼾声大作。丞相回头对客人们说："这里也是难以安睡的地方。"

今注

1 许侍中：即许璪(zǎo)，字思文，义兴阳羡(今江苏宜兴)人。仕至吏部侍郎。

2 孰：同"熟"。表示程度深。

3 咍(hāi)台：打鼾声。

刘注

[1]《晋百官名》曰："许璪字思文，义兴阳羡人。"《许氏谱》曰："璪祖艳，字子良，永兴长。父裴，字季显，乌程令。璪仕至吏部侍郎。"

[2] 顾和字君孝，少知名。族人顾荣曰："此吾家骐骥也，必兴吾宗！"仕至尚书令。五子：治、隗、淳、履、之。

原文

6.17 庾太尉风仪伟长，不轻举止，时人皆以为假。亮有大儿数岁，雅重之质，便自如此，人知是天性。温太真尝隐幔怛之[1]，此儿神色恬然，乃徐跪曰："君侯[2]何以为此？"论者谓不减亮。苏峻时遇害。[1]或云："见阿恭[3]，知元规非假。"[2]

译文

庾太尉(亮)风度仪容奇伟超群，举止庄重，当时人都认为是有意做作。庾太尉的大儿子庾会才几岁，文雅庄重的气质已经和父亲一样。人们才知道这是先天具有的品性。温太真(峤)曾经藏在帷帐中恐吓他，这个孩子神色安闲自在，只是慢慢跪下道："君侯为什么要这样做？"评论的人认为他不亚于庾太尉。后来他在苏峻叛乱时被杀害。有人说："看见了阿恭(庾会)，就知道元规(庾亮)不是有意做作。"

今注

1 幔：帷帐。 怛（dá）：恐吓，吓唬。
2 君侯：对达官贵人的敬称。
3 阿恭：庾亮长子庾会的小名。

刘注

[1]《庾氏谱》曰："会字会宗，太尉亮长子。年十九，咸和六年遇害。"
[2] 阿恭，会小字也。

原文

6.18 褚公[1]于章安令迁太尉记室参军[2]，[1]名字已显而位微，人未多识。公东出，乘估客船，送故[3]吏数人，投钱唐亭住。[2]尔时，吴兴沈充[4]为县令，[3]当送客过浙江，客出，亭吏驱公移牛屋下。潮水至，沈令起彷徨，问："牛屋下是何物人？"吏云："昨有一伧[5]父来寄亭中，[4]有尊贵客，权移之。"令有酒色，因遥问："伧父欲食𩜋不？姓何等[6]？可共语。"褚因举手答曰："河南褚季野。"远近久承[7]

译文

褚公（裒）由章安县令迁升为太尉（郗鉴）的记室参军，名声已经很大，但是官位很低，很多人还不认识他。褚公搭乘商船东去建康，和几位送别的属吏到钱塘亭投宿。当时吴兴人沈充任钱塘县令，正送客人过浙江。客人到来，亭吏驱赶褚公移住牛屋。潮水到来，沈县令起身来回走动，问牛屋里是什么人。亭吏说："昨天有个伧父来亭中寄宿，有了尊贵的客人，暂且把他转移到了那里。"这时县令已经有点醉意，便远远地问道："伧父想吃饼吗？姓什么？可以一起交谈交谈。"褚公于是抬手回答道："河南褚季野。"远近的人久闻褚公大名，公名,令于是大遽,不敢移公,便于牛屋下修刺诣公。更宰杀为馔,具于公前,鞭挞亭吏,欲以谢惭。公与之酌宴,言色无异,状如不觉。令送公至界。

县令于是大为窘迫,又不敢请他移到别处,便在牛屋里呈递名片拜谒,还宰杀牲畜,摆设酒食。县令又当着褚公的面鞭打亭吏,想以此来道歉和表示愧疚。褚公和他饮酒吃饭,言谈表情都和平常一样,好像没有觉察到这些事一般。县令一直把他送到县界。

今注

1 褚公:指褚裒。

2 太尉记室参军:太尉府属官,掌表章文书等。

3 送故:六朝时风习,地方官离任,原来的属下要远送。

4 沈充:字士居,吴兴武康(今浙江德清)人。出身于吴兴沈氏豪族,少习兵书,颇以雄豪闻于乡里。时为钱塘令。

5 伧(cāng):六朝时南人讥北人粗鄙,蔑称为"伧"。

6 何等:什么。

7 承:听说。敬词。

刘注

[1] 按庾亮《启参佐名》,裒时直为参军,不掌记室也。

[2]《钱唐县记》曰:"县近海,为潮漂没。县诸豪姓敛钱雇人,辇土为塘,因以为名也。"

[3] 未详。

[4]《晋阳秋》曰:"吴人以中州人为伧。"

原文

6.19 郗太傅在京口，遣门生与王丞相书，求女婿。丞相语郗信："君往东厢，任意选之。"门生归白郗曰："王家诸郎亦皆可嘉，闻来觅婿，咸自矜持，唯有一郎在东床上坦腹卧，如不闻。"郗公云："正此好！"访之，乃是逸少，因嫁女与焉。[1]

6.20 过江[1]初拜官，舆饰供[2]馔。羊曼[3]拜丹阳尹，客来蚤者，并得佳设[4]，日晏渐罄，不复及精，随客早晚，不问贵贱。[2]羊固[5]拜临海[6]，竟日皆美供，虽晚至，亦获盛馔。时论以固之丰华，不如曼之真率。[3]

译文

郗太傅(鉴)在京口的时候，派遣门客送信给王丞相(导)，希望在他家找个女婿。丞相对郗太傅派来的人说："你到东厢房去，随意挑选。"门客回去禀告郗太傅道："王家几位公子都值得赞许，听说来寻求女婿，都有点拘谨。只有一位公子在东床上露腹躺着，好像没有听见一般。"郗公说："正是这位最好！"一调查，原来是逸少(王羲之)，于是把女儿嫁给了他。

晋室南渡初期，新官上任都要大摆酒宴。羊曼受任丹阳尹，客人来得早的，都得到精美的饮食，傍晚渐渐吃完，不再有好的了，便依据客人来得早晚供应饮食，而不管他们官位的高低。羊固受官临海太守，整天都有精美的酒肴，虽然来得很迟，也能够吃到丰盛的酒食。当时舆论认为羊固丰盛精美的酒肴，不如羊曼的真诚直率。

今注

1 过江：指晋室南渡，建都建康。

2 供：酒肴、饭食。

3 羊曼(274—328)：字延祖，泰山南城(今山东平邑南)人。任达放纵，喜好饮酒，与阮放、郗鉴、胡毋辅之、卞壶、蔡谟、阮孚、刘绥号“兖州八达”。累迁丹阳尹，为苏峻所害。

4 设：待客的菜肴酒饭。

5 羊固：字道安，泰安南城（今山东平邑南）人。累迁黄门侍郎，临海太守，赠大鸿胪。善草行，著名一时。

6 临海：郡名。治所在今浙江临海。

刘注

[1]《王氏谱》曰：“逸少，羲之小字。羲之妻。太傅郗鉴女，名璿，字子房。”

[2]《曼别传》曰：“曼字延祖，泰山南城人。父暨，阳平太守。曼颓纵宏任，饮酒诞节，与陈留阮放等号‘兖州八达’。累迁丹阳尹，为苏峻所害。”

[3]《明帝东宫僚属名》曰：“固字道安，太山人。”《文字志》曰：“固父坦，车骑长史。固善草行，著名一时。避乱渡江，累迁黄门侍郎。褒其清俭，赠大鸿胪。”

原文

6.21 周仲智饮酒醉，瞋目还面，谓伯仁曰：“君才不如弟，而横1得重名！”须臾，举蜡烛火掷伯仁。伯仁笑曰：“阿奴2火攻，固出下策耳。”[1]

6.22 顾和始为扬州从事3，月旦4当朝，未入，顷停车州门外。周侯诣丞相，历和车边，[2]和觅虱，夷然5

译文

周仲智（嵩）喝醉了酒，瞪着眼回头对伯仁（周顗）说：“你的才能比不上我，却意外的得到很高的名声！”不一会儿，他举起燃着的蜡烛向伯仁扔去。伯仁笑道：“阿奴用火攻，实属下策啊！”

顾和刚担任扬州从事，初一应当进见长官，还没有进去，刚把车子停在州衙门外。这时周侯（顗）去拜访丞相（王导），从顾和车边经过。顾和正不动。周既过,反还,指顾心曰:“此中何所有?”顾搏虱如故,徐应曰:“此中最是难测地。”周侯既入,语丞相曰:“卿州吏中有一令仆[6]才。”[3]

在抓虱子,泰然不动。周侯过去后,又转回来,指着顾和的胸口说:“这里面有什么?”顾和照旧捉虱子,慢慢地答道:“这里面是最难测度的地方。”周侯进相府后,告诉丞相说:“你的属吏中有一位可做令仆的人才。”

今注

1 横:不按常理,意外的。
2 阿奴:兄长对弟弟的昵称。
3 从事:州郡属官。
4 月旦:指阴历每月初一。
5 夷然:泰然,镇定的样子。
6 令仆:尚书令和仆射。

刘注

[1]《孙子兵法》曰:“火攻有五:一曰火人,二曰火积,三曰火车,四曰火军,五曰火队。凡军必知五火之变,故以火攻者,明也。”
[2]《语林》曰:“周侯饮酒已醉,著白袷,凭两人来诣丞相。”
[3]《中兴书》曰:“和有操量,弱冠知名。”

原文

6.23 庾太尉与苏峻战,败,率左右十余人乘小船西奔。[1]乱兵相剥掠,射,误中舵工,应弦

译文

庾太尉(亮)和苏峻作战,打了败仗,带领随从十多人乘坐小船向西逃跑。这时敌兵正在抢劫,船上的人用箭射去,却错把舵工射中,舵工应弦倒下,满船的人

而倒，举船上咸失色分散。亮不动容，徐曰：“此手那可使著贼！”众乃安。

都吓得变了脸色，打算逃散。庾太尉毫不动色，不慌不忙地说道：“这种射术怎么可以把敌人射中！”大家才安定下来。

6.24 庾小征西尝出未还，妇母阮，是刘万安[1]妻，[2]与女上安陵[2]城楼上。俄顷，翼归，策良马，盛舆卫[3]。阮语女：“闻庾郎能骑，我何由得见？”妇告翼，[3]翼便为于道开卤簿盘马[4]，始两转，坠马堕地，意色自若。

庾小征西（翼）曾经外出没有回来，他的岳母姓阮，是刘万安（绥）的妻子，和女儿一起上安陵城楼观望。不一会儿，庾小征西回来了，骑着骏马，扬起鞭子，带领着众多的车马卫队。阮氏对女儿说道：“听说庾郎最会骑马，我能不能看看呢？”庾小征西的妻子便转告了他，他就在路上摆开仪仗骑马盘旋，刚转了两圈，就从马上掉下摔倒在地，他却神情自若，不改常态。

今注

1 刘万安：即刘绥，字万安。官至骠骑长史。

2 安陵：晋代县名，在今河南鄢陵西北。

3 舆卫：车马卫队。

4 卤簿：仪仗队。　盘马：骑马驰骋回旋。

刘注

[1]《晋阳秋》曰：“苏峻作逆，诏亮都督征讨。战于建阳门外，王师败绩。亮于陈携三弟奔温峤。”

[2]《刘氏谱》曰：“刘绥妻，陈留阮蕃女，字幼娥。”绥，别见。

[3]《庾氏谱》曰：“翼娶高平刘绥女，字静女。”

原文

6.25 宣武[1]与简文、太宰1[2]共载，密令人在舆前后鸣鼓大叫。卤簿中惊扰，太宰惶怖，求下舆。顾看简文，穆然清恬。宣武语人曰："朝廷间故复有此贤。"[3]

6.26 王劭2、王荟3共诣宣武，[4]正值收庾希4家。[5]荟不自安，逡巡5欲去；劭坚坐不动，待收信还，得不定，乃出。论者以劭为优。

译文

宣武(桓温)和未登基时的简文帝(司马昱)、太宰(司马晞)同坐在一辆车上，他暗中令人在车前车后擂鼓大叫。仪仗队伍受到惊扰，太宰惊慌恐惧，要求下车。回头看简文帝，他端庄严肃，安静闲适。宣武后来对人说道："朝廷里仍有这样贤良的人。"

王劭、王荟同去拜访宣武(桓温)，正碰上收捕庾希一家。王荟心中不安，徘徊不定想离去；王劭坚定地坐着不动，等到派去收捕的人回来，得知自家与此事没有牵涉才退出。当时评论的人认为王劭要优于王荟。

今注

1 太宰：即武陵王司马晞，字道叔，晋元帝司马睿第四子，晋明帝司马绍、晋简文帝司马昱异母兄弟。晋穆帝时官太宰，为桓温所忌。简文即位，奏徙新安。

2 王劭(shào)：字敬伦，小字大奴，琅邪临沂(今山东临沂)人，丞相王导第五子。美姿容，有风操，桓温甚器之，称其"有凤毛"。累迁尚书仆射、吴国内史。

3 王荟：字敬文，小字小奴，丞相王导第六子。恬虚守静，不竞荣利，承家学，善行书。官至镇军将军。

4 庾希(？—372)：字始彦，颍川鄢陵(今河南鄢陵)人，司空庾冰之子，太尉庾亮之侄。

5 逡巡:有所顾虑而犹豫不定。

刘注

[1] 桓温。

[2] 武陵王晞。

[3]《续晋阳秋》曰:“帝性温深,雅有局镇。尝与桓温、太宰武陵王晞同乘,至板桥,温密敕令无因鸣角鼓噪,部伍并惊驰。温阳骇异,晞大震,帝举止自若,音颜无变。温每以此称其德量。故论者谓温服惮也。”

[4]《劭荟别传》曰:“劭字敬伦,丞相导第五子。清贵简素,研味玄赜,大司马桓温称为‘凤雏’。累迁尚书仆射、吴国内史。荟字敬文,丞相最小子。有清誉,夷泰无竞。仕至镇军将军。”

[5]《中兴书》曰:“希字始彦,司空冰长子。累迁徐、兖二州刺史。希兄弟贵盛,桓温忌之,讽免希官,遂奔于暨阳。初,郭璞筮冰子孙必有大祸,惟固三阳可以有后。故希求镇山阳,弟友为东阳,希自家暨阳。及温诛希弟柔、倩,闻希难,逃于海陵。后还京口聚众,事败,为温所诛。”

原文

6.27 桓宣武与郗超议芟夷[1]朝臣,条牒[2]既定,其夜同宿。[1]明晨起,呼谢安、王坦之入,掷疏示之。郗犹在帐内,谢都无言。王直掷还,云:“多[3]。”宣武取笔欲除,郗不觉窃从帐中与宣武言。谢含笑曰:“郗生可谓入幕宾[4]也。”[2]

译文

桓宣武(温)和郗超商议铲除一批朝廷大臣,文书已经拟定,当晚同在一起安歇。第二天早晨起床,唤谢安、王坦之进来,把拟好的奏疏扔给两人观看。这时郗超还睡在帐子里。谢安看后一句话也没有说,王坦之径直把奏疏扔回给桓宣武,说:“多了!”宣武拿起笔想删除一些,郗超不由得偷偷在帐子里和宣武说话。谢安含笑说道:“郗生可以说是入幕之宾。”

今注

1 芟(shān)夷:铲除,杀戮。

2 条牒:条例,文书。

3 多:指要铲除的人太多了。

4 入幕宾:古代将帅或地方军政长官的府署称幕府。幕府中的属吏是幕僚或幕宾。幕为帐幕的意思。郗超正在帐里,因此谢安用入幕之宾来嘲讽他。后来就称参与机密的幕僚为入幕之宾。

刘注

[1]《续晋阳秋》曰:"超谓温雄武,当乐推之运,遂深自委结,温亦深相器重,故潜谋密计,莫不预焉。"

[2] 帐,一作"帷"。

原文

6.28 谢太傅盘桓东山时,与孙兴公诸人泛海戏。[1] 风起浪涌,孙、王诸人色并遽,便唱 1 使还。太傅神情方王 2,吟啸不言。舟人以公貌闲意说,犹去不止。既风转急,浪猛,诸人皆喧动不坐。公徐云:"如此,将无归?"众人即承响 3 而回。于是审其量,足以镇安朝野。

译文

谢太傅(安)在东山逗留的时候,经常和孙兴公(绰)等人乘船出海游玩。一次海风兴起,波涛汹涌,孙兴公、王逸少(羲之)等人一齐惊慌失色,便高声叫船回去。谢太傅兴致正高,边吟咏,边吹口哨,不发一言。船夫由于谢太傅神态安闲,心情愉悦,就仍然驾船前行。不久,风势转急,海浪更猛,大家都喧嚷骚动坐不住。谢太傅慢慢说道:"这样看来,是不是该回去了?"大家立即应声附和,乘船回转。从这件事可知谢太傅的气量,完全可以稳定朝廷、安抚民间。

今注

1 唱：高声呼叫。

2 王(wàng)：通“旺”。指兴致正高。

3 承响：应声。

刘注

[1]《中兴书》曰：“安先居会稽，与支道林、王羲之、许询共游处。出则渔弋山水，入则谈说属文，未尝有处世意也。”

原文

6.29 桓公伏甲设馔，广延朝士，因此欲诛谢安、王坦之。[1] 王甚遽，问谢曰：“当作何计？”谢神意不变，谓文度曰：“晋阼 1 存亡，在此一行。”相与俱前 2。王之恐状，转见于色。谢之宽容，愈表于貌，望阶趋席，方 3 作洛生咏 4，讽“浩浩洪流 5”。桓惮其旷远，乃趣 6 解兵。[2] 王、谢旧齐名，于此始判优劣。

译文

桓公(温)埋伏甲兵，设置酒宴，遍请朝中人士，想趁此杀害谢安和王坦之。王坦之非常惊惧，问谢安道：“应该采取什么策略？”谢安神色不变，对文度(王坦之)说道：“晋朝的存亡，取决于我们这一次去的结果。”两人一道入见。王坦之惊恐之状越来越表现在脸上，谢安的从容沉着也更加在神情上显示出来。他仰望台阶，快步进入座席，仿效洛阳书生的讽咏声调朗诵着“浩浩洪流”。桓公畏惧他那种旷达高远的气度，便赶快把伏兵撤走了。王坦之和谢安原本齐名，通过这件事才分出了两人的高低。

今注

1 晋阼:晋朝皇位、国统。

2 前:入见,会见。

3 方:模拟,仿效。

4 洛生咏:洛阳书生的讽咏声,音色重浊。东晋士大夫多中原旧族,因此盛行洛生咏,以与南方吴音竞美。谢安有鼻疾,语重浊,善作洛生咏。

5 浩浩洪流:意为大河浩浩荡荡。见嵇康《赠兄秀才从军》诗。

6 趣(cù):赶快。

刘注

[1]《晋安帝纪》曰:"简文晏驾,遗诏桓温依诸葛亮、王导故事。温大怒,以为黜其权,谢安、王坦之所建也。入赴山陵,百官拜于道侧,在位望者,战栗失色。"或云自此欲杀王、谢。

[2] 按宋明帝《文章志》曰:"安能作洛下书生咏,而少有鼻疾,语音浊。后名流多斆其咏,弗能及,手掩鼻而吟焉。桓温止新亭,大陈兵卫,呼安及坦之,欲于坐害之。王入失措,倒执手版,汗流沾衣。安神姿举动不异于常,举目遍历温左右卫士,谓温曰:'安闻诸侯有道,守在四邻。明公何有壁间著阿堵辈?'温笑曰:'正自不能不尔。'于是矜庄之心顿尽,命部左右,促燕行觞,笑语移日。"

原文

6.30 谢太傅与王文度共诣郗超,日旰 1 未得前,王便欲去。谢曰:"不能为性命忍俄顷 2 ?"[1]

6.31 支道林还东,[2]

译文

谢太傅(安)和王文度(坦之)同去拜访郗超,傍晚还不能进见,文度便想回去。谢太傅道:"不能为了性命而忍耐一会儿吗?"

支道林(遁)离开首都回会稽,当时

时贤并送于征虏亭[3]。[3]蔡子叔[4]前至，坐近林公。[4]谢万石后来，坐小远。蔡暂起，谢移就其处。蔡还，见谢在焉，因合[5]褥举谢掷地，自复坐。谢冠帻[6]倾脱，乃徐起，振衣就席，神意甚平，不觉瞋沮[7]。坐定，谓蔡曰："卿奇人，殆坏我面。"蔡答曰："我本不为卿面作计[8]。"其后二人俱不介意。

的名流都到征虏亭给他送行。蔡子叔（系）先到，座次靠近林公；谢万石（万）后到，坐得稍微远一点。蔡子叔暂时起身，谢万石就移坐到他那里。蔡子叔回来，看见谢万石坐在自己原来的位置上，便把谢万石连坐垫一块抬起来抛掷在地，自己再坐回原处。谢万石的头巾都跌掉了，于是慢慢爬起来，抖去衣服上的灰尘，回到座位上，神色非常平静，看不出任何生气或懊丧的样子。他坐好后，对蔡子叔说道："你真是个怪人，差一点弄坏了我的脸。"蔡子叔回答道："我本来就没有考虑你的脸会怎样。"后来两个人都没有把这件事记在心上。

今注

1 日旰：天色晚。

2 俄顷：一会儿。

3 征虏亭：亭名，在建康石头坞。相传为征虏将军谢安所建，后为送别之所。

4 蔡子叔：即蔡系，字子叔，济阳（今山东济南济阳区）人，司徒蔡谟第二子。官至抚军长史。

5 合：介词。连……一起，跟……一起。

6 帻（zé）：裹头发的头巾。

7 瞋沮：既愤怒又沮丧的样子。

8 作计：打算，考虑。

刘注

[1] 超得宠桓温，专杀生之威。

[2]《高逸沙门传》曰：“遁为哀帝所迎，游京邑久，心在故山，乃拂衣王都，还就岩穴。”

[3]《丹阳记》曰：“太安中，征虏将军谢安立此亭，因以为名。”

[4]《中兴书》曰：“蔡系字子叔，济阳人，司徒谟第二子。有文理，仕至抚军长史。”

原文

6.32 郗嘉宾钦崇释道安[1]德问，[1]饷米千斛，修书累纸，意寄殷勤。道安答直云：“损[2]米，愈觉有待[3]之为烦。”

6.33 谢安南[4]免吏部尚书，还东[5]，[2]谢太傅赴桓公司马，出西，相遇破冈[6]。既当远别，遂停三日共语。太傅欲慰其失官，安南辄引以它端。虽信宿中涂，竟不言及此事。太傅深恨在心未尽，谓同舟曰：“谢奉故是奇士。”

译文

郗嘉宾（超）钦佩推崇释道安的道德和声望，送去一千斛米，还写了封好几页纸的长信，寄托了殷切的情意。释道安只回答道：“让你破费这么多米，更加觉得有所依赖是烦恼。”

谢安南（奉）被免去吏部尚书东归故里，谢太傅（安）就任桓公（温）司马往京都去，在破冈渎相逢。既然将要长久分离，便停留三天一起长谈。太傅想对他失去官职加以安慰，安南总是用其他的事避开这个问题。虽然两人途中同宿了两夜，竟然没有谈到过这件事。太傅为没有说出自己的心意深表遗憾，对同船的人说道：“谢奉的确是个不寻常的人。”

今注

1 道安(314—385):东晋僧人、佛教学者、翻译家。本姓卫,常山扶柳(今河北冀州西北)人。12岁出家受戒后,师事佛图澄。后长期在襄阳传法注经。主张“本无”(即性空)之学,为“般若学六大家”之一。太元四年(379)至长安,在五重寺主持译场,著译甚多。对当时的佛教做出许多贡献,主要有:总结汉代以来流行的禅法与般若两系学说:整理新旧译的经典,编纂目录;确立戒规;主张僧侣以“释”为姓,为后世所遵行。弟子中著名的有慧远、慧持等。

2 损:魏晋书札中用于答谢对方馈赠的套话,意思是损及对方而劳惠赠。

3 有待:佛教语。谓人身需待食物、衣服等资财而活。

4 谢安南:即谢奉,字弘道,号道欣,东晋会稽山阴(今浙江绍兴)人。初为佐吏。累历安南将军、广州刺史。晋穆帝时,任吏部尚书。后坐事免。

5 东:东晋都建康,以会稽、吴郡为东。

6 破冈:即破冈渎,水渠名。在建康东,三国时开凿。

刘注

[1]《安和上传》曰:“释道安者,常山薄柳人。本姓卫,年十二作沙门。神性聪敏,而貌至陋,佛图澄甚重之。值石氏乱,于陆浑山木食修学,为慕容俊所逼,乃住襄阳。以佛法东流,经籍错谬,更为条章,标序篇目,为之注解。自支道林等皆宗其理。无疾卒。”

[2]《晋百官名》曰:“谢奉字弘道,会稽山阴人。”《谢氏谱》曰:“奉祖端,散骑常侍。父凤,丞相主簿。奉历安南将军、广州刺史、吏部尚书。”

原文

6.34 戴公[1]从东出,谢太傅往看之。谢本轻戴,

译文

戴公(逵)从会稽到京都,谢太傅(安)去看他。谢太傅原来就轻视他,

见，但与论琴书。戴既无吝色，而谈琴书愈妙，谢悠然知其量。[1]

见面后，只和他讨论琴书。戴公不但没有为难的神色，而且谈起琴书来更加高妙。谢太傅一下子就知晓了他的气量。

6.35 谢公与人围棋，俄而谢玄淮上信至。看书竟，默然无言，徐向局。客问淮上利害，答曰："小儿辈大破贼。"意色举止，不异于常。[2]

谢公（安）和人下围棋，一会儿谢玄从淮上派遣的信使到来。谢公把书信看完，默不作声，慢慢地转向棋盘。客人问他淮上战争的胜负如何，谢公回答道："小孩子们大破贼兵。"神色举动同平时一样。

6.36 王子猷[2]、子敬曾俱坐一室，上忽发火。子猷遽走避，不惶取屐；[3]子敬神色恬然，徐唤左右，扶凭而出，不异平常。[4]世以此定二王神宇。

王子猷（徽之）、王子敬（献之）曾经同坐在一间屋子里。屋顶突然起火，子猷急忙逃避，来不及穿木屐；子敬神态安闲，缓缓地叫来随从，搀扶着再走出来，跟平时没有什么两样。世人从这件事上评定出两人精神气宇的高下。

今注

1 戴公：即戴逵（？—396），东晋学者、雕塑家和画家。字安道，谯郡铚县（今安徽濉溪西南）人，后徙会稽剡县（今浙江嵊州）。曾反对佛教的因果报应说，著《释疑论》，与名僧慧远等辩论，认为人的生死、善恶、贤愚"非积行所致"。深恶虚无放荡之风，斥名士的放达为"乱德""乱道"之行。擅画道释人物，亦能山水、走兽，尤精雕铸佛像。其为瓦官寺所塑的《五世佛》，和顾恺之的壁画《维摩诘像》、师子国（斯里兰卡）送来的玉佛，在当时并称"三绝"。子勃、颙，均能画，颙亦为当时名雕塑家。

2 王子猷（yóu）：即王徽之（？—388），东晋琅邪临沂（今山东临沂西北）

人，字子猷。王羲之之子。放诞好声色。初为桓温参军，官至黄门侍郎。性爱竹，寄居空宅，便令种竹，曰："何可一日无此君。"居会稽时，雪夜泛舟剡溪，访戴逵，至其门不入而返，人问其故，答曰："本乘兴而来，兴尽而返，何必见安道耶！"

刘注

[1]《晋安帝纪》曰："戴逵字安道，谯国人。少有清操，恬和通任，为刘真长所知。性甚快畅，泰于娱生。好鼓琴，善属文，尤乐游燕，多与高门风流者游，谈者许其通隐。屡辞征命，遂著高尚之称。"

[2]《续晋阳秋》曰："初，苻坚南寇，京师大震。谢安无惧色，方命驾出墅，与兄子玄围棋。夜还乃处分，少日皆办。破贼又无喜容。其高量如此。"《谢车骑传》曰："氐贼苻坚，倾国大出，众号百万。朝廷遣诸军距之，凡八万。坚进屯寿阳。玄为前锋都督，与从弟琰等选精锐决战，射伤坚，俘获数万计，得伪辇及云母车，宝器山积，锦罽万端，牛、马、驴、骡、驼十万头匹。"

[3]《晋百官名》曰："王徽之字子猷。"《中兴书》曰："徽之，羲之第五子。卓荦不羁，欲为傲达。仕至黄门侍郎。"

[4]《续晋阳秋》曰："献之虽不修赏贯，而容止不妄。"

原文

6.37(符)〔苻〕[1]坚游魂[2]近境，[1]谢太傅谓子敬曰："可将当轴[3]，了其此处。"

6.38 王僧弥、谢车骑共王小奴许集。[2]僧弥举酒

译文

苻坚的侵扰活动已逼近东晋边境。谢太傅(安)对子敬(王献之)说："应该擒住他们的掌权人物，了结这里的忧患。"

王僧弥(珉)、谢车骑(玄)一起在王小奴(荟)家聚会。僧弥举起酒杯向

劝谢云:"奉使君[4]一觞。"谢曰:"可尔。"[3]僧弥勃然起,作色曰:"汝故是吴兴溪中钓碣[5]耳,何敢诪张[6]!"[4]谢徐抚掌而笑曰:"卫军[7],僧弥殊不肃省[8],乃侵陵上国也。"

谢车骑劝酒说:"奉献使君一杯。"谢车骑说:"正该如此。"僧弥突然生气变了脸色道:"你本不过是吴兴山溪中的钓鱼佬而已,怎敢如此狂妄!"谢车骑慢慢地拍手笑道:"镇军(王荟),你看僧弥太不严肃,太不自省了,竟敢冒犯欺凌我天朝上国的人。"

今注

1 据余嘉锡说校改。

2 游魂:游荡的鬼魂,对敌寇的憎称。

3 当轴:当权者。

4 使君:汉以后对州郡长官的尊称。谢玄曾为刺史,故有使君之说。

5 碣:据李慈铭说,通"羯"。谢玄的小名。谢玄喜欢钓鱼,王珉既直呼他的小名,又蔑称他为垂钓的贱民。谢玄则以游戏之态对待,因此足称雅量。

6 诪(zhōu)张:猖狂放肆。

7 卫军:疑为镇军之误。《晋书·王荟传》:"少历清官……进号镇军将军,加散骑常侍。卒于官,赠卫将军。"卫军是死后所封赠,当称镇军为是。

8 肃省:整肃自省。

刘注

[1] 坚,别见。

[2] 王珉、谢玄并已见。小奴,王荟小字也。

[3] 谢玄曾为徐州,故云使君。

[4] 玄叔父安,曾为吴兴,玄少时从之游,故珉云然。

原文

6.39 王东亭为桓宣武主簿，既承藉[1]有美誉，公甚敬其人地，为一府之望。初见谢失仪，而神色自若。坐上宾客即相贬笑[2]，公曰："不然。观其情貌，必自不凡，吾当试之。"后因月朝阁下伏，公于内走马[3]直出突之，左右皆宕仆[4]，而王不动。名价于是大重，咸云："是公辅[5]器也。"[1]

译文

王东亭（珣）做桓宣武（温）的主簿，既继承先人的仕籍，又有很好的名声，桓公非常敬重他的人品和门第，认为他是府中最孚众望的人。上任之初，他进见桓公时答谢有失礼仪，可是神色自如。在座的宾客立即贬低和讥讽他。桓公说："不是这样。看他的神情状貌，必定不同寻常，我将试试他。"后来趁着初一僚属进见，王东亭在官署伏案工作的时候，桓公从里面骑着马直冲出来，左右的人都躲闪摔倒，王东亭却稳坐不动。于是他的名望身价大为提高，人们都说："他是做三公、宰相的人才！"

今注

1 承藉：也作"承籍"。继承先人的仕籍。

2 贬笑：贬低嘲讽。

3 走马：骑马疾走。

4 宕(dàng)仆：躲闪跌倒。

5 公辅：三公、宰相。

刘注

[1]《续晋阳秋》曰："珣初辟大司马掾，桓温至重之，常称'王掾必为黑头公，未易才也'。"

原文

6.40 太元[1]末，长星[2]见，孝武心甚恶之。[1]夜，华林园[3]中饮酒，举杯属星云：“长星，劝尔一杯酒，自古何时有万岁天子！”

6.41 殷荆州有所识，作赋，是束皙[4]慢戏之流。[2]殷甚以为有才，语王恭：“适见新文，甚可观。”便于手巾函中出之。王读，殷笑之不自胜。王看竟，既不笑，亦不言好恶，但以如意[5]帖[6]之而已。殷怅然自失。

译文

太元末年，长星出现。晋孝武帝(司马曜)非常担心。晚上，他在华林园里饮酒，举杯劝请长星说：“长星！敬你一杯酒，自古以来何时有过万岁天子！”

殷荆州(仲堪)有了一点见解，便写成一篇赋，属于束皙所写游戏文章一类。他自认为很有才华，对王恭说：“刚才见到一篇新作品，很值得一看。”说着便从手巾套里取出。王恭读文章时，殷仲堪得意地笑个不止。王恭看完后，既不笑，也不说文章的好坏，只是用如意把它压平。殷荆州非常失望不乐，心中像丢掉了什么一样。

今注

1 太元：晋孝武帝司马曜年号(376—396)。

2 长星：又称彗星。因彗尾很长，故名长星。古人认为彗星出现为灾异之兆。

3 华林园：宫苑名。本吴旧宫，晋渡江后，仿洛阳名园修葺而成。

4 束皙：字广微，阳平元城(今河北大名)人。祖姓踈(shū)，因避难涉居沙鹿山南，去踈字足旁，改姓为束。以博学多闻、善为文辞而知名。少时游国学，作《玄居释》，张华见而奇之，召为掾，升著作佐郎，撰《晋书·帝纪》，迁博士。

5 如意：器物名。用玉、象牙、骨、竹等制成，刻为灵芝形或方形，柄微曲，供指画、赏玩之用。

6 帖:通"贴",拂平。

刘注

[1] 徐广《晋纪》曰:"太元二十年九月,有蓬星如粉絮,东南行,历须女,至央星。"按太元末,惟有此妖,不闻长星也。且汉文八年,有长星出东方。文颖注曰:"长星有光芒,或竟天,或长十丈,或二三丈,无常也。"此星见,多为兵革事。此后十六年,文帝乃崩。盖知长星非关天子,《世说》虚也。

[2]《文士传》曰:"皙字广微,阳平元城人,汉太子太傅踈广后也。王莽末,广曾孙孟达自东海避难元城,改姓,去'踈'之'足'以为束氏。皙博学多识,问无不对。元康中,有人自嵩高山下得竹简一枚,上两行科斗书。司空张华以问皙,皙曰:'此明帝显节陵中策文也。'检校果然。曾为《麫赋》诸文,文甚俳谑。三十九岁卒,元城为之废市。"

原文

6.42 羊绥第二子孚,少有俊才,与谢益寿相好。[1]尝蚤往谢许,未食。俄而王齐、王睹来 1,[2]既先不相识,王向席有不说色,欲使羊去。羊了不眄,唯脚委几上,咏瞩自若。谢与王叙寒温数语毕,还与羊谈赏,王方悟其奇,乃合共语。须臾食下,二

译文

羊绥次子羊孚,少年时就有卓越的才智,和谢益寿(混)很要好。曾经一大早就到谢家去,还没有吃早饭。不久,王齐(熙)、王睹(爽)也来了,他们原先并不认识羊孚,对着座位看了看就有不高兴的神色,想让羊孚离去。羊孚完全不予理睬,只是把脚搁在小桌子上,吟咏顾盼,悠然自得。谢益寿和二王寒暄了几句,回头和羊孚谈论起来。二王方才体会出他的不同寻常,这才和他一起谈话。一会儿摆上

王都不得餐，唯属羊不暇。羊不大应对之，而盛进食，食毕便退。遂苦相留。羊义不住，直云："向者不得从命，中国[2]尚虚。"二王是孝伯两弟。

饭菜，二王完全顾不上吃，只是不停地劝羊孚吃喝。羊孚也不大搭理他们，大吃特吃，吃完便告辞。二王苦苦相留，羊孚坚决不肯留下，只是说："刚才我不能遵从你们的心意马上离开，只是因为肚子还是空的。"二王是孝伯（王恭）的两个弟弟。

今注

1 王齐：即王熙，字叔和，小字齐，王恭之弟。尚鄱阳公主，曾任太子洗马，早卒。　王睹：即王爽，字季明，小字睹，王恭之弟。官至侍中，赠太常。

2 中国：肚腹。当时俗语，以腹心比中国，四肢比夷狄。

刘注

[1] 益寿，谢混小字也。

[2] 王睹已见。齐，王熙小字也。《中兴书》曰："熙字叔和，恭次弟。尚鄱阳公主，太子洗马，早卒。"

识鉴第七

导读

识鉴，即对人物的识别与鉴裁。指能够鉴别是非，赏识人才。本门共二十八条。

这一类中有相当一部分涉及人物的品德与才能，并由此预见这一人物未来的成长。如果这一预见成功，预见者就被认为有识鉴。比如，曹操年少时见到乔玄，乔玄说曹操是“乱世之英雄，治世之奸贼”，这话已得到史实的验证。可见乔玄见识非凡，有识别人物的高超才能。

又如，王敦是晋朝有名的乱臣，潘阳仲见到年轻时的王敦，说他“蜂目豺声”。古人认为蜂目而豺声是残忍之人的形象。潘阳仲根据王敦年轻时的相貌，就判定他将来要作乱，残害百姓。后来果真如此。

又如，桓温将要伐蜀，在朝当政的贤明人士都认为，李势在蜀地建立的成汉政权继承了好几代先人的基业，又占据着长江上游的险要地形，不是轻易能攻克的。只有丹阳尹刘惔认为，桓温一定能够攻占蜀地。理由是：从桓温玩一种类似掷色子的赌博游戏摴蒱可以看出，没有必胜的把握，他是不会干的。永和三年(347)，桓温率军西征，果真攻克成都，灭亡成汉。这也证明刘惔很能识人。

原文

7.1 曹公少时见乔玄[1]，玄谓曰：“天下方乱，群雄虎

译文

曹公(操)年轻的时候去见乔玄，乔玄对他说道：“现在天下正动乱不

争，拨而理之，非君乎？然君实是乱世之英雄，治世之奸贼。恨吾老矣，不见君富贵，当以子孙相累。”[1]

定，各路英豪像猛虎一般争斗，能够拨乱反正治理国家的，难道不是你吗？可是你实在是动乱时代的英雄，太平盛世的奸贼。可惜我老了，看不到你大富大贵了，我就把子孙托付给你了。”

7.2 曹公问裴潜[2]曰：“卿昔与刘备共在荆州，卿以备才如何？”潜曰：“使居中国[3]，能乱人，不能为治。若乘边守险，足为一方之主。”[2]

曹公（操）问裴潜：“你过去和刘备一起在荆州，你认为他的才干怎么样？”裴潜说：“如果让他占有中原地区，就会扰乱百姓，不能使社会安定。如果让他占据边境险要之地，完全能够成为一个地区的霸主。”

今注

1 乔玄(109—183)：一作“桥玄”，字公祖，梁国睢阳（今河南商丘睢阳区）人。性情刚强，不阿权贵，待人谦俭，为官清廉，长于识人。

2 裴潜：字文行，河东郡闻喜县（今山西闻喜）人。曾避乱荆州，刘表待之宾客礼。曹操平定荆州，裴潜归附曹操，入京任丞相府仓曹掾，代郡太守。后任沛国相、兖州刺史。

3 中国：中原。

刘注

[1]《续汉书》曰：“玄字公祖，梁国睢阳人。少治《礼》及《严氏春秋》，累迁尚书令。玄严明有才略，长于知人。初，魏武帝为诸生，未知名也，玄甚异之。”《魏书》曰：“玄见太祖曰：‘吾见士多矣，未有若君者！天下将乱，非命世之才不能济也。能安之者，其在君乎？’”按《世语》曰：“玄谓太祖：‘君未有名，可交许子将。’太祖乃造子将，子将纳焉。”孙

盛《杂语》曰:"太祖尝问许子将:'我何如人?'固问,然后子将答曰:'治世之能臣,乱世之奸雄。'太祖大笑。"《世说》所言谬矣。

[2]《魏志》曰:"潜字文行,河东人。避乱荆州,刘表待之宾客礼。潜私谓王粲、司马芝曰:'刘牧非霸王之才,而欲以西伯自处,其败无日矣!'遂南渡,适长沙。"

原文

7.3 何晏、邓飏[1]、夏侯玄并求傅嘏交,而嘏终不许。[1]诸人乃因荀粲说合之,谓嘏曰:"夏侯太初一时之杰士,虚心于子,而卿意怀不可交。合则好成,不合则致隙。二贤若穆[2],则国之休[3]。此蔺相如所以下廉颇也。"[2]傅曰:"夏侯太初志大心劳,能合虚誉,诚所谓利口覆国[4]之人。何晏、邓飏有为而躁,博而寡要[5],外好利而内无关籥[6],贵同恶异,多言而妒前。多言多衅,妒前无亲。以吾观之,此三贤者皆败德之人尔。远之犹恐罹祸[7],

译文

何晏、邓飏、夏侯玄都希望和傅嘏结交,但是傅嘏始终没有答应。他们便通过荀粲去说合,荀粲对傅嘏说:"夏侯太初(玄)是当代的杰出人物,对您很虚心,而您却认为不能和他交往。和睦则成为朋友,不和睦就会产生怨恨。两位贤人如果能和睦相处,是国家之福。这就是蔺相如对廉颇谦让的原因。"傅嘏道:"夏侯太初志向很大,费尽心机,能够应合各种虚名,的确是所谓的能言善辩而倾覆国家的人。何晏、邓飏有所作为,但是急躁;知识广博,却不得要领;对外爱好钱财,内心毫不检束自己;喜欢和自己见解相同的人,讨厌和自己有不同看法的人;好发表意见,却妒忌超过自己的人。发表的意见多,破绽也就多;妒忌超过自己的人,就没有亲密的朋友。依我看来,这三位贤者都是败坏道德的人而已。远远地躲开他们还怕遭祸,更何况亲近他们呢?"后况可亲之邪?"后皆如其言。[3] ‖ 来的情况都像他所说的那样。

今注

1 邓飏(?—249):字玄茂,南阳新野(今河南新野)人。为人贪财好色,曾历任尚书郎、洛阳县令等职。魏少帝曹芳权臣曹爽任邓飏为侍中、尚书。后被诛杀,夷三族。

2 穆:和睦。

3 休:福。

4 利口覆国:能言善辩而使国家倾覆。

5 寡要:不得要领。

6 关籥(yuè):门闩。籥,同"钥"。此处引申为检点、约束。

7 罹(lí)祸:遭遇祸害。

刘注

[1]《魏略》曰:"邓飏字玄茂,南阳宛人,邓禹之后也。少得士名。明帝时为中书郎,以与李胜等为浮华被斥。正始中,迁侍中、尚书。为人好货,臧艾以父妾与飏,得显官,京师为之语曰:'以官易富邓玄茂。'何晏选不得人,颇由飏,以党曹爽诛。"

[2]《史记》曰:"相如以功大拜上卿,位在廉颇右。颇怒,欲辱之。相如每称疾,望见,引车避匿。其舍人欲去之,相如曰:'夫以秦王之威而吾廷叱之,何畏廉将军哉?顾秦强赵弱,秦以吾二人故不敢加兵于赵。今两虎斗,势不俱生,吾以公家急而后私仇也。'颇闻,谢罪。"

[3]《傅子》曰:"是时何晏以才辩显于贵戚之间,邓飏好交通,合徒党,鬻声名于闾阎,夏侯玄以贵臣子,少有重名,皆求交于嘏,嘏不纳也。嘏友人荀粲有清识远志,然犹劝嘏结交云。"

原文

7.4 晋武帝讲武于宣武场[1],帝欲偃武修文,亲自临幸,悉召群臣。山公谓不宜尔,因与诸尚书言孙、吴用兵本意,遂究[2]论。举坐无不咨嗟,皆曰:"山少傅乃天下名言。"[1]后诸王骄汰,轻遘[3]祸难。于是寇盗处处蚁合[4],郡国多以无备不能制服,遂渐炽盛,皆如公言。时人以谓山涛不学孙、吴,而暗与之理会。王夷甫亦叹云:"公暗与道合。"[2]

译文

晋武帝(司马炎)在宣武场讲习武事,他想停止武备,提倡文教,因此亲自莅临,并且把朝中大臣都召集来了。山公(涛)认为这样做并不适宜,便与众尚书谈论孙武、吴起用兵的本意,并深入地论述探究。满座之人没有不赞叹的,都说:"山少傅说的才是天下名言。"后来诸王傲慢奢侈,轻率起兵叛乱造成灾难。于是四方盗贼像蚂蚁般聚合起来,州郡多数由于没有武备不能予以制服,于是盗贼逐渐猖獗,正如山公所说的那样。当时的人认为山公虽然没有学习孙、吴兵法,而想法却暗暗地和他们的大道理相通。王夷甫(衍)也叹息道:"山公的观点与大道暗合。"

今注

1 宣武场:魏晋都城讲武之地。

2 究:探究,推求。

3 遘(gòu):通"构",造成。

4 蚁合:像蚂蚁般纷纷集结。形容集结者之多。

刘注

[1]《史记》曰:"孙武,齐人。吴起,卫人。并善兵法。"《竹林七贤论》曰:"咸

宁中,吴既平,上将为桃林、华山之事,息役弭兵,示天下以大安。于是州郡悉去兵,大郡置武吏百人,小郡五十人。时京师犹讲武,山涛因论孙、吴用兵本意。涛为人常简默,盖以为国者不可以忘战,故及之。"《名士传》曰:"涛居魏晋之间,无所标名,尝与尚书卢钦言及用兵本意。武帝闻之,曰:'山少傅名言也。'"

[2]《竹林七贤论》曰:"永宁之后,诸王构祸,狡虏欻起,皆如涛言。"《名士传》曰:"王夷甫推叹涛'晻晻为与道合,其深不可测'。皆此类也。"

原文

7.5 王夷甫父乂为平北将军,有公事,使行人论[1],不得。时夷甫在京师,命驾[2]见仆射羊祜、尚书山涛。夷甫时总角[3],姿才秀异,叙致既快,事加有理,涛甚奇之。既退,看之不辍,乃叹曰:"生儿不当如王夷甫邪?"羊祜曰:"乱天下者,必此子也。"[1]

译文

王夷甫(衍)的父亲王乂任平北将军,有一件公事,派使者去申述,没有成功。当时夷甫正在京师,便命人驾车去谒见仆射羊祜、尚书山涛。夷甫当时还是少年,资质才能优异出众,谈吐既爽快敏捷,所陈说的公事又符合道理,山涛认为他很不寻常。他辞别以后,山涛还不停地看着他,叹息道:"生儿子难道不应当像王夷甫吗?"羊祜道:"将来扰乱天下的,一定是此人。"

今注

1 行人:使者。　论:陈述,申述。

2 命驾:命令仆从驾车。

3 总角:古代儿童的头发梳成两个发髻,如头顶两角。后因称童年时代为"总角"。

刘注

[1]《晋阳秋》曰："夷甫父乂，有简书，将免官，夷甫年十七，见所继从舅羊祜，申陈事状，辞甚俊伟。祜不然之，夷甫拂衣而起。祜顾谓宾客曰：'此人必将以盛名处当世大位，然败俗伤化者，必此人也！'"《汉晋春秋》曰："初，羊祜以军法欲斩王戎，夷甫又忿祜言其必败，不相贵重。天下为之语曰：'二王当朝，世人莫敢称羊公之有德。'"

原文

7.6 潘阳仲 1 见王敦小时，谓曰："君蜂目已露，但豺声未振耳。2 必能食人，亦当为人所食。"[1]

7.7 石勒 3 不知书，[2] 使人读《汉书》。闻郦食其 4 劝立六国 5 后，刻印将授之，大惊曰："此法当失，云何得遂有天下？"至留侯 6 谏，乃曰："赖有此耳！"[3]

7.8 卫玠年五岁，神衿可爱。祖太保 7 曰："此儿有异，顾吾老，不见其大耳！"[4]

译文

潘阳仲（滔）看见年轻时候的王敦，评论道："您已经显露出毒蜂一样的眼睛，只不过还未吼出豺狼一般的声音罢了。将来您一定能够吞噬他人，也将被他人吃掉。"

石勒不识字，叫人读《汉书》给他听。听到郦食其劝刘邦立六国的后代为王侯，并且刻好了印章，准备授予爵位时，大惊道："这种办法失当，还说什么能以此得到天下？"等到听见留侯张良的谏阻时，他才说道："全靠有这个人的谏阻呀！"

卫玠五岁时，仪表气度令人喜爱。他的祖父太保（卫瓘）说道："这个孩子与众不同，不过我老了，看不见他长大了啊！"

今注

1 潘阳仲：即潘滔，字阳仲，荥阳中牟（今河南中牟）人。西晋大臣，太常潘尼侄子。有文学才识。永嘉末,为河南尹,遇害。

2 “君蜂目”句:蜂目,眼睛像胡蜂。形容相貌凶悍。豺声,比喻说话时声音尖厉。古人认为蜂目豺声的人生性残忍。语见《左传·文公元年》:楚令尹子上认为世子商臣“蜂目而豺声,忍人也”,不宜立为太子。后用来形容为人凶悍。

3 石勒(274—333):十六国时期后赵的建立者。公元319—333年在位。字世龙,小字匐勒。上党武乡(今属山西)人。羯(jié)族。雄健有力,善骑射。父祖皆部落小帅。幼行贩洛阳,又为人力耕。曾被掠卖山东为耕奴,因与汲桑等聚众起兵。后投刘渊为大将,重用汉族失意官僚张宾,发展势力。前赵光初二年(319)自称赵王,建立政权,史称“后赵”。后赵太和元年底(329年初)俘刘曜,灭前赵,建都襄国(今河北邢台)。三年,称帝。能选拔人才,劝课农桑,安定局面。

4 郦食(yì)其(jī):汉刘邦的谋士,陈留高阳(今河南杞县西南)人。

5 六国:指战国时期函谷关以东的楚、齐、燕、韩、赵、魏六国。

6 留侯:张良。辅佐刘邦得天下,因功而封留侯。

7 太保:指卫瓘(guàn,220—291)。魏晋时大臣、书法家。字伯玉,河东安邑(今山西夏县西北)人。魏末任廷尉卿,监邓艾、钟会军灭蜀。钟会在蜀反叛,他纠集诸将平定,并杀邓艾。晋武帝时,曾出任乌桓校尉,北方暂宁。官至司空。惠帝初,为贾后所杀。工草书,出于张芝而参酌其父卫觊之法,与索靖并称“一台二妙”,在书法史上颇有影响。

刘注

[1]《晋阳秋》曰:“潘滔字阳仲,荥阳人,太常尼从子也。有文学才识。永嘉末,为河南尹,遇害。”《汉晋春秋》曰:“初,王夷甫言东海王越,转王敦为扬州。潘滔初为太傅长史,言于太傅曰:‘王处仲蜂目已露,豺声未发,今树之江外,肆其豪强之心,是贼之也。’”《晋阳秋》曰:“敦为太子舍人,与滔同僚,故有此言。”习、孙二说,便小迁异。《春秋传》

曰:“楚令尹子上谓世子商臣,蜂目而豺声,忍人也。”

[2]《石勒传》曰:“勒字世龙,上党武乡人,匈奴之苗裔也。雄勇好骑射。晋元康中,流宕山东,与平原茌平人师欢家庸,耳恒闻鼓角鞞铎之音,勒私异之。初,勒乡里原上地中生石日长,类铁骑之象。国中生人参,葩叶甚盛。于时父老相者皆云:‘此胡体貌奇异,有不可知。’劝邑人厚遇之,人多哂而不信。永嘉初,豪杰并起,与胡王阳等十八骑诣汲桑,为左前督。桑败,共推勒为主。攻下州县,都于襄国。后僭正号,死,谥明皇帝。”

[3] 邓粲《晋纪》曰:“勒手不能书,目不识字,每于军中令人诵读,听之,皆解其意。”《汉书》曰:“项羽急围汉王于荥阳,汉王与郦食其谋挠楚权。食其劝立六国后,王令趣刻印。张良入谏,以为不可。辍食吐哺,骂郦生曰:‘竖儒,几败乃公事!’趣令销印。”

[4]《晋诸公赞》曰:“瓘字伯玉,河东安邑人。少以明识清允称。傅嘏极贵重之,谓之甯武子。仕至太保,为楚王玮所害。”《玠别传》曰:“玠有虚令之秀,清胜之气,在群伍之中,有异人之望。祖太保见玠五岁曰:‘此儿神爽聪令,与众大异,恐吾年老,不及见尔。’”

原文

7.9 刘越石云:“华彦夏[1]识能不足,强果[2]有余。”[1]

7.10 张季鹰[3]辟齐王东曹掾[4],在洛,见秋风起,因思吴中菰菜〔、莼菜〕[5]羹、鲈鱼脍[6],曰:“人生贵得适意尔,何能羁宦数千里以要[7]名爵?”遂命驾便归。俄而

译文

刘越石(琨)说道:“华彦夏(轶)的见识才能不足,强悍果敢有余。”

张季鹰(翰)调任为齐王(司马冏)的东曹掾,在洛阳,看见秋风吹动,便想念家乡吴中的茭白菜、莼菜羹和鲈鱼脍,说道:“人生最宝贵的是符合心意而已,怎么能长期旅居于几千里以外做官来谋取名声和爵位

齐王败，时人皆谓为见机[8]。[2]

呢？”于是命令驾好车马返回家乡。不久以后齐王就失败了。当时的人都认为他事前能洞察事物的细微迹象。

7.11 诸葛道明初过江左，自名道明，名亚王、庾之下。[3]先为临沂令，丞相谓曰：“明府当为黑头公[9]。”[4]

诸葛道明（恢）最初来到江南，自己起名叫道明，名望仅次于王导、庾亮。先前曾经做过临沂县令，丞相（王导）对他说道：“明府将来会做黑头三公。”

今注

1 华彦夏：即华轶，字彦夏，平原高唐（今山东高唐）人。西晋末年大臣，曹魏太尉华歆曾孙。少有才气，闻于当世，泛爱博纳，众论美之。累迁散骑常侍。永嘉年间，官至振威将军、江州刺史。

2 强果：坚强果敢，强悍果敢。

3 张季鹰：即张翰，西晋文学家。字季鹰，吴郡（治今江苏苏州市）人。齐王司马冏执政，任为大司马东曹掾。知冏将败，又因秋风起，思念故乡菰菜、莼羹、鲈鱼脍，遂归吴。年五十七卒。所作诗今仅存六首。原有集，已失传。

4 东曹掾：大司马府属官。

5 据余嘉锡说校补。菰（gū）菜，即茭白。莼（chūn）菜，多年生水草，嫩叶可做汤菜。

6 脍（kuài）：切得很细的肉。

7 要（yāo）：通“邀”。追求，谋取。

8 见机：洞察事物的苗头或征兆。

9 黑头公：年纪尚轻，头发未白，能登三公之位的人。

刘注

[1] 虞预《晋书》曰："华轶字彦夏，平原人，魏太尉歆曾孙也。累迁江州刺史。倾心下士，甚得士欢心。以不从元皇命见诛。"《汉晋春秋》曰："刘琨知轶必败，谓其自取之也。"

[2]《文士传》曰："张翰字季鹰。父俨，吴大鸿胪。翰有清才美望，博学善属文，造次立成，辞义清新。大司马齐王冏辟为东曹掾。翰谓同郡顾荣曰：'天下纷纷未已，夫有四海之名者，求退良难。吾本山林间人，无望于时久矣。子善以明防前，以智虑后。'荣捉其手，怆然曰：'吾亦与子采南山蕨，饮三江水尔！'翰以疾归，府以辄去除吏名。性至孝，遭母艰，哀毁过礼。自以年宿，不营当世，以疾终于家。"

[3]《中兴书》曰："恢避难过江，与颍川荀道明、陈留蔡道明俱有名誉，号曰'中兴三明'。时人为之语曰：'京都三明各有名，蔡氏儒雅荀、葛清。'"

[4]《语林》曰："丞相拜司空，诸葛道明在公坐，指冠冕曰：'君当复著此。'"

原文

7.12 王平子素不知眉子[1]，曰："志大其量，终当死坞壁[2]间。"[1]

7.13 王大将军始下[3]，杨朗[4]苦谏不从，遂为王致力，乘中鸣云露车[5]，径前曰："听下官鼓音，一进而捷。"王先把其手曰："事克，当相用为荆州。"既而忘之，以为南郡。[2]王败后，明帝收朗，欲杀

译文

王平子（澄）向来不赏识侄儿眉子（王玄），评论王玄道："他的志向大过他的气量，终究会死在城寨里。"

王大将军（敦）起初起兵东下京都，杨朗苦苦劝阻，大将军不听，他不得已便为其效力，坐着中鸣云露车一直到大将军面前，说道："听我的鼓音，一进攻就会获胜。"大将军握住他的手道："战争胜利了，我将任用你做荆州刺史。"过后却忘了这话，任命他为南郡太守。大将军失败以后，晋明帝（司马绍）下令逮捕了

之。帝寻崩，得免。后兼三公〔曹〕[6]，署数十人为官属。此诸人当时并无名，后皆被知遇。于时称其知人。

杨朗，想杀掉他。不久明帝死去，杨朗才得到赦免。后来他兼任三公曹，任用了几十个人做属官。这批人在当时都没有什么名气，后来都受到了赏识重用。当时的人都称赞他善于识别人才。

今注

1 眉子：即王玄，字眉子，王衍之子，王澄之侄。少慕简旷，亦有俊才，与卫玠齐名。荀藩用其为陈留太守，屯尉氏。玄素名家，有豪气，荒弊之时，人情不附。将赴祖逖，为盗所害。

2 坞壁：防御用的城寨。魏晋时天下大乱，豪强往往聚众筑此坞堡壁垒以自守。

3 下：顺江东下攻打建康。

4 杨朗：字世彦，弘农（今河南灵宝）人。有器识才量。仕至雍州刺史，官至三公曹郎。

5 中鸣云露车：一种战车，或说是云车，即楼车。车上有望楼可瞭望。中鸣，指在车中设置锣鼓，指挥军队进退。

6 据李慈铭、程炎震说补。三公曹，汉成帝起在少府官属尚书令下面设置的官吏，主断狱事。

刘注

[1]《晋诸公赞》曰："王玄字眉子，夷甫子也。东海王越辟为掾，后行陈留太守。大行威罚，为坞人所害。"

[2]《晋百官名》曰："朗字世彦，弘农人。"《杨氏谱》曰："朗祖嚣，典军校尉。父（淮）〔准〕，冀州刺史。"王隐《晋书》曰："朗有器识才量，善能当世。仕至雍州刺史。"

原文

7.14 周伯仁母[1]，冬至举酒赐三子曰："吾本谓度[2]江托足无所，尔家有相[3]，尔等并罗列吾前，复何忧？"周嵩起，长跪而泣曰："不如阿母言。伯仁为人志大而才短，名重而识暗，好乘人之弊，此非自全之道；嵩性狼抗，亦不容于世；唯阿奴碌碌[4]，当在阿母目下耳。"[1]

译文

周伯仁（顗）的母亲，在冬至那天拿酒赐给三个儿子道："我本来认为渡江以后没有立脚的地方，你们家有好福气，你们几个都排列在我面前，还有什么使人忧虑的？"周嵩起身，直着腰跪在母亲面前流着眼泪说道："并不像母亲说的那样。哥哥伯仁为人处世，志向很大却才能不足，名声显赫但见识短浅，喜欢利用别人的缺点，这不是保全自己的方法；我生性狂暴执拗，也不能被世人容纳；只有阿奴（周谟）平平庸庸，将会守护在母亲跟前而已。"

今注

1 周伯仁母：汝南李氏女，名络秀，为晋安东将军周浚妻，生周顗、周嵩、周谟。

2 度：通"渡"。

3 相：占相。观察某些天文地理等自然现象或人的面貌气色，来推断未来的吉凶祸福。

4 碌碌：平庸，没有能力。

刘注

[1] 邓粲《晋纪》曰："阿奴，嵩之弟周谟也。"三周并已见。

原文

7.15 王大将军既亡，王应[1]欲投世儒[2]，世儒为江州；王含欲投王舒[3]，舒为荆州。含语应曰："大将军平素与江州云何，而汝欲归之？"应曰："此乃所以宜往也。[1]江州当人强盛时，能抗同异[4]，此非常人所行。及睹衰厄，必兴愍恻。[2]荆州守文，岂能作意表行事？"含不从，遂共投舒，舒果沉含父子于江。[3]彬闻应当来，密具船以待之，竟不得来，深以为恨。[4]

译文

王大将军（敦）死后，王应打算去投奔世儒（王彬），世儒当时任江州刺史；王含想去投奔王舒，王舒当时任荆州刺史。王含对王应说道："大将军往常和江州刺史的关系怎么样，你却想去投靠他？"王应说道："正是因为关系不好才去他那儿。江州刺史在别人强盛的时候，还能够坚持不同意见，这不是一般人所能做到的。到了看见别人衰败危难的时候，一定会产生怜悯同情之心。荆州刺史遵守法纪，怎么能够违法冒险救我们？"王含不听从他的意见，于是两人一起去投奔王舒，王舒果然把王含父子沉入长江。王彬听说王应要来，秘密地准备好船只等候，最终竟然没能来，王彬对此深感遗憾。

今注

1 王应：字安期，王含之子。王敦无子，养为嗣，任武卫将军，用为副贰。

2 世儒：即王彬，字世儒，琅邪临沂（今山东临沂）人，王敦从弟。累迁江州刺史、左仆射，赠卫将军。

3 王舒：字处明，琅邪临沂（今山东临沂）人。累迁北中郎将、荆州刺史、尚书仆射，出为会稽太守。因讨苏峻有功，封彭泽侯，赠车骑大将军。

4 同异：偏义复词。常作异议或不同意见解。"同"字无义。

刘注

[1]《晋阳秋》曰:"应字安期,含子也。敦无子,养为嗣,以为武卫将军,用为副贰,伏诛。"

[2]《王彬别传》曰:"彬字世儒,琅邪人。祖览,父正,并有名德。彬爽气出侪类,有雅正之韵。与元帝姨兄弟,佐佑皇业,累迁侍中。从兄敦下石头,害周伯仁,彬与颉素善,往哭其尸,甚恸。既而见敦,敦怪其有惨容而问之。答曰:'向哭周伯仁,情不能已。'敦曰:'伯仁自致刑戮,汝复何为者哉?'彬曰:'伯仁清誉之士,有何罪?'因数敦曰:'抗旌犯上,杀戮忠良!'音辞慷慨,与泪俱下。敦怒甚。丞相在坐,代为之惧,命彬曰:'拜谢。'彬曰:'有足疾。比来见天子尚不能拜,何跪之有?'敦曰:'脚疾何如颈疾?'以亲故不害之。累迁江州刺史、左仆射。赠卫将军。"

[3]《传》曰:"舒字处明,琅邪人。祖览,知名。父会,御史。舒器业简素,有文武干。中宗用为北中郎将、荆州刺史、尚书仆射。出为会稽太守。以父名会,累表自陈。讨苏峻有功,封彭泽侯,赠车骑大将军。"

[4] 含之投舒,舒遣军逆之,含父子赴水死。昔郦寄卖友见讥,况贩兄弟以求安,舒非人矣!

原文

7.16 武昌孟嘉[1]作庾太尉州从事[2],已知名。褚太傅有知人鉴,罢豫章,还过武昌,问庾曰:"闻孟从事佳,今在此不?"庾云:"试自求之。"褚眄睐良久,指

译文

武昌人孟嘉任庾太尉(亮)的州从事时,已经很有名气了。褚太傅(裒)有鉴别人物的眼力,免去豫章太守回家的时候,路过武昌,问庾太尉:"听说孟从事(嘉)很不错,他现在在这里吗?"庾太尉说:"你自己试着去找一找。"褚太傅四处察看了很长时间,指着孟嘉道:"这位稍显不同,

嘉曰:“此君小异,得无[3]是乎?”庾大笑曰:“然。”于时既叹褚之默识,又欣嘉之见赏。[1]

恐怕是他吧?”庾太尉大笑道:“对。”当时大家既赞叹褚太傅这种在不言中识别人物的才能,又为孟嘉受到赏识而高兴。

7.17 戴安道年十余岁,在瓦官寺画。王长史见之,曰:“此童非徒能画,[2]亦终当致名。恨吾老,不见其盛时耳!”

戴安道(逵)十几岁的时候,在瓦官寺画画。王长史(濛)看见他,说道:“这孩子不仅能画画,也终将会获得名望。遗憾的是我老了,见不到他兴盛显达的时候了!”

今注

1 孟嘉:字万年,江夏鄳(méng)县(今河南罗山)人。嘉少以清操知名,太尉庾亮领江州,辟嘉为庐陵从事。后为征西桓温参军,转从事中郎,迁长史。

2 州从事:州府所设属官。

3 得无:莫非,或许。

刘注

[1]《嘉别传》曰:“嘉字万年,江夏鄳人。曾祖父宗,吴司空。祖父揖,晋庐陵太守。宗葬武昌阳新县,子孙家焉。嘉少以清操知名。太尉庾亮领江州,辟嘉部庐陵从事。下都还,亮引问风俗得失。对曰:‘待还,当问从事吏。’亮举麈尾掩口而笑,语弟翼曰:‘孟嘉故是盛德人。’转劝学从事。太傅褚裒有器识,亮正旦大会,裒问亮:‘闻江州有孟嘉,何在?’亮曰:‘在坐,卿但自觅。’裒历观久之,指嘉曰:‘将无是乎?’亮欣然而笑,喜裒得嘉,奇嘉为裒所得,乃益器之。后为征西桓温参军,九月九日温游龙山,参寮毕集。时佐史并著戎服,风吹嘉帽堕落,

温戒左右勿言，以观其举止。嘉初不觉，良久如厕，命取还之。令孙盛作文嘲之，成，著嘉坐。嘉还即答，四坐嗟叹。嘉喜酣畅，愈多不乱。温问：'酒有何好，而卿嗜之？'嘉曰：'明公未得酒中趣尔。'又问：'听伎，丝不如竹，竹不如肉，何也？'答曰：'渐近自然。'转从事中郎，迁长史。年五十三而卒。"

[2]《续晋阳秋》曰："逵善图画，穷巧丹青也。"

原文

7.18 王仲祖、谢仁祖、刘真长俱至丹阳墓所 1 省殷扬州，殊有确然 2 之志。[1] 既反 3，王、谢相谓曰："渊源不起，当如苍生何？"深为忧叹。刘曰："卿诸人真忧渊源不起邪？"

7.19 小庾 4 临终，自表以子园客为代。[2] 朝廷虑其不从命，未知所遣，乃共议用桓温。刘尹曰："使伊去，必能克定西楚 5，然恐不可复制。"[3]

译文

王仲祖（濛）、谢仁祖（尚）、刘真长（惔）一起到丹阳郡殷氏墓庐探望殷扬州（浩），殷扬州隐遁的志向坚定不移。回来以后，王、谢相互议论道："渊源（殷浩）不出任，老百姓将怎么办呢？"他们为此深感忧虑，叹息不已。刘真长道："你们各位真的担心渊源不出仕吗？"

小庾（翼）临死前，亲自上奏章请求用自己的儿子园客（庾爰之）代替他出任荆州刺史。朝廷担心他不肯服从命令，不知该派什么人去才好，于是一起商议任用桓温。刘尹（惔）道："派遣他去，一定能够平定荆州地区，可是恐怕今后再也不能控制他了。"

今注

1 丹阳墓所：丹阳隐居之所。

2 确然：坚定，坚决。

3 反：同“返”。

4 小庾：指庾翼。庾翼与其兄庾亮并有名气，时称小庾。

5 西楚：晋时指荆州地区。

刘注

[1]《中兴书》曰：“浩栖迟积年，累聘不至。”

[2] 园客，爰之小字也。《庾氏谱》曰：“爰之字仲真，翼第二子。”《中兴书》曰：“爰之有父翼风，桓温徙于豫章。年三十六而卒。”

[3]《陶侃别传》曰：“庾翼薨，表其子爰之代为荆州。何充曰：‘陶公重勋也，临终高让。丞相未薨，敬豫为四品将军，于今不改。亲则道恩，优游散骑，未有超卓若此之授。’乃以徐州刺史桓温为安西将军、荆州刺史。”宋明帝《文章志》曰：“翼表其子代任，朝廷畏惮之，议者欲以授桓温。时简文辅政，然之。刘惔曰：‘温去必能定西楚，然恐不能复制。愿大王自镇上流，惔请为从军司马。’简文不许。温后果如惔所算也。”

原文

7.20 桓公将伐蜀，在事诸贤咸以李势[1]在蜀既久，承藉累叶，且形据上流，三峡未易可克。唯刘尹云：“伊必能克蜀。观其蒲博[2]，不必得则不为。”[1]

7.21 谢公在东山畜妓，简文曰：“安石必出，

译文

桓公（温）即将征伐蜀地，在朝当政的贤明人士都认为李势占领蜀地已有很长时间，继承了好几代先人的基业，而且蜀地占据长江上游，三峡不是轻易能够攻克的。只有刘尹（惔）说道：“他一定能征服蜀地。从他赌博可以看出，没有必胜的把握，他是不肯干的。”

谢公（安）在东山养着歌舞女，简文帝（司马昱）说道：“安石（谢安）一定会

既与人同乐，亦不得不与人同忧。”[2]

出仕，他既和人同乐，也就不得不和人同忧。”

今注

1 李势（？—361）：十六国时期成汉国君，公元 343—347 年在位。字子仁，蜀郡成都（今四川成都）人。其先李特，因晋乱据蜀。其父李寿篡位自立。后李势即位，改元太和。李势骄狂吝啬，贪财好色，残害大臣，滥用刑法，当时人人自危。公元 347 年，桓温率军讨伐李势，李势兵败投降，成汉灭亡。

2 蒲博：樗蒲。古代一种赌博性质的游戏。

刘注

[1]《华阳国志》曰："李势字子仁，洛阳临渭人。本巴西宕渠賨人也。其先李特，因晋乱据蜀，特子雄，称号成都。势祖骧，特弟也。骧生寿，寿篡位自立，势即寿子也。晋安西将军伐蜀，势归降，迁之扬州。自起至亡，六世三十七年。"《温别传》曰："初，朝廷以蜀处险远，而温众寡少，县军深入，甚以忧惧。而温直指成都，李势面缚。"《语林》曰："刘尹见桓公每嬉戏必取胜，谓曰：'卿乃尔好利，何不焦头？'及伐蜀，故有此言。"

[2] 宋明帝《文章志》曰："安纵心事外，疏略常节，每畜女妓，携持游肆也。"

原文

7.22 郗超与谢玄不善。（符）〔苻〕[1] 坚将问晋鼎 [2]，既已狼噬梁、岐 [3]，又虎视淮阴矣。[1] 于时朝议遣玄北讨，人间颇

译文

郗超和谢玄不和睦。苻坚打算夺取晋室政权，已经像恶狼一样吞食了梁州、岐山，又虎视眈眈地注视着淮河以南广大地区。这时朝廷商议派遣谢玄北伐苻坚，人们暗地里很有些不同见解。只有

有异同[4]之论。唯超曰:“是必济事。吾昔尝与共在桓宣武府,见使才皆尽,虽履屐[5]之间,亦得其任。以此推之,容必能立勋。”元功既举,时人咸叹超之先觉,又重其不以爱憎[6]匿善。[2]

郗超说道:“此人一定能成事。我过去曾经和他一起在桓宣武(温)的军府里共事,知道他用人时能做到人尽其才,即使是一些琐细的小事,也能使人得到适当的安排。由此推论,想必他能够建立功勋。”谢玄大功告成以后,当时的人都赞叹郗超有先见之明,同时又敬重他不因为个人的好恶而埋没别人的才能。

今注

1 据余嘉锡说校改。

2 问晋鼎:指谋夺东晋政权。鼎为国家权力的象征。

3 梁、岐:梁指梁州,古代九州之一。辖今四川和陕西西南部。岐指岐山,在今陕西。

4 异同:偏义复词。偏指“异”,即不同意见。“同”字无义。

5 履屐(lǚ jī):泛指鞋子,比喻小事。

6 爱憎:偏义复词。偏指“憎”,即憎恨。“爱”字无义。

刘注

[1] 车频《秦书》曰:“苻坚字永固,武都氐人也。本姓蒲,祖父洪,诈称谶文,改曰‘苻’。言已当王,应符命也。坚初生,有赤光流其室,及诞,背赤色隐起,若篆文。幼有美度,石虎司隶徐正名知人,坚六岁时,尝戏于路,正见而异焉,问曰:‘苻郎!此官街,小儿行戏,不畏缚邪?’坚曰:‘吏缚有罪,不缚小儿。’正谓左右曰:‘此儿有王霸相。’石氏乱,伯父健及父雄西入关,健梦天神使者朱衣冠,拜肩头为龙骧将军。肩头,坚小字也。健即拜为龙骧,以应神命。后健僭帝号。死,子生立,

凶暴，群臣杀之而立坚。坚立十五年，遣长乐公丕攻没襄阳。十九年，大兴师伐晋，众号百万，水陆俱进，次于项城。自项城至长安，连旗千里，首尾不绝。乃遣告晋曰：'已为晋君于长安城中建广夏之室，今故大举渡江相迎，克日入宅也。'"

[2]《中兴书》曰："于时氐贼强盛，朝议求文武良将可镇靖北方者。卫大将军安曰：'惟兄子玄可任此事。'中书郎郗超闻而叹曰：'安违众举亲，明也。玄必不负其举。'"

原文

7.23 韩康伯与谢玄亦无深好，玄北征后，巷议疑其不振。康伯曰："此人好名，必能战。"[1]玄闻之甚忿，常于众中厉色曰："丈夫提千兵入死地，以事君亲[1]故发，不得复云为名！"

7.24 褚期生[2]少时，谢公甚知之，恒云："褚期生若不佳者，仆不复相士。"[2]

7.25 郗超与傅瑗[3]周旋，瑗见其二子，并总发。超观之良久，谓瑗曰："小者才名皆胜，然保卿家，终当在兄。"即傅亮兄弟[4]也。[3]

译文

韩康伯（伯）和谢玄也没有深厚交情，谢玄去北伐苻坚后，大街小巷私下议论，都怀疑他不能有所作为。韩康伯说道："这个人好名，一定能死战。"谢玄听说后非常气愤，曾经在大庭广众中满脸怒气地说："大丈夫率领千军万马出生入死，为了报效君王才出兵征战，不能再说什么为了名声！"

褚期生（爽）年轻时，谢公（安）很赏识他，经常说："褚期生如果不优异的话，我就不再鉴别人才。"

郗超和傅瑗交往密切，傅瑗叫两个儿子出来拜见，他们都还年幼。郗超对他们观察了许久，对傅瑗说道："小的才学和名望都超过他的哥哥，可是保全你们一家的，终究是哥哥。"这两个孩子就是傅迪、傅亮兄弟。

今注

1 君亲:偏义复词。偏指君,即君王。"亲"字无义。

2 褚期生:即褚爽,字弘茂,小字期生,颍川阳翟(今河南禹州)人。少有令称,谢安甚重之。及长,果俊迈有风气。累迁中书郎、义兴太守。女褚灵媛为恭帝司马德文皇后。

3 傅瑗:字叔玉,北地灵州(今宁夏吴忠)人。历任护军长史、安城太守。

4 傅亮兄弟:指傅迪和傅亮。傅迪字长猷,傅瑗长子。位至五兵尚书,赠太常。傅亮字季友,傅瑗次子。历任尚书令、光禄大夫。元嘉三年(426),傅亮以罪伏诛。

刘注

[1]《续晋阳秋》曰:"玄识局贞正,有经国之才略。"

[2] 期生,褚爽小字也。《续晋阳秋》曰:"爽字茂弘,河南人。太傅裒之孙,秘书监韶之子。太傅谢安见其少时,叹曰:'若期生不佳,我不复论士。'及长,果俊迈有风气。好《老》《庄》之言,当世荣誉,弗之屑也,惟与殷仲堪善。累迁中书郎、义兴太守。女为恭帝皇后。"

[3]《傅氏谱》曰:"瑗字叔玉,北地灵州人。历护军长史、安城太守。"《宋书》曰:"迪字长猷,瑗长子也。位至五兵尚书。赠太常。"丘渊之《文章录》曰:"亮字季友,迪弟也。历尚书令,仕光禄大夫。元嘉三年,以罪伏诛。"

原文

7.26 王恭随父在会稽,王大自都来拜墓,[1]恭暂往墓下看之。二人素善,遂十余日方还。父

译文

王恭跟随父亲王蕴住在会稽,王大(忱)从京都来会稽扫墓,王恭匆忙到墓所看望他。两人向来友好,于是王恭逗留了十几天才回家。父亲问王恭道:"为

问恭:“何故多日?”对曰:“与阿大语,蝉连不得归。”因语之曰:“恐阿大非尔之友,终乖爱好。”果如其言。[2]

什么去了许多日子?”王恭回答道:“和阿大谈话,连续不绝,因此不能回来。”父亲便告诉他道:“恐怕阿大不是你的朋友,你们的志趣喜好最终会不相合的。”后来果然和他父亲所说的一样。

7.27 车胤父作南平郡[1]功曹[2],太守王胡之避司马无忌之难[3],置郡于沣阴。是时胤十余岁,胡之每出,尝[4]于篱中见而异焉。谓胤父曰:“此儿当致高名。”后游集,恒命之。胤长,又为桓宣武所知,清通于多士之世,官至选曹尚书[5]。[3]

车胤的父亲在南平郡任功曹,太守王胡之为了躲避司马无忌的仇怨,把郡的首府设在了沣阴。这时车胤才十几岁,王胡之每次外出,经常从篱笆中见到他,感到十分惊奇。王胡之便对车胤的父亲说:“这孩子将来会获得很高的名望。”后来每逢游宴聚会,常常召唤他参加。车胤长大以后,又受到桓宣武(温)的赏识,在那个人才济济的时代里,他以清明通达知名,官做到选曹尚书。

今注

1 南平郡:郡名。治所在江安(今湖北公安)。

2 功曹:官名。州郡属官。

3 避司马无忌之难:司马无忌字公寿,谯王司马承子,位至郡守。王敦杀谯王承,假手于王廙。无忌为父报仇,欲攻杀王廙子王胡之,故王胡之避之。

4 尝:通“常”。经常,常常。

5 选曹尚书:即吏部尚书。

刘注

[1] 恭父蕴、王忱,并已见。

[2] 忱与恭为王绪所间,终成怨隙。别见。

[3]《续晋阳秋》曰:"胤字武子,南平人。父育,为郡主簿。太守王胡之有知人识,裁见,谓其父曰:'此儿当成卿门户,宜资令学问。'胤就业恭勤,博览不倦。家贫不常得油,夏月则练囊盛数十萤火以继日焉。及长,风姿美劭,机悟敏率。桓温在荆州取为从事,一岁至治中。胤既博学多闻,又善于激赏,当时每有盛坐,胤必同之,皆云:'无车公不乐。'太傅谢公游集之日,开筵以待之。累迁丹阳尹、护军将军、吏部尚书。"

原文

7.28 王忱死,西镇[1]未定,朝贵人人有望。时殷仲堪在门下,虽居机要,资名轻小,人情未以方岳[2]相许。晋孝武欲拔亲近腹心,遂以殷为荆州。事定,诏未出,王珣问殷曰:"陕西[3]何故未有处分?"殷曰:"已有人。"王历问公卿,咸云:"非。"王自计才地,必应任己,复问:"非我邪?"殷曰:"亦似非。"其夜,诏出用殷。王语

译文

王忱死后,荆州的长官人选没有确定,朝中显贵人人都怀着希望。当时殷仲堪在门下省任职,虽然处在机要部门,但是资历浅,名望小,人们不认为他能担当地方长官的重任。可是晋孝武帝(司马曜)想提拔自己的亲近心腹,就任命了殷仲堪做荆州刺史。事情已经决定,诏令还没有发出,王珣问殷仲堪:"荆州刺史的人选为什么还没有确定?"殷仲堪回答道:"已经有了人选。"王珣把朝中大臣的名字一一举出,殷仲堪都说:"不是。"王珣估量自己的才干和社会地位,认为一定是自己,又问道:"是不是我呀?"殷仲堪回答道:"好像也不是。"当

所亲曰:“岂有黄门郎而受[4]如此任?仲堪此举,乃是国之亡征。”[1]

晚诏令发出任命殷仲堪。王珣对亲近的人说道:“哪有黄门侍郎却能授予这样的重任的?这次选拔仲堪,就是国家灭亡的预兆。”

今注

1 西镇:荆州在建康西,故称西镇。

2 方岳:地方长官。此指大州的刺史。

3 陕西:指荆州。晋朝南渡以后,江左以扬州、荆州最为重要,若周公、召公之在陕东、陕西夹辅周室。因此以扬州为陕东,荆州为陕西。

4 受:授予。

刘注

[1]《晋安帝纪》曰:“孝武深为晏驾后计,擢仲堪代王忱为荆州。仲堪虽有美誉,议者未以方岳相许也。既受腹心之任,居上流之重,议者谓其殆矣。终为桓玄所败。”

赏誉第八

导读

赏誉，即称赏与赞誉。本门共一百五十六条。

这一门主要是称赏与赞扬有才德的人物。这是当时品评人物的风气所致。士大夫常在各种情形下百家争鸣式地评论人物的高下优劣，所说的都是很简练而且被认为是最恰当的话。比如，陈蕃曾经赞叹周乘是治国的人才。若是拿宝剑作比喻，那他就是当代的干将。干将是古代传说中的名剑。又如，世人评论李膺，说他如劲松下的疾风，即说他做事雷厉风行；评论周顗如陡峭壁立的高山，即说他清高正直；评论杜乂风姿俊逸，纯洁美好，作风高尚，值得歌颂。诸如此类，可见当时人们所推崇的人品。

原文

8.1 陈仲举尝叹曰："若周子居者，真治国之器。[1]譬诸宝剑，则世之干将。"[2]

8.2 世目李元礼："谡谡[1]如劲松下风。"[3]

8.3 谢子微[2]见许子将兄弟[3]，曰："平舆之渊，

译文

陈仲举（蕃）曾经赞叹道："周子居（乘）这个人，的确是治国的人才。拿宝剑打比方，他就是当代的干将。"

世人评论李元礼（膺）道："强劲有力像劲松下面的风。"

谢子微（甄）看见许子将（劭）兄弟，说道："平舆县的深潭里，有两条龙呢。"看见许子政（虔）年轻时候的样子，赞叹

有二龙焉。”见许子政弱冠之时,叹曰:“若许子政者,有干国之器。正色忠謇,则陈仲举之匹;[4] 伐恶退不肖,范孟博[4]之风。”[5]

道:“许子政这个人,有治国的才能。态度严整,忠诚正直,可以和陈仲举(蕃)相比;抨击邪恶,斥退不才,有范孟博(滂)的作风。”

今注

1 谡(sù)谡:强劲有力貌。也用来形容风声、涛声等。

2 谢子微:即谢甄,字子微,汝南召陵(今河南郾城东)人,东汉时期名士。因不拘小节被时人诋毁,其后事迹不详。

3 许子将兄弟:指许虔、许劭兄弟。许虔,字子政,东汉末年汝南平舆(今河南平舆北)人。许劭之兄。许劭,字子将,东汉末年著名人物评论家。据说他每月都要对当时人物进行一次品评,人称为“月旦评”。曾任汝南郡功曹,后南渡投靠扬州刺史刘繇。刘繇被孙策击败后,许劭随其逃往豫章郡,并在豫章去世。兄弟两人被合称为“平舆二龙”。

4 范孟博:即范滂(137—169),东汉汝南征羌(治今河南漯河东南)人,字孟博。初为清诏使,迁光禄勋主事。后为汝南太守宗资属吏,得到信任,时称:“汝南太守范孟博,南阳宗资主画诺。”他抑制豪强,并与太学生结交,反对宦官。延熹九年(166),与李膺等同时被捕。次年释放还乡。后党锢之狱再兴,遂自往投案,死狱中。

刘注

[1]《汝南先贤传》曰:“周乘字子居,汝南安城人。天姿聪朗,高峙岳立,非陈仲举、黄叔度之俦则不交也。仲举尝叹曰:‘周子居者,真治国之器也。’为太山太守,甚有惠政。”

[2]《吴越春秋》曰:“吴王阖闾请干将作剑。干将者,吴人,其妻曰莫邪。

干将采五山之精，六金之英，候天地，伺阴阳，百神临视，而金铁之精未流。夫妻乃翦发及爪而投之炉中，金铁乃濡，遂成二剑。阳曰‘干将’，而作龟文；阴曰‘莫邪’，而作漫理。干将匿其阳，出其阴以献阖闾，阖闾甚宝重之。”

[3]《李氏家传》曰：“膺岳峙渊清，峻貌贵重。华夏称曰：‘颍川李府君，頵頵如玉山。汝南陈仲举，轩轩若千里马。南阳朱公叔，飂飂如行松柏之下。’”

[4]《汝南先贤传》曰：“谢甄字子微，汝南邵陵人。明识人伦，虽郭林宗不及甄之鉴也。见许子将兄弟弱冠时，则曰：‘平舆之渊有二龙。’仕为豫章从事。许虔字子政，平舆人。体尚高洁，雅正宽亮。谢子微见虔兄弟，叹曰：‘若许子政者，干国之器也。’虔弟劭，声未发时，时人以谓不如虔。虔恒抚髀称劭，自以为不及也。释褐为郡功曹，黜奸废恶，一郡肃然。年三十五卒。”《海内先贤传》曰：“许劭字子将，虔弟也。山峙渊停，行应规表。邵陵谢子微高才远识，见劭十岁时，叹曰：‘此乃希世之伟人也。’初，劭拔樊子昭于市肆，出虞承贤于客舍，召李叔才于无闻，擢郭子瑜于小吏。广陵徐孟本来临汝南，闻劭高名，召功曹。时袁绍以公族为濮阳长，弃官还。副车从骑将入郡界，乃叹曰：‘许子将秉持清格，岂可以吾舆服见之邪？’遂单马而归。辟公府掾，敦辟皆不就。避地江南，卒于豫章也。”

[5] 张璠《汉纪》曰：“范滂字孟博，汝南伊阳人。为功曹，辟公府掾。升车揽辔，有澄清天下之志。百城闻滂高名，皆解印绶去。为党事见诛。”

原文

8.4 公孙度[1]目邴原[2]：“所谓云中白鹤，非燕雀之网所能罗也。”[1]

译文

公孙度品评邴原道：“他就是人们所说的云中白鹤，不是捕捉燕雀的网所能罗致的。”

8.5 钟士季目王安丰："阿戎[3]了了解人意。"[2]谓："裴公[4]之谈，经日不竭。"[3]吏部郎[5]阙，文帝[6]问其人于钟会，会曰："裴楷清通，王戎简要，皆其选也。"于是用裴。[4]

钟士季（会）品评王安丰（戎）道："阿戎清楚地理解别人的心意。"又评论道："裴公（楷）善谈，整天都谈不完。"吏部郎缺额，晋文帝（司马昭）问钟会什么人最合适，钟会回答道："裴楷清明通达，王戎简练切要，都是合适的人选。"于是任命了裴楷。

8.6 王濬冲、裴叔则二人总角诣钟士季。须臾去后客问钟曰："向二童何如？"钟曰："裴楷清通，王戎简要。后二十年，此二贤当为吏部尚书，冀尔时天下无滞才[7]。"[5]

王濬冲（戎）、裴叔则（楷）二人小时候去拜见钟士季（会），不一会儿便走了。随后门客问钟士季："刚才那两个小孩怎么样？"钟士季回答道："裴楷清明通达，王戎简练切要。二十年后，这两位贤才将会做吏部尚书，希望那个时候天下没有漏选的人才。"

今注

1 公孙度：字升济，辽东襄平（今辽宁辽阳）人，东汉末年辽东地区割据军阀。累迁冀州刺史、辽东太守。

2 邴（bǐng）原：字根矩，北海朱虚（今山东临朐东）人。避乱辽东，投靠公孙度，后归中原，官至五官中郎将长史。

3 阿戎：指王戎。阿，词头。用在人名、排行、亲属名称或某些代词前面。

4 裴公：当指裴楷，刘孝标注误。

5 吏部郎：主管官吏选拔的官。

6 文帝：指司马昭。死后谥文王，追尊为文皇帝。

7 滞才：漏选的人才。

刘注

[1]《魏书》曰:"度字叔济,襄平人。累迁冀州刺史、辽东太守。"《邴原别传》曰:"原字根矩,东(管)〔莞〕朱虚人。少孤,数岁时过书舍而泣。师问曰:'童子何泣也?'原曰:'凡得学者,有亲也。一则愿其不孤,二则羡其得学,中心感伤,故泣耳。'师恻然曰:'苟欲学,不须资也。'于是就业。长则博览洽闻,金玉其行。知世将乱,避地辽东。公孙度厚礼之。中国既宁,欲还乡里,为度禁绝。原密自治严,谓部落曰:'移比近郡。'以观其意。皆曰:'乐移。'原旧有捕鱼大船,请村落,皆令熟醉,因夜去之。数日,度乃觉,吏欲追之,度曰:'邴君所谓云中白鹤,非鹑鷃之网所能罗也。'魏王辟祭酒,累迁五官中郎长史。"

[2] 王隐《晋书》曰:"戎少清明晓悟。"

[3] 裴颜,已见。

[4] 按诸书皆云:钟会荐裴楷、王戎于晋文王,文王辟以为掾,不闻为吏部郎。

[5]《晋阳秋》曰:"戎为儿童,钟会异之。"

原文

8.7 谚曰:"后来领袖有裴秀[1]。"[1]

8.8 裴令公目夏侯太初:"肃肃[2]如入廊庙中,不修敬而人自敬。"[2]一曰:"如入宗庙,琅琅但见礼乐器。""见钟士季如观武库,但睹矛戟。见傅兰硕,(江)〔汪〕[3]廧靡所

译文

谚语说:"晚辈中为人表率的人有裴秀。"

裴令公(楷)品评夏侯太初(玄):"严正得好像进入朝廷里,并不有意加强敬意,却自然而然使人肃然起敬。"另一种说法是:"好像进入宗庙里,只看见琳琅满目的礼器和乐器。"又评论道:"看见钟士季(会),好像参观武器库,只看见矛戟森森。看见傅兰硕(嘏),好像汪洋一

不有。见山巨源,如登山临下,幽然深远。”[3]

片,无所不有。看见山巨源(涛),好像登上山巅往下看,深邃旷达。”

今注

1 裴秀(224—271):西晋地图学家。字季彦,河东闻喜(今属山西)人。武帝时官至司空。曾总结前人制图经验,在《禹贡地域图序》中提出“制图六体”:分率、准望、道里、高下、方邪、迂直,即地图绘制上的比例尺、方位、距离,及逢高取下、逢方取斜、逢迂取直,即把人行道路变为水平直线距离等原则。自此至明末,为中国制图者所遵循,在世界地图史上亦有重要地位。绘有《禹贡地域图》《地形方丈图》,前者为历史地图,后者为简缩的晋地图,今已佚。

2 肃肃:严正貌。

3 据李慈铭说校改。刘盼遂曰:“《晋书·裴楷传》作‘傅嘏汪翔,靡所不见’。汪廧与汪翔同,通作汪洋。”都是深厚广博的意思。

刘注

[1] 虞预《晋书》曰:“秀字季彦,河东闻喜人。父潜,魏太常。秀有风操,八岁能著文。叔父徽,有声名。秀年十余岁,有宾客诣徽,出则过秀。时人为之语曰:‘后进领袖有裴秀。’大将军辟为掾。父终,推财与兄。年二十五,迁黄门侍郎。晋受禅,封巨鹿公。后累迁左光禄、司空。四十八薨,谥元公,配食宗庙。”

[2]《礼记》曰:“周丰谓鲁哀公曰:‘宗庙社稷之中,未施敬而民自敬。’”

[3] 玄、会、嘏、涛,并已见上。

原文

8.9 羊公还洛,郭奕[1]为

译文

羊公(祜)回洛阳,当时郭奕正

野王[2]令。[1]羊至界,遣人要之,郭便自往。既见,叹曰:"羊叔子何必减[3]郭太业!"复往羊许,小悉[4]还,又叹曰:"羊叔子去人远矣!"羊既去,郭送之弥日,一举数百里,遂以出境免官。复叹曰:"羊叔子何必减颜子!"

任野王县令。羊公到了县界,派人去邀请他,郭奕就去了。见面以后,郭奕赞叹道:"羊叔子不见得会比我郭太业逊色!"再到羊公的住所,过了一会儿回去,又赞叹道:"羊叔子远远超出我啊!"羊公离去时,郭奕整天都在送他,一下就送了几百里,终于因为私离职守被免去官职。他还继续不停地赞叹道:"羊叔子哪里会比不上颜渊呢!"

今注

1 郭奕:字泰业,一作"太业",太原阳曲(今山西太原)人。累世旧族,官至尚书、雍州刺史,封平陵县男。

2 野王:县名。晋代属河内郡。

3 减:减色,逊色。

4 小悉:一会儿。

刘注

[1]《晋诸公赞》曰:"奕字泰业,太原阳曲人。累世旧族。奕有才望,历雍州刺史、尚书。

原文

8.10 王戎目山巨源:"如璞玉浑金[1],人皆钦其宝,莫知名其器。"[1]

8.11 羊长和父繇[2]与

译文

王戎品评山巨源(涛)道:"像璞玉浑金不好估测其价值一样,人们都钦羡他的才华,却估量不出其才有多大。"

羊长和(忱)的父亲羊繇和太傅羊

太傅祜同堂相善，仕至车骑掾[3]，蚤[4]卒。长和兄弟五人，幼孤。[2]祜来哭，见长和哀容举止，宛若成人，乃叹曰："从兄不亡矣！"

祜是堂兄弟，两人非常友爱，羊繇的官做到车骑掾，死得很早。长和兄弟五人很小就成为孤儿。羊祜来哭丧，看见长和的悲痛神情和行为举止像成年人一样，于是叹息道："堂兄虽死犹生啊！"

8.12 山公举阮咸[5]为吏部郎，目曰："清真寡欲，万物不能移也。"[3]

山公（涛）推荐阮咸出任吏部郎，评论他道："纯洁真实，很少私欲，任何事物也动摇不了他。"

今注

1 璞玉浑金：未琢的玉和未炼的金。比喻天然美质，不加修饰。

2 父繇(yáo)：指羊忱的父亲羊繇，字堪甫，泰山南城（今山东平邑南）人。官车骑掾。

3 车骑掾(yuàn)：车骑将军的属官。

4 蚤：通"早"。

5 阮咸：西晋陈留尉氏（今属河南）人，字仲容。"竹林七贤"之一。阮籍之侄，与籍并称为"大小阮"。旷放不拘礼法。善弹琵琶。历官散骑侍郎，补始平太守。

刘注

[1] 顾恺之《画赞》曰："涛无所标明，淳深渊默，人莫见其际，而其器亦入道。故见者莫能称谓，而服其伟量。"

[2]《羊氏谱》曰："繇字堪甫，太山人。祖续，汉太尉，不拜。父祕，京兆太守。繇历车骑掾，娶乐国祯女，生五子：乘、洽、式、亮、悦也。"

[3]《名士传》曰："咸字仲容，陈留人，籍兄子也。任达不拘，当世皆怪其所为。及与之处，少嗜欲，哀乐至到，过绝于人，然后皆忘其向议。为

散骑侍郎。山涛举为吏部，武帝不用。太原郭奕见之心醉，不觉叹服。解音，好酒以卒。”山涛《启事》曰：“吏部郎史曜出，处缺当选。涛荐咸曰：‘真素寡欲，深识清浊，万物不能移也。若在官人之职，必妙绝于时。’诏用陆亮。”《晋阳秋》曰：“咸行已多违礼度。涛举以为吏部郎，世祖不许。”《竹林七贤论》曰：“山涛之举阮咸，固知上不能用，盖惜旷世之俊，莫识其真故耳。夫以咸之所犯，方外之意，称其清真寡欲，则迹外之意自见耳。”

原文

8.13 王戎目阮文业[1]：“清伦有鉴识，汉元以来未有此人。”[1]

8.14 武元夏[2]目裴、王曰：“戎尚约，楷清通。”[2]

8.15 庾子嵩目和峤：“森森如千丈松，虽磊砢[3]有节目[4]，施之大厦，有栋梁之用。”[3]

8.16 王戎云：“太尉神姿高彻，如瑶林琼树，自然是风尘外物。”[4]

译文

王戎品评阮文业（武）道：“清雅绝伦，有品鉴人物的能力，自汉初以来还没有这样的人。”

武元夏（陔）品评裴楷、王戎道：“王戎杰出简约，裴楷清明通达。”

庾子嵩（敳）品评和峤：“好像浓密茂盛的千丈高松，虽然树上多节，枝干交叉，可是用来构筑高楼大厦，还是可作栋梁之材。”

王戎说：“太尉（王衍）的神采风度高雅放达，好像琼林玉树，自然是世俗以外的人。”

今注

1 阮文业：即阮武，字文业，陈留尉氏（今河南尉氏）人，阮籍族兄。三国魏清河太守。

2 武元夏：即武陔(gāi)，字元夏，西晋沛国竹邑（今安徽濉溪）人。泰始初年，拜任尚书，掌管吏部，升任左仆射、左光禄大夫，开府仪同三司。

3 磊砢：树木多节貌。

4 节目：树木枝干交接处的坚硬而纹理纠结部分。

刘注

[1] 杜笃《新书》曰："阮武字文业，陈留尉氏人。父谌，侍中。武阔达博通，渊雅之士。"《陈留志》曰："武，魏末河清太守。族子籍，年总角，未知名，武见而伟之，以为胜己。知人多此类。著书十八篇，谓之《阮子》，终于家。"郭泰友人宋子俊称泰："自汉元以来，未有林宗之匹。"

[2] 虞预《晋书》曰："武陔字元夏，沛国竹邑人。父周，魏光禄大夫。陔及二弟韶、茂皆总角见称，并有品望，乡人诸父，未能觉其多少。时同郡刘公荣名知人，尝造周，周见其三子。公荣曰：'君三子皆国士。元夏器量最优，有辅佐之风，力仕宦，可为亚公。叔夏、季夏不减常伯、纳言也。'陔至左仆射。"

[3]《晋诸公赞》曰："峤常慕其舅夏侯玄为人，故于朝士中峨然不群，时类惮其风节。"

[4]《名士传》曰："夷甫天形奇特，明秀若神。"《八王故事》曰："石勒见夷甫，谓长史孔苌曰：'吾行天下多矣！未尝见如此人，当可活不？'苌曰：'彼晋三公，不为我用。'勒曰：'虽然，要不可加以锋刃也。'夜使推墙杀之。"

原文

8.17 王汝南[1]既除所生服[2]，遂停墓所。兄子济每来拜墓，略不过叔，叔亦不候。济脱时

译文

王汝南(湛)守孝期满，脱去孝服，便留在坟墓旁居住。他哥哥王浑的儿子王济每次来扫墓，从来不去拜访叔父，叔父也不等候他来。王济有时偶然过访，也

过，止寒温而已。后聊试问近事，答对甚有音辞，出济意外，济极惋愕。仍与语，转造精微。济先略无子侄之敬，既闻其言，不觉懔然，心形俱肃。遂留共语，弥日累夜。济虽俊爽，自视缺然，乃喟然叹曰："家有名士，三十年而不知！"济去，叔送至门。济从骑有一马，绝难乘，少能骑者。济聊问叔："好骑乘不？"曰："亦好尔。"济又使骑难乘马。叔姿形既妙，回策如萦，名骑无以过之。济益叹其难测，非复一事。[1]既还，浑问济："何以暂行累日？"济曰："始得一叔。"浑问其故，济具叹述如此。浑曰："何如我？"济曰："济以上人。"武帝每见济，辄以湛调之曰："卿家痴叔死未？"

只是寒暄几句而已。后来姑且试探着问近来的事，回答起来言辞韵味都很不错，出乎王济意料，王济非常怅叹惊愕。再继续和他谈论，便越来越进入精深微妙的境界。王济原先完全没有一点子侄对长辈应有的敬意，听了叔父的谈论，不觉心中敬畏，内心和举止都严肃恭谨起来。于是留下来和叔父一起谈论，连续几天几夜。王济虽然才识风度高迈，却也看到了自己有所不足，于是感慨地叹息道："我们家中有名士，可是我三十年来却不知道！"王济要走了，叔父送他到门口。王济的随从骑着一匹烈马，很难驾驭，极少有人能骑它。王济随意问了问叔父："喜欢骑马吗？"叔父回答道："也喜欢。"王济就让他骑那匹难以驾驭的马。叔父不但骑马的风姿体态非常美妙，而且挥动马鞭回环自如，犹丝带般萦绕，即使著名的骑手也无法超过他。王济越发赞叹他深不可测，他绝不仅仅只是在某一件事情上出色而已。王济回家后，父亲王浑问他道："为什么临时外出却一去好几天？"王济回答道："我刚刚得到一位叔叔。"王浑问他是什么意思，王济便一五一十地边赞叹边述说了以上济常无以答。既而得叔后，武帝又问如前。济曰：“臣叔不痴。”称其实美。帝曰：“谁比？”济曰：“山涛以下，魏舒[3]以上。”[2]于是显名，年二十八始宦。

情况。王浑道：“和我相比怎么样？”王济道：“是在我之上的人物。”过去晋武帝（司马炎）每逢见到王济，总是拿王汝南来跟他开玩笑，说道：“你家的傻子叔叔死了没有？”王济常常没话回答。等到了解了这位叔父后，武帝又和过去一样问他。王济就说道：“我的叔叔并不傻。”于是称扬他的品德和志趣非常高尚。武帝问：“可以和谁相比？”王济道：“山涛之下，魏舒之上。”于是王汝南的名声便传扬开来，二十八岁才进入仕途。

今注

1 王汝南：指汝南内史王湛（zhàn），字处冲，西晋太原晋阳（今山西太原）人，司徒王浑之弟。曾历任秦王文学、太子洗马、尚书郎、太子中庶子、汝南内史。

2 除所生服：脱去孝服。

3 魏舒（209—290）：字阳元，任城樊县（今山东兖州西南）人。西晋名臣，官至司徒，领兖州中正。

刘注

[1] 邓粲《晋纪》曰：“王湛字处冲，太原人。隐德，人莫之知，虽兄弟宗族，亦以为痴，惟父昶异焉。昶丧，居墓次，兄子济往省湛，见床头有《周易》，谓湛曰：‘叔父用此何为？颇曾看不？’湛笑曰：‘体中佳时，脱复看耳。今日当与汝言。’因共谈《易》。剖析入微，妙言奇趣，济所未闻，叹不能测。济性好马，而所乘马骏驶，意甚爱之。湛曰：‘此虽小驶，然力薄不堪苦。近见督邮马，当胜此，但养不至耳。’济取督邮马，谷食十数日，与湛试之。湛未尝乘马，卒然便驰骋，步骤不异于济，而马

不相胜。湛曰：'今直行车路，何以别马胜不？惟当就蚁封耳！'于是就蚁封盘马，果倒踣。其俊识天才乃尔。"

[2]《晋阳秋》曰："济有人伦鉴识，其雅俗是非，少有优润。见湛，叹服其德宇。时人谓湛：'上方山涛不足，下比魏舒有余。'湛闻之曰：'欲以我处季孟之间乎？'"王隐《晋书》曰："魏舒字阳元，任城人。幼孤，为外氏甯家所养。甯氏起宅，相者曰：'当出贵甥。'外祖母意以盛氏甥小而惠，谓应相也。舒曰：'当为外氏成此宅相。'少名迟钝，叔父衡使守水碓，每言：'舒堪八百户长，我愿毕矣。'舒不以介意。身长八尺二寸，不修常人近事。少工射，著韦衣入山泽，每猎大获。为后将军钟毓长史，毓与参佐射戏，舒常为坐画筹。后值朋人少，以舒充数，于是发无不中，加博措闲雅，殆尽其妙。毓叹谢之曰：'吾之不足尽卿，如此射矣！'转相国参军。晋王每朝罢，目送之曰：'魏舒堂堂，人之领袖！'累迁侍中、司徒。"

原文

8.18 裴仆射，时人谓为言谈之林薮 1。[1]

8.19 张华见褚陶 2，语陆平原曰："君兄弟龙跃云津，顾彦先凤鸣朝阳，谓东南之宝已尽，不意复见褚生。"陆曰："公未睹不鸣不跃者耳。"[2]

译文

裴仆射（頠），当时的人认为他是清谈的宝库。

张华见了褚陶以后，对陆平原（机）说道："您兄弟两人像飞龙腾跃在天河，顾彦先（荣）像凤凰长鸣于朝阳，我认为东南的贤才已经全部在这里了，没有料到又遇见褚生。"陆平原说："您没有见过不鸣不跃的人才罢了。"

今注

1 林薮（sǒu）：山林与湖泽，比喻事物聚集之地。

2 褚陶：字季雅，吴郡钱塘（今浙江杭州）人。少而聪慧且好学不倦，清淡闲默，以坟典自娱。

刘注

[1]《惠帝起居注》曰："颇理甚渊博，赡于论难。"

[2]《褚氏家传》曰："陶字季雅，吴郡钱塘人，褚先生后也。陶聪惠绝伦，年三十，作《鸥鸟》《水碓》二赋。宛陵严仲弼见而奇之曰：'褚先生复出矣！'弱不好弄，清淡闲默，以坟典自娱。语所亲曰：'圣贤备在黄卷中，舍此何求？'州郡辟不就。吴归命世祖，补台郎、建忠校尉。司空张华与陶书曰：'二陆龙跃于江汉，彦先凤鸣于朝阳，自此以来，常恐南金已尽，而复得之于吾子！故知延州之德不孤，渊岱之宝不匮。'仕至中尉。"

原文

8.20 有问秀才[1]："吴旧姓何如？"答曰："吴府君[2]，圣王之老成，明时之俊乂；朱永长[3]，理物之至德，清选之高望；严仲弼[4]，九皋之鸣鹤[5]，空谷之白驹[6]；顾彦先，八音之琴瑟，五色之龙章；张威伯[7]，岁寒之茂松，幽夜之逸光；陆士衡、士龙，鸿鹄之裴回，悬鼓之待槌。[1] 凡此诸君，以洪笔为锄耒，以纸札为良田。以玄

译文

有人问秀才（蔡洪）道："吴地的世家大族怎么样？"他回答道："吴府君（展）是圣明君主的德高望重之臣，太平盛世的优异杰出人才；朱永长（诞）是治国安民中德行最高的人，公正选拔的极有声望之士；严仲弼（隐）像深远沼泽中的鸣鹤，空山幽谷里的白驹；顾彦先（荣）是各类乐器里最优雅的琴瑟，是各种色彩图案中最耀眼的龙章；张威伯（畅）如严寒冰雪里的青松，茫茫黑夜中的光芒；陆士衡（机）、士龙（云）兄弟

默[8]为稼穑，以义理为丰年。以谈论为英华[9]，以忠恕为珍宝。著文章为锦绣，蕴五经为缯帛[10]。坐谦虚为席荐，张义让为帷幕。行仁义为室宇，修道德为广宅。”[2]

是盘旋高空的天鹅，有待槌击的悬鼓。所有这些人物，把大笔当农具，把纸张当良田。把清静无为当劳动，把掌握义理当丰收。把清谈当美誉，把忠恕当珍宝。撰写文章犹如织彩刺绣，精通五经好比储藏缯帛。把谦逊自抑当作席垫，把仗义礼让当作帷帐。把施行仁义当作建造房舍，把修养道德当作构筑大厦。”

今注

1 秀才：才能秀美之人。此指蔡洪。

2 吴府君：指吴展，字士季，下邳（今江苏睢宁）人。仕吴为广州刺史、吴郡太守。

3 朱永长：即朱诞，字永长，吴郡吴县（今江苏苏州）人。累迁议郎。

4 严仲弼：即严隐，字仲弼，吴郡吴县（今江苏苏州）人。官宛陵令。

5 “九皋”句：九皋，曲折深远的沼泽。语出《诗经·小雅·鹤鸣》：“鹤鸣于九皋，声闻于野。”毛传：“皋，泽也。言身隐而名著也。”郑笺：“喻贤者虽隐居，人咸知之。”后以“鸣鹤”喻出类拔萃的贤良。

6 “空谷”句：空谷，幽谷，深谷。白驹，白色的马。语出《诗经·小雅·白驹》：“皎皎白驹，在彼空谷。生刍一束，其人如玉。”后以“白驹”比喻才智高远之士。

7 张威伯：即张畅，字威伯，吴郡吴县（今江苏苏州）人。禀性坚明，志行清朗。

8 玄默：清静无为。

9 英华：美好的声誉。

10 五经：五部儒家经典。始称于汉武帝时。即《诗》《书》《礼》《易》《春秋》。 缯(zēng)帛:丝绸之统称。

刘注

[1] 秀才,蔡洪也。《集》载洪与刺史周俊书曰:“一日侍坐,言及吴士,询于刍荛,遂见下问。造次承颜,载辞不举,敕令条列名状,退辄思之。今称疏所知:吴展字士季,下邳人。忠足矫非,清足厉俗,信可结神,才堪干世。仕吴为广州刺史、吴郡太守。吴平,还下邳,闭门自守,不交宾客。诚圣王之老成,明时之俊乂也。朱诞字永长,吴郡人。体履清和,黄中通理。吴朝举贤良,累迁议郎,今归在家。诚理物之至德,清选之高望也。严隐字仲弼,吴郡人。禀气清纯,思度渊伟。吴朝举贤良,宛陵令。吴平,去职。九皋之鸣鹤,空谷之白驹也。张畅字威伯,吴郡人。禀性坚明,志行清朗,居磨涅之中,无淄磷之损。岁寒之松柏,幽夜之逸光也。”《陆云别传》曰:“云字士龙,吴大司马抗之第五子,机同母之弟也。儒雅有俊才,容貌瑰伟,口敏能谈,博闻强记。善著述,六岁便能赋诗,时人以为项託、扬乌之俦也。年十八,刺史周俊命为主簿。俊常叹曰:‘陆士龙当今之颜渊也!’累迁太子舍人、清河内史。为成都王所害。”

[2] 按蔡所论士十六人,无陆机兄弟,又无“凡此诸君”以下,疑益之。

原文

8.21 人问王夷甫:“山巨源义理[1]何如?是谁辈?”王曰:“此人初不肯以谈自居,然不读《老》《庄》,时闻其咏,往往与其旨合。”[1]

8.22 洛中雅雅有三嘏[2]:

译文

有人问王夷甫(衍):“山巨源(涛)的义理之学怎么样?是哪一类人物?”王夷甫说:“这个人从来不肯以清谈家自居,虽然不读《老子》《庄子》,但时常听他的谈吐,却往往和老庄的思想相合。”

刘粹字纯嘏,宏字终嘏,漠字冲嘏。是亲兄弟,王安丰甥,并是王安丰女婿。宏,真长祖也。[2]洛中铮铮冯惠卿,名荪,是播子。[3]荪与邢乔[3]俱司徒李胤[4]外孙,及胤子顺并知名。时称:"冯才清[5],李才明[6],纯粹邢[7]。"[4]

洛阳风雅人士有三嘏:刘粹字纯嘏,刘宏字终嘏,刘漠字冲嘏。三人是亲兄弟,是安丰侯王戎的外甥,又都是他的女婿。刘宏就是真长(刘惔)的祖父。洛阳刚直人士有冯惠卿,名荪,是冯播的儿子。冯荪和邢乔都是司徒李胤的外孙,两人和李胤的儿子李顺都很有名。当时的人赞扬道:"冯氏方正清高,李氏明达事理,邢氏纯净无瑕。"

今注

1 义理:此指玄学。

2 三嘏:指刘粹、刘宏、刘漠三兄弟。

3 邢乔:字曾伯,河间鄚县(今河北任丘)人。李胤外孙。官至司隶校尉。

4 李胤:字宣伯,辽东襄平(今辽东辽阳)人,官至司徒。

5 冯才清:冯荪方正清高。

6 李才明:李顺明达事理。

7 纯粹邢:邢乔纯净无瑕。

刘注

[1] 顾恺之《画赞》曰:"涛有而不恃,皆此类也。"

[2]《晋诸公赞》曰:"粹,沛国人。历侍中、南中郎将。宏,历秘书监、光禄大夫。"《晋后略》曰:"漠少以清识为名,与王夷甫友善,并好以人伦为意,故世人许以才智之名。自相国右长史出为襄州刺史。以贵简称。"按《刘氏谱》:刘邠妻,武周女,生粹、宏、漠。非王氏甥。

[3]《晋后略》曰:"播字友声,长乐人。位至大宗正,生荪。"《八王故事》曰:

"荪少以才悟,识当世之宜。蚤历清职,仕至侍中。为长沙王所害。"

[4]《晋诸公赞》曰:"乔字曾伯,河间人。有才学,仕至司隶校尉。顺字曼长,仕至太仆卿。"

原文

8.23 卫伯玉为尚书令,见乐广与中朝名士谈议,奇之,曰:"自昔诸人没已来[1],常恐微言将绝,今乃复闻斯言于君矣!"命子弟造之,曰:"此人,人之水镜[2]也,见之若披云雾睹青天。"[1]

8.24 王太尉曰:"见裴令公精明朗然,笼盖人上,非凡识也。若死而可作,当与之同归[3]。"或云王戎语。[2]

译文

卫伯玉(瓘)做尚书令,听见乐广和洛阳名士清谈,认为他很不寻常,说道:"自从当年那些名士去世以来,常常担心精微之言将会灭绝,今天竟然又从您这里听到了这种言论!"便命令自己的子弟去拜访他,说道:"这个人,是人之水镜,见到他,犹如拨开云雾看见青天。"

王太尉(衍)说道:"看到裴令公(楷)的精细明察而清明开朗,超越众人之上,可知其并非见识平庸之辈。如果死者能够复生,我一定要和他做朋友。"有人说这是王戎说的话。

今注

1 没:同"殁"。死亡。　已来:以来。已,同"以"。

2 水镜:比喻人的识见清明。

3 同归:同归于一个方向。此指为伍,做朋友。

刘注

[1]《晋阳秋》曰:"尚书令卫瓘见广曰:'昔何平叔诸人没,常谓清言尽矣,

今复闻之于君！'"王隐《晋书》曰："卫瓘有名理，及与何晏、邓飏等数共谈讲，见广奇之曰：'每见此人，则莹然犹廓云雾而睹青天。'"

[2]《礼记》曰："赵文子与叔誉观于九原，文子曰：'死者如可作也，吾谁与归？'"郑玄曰："作，起也。"

原文

8.25 王夷甫自叹："我与乐令谈，未尝不觉我言为烦。"[1]

8.26 郭子玄有俊才，能言《老》《庄》，庾敳尝称之，每曰："郭子玄何必减庾子嵩！"[2]

8.27 王平子目太尉："阿兄形似道[1]，而神锋[2]太俊。"太尉答曰："诚不如卿落落穆穆[3]。"[3]

8.28 太傅府有三才：刘庆孙长才，[4]潘阳仲大才，裴景声清才。[5]

译文

王夷甫（衍）自己感叹道："我和乐令（广）谈论时，没有一次不感到自己的话过于烦琐。"

郭子玄（象）有卓越的才华，很会谈论《老子》《庄子》，庾敳经常称赞他，常常说："郭子玄不见得比不上我庾子嵩！"

王平子（澄）品评太尉（王衍）道："哥哥的外貌好像很有德行，可是神采锋芒过于突出。"太尉回答道："的确不如你豁达坦荡，不露锋芒。"

太傅（司马越）府中有三个人才：刘庆孙（舆）是学识优异之才，潘阳仲（滔）是堪当大任之才，裴景声（邈）是品行高洁的人才。

今注

1 道：有德行的人。

2 神锋：神采锋芒。

3 落落穆穆：形容人豁达坦荡，而行为内敛，不露锋芒。

刘注

[1]《晋阳秋》曰:"乐广善以约言厌人心,其所不知,默如也。太尉王夷甫、光禄大夫裴叔则能清言,常曰:'与乐君言,觉其简至,吾等皆烦。'"

[2]《名士传》曰:"郭象字子玄,自黄门郎为太傅主簿,任事用势,倾动一府。敳谓象曰:'卿自是当世大才,我畴昔之意,都已尽矣!'其伏理推心,皆此类也。"

[3] 王隐《晋书》曰:"澄通朗好人伦,情无所系。"

[4]《晋阳秋》曰:"太傅将召刘舆,或曰:'舆犹腻也,近将污人。'太傅疑而御之。舆乃密视天下兵簿诸屯戎及仓库处所、人谷多少、牛马器械、水陆地形,皆默识之。是时军国多事,每会议事,自潘滔以下皆不知所对。舆便屈指筹计,所发兵仗处所,粮廪运转,事无凝滞。于是太傅遂委仗之。"

[5]《八王故事》曰:"刘舆才长综核,潘滔以博学为名,裴邈强力方正,皆为东海王所昵,俱显一府。故时人称曰:舆长才,滔大才,邈清才也。"

原文

8.29 林下诸贤 1,各有俊才子:籍子浑 2,器量弘旷;[1] 康子绍,清远雅正;[2] 涛子简 3,疏通高素;[3] 咸子瞻 4,虚夷有远志;瞻弟孚,爽朗多所遗;[4] 秀子纯、悌,并令淑有清流;[5] 戎子万子,有大成之风,苗而不秀 5;[6] 唯伶子无闻。凡此诸子,

译文

竹林七贤,各有才智卓越的儿子:阮籍的儿子阮浑,才识度量,宽广宏大;嵇康的儿子嵇绍,清明高远,本性正直;山涛的儿子山简,俊爽通达,高雅淳朴;阮咸的儿子阮瞻,谦虚平易,有远大的志向;阮瞻的弟弟阮孚,性格爽朗,不受世事牵累;向秀的儿子向纯、向悌,都善良美好,有高洁的德行;王戎的儿子王万子(绥),有成为大器的资质,可惜未成年而早夭;只有刘伶的儿子默默无闻。在所

唯瞻为冠，绍、简亦见重当世。	有这些人中，唯独阮瞻可居首位，嵇绍、山简也在当时受到尊重。

今注

1 林下诸贤：指竹林七贤：嵇康、阮籍、山涛、刘伶、阮咸、向秀、王戎。

2 籍子浑：即阮浑，字长成，陈留尉氏（今河南尉氏）人，阮籍之子。有父风。少慕通达，不饰小节。位至太子中庶子。

3 涛子简：即山简，字季伦，河内怀县（今河南武陟西南）人。山涛第五子。平雅有父风，迁尚书，出为征南将军。

4 咸子瞻：即阮瞻，字千里，陈留尉氏（今河南尉氏）人，阮咸之子。仕至太子舍人，年三十卒。

5 苗而不秀：庄稼生长却不抽穗开花。比喻人的才能未发挥而早逝。语出《论语·子罕》："苗而不秀者，有矣夫！秀而不实者，有矣夫！"古人多以为这是孔子痛惜他的学生颜回早死而说的。

刘注

[1]《世语》曰："浑字长成，清虚寡欲，位至太子中庶子。"

[2] 已见。

[3] 虞预《晋书》曰："简字季伦，平雅有父风。与嵇绍、刘漠等齐名。迁尚书，出为征南将军。"

[4]《名士传》曰："瞻字千里，夷任而少嗜欲，不修名行，自得于怀。读书不甚研求，而识其要。仕至太子舍人。年三十卒。"《中兴书》曰："孚风韵疏诞，少有门风。初为安东参军，蓬发饮酒，不以王务婴心。"

[5]《竹林七贤论》曰："纯字长悌，位至侍中。悌字叔逊，位至御史中丞。"《晋诸公赞》曰："洛阳败，纯、悌出奔，为贼所害。"

[6]《晋诸公赞》曰："王绥字万子，辟太尉掾，不就。年十九卒。"《晋书》曰："戎子万，有美号而太肥，戎令食糠，而肥愈甚也。"

原文

8.30 庾子躬[1]有废疾，甚知名。家在城西，号曰“城西公府[2]”。[1]

8.31 王夷甫语乐令：“名士无多人，故当容平子知。”[2]

8.32 王太尉云：“郭子玄语议如悬河写水[3]，注而不竭。”[3]

8.33 司马太傅府多名士，一时俊异。庾文康云：“见子嵩在其中，常自神王。”[4]

译文

庾子躬(琮)有残疾，但是很有名望。他的住宅在城西，称为“城西公府”。

王夷甫(衍)对乐令(广)说：“名士没有多少人，当然要让平子(王澄)品题赏鉴。”

王太尉(衍)说道：“郭子玄(象)的谈论好像瀑布飞流直下，滔滔不绝。”

司马太傅(越)的府中名士很多，都是当代非常杰出的人物。庾文康(亮)说道：“见到庾子嵩(敳)处在这些人里面，经常使人精神振奋。”

今注

1 庾子躬：即庾琮，字子躬，颍川鄢陵(今河南禹州)人。仕至太尉掾。

2 公府：三公府第。按：庾琮并非三公，他曾为三公之一的太尉的属官，结果他的住宅也被称为公府，是恭维之词。

3 悬河写水：形容能言善辩，滔滔不绝。写，通“泻”。

刘注

[1] 虞预《晋书》曰：“琮字子躬，颍川人，太常峻第二子，仕至太尉掾。”

[2]《王澄别传》曰：“澄风韵迈达，志气不群。从兄戎、兄夷甫，名冠当年。四海人士，一为澄所题目，则二兄不复措意，云‘已经平子’，其见重如此。是以名闻益盛，天下知与不知，莫不倾注。澄后事迹不逮，朝野失望。及旧游识见者，犹曰：‘当今名士也。’”

[3]《名士传》曰:"子玄有俊才,能言《庄》《老》。"
[4]《晋阳秋》曰:"歆为太傅从事中郎。"

原文

8.34 太傅东海王镇许昌,以王安期为记室参军[1],雅相知重。敕世子毗[2]曰:"夫学之所益者浅,体之所安者深。闲[3]习礼度,不如式瞻仪形;讽味遗言,不如亲承音旨。王参军人伦之表,汝其师之!"或曰:"王、赵、邓三参军,人伦之表,汝其师之!"谓安期、邓伯道、赵穆[4]也。[1]袁宏作《名士传》,直云王参军。或云赵家先犹有此本。

译文

太傅东海王(司马越)镇守许昌,任用王安期(承)做记室参军,一直非常赏识看重他。太傅还告诫他的世子司马毗说:"学习书本获得的好处浅,亲身体验的感受深。熟习礼仪法度,不如去瞻仰仪容形貌;背诵体会前人的遗训,不如亲自聆听贤人的言谈意旨。王参军是人们的榜样,你应当向他学习!"另一种说法是:"王、赵、邓三位参军是人们的榜样,你应当向他们学习!"他所说的三位参军就是王安期、邓伯道(攸)、赵穆。袁宏撰写《名士传》的时候,只说到王参军。有人说赵穆家里原先还有这个抄本。

今注

1 记室参军:诸王、三公、大将军之属官,掌表章文书等。
2 世子毗(pí):司马越世子司马毗。世子,继承王位、爵位者,多由长子充任。司马毗,师从王承,册立为东海世子。永嘉五年(311),遭石勒杀害。
3 闲:通"娴"。熟习。
4 赵穆:字季子,汲郡(治今河南卫辉)人。贞淑平粹,才识清通,历尚书郎、太傅参军。

刘注

[1]《赵吴郡行状》曰："穆字季子，汲郡人。贞淑平粹，才识清通。历尚书郎、太傅参军。后太傅越与穆及王承、阮瞻、邓攸书曰：'《礼》：八岁出就外傅，十年曰幼，学，明可以渐先王之教也。然学之所受者浅，体之所安者深。是以闲习礼度，不如式瞻轨仪。讽味遗言，不如亲承辞旨。小儿毗既无令淑之资，未闻道德之风，欲屈诸君，时以闲豫，周旋燕诲也。'穆历晋明帝师、冠军将军、吴郡太守，封南乡侯。"

原文

8.35 庾太尉少为王眉子所知，庾过江，叹王曰："庇其宇下，使人忘寒暑[1]。"[1]

8.36 谢幼舆曰："友人王眉子清通简畅，嵇延祖弘雅劭长，董仲道[2]卓荦有致度。"[2]

8.37 王公目太尉："岩岩清峙[3]，壁立千仞[4]。"[3]

8.38 庾太尉在洛下，问讯中郎。[4]中郎留之云："诸人当来。"寻温元甫[5]、[5]刘王乔[6]、[6]裴叔则俱至，酬酢[7]终日。庾公犹忆刘、裴之才俊，元甫之清中。[7]

译文

庾太尉（亮）年轻的时候受到王眉子（玄）的赏识，他避难过江以后，曾经赞叹王眉子道："在他的庇护下，使人忘掉了世情的冷暖。"

谢幼舆（鲲）说道："我的朋友王眉子（玄）清明通达，简约疏放；嵇延祖（绍）宽宏儒雅，美好高尚；董仲道（养）卓越不凡，富有风采和气度。"

王公（导）品评太尉（王衍）："巍然屹立，清正高耸，像千仞石壁陡峭挺拔。"

庾太尉（亮）在洛阳的时候，前去探望庾中郎（敳），中郎挽留他道："许多人就要到来。"不久，温元甫（幾）、刘王乔（畴）、裴叔则（楷）都来了，应酬了一整天。庾公（亮）还清楚地记得刘、裴的才华卓绝，元甫的恬静平和。

今注

1 寒暑:寒冬暑夏。引申为世情之冷暖。

2 董仲道:即董养,字仲道,陈留浚仪(今河南开封)人。淡于荣利,不求仕进。

3 岩岩:高大,高耸。　清峙:清正高耸。

4 壁立千仞:形容山崖高峻陡峭。

5 温元甫:即温幾,字元甫,太原(今山西太原)人。曾任司徒右长史、湘州刺史。

6 刘王乔:刘畴,字王乔,彭城(今江苏徐州)人。官至司徒左长史。

7 酬酢:宾主互相敬酒,泛指交际应酬。酬,向客人敬酒。酢,向主人敬酒。

刘注

[1]《晋诸公赞》曰:"玄少希慕简旷。"《八王故事》曰:"玄为陈留太守。或劝玄过江投琅邪王,玄曰:'王处仲得志于彼,家叔犹不免害,岂能容我?'谓其器宇不容于敦也。"

[2] 王隐《晋书》曰:"董养字仲道,太始初,到洛下,干禄求荣。永嘉中,洛城东北角步广里中地陷,中有二鹅,苍者飞去,白者不能飞。问之博识者,不能知。养闻,叹曰:'昔周时所盟会狄泉,此地也。卒有二鹅,苍者胡象,后明当入洛,白者不能飞,此国讳也。'"谢鲲《元化论序》曰:"陈留董仲道于元康中见惠帝废杨悼后,升太学堂叹曰:'建此堂也,将何为乎?每见国家赦书,谋反逆皆赦,孙杀王父母、子杀父母不赦,以为王法所不容也。奈何公卿处议,文饰礼典以至此乎?天人之理既灭,大乱斯起。'顾谓谢鲲、阮孚曰:'《易》称:知幾其神乎!君等可深藏矣!'乃与妻荷担入蜀,莫知其所终。"

[3] 顾恺之《夷甫画赞》曰:"夷甫天形瑰特,识者以为岩岩秀峙,壁立千仞。"

[4] 庾敳。

[5]《晋诸公赞》曰:“温幾字元甫,太原人。才性清婉。历司徒右长史、湘州刺史,卒官。”

[6] 曹嘉之《晋纪》曰:“刘畴字王乔,彭城人。父讷,司隶校尉。畴善谈名理。曾避乱坞壁,有胡数百欲害之。畴无惧色,援笳而吹之,为《出塞》《入塞》之声,以动其游客之思。于是群胡皆泣而去之。位至司徒左长史。”

[7] 中,一作“平”。

原文

8.39 蔡司徒在洛,见陆机兄弟住参佐1廨2中,三间瓦屋,士龙住东头,士衡住西头。士龙为人,文弱可爱。士衡长七尺余,声作钟声,言多慷慨。[1]

8.40 王长史是庾子躬外孙,[2] 丞相目子躬云:“入理泓然,我已上人。”[3]

8.41 庾太尉目庾中郎:“家从谈谈之许3。”[4]

译文

蔡司徒(谟)在洛阳,看见陆机、陆云兄弟住在僚属官署中,有三间瓦房,士龙(陆云)住在东边,士衡(陆机)住在西边。士龙禀性文雅纤弱,非常可爱。士衡身长七尺有余,声如洪钟,言辞慷慨。

王长史(濛)是庾子躬(琮)的外孙,丞相(王导)品评子躬道:“钻研玄理深邃透彻,是在我之上的人。”

庾太尉(亮)品评庾中郎(敳)道:“家叔是清谈的宗主。”

今注

1 参佐:僚属,部下。

2 廨(xiè):官署。

3 家从:家从父,叔父。程炎震道:“敳与亮父琛皆庾道之孙。亮为敳之族子,敳为从父矣,故曰家从。” 谈谈之许:此处有异文。刘孝标注:

“一作‘家从谈之祖’。从,一作‘诵’。许,一作‘辞’。”席启駉《世说中当时语释》:“此‘许’为实指义,犹处所也。意言谈之宗主耳。”姑从之。

刘注

[1]《文士传》曰:“云性弘静,怡怡然为士友所宗。机清厉有风格,为乡党所惮。”

[2]《王氏谱》曰:“濛父讷,娶颍州庾琮之女,字三寿也。”

[3] 子躬,子嵩兄也。

[4]《名士传》曰:“敳不为辨析之谈,而举其旨要。太尉王夷甫雅重之也。”一作“家从谈之祖”。从,一作“诵”。许,一作“辞”。

原文

8.42 庾公目中郎:“神气融散,差如得上。”[1]

8.43 刘琨称祖车骑[1]为朗诣,曰:“少为王敦所叹。”[2]

8.44 时人目庾中郎:“善于托大[2],长于自藏[3]。”[3]

8.45 王平子迈世有俊才,少所推服。每闻卫玠言,辄叹息绝倒。[4]

译文

庾公(亮)品评中郎(庾敳):“恬适闲散,差不多能够算上乘。”

刘琨称赞祖车骑(逖)是开朗通达的人,说:“他年轻时受到王敦的赞赏。”

当时的人品评庾中郎(敳):“善于托身高位,长于自我隐藏。”

王平子(澄)有超世的卓越才智,很少有他推重佩服的人。但每当听到卫玠谈论,总不免赞叹倾倒。

今注

1 祖车骑:即祖逖(266—321),东晋名将。字士稚,范阳遒县(今河北涞水）人。家世二千石。少有大志，闻鸡起舞。西晋末，率亲党数百家南渡，迁居京口（今江苏镇江）。建兴元年(313)，请求北伐，司马睿（晋元帝）任为豫州刺史，率部渡江，誓复中原。所部纪律严明，进屯雍丘（今河南杞县），收复黄河以南地区。所至招抚流亡，劝课农桑，打造兵器，归附者日众。但东晋内部迭起纠纷，对他不加支持，忧愤而死。

2 托大：把高位当作寄身之所，即居高位而不作威作福。

3 藏：隐藏，收敛。

刘注

[1]《晋阳秋》曰："敳颓然渊放，莫有动其听者。"

[2] 虞预《晋书》曰："逖字士稚，范阳遒人。豁荡不修仪检，轻财好施。"《晋阳秋》曰："逖与司空刘琨俱以雄豪著名。年二十四，与琨同辟司州主簿，情好绸缪，共被而寝。中夜闻鸡鸣，俱起曰：'此非恶声也。'每语世事，则中宵起坐，相谓曰：'若四海鼎沸，豪杰共起，吾与足下相避中原耳！'为汝南太守，值京师倾覆，率流民数百家南度，行达泗口，安东板为徐州刺史。逖既有豪才，常慷慨以中原为己任，乃说中宗雪复神州之计，拜为豫州刺史，使自招募。逖遂率部曲百余家，北度江，誓曰：'祖逖若不清中原而复济此者，有如大江！'攻城略地，招怀义士，屡摧石虎，虎不敢复窥河南，石勒为逖母墓置守吏。刘琨与亲旧书曰：'吾枕戈待旦，志枭逆虏，常恐祖生先吾著鞭耳！'会其病卒。先有妖星见豫州分，逖曰：'此必为我也！天未欲灭寇故耳！'赠车骑将军。"

[3]《名士传》曰："敳虽居职任，未尝以事自婴，从容博畅，寄通而已。是时天下多故，机事屡起，有为者拔奇吐异，而祸福继之。敳常默然，故忧喜不至也。"

[4]《玠别传》曰："玠少有名理，善通《庄》《老》。琅邪王平子高气不群，迈世独傲，每闻玠之语议，至于理会之间，要妙之际，辄绝倒于坐。前后三闻，为之三倒。时人遂曰：'卫君谈道，平子三倒。'"

原文

8.46 王大将军与元皇表云:"舒风概简正,允作雅人,自多于邃[1],[1]最是臣少所知拔。中间夷甫、澄见语:'卿知处明、茂弘。茂弘已有令名,真副卿清论;处明亲疏无知之者。吾常以卿言为意,殊未有得,恐已悔之。'臣慨然曰:'君以此[2]试。'顷来始乃有称之者,言常人正自患知之使过,不知使负实[3]。"[2]

译文

王大将军(敦)呈给晋元帝(司马睿)的奏表说:"王舒风采气概简约严正,的确称得上是高尚的人,自然胜过王邃,他是臣年轻时最了解和选拔的人。其间夷甫(王衍)、澄(王澄)对我说道:'你了解处明(王舒)和茂弘(王导)。茂弘已经有了美名,确实符合你的高论;处明却不论亲疏都没有人了解他。我常常把你的话挂在心上,可是对他的了解却没有什么收获,恐怕你已经对自己说过的话后悔了。'臣感慨地说:'您照着我的话再试试看。'近来开始有人在称赞王舒。这说明一般人只是担心赏识人过了头,而不担心对人的实际才能了解得不够。"

今注

1 邃:指王邃,字处重,琅邪临沂(今山东临沂)人,王舒之弟。累迁中领军、尚书左仆射。

2 此:指王敦对王舒的品评。

3 负实:失实。

刘注

[1] 王舒已见。《王邃别传》曰:"邃字处重,琅邪人,舒弟也。意局刚清,以政事称。累迁中领军、尚书左仆射。"舒、邃并敦从弟。

[2] 使，一作“便”。

原文

8.47 周侯于荆州败绩还，未得用。王丞相与人书曰：“雅流弘器 1，何可得遗？”[1]

8.48 时人欲题目高坐 2 而未能，桓廷尉以问周侯。周侯曰：“可谓卓朗 3。”桓公曰：“精神渊著 4。”[2]

8.49 王大将军称其儿 5 云：“其神候似欲可 6。”[3]

译文

周侯（顗）在荆州战事中为叛军所败，回到京都，没有得到任用。王丞相（导）给别人写信道：“风雅之人，杰出人才，怎么可以弃而不用？”

当时人士想评论高坐和尚（尸黎密），却找不到恰当字眼，桓廷尉（彝）拿这件事问周侯（顗）。周侯说：“可以说是高超清朗。”桓公（温）说：“心神深沉而明澈。”

王大将军（敦）称赞他的嗣子（王应）道：“他的精神风貌似乎还可爱。”

今注

1 雅流：风雅的人物。　弘器：能担负重任的人才。

2 高坐：即高坐道人，西域人，原名尸黎密。

3 卓朗：高超清朗。

4 渊著：深沉而明澈。

5 其儿：指王敦之子王应。

6 可：可爱，合意。

刘注

[1] 邓粲《晋纪》曰：“顗为荆州，始至，而建平民傅密等叛迎蜀贼。顗狼狈失据，陶侃救之，得免。顗至武昌投王敦，敦更选侃代顗。顗还建康，未即得用也。”

[2]《高坐传》曰："庾亮、周顗、桓彝，一代名士，一见和尚，披衿致契。曾为和尚作目，久之未得。有云：'尸利密可称卓朗。'于是桓始咨嗟，以为标之极似。宣武尝云：'少见和尚，称其精神渊著，当年出伦。'其为名士所叹如此。"

[3] 王应也。

原文

8.50 卞令目叔向[1]："朗朗如百间屋。"[1]

8.51 王敦为大将军，镇豫章。卫玠避乱，从洛投敦。相见欣然，谈话弥日。于时谢鲲为长史，敦谓鲲曰："不意永嘉[2]之中，复闻正始之音。阿平若在，当复绝倒。"[2]

8.52 王平子与人书，称其儿"风气日上，足散人怀"。[3]

译文

卞令（壸）品评叔向（羊舌肸）道："气宇恢宏宽阔，好像广厦百间。"

王敦任大将军的时候，在豫章镇守。卫玠为了躲避战乱，从洛阳来到豫章投奔王敦。两人一见面，都非常高兴，成天谈论不绝。当时谢鲲在王敦手下任长史，敦对鲲说："想不到在永嘉时期，又听到了正始年间那样的清谈。阿平（王澄）如果在这里，一定会佩服得五体投地。"

王平子（澄）给朋友写信，称赞自己的儿子（王微）说："风采气度每日都在往上增长，足以让人心怀舒畅。"

今注

1 叔向：春秋时晋国大夫。羊舌氏，名肸(xī)。晋悼公时，曾任太子彪（平公）少傅。晋平公时任太傅。主张维持旧礼制，反对政治改革。

2 永嘉：晋怀帝司马炽年号(307—313)。永嘉中，晋宗室内讧，史称"永嘉之乱"，又称"八王之乱"。

刘注

[1]《春秋左氏传》曰:“叔向,羊舌肸也。晋大夫。”

[2]《玠别传》曰:“玠至武昌见王敦,敦与之谈论,弥日信宿。敦顾谓僚属曰:‘昔王辅嗣吐金声于中朝,此子今复玉振于江表,微言之绪,绝而复续。不悟永嘉之中,复闻正始之音。阿平若在,当复绝倒。’”

[3]《永嘉流人名》曰:“澄弟四子微。”《澄别传》曰:“微迈上有父风。”

原文

8.53 胡毋彦国吐佳言如屑,后进领袖。[1]

8.54 王丞相云:“刁玄亮之察察1,戴若思之岩岩2,[2]卞望之之峰距3。”[3]

8.55 大将军语右军:“汝是我佳子弟,[4]当不减阮主簿。”[5]

译文

胡毋彦国(辅之)谈吐中的优美言辞,如锯木出屑不绝,他是后辈的领袖。

王丞相(导)说道:“刁玄亮(协)明察秋毫,戴若思(渊)言辞威严,卞望之(壸)高洁刚直。”

大将军(王敦)对右军(王羲之)说:“你是我家的优秀子弟,想来不会比不上阮主簿(裕)。”

今注

1 察察:明辨,清楚。

2 戴若思:即戴渊,字若思,广陵(今江苏扬州)人。有风仪,性闲爽。累迁征西将军,为王敦所害。赠左光禄大夫、仪同三司。　岩岩:威严。

3 峰距:比喻人品高洁刚正。

刘注

[1] 言谈之流,靡靡如解木出屑也。

[2] 虞预《书》曰:“戴俨字若思,广陵人。才义辩济,有风标锋颖。累迁

征西将军，为王敦所害。赠左光禄大夫、仪同三司。”

[3]《卞壸别传》曰：“壸字望之，济阴冤句人。父粹，太常卿。壸少以贵正见称，累迁御史中丞，权门屏迹，转领军、尚书令。苏峻作乱，率众拒战，父子二人俱死王难。”邓粲《晋纪》曰：“初，咸和中，贵游子弟能谈嘲者，慕王平子、谢幼舆等为达。壸厉色于朝曰：‘悖礼伤教，罪莫斯甚！中朝倾覆，实由于此！’欲奏治之。王导、庾亮不从，乃止。其后皆折节为名士。”《语林》曰：“孔坦为侍中，密启成帝，不宜往拜曹夫人。丞相闻之曰：‘王茂弘驽疴耳！若卞望之之岩岩，刁玄亮之察察，戴若思之峰距，当敢尔不？’”此言殊有由绪，故聊载之耳。

[4] 按《王氏谱》：“羲之是敦从父兄子。”

[5]《中兴书》曰：“阮裕少有德行，王敦闻其名，召为主簿，知敦有不臣之心，纵酒昏酣，不综其事。”

原文

8.56 世目周侯：“嶷如断山。”[1]

8.57 王丞相招祖约夜语，至晓不眠。明旦有客，公头鬓1未理，亦小倦。客曰：“公昨如是，似失眠。”公曰：“昨与士少语，遂使人忘疲。”

8.58 王大将军与丞相书，称杨朗曰：“世彦识器理致，才隐明断，既为国器，且是杨侯(淮)

译文

士人品评周侯(颛)：“巍然似陡峭壁立的高山。”

王丞相(导)邀请祖约晚上来谈论，直到天亮都没有睡觉。第二天一早有客人到来，王公连头发和鬓毛都还没有梳理，而且还有点疲倦。客人说道：“您昨天夜里好像失眠了。”王公说道：“昨晚和士少(祖约)谈话，竟使人忘掉了疲劳。”

王大将军(敦)给丞相(王导)写信，赞美杨朗道：“世彦(杨朗)的见识才能、思想情趣都很不错，才学精深，论断高明。既是治国之才，又是冀州刺史杨准的儿

〔准〕[2]之子。[2]位望殊为陵迟[3]，卿亦足与之处。”

子。他的官位和名声虽很低微，你也完全可以和他相处。”

今注

1 头鬓：头发和鬓毛。

2 据程炎震说和吴士鉴《晋书斠注》校改。杨准，字始立，弘农华阴（今陕西华阴）人，元康末为冀州刺史。

3 陵迟：衰败，败坏。此处指低微，不显达。

刘注

[1]《晋阳秋》曰：“颉正情嶷然，虽一时侪类，皆无敢媟近。”

[2]《世语》曰：“（淮）〔准〕字始立，弘农华阴人。曾祖彪、祖脩，有名前世。父嚣，典军校尉。（淮）〔准〕元康末为冀州刺史。”荀绰《冀州记》曰：“（淮）〔准〕见王纲不振，遂纵酒不以官事规意，消摇卒岁而已。成都王知（淮）〔准〕不治，犹以其名士，惜而不遣，召为军咨议祭酒，府散停家。关东诸侯欲以（淮）〔准〕补三事，以示怀贤尚德之事，未施行而卒。时年二十有七。”

原文

8.59 何次道往丞相许，丞相以麈尾指坐，呼何共坐曰：“来，来，此是君坐。”[1]

8.60 丞相治扬州廨舍，按行[1]而言曰：“我正为次道治此尔！”何少为

译文

何次道（充）到丞相（王导）那里去，丞相用拂尘指着座位，招呼他同坐，说道：“来，来，这是您的座位。”

丞相（王导）修治扬州刺史官署，他在巡视修整情况时说道：“我只不过替次道（何充）修治这个官署罢了！”何次道年轻时就受到王公的重视，所以王公不

王公所重，故屡发此叹。[2]

止一次发出这样的赞叹。

8.61 王丞相拜司徒而叹曰："刘王乔若过江，我不独拜公[2]。"[3]

王丞相(导)受任司徒时叹息道："刘王乔(畴)如果能过江来，我不会一个人独自就任三公。"

今注

1 按行：视察，巡视。

2 公：指三公。魏晋时，以太尉、司徒、司空为三公。

刘注

[1] 何充，已见。

[2]《晋阳秋》曰："充，导妻姊之子，明穆皇后之妹夫也。思韵淹济，有文义才情，导深器之。由是少有美誉，遂历显位。导有副贰己使继相意，故屡显此指于上下。"

[3] 曹嘉之《晋纪》曰："畴有重名，永嘉中为阎鼎所害。司徒蔡谟每叹曰：'若使刘王乔得南渡，司徒公之美选也。'"

原文

8.62 王蓝田为人晚成，时人乃谓之痴。[1] 王丞相以其东海[1]子，辟为掾。常集聚，王公每发言，众人竞赞之。述于末坐曰："主[2]非尧、舜，何得事事皆是？"丞相甚相叹赏。[2]

8.63 世目杨朗沉审经

译文

王蓝田(述)成名比较晚，当时人们竟认为他痴呆。王丞相(导)因为他是东海(王承)的儿子，便任用他做属官。他们经常聚会，王丞相每次讲话，大家都要争着赞美。王蓝田坐在末尾的位置，说道："您不是尧、舜，怎么会事事都对？"丞相非常赞赏他。

世人品评杨朗深沉明察，治事果

断[3],蔡司徒云:"若使中朝不乱,杨氏作公方未已。"谢公云:"朗是大才。"[3]

断。蔡司徒(谟)道:"如果中朝不乱,杨家做三公的将会接连不断。"谢公(安)说道:"杨朗是大才。"

今注

1 东海:指王承。曾任东海(治郯县)太守,故称。

2 主:古代对公卿大夫的称呼。

3 沉审:深沉明察,沉稳谨慎。　经断:善断,擅于决断。

刘注

[1]《晋阳秋》曰:"述体道清粹,简贵静正,怡然自足,不交非类。虽群英纷纷,俊乂交驰,述独蔑然,曾不慕羡。由是名誉久蕴。"

[2] 言非圣人,不能无过。意讥赞述之徒。

[3]《八王故事》曰:"杨(淮)〔准〕有六子,曰:乔、髦、朗、琳、俊、仲,皆得美名。论者以谓悉有台辅之望。文康庾公每追叹曰:'中朝不乱,诸杨作公未已也。'"

原文

8.64 刘万安,即道真从子,庾公[1]所谓"灼然玉举[1]"。又云:"千人亦见,百人亦见。"[2]

8.65 庾公为护军,属桓廷尉觅一佳吏,乃经年。桓后遇见徐宁[2]而知之,遂致于庾公,曰:

译文

刘万安(绥),就是刘道真(宝)的侄儿,是庾公(琮)所说的灼然科的优秀人选。又说:"在千人中能一眼看出他,在百人中也能一眼看出他。"

庾公(亮)任护军将军的时候,托付桓廷尉(彝)代为物色一位优秀的属官,他花了整整一年也未找到。桓廷尉后来碰见徐宁,非常赏识他,便把他推荐

"人所应有,其不必有;人所应无,己不必无。真海岱[3]清士!"[3]

给庾公,说道:"人们应当有的,他不一定有;人们不应当有的,他不一定没有。他的确是东海与泰山一带高洁的人士!"

今注

1 灼然:晋时科举之名。 玉举:优秀的人选。

2 徐宁:字安期,东海郯县(今山东郯城)人。通朗有德素,少知名。累迁吏部郎、左将军、江州刺史。

3 海岱:指东海郡与泰山一带地区。

刘注

[1] 琮字子躬。

[2]《刘氏谱》曰:"绥字万安,高平人。祖奥,太祝令。父斌,著作郎。绥历骠骑长史。"

[3]《徐江州本事》曰:"徐宁字安期,东海郯人。通朗有德素,少知名。初为舆县令。谯国桓彝有人伦鉴识,尝去职无事,至广陵寻亲旧,遇风,停浦中累日,在船忧邑,上岸消摇,见一空宇,有似廨署,彝访之。云:'舆县廨也,令姓徐名宁。'彝既独行,思逢悟赏,聊造之。宁清惠博涉,相遇怡然。遂停宿,因留数夕,与宁结交而别。至都,谓庾亮曰:'吾为卿得一佳吏部郎。'亮问所在,彝即叙之。累迁吏部郎、左将军、江州刺史。"

原文

8.66 桓茂伦云:"褚季野皮里阳秋[1]。"谓其裁中也。[1]

8.67 何次道尝送东人,

译文

桓茂伦(彝)说:"褚季野(裒)皮里阳秋。"指的是他口无臧否而胸中有裁决。

何次道(充)有一次送东来的客人,

瞻望，见贾宁[2]在后轮中，曰："此人不死，终为诸侯上客。"[2]

抬头远望，看见贾宁在后车中，说道："这个人如果不死，终究会成为王侯的座上宾。"

8.68 杜弘治[3]墓崩，哀容不称。庾公顾谓诸客曰："弘治至羸，不可以致哀[4]。"[3]又曰："弘治哭不可哀。"

杜弘治(乂)家的祖坟崩塌了，他悲伤的神情和这件事并不相称。庾公(亮)环顾各位宾客说："弘治的身体非常瘦弱，不可以过度哀痛。"又说："弘治不能哭得过于伤心。"

今注

1 皮里阳秋：即"皮里春秋"。皮里，犹言腹中；《春秋》一书意含褒贬，借指评论。"皮里阳秋"言人表面不作评论，内心有所褒贬。(晋人避简文帝皇后讳，以"阳"代"春"。)

2 贾宁：字建宁，贾充庶子。闻京师乱，投苏峻，以为谋主。峻败，先降，仕至新安太守。

3 杜弘治：即杜乂(yì)，字弘治，东晋京兆(今陕西西安)人，杜预之孙。

4 致哀：过度哀伤。

刘注

[1]《晋阳秋》曰："哀简穆有器识。"故为彝所目也。

[2]《晋阳秋》曰："宁字建宁，长乐人，贾氏孽子也。初自结于王应、诸葛瑶。应败，浮游吴会，吴人咸侮辱之。闻京师乱，驰出投苏峻，峻甚昵之，以为谋主。及峻闻义军起，自姑孰屯于石头，是宁之计。峻败，先降。仕至新安太守。"

[3]《晋阳秋》曰："杜乂字弘治，京兆人。祖预、父锡，有誉前朝。乂少有令名，仕丹阳丞，蚤卒。成帝纳乂女为后。"

原文

8.69 世称庾文康为丰年玉[1]，稚恭为荒年谷[2]。庾家论云："是文康称恭为荒年谷，庾长仁[3]为丰年玉。"[1]

8.70 世目杜弘治标鲜，季野穆少。[2]

8.71 有人目杜弘治"标鲜清令，盛德之风，可乐咏也"。[3]

译文

世人称颂庾文康（亮）是丰年的美玉，稚恭（庾翼）是荒年的稻谷。庾家内部的评论是："是庾文康称赞庾稚恭是荒年的稻谷，庾长仁（统）是丰年的美玉。"

世人评论杜弘治（乂）风姿俊美，褚季野（裒）宁静淡泊。

有人评论杜弘治（乂）："风姿俊逸，纯洁美好，大德高风，是值得歌颂的。"

今注

1 丰年玉：丰收之年的美玉，能润色太平。比喻太平盛世的治国人才。

2 荒年谷：饥荒年头的稻谷，可以救死济民。比喻能雪中送炭挽救危亡的人才。

3 庾长仁：即庾统，字长仁，小字赤玉，少有令名。

刘注

[1] 谓亮有廊庙之器，翼有臣世之才，各有用也。

[2]《江左名士传》曰："乂，清标令上也。"

[3]《语林》曰："有人目杜弘治，标鲜甚清令，初若熙怡，容无韵，盛德之风，可乐咏也。"

原文

8.72 庾公云："逸少国

译文

庾公（亮）说道："逸少（王羲之）是

举，故庾倪[1]为碑文云：'拔萃国举。'"[1]

8.73 庾穉恭与桓温书，称："刘道生[2]日夕在事，大小殊快。义怀通乐既佳，且足作友，正实良器。推此与君同济艰不[3]者也。"[2]

8.74 王蓝田拜扬州，主簿请讳[4]。教云："亡祖先君，名播海内，远近所知。内讳不出于外，[3]余无所讳。"

全国推崇的人，所以庾倪（倩）给他撰写碑文道：'出类拔萃，全国推崇。'"

庾穉恭（翼）写信给桓温，赞扬道："刘道生（恢）日夜忙于政事，大小事务都处理得很畅快。胸怀仁义而通达快乐的特点很突出，又很值得和他结为良友，他的确是杰出的人才。把他推荐给您，共度艰难时光。"

王蓝田（述）就任扬州刺史，主簿请示需要避忌的名讳。他指示道："先祖、先父，名声远播海内，是远远近近都知道的。祖母、母亲等的名讳不必传之于外，此外没有什么需要避讳的了。"

今注

1 庾倪：即庾倩，字少彦，小字倪，颍川鄢陵（今河南鄢陵）人。有才具，官至太宰长史。

2 刘道生：即刘恢，字道生，沛国（今安徽濉溪）人。有文武才，官至车骑司马，赠前将军。

3 艰不：艰难，困厄。不，通"否"。不顺利。

4 讳：这里指家讳。即子孙如王述在说话和行文时应避免提到父亲王承、祖父王湛等人的名字，晋人最重视这一点。

刘注

[1] 倪，庾倩小字也。徐广《晋纪》曰："倩字少彦，司空冰子，皇后兄也。有才具，仕至太宰长史。桓温以其宗强，使下邳王晃诬与谋反而诛之。"

[2] 宋明帝《文章志》曰:“刘恢字道生,沛国人。识局明济,有文武才。王濛每称其思理淹通,蕃屏之高选。为车骑司马。年三十六卒,赠前将军。”

[3]《礼记》曰:“妇人之讳不出门。”

原文

8.75 萧中郎[1],孙承公[2]妇父。刘尹在抚军坐,时拟为太常。刘尹云:“萧祖周不知便可作三公不? 自此以还,无所不堪。”[1]

8.76 谢太傅未冠,始出西[3],诣王长史,清言良久。去后,苟子问曰:[2]“向客何如尊[4]?”长史曰:“向客亹亹[5],为来逼人。”

译文

萧中郎(轮)是孙承公(统)的岳父。刘尹(惔)在抚军大将军(司马昱)家里做客,当时正商议提升萧中郎做太常。刘尹说道:“萧祖周(轮)不知是否可以立即担任三公? 自三公以下,他没有不能胜任的。”

谢太傅(安)还没有成年的时候,西去建康,拜访王长史(濛),和他清谈了很长时间。走了以后,苟子(王脩)问道:“刚才那位客人和父亲相比怎么样?”长史道:“刚才那位客人娓娓不倦,言谈逼人。”

今注

1 萧中郎:即萧轮,字祖周。有才学,精“三礼”,历任常侍、国子博士。

2 孙承公:孙统,字承公,太原中都(今山西平遥西南)人。诞任不羁,而善属文,性好山水,纵游名山胜川。

3 出西:到都城建康去。谢安家会稽,由会稽入都,是由东往西。

4 尊:对父亲及父辈的称呼。

5 亹(wěi)亹:形容勤勉不倦。

刘注

[1]《晋百官名》曰："萧轮字祖周，乐安人。"刘谦之《晋纪》曰："轮有才学，善三礼，历常侍、国子博士。"

[2] 王濛、子脩并已见。

原文

8.77 王右军语刘尹："故当共推安石。"刘尹曰："若安石东山志立，当与天下共推之。"[1]

8.78 谢公称蓝田："掇皮[1]皆真。"[2]

8.79 桓温行经王敦墓边过，望之云："可儿[2]！可儿！"[3]

8.80 殷中军道王右军云："逸少清贵人，吾于之甚至，一时无所后。"[4]

译文

王右军（羲之）对刘尹（惔）说："我们当然要一起推荐安石（谢安）。"刘尹说道："如果安石立志隐居东山，我们应该和天下人一起推荐他。"

谢公（安）称赞蓝田（王述）道："从里到外都是纯真的。"

桓温从王敦墓旁经过，望着坟墓说道："可意人儿！可意人儿！"

殷中军（浩）评论王右军（羲之）道："逸少（王羲之）是个清高尊贵的人，我厚爱他到了极点，当时事事敬他为先，从无怠慢。"

今注

1 掇皮：削去皮。比喻彻里彻外。

2 可儿：可人，可爱的人，使人满意的人。

刘注

[1]《续晋阳秋》曰："初，安家于会稽上虞县，优游山林，六七年间，征召不至，虽弹奏相属，继以禁锢，而晏然不屑也。"

[2] 徐广《晋纪》曰:“述贞审,真意不显。”
[3] 孙绰《与庾亮笺》曰:“王敦可人之目,数十年间也。”
[4]《文章志》曰:“羲之高爽有风气,不类常流也。”

原文

8.81 王仲祖称殷渊源:“非以长胜人,处长亦胜人。”[1]

8.82 王司州与殷中军语,叹云:“己之府奥,蚤已倾写而见;殷陈[1]势浩汗,众源未可得测。”[2]

8.83 王长史谓林公:“真长可谓金玉满堂[2]。”林公曰:“金玉满堂,复何为简选?”王曰:“非为简选,直致言处自寡耳[3]。”[3]

8.84 王长史道江道群[4]:“人可应有,乃不必有;人可应无,己必无。”[4]

译文

王仲祖(濛)称赞殷渊源(浩)道:“他不但以自己的长处胜过别人,而且在如何对待和运用自己的长处方面也胜过别人。”

王司州(胡之)和殷中军(浩)谈论,赞叹道:“我胸中所有,早已倾泻而出;殷渊源(浩)的谈论阵势浩荡,源头众多还无法估量。”

王长史(濛)对林公(支遁)说道:“刘真长(惔)的言谈可以说是金玉满堂。”林公说道:“既然是金玉满堂,为什么他的言辞又要经过挑选?”王长史道:“不是经过挑选,只是他的言谈本来就不多罢了。”

王长史(濛)评论江道群(灌)说:“人们应该具有的,他却不一定有;人们应该没有的,他自己一定没有。”

今注

1 陈:同“阵”。

2 金玉满堂:富有黄金宝玉。语出《老子》九章:“金玉满堂,莫之能守。”此处比喻才能出众,学识渊博。

3 直：但，只。 致言：发言，言谈。

4 江道群：即江灌，字道群，陈留圉县(今河南杞县)人，少知名。历任治中、别驾、司徒属、北中郎中长史、晋陵太守等职。为人刚正不阿，蔑视权贵。

刘注

[1]《晋阳秋》曰："浩善以通和接物也。"

[2] 徐广《晋纪》曰："浩清言妙辩玄致，当时名流，皆为其美誉。"

[3] 谓吉人之辞寡，非择言而出也。

[4]《中兴书》曰："江灌字道群，陈留人，仆射彪从弟也。有才器，与从兄逌名相亚。仕尚书、中护军。"

原文

8.85 会稽孔沈、魏颉[1]、虞球[2]、虞存、谢奉，并是四族之俊，于时之杰。[1] 孙兴公目之曰："沈为孔家金，颉为魏家玉，虞为长、琳宗[3]，谢为弘道伏[4]。"[2]

8.86 王仲祖、刘真长造殷中军谈，谈竟，俱载去。刘谓王曰："渊源真可。"王曰："卿故堕其云雾中。"[3]

8.87 刘尹每称王长史云："性至通而自然有节。"[4]

译文

会稽孔沈、魏颉、虞球、虞存、谢奉同是四个家族中的才智超群的人，当时的杰出人物。孙兴公(绰)品评他们道："孔沈是孔家的黄金，魏颉是魏家的美玉，虞家尊崇道长(虞存)、和琳(虞球)，谢家敬佩信服弘道(谢奉)。"

王仲祖(濛)和刘真长(惔)到殷中军(浩)家里清谈，谈完以后一起坐车离去。刘真长对王仲祖说："渊源(殷浩)的言谈真可人意。"王仲祖道："你必定陷入了他的云烟迷雾中。"

刘尹(惔)常常称赞王长史(濛)道："性情极为通达，而且自然有节制。"

今注

1 魏颉(yǐ):字长齐,晋会稽人,官至山阴令。

2 虞球:字和琳,会稽余姚(今浙江余姚)人。官至黄门侍郎。

3 宗:宗仰,尊崇。

4 伏:通“服”。敬佩,信服。

刘注

[1] 沈、存、颉、奉并别见。《虞氏谱》曰:“球字和琳,会稽余姚人。祖授,吴广州刺史。父基,右军司马。球仕至黄门侍郎。”

[2] 长、琳,即存及球字也。弘道,谢奉字也。言虞氏宗长、琳之才,谢氏伏弘道之美也。

[3]《中兴书》曰:“浩能言理,谈论精微,长于《老》《易》,故风流者皆宗归之。”

[4]《濛别传》曰:“濛之交物,虚己纳善,恕而后行,希见其喜愠之色。凡与一面,莫不敬而爱之。然少孤,事诸母甚谨,笃义穆族,不修小洁,以清贫见称。”

原文

8.88 王右军道谢万石“在林泽1中为自遒上”;叹林公“器朗神俊”;[1]道祖士少“风领毛骨,恐没世不复见如此人”;道刘真长“标云柯而不扶疏2”。[2]

8.89 简文目庾赤玉

译文

王右军(羲之)品评谢万石(万)“即使在方外之人中,仍然挺拔英迈”;赞叹林公(支遁)“胸襟开朗,精神俊逸”;评价祖士少(约)“体格轻举,神韵超凡,恐怕一辈子也不会再见到这样的人”;评论刘真长(惔)“像高耸云端的大树,枝叶并不扶疏”。

简文帝(司马昱)品评庾赤玉(统):

"省率治除"。谢仁祖云:"庾赤玉胸中无宿物。"[3]

8.90 殷中军道韩太常曰:"康伯少自标置,居然是出群器。及其发言遣辞,往往有情致。"[4]

"简约坦率,洁身自好。"谢仁祖(尚)道:"庾赤玉心中不存芥蒂。"

殷中军(浩)评价韩太常(伯)道:"康伯(韩伯)很少标榜宣扬自己,显然是出类拔萃的人才。当他发表意见时,措辞用语,处处有情趣风致。"

今注

1 林泽:本为隐居之地。指隐者或出家人。

2 扶疏:枝叶茂盛并向四面张开的样子。

刘注

[1]《支遁别传》曰:"遁任心独往,风期高亮。"

[2]《刘尹别传》曰:"惔既令望,姻娅帝室,故屡居达官。然性不偶俗,心淡荣利。虽身登显列,而每挹降,闲静自守而已。"

[3] 赤玉,庾统小字。《中兴书》曰:"统字长仁,颍川人,卫将军怿子也。少有令名,仕至寻阳太守。"

[4]《续晋阳秋》曰:"康伯清和有思理,幼为舅殷浩所称。"

原文

8.91 简文道王怀祖:"才既不长,于荣利又不淡,直以真率少许,便足对人多多许。"[1]

8.92 林公谓王右军云:"长史作数百语,无非

译文

简文帝(司马昱)品评王怀祖(述)道:"才能既不出众,对名利又不淡泊,只凭着他那一点点真诚直率,就足以抵得上别人的许多优点。"

林公(支遁)对王右军(羲之)说道:"长史(王濛)讲了几百句,没有一句不是

德音,如恨不苦[1]。”[2]王曰:“长史自不欲苦物。”

好话,只可惜不能使人理屈词穷陷入困境。”王右军说道:“长史本来就不打算用言辞使人困窘。”

8.93 殷中军与人书,道谢万:“文理转遒,成殊不易。”[3]

殷中军(浩)给人写信评价谢万:“文辞义理越来越刚劲有力,实在是不容易。”

8.94 王长史云:“江思悛[2]思怀所通,不翅[3]儒域。”[4]

王长史(濛)说道:“江思悛(惇)胸中学识所贯通的,不止是儒家经典。”

今注

1 苦:使人困窘为难。

2 江思悛(quān):即江惇,字思悛,江虨之弟,陈留圉县(今河南杞县)人。孝友淳粹,高节迈俗。性好学,儒道皆通。多次征辟不就,年四十九而卒。

3 不翅:不止。翅,通“啻”。

刘注

[1]《晋阳秋》曰:“述少贫约,箪瓢陋巷,不求闻达,由是为有识所重。”

[2] 苦谓穷人以辞。

[3]《中兴书》曰:“万才器俊秀,善自炫曜,故致有时誉。兼善属文,能谈论,时人称之。”

[4] 徐广《晋纪》曰:“江惇字思悛,陈留人,仆射虨弟也。性笃学,手不释书,博览坟典,儒道兼综。征聘无所就,年四十九而卒。”

原文

译文

8.95 许玄度送母始

许玄度(询)为送母亲初来京都,有

出都，人问刘尹："玄度定称所闻不？"刘曰："才情过于所闻。"[1]

人问刘尹（惔）："玄度到底和传闻相称不相称？"刘尹说："他的才华超过传闻。"

8.96 阮光禄云："王家有三年少：右军、安期、长豫。"[2]

阮光禄（裕）说："王家有三位少年，右军（王羲之）、安期（王应）、长豫（王悦）。"

8.97 谢公道豫章："若遇七贤，必自把臂[1]入林。"[3]

谢公（安）品题豫章（谢鲲）道："如果遇到竹林七贤，他一定会握着他们的手臂进入竹林。"

8.98 王长史叹林公："寻微[2]之功，不减辅嗣。"[4]

王长史（濛）赞叹林公（支遁）："他探索精深微妙的玄理的功夫，并不亚于王辅嗣（弼）。"

今注

1 把臂：握住对方的手臂，表示亲密。

2 寻微：探究微细的迹象或玄妙的道理。

刘注

[1]《许氏谱》曰："玄度母，华轶女也。"按《询集》，询出都迎姊，于路赋诗，《续晋阳秋》亦然。而此言送母，疑缪矣。

[2] 阮裕、王悦、安期王应并已见。

[3]《江左名士传》曰："鲲通简有识，不修威仪。好迹逸而心整，形浊而言清。居身若秽，动不累高。邻家有女，尝往挑之。女方织，以梭投折其两齿。既归，傲然长啸曰：'犹不废我啸歌。'其不事形骸如此。"

[4]《支遁别传》曰："遁神心警悟，清识玄远，尝至京师，王仲祖称其造微之功，不异王弼。"

原文

8.99 殷渊源在墓所几[1]十年，于时朝野以拟管、葛，起[2]不起，以卜江左兴亡。[1]

8.100 殷中军道右军："清鉴贵要[3]。"[2]

8.101 谢太傅为桓公司马[4]。[3]桓诣谢，值谢梳头，遽取衣帻[5]。桓公云："何烦此？"因下共语至暝。既去，谓左右曰："颇曾见如此人不？"

译文

殷渊源（浩）隐居在祖先的陵园中将近十年，当时朝廷内外都把他比作管仲、诸葛亮，以他的出仕或归隐，来预测东晋政权的兴衰存亡。

殷中军（浩）品评王右军（羲之）："有高明的鉴察力，人品清贵，言语简要。"

谢太傅（安）出任桓公（温）的司马。有一次，桓公到谢太傅那里去，正碰上谢太傅在梳头，匆匆忙忙地去取衣服、头巾。桓公说道："何必为这些事麻烦？"于是谢太傅放下衣巾和他一直谈到傍晚。桓公离去后，谢太傅对随从说道："你们可曾见过这样的人吗？"

今注

1 几：将近，差不多。

2 起：出仕。

3 清鉴：高明的鉴别力，明察。　贵要：人品清贵，言语简要。

4 司马：官名。为军府之职，掌兵事。

5 衣帻(zé)：衣服和头巾。

刘注

[1]《续晋阳秋》曰："时穆帝幼冲，母后临朝，简文亲贤民望，任登宰辅。桓温有平蜀、洛之勋，擅强西陕。帝自料文弱，无以抗之。陈郡殷浩，素有盛名，时论比之管、葛。故征浩为扬州，温知意在抗己，甚忿焉。"

[2]《晋安帝纪》曰:“羲之风骨清举也。”

[3]《续晋阳秋》曰:“初,安优游山水,以敷文析理自娱。桓温在西蕃,钦其盛名,讽朝廷请为司马。以世道未夷,志存匡济。年四十,起家应务也。”

原文

8.102 谢公作宣武司马,属门生数十人于田曹中郎[1]赵悦子[2]。[1]悦子以告宣武,宣武云:“且为用半。”赵俄而悉用之,曰:“昔安石在东山,搢绅[3]敦逼,恐不豫人事[4]。况今自乡选,反违之邪?”

8.103 桓宣武表云:“谢尚神怀挺率,少致民誉。”[2]

8.104 世目谢尚为“令达”。阮遥集云:“清畅似达。”或云:“尚自然令上。”[3]

译文

谢公(安)就任宣武(桓温)的司马时,把几十个门生托付给田曹中郎赵悦子(悦)安置。赵悦子把这事告诉宣武,宣武道:“姑且用一半。”赵悦子不久就把这批人全部录用了,说道:“过去安石在东山隐居,士大夫敦促他出仕,唯恐他不参与政事。何况这些是他亲自从家乡挑选出来的人,难道要违逆他不成?”

桓宣武(温)在上奏皇帝的表文中说:“谢尚胸怀正直坦率,年轻时就得到众人的赞誉。”

世人品评谢尚“美好通达”。阮遥集(孚)说他:“高雅舒畅,类似通达。”又有人说:“谢尚率性自然而又美好卓越。”

今注

1 田曹中郎:官名。掌农政。

2 赵悦子:即赵悦,字悦子,下邳(今江苏睢宁)人。历任大司马参军、左卫将军。

3 搢绅:亦作“缙绅”,指士大夫。

4 人事：政事。

刘注

[1] 伏滔《大司马寮属名》曰："悦字悦子，下邳人。历大司马参军、左卫将军。"

[2]《温集》载其《平洛表》曰："今中州既平，宜时绥定。镇西将军豫州刺史尚，神怀挺率，少致人誉，是以入赞百揆，出蕃方司。宜进据洛阳，抚宁黎庶。谓可本官都督司州诸军事。"

[3]《晋阳秋》曰："尚率易挺达，超悟令上也。"

原文

8.105 桓大司马病，谢公往省1病，从东门入。[1]桓公遥望，叹曰："吾门中久不见如此人！"

8.106 简文目敬豫为"朗豫2"。[2]

8.107 孙兴公为庾公参军3，共游白石山4，卫君长在坐。[3]孙曰："此子神情都不关山水，而能作文。"庾公曰："卫风韵虽不及卿诸人，倾倒5处亦不近。"孙遂沐浴此言。

译文

桓大司马(温)生病，谢公(安)前去探病，从东门进入。桓公远远望见，叹息道："我家中很久不见这样的人了！"

简文帝(司马昱)品评敬豫(王恬)是"开朗和悦"。

孙兴公(绰)任庾公(亮)的参军，和庾公一起去游览白石山，卫君长(永)也在场。孙兴公说："此君的神态情趣丝毫也不关注山光水色，却会写文章。"庾公说："卫君长的风度韵味虽然比不上你们诸位，可是令人佩服的地方也很不平凡。"孙兴公于是沉浸在这句话中，反复玩味吟咏。

今注

1 省：探视，问候。

2 朗豫：开朗和悦。豫，快乐，欢喜。

3 参军：军府和侯国中所设属官。

4 白石山：山名。在今江苏南京。

5 倾倒：极其赏识感佩。

刘注

[1] 温时在姑孰。

[2] 王恬，已见。《文字志》曰："恬识理明贵，为后进冠冕也。"

[3]《卫氏谱》曰："永字君长，成阳人，位至左军长史。"

原文

8.108 王右军目陈玄伯："垒块有正骨1。"[1]

8.109 王长史云："刘尹知我，胜我自知。"[2]

8.110 王、刘听林公讲，王语刘曰："向高坐者，故是凶物2。"复(东)〔更〕3听，王又曰："自是钵盂4后王、何人也。"[3]

译文

王右军(羲之)品评陈玄伯(泰)："胸中郁结有不平之气，有正直刚毅的气质。"

王长史(濛)说道："刘尹(惔)了解我，胜过我自己了解自己。"

王濛、刘惔听林公(支遁)讲经，王对刘说道："在讲坛上的和尚，确实是个厉害的人。"再听下去，王濛又说："原来是佛门中的王弼、何晏那样的人物。"

今注

1 垒块：谓心中郁结的不平之气。　正骨：喻正直刚毅的气质。

2 凶物：此处指厉害的人。

3 据余嘉锡、徐震堮说校改。

4 钵釪:即钵盂,和尚用的饭碗。这里指佛门。

刘注

[1] 陈泰,已见。

[2]《濛别传》曰:"濛与沛国刘惔齐名,时人以濛比袁曜卿,惔比荀奉倩,而共交友,甚相知赏也。"

[3]《高逸沙门传》曰:"王濛恒寻遁,遇祇洹寺中讲,正在高坐上,每举麈尾,常领数百言,而情理俱畅。预坐百余人,皆结舌注耳。濛云:'听讲众僧,向高坐者,是钵釪后王、何人也。'"

原文

8.111 许玄度言:"《琴赋》所谓'非至精者,不能与之析理',刘尹其人;'非渊静者,不能与之闲止',简文其人。"[1]

8.112 魏隐兄弟[1]少有学义,[2]总角诣谢奉。奉与语,大说之,曰:"大宗[2]虽衰,魏氏已复有人。"

8.113 简文云:"渊源语不超诣简至[3],然经纶思寻处,故有局陈[4]。"

译文

许玄度(询)说:"《琴赋》所说的'不是极精通的人,不能同他剖析事理',刘尹(惔)就是这样的人;'不是沉静恬淡的人,不能同他安闲居处',简文帝(司马昱)就是这样的人。"

魏隐兄弟少年时就有学识,小时候去拜见谢奉,谢奉和他们谈话,谈得非常愉快,说道:"魏氏大宗虽然已经衰微,现在又有了继承人。"

简文帝(司马昱)说:"殷渊源(浩)的谈论虽不高超脱俗,语言也不简练精到,可是经过他斟酌筹划和认真思考过的地方,的确也很有格局阵势。"

今注

1 魏隐兄弟:魏隐和魏逷(tì)。魏隐字安时,会稽上虞(今浙江绍兴上虞区)人。历义兴太守、御史中丞。其弟魏逷,官黄门郎。

2 大宗:对他人所属宗族的尊称。

3 超诣:高超脱俗。 简至:文辞简练而精到。

4 局陈:格局,阵势。陈,同"阵"。

刘注

[1] 嵇叔夜《琴赋》也。刘惔真长,丹阳尹。

[2]《魏氏谱》曰:"隐字安时,会稽上虞人。历义兴太守、御史中丞。弟逷,黄门郎。"

原文

8.114 初,法汰北来,未知名,[1] 王领军 1 供养之。[2] 每与周旋行来 2,往名胜许,辄与俱。不得汰,便停车不行。因此名遂重。[3]

8.115 王长史与大司马书,道渊源:"识致安处,足副时谈。"

8.116 谢公云:"刘尹语审细。"[4]

译文

最初,竺法汰从北方来到南方,还不出名,由王领军(洽)供养。王常常和他应酬往来,到社会名流那里,总要和他一起去。如果法汰没有来,王洽就停车不走。因此法汰的名声便大起来。

王长史(濛)给大司马(桓温)写了一封信,品评殷渊源(浩):"有见识,有情趣,安闲自得,完全符合时人的评论。"

谢公(安)说:"刘尹(惔)的言论精密细致。"

今注

1 王领军:即王洽,字敬和,琅邪临沂(今山东临沂)人。宰相王导第三子,王羲之堂弟。历官吴郡内史,征拜中书令,苦让不受。众书通善,尤能隶行。

2 行来:来往,出入。

刘注

[1] 车频《秦书》曰:"释道安为慕容俊所掠,欲投襄阳,行至新野,集众议曰:'今遭凶年,不依国主,则法事难举。'乃分僧众,使竺法汰诣扬州,曰:'彼多君子,上胜可投。'法汰遂渡江至扬土焉。"

[2]《中兴书》曰:"王洽字敬和,丞相导第三子,累迁吴郡内史,为士民所怀。征拜中领军,寻加中书令,不拜。年二十六而卒。"

[3]《名德沙门题目》曰:"法汰高亮开达。"孙绰为汰《赞》曰:"凄风拂林,明泉映壑。爽爽法汰,校德无怍。事外萧洒,神内恢廓。实从前起,名随后跃。"《泰元起居注》曰:"法汰以十二卒。烈宗诏曰:'法汰师丧逝,哀痛伤怀,可赠钱十万。'"

[4] 孙绰为《惔诔叙》曰:"神犹渊镜,言必珠玉。"

原文

8.117 桓公语嘉宾:"阿源有德有言,向使作令仆,足以仪刑百揆 1,朝廷用违其才耳。"[1]

8.118 简文语嘉宾:"刘尹语末后亦小异,回复其言,亦乃无过。"

8.119 孙兴公、许玄度共在白楼亭 2,[2] 共商略先

译文

桓公(温)对嘉宾(郗超)说道:"阿源(殷浩)有德行,善谈论,当初如果让他做尚书令或仆射,完全可以成为百官的典范,朝廷委以军旅之任与他的才能并不相称。"

简文帝(司马昱)对嘉宾(郗超)说:"刘尹(惔)的谈论到了最后,和前面谈得略有不同,但是反复回味他的话,却也没有什么错。"

往名达。林公既非所关，听讫，云："二贤故自有才情。"

8.120 王右军道东阳："我家阿(林)〔临〕[3]，章清太出。"[3]

孙兴公(绰)、许玄度(询)一起在白楼亭，共同评论过去有名望的贤达。林公(支遁)对此并不介入，听完以后，他只是说："二位贤者确实有才华。"

王右军(羲之)品评东阳(王临之)道："我家阿临，彰明高洁，甚为突出。"

今注

1 仪刑百揆(kuí)：仪刑，做典范，做楷模。百揆，百官。

2 白楼亭：古亭名。故址在今浙江绍兴。

3 据刘孝标注校改。

刘注

[1] 嘉宾，郗超小字也。阿源，殷浩也。

[2]《会稽记》曰："亭在山阴，临流映壑也。"

[3] 林，应为"临"。《王氏谱》曰："临之字仲产，琅邪人，仆射彪之子。仕至东阳太守。"

原文

8.121 王长史与刘尹书，道渊源："触事长易[1]。"

8.122 谢中郎云："王脩载乐托[2]之性，出自门风。"[1]

8.123 林公云："王敬仁是超悟[3]人。"[2]

译文

王长史(濛)写信给刘尹(惔)，评论渊源(殷浩)遇事经常很平和。

谢中郎(万)说道："王脩载(耆之)那种豪迈不羁的性格，来自他的家风。"

林公(支遁)说道："王敬仁(脩)是个悟性很高的人。"

8.124 刘尹先推谢镇西，谢后雅重刘，曰："昔尝北面。"[3]

刘尹（惔）先前推重谢镇西（尚），谢镇西后来也推崇刘尹，说道："过去我曾经对他行弟子之礼。"

今注

1 触事长易：触事，遇事。长，通"常"，经常。易，平易，平和。

2 乐托：即"落拓"。豪迈，不拘束。

3 超悟：颖悟、彻悟。

刘注

[1]《王氏谱》曰："耆之字脩载，琅邪人，荆州刺史廙第三子。历中书郎、鄱阳太守、给事中。"

[2]《文字志》曰："脩之少有秀令之称。"

[3] 按谢尚年长于惔，神颖夙彰，而曰北面于刘，非可信。

原文

8.125 谢太傅称王脩龄曰："司州可与林泽游。"[1]

8.126 谚曰："扬州独步[1]王文度，后来出人郗嘉宾[2]。"[2]

8.127 人问王长史江虨兄弟群从[3]。王答曰："诸江皆复足自生活。"[3]

8.128 谢太傅道安

译文

谢太傅（安）称赞王脩龄（胡之）道："司州刺史这个人，可以和他纵情于山水之间。"

谚语说："扬州无与伦比的是王文度（坦之），后辈中超群出众的是郗嘉宾（超）。"

有人问王长史（濛）有关江虨兄弟及江家子侄辈的情况。王长史回答道："江氏诸人都完全能够自立于世。"

谢太傅（安）品题安北将军（王坦之）：

北[4]："见之乃不使人厌，然出户去，不复使人思。"[4]

"见到他并不让人生厌，可是出门走后，也不再使人想念。"

今注

1 独步：超出群伦。

2 后来：后辈。　出人：超出他人。

3 群从：堂兄弟及诸子侄。

4 安北：即王坦之，死后被追赐为安北将军，故称。

刘注

[1]《王胡之别传》曰："胡之常遗世务，以高尚为情，与谢安相善也。"

[2]《续晋阳秋》曰："超少有才气，越世负俗，不循常检。时人为一代盛誉者，语曰：'大才槃槃谢家安，江东独步王文度，盛德日新郗嘉宾。'"其语小异，故详录焉。

[3] 彪及弟(淳)〔惇〕、从灌，并有德行，知名于世。

[4] 安北，王坦之也。《续晋阳秋》曰："谢安初携幼释同好，养志海滨，襟情超畅，尤好声律，然抑之以礼，在哀能至。弟万之丧，不听丝竹者将十年。及辅政，而修室第园馆，丽车服，虽期功之惨，不废妓乐。王坦之因苦谏焉。"按谢公盖以王坦之好直言，故不思尔。

原文

8.129 谢公云："司州造胜遍决[1]。"[1]

8.130 刘尹云："见何次道饮酒，使人欲倾家酿。"[2]

译文

谢公(安)说道："司州(王胡之)谈玄进入佳境，便能够全面解决疑难。"

刘尹(惔)说道："看见何次道(充)喝酒，使人想把家里酿制的好酒通通拿出来。"

8.131 谢太傅语真长："阿龄于此事，故欲太厉。"[3]刘曰："亦名士之高操者。"[4]

谢太傅（安）对刘真长（惔）说："阿龄（王胡之）对这件事好像太过分了。"刘真长说："他也是名士里面有高尚节操的人。"

8.132 王子猷说："世目士少为朗，我家[2]亦以为彻朗[3]。"[5]

王子猷（徽之）说道："世人品评士少（祖约）清朗，我也认为他清朗。"

今注

1 造胜：到达胜境。 遍决：全面解决各种疑难问题。

2 我家：我。"家"字无实义。

3 彻朗：清明、清朗，指心地清净光明。彻，同"澈"。

刘注

[1] 宋明帝《文章志》曰："胡之性简，好达玄言也。"

[2] 充饮酒能温克。

[3] 脩龄，王胡之小字也。

[4]《胡之别传》曰："胡之治身清约，以风操自居。"

[5]《晋诸公赞》曰："祖约少有清称。"

原文

8.133 谢公云："长史语甚不多，可谓有令音[1]。"[1]

8.134 谢镇西道敬仁："文学镞镞[2]，无能不新。"[2]

8.135 刘尹道江道群：

译文

谢公（安）说道："长史（王濛）的话不多，但可以说是言辞美妙。"

谢镇西（尚）评价敬仁（王脩）："辞章挺拔出众，如果没有才能，就不会这样新颖。"

刘尹（惔）评论江道群（灌）："虽然

"不能言而能不言[3]。"[3] 不擅长讲话，却善于不讲话。"

今注

1 令音：美妙的言辞。令，美好。

2 文学：官名。汉代在州郡及王国置文学，或称文学掾、文学史。 镞(zú)镞：挺拔貌，突出貌。

3 能不言：指善于以不讲话超过别人。

刘注

[1]《王濛别传》曰："濛性和畅，能清言，谈道贵理中，简而有会。商略古贤，显默之际，辞旨劭令，往往有高致。"

[2]《语林》曰："敬仁有异才，时贤皆重之。王右军在郡迎敬仁，叔仁辄同车，常恶其迟。后以马迎敬仁，虽复风雨，亦不以车也。"

[3] 江灌，已见。

原文

8.136 林公云："见司州，警悟交至[1]，使人不得住，亦终日忘疲。"[1]

8.137 世称"苟子秀出[2]，阿兴[3]清和"。[2]

8.138 简文云："刘尹茗(柯)〔杅〕有实理。[4]"[3]

译文

林公(支遁)说："看到司州(王胡之)的机警、敏悟一齐涌现的时候，令人不愿使谈论停止，即使整日也不会感到疲劳。"

世人称扬苟子(王脩)优秀杰出，阿兴(王蕴)清静平和。

简文帝(司马昱)说道："刘尹(惔)表面看上去糊涂，所说的话却很有道理。"

今注

1 警悟：机警聪明，警悟过人。 交至：一齐出现。

2 秀出：优秀杰出。

3 阿兴：王蕴，小字阿兴，王脩之弟。

4 据王利器、余嘉锡、徐震堮说校改。李详注："详按：黄生《义府》引此，谓此种语言当即襄阳人歌山简之'茗艼'。茗艼即酩酊，后转声为懵懂，皆一义。"这句话的意思是刘惔表面糊涂，中有实理。

刘注

[1]《王胡之别传》曰："胡之少有风尚，才器率举，有秀悟之称。"

[2] 苟子已见。阿兴，王蕴小字。

[3] 柯，一作"村"，又作"竹"，又作"打"。

原文

8.139 谢胡儿作著作郎[1]，尝作《王堪[2]传》，[1]不谙堪是何似人，咨谢公。谢公答曰："世胄亦被遇。堪，烈之子，[2]阮千里姨兄弟，潘安仁中外。安仁诗所谓'子亲伊姑，我父唯舅'[3]，是许允[4]婿。"[3]

译文

谢胡儿（朗）任著作郎的时候，曾经撰写《王堪传》，他不了解王堪是什么样的人，就去询问谢公（安）。谢公回答道："世胄（王堪）这个人也曾经得到过朝廷的赏识重用。王堪是王烈的儿子，阮千里（瞻）的姨表兄弟，潘安仁（岳）的姑表兄弟。就是安仁的诗里所说的'子亲伊姑，我父唯舅'，他还是许允的女婿。"

今注

1 著作郎：官名。掌编修国史。

2 王堪：字世胄，东平寿张（今山东阳谷）人。少以高亮义正闻名。官至尚书左丞，为石勒所害，赠太尉。

3 "子亲"句：见潘岳《北芒送别王世胄》，大意是说你的母亲是我的姑姑，我的父亲是你的舅舅。伊、唯是句子助词,用来加强肯定语气,无实义。由于晋代重视婚姻门第,因此谢安遍举姻亲。

4 许允:字士宗,高阳(今河北高阳)人。魏明帝时为吏部郎,后被晋景王司马师所杀。

刘注

[1]《晋诸公赞》曰:"堪字世胄,东平寿张人,少以高亮义正称。为尚书左丞,有准绳操。为石勒所害,赠太尉。"

[2]《晋诸公赞》曰:"烈字阳秀,蚤知名魏朝,为治书御史。"

[3]《岳集》曰:"堪为成都王军司马。岳送至北邙别,作诗曰:'微微发肤,受之父母。峨峨王侯,中外之首。子亲伊姑,我父惟舅。'"

原文

8.140 谢太傅重邓仆射,常言:"天地无知,使伯道无儿。"[1]

8.141 谢公与王右军书曰:"敬和栖托1好佳。"[2]

8.142 吴四姓旧目2云:"张文,朱武,陆忠,顾厚。3"[3]

8.143 谢公语4王孝伯:"君家蓝田,举体无常人事。"[4]

译文

谢太傅(安)非常敬重邓仆射(攸),曾经说道:"天地没有良知,竟使伯道(邓攸)绝后。"

谢公(安)给王右军(羲之)的信中说:"敬和(王洽)有很好的安身立命的资本。"

吴郡四大姓,过去有人品题道:"张家出文人,朱家出武将,陆家忠诚,顾家敦厚。"

谢公(安)对王孝伯(恭)说道:"你家的蓝田(王述),通体无常人俗事。"

今注

1 栖托：安身、寄托。

2 旧目：旧的品题。

3 张：张昭之族。 朱：朱然、朱桓之族。 陆：陆逊之族。 顾：顾雍之族。

4 语(yù)：告诉，对……说。

刘注

[1]《晋阳秋》曰："邓攸既弃子，遂无复继嗣，为有识伤惜。"

[2]《中兴书》曰："洽于公子中最知名，与颍川荀羡俱有美称。"

[3]《吴录·士林》曰："吴郡有顾、陆、朱、张，为四姓。三国之间，四姓盛焉。"

[4] 按述虽简，而性不宽裕，投火怒蝇，方之未甚。若非太傅虚相褒饰，则《世说》谬设斯语也。

原文

8.144 许掾尝诣简文，尔夜风恬月朗，乃共作曲室中语。襟情之咏，偏是许之所长，辞寄清婉，有逾平日。简文虽契素，此遇尤相咨嗟，不觉造膝，共叉手 1 语，达于将旦。既而曰："玄度才情，故未易多有许！"[1]

8.145 殷允 2 出西 3，郗超与袁虎书云："子思求良朋，托好足下，勿以

译文

许掾(询)曾经去谒见简文帝(司马昱)，当天夜里，风静月明，两人一起到幽深的内室中清谈。吟咏抒发情怀的诗文，恰好是许掾最擅长的，因此他诗中的言辞寄意，清新婉约，远远超过了平时。简文帝虽然和他一向情意相投，却对这次相会尤为叹赏，不知不觉移至许掾膝前，拱手共语，一直到黎明时分。事后简文帝说道："玄度的才华，的确是不易多得的啊！"

殷允到京都去，郗超给袁虎(宏)写信道："子思(殷允)寻求良友，我把你介绍给

开美[4]求之。”[2]世目袁为“开美”，故子敬诗曰：“袁生开美度。”

他，请不要用开朗豁达这样的标准要求他。”当时的人品评袁虎为“开朗豁达”，所以子敬（王献之）写诗道：“袁生有开朗豁达的气度。”

今注

1 叉手：拱手。古人交谈时常拱手而言，表示敬意与欢情。

2 殷允：字子思，陈郡长平（今河南西华东北）人。曾任吏部尚书。

3 出西：到京都。因都城建康在会稽西，故有此说。

4 开美：开朗豁达，开朗美好。

刘注

[1]《续晋阳秋》曰：“询能言理，曾出都迎姊，简文皇帝、刘真长说其情旨及襟怀之咏。每造膝赏对，夜以系日。”

[2]《中兴书》曰：“允字子思，陈郡人，太常康第六子。恭素谦退，有儒者之风。历吏部尚书。”

原文

8.146 谢车骑问谢公：“真长性至峭，何足乃重？”答曰：“是不见耳！阿见子敬，尚使人不能已。”[1]

8.147 谢公领中书监，王东亭有事，应同上省。王后至，坐促，王、谢虽不通[1]，太傅犹敛膝容

译文

谢车骑（玄）问谢公（安）道：“真长（刘惔）性格极为严厉，哪里值得如此敬重？”谢公回答道：“你是没有见过他罢了！看见子敬（王献之），尚且会情不自禁地敬重他。”

谢公（安）兼任中书监的时候，王东亭（珣）有公事，应当和他一起到中书省。东亭后到，车上座位窄狭，王、谢两家虽然不交往了，太傅（谢安）还是收敛双膝腾出

之。[2] 王神意闲畅,谢公倾目。还谓刘夫人[2]曰:"向见阿瓜,故自未易有。[3] 虽不相关,正自使人不能已已[3]。"

地方给他坐。东亭神态闲适自在,谢公不禁注目。谢公回家以后,对妻子刘夫人说道:"刚才看见阿瓜(王珣),的确是个不易多得的人物。虽然已经互不交往了,但还是使人无法割舍。"

今注

1 王、谢虽不通:指王、谢两家不交往,有隔阂。《晋书·王珣传》:"珣兄弟皆谢氏婿,以猜嫌致隙。太傅安既与珣绝昏,又离珉妻,由是二族遂成仇衅。"

2 刘夫人:谢安之妻,刘惔之妹。

3 已已:停止,休止。

刘注

[1]《语林》曰:"羊骕因酒醉,抚谢左军谓太傅曰:'此家讵复后镇西?'太傅曰:'汝阿见子敬,便沐浴为论兄辈。'"推此言意,则安以玄不见真长,故不重耳。见子敬尚重之,况真长乎?

[2] 王、谢不通事,别见。

[3] 按王珣小字法护,而此言阿瓜,未为可解,傥小名有两耳。

原文

8.148 王子敬语谢公:"公故萧洒[1]。"谢曰:"身不萧洒。君道身最得,身正自调畅。"[1]

8.149 谢车骑初见王

译文

王子敬(献之)对谢公(安)说:"您的确洒脱大方。"谢公说:"我并不洒脱大方。您的评论我最满意,我只是襟怀和适舒畅。"

谢车骑(玄)第一次见到王文度(坦

文度，曰："见文度，虽萧洒相遇，其复愔愔[2]竟夕。"

8.150 范豫章谓王荆州：[2]"卿风流俊望，真后来之秀。"王曰："不有此舅，焉有此甥？"

8.151 子敬与子猷书，道："兄伯萧索寡会[3]，遇酒则酣畅忘反，乃自可矜。"

之)，对人说道："和文度接触，虽然用潇洒的态度来对待他，他依旧整晚保持着安详和悦。"

范豫章(甯)对王荆州(忱)说道："你杰出而有才华，俊逸而名声不凡，真是后起之秀。"王荆州说："如果没有您这样的舅舅，哪里会有我这样的外甥？"

子敬(王献之)在写给子猷(王徽之)的信中说："兄长卓然不群，落落寡合，遇酒便畅饮忘返，确实可贵。"

今注

1 萧洒：潇洒。洒脱不拘，超逸绝俗。

2 愔(yīn)愔：和悦安详的样子。

3 兄伯：当时人对兄长的称呼。　萧索：孤寂，落寞。意指卓然不群。

刘注

[1]《续晋阳秋》曰："安弘雅有气，风神调畅也。"

[2] 范甯、王忱并已见。

原文

8.152 张天锡世雄[1]凉州，以力弱诣京师，虽远方殊类[2]，亦边人之桀[3]也。[1]闻皇京多才，钦羡弥至。犹在渚住，

译文

张天锡世代称雄凉州，由于势力衰微，便投奔京都，虽是远方异族，却也算边陲地区的杰出人物。他听说京都人才很多，钦佩、羡慕到了极点。当时他还停留在洲渚旁边，司马著作曾经去拜访他。此

司马著作往诣之。[2]言容鄙陋，无可观听。天锡心甚悔来，以遐外可以自固。王弥有俊才美誉，当时闻而造焉。[3]既至，天锡见其风神清令，言话如流，陈说古今，无不贯悉。又谙人物氏族中(来)〔表〕4，皆有证据。天锡讶服。

人言语粗鄙，容貌丑陋，既不中看，又不中听。天锡心中非常后悔不该南来，认为凭着凉州那样的边远地区还可以固守下去。王弥(珉)才华出众，名声很好，当时听说张天锡来了，就去拜访他。到后，张天锡见王弥风度神采高雅秀美，言谈话语敏捷通畅，说古道今，无不通晓。王弥又熟悉各方人士宗族和亲戚关系，说出来都有凭有据。张天锡不觉十分惊异佩服。

今注

1 世雄：世代称雄。
2 殊类：古称少数民族。
3 桀：才能出众的人。
4 据李慈铭说校改。

刘注

[1] 天锡已见。
[2] 未详。
[3]《续晋阳秋》曰："珉风情秀发，才辞富赡。"

原文

8.153 王恭始与王建武甚有情，后遇袁悦1之间，遂致疑隙。[1]然每至兴会，

译文

王恭最初和王建武(忱)感情很好，后来碰到袁悦的离间，两人便产生了隔阂。可是每当兴致到来时，他们

故有相思时。恭尝行散至京口射堂，于时清露晨流，新桐初引。恭目之，曰："王大故自濯濯。"

8.154 司马太傅为二王目曰："孝伯亭亭[2]直上，阿大罗罗清疏[3]。"[2]

8.155 王恭有清辞简旨，能叙说而读书少，颇有重出。[3]有人道："孝伯常有新意，不觉为烦[4]。"

8.156 殷仲堪丧后，桓玄问仲文："卿家仲堪，定是何似人？"仲文曰："虽不能休明一世，足以映彻九泉。"[4]

还是会彼此思念。王恭曾经在服用五石散后漫步到京口的习射场，当时清亮的露珠在晨光中滚动，初生的桐枝刚刚吐出新芽。王恭触景生情，品评王建武道："王大(忱)的确光润清朗。"

司马太傅(道子)对王恭、王忱品题道："孝伯(王恭)孤高正直，品德高尚，阿大(王忱)开朗通达，高洁疏放。"

王恭言谈清新，意旨简要，善于叙谈，可是由于读书不多，常有重复。有人评论说："王恭常有新的见解，使人并不觉得他言谈繁复。"

殷仲堪死后，桓玄问殷仲文："你家仲堪，究竟是什么样的人？"殷仲文回答道："虽然不能美好清明一生，但也足以照临黄泉。"

今注

1 袁悦：字元礼，东晋阳夏(今河南太康)人。初为会稽王司马道子宠臣，不久被诛。

2 亭亭：耸立挺拔的样子。形容品格孤高。

3 罗罗：疏朗放诞。　清疏：清朗，疏朗。

4 烦：繁复。

刘注

[1]《晋安帝纪》曰："初，忱与族子恭少相善，齐声见称。及并登朝，俱为

主相所待，内外始有不咸之论。恭独深忧之，乃告忱曰：'悠悠之论，颇有异同，当由骠骑简于朝觐故也。将无从容切言之邪？若主相谐睦，吾徒得戮力明时，复何忧哉？'忱以为然，而虑弗见令，乃令袁悦具言之。悦每欲间恭，乃于王坐责让恭曰：'卿何妄生同异，疑误朝野？'其言切厉。恭虽惋怅，谓忱为构己也。忱虽心不负恭，而无以自亮。于是情好大离，而怨隙成矣。"

[2] 恭，正亮沈烈；忱，通朗诞放。

[3]《中兴书》曰："恭虽才不多，而清辩过人。"

[4]《续晋阳秋》曰："仲堪，仲文之从兄也，少有美誉。"

岳麓書社

读名著　选岳麓

世说新语 下

[南朝宋] 刘义庆 撰　[南朝梁] 刘孝标 注
郿先觉　赵振铎 注译

岳麓書社·长沙

品藻第九

导读

品藻，即品题与鉴定。本门共八十八条。品藻与赏誉的区别在于，品藻建立在两两对比之上。品藻一般是拿某人与另一人比较后进行评论。一般只是指出各有所长，只有部分条目比出高下之别。有时也会就一个人的不同情况、不同方面进行对比。比如评价三国时诸葛亮三兄弟。诸葛瑾在吴国，任大将军兼豫州牧；诸葛亮在蜀国，任丞相；诸葛诞在魏国，任征东大将军，并被召为司空。三人名望都很高。当时人们认为蜀国得到的是龙，吴国得到的是虎，魏国得到的是狗。龙、虎、狗只是表示才智品德等级的不同，龙为先，虎次于龙，狗又次于虎，对狗并没有贬义。

魏晋时期清谈盛行，晋简文帝司马昱曾经评论何晏和嵇康，说何晏的巧言连累了他所讲的道理，导致说服力不大，而嵇康的奇才则妨害了他的主张，导致其主张实现不了。司马昱还评价殷浩的言谈，说他的言谈不能超越别人，只能大体上满足大家的心愿。这些评价都非常中肯。

原文

9.1 汝南陈仲举、颍川李元礼二人，共论其功德，不能定先后。蔡伯喈[1][1]评之曰："陈仲举强于犯上，李元礼严于摄下。犯上难，摄下易。"[2]

译文

汝南陈仲举(蕃)、颍川李元礼(膺)两人，人们评论他们的功业和德行，确定不了谁先谁后。蔡伯喈(邕)评定道："陈仲举敢于冒犯上级，李元礼严于管辖下属。冒犯上级困难，管仲举遂在"三君[2]"之下,[3]元礼居"八俊[3]"之上。[4]

辖下属容易。"于是陈仲举就列在"三君"之后,李元礼排在"八俊"之前。

今注

1 蔡伯喈(jiē):即蔡邕(yōng,132—192),东汉文学家、书法家。字伯喈,陈留圉(今河南杞县西南)人。灵帝时为议郎,因上书论朝政阙失,遭到诬陷,流放朔方。遇赦后,亡命江湖十余年。董卓专政,被迫为侍御史,官左中郎将,人称蔡中郎。卓被诛后,邕被王允所捕,死于狱中。通经史、音律、天文,善辞章。散文长于碑记,工整典雅,多用偶句,旧时颇受推重。工篆、隶,尤以隶书著称,结构严整,有"骨气洞达,爽爽有神"之评。由于扬名当时,不少汉末碑刻被后人附会为蔡邕所书,致有"体法百变"之称。熹平四年(175)"正定六经文字",部分由蔡邕书丹于石,立太学门外,世称"熹平石经"。又曾于鸿都门见工匠用帚写字,得到启发,创"飞白"书。亦能画。有《蔡中郎集》,系后人辑本。

2 三君:指三个当时最受人敬仰的人物窦武、刘淑、陈蕃。

3 八俊:指当时最有才能名望的八个人物,即李膺、王畅、荀绲、朱寓、杜楷、刘佑、魏朗、赵典。

刘注

[1]《续汉书》曰:"蔡伯喈,陈留圉人。通达有俊才,博学善属文,伎艺术数,无不精综。仕至左中郎将,为王允所诛。"

[2] 张璠《汉纪》曰:"时人为之语曰:'不畏强御陈仲举,天下模楷李元礼。'"

[3] 谢沈《汉书》曰:"三君者,一时之所贵也。窦武、刘淑、陈蕃,少有高操,海内尊而称之,故得因以为目。"

[4] 薛莹《汉书》曰:"李膺、王畅、荀绲、朱寓、魏朗、刘佑、杜楷、赵典为八俊。"《英雄记》曰:"先是张俭等相与作衣冠纠弹,弹中人相调,言:'我

弹中诚有八俊、八乂，犹古之八元、八凯也。’”谢沈《书》曰：“俊者，卓出之名也。”姚信《士纬》曰：“陈仲举体气高烈，有王臣之节。李元礼忠壮正直，有社稷之能。海内论之未决，蔡伯喈抑一言以变之，疑论乃定也。”

原文

9.2 庞士元至吴，吴人并友之。[1] 见陆绩[1]、[2] 顾劭、全琮[2]，[3] 而为之目曰：“陆子所谓驽马有逸足之用，顾子所谓驽牛可以负重致远。”或问：“如所目，陆为胜邪？”曰：“驽马虽精速，能致一人耳。驽牛一日行百里，所致岂一人哉？”吴人无以难。“全子好声名，似汝南樊子昭[3]。”[4]

译文

庞士元（统）到了吴地，吴人都和他交朋友。他见到陆绩、顾劭、全琮三人，就对三人品评说：“陆子是所谓的驽马，能够用来快走；顾子是所谓的驽牛，可以载重行远。”有人问道：“如果照你所评论的那样，是陆绩超过了顾劭吗？”庞士元说：“驽马即使跑得很快，只能运载一人而已。驽牛一天走一百里，所载的难道仅是一人吗？”吴人没有话来反驳他。“全子爱惜声誉，像汝南郡樊子昭。”

今注

1 陆绩（188—219）：三国吴郡吴县（今江苏苏州）人，字公纪。六岁见袁术，怀橘遗母，世称其孝。后仕吴，官至郁林太守。通天文、历算，作《浑天图》，注《易》，撰《太玄经注》，今存辑本。

2 全琮（cóng，？—247）：字子璜，吴郡钱塘（今浙江杭州）人，三国时期吴国名将。东汉末，倾家接济中州避乱至江南人士数百人，名扬远近、孙权以为奋威校尉、东安郡太守。后因献计袭取关羽，封阳华亭侯。娶孙权之女孙鲁班。官至大司马、左军师。

3 樊子昭：东汉汝南（今河南汝南）人。初为商贩，后为名士许劭所荐，得为官。

刘注

[1]《蜀志》曰："周瑜领南郡，士元为功曹。瑜卒，士元送丧至吴，吴人多闻其名，及当还西，并会阊门与士元言。"

[2]《文士传》曰："绩字公纪，幼有俊朗才数，博学多通。庞士元年长于绩，共为交友。仕至郁林太守。自知亡日，年三十二而卒。"

[3] 环济《吴纪》曰："琮字子黄，吴郡钱塘人。有德行义概，为大司马。"

[4] 蒋济《万机论》曰："许子将褒贬不平，以拔樊子昭而抑许文休。刘晔难曰：'子昭拔自贾竖，年至七十，退能守静，进不苟竞。'济答曰：'子昭诚自幼至长，容貌完洁。然观其插齿牙，树颊颏，吐唇吻，自非文休之敌。'"

原文

9.3 顾劭尝与庞士元宿语，问曰："闻子名知人，吾与足下孰愈？"曰："陶冶世俗，与时浮沉，吾不如子；[1] 论王霸之余策，览倚（仗）〔伏〕[1]之要害，吾似有一日之长。"劭亦安其言。[2]

9.4 诸葛瑾[2]、弟亮及从弟诞[3]，[3] 并有盛名，各在一国。于时以为蜀得其

译文

顾劭曾经和庞士元（统）夜谈，问道："听说你以善于识别人物而著名，我和你究竟谁更强些？"庞士元说："在熏陶化育社会风俗、顺应时代潮流方面，我比不上你。至于谈论王霸之道、观察事物之间因果关系方面，我似乎比你强一些。"顾劭也认为他的话很妥当。

诸葛瑾和弟弟诸葛亮以及堂弟诸葛诞，都有很大的名望，各在一个国家。当时的人认为蜀国得到了其中的

龙，吴得其虎，魏得其狗[4]。诞在魏，与夏侯玄齐名；瑾在吴，吴朝服其弘量。[4]

龙，吴国得到了其中的虎，魏国得到了其中的狗。诸葛诞在魏国，和夏侯玄齐名；诸葛瑾在吴国，吴国朝廷上下都佩服他的器量宏大。

今注

1 据余嘉锡说校改。“倚伏”，出自《老子》“祸兮福之所倚，福兮祸之所伏”。倚，依托。伏，隐藏。意谓祸福相因，互相依存，相互转化。

2 诸葛瑾(174—241)：字子瑜，琅邪阳都(今山东沂南)人，诸葛亮之兄。东汉末移居江东，受孙权优礼，任长史。以绥南将军代吕蒙为南郡太守，率军驻公安(今湖北公安西北)。孙权称帝后，官至大将军。

3 从弟诞：诸葛诞(？—258)，字公休，琅邪阳都(今山东沂南)人，诸葛亮之族弟。累迁扬州刺史、镇东将军、司空。司马氏擅政，内不自安，起兵据寿春反叛，兵败被杀。

4 蜀得其龙，吴得其虎，魏得其狗：龙、虎、狗只是表明当时的人鉴定三人才智品德的等级高低，对狗并无贬义。

刘注

[1]《吴志》曰：“劭好乐人伦，自州郡庶几及四方人事，往来相见，或讽议而去，或结友而别，风声流闻，远近称之。”

[2]《吴录》曰：“劭安其言，更亲之。”

[3]《吴书》曰：“瑾字子瑜，其先葛氏，琅邪诸县人，后徙阳都。阳都先有姓葛者，时人谓‘诸葛’，因为氏。瑾少以至孝称。累迁豫州牧，六十八卒。”《魏志》曰：“诞字公休，为吏部郎，人有所属托，辄显其言而亟用之。后有当不，则公议其得失，以为褒贬。自是群寮莫不慎其所举。累迁扬州刺史、镇东将军、司空。谋逆，伏诛。”

[4]《吴书》曰："瑾避乱渡江，大皇帝取为长史，遣使蜀，但与弟亮公会相见，反无私面，而又有容貌思度。时人服其弘量。"

原文

9.5 司马文王问武陔："陈玄伯何如其父司空[1]？"陔曰："通雅博畅，能以天下声教为己任者，不如也。明练简至，立功立事，过之。"[1]

9.6 正始中，人士比论，以五荀方五陈：荀淑方陈寔，荀靖方陈谌，[2] 荀爽方陈纪，荀彧方陈群，[3] 荀顗方陈泰。[4] 又以八裴方八王：裴徽方王祥，裴楷方王夷甫，裴康[2]方王绥，[5] 裴绰[3]方王澄，[6] 裴瓒[4]方王敦，[7] 裴遐方王导，裴頠方王戎，裴邈方王玄。

译文

司马文王(昭)问武陔："陈玄伯(泰)和他父亲司空(陈群)相比怎么样？"武陔说："通达雅正，渊博明快，能把整顿天下声威教化作为自己的责任，在这方面陈玄伯比不上他的父亲。至于明察干练，简约周到，建功立业方面，则超过了他父亲。"

正始年间，知名人士在对比评论人物时，拿五位荀氏家族中的人和五位陈氏家族中的人对比：荀淑比陈寔，荀靖比陈谌，荀爽比陈纪，荀彧比陈群，荀顗比陈泰。又拿八位裴氏家族中的人和八位王氏家族中的人相对比：裴徽比王祥，裴楷比王夷甫(衍)，裴康比王绥，裴绰比王澄，裴瓒比王敦，裴遐比王导，裴頠比王戎，裴邈比王玄。

今注

1 何如：何似，比……怎么样。　司空：陈群曾任司空，故称。

2 裴康：字仲豫，河东闻喜(今山西闻喜)人，裴徽之子。有弘量，曾任太子左卫率。

3 裴绰：字季舒，裴徽之子。累迁黄门侍郎、长水校尉。卒于任上。

4 裴瓒：字国宝，裴楷之子。风韵超群，任中书郎。晋武帝末及惠帝初重臣杨骏之婿。杨骏被诛，他也被乱兵所杀。

刘注

[1]《魏志》曰："陔与泰善，故文王问之。"

[2]《逸士传》："靖字叔慈，颍川人。有俊才，以孝著名。兄弟八人，号'八龙'。隐身修学，动止合礼。弟爽，亦有才学，显名当世。或问汝南许章：'爽与靖孰贤？'章曰：'二人皆玉也。慈明外朗，叔慈内润。'太尉辟，不就。年五十终，时人惜之，号玄行先生。"

[3]《典略》曰："彧字文若，颍川人。为汉侍中、守尚书令。彧为人英伟，折节待士，坐不累席。其在台阁间，不以私欲挠意。年五十薨，谥曰敬侯。以其德高，追赠太尉。"

[4]《晋诸公赞》曰："颉字景倩，彧之子。蹈礼立德，思义温雅，加深识国体，累迁光禄大夫。晋受禅，封临淮公。典朝仪，刊正国式，为一代之制。转太尉，为台辅，德望清重，留心礼教。卒，谥康公。"

[5]《晋百官名》曰："康字仲豫，徽之子。"《晋诸公赞》曰："康有弘量，历太子左率。"

[6]《王朝目录》曰："绰字仲舒，楷弟也，名亚于楷。历中书、黄门侍郎。"

[7]《晋诸公赞》曰："瓒字国宝，楷之子。才气爽俊，终中书郎。"

原文

9.7 冀州刺史杨(淮)〔准〕[1]二子乔与髦，俱总角为成器[2]。(淮)〔准〕与裴頠、乐广友善，遣见之。頠性弘方[3]，爱乔之

译文

冀州刺史杨准的两个儿子杨乔和杨髦，都是幼年时就成才。杨准和裴頠、乐广二人友好，派两个儿子去见他们。裴頠禀性宽宏正直，喜欢杨乔那种高雅的气质，便对杨准说："杨乔将会赶上

有高韵，谓(淮)〔准〕曰："乔当及卿，髦小减也。"广性清淳[4]，爱髦之有神检[5]，谓(淮)〔准〕曰："乔自及卿，然髦尤精出。"(淮)〔准〕笑曰："我二儿之优劣，乃裴、乐之优劣。"论者评之，以为乔虽高韵，而检不匝[6]，乐言为得。然并为后出之俊。[1]

你，杨髦稍差一点。"乐广禀性高洁纯朴，喜欢杨髦那种清秀超逸的仪表，对杨准说："杨乔自然能够赶上你，可是杨髦更为杰出。"杨准笑道："我两个儿子的长处和短处，就是裴頠、乐广的长处和短处。"评论家评议这两人的看法，认为杨乔虽然风度高雅，可是品德修养还不足，乐广的话是恰当的。不过这两兄弟都是后起之秀。

今注

1 据王利器、余嘉锡说校改。
2 成器：喻成为有用的人才。
3 弘方：宽宏方正。
4 清淳：品德高洁而纯朴。
5 神检：清秀超逸的仪表。
6 检不匝：品德不完满。检，品行，操行。匝，完满，充足。

刘注

[1] 荀绰《冀州记》曰："乔字国彦，爽朗有远意。髦字士彦，清平有贵识。并为后出之俊。为裴頠、乐广所重。"《晋诸公赞》曰："乔似(淮)〔准〕而疏，皆为二千石。髦为石勒所害。"

原文

9.8 刘令言[1]始入洛，[1]见诸名士而叹曰："王夷甫

译文

刘令言(纳)初到洛阳，见到许多名士，就感叹道："王夷甫(衍)过于精明，

太解明，乐彦辅我所敬，张茂先我所不解，周弘武2巧于用短，[2]杜方叔3拙于用长。”[3]

乐彦辅（广）我最崇敬，张茂先（华）是我不理解的人，周弘武（恢）能够巧妙运用自己的短处，杜方叔（育）不善于发挥自己的长处。”

9.9 王夷甫云：“闾丘冲4[4]优于满奋、郝隆。[5]此三人并是高才，冲最先达。”[6]

王夷甫（衍）说：“闾丘冲胜过满奋和郝隆，这三个人都是优秀的人才，闾丘冲最先显贵。”

9.10 王夷甫以王东海比乐令，[7]故王中郎作碑云：“当时标榜，为乐广之俪5。”

王夷甫（衍）把王东海（承）比作乐令（广），所以王中郎（坦之）给他撰写的碑文上说：“当时的品评，王承和乐广是并列的。”

今注

1 刘令言：即刘纳，字令言，徐州彭城（今江苏徐州）人。西晋名士，善于识人，有“人伦鉴识”的美称。历司隶校尉。

2 周弘武：即周恢，字弘武，汝南安成（今河南汝南）人。才华横溢，与潘岳、陆云、左思、和郁等并称“二十四友”。官至散骑常侍。

3 杜方叔：即杜育，字方叔，襄城邓陵（今河南襄城）人，西晋大臣、茶学家。著有文集二卷，其中《荈赋》，为我国最早专门歌吟茶事的诗赋类作品。

4 闾丘冲：字宾卿，高平（今山东巨野）人。博学多能，有鉴识之才。喜爱音律，为人通达。官至太傅长史、光禄勋。

5 俪：成对，成双，引申为并列。

刘注

[1]《刘氏谱》曰：“纳字令言，彭城丛亭人。祖瑾，乐安长。父彪，魏洛阳令。

纳历司隶校尉。”

[2] 王隐《晋书》曰:“周恢字弘武,汝南人。祖斐,永宁少府。父隆,州从事。恢仕至秦相,秩中二千石。”

[3]《晋诸公赞》曰:“杜育字方叔,襄城邓陵人,杜袭孙也。育幼便岐嶷,号神童。及长,美风姿,有才藻,时人号曰‘杜圣’。累迁国子祭酒。洛阳将没,为贼所杀。”

[4] 荀绰《兖州记》曰:“冲字宾卿,高平人,家世二千石。冲清平有鉴识,博学有文义。累迁太傅长史,虽不能立功盖世,然闻义不惑,当世莅事,务于平允,操持文案,必引经诰,饰以文采,未尝有滞。性尤通达,不矜不假。好音乐,侍婢在侧,不释弦管。出入乘四望车,居之甚夷,不能亏损恭素之行,淡然肆其心志。论者不以为侈,不以为僭,至于白首,而清明令望,不渝于始。为光禄勋,京邑未溃,乘车出,为贼所害,时人皆痛惜之。”

[5]《晋诸公赞》曰:“隆字弘始,高平人。为人通亮清识。为吏部郎、(杨)〔扬〕州刺史。齐王冏起义,隆应檄稽留,为参军王邃所杀。”

[6]《兖州记》曰:“于时高平人士偶盛,满奋、郝隆达在冲前,名位已显,而刘宝、王夷甫犹以冲之虚贵,足先二人。”

[7]《江左名士传》曰:“承言理辩物,但明其旨要,不为辞费,有识伏其约而能通。太尉王夷甫一世龙门,见而雅重之,以比南阳乐广。”

原文

9.11 庾中郎与王平子雁行。[1]

9.12 王大将军在西朝[1]时,见周侯,辄扇障面不得住。[2] 后度江左,不能复

译文

庾中郎(敳)和王平子(澄)像飞雁一样并列,不分高下。

王大将军(敦)在西晋时期,每次见到周侯(顗),总是止不住用扇子遮着脸。后来渡江南下,便不再这样了。

尔。王叹曰："不知我进伯仁退！"[3]

王大将军叹息说："不知是我长进了，还是伯仁(周顗)退步了。"

9.13 会稽虞骙[2]，元皇时与桓宣武同(侠)〔僚〕[3]，其人有才理胜望。[4] 王丞相尝谓骙曰："孔愉有公才而无公望，丁潭[4]有公望而无公才，[5] 兼之者其在卿乎？"骙未达而丧。[6]

会稽郡虞骙，在元帝时与桓宣武(温)是同僚。这个人有才思和美好的声望。王丞相(导)曾经对他说："孔愉有三公的才能，却没有三公的名望；丁潭有三公的名望，却没有三公的才能。这两方面都具备的，大约就是你吧！"虞骙还没有显达就死了。

今注

1 西朝：西晋都洛阳，南下渡江后，由于洛阳在建康以西，因此称西晋为"西朝"。

2 虞骙(fēi)：字思行，会稽余姚(今浙江余姚)人。历任吏部郎、吴兴太守、金紫光禄大夫。

3 据余嘉锡、徐震堮说校"侠"为"僚"。

4 丁潭：字世康，会稽山阴(今浙江绍兴)人，曾任尚书、廷尉卿，累迁左光禄大夫、国子祭酒等。

刘注

[1]《晋阳秋》曰："初，王澄有通朗称，而轻薄无行。兄夷甫有盛名，时人许以人伦鉴识。常为天下士目曰：'阿平第一，子嵩第二，处仲第三。'敳以澄、敦莫己若也。及澄丧，敦败，敳世誉如初。"

[2] 敦性强梁，自少及长，季伦斩妓，曾无异色，若斯傲狠，岂惮于周顗乎？其言不然也。

[3] 沈约《晋书》曰："周顗，王敦素惮之，见辄面热，虽复腊月，亦扇面不休，

其惮如此。”

[4]《虞光禄传》曰:“騤字思行,会稽余姚人。虞翻曾孙,右光禄潭兄子也。虽机干不及潭,而至行过之。历吏部郎、吴兴守,征为金紫光禄大夫,卒。”

[5] 愉已见。《会稽后贤记》曰:“潭字世康,山阴人,吴司徒固曾孙也。沈婉有雅望,少与孔愉齐名。仕至光禄大夫。”《晋阳秋》曰:“孔敬康、丁世康、张伟康俱著名,时谓‘会稽三康’。伟康名茂,尝梦得大象,以问万雅。雅曰:‘君当为大郡而不善也。象,大兽也。取其音狩,故为大郡,然象以齿丧身。’后为吴郡,果为沈充所杀。”

[6]《虞光禄传》曰:“騤未登台鼎,时论称屈。”

原文

9.14 明帝问周伯仁:“卿自谓何如郗鉴?”周曰:“鉴方臣,如有功夫。”复问郗,郗曰:“周顗比臣,有国士 1 门风。”[1]

9.15 王大将军下,庾公问:“闻卿有四友,何者是?”答曰:“君家中郎 2、我家太尉 3、阿平、胡毋彦国。[2] 阿平故当最劣。”庾曰:“似未肯劣。”庾又问:“何者居其右?”王曰:“自有人。”又问:“何者是?”王曰:“噫!其自有

译文

晋明帝(司马绍)问周伯仁(顗):“卿自己以为比郗鉴怎么样?”周伯仁回答说:“郗鉴和臣相比,好像更有造诣。”明帝又问郗鉴,郗鉴说:“周顗和我相比,有国士风度。”

王大将军(敦)从武昌东下建康,庾公(亮)问他:“听说你有四位好朋友,是哪些人?”王大将军回答道:“你家的中郎(庾敳),我家的太尉(王衍)、阿平(王澄)和胡毋彦国(辅之)。阿平当然是最差的。”庾公道:“好像他不肯承认自己最差。”庾公又问:“哪一位领先?”王大将军道:“自然有人。”庾公又追问道:“是谁呢?”王大将军道:“呵!那自有公

公论。”左右蹑[4]公,公乃止。[3]

论。”庾公手下的人偷偷踩了一下庾公的脚,庾公才没有追问下去。

今注

1 国士:一国中才能出众的人物。
2 君家中郎:指庾敳。
3 我家太尉:指王衍。
4 蹑:踩。

刘注

[1] 邓粲《晋纪》曰:“伯仁清正嶷然,以德望称之。”
[2]《八王故事》曰:“胡毋辅之少有雅俗鉴识,与王澄、庾敳、王敦、王夷甫为四友。”今故答也。
[3] 敦自谓右者在己也。

原文

9.16 人问丞相:“周侯何如和峤?”答曰:“长舆嵯蘖[1]。”[1]

9.17 明帝问谢鲲:“君自谓何如庾亮?”答曰:“端委[2]庙堂,使百僚准则,臣不如亮。一丘一壑[3],自谓过之。”[2]

9.18 王丞相二弟[4]不过江,曰颖,曰敞。时论

译文

有人问丞相(王导):“周侯(颉)比和峤怎么样?”丞相答道:“长舆(和峤)卓然出众。”

晋明帝(司马绍)问谢鲲:“你自以为比庾亮怎样?”谢鲲回答道:“穿朝服登庙堂,使百官有个榜样,臣不如庾亮;退隐岩壑,纵情山水,自以为超过他。”

王丞相(导)有两个弟弟没有到江南来,一个叫王颖,一个叫王敞。当时的舆论将王颖和邓伯道(攸)并列,王敞

以颖比邓伯道，敞比温忠武。议郎、祭酒者也。[3]

和温忠武（峤）并列。王颖曾任议郎，王敞曾被召为丞相祭酒。

今注

1 嵯嵲(cuó niè)：山高貌。形容人卓越突出。
2 端委：古代礼服。这里指身穿礼服。
3 一丘一壑：本指隐者所居之地。后多用来指寄情山水。
4 二弟：指王导的两个弟弟王颖和王敞。王颖，字茂英，时人以颖方温太真，不过江，二十卒。王敞，字茂平，少与导俱知名，不过江，袭爵堂邑公，二十二卒。

刘注

[1] 虞预《晋书》曰："峤厚自封植，嶷然不群。"
[2]《晋阳秋》曰："鲲随王敦下，入朝，见太子于东宫，语及夕，太子从容问鲲曰：'论者以君方庾亮，自谓孰愈？'对曰：'宗庙之美，百官之富，臣不如亮。纵意丘壑，自谓过之。'"邓粲《晋纪》曰："鲲与王澄之徒，慕竹林诸人，散首披发，裸袒箕踞，谓之八达。故邻家之女，折其两齿。世为谣曰：'任达不已，幼舆折齿。'鲲有胜情远概，为朝廷之望，故时以庾亮方焉。"
[3]《王氏谱》曰："（颍）〔颖〕字茂英，位至议郎，年二十卒。敞字茂平，丞相祭酒，不就。袭爵堂邑公，年二十有二而卒。"

原文

9.19 明帝问周侯："论者以卿比郗鉴，云何？"周曰："陛下不须牵顗比。"[1]

译文

晋明帝（司马绍）问周侯（顗）："评论的人把你和郗鉴相比，你自己认为怎样？"周顗说："陛下不必拉着我和别人相比。"

9.20 王丞相云："(顷)〔雒〕[1]下论以我比安期、千里，亦推此二人。唯共推太尉，此君特秀[2]。"[2]

王丞相(导)说："洛阳的舆论把我和安期(王承)、千里(阮瞻)相比，我也推崇这两个人。希望大家共同推崇太尉(王衍)，因为这个人特别优异出众。"

9.21 宋祎[3]曾为王大将军妾，后属谢镇西。镇西问祎："我何如王？"答曰："王比使君，田舍贵人耳。"镇西妖冶[4]故也。[3]

宋祎曾经是王大将军(敦)的侍妾，后来又归属谢镇西(尚)。镇西问宋祎："我和王敦相比怎么样？"宋祎回答道："王敦和使君相比，只不过是农家儿比贵人罢了。"这是由于镇西容貌妖艳动人的缘故。

今注

1 据余嘉锡说校改。

2 特秀：特别优秀出众。

3 宋祎(yī)：石崇妾绿珠弟子，国色，善吹笛。

4 妖冶：妖艳，艳丽。

刘注

[1] 按颉死弥年，明帝乃即位。《世说》此言妄矣。

[2]《晋诸公赞》曰："夷甫性矜峻，少为同志所推。"

[3] 未详宋祎。

原文

9.22 明帝问周伯仁："卿自谓何如庾元规？"对曰："萧条方外[1]，亮不如臣；从容廊庙[2]，臣不如

译文

晋明帝(司马绍)问周伯仁(颉)："你自以为和庾元规(亮)相比怎么样？"周颉道："逍遥超逸，置身尘世之外，亮不及臣。周旋盘桓，立身朝廷，臣不及亮。"

亮。”[1]

9.23 王丞相辟王蓝田为掾，庾公问丞相：“蓝田何似？”王曰：“真独简贵[3]，不减父祖，然旷澹处，故当不如尔。”[2]

9.24 卞望之云：“郗公体中有三反[4]：方于事上，好下佞己，一反；治身清贞[5]，大修[6]计校，二反；自好读书，憎人学问，三反。”[3]

王丞相（导）召王蓝田（述）做属官，庾公（亮）问丞相：“蓝田为人怎样？”王丞相说：“真率超群，简傲尊贵，不比他的父亲和祖父差，可是在心胸开阔、淡于名利方面，一定比不上他们。”

卞望之（壸）说：“郗公（鉴）身上有三种矛盾现象：侍奉上级方正耿直，却喜欢下级奉承他，这是第一个矛盾；自身修养清廉坚贞，却爱好整治财物，斤斤计较，这是第二个矛盾；自己爱好读书，却讨厌别人做学问，这是第三个矛盾。”

今注

1 萧条：逍遥闲逸貌。　方外：尘世之外。

2 廊庙：殿下屋和太庙。指朝廷。

3 简贵：简傲高贵。

4 反：这里指矛盾。

5 清贞：清廉坚贞。

6 修：整治，讲究。

刘注

[1] 按诸书皆以谢鲲比亮，不闻周顗。

[2] 王述狷隘故也。

[3] 按太尉刘寔论王肃：方于事上，好下佞己，性嗜荣贵，不求苟合，治身不秽，尤惜财物。王、郗志性，傥亦同乎？

原文

9.25 世论温太真是过江第二流之高者。时名辈共说人物,第一将尽之间,温常失色。[1]

9.26 王丞相云:"见谢仁祖,恒令人得上。与何次道语,唯举手指地曰:'正自尔馨 1。'"[2]

9.27 何次道为宰相,人有讥其信任不得其人 2。[3]阮思旷慨然曰:"次道自不至此。但布衣超居宰相之位,可恨唯此一条而已!"[4]

译文

世人评论温太真(峤)是过江名士中第二流的杰出者。当时名士在一起品评人物,当第一流人物快要举完的时候,温峤经常紧张得脸上变了颜色。

王丞相(导)说:"见到谢仁祖(尚),常常使人意气风发。与何次道(充)谈话时,他只是抬起手来指着地说:'正是这样。'"

何次道(充)做宰相,有人讥笑他信任了不值得信任的人。阮思旷(裕)感慨地说:"次道自然不至于这样。不过他以平民身份越级高居宰相之位,令人遗憾的只有这一件事罢了。"

今注

1 尔馨:尔,如此。馨,语气助词,无实义。

2 不得其人:任用人不当。

刘注

[1]《温氏谱序》曰:"晋大夫郤至封于温,子孙因氏,居太原祁县,为郡著姓。"

[2] 前篇及诸书皆云王公重何充,谓必代己相。而此章以手指地,意如轻诋。或清言析理,何不逮谢故邪?

[3]《晋阳秋》曰:"充所昵庸杂,以此损名。"

[4]《语林》曰:"阮光禄闻何次道为宰相,叹曰:'我当何处生活?'"此则阮未许何为鼎辅,二说便相符也。

原文

9.28 王右军少时,丞相云:"逸少何缘复减万安邪?"[1]

9.29 郗司空家有伧奴[1],知及文章,事事有意。王右军向刘尹称之,刘问:"何如方回[2]?"[2]王曰:"此正小人有意向耳,何得便比方回?"刘曰:"若不如方回,故是常奴耳。"

9.30 时人道阮思旷:"骨气[3]不及右军,简秀[4]不如真长,韶润[5]不如仲祖,思致[6]不如渊源,而兼有诸人之美。"[3]

译文

王右军(羲之)年轻时,丞相(王导)说:"逸少(王羲之)哪里不如万安(刘绥)呢?"

郗司空(鉴)家有个原籍在北方的仆人,懂得文章,对什么文章都能领会点儿意趣。王右军(羲之)对刘尹(惔)称道他。刘尹问道:"和方回(郗愔)相比怎么样?"王右军说:"这只不过是小人有点志向罢了,哪里就能够和方回相比?"刘尹道:"如果比不上方回,那依然是个普通的奴仆罢了。"

当时的人评论阮思旷(裕)说:"风骨气概比不上右军(王羲之),简约秀出比不上真长(刘惔),美好温润比不上仲祖(王濛),才思意趣比不上渊源(殷浩),却兼有这几个人的长处。"

今注

1 伧(cāng)奴:原籍为北土的奴仆。

2 方回:即郗愔,字方回,郗鉴之子,郗超之父。

3 骨气:风骨气概。

4 简秀:简约秀出,简约杰出。

5 韶润:美好温润。

6 思致:思想意趣或性情、才思。

刘注

[1] 刘绥,已见。

[2]《郗愔别传》曰:"愔字方回,高平金乡人,太宰鉴长子也。渊靖纯素,无执无竞,简私昵,罕交游。历会稽内史、侍中、司徒。"

[3]《中兴书》曰:"裕以人不须广学,正应以礼让为先,故终日颓然,无所修综,而物自宗之。"

原文

9.31 简文云:"何平叔巧累于理,嵇叔夜俊[1]伤其道。"[1]

9.32 时人共论晋武帝出齐王[2]之与立惠帝[3],其失孰多。[2] 多谓立惠帝为重。桓温曰:"不然。使子继父业,弟承家祀,有何不可?"[3]

译文

简文帝(司马昱)说:"何平叔(晏)的巧言连累到他真率的道理,嵇叔夜(康)的异才损伤了他虚澹的哲学。"

当时人士都评论晋武帝(司马炎)将齐王(司马攸)赶出朝廷和确立惠帝(司马衷)的太子地位这两件事,究竟哪一件失误更大。多数人认为确立惠帝一事失误更大。桓温道:"不是这样,让儿子继承父亲的事业,弟弟接续祖先的祭祀,有什么不行?"

今注

1 俊:这里用作名词,特出的才能,出众的才智。

2 齐王:司马攸,字大猷,小字桃符。晋文帝司马昭次子,晋武帝司马炎同母弟。生性温和聪慧,有治理才能,因伯父司马师无子而过继,袭封舞阳侯。西晋建立后封齐王，历任骠骑将军、司空，开府仪同三司，所任颇有建树。因权位日盛，遭武帝猜忌，被贬抑，忧愤而死，年三十六岁。

3 惠帝：即司马衷(259—307)，晋武帝司马炎之子。公元290—307年在位。痴呆不任事，初由太傅杨骏辅政。贾后杀杨骏，专擅朝政，遂有“八王之乱”。他屡被诸王辗转挟持，形同傀儡。传为东海王司马越毒死。

刘注

[1] 理本真率，巧则乖其致；道唯虚澹，俊则违其宗。所以二子不免也。

[2]《晋阳秋》曰：“齐王攸，字大猷，文帝第二子。孝敬忠肃，清和平允，亲贤下士，仁惠好施。能属文，善尺牍。初，荀勖、冯𬘘为武帝亲幸，攸恶勖之佞，勖惧攸或嗣立，必诛己，且攸甚得众心，朝贤景附。会帝有疾，攸及皇太子入问讯，朝士皆属目于攸，而不在太子。至是勖从容曰：‘陛下万年后，太子不得立也。’帝曰：‘何故？’勖曰：‘百寮内外，皆归心于齐王，太子安得立乎？陛下试诏齐王归国，必举朝谓之不可。若然，则臣言征矣。’侍中冯𬘘又曰：‘陛下必欲建诸侯，成五等，宜从亲始，亲莫若齐王。’帝从之。于是下诏，使攸之国。攸闻勖、𬘘间己，忧忿不知所为。入辞，出，呕血薨。帝哭之恸。冯𬘘侍曰：‘齐王名过其实，而天下归之。今自薨殒，陛下何哀之甚？’帝乃止。刘毅闻之，故终身称疾焉。”

[3] 武帝兆祸乱，覆神州，在斯而已。舆隶且知其若此，况宣武之弘俊乎？此言非也。

原文

9.33 人问殷渊源：“当世王公以卿比裴叔道，云

译文

有人问殷渊源(浩)：“当代的王侯公卿把你和裴叔道(遐)相比，你以为怎

何？”殷曰：“故当以识通暗处[1]。”[1]

9.34 抚军问殷浩：“卿定何如裴逸民？”良久答曰：“故当胜耳。”

9.35 桓公少与殷侯齐名，常有竞心[2]。桓问殷：“卿何如我？”殷云：“我与我周旋久，宁作我。[3]”

么样？”殷渊源说：“一定是因为我们的识见能通玄理中的隐晦精微之处。”

抚军（司马昱）问殷浩：“你与裴逸民（頠）相比究竟怎么样？”过了许久，殷浩才回答道：“必定超过他呀！”

桓公（温）年轻时和殷侯（浩）名望相等，因此常常有竞争的心理。桓公问殷侯：“你和我相比，谁强一些？”殷侯回答道：“我和我自己打交道最久，宁愿做我自己。”

今注

1 暗处：玄理中的隐晦精微难解之处。

2 竞心：争胜之心。

3 “我与”句：《晋书·殷浩传》作“我与君周旋久，宁作我也”。殷浩并不看重桓温，既不甘退让，又不愿和他竞争，所以这样说。

刘注

[1] 遐与浩并能清言。

原文

9.36 抚军问孙兴公：“刘真长何如？”曰：“清蔚简令[1]。”“王仲祖何如？”曰：“温润恬和[2]。”[1]“桓温何如？”曰：“高爽迈出[3]。”“谢

译文

抚军（司马昱）问孙兴公（绰）：“刘真长（惔）这个人怎么样？”回答道：“清雅美妙，简约美好。”又问：“王仲祖（濛）怎么样？”回答道：“温和柔润，恬淡平和。”“桓温怎么样？”回

仁祖何如？”曰：“清易令达[4]。”“阮思旷何如？”曰：“弘润通长[5]。”“袁羊何如？”曰：“洮洮清便[6]。”“殷洪远何如？”曰：“远有致思[7]。”“卿自谓何如？”曰：“下官才能所经，悉不如诸贤。至于斟酌时宜，笼罩当世，亦多所不及。然以不才，时复托怀玄胜[8]，远咏《老》《庄》，萧条高寄[9]，不与时务经怀，自谓此心无所与让也。”

答道：“高洁豪爽，超群出众。”“谢仁祖（尚）怎么样？”回答道：“清廉平易，高雅通达。”“阮思旷（裕）怎么样？”回答道：“宽宏温润，通达深远。”“袁羊（乔）怎么样？”回答道：“人品高洁，清通条畅。”“殷洪远（融）怎么样？”回答道：“思想意趣深邃高远。”“你认为自己怎么样？”回答道：“下官的才能特长，全都比不上诸位贤达；至于衡量时势需要，全面把握时局，也有很多地方比不上他们。然而，像我这样无能的人时常托情于玄理，尽情吟咏《老》《庄》，逍遥超逸，志怀高远，不把世俗之事萦系在心，我自认为这种思想心境是谁也比不了的。”

今注

1 清蔚简令：清蔚，清美。简令，简约美好，端庄美好。

2 温润恬和：温润，温和柔润。恬和，恬淡平和，安静平和。

3 高爽迈出：高爽，高洁豪爽。迈出，超逸，高超，不同凡俗。

4 清易令达：清易，平易。令达，高雅通达。

5 弘润通长：弘润，宽宏温润。通长，淹通深远，通达深远。

6 洮洮清便：洮洮，形容人品高洁。清便，清通条畅。

7 远有致思：旷远而有深遂的思想。

8 玄胜：玄学义理。

9 萧条高寄：萧条，逍遥、闲逸貌。高寄，志怀高远。

刘注

[1] 徐广《晋纪》曰:“凡称风流者,皆举王、刘为宗焉。”

原文

9.37 桓大司马下都,问真长曰:“闻会稽王语奇进,尔邪1?”[1] 刘曰:“极进,然故是第二流中人耳。”桓曰:“第一流复是谁?”刘曰:“正是我辈耳。”

9.38 殷侯既废2,桓公语诸人曰:“少时与渊源共骑竹马,我弃去,已辄取之,故当出我下。”[2]

9.39 人问抚军:“殷浩谈竟何如?”答曰:“不能胜人,差可献酬3群心。”

译文

桓大司马(温)来到京都,问刘真长(惔):“听说会稽王(司马昱)的言谈进步奇快,是这样吗?”刘真长说:“确实有了非常大的长进,不过终究是第二流中的人物罢了!”桓大司马又问:“第一流人物又是谁呢?”刘真长说:“正是我们这些人呀!”

殷侯(浩)被撤职以后,桓公(温)对大家说:“小时候我和渊源(殷浩)一起骑竹马,我抛弃的,他总是捡起来,他本来就应当在我之下。”

有人问抚军(司马昱):“殷浩的言谈究竟怎样?”司马昱回答道:“不能超过别人,大体上可以满足大家的心愿。”

今注

1 尔邪:尔,代词,如此,这样。邪,语气助词,表疑问。

2 殷侯既废:永和十年(354),殷浩因督师北伐屡败,废为庶人,徙东阳。

3 献酬:酬答,答应。此指令大家满意。

刘注

[1]《桓温别传》曰："兴宁九年，以温克复旧京，肃静华夏，进都督中外诸军事、侍中、大司马，加黄钺，使入参朝政。"

[2]《续晋阳秋》曰："简文辅政，引殷浩为扬州，欲以抗桓。桓素轻浩，未之惮也。"

原文

9.40 简文云："谢安南清令不如其弟，[1] 学义不及孔岩 1，[2] 居然自胜。"[3]

9.41 未废海西公时，王元琳问桓元子："箕子 2、比干 3，迹异心同，不审明公孰是孰非？"曰："仁称不异，宁为管仲。"[4]

9.42 刘丹阳、王长史在瓦官寺集，桓护军亦在坐，[5] 共商略西朝及江左人物。或问："杜弘治何如卫虎？"桓答曰："弘治肤清，卫虎奕奕 4 神令。"王、刘善其言。[6]

译文

简文帝(司马昱)说："谢安南(奉)清雅美好不如他的弟弟(谢聘)，学识义理不如孔岩，但是显然有超过别人的地方。"

还没有废黜海西公(司马奕)的时候，王元琳(珣)问桓元子(温)："箕子、比干事迹不同，用心一样，不知道你认为他们谁是谁非？"桓元子说："如果同样被称为仁人，那么我宁愿做管仲。"

刘丹阳(惔)和王长史(濛)在瓦官寺聚会，桓护军(伊)也在座，一起品评西晋和渡江以后的著名人物。有人问："杜弘治(乂)和卫虎(玠)相比怎么样？"桓护军回答道："弘治外表清丽，卫虎神采奕奕。"王、刘都认为他评论得很好。

今注

1 孔岩：字彭祖，会稽山阴(今浙江绍兴)人。历丹阳尹、尚书、西阳侯，在朝多所匡正。

2 箕子:商纣王时贤人。纣王暴虐,苦谏不听,披发佯狂为奴。

3 比干:殷末大臣,因强谏纣王,被剖心而死。

4 弈弈:精神焕发。弈,通"奕"。

刘注

[1] 安南,谢奉也。已见。《谢氏谱》曰:"奉弟聘,字弘远。历侍中、廷尉卿。"

[2]《中兴书》曰:"岩字彭祖,会稽山阴人。父俭,黄门侍郎。岩有才学,历丹阳尹、尚书、西阳侯,在朝多所匡正。为吴兴太守,大得民和。后卒于家。"

[3] 言奉任天真也。

[4]《论语》曰:"微子去之,箕子为之奴,比干谏而死。子曰:'殷有三仁焉。'""子路曰:'桓公杀公子纠,召忽死之,管仲不死,曰未仁乎?'子曰:'桓公九合诸侯,一匡天下,不以兵车,管仲之力。如其仁!如其仁!'"

[5] 桓伊,已见。

[6] 虎,卫玠小字。《玠别传》曰:"永和中,刘真长、谢仁祖共商略中朝人。或问:'杜弘治可方卫洗马不?'谢曰:'安得比!其间可容数人。'"《江左名士传》曰:"刘真长曰:'吾请评之,弘治肤清,叔宝神清。'论者谓为知言。"

原文

9.43 刘尹抚王长史背曰:"阿奴比丞相,但有都长1。"[1]

9.44 刘尹、王长史同

译文

刘尹(惔)拍着王长史(濛)的背说:"阿奴(王濛)和丞相(王导)相比,确实比他姿容美好。"

刘尹(惔)和王长史(濛)坐在一起。

坐,长史酒酣起舞。刘尹曰:“阿奴今日不复减向子期。”[2]

长史饮酒酣畅,翩翩起舞。刘尹道:“阿奴(王濛)今天真能够和向子期(秀)比美了。”

9.45 桓公问孔西阳:“安石何如仲文?”[3] 孔思未对,反问公曰:“何如?”答曰:“安石居然不可陵践 2,其处故乃胜也。”

桓公(温)问孔西阳(岩):“安石(谢安)和仲文(殷仲文)相比怎么样?”孔西阳想了想没有回答,反问桓公道:“你认为怎么样?”桓公回答道:“安石显然使人不能欺凌轻贱,他的自处之道的确超过别人。”

今注

1 都长:体貌闲雅美好,美貌忠厚。

2 居然:显然。　陵践:欺凌轻贱,践踏欺压。

刘注

[1] 阿奴,濛小字也。都,美也。《司马相如传》曰:“闲雅甚都。”《语林》曰:“刘真长与丞相不相得,每曰:‘阿奴比丞相,条达清长。’”

[2] 类秀之任率也。

[3] 西阳即孔岩也。

原文

9.46 谢公与时贤共赏说,遏、胡儿并在坐。公问李弘度曰:“卿家平阳 1 何如乐令?”[1] 于是李潸然流涕曰:“赵王篡逆 2,乐令

译文

谢公(安)和当时的贤达一起品评人物,谢遏(玄)和胡儿(谢朗)都在座。谢公问李弘度(充):“你家平阳(李重)和乐令(广)相比怎么样?”当时李弘度潸然泪下,回答道:“赵王(司马伦)叛逆

亲授玺绶。[2]亡伯[3]雅正,耻处乱朝,遂至仰药[4],恐难以相比。此自显于事实,非私亲之言。"[3]谢公语胡儿曰:"有识者果不异人意。"

篡夺皇位的时候,乐令亲自捧着皇帝的印绶进献给他。亡伯为人正直,耻于置身在叛乱的朝廷,以致服毒身死,恐怕两人难以相比。这自有事实来表明,并不是偏袒亲人的话。"谢公对胡儿说道:"有见识的人果然令人满意。"

今注

1 平阳:指平阳太守李重。李重,字茂曾,江夏钟武(今河南信阳)人。少时好学习,有文才,后历任太子舍人、尚书郎、中书郎等。

2 赵王篡逆:司马懿子司马伦,咸宁中封赵王。永康元年(300),杀贾后及其党羽,自称相国、大都督,永宁元年(301)篡位称帝,同年被齐王司马冏诛灭。

3 亡伯:亡故之伯。指李充伯父平阳太守李重。

4 仰药:服毒自杀。

刘注

[1]《晋诸公赞》曰:"李重字茂曾,江夏钟武人。少以清尚见称。历吏部郎、平阳太守。"

[2]《晋阳秋》曰:"赵王伦篡位,乐广与满奋、崔随进玺绶。"

[3]《晋诸公赞》曰:"赵王为相国,取重为左司马,重以伦将篡,辞疾不就。敦喻之,重不复自治,至于笃甚。扶曳受拜,数日卒。时人惜之。赠散骑常侍。"

原文

9.47 王脩龄问王长史:

译文

王脩龄(胡之)问王长史(濛):"我

"我家临川，何如卿家宛陵？"长史未答，修龄曰："临川誉贵[1]。"长史曰："宛陵未为不贵。"[1]

家临川（王羲之）和你家宛陵（王述）相比，怎么样？"长史没有回答。王修龄道："临川的声誉更高。"长史道："宛陵未见得声誉不高。"

9.48 刘尹至王长史许清言，时苟子年十三，倚床边听。既去，问父曰："刘尹语何如尊？"长史曰："韶音令辞[2]不如我，往辄破的[3]胜我。"[2]

刘尹（惔）到王长史（濛）那里去清谈，这时苟子（王脩）十三岁，靠在坐榻旁边听。刘尹走后，苟子问他父亲："刘尹的谈论和父亲相比怎么样？"长史说："语调优美，言辞佳妙，他不如我。至于一谈就能够切中要害，却比我强。"

今注

1 誉贵：声誉高。

2 韶音令辞：美妙的音调，优美的言辞。韶，美好。令，美，善。

3 破的(dì)：射中靶子，比喻说话扼要中理。

刘注

[1]《中兴书》曰："羲之自会稽王友，改授临川太守。王述从骠骑功曹，出为宛陵令。述之为宛陵，多修为家之具，初有劳苦之声。丞相王导使人谓之曰：'名父之子，屈临小县，甚不宜尔。'述答曰：'足自当止。'时人未之达也。后屡临州郡，无所造作，世始叹服之。"

[2]《刘惔别传》曰："惔有俊才，其谈咏虚胜，理会所归，王濛略同，而叙致过之，其词当也。"

原文

9.49 谢万寿春败后[1]，

译文

谢万在寿春大败后，简文帝（司马

简文问郗超："万自可败，那得乃尔失士卒情？"超曰："伊以率任之性，欲区别智勇。"[1]

昱）问郗超："谢万纵然会失败，但是怎么会失掉战士们的拥戴之心呢？"郗超道："他把任性放纵当作大智大勇。"

9.50 刘尹谓谢仁祖曰："自吾有（四友）〔回也〕[2]，门人加亲。"谓许玄度曰："自吾有由[3]，恶言不及于耳。"二人皆受而不恨。[2]

刘尹（惔）对谢仁祖（尚）说："自从我有了颜回，学生与我就更加亲密。"又对许玄度（询）说："自从我有了仲由，无礼的话就再也听不到了。"两人都接受了他的这一说法而没有怨言。

今注

1 按：谢万受命率军北征，在寿春大败而归，晋丧失大片土地。

2 据李慈铭说校改。此处以颜回比谢尚。这里是把孔子对弟子说的话用于同辈。

3 由：仲由，即孔子弟子子路。此处以仲由比许询。

刘注

[1]《中兴书》曰："万之为豫州，氐、羌暴掠司、豫，鲜卑屯结并、冀。万既受方任，自率众入颍，以援洛阳。万矜豪傲物，失士众之心。北中郎郗昙以疾还彭城，万以为贼盛致退，便向还南，遂自溃乱，狼狈单归。太宗责之，废为庶人。"

[2]《尚书大传》曰："孔子曰：'文王有四友，自吾得回也，门人加亲，是非胥附邪？自吾得赐也，远方之士至，是非奔走邪？自吾得师也，前有辉，后有光，是非先后邪？自吾得由也，恶言不入于耳，是非御侮邪？'"

原文

9.51 世目殷中军"思纬淹通[1],比羊叔子"。[1]

9.52 有人问谢安石、王坦之优劣于桓公。桓公停欲言,中悔,曰:"卿喜传人语,不能复语卿。"

9.53 王中郎尝问刘长沙[2]曰:"我何如荀子?"[2]刘答曰:"卿才乃当不胜荀子,然会名[3]处多。"王笑曰:"痴。"

译文

世人品评殷中军(浩):"才思学识,弘广通达,可以和羊叔子(祜)并列。"

有人向桓公(温)问谢安石(安)和王坦之二人的优劣。桓公沉吟正想谈论,中途又后悔了,说道:"你喜欢传别人的话,我不能告诉你。"

王中郎(坦之)曾经问刘长沙(奭)道:"我和荀子(王脩)相比,怎么样?"刘奭回答道:"你的才学应该超不过荀子,然而融会贯通名理比他强。"王中郎笑着说:"真傻!"

今注

1 思纬淹通:思纬,才思学识。淹通,弘广通达。

2 刘长沙:即刘奭(shì),字文时,彭城(今江苏徐州)人。历车骑咨议、长沙相、散骑常侍。

3 会名:领悟名理,将玄理融会贯通。

刘注

[1] 羊祜德高一世,才经夷险。渊源蒸烛之曜,岂喻日月之明也。

[2]《大司马官属名》曰:"刘奭字文时,彭城人。"《刘氏谱》曰:"奭祖昶,彭城内史。父济,临海令。奭历车骑咨议、长沙相、散骑常侍。"

原文

9.54 支道林问孙兴公:

译文

支道林(遁)问孙兴公(绰):"你

"君何如许掾?"孙曰:"高情远致,弟子蚤已服膺[1];一吟一咏,许将北面[2]。"

和许掾(询)相比,怎么样?"孙兴公说:"高尚的情操,深远的意趣,弟子对他早已衷心佩服,然而吟咏诗文,许掾应当拜我为师。"

9.55 王右军问许玄度:"卿自言何如安〔、万〕[3]石?"许未答,王因曰:"安石故相为雄,阿万当裂眼[4]争邪?"[1]

王右军(羲之)问许玄度(询):"你认为安石(谢安)、万石(谢万)相比,怎么样?"许玄度还没有回答,王右军就说:"安石确实更为杰出,阿万将会怒目相争吧!"

今注

1 服膺:(道理、格言等)牢牢记在心里,衷心敬服。

2 北面:弟子行敬师之礼。旧时老师的座位坐北朝南,学生北面受教,以示尊敬。

3 据程炎震、余嘉锡说校改。

4 裂眼:因发怒而眼睛睁得很大。

刘注

[1]《中兴书》曰:"万器量不及安石,虽居藩任,安在私门之时,名称居万上也。"

原文

9.56 刘尹云:"人言江虨田舍,江乃自田宅屯。"[1]

9.57 谢公云:"金谷[1]中苏绍[2]最胜。"绍是石崇[3]姊夫,苏则孙,愉子也。[2]

译文

刘尹(惔)说:"人们说江虨是求田问舍之人,江虨确实是在那里修房种地。"

谢公(安)说:"在金谷园游宴的众贤中,苏绍最优异。"苏绍是石崇

9.58 刘尹目庾中郎："虽言不惽惽似道，突兀[4]差[5]可以拟道。"[3]

9.59 孙承公云："谢公清于无奕，[4]润于林道[6]。"[5]

的姐夫，苏则的孙子，苏愉的儿子。

刘尹（惔）品评庾中郎（敳）说："虽然他的言谈不能与道深合，但是奇特的思辨大体上能和道相似。"

孙承公（统）说："谢公（安）比无奕（谢奕）高洁，比林道（陈逵）仁厚。"

今注

1 金谷：即石崇所建金谷园，在河南洛阳市西北。公元 296 年，石崇邀集当时名流苏绍等三十人在金谷宴游赋诗。

2 苏绍：字世嗣，司隶扶风武功（陕西武功）人，是石崇的姐夫。尝与石崇等人在金谷涧雅集赋诗，所作最佳。

3 石崇(249—300)：西晋渤海南皮（今河北南皮东北）人，字季伦，小名齐奴。初为修武令，累迁至侍中。永熙元年(290)，出为荆州刺史，以劫掠客商致巨富。曾与贵戚王恺斗富，以蜡代薪，作锦步障五十里，恺虽得武帝支持，仍不能敌。与潘岳等谄事贾谧，为"二十四友"之一。八王之乱时，因与齐王冏善，为赵王伦所杀，灭族。

4 突兀：高耸的，奇特的。

5 差：稍微，大致可以。

6 林道：即陈逵，字林道，颍川许昌人。为人文雅有风采，以清敏知名。时人将其与谢安、谢奕兄弟作比。擅长行草，其书法有羲（之）献（之）之风。

刘注

[1] 谓能多出有也。

[2] 石崇《金谷诗叙》曰："余以元康六年，从太仆卿出为使持节、监青徐

诸军事、征虏将军。有别庐在河南县界金谷涧中,或高或下,有清泉茂林,众果竹柏、药草之属,莫不毕备。又有水碓、鱼池、土窟,其为娱目欢心之物备矣。时征西大将军祭酒王诩当还长安,余与众贤共送往涧中,昼夜游宴,屡迁其坐。或登高临下,或列坐水滨。时琴瑟笙筑,合载车中,道路并作。及住,令与鼓吹递奏。遂各赋诗,以叙中怀。或不能者,罚酒三斗。感性命之不永,惧凋落之无期。故具列时人官号、姓名、年纪,又写诗著后。后之好事者,其览之哉!凡三十人,吴王师、议郎、关中侯始平武功苏绍字世嗣,年五十,为首。"《魏书》曰:"苏则字文师,扶风武功人。刚直疾恶,常慕汲黯之为人。仕至侍中、河东相。"《晋百官名》曰:"愉字休豫,则次子。"山涛《启事》曰:"愉忠义有智意。"位至光禄大夫。

[3]《名士传》曰:"敳颓然渊放,莫有动其听者。"

[4]《中兴书》曰:"孙统字承公,太原人。善属文,时人谓其有祖楚风。仕至余姚令。"

[5]《陈逵别传》曰:"逵字林道,颍川许昌人。祖淮,太尉。父畛,光禄大夫。逵少有干,以清敏立名。袭封广陵公、黄门郎、西中郎将,领梁、淮南二郡太守。"

原文

9.60 或问林公:"司州何如二谢?"林公曰:"故当攀安提万。"[1]

9.61 孙兴公、许玄度皆一时名流。或重许高情[1],则鄙孙秽行[2];或爱孙才藻,而无取于许。[2]

译文

有人问林公(支遁):"司州(王胡之)和谢氏兄弟相比,怎么样?"林公回答道:"当然是仰攀谢安,提挈谢万。"

孙兴公(绰)、许玄度(询)都是当时知名人士。有的人推重许玄度的高尚情操,就鄙视孙兴公的放诞行为;有的人喜欢孙兴公的才华,就认为许玄度无可取

9.62 郗嘉宾道谢公："造膝3虽不深彻，而缠绵纶至4。"又曰："右军诣嘉宾5。"嘉宾闻之云："不得称诣，政得谓之朋耳。"谢公以嘉宾言为得。[3]

之处。

郗嘉宾（超）评论谢公（安）说："交情虽然不很深，但是情意特别深厚。"又有人说："右军（王羲之）的造诣要超过嘉宾。"嘉宾听到后说："不能说他造诣更深，只能说伯仲之间罢了。"谢公认为嘉宾的话是对的。

今注

1 高情：高尚的情操。

2 秽行：放诞的行为。

3 造膝：犹促膝，形容坐得近。此指交情。

4 纶至：谓情意极厚。

5 诣：造诣。这句话是说王羲之的造诣胜过郗超。

刘注

[1]《王胡之别传》曰："胡之好谈谐，善属文辞，为当世所重。"

[2] 宋明帝《文章志》曰："绰博涉经史，长于属文，与许询俱与负俗之谈。询卒不降志，而绰婴纶世务焉。"《续晋阳秋》曰："绰虽有文才，而诞纵多秽行，时人鄙之。"

[3] 凡彻、诣者，盖深核之名也。谢不彻，王亦不诣。谢、王于理，相与为朋俦也。

原文

9.63 庾道季云："思理伦和，吾愧康伯；志力强

译文

庾道季（龢）说："思考辨析能力，条理和畅，我自愧不如康伯（韩伯）。心

正，吾愧文度。自此以还，吾皆百之。”[1]

志才力，刚正不阿，我自愧不如文度（王坦之）。除此之外，我都超过他们百倍。”

9.64 王僧恩[1]轻林公，蓝田曰：“勿学汝兄，汝兄自不如伊。”[2]

王僧恩（祎之）瞧不起林公（支遁），他的父亲蓝田（王述）说：“不要学你哥哥，你的哥哥本来就比不上他。”

9.65 简文问孙兴公：“袁羊何似？”答曰：“不知者不负其才，知之者无取其体。”[3]

简文帝（司马昱）问孙兴公（绰）：“袁羊（乔）这个人怎么样？”孙兴公回答道：“不了解他的人不会抛弃他的才华，了解他的人看不起他的德行。”

9.66 蔡叔子云：“韩康伯虽无骨干[2]，然亦肤立。”

蔡叔子（系）说：“韩康伯（伯）虽然胖得像没有骨架子一样，但是还能自立于世。”

今注

1 王僧恩：王祎之，字文劭，小字僧恩，王述次子。少知名，尚寻阳公主。仕至中书郎，未三十而卒。

2 虽无骨干：余嘉锡说：“康伯为人肥壮，故《轻诋篇》注引范启云：‘韩康伯似肉鸭。’此言其虽无骨干，而其见于外者亦足自立也。”

刘注

[1] 庾龢，已见。

[2] 僧恩，王祎之小字也。《王氏世家》曰：“祎之字文劭，述次子。少知名，尚寻阳公主。仕至中书郎，未三十而卒。坦之悼念，与桓温称之，赠散骑常侍。”

[3] 言其有才而无德也。

原文

9.67 郗嘉宾问谢太傅曰:"林公谈何如嵇公?"谢云:"嵇公勤著脚[1],裁可得去耳。"[1] 又问:"殷何如支?"谢曰:"正尔有超拔,支乃过殷。然亹亹[2]论辩,恐殷欲制支。"

9.68 庾道季云:"廉颇、蔺相如虽千载上死人,懔懔[3]恒如有生气;[2] 曹蜍[4]、[3] 李志[5] [4] 虽见在,厌厌如九泉下人。人皆如此,便可结绳而治,但恐狐狸猯狢啖尽[6]。"[5]

译文

郗嘉宾(超)问谢太傅(安):"林公(支遁)的清谈比嵇公(康)怎么样?"谢公说:"嵇公要不停地跑,才能够脱身。"又问:"殷浩比支遁怎么样?"谢公说:"恰好有超尘拔俗之论时,支才超过殷浩。可是在娓娓不倦的辩论方面,恐怕殷浩会胜过支遁。"

庾道季(龢)说:"廉颇、蔺相如虽然是千年以前的古人,但威严而使人敬畏,好像还活着;曹蜍(茂之)、李志虽然现在还活着,但是气息奄奄,好像九泉下的死人。如果人人都像曹蜍、李志那样,就可以用最原始的方式来治理,只是恐怕狐狸、猪獾、貉会把人吃光。"

今注

1 勤著脚:不断举足,努力奋进。

2 亹(wěi)亹:形容谈论有吸引力,使人不知疲倦。

3 懔(lǐn)懔:威严而使人敬畏的样子。

4 曹蜍:即曹茂之,字永世,小字蜍,彭城(今江苏徐州)人。官至尚书郎

5 李志:字温祖,江夏钟武(今河南信阳)人。官至员外常侍、南康相。

6 猯(tuān):猪獾(huān)。　狢(hé):同"貉",外形如狐,但体较胖,尾较短。

刘注

[1]《支遁传》曰:“遁神悟机发,风期所得,自然超迈也。”

[2]《史记》曰:“廉颇者,赵良将也。以勇气闻诸侯。蔺相如者,赵人也。赵惠文王时,得楚和氏璧,秦昭王请以十五城易之。赵遣相如送璧,秦受之,无还城意。相如请璧示其瑕,因持璧却立倚柱,怒发上冲冠曰:‘王欲急臣,臣头今与璧俱碎。’秦王谢之。后秦王使赵王鼓瑟,相如请秦王击筑。赵以相如功大,拜上卿,位在廉颇上。”

[3] 蜍,曹茂之小字也。《曹氏谱》曰:“茂之字永世,彭城人也。祖韶,镇东将军司马。父曼,少府卿。茂之仕至尚书郎。”

[4]《晋百官名》曰:“志字温祖,江夏钟武人。”《李氏谱》曰:“志祖重,散骑常侍。父慕,纯阳令。志仕至员外常侍、南康相。”

[5] 言人皆如曹、李质鲁淳悫,则天下无奸民,可结绳致治。然才智无闻,功迹俱灭,身尽于狐狸,无擅世之名也。

原文

9.69 卫君长是萧祖周妇兄,谢公问孙僧奴1:[1]“君家2道卫君长云何?”孙曰:“云是世业人。”谢曰:“殊不尔,卫自是理义人。”于时以比殷洪远。

9.70 王子敬问谢公:“林公何如庾公?”谢殊不受,答曰:“先辈初无论,庾公自足没3林公。”[2]

9.71 谢遏诸人共道竹

译文

卫君长(永)是萧祖周(轮)的妻兄,谢公(安)问孙僧奴(腾):“你说卫君长这个人怎么样?”孙僧奴回答道:“据说是个做实事、干事业的人。”谢公说:“根本不是这样,卫君长本来是个研究经义和名理的人。”当时的人把他和殷洪远(融)相比。

王子敬(献之)问谢公(安):“林公(支遁)和庾公(亮)相比,怎么样?”谢公很不同意这样相比,回答道:“先辈从来没有议论过,庾公本来足够胜过林公。”

林优劣，谢公云："先辈初不臧贬 4 七贤。"[3]

谢遏（玄）等人一起评论竹林七贤的优劣。谢公（安）说："先辈从来不褒贬七贤。"

今注

1 孙僧奴：即孙腾，字伯海，小字僧奴，太原（今山西太原）人。累官中庶子、廷尉。

2 君家：君，你。家，语助，无实义。

3 没：淹没，胜过。

4 臧贬：褒贬，品评高下。

刘注

[1] 僧奴，孙腾小字也。《晋百官名》曰："腾字伯海，太原人。"《中兴书》曰："腾，统子也。博学。历中庶子、廷尉。"

[2]《殷羡言行》曰："时有人称庾太尉理者，羡曰：'此公好举宗本槌人。'"

[3]《魏氏春秋》曰："山涛通简有德，秀、咸、戎、伶朗达有俊才。于时之谈，以阮为首，王戎次之，山、向之徒，皆其伦也。"若如盛言，则非无臧贬，此言谬也。

原文

9.72 有人以王中郎比车骑。车骑闻之，曰："伊窟窟 1 成就。"[1]

9.73 谢太傅谓王孝伯："刘尹亦奇自知，然不言胜长史。"

9.74 王黄门兄弟三

译文

有人拿王中郎（坦之）和车骑（谢玄）相比，车骑听到后说："他孜孜不倦，做出了成绩。"

谢太傅（安）对王孝伯（恭）说："刘尹（惔）也极了解自己，但是他从不说自己超过了王长史（濛）。"

王黄门兄弟三人一起去拜访谢公

人[2]俱诣谢公，子猷、子重多说俗事，[2]子敬寒温而已。既出，坐客问谢公："向三贤孰愈？"谢公曰："小者最胜。"客曰："何以知之？"谢公曰："吉人之辞寡，躁人之辞多。[3]推此知之。"

（安），子猷（王徽之）、子重（王操之）说了许多世俗之事，子敬（王献之）只是寒暄几句罢了。三人离开后，在座的客人问谢公："刚才那三位贤才哪一位较好？"谢公道："小的最好。"客人问道："您是怎么知道的？"谢公说："贤明的人话少，急躁的人话多。我是按这个道理推论而知道的。"

今注

1 窟窟：勤劳不懈的样子。

2 王黄门兄弟三人：指王徽之、王操之、王献之，三人都是王羲之的儿子。徽之曾官至黄门侍郎，故称。

3 "吉人"句：语见《周易·系辞下》。吉人，善人，贤人。躁人，急躁、浮躁的人。

刘注

[1]《续晋阳秋》曰："坦之雅贵有识量，风格峻整。"

[2]《王氏谱》曰："操之字子重，羲之第六子。历秘书监、侍中、尚书、豫章太守。"

原文

9.75 谢公问王子敬："君书何如君家尊？"答曰："固当不同。"公曰："外人论殊不尔。"王曰："外人

译文

谢公（安）问王子敬（献之）："你的书法比起令尊怎么样？"子敬回答道："本来就不同。"谢公道："外间的议论绝对不是这样。"王子敬说："外人哪里会懂得！"

那得知！”[1]

9.76 王孝伯问谢太傅：“林公何如长史？”太傅曰：“长史韶兴。”问：“何如刘尹？”谢曰：“噫！刘尹秀。”王曰：“若如公言，并不如此二人邪？”谢云：“身意正尔也。”

9.77 人有问太傅：“子敬可是[1]先辈谁比？”谢曰：“阿敬近撮[2]王、刘之标[3]。”[2]

王孝伯（恭）问谢太傅（安）：“林公（支遁）和长史（王濛）相比，怎么样？”谢太傅说：“长史的言谈有美好的情趣。”又问：“和刘尹（惔）相比怎么样？”谢太傅说：“哎，刘尹优异出众。”王孝伯说：“如果像你说的那样，林公比不上这两个人吗？”谢太傅说：“我的意思正是这样啊！”

有人问太傅（谢安）：“子敬（王献之）可以与哪一位前辈相当？”太傅说：“阿敬接近于王（濛）和刘（惔）的风格的结合。”

今注

1 可是：可与。

2 撮：聚合。

3 标：品格，风度。

刘注

[1] 宋明帝《文章志》曰：“献之善隶书，变右军法为今体。字画秀媚，妙绝时伦，与父俱得名。其章草疏弱，殊不及父。或讯献之，云：‘羲之书胜不？’莫能判。有问羲之云：‘世论卿书不逮献之？’答曰：‘殊不尔也。’它日见献之，问：‘尊君书何如？’献之不答。又问：‘论者云，君固当不如？’献之笑而答曰：‘人那得知之也。’”

[2]《续晋阳秋》曰：“献之文义并非所长，而能撮其胜会，故擅名一时，为风流之冠也。”

原文

9.78 谢公语孝伯:"君祖比刘尹故为得逮。"孝伯云:"刘尹非不能逮,直不逮。"[1]

9.79 袁彦伯为吏部郎,子敬与郗嘉宾书曰:"彦伯已入,殊足顿兴往之气。故知捶挞[1]自难为人,冀小却,当复差耳。"

9.80 王子猷、子敬兄弟共赏《高士传》[2]人及赞,子敬赏井丹高洁。子猷云:"未若长卿慢世。"[2]

译文

谢公(安)对孝伯(王恭)说:"你的祖父和刘尹(惔)相比,本来应该齐名并驾。"孝伯说:"并不是不能赶上刘尹,只是我祖父不去赶。"

袁彦伯(宏)就任吏部郎,子敬(王献之)给郗嘉宾(超)写信说:"彦伯已经就职,这个职位特别能挫伤人一往无前的勇气。本来知道受了杖刑就难以做人,所以希望他能稍微辞让一下,可能就会好一些。"

王子猷(徽之)、王子敬(献之)兄弟一起欣赏嵇康撰写的《高士传》中的人物传记和赞语,子敬很欣赏井丹的高洁。子猷说:"不如长卿(司马相如)的玩世不恭。"

今注

1 捶挞:杖刑。后汉以来,郎官有过,就会受杖刑。因此人多不愿担任这个职务。

2《高士传》:嵇康所著《圣贤高士传》的简称。书中所记人物自远古而至管宁,凡119人。今存52传5赞。

刘注

[1] 言濛质,而惔文也。

[2] 嵇康《高士传》曰:"丹字大春,扶风郿人。博学高论,京师为之语曰:'五经纷纶井大春,未尝书刺谒一人。'北宫五王更请,莫能致。新阳侯阴就使人要之,不得已而行。侯设麦饭、葱菜,以观其意,丹推却曰:'以君侯能供美膳,故来相过,何谓如此!'乃出盛馔。侯起,左右进辇,丹笑曰:'闻桀、纣驾人车,此所谓人车者邪?'侯即去辇。越骑梁松,贵震朝廷,请交丹,丹不肯见。后丹得时疾,松自将医视之,病愈。久之,松失大男磊,丹一往吊之。时宾客满廷,丹裘褐不完,入门,坐者皆悚,望其颜色。丹四向长揖,前与松语,客主礼毕后,长揖径坐,莫得与语。不肯为吏,径出,后遂隐遁。其《赞》曰:'井丹高洁,不慕荣贵。抗节五王,不交非类。显讥辇车,左右失气。披褐长揖,义陵群萃。'""司马相如者,蜀郡成都人,字长卿。初为郎,事景帝。梁孝王来朝,从游说士邹阳等,相如说之,因病免游梁。后过临卬,富人卓王孙女文君新寡,好音,相如以琴心挑之,文君奔之,俱归成都。后居贫,至临邛买酒舍,文君当垆,相如著犊鼻幝,涤器市中。为人口吃,善属文。仕宦不慕高爵,常托疾不与公卿大事。终于家。其《赞》曰:'长卿慢世,越礼自放。犊鼻居市,不耻其状。托疾避官,蔑此卿相。乃赋《大人》,超然莫尚。'"

原文

9.81 有人问袁侍中[1]曰:"殷仲堪何如韩康伯?"答曰:"理义所得,优劣乃复未辨。然门庭萧寂,居然有名士风流,殷不及韩。"故殷作诔云:"荆门昼掩,闲庭晏然。"

译文

有人问袁侍中(恪之):"殷仲堪和韩康伯(伯)相比,怎么样?"袁侍中回答道:"两人在玄学义理上的成就,优劣还没有分辨清楚,然而门庭萧条寂静,显然有名士气派,这一点殷比不上韩。"所以殷仲堪在哀悼韩康伯的诔文中说:"柴门在白天关闭

9.82 王子敬问谢公："嘉宾何如道季？"答曰："道季诚复钞撮清悟，嘉宾故自上。"[2]

9.83 王珣疾，临困[2]，问王武冈[3]曰[3]："世论以我家领军比谁？"武冈曰："世以比王北中郎。"东亭转卧向壁，叹曰："人固不可以无年[4]！"[4]

掩合，静静的庭院恬适安宁。"

王子敬（献之）问谢公（安）："嘉宾（郗超）和道季（庾龢）相比，怎么样？"谢公回答道："道季固然能撮取旁人清谈时清虚善悟的优点，嘉宾却本来就出众。"

王珣病重，临死的时候，问王武冈（谧）说："社会上的评论拿我父亲领军（王洽）和谁相比？"武冈说："世人拿他比王北中郎（坦之）。"东亭（王珣）翻身面向墙壁，叹息道："人的确是不可短寿。"

今注

1 袁侍中：即袁恪之，字元祖，陈郡阳夏（今河南太康）人。曾任黄门侍郎。义熙初，为侍中，故名。

2 临困：临终。

3 王武冈：即王谧，字雅远，一作稚远，琅邪临沂（今山东临沂）人，丞相王导之孙。少有美誉，历任中军长史、黄门侍郎。袭爵武冈侯，位至司徒。

4 按：王洽为王珣之父，官领军将军，年二十六卒。王珣认为其父若寿长，则其名可胜王坦之。

刘注

[1]《袁氏谱》曰："恪之字元祖，陈郡阳夏人。祖王孙，司徒从事中郎。父纶，临汝令。恪之仕黄门侍郎，义熙初为侍中。"

[2] 谓超拔也。

[3]《中兴书》曰："谧字雅远，丞相导孙，车骑劭子。有才器，袭爵武冈侯，

位至司徒。"

[4] 领军王洽,珣之父也。年二十六卒。珣意以其父名德过坦之而无年,故致此论。

原文

9.84 王孝伯道谢公"浓至"。又曰:"长史虚,刘尹秀,谢公融。"[1]

9.85 王孝伯问谢公:"林公何如右军?"谢曰:"右军胜林公。林公在司州前,亦贵彻。"[2]

9.86 桓玄为太(傅)〔尉〕[1],大会,朝臣毕集。坐裁竟,问王桢之[2]曰:"我何如卿第七叔?"[3]于时宾客为之咽气[3]。王徐徐答曰:"亡叔是一时之标,公是千载之英。"一坐欢然。

译文

王孝伯(恭)评价谢公(安)深沉醇厚。又说:"长史(王濛)虚心谦和,刘尹(惔)才智出众,谢公和乐畅达。"

王孝伯(恭)问谢公(安):"林公(支遁)和右军(王羲之)相比,怎么样?"谢公说:"右军胜过林公。林公在王司州(胡之)跟前还算尊贵通达。"

桓玄任太尉的时候,大会宾客,朝中大臣全都到来。刚刚坐定,桓玄就问王桢之道:"我和你的七叔(王献之)相比,怎么样?"当时在座的宾客都为王桢之紧张得喘不过气来。王桢之从容不迫地回答道:"亡叔是一代的楷模,您是千古的英才。"满座的人无不欢欣喜乐。

今注

1 据程炎震说校改。

2 王桢之:字公榦,琅邪临沂(今山东临沂)人,王羲之之孙,王徽之之子。历任侍中、大司马长史。

3 咽气:屏气,这里形容宾客紧张。

刘注

[1] 谓条畅也。

[2] 不言若羲之，而言胜胡之。

[3]《王氏谱》曰："桢之字公幹，琅邪人，徽之子。历侍中、大司马长史。"第七叔，献之也。

原文

9.87 桓玄问刘太常[1]曰："我何如谢太傅？"[1]刘答曰："公高，太傅深。"又曰："何如贤舅子敬？"答曰："楂、梨、橘、柚，各有其美。"[2]

9.88 旧以桓谦[2]比殷仲文。[3]桓玄时[3]，仲文入，桓于庭中望见之，谓同坐曰："我家中军[4]那得及此也！"

译文

桓玄问刘太常（瑾）道："我和谢太傅（安）相比，怎么样？"刘太常回答道："你高明，太傅深沉。"又问："比你的舅舅子敬（王献之）怎么样？"刘瑾回答说："山楂、梨子、橘子、柚子，各有各的美味。"

过去总把桓谦和殷仲文并列。桓玄执掌朝政时，仲文到桓玄那里去，桓玄在厅堂上望见他，对同座的人说："我家中军（桓谦）哪里比得上这个人啊！"

今注

1 刘太常：即刘瑾，字仲璋，南阳（今河南南阳）人。父畅，娶王羲之女，生瑾。瑾曾任尚书、太常卿。

2 桓谦：字敬祖，谯国龙亢（今安徽怀远西北）人，车骑将军桓冲次子。官至尚书仆射、中军将军。

3 桓玄时：此指晋安帝时，桓玄为太尉，掌朝政。

4 我家中军：指桓谦。桓玄攻下建康，自称皇帝。篡位后，桓玄任用堂兄弟桓谦为尚书左仆射,加中军将军。

刘注

[1]《刘瑾集叙》曰:"瑾字仲璋,南阳人。祖遐,父畅。畅娶王羲之女,生瑾。瑾有才力,历尚书、太常卿。"

[2]《庄子》曰:"楂、梨、橘、柚,其味相反,皆可于口也。"

[3]《中兴书》曰:"谦字敬祖,冲第三子。尚书仆射、中军将军。"《晋安帝纪》曰:"仲文有器貌才思。"

规箴第十

导读

规箴，即规劝、谏诫、告诫。本门共二十七条。

本篇所记故事，皆很有深意，值得人们细细品读。比如，王珉小名僧弥，他的名声超出了他的兄长王珣。王忱曾告诫王珣说，舆论对你的评价很不错，你怎么能跟弟弟僧弥争输赢呢？王忱认为，王珣去跟王珉竞争是不明智的，这不仅会降低他的声誉，而且也与他兄长的身份不匹配。又如，桓玄得势之后，想把原太傅谢安的旧宅夺过来修成自己的府第，遭到谢安孙子谢混的反对。谢混引用《诗经·召南·甘棠》的故事对他说，召公的仁爱，还能够给甘棠树带来好处。我祖父的恩德却不能够保住这五亩大小的住宅吗？桓玄听了，羞愧万分，就中止了这件事。

原文

10.1 汉武帝[1]乳母尝于外犯事，帝欲申宪，乳母求救东方朔[2]。[1]朔曰：“此非唇舌所争，尔必望济者，将去时，但当屡顾帝，慎勿言，此或可万一冀耳。”乳母既至，朔亦侍侧，因谓曰：“汝痴耳！帝

译文

汉武帝（刘彻）的乳母曾经在外面犯了罪，汉武帝想依法处置她。乳母去向东方朔求救。东方朔说：“这不是靠口舌能够争取的，你一定想把这件事办成功的话，临走时，只可频频回头望着皇帝，千万不要说话。这样也许会有一丝希望。”乳母来到武帝面前，东方朔也在武帝旁边侍立，便对她说：“你真傻

岂复忆汝乳哺时恩邪?”帝虽才雄心忍,亦深有情恋,乃凄然愍[3]之,即敕免罪。[2]

呀!难道皇上还会想起你喂奶时的恩情吗?”武帝虽然才智杰出,心狠性刚,但对乳母还有深切的依恋之情,于是悲伤地怜悯她,随即下诏赦免了乳母的罪。

今注

1 汉武帝:即刘彻(前156—前87),公元前141—前87年在位,其时为西汉鼎盛时期。

2 东方朔(前154—前93):西汉文学家。字曼倩,平原厌次(今山东德州市陵城区东北,一说今山东惠民东)人。武帝时,为太中大夫。性诙谐滑稽。曾以辞赋谏武帝戒奢侈,又陈农战强国之策,然终不为用。辞赋以《答客难》《非有先生论》有名。《汉书·艺文志》杂家有《东方朔》二十篇,今佚。《神异经》《海内十洲记》等书皆为托其名之作。后世传说很多,多非信史。

3 愍(mǐn):怜悯。

刘注

[1]《汉书》曰:“朔字曼倩,平原厌次人。”《朔别传》曰:“朔,南阳步广里人。”《列仙传》云:“朔是楚人。武帝时上书说便宜,拜郎中。宣帝初,弃官而去,共谓岁星也。”

[2]《史记·滑稽传》曰:“汉武帝少时,东武侯母尝养帝,后号大乳母。其子孙从奴,横暴长安中,当道夺人衣物。有司请徙乳母于边,奏可。乳母入辞。帝所幸倡郭舍人发言陈辞,虽不合大道,然令人主和说。乳母乃先见,为下泣。舍人曰:‘即入辞,勿去,数还顾。’乳母如其言。舍人疾言骂之曰:‘咄!老女子,何不疾行,陛下已壮矣,宁尚须乳母活邪?尚何还顾邪?’于是人主怜之。诏止毋徙,罚请者。”

原文

10.2 京房[1]与汉元帝[2]共论,因问帝:"幽、厉之君[3]何以亡?所任何人?"答曰:"其任人不忠。"房曰:"知不忠而任之,何邪?"曰:"亡国之君各贤其臣,岂知不忠而任之?"房稽首[4]曰:"将恐今之视古,亦犹后之视今也。"[1]

译文

京房和汉元帝(刘奭)在一起议论,乘机问元帝道:"周幽王和周厉王为什么会亡国?他们任用怎样的人呢?"元帝回答道:"他们任用的人不忠。"京房说:"明明知道他们不忠还要去任用,这是什么原因呢?"元帝说:"亡国之君各自都认为自己的臣子贤良,哪有明知不忠还去任用的?"京房拜伏至地说道:"就怕我们今天看古人,也像后世的人看我们今天一样啊。"

今注

1 京房(前77—前37):西汉今文易学"京氏学"的开创者,律学家。本姓李,字君明。东郡顿丘(今河南清丰西南)人。曾学《易》于焦延寿,以"通变"说"易",好讲灾异。元帝时立为博士。屡次上疏,以灾异推论时政得失。因劾奏石显等专权,出为魏郡太守;不久,下狱死。乐律方面,认为"竹声不可以度调",首创十三弦"准"以定律。并根据八卦原理,用"三分损益法",将十二律扩展成六十律。著作今存《京氏易传》三卷,清马国翰《玉函山房辑佚书》另辑有《周易京氏章句》一卷,黄奭《汉学堂从书》、孙堂《汉魏二十一家易注》也有辑录。

2 汉元帝:即刘奭(前75—前33),西汉皇帝。宣帝之子。公元前49—前33年在位。爱好儒术。先后任贡禹、薛广德、韦玄成、匡衡等为丞相。宦官弘恭、石显专权,任石显为中书令,赏赐达钱一万万。又重用外戚史氏、许氏。统治期间,赋役繁重,西汉开始由盛而衰。

3 幽、厉之君:指周幽王、周厉王,是西周的荒淫暴虐之君。

4 稽(qǐ)首:古时的礼节。跪下,拱手至地,头也至地。

刘注

[1]《汉书》曰:"京房字君明,东郡顿丘人。尤好钟律,知音声,以孝廉为郎。是时中书令石显专权,及友人五鹿充宗为尚书令,与房同经,论议相是非,而此二人用事,房尝宴见,问上曰:'幽、厉之君何以亡?所任何人?'上曰:'君亦不明,而臣巧佞。'房曰:'知其巧佞而任之邪?将以为贤邪?'上曰:'贤之。'房曰:'然则今何以知其不贤?'上曰:'以其时乱而君危知之。'房曰:'是任贤而理,任不肖而乱,自然之道也。幽、厉何不觉悟而蚤纳贤?何为卒任不肖以至亡?'于是上曰:'乱亡之君,各贤其臣。令皆觉悟,安得乱亡之君?'房曰:'齐桓、二世何不以幽、厉疑之,而任竖刁、赵高,政治日乱邪?'上曰:'唯有道者能以往知来耳。'房曰'自陛下即位,盗贼不禁,刑人满市'云云,问上曰:'今治也?乱也?'上曰:'然愈于彼。'房曰:'前二君皆然。臣恐后之视今,犹今之视前也。'上曰:'今为乱者谁?'房曰:'上所亲与图事帷幄中者。'房指谓石显及充宗。显等乃建言,宜试房以郡守,遂以房为东郡。显发其私事,坐弃市。"

原文

10.3 陈元方遭父丧,哭泣哀恸,躯体骨立。其母愍之,窃以锦被蒙上。郭林宗吊而见之,谓曰:"卿海内之俊才,四方是则。如何当丧,锦被蒙上?孔子曰:'衣夫锦也,食夫

译文

陈元方(纪)遭遇父亲去世,哭泣悲痛到极点,身体骨瘦如柴。他的母亲怜悯他,偷偷地用条锦缎被子给他盖在身上。郭林宗(泰)来吊唁时,看见他盖着这条被子,对他说:"你是海内的杰出人才,天下的人以你为表率。你为什么在服丧期间盖上锦缎被子?孔子说:'穿

稻也,于汝安乎?1'[1]吾不取也!"奋衣而去。自后宾客绝百所日。[2]

着锦衣,吃着精米,你能心安吗?'我认为你这种行为是不可取的。"拂袖而去。从此以后,他家有百来天没有宾客上门。

今注

1 "衣夫"句:出自《论语·阳货》。原文为:"食夫稻,衣夫锦,于汝安乎?"孔子弟子宰我认为,给父母守孝三年的时间太长。孔子认为服丧不满三年就吃大米白饭,穿锦缎服装,于心不安。

刘注

[1]《论语》曰:"宰我问:'三年之丧,期已久矣。'子曰:'食夫稻,衣夫锦,于汝安乎?夫君子居丧,食旨不甘,闻乐不乐,居处不安,故不为也!今汝安,则为之。'"

[2] 所,一作许。

原文

10.4 孙休1好射雉,至其时,则晨去夕反。群臣莫不(止)〔上〕2谏:"此为小物,何足甚耽?"休曰:"虽为小物,耿介过人,朕所以好之。"[1]

10.5 孙皓问丞相陆凯3曰:"卿一宗在朝有几人?"陆曰:"二相,五侯,将军十余人。"皓曰:"盛

译文

孙休喜欢射野鸡,到了射猎的季节,就早出晚归。朝中官员没有一个不加以规劝:"这是小东西,哪里值得这样入迷?"孙休道:"虽然是小东西,但是它的正直不阿、守节自持却超过常人,我因此喜欢它。"

孙皓问丞相陆凯:"你们家族在朝中做官的有多少人?"陆凯道:"两个丞相,五个侯爵,十几个将军。"孙皓说:"真兴旺啊!"陆凯道:"君王贤明、臣子

哉！”陆曰：“君贤臣忠，国之盛也；父慈子孝，家之盛也。今政荒民弊，覆亡是惧，臣何敢言盛！”[2]	尽忠，国家就会兴旺；父母慈爱、子女孝敬，家庭就会兴旺。现在政务荒废，民生凋敝，覆亡的危险使人害怕，我哪里还敢说什么兴旺！”

今注

1 孙休(235—264)：即吴景帝，字子烈，孙权第六子。十八岁时，受封为琅邪王。太平三年(258)，孙綝(chēn)发动政变，罢黜孙亮为会稽王，迎立孙休为帝，改元永安。公元258—264年在位。

2 据徐震堮说校改。

3 陆凯(198—269)：三国吴名将。字敬风，吴郡吴县华亭(今上海市松江区)人。陆逊族子。黄武初，为永兴、诸暨长，所在有治绩。后任儋耳太守，累迁荡魏、绥远将军。孙休即位，拜征北将军。孙皓立，升任镇西大将军，都督巴丘，领荆州牧。为官爱惜民力，直言敢谏。宝鼎元年(266)，迁左丞相。

刘注

[1] 环济《吴纪》曰：“休字子烈，吴大帝第六子。初封琅邪王，梦乘龙上天，顾不见尾。孙(琳)〔綝〕废少主，迎休立之。锐意典籍，欲毕览百家之事。颇好射雉，至春，晨出莫反，唯此时舍书。崩，谥景皇帝。”《条列吴事》曰：“休在位烝烝，无有遗事，唯射雉可讥。”

[2]《吴录》曰：“凯字敬风，吴人，丞相逊族子。忠鲠有大节，笃志好学。初为建忠校尉，虽有军事，手不释卷。累迁左丞相。时后主暴虐，凯正直强谏，以其宗族强盛，不敢加诛也。”

原文

10.6 何晏、邓飏令管辂[1]作卦，云："不知位至三公不？"卦成，辂称引古义，深以戒之。飏曰："此老生之常谈。"[1]晏曰："知幾其神乎[2]，古人以为难；交疏吐诚，今人以为难。今君一面，尽二难之道，可谓'明德惟馨[3]'。《诗》不云乎'中心藏之，何日忘之[4]？'"[2]

译文

何晏、邓飏叫管辂给他们占卜，说："不知道我们能不能升到三公之位？"卦成以后，管辂引用古书的意思，深切地劝诫他们。邓飏道："这是老生常谈。"何晏道："了解事物变化的征兆大概是很玄妙的，古人认为很难；交情很浅而说话真诚，今人认为很难。今天和你只有一面之交，却尽力解决了这两个难题，真可以说是'明德惟馨'。《诗经》上不是说'中心藏之，何日忘之？'"

今注

1 管辂(lù，209—256)：三国魏术士。字公明，平原(今山东平原西南)人。应清河太守华表召为文学掾，官至少府丞。幼年好天文，及长，精通《易》和占卜。《三国志·魏志·管辂传》和《三国演义》第六十九回都载有管辂卜筮奇验的传说。

2 知幾其神乎：语见《周易·系辞下》。幾，预兆，事情的苗头。神，神奇，玄妙。

3 明德惟馨：语见《左传·僖公五年》，引自《周书》。意思是完美的德行才是芳香的。

4 中心藏之，何日忘之：见《诗经·小雅·隰桑》。意思是牢记于心，永不忘怀。何晏在这里引用这两句诗来表达对管辂的赞赏和谢意，表示自己一定要牢记管辂的劝诫。

刘注

[1]《辂别传》曰:"辂字公明,平原人也。明《周易》,声发徐州。冀州刺史裴徽举秀才,谓曰:'何、邓二尚书有经国才略,于物理无不精也。何尚书神明清彻,殆破秋豪,君当慎之。自言不解《易》中九事,必当相问。比至洛,宜善精其理。'辂曰:'若九事皆至义,不足劳思。若阴阳者,精之久矣。'辂至洛阳,果为何尚书问,九事皆明。何曰:'君论阴阳,此世无双也。'时邓尚书在曰:'此君善《易》,而语初不论《易》中辞义,何邪?'辂答曰:'夫善《易》者,不论《易》也。'何尚书含笑赞之曰:'可谓要言不烦也。'因谓辂曰:'闻君非徒善论《易》,至于分蓍思爻,亦为神妙,试为作一卦,知位当至三公不?又顷梦青蝇数十来鼻头上,驱之不去,有何意故?'辂曰:'鸱鸮,天下贱鸟也。及其在林食桑椹,则怀我好音。况辂心过草木,注情葵藿,敢不尽忠?唯察之尔。昔元、凯之相重华,宣慈惠和,仁义之至也。周公之翼成王,坐以待旦,敬慎之至也。故能流光六合,万国咸宁,然后据鼎足而登金铉,调阴阳而济兆民,此履道之休应,非卜筮之所明也。今君侯位重山岳,势若雷霆,望云赴景,万里驰风。而怀德者少,畏威者众,殆非小心翼翼,多福之士。又鼻者,艮也,此天中之山,高而不危,所以长守贵也。今青蝇臭恶之物,而集之焉。位峻者颠,轻豪者亡,必至之分也。夫变化虽相生,极则有害。虚满虽相受,溢则有竭。圣人见阴阳之性,明存亡之理,损益以为衰,抑进以为退。是故山在地中曰《谦》,雷在天上曰《大壮》。《谦》则裒多益寡,《大壮》则非礼不履。伏愿君侯上寻文王六爻之旨,下思尼父《彖》《象》之义,则三公可决,青蝇可驱。'邓曰:'此老生之常谈。'辂曰:'夫老生者见不生,常谈者见不谈也。'"

[2]《名士传》曰:"是时曹爽辅政,识者虑有危机。晏有重名,与魏姻戚,内虽怀忧,而无复退也。著五言诗以言志曰:'鸿鹄比翼游,群飞戏太清。常畏大网罗,忧祸一旦并。岂若集五湖,从流唼浮萍。永宁旷中怀,何为怵惕惊?'盖因辂言,惧而赋诗。"

原文

10.7 晋武帝既不悟太子[1]之愚，必有传后意，诸名臣亦多献直言。帝尝在陵云台[2]上坐，卫瓘在侧，欲申其怀，因如醉跪帝前，以手抚床曰："此坐可惜！"帝虽悟，因笑曰："公醉邪？"[1]

10.8 王夷甫妇，郭泰宁[3]女，[2]才拙而性刚，聚敛无厌，干豫人事。夷甫患之而不能禁。时其乡人幽州刺史李阳，京都大侠，[3]犹汉之楼护，[4]郭氏惮之。夷甫骤谏之，乃曰："非但我言卿不可，李阳亦谓卿不可。"郭氏小[4]为之损。

译文

晋武帝(司马炎)不明白太子愚蠢，一定要把帝位传给他，朝中有名望的大臣也多有直言进谏的。有一次，武帝在陵云台上坐着，卫瓘陪侍在旁，想趁此申述自己的想法，便假装喝醉了酒，跪在武帝面前，用手抚摸着御座说："这个座位可惜呀！"武帝虽然明白了他的用意，但还是笑着说："你醉了吗？"

王夷甫(衍)的妻子是郭泰宁(豫)的女儿，才智低下而性情刚愎，搜刮财货永不知足，又喜欢干涉别人的事。夷甫非常憎恶却又禁止不了。当时，他的同乡幽州刺史李阳，是京城里有名的侠客，如同汉代的游侠楼护，郭氏很畏惧他。夷甫屡次劝诫妻子，就说："不但我说你不能这样做，李阳也认为你不能这样做。"郭氏听后才稍稍收敛了一些。

今注

1 太子：司马衷，后为晋惠帝。

2 陵云台：楼台名。魏明帝时建于洛阳。

3 郭泰宁：即郭豫，字太宁(一作泰宁)，太原(今山西太原)人。曾任相国参军，早卒。

4 小：稍微，略微。

刘注

[1]《晋阳秋》曰："初，惠帝之为太子，咸谓不能亲政事。卫瓘每欲陈启废之而未敢也。后因会醉，遂跪床前曰：'臣欲有所启。'帝曰：'公所欲言者，何邪？'瓘欲言而复止者三，因以手抚床曰：'此坐可惜。'帝意乃悟，因谬曰：'公真大醉也。'帝后悉召东宫官属大会，令左右赍尚书处事以示太子，令处决。太子不知所对。贾妃以问外人，代太子对，多引古词义。给使张弘曰：'太子不学，陛下所知，宜以见事断，不宜引书也。'妃从之。弘具草奏，令太子书呈，帝大说，以示瓘。于是贾充语妃曰：'卫瓘老奴，几败汝家。'妃由是怨瓘，后遂诛之。"

[2]《晋诸公赞》曰："郭豫字太宁，太原人。仕至相国参军，知名。早卒。"

[3]《晋百官名》曰："阳字景祖，高平人。武帝时为幽州刺史。"《语林》曰："阳性游侠，盛暑，一日诣数百家别，宾客与别，常填门，遂死于几下，故惧之。"

[4]《汉书·游侠传》曰："护字君卿，齐人。学经传，甚得名誉。母死，送葬车三千两。仕至天水太守。"

原文

10.9 王夷甫雅尚玄远，常嫉其妇贪浊，口未尝言"钱"字。[1] 妇欲试之，令婢以钱绕床，不得行。夷甫晨起，见钱阂行，呼婢曰："举却阿堵物！"

译文

王夷甫（衍）一向崇尚深远微妙的哲理，常常憎恨妻子贪鄙卑劣，因此口中不曾说过"钱"字。妻子想试试他，命令婢女将钱环绕在床边，使他行走不得。夷甫早晨起床，发现钱阻碍了自己的去路，便喊婢女道："拿掉这些东西！"

王平子（澄）十四五岁时，看见王夷

10.10 王平子年十四五，见王夷甫妻郭氏贪欲，令婢路上儋[1]粪。平子谏之，并言不可。郭大怒，谓平子曰："昔夫人临终，以小郎[2]嘱新妇，不以新妇嘱小郎。"[2]急捉衣裾，将与杖。平子饶力，争得脱，逾窗而走。

甫(衍)的妻子郭氏非常贪婪，竟叫婢女在路上挑粪。平子规劝她，并说这样不行。郭氏大怒，对平子说道："以前太夫人临死的时候，把你托付给我，并没有把我托付给你。"一把抓住平子的衣襟，准备拿棍子打他。平子力气大，挣扎脱身，跳窗逃跑了。

今注

1 儋："担"的古字。肩挑。

2 小郎：妇人对丈夫弟弟的称呼。即小叔子。

刘注

[1]《晋阳秋》曰："夷甫善施舍，父时有假贷者，皆与焚券，未尝谋货利之事。"王隐《晋书》曰："夷甫求富贵得富贵，资财山积，用不能消，安须问钱乎？而世以不问为高，不亦惑乎！"

[2]《永嘉流人名》曰："澄父乂，第三娶乐安任氏女，生澄。"

原文

10.11 元帝过江犹好酒，王茂弘与帝有旧，常流涕谏。帝许之，命酌酒一酣，从是遂断。[1]

10.12 谢鲲为豫章太守，从大将军下至石头[1]。敦谓

译文

晋元帝(司马睿)到江南以后，仍然喜欢喝酒。王茂弘(导)和元帝是旧交，常常流着泪规劝他。元帝答应戒酒，叫人取酒来喝个畅快，从此以后就戒了酒。

谢鲲任豫章太守的时候，随大

鲲曰:“余不得复为盛德之事矣[2]!”鲲曰:“何为其然?但使自今已后,日亡日去[3]耳。”[2]敦又称疾不朝,鲲谕敦曰:“近者明公之举,虽欲大存社稷,然四海之内,实怀未达。若能朝天子,使群臣释然,万物之心于是乃服。仗民望以从众怀,尽冲退以奉主上,如斯则勋侔一匡,名垂千载。”时人以为名言。[3]

将军王敦东下,到了石头城。王敦对谢鲲说道:“我不能再做辅佐王室的事了。”谢鲲道:“为什么这样说呢?只要从今以后,一天一天地把以前的猜怨忘掉就是了。”王敦又托病不去朝见皇帝,谢鲲劝告王敦说:“近来您的举动虽然是想极力地保全国家,但是全国上下还不了解您的真实用心。如果您能去朝见天子,使朝中官员放下心来,所有的人才会对您心悦诚服。依仗在人民中的威望来顺从众人的心意,努力用谦虚退让之心来侍奉皇上,这样,您的功勋就和匡正天下的管仲一样,将名垂千古。”当时的人认为这是至理名言。

今注

1 从大将军下至石头:晋元帝永昌元年(322),王敦以“清君侧”为名,起兵反,攻陷石头城(建康西),杀了晋元帝亲信大臣周颉、戴渊、刁协等,自为丞相。谢鲲被逼与敦同下石头城。

2 语见《论语·泰伯》。孔子说:周文王得了天下的三分之二,仍然向商纣称臣。“周之德,其可谓至德也已矣。”王敦的话表明他目无君主,准备篡位的意图。

3 日亡日去:《晋书·谢鲲传》作“日忘日去”。《资治通鉴·晋纪十四》:“但使自今以往,日忘日去耳。”胡三省注:“言日复一日浸忘前事,则君臣猜嫌之迹亦日去耳。”

刘注

[1] 邓粲《晋纪》曰:“上身服俭约,以先时务。性素好酒,将渡江,王导深以谏,帝乃令左右进觞,饮而覆之,自是遂不复饮。克己复礼,官修其方,而中兴之业隆焉。”

[2]《鲲别传》曰:“鲲之讽切雅正,皆此类也。”

[3]《晋阳秋》曰:“鲲为豫章太守,王敦将肆逆,以鲲有时望,逼与俱行。既克京邑,将旋武昌,鲲曰:‘不就朝覲,鲲惧天下私议也。’敦曰:‘君能保无变乎?’对曰:‘鲲近日入觐,主上侧席,迟得见公,宫省穆然,必无不虞之虑。公若入朝,鲲请侍从。’敦曰:‘正复杀君等数百,何损于时?’遂不朝而去。”

原文

10.13 元皇帝时,廷尉张闿1[1]在小市居,私作都门,蚤闭晚开。群小患之,诣州府诉,不得理,遂至檛登闻鼓2,犹不被判。闻贺司空出,至破冈,连名诣贺诉。[2]贺曰:“身被征作礼官3,不关此事。”群小叩头曰:“若府君复不见治,便无所诉。”贺未语,令且去,见张廷尉当为及之。张闻,即毁门,自至方山迎贺。贺出见,辞

译文

晋元帝(司马睿)时,廷尉张闿住在小街上,私自在里巷设置大门,很早就关闭,很晚才打开。附近老百姓都为这事感到忧虑,便到州衙门去控告,衙门不受理,老百姓便去击打登闻鼓,还是不予受理。大家听说贺司空(循)外出,到了破冈渎,便联名到他那里告状。贺司空道:“我被任命为礼官,和这事没有关系。”百姓给他磕头说:“如果你也不管,我们就没有地方申诉了。”贺司空没有说什么,只叫大家暂时回去,等到自己遇到张廷尉时一定替大家问这件事。张廷尉听到了这个消息,立即把门拆毁,并且亲自到方山迎接贺司空。贺司空把百姓的诉状拿给他看,说道:

之曰:“此不必见关,但与君门情[4],相为惜之。”张愧谢曰:“小人有如此,始不即知,蚤已毁坏。”

“这件事本来用不着我费心,但是我与你有通家之谊,为你惋惜。”张廷尉惭愧地谢罪说:“小人有这样的事,当初没有立即知罪,如今门早已拆毁了。”

今注

1 张闿:字敬绪,丹阳(今江苏南京)人,张昭曾孙。早年受到司马睿的礼遇。东晋建立后曾担任晋陵刺史,参与平定苏峻叛乱,封宜阳伯,官至廷尉、紫金光禄大夫。

2 登闻鼓:古代官府为了表示听取民众的意见或冤情,在朝堂外悬鼓,允许民众击鼓上闻,叫“登闻鼓”。

3 礼官:贺循此时拜太常卿之职,掌宗庙礼仪。

4 门情:通家世交。贺循的曾祖贺齐曾任吴将军,与张闿的曾祖张昭交善。

刘注

[1] 葛洪《富民塘颂》曰:“闿字敬绪,丹阳人,张昭孙也。”《中兴书》曰:“闿,晋陵内史,甚有威德。转至廷尉卿。”

[2]《贺循别传》曰:“循字彦先,会稽山阴人。本姓庆,高祖纯,避汉帝讳,改为贺氏。父邵,吴中书令,以忠正见害。循少婴家祸,流放荒裔,吴平乃还。秉节高举,元帝为安东王,循为吴国内史。”

原文

10.14 郗太尉晚节好谈,既雅非所经[1],而甚矜之。[1]后朝觐,以王丞相末年多可

译文

郗太尉(鉴)晚年爱好议论,这不是他向来所擅长的,但他却对此非常自负。后来进京朝见皇帝,由于

恨，每见，必欲苦相规诫。王公知其意，每引作它言。临还镇，故命驾诣丞相。（丞相）翘须厉色[2]，上坐便言："方当乖别[3]，必欲言其所见。"意满口重，辞殊不流。王公摄其次，曰："后面未期，亦欲尽所怀，愿公勿复谈。"郗遂大瞋，冰（衿）〔矜〕[4]而出，不得一言。

王丞相（导）晚年做了不少令人惋惜的事，所以他每次见到王丞相，一定要苦苦规劝。王丞相也知道他的意图，常常用其他的话来引开。后来他将要回到所镇守的地方，特意坐车前去拜访丞相。他翘着胡子，虎起面孔，一落座就说："快要离别了，我一定要把我所见到的说出来。"他想讲得很多，但口齿迟钝，话也讲得很不流畅。王丞相随后说道："下次见面不知在何时，我也想尽量说出我的意见，希望你以后不要再议论了。"郗鉴听了气得瞪大了眼睛，一脸阴沉地走出来，想说的话一句也没说出来。

今注

1 经：擅长。

2 据余嘉锡说校删。 翘须：翘着胡子。

3 乖别：离别。

4 据程炎震说校改。冰矜，形容脸色阴沉。

刘注

[1]《中兴书》曰："鉴少好学博览，虽不及章句，而多所通综。"

原文

10.15 王丞相为扬州，遣八部从事[1]之职。顾和时为下传还，同时俱见。诸从事

译文

王丞相（导）任扬州刺史时，派遣八个部从事到所辖的八个郡任职。顾和当时也随着驿车到郡里去，回

各奏二千石[2]官长得失，至和独无言。王问顾曰："卿何所闻？"答曰："明公作辅，宁使网漏吞舟[3]，何缘采听风闻，以为察察[4]之政？"丞相咨嗟称佳，诸从事自视缺然也。

来以后，大家一起去谒见王丞相。各部从事分别报告了各地郡守的优点和问题，轮到顾和，唯独他什么也没说。王丞相问他："你听到了什么？"顾和回答道："明公做辅弼大臣，宁可让吞舟之鱼漏网，却为何要寻访搜集传闻，凭借这些来推行烦细的政令呢？"丞相赞叹不已，连声说好，众部从事都自愧不如。

10.16 苏峻东征沈充，[1] 请吏部郎陆迈[5]与俱。[2] 将至吴，密敕左右，令入阊门[6]，放火以示威。陆知其意，谓峻曰："吴治平未久，必将有乱。若为乱阶，请从我家始。"峻遂止。

苏峻起兵东下征伐沈充，邀请吏部郎陆迈和他一起出征。快要到吴地的时候，苏峻秘密吩咐手下的人，叫他们进阊门去放火以显示军威。陆迈明白苏峻的意图，对苏峻道："吴地刚太平安定不久，这样一定会引起祸乱。如果要制造祸端的话，请从我家开始。"苏峻这才打消了放火的念头。

今注

1 八部从事：当时扬州统八郡，每郡设部从事一人，代表刺史督察所属之郡。

2 二千石：汉代至南北朝时，中央政府机构列卿及州郡牧守、诸侯王国相等俸禄有二千石，故泛指州牧、郡守、国相以及地位相当的中央高级官员。

3 网漏吞舟：法网疏阔，连能吞舟的大鱼都可以逃脱。表示法律宽松，侧重以德化民。吞舟，吞舟之鱼，比喻罪行严重的罪犯。

4 察察：严察明辨。此指政令细微烦琐。

5 陆迈：字功高，吴郡吴县华亭（今上海市松江区）人，属吴郡陆氏一族。曾任振威太守、尚书吏部郎。

6 阊门：吴县城门名，即今苏州城西门。

刘注

[1]《晋阳秋》曰："充字士居，吴兴人。少好兵，谄事王敦。敦克京邑，以充为车骑将军，领吴国内史。明帝伐王敦，充率众就王含，谓其妻曰：'男儿不建豹尾，不复归矣！'敦死，充将吴儒斩首于京都。"

[2]《陆碑》曰："迈字功高，吴郡人。器识清敏，风检澄峻。累迁振威太守、尚书吏部郎。"

原文

10.17 陆玩拜司空，[1]有人诣之，索美酒，得，便自起，泻著梁柱间地，祝曰："当今乏才，以尔为柱石之用，莫倾人栋梁。"玩笑曰："戢卿良箴[1]。"

10.18 小庾在荆州，公朝大会，问诸僚佐曰："我欲为汉高、魏武[2]，何如？"[2]一坐莫答。长史江虨曰："愿明公为桓、文[3]之事，不愿作汉高、魏武也。"

译文

陆玩被任命做司空，有人前去拜访他，向他索要美酒。酒到手中，客人就起身把酒倒在梁柱旁边的地上，祷告道："当前缺乏好材料，把你当作承担重任的柱石来使用，你千万不要把别人的栋梁倾覆了。"陆玩笑着说道："我会记住你的良言劝诫。"

小庾（翼）任荆州刺史的时候，在一次僚属拜见长官的大会上，向各位僚属说："我想做汉高祖、魏武帝那样的人，大家认为怎么样？"满座的人没有一个回答。长史江虨说："希望您效法齐桓公、晋文公的事迹，不希望您效法汉高祖、魏武帝。"

今注

1 戢(jí):收藏,怀藏。这里引申为记住。 良箴(zhēn):喻有益的劝诫。

2 汉高、魏武:指汉高祖刘邦和魏武帝曹操。二人皆是乱世雄武之君。

3 桓、文:指齐桓公、晋文公。二人均为春秋诸侯国盟主。

刘注

[1]《玩别传》曰:"是时王导、郗鉴、庾亮相继薨殂,朝野忧惧,以玩德望,乃拜司空。玩辞让不获,乃叹息谓朋友曰:'以我为三公,是天下无人矣。'时人以为知言。"

[2] 翼别见。宋明帝《文章志》曰:"庾翼名辈,岂应狂狷如此哉?时若有斯言,亦传闻者之谬矣。"

原文

10.19 罗君章为桓宣武从事 1, [1] 谢镇西作江夏,往检校之。[2] 罗既至,初不问郡〔家〕事 2,径就谢数日饮酒而还。桓公问:"有何事?"君章云:"不审公谓谢尚何似人?"桓公曰:"仁祖是胜我许人。"君章云:"岂有胜公人而行非者?故一无所问。"桓公奇其意而不责也。

10.20 王右军与王敬

译文

罗君章(含)在桓宣武(温)手下做从事,谢镇西(尚)做江夏相,他去视察镇西的工作。到江夏后,他完全不过问郡里的政事,径直到镇西那里喝了几天酒便回来了。桓公问他:"有什么事吗?"君章说:"不知道您认为谢尚是个什么样的人?"桓公道:"仁祖是胜过我的人。"君章说:"哪里有胜过你的人还去为非作歹的,所以我什么政事也没有问。"桓公觉得他的见解很奇特,也就不去责怪他。

王右军(羲之)和王敬仁(修)、许玄度(询)都非常友好。王、许两人死后,右军议论起他们时却更加苛刻。孔严劝他仁、许玄度并善，二人亡后，右军为论议更克。孔(岩)〔严〕[3]诫之曰："明府昔与王、许周旋有情，及逝没[4]之后，无慎终[5]之好，民所不取。"右军甚愧。

说："明府过去和王、许很有交情，等到他们两人过世后，你却没有尊重并怀念死者，这是我不赞成的。"右军听了，非常惭愧。

今注

1 从事：郡所设属官，负责督察检校。
2 据杨勇说校改。"郡家事"即郡政事。
3 据余嘉锡、徐震堮说校改。
4 逝没(mò)：过世。没，通"殁"。
5 慎终：本义为居丧能尽礼。此指尊重怀念死者。

刘注

[1]《含别传》曰："刺史庾亮初命含为部从事，桓温临州，转参军。"
[2]《中兴书》曰："尚为建武将军、江夏相。"

原文

10.21 谢中郎在寿春败，临奔走，犹求玉帖镫。太傅在军，前后初无损益之言。尔日犹云："当今岂须烦此？"[1]

10.22 王大语东亭："卿乃复论成不恶，那得与僧弥戏[1]？"[2]

译文

谢中郎(万)在寿春溃败，到了仓皇逃跑时，还在寻找玉饰的马镫。太傅(谢安)当时跟随在军中，从始到终没有提过什么批评建议。这天也只是说："现在哪里还需要为此事烦劳。"

王大(忱)告诉东亭(王珣)道："外面对你的评定实在是不错，你怎么能去和僧弥(王珉)争输赢呢？"

10.23 殷觊病困，看人政[2]见半面。殷荆州兴晋阳之甲[3]，[3]往与觊别，涕零，属以消息[4]所患。觊答曰："我病自当差[5]，正忧汝患耳。"[4]

殷觊病重，看人仅能看到半边脸。殷荆州（仲堪）当时正要以"清君侧"之名起兵，去和殷觊告别，见他病成这样，不觉流出眼泪，嘱咐他好好调养自己的病。殷觊回答道："我的病自然会痊愈，我只担心你的祸患呀！"

今注

1 按：当时人们评论说："法护非不佳，僧弥难为兄。"这里王忱是在劝阻王珣不要再去和王珉相争，以免自失声誉。

2 政：通"正"。仅，只。

3 晋阳之甲：《公羊传·定公十三年》记晋国赵鞅发动自己封邑晋阳地区的甲兵，以"清君侧"为名来驱逐荀寅、士吉射。后来便称地方长官因不满朝廷而举兵内向为兴"晋阳之甲"。

4 消息：调养、休养，一般针对疾病而言。

5 差(chài)：指病愈。

刘注

[1] 按万未死之前，安犹未仕。高卧东山，又何肯轻入军旅邪？《世说》此言，迂谬已甚。

[2]《续晋阳秋》曰："珉有俊才，与兄珣并有名，声出珣右。故时人为之语曰：'法护非不佳，僧弥难为兄。'"

[3]《春秋公羊传》曰："晋赵鞅取晋阳之甲，以逐荀寅、士吉射，寅、吉射者，君侧之恶人。"

[4]《晋安帝纪》曰："殷仲堪举兵，觊弗与同，且以己居小任，唯当守局而已；晋阳之事，非所宜豫也。仲堪每邀之，觊辄曰：'吾进不敢同，退不敢异。'遂以忧卒。"

原文

10.24 远公在庐山中，[1]虽老，讲论不辍。弟子中或有堕[1]者，远公曰："桑榆之光，理无远照。但愿朝阳之晖，与时并明耳。"执经登坐，讽诵朗畅，词色甚苦。高足之徒，皆肃然增敬。

10.25 桓南郡好猎，每田狩，车骑甚盛。五六十里中，旌旗蔽隰[2]，骋良马，驰击若飞，双甄[3]所指，不避陵壑。或行陈不整，麏兔腾逸[4]，参佐无不被系束。恒道恭，玄之族也，[2]时为贼曹参军[5]，颇敢直言。常自带绛绵绳著腰中，玄问："此何为？"答曰："公猎，好缚人士，会当被缚，手不能堪芒也。"玄自此小差。

译文

远公(惠远)住在庐山中，虽然年老，仍然宣讲解说佛经，不肯停止。弟子中有怠惰的人，远公就说："我像夕阳斜照桑榆时的余光，按理照不了很久了。但愿你们像早晨初升的阳光，随着时间的推移越来越明亮！"捧着佛经，登上讲坛，朗诵响亮流畅，言辞神态恳切异常，他的高足弟子都对他更加肃然敬重。

桓南郡(玄)喜欢打猎。每逢出猎，车马很多，五六十里地面，各类旗帜铺天盖地，良马奔驰，追击猎物如飞一般，两侧队伍所向之处，丘陵沟壑概不回避。有时队伍行列不够整齐，或让獐子野兔奔腾逃逸，下属官吏没有不被捆绑问罪的。桓道恭是桓南郡的族人，当时担任贼曹参军，非常敢直率地讲话，常常自己带着一条绛红色的绵绳系在腰间，桓南郡问："这是用来干什么的？"他回答道："你打猎的时候喜欢捆绑人，我总会被捆绑的，怕两只手受不了那粗绳上的芒刺啊！"桓南郡从此稍为有所收敛。

今注

1 堕：通"惰"。懈怠。

2 蔽隰：遮盖了低湿的地方。此处形容旌旗遮天盖地。
3 双甄(zhēn)：古代打猎或作战阵形的左右两翼。
4 麏(jūn)：古书上指獐子。 腾逸：腾空跨越逃跑貌。
5 贼曹参军：主管盗贼事务的军中官员。

刘注

[1]《豫章旧志》曰："庐俗字君孝，本姓匡，夏禹苗裔，东野王之子。秦末，百越君长与吴芮助汉定天下，野王亡军中。汉八年，封俗鄡阳男，食邑兹部，印曰庐君。俗兄弟七人，皆好道术，遂寓于洞庭之山，故世谓庐山。孝武元封五年，南巡狩，浮江，亲睹神灵，乃封俗为大明公，四时秩祭焉。"远法师《庐山记》曰："山在江州寻阳郡，左挟彭泽，右傍通川，有匡俗先生，出自殷、周之际，遁世隐时，潜居其下。或云：匡俗受道于仙人，而共游其岭，遂托室崖岫，即岩成馆，故时人谓为神仙之庐而命焉。"《法师游山记》曰："自托此山二十三载，再践石门，四游南岭，东望香炉峰，北眺九江。传闻有石井方湖，中有赤鳞踊出，野人不能叙，直叹其奇而已矣。"

[2]《桓氏谱》曰："道恭字祖猷，彝同堂弟也。父赤之，太学博士。道恭历淮南太守、伪楚江夏相。义熙初，伏诛。"

原文

10.26 王绪、王国宝[1]相为唇齿，并(卡)〔弄〕[2]权要。[1] 王大不平其如此，乃谓绪曰："汝为此欻欻[3]，曾不虑狱吏之为贵乎[4]？"[2]

译文

王绪、王国宝互相勾结，相互依存，一起玩弄权势，执掌机要。王大(忱)对他们的所作所为很不满，便对王绪说："你做事如此轻率随便，无所顾忌，难道没有考虑到终有一天会感到狱吏的尊贵吗？"

10.27 桓玄欲以谢太傅宅为营，谢混曰：“召伯之仁，犹惠及甘棠；[3] 文靖[5]之德，更不保五亩之宅？”玄惭而止。

桓玄想把谢太傅（安）的住宅要来修府第。谢安的孙子谢混说道：“召伯的仁爱，还能给甘棠树带来好处；文靖公的恩德难道还不能保住五亩大小的住宅吗？”桓玄感到很惭愧，就中止了这件事。

今注

1 王绪、王国宝：晋安帝隆安初年，王绪、王国宝受宠于会稽王司马道子，掌握军政大权，干预朝政，致使王恭、殷仲堪等以“清君侧”为名，向朝廷兴师举兵。

2 据王利器、徐震堮说校改。周一良说：“六朝碑刻‘弄’字往往写成‘卡’。”

3 欻（xū）欻：轻忽。此指轻率随便，无所顾忌。

4 《史记·绛侯周勃世家》载，周勃因事入狱，出狱后说：“吾尝将百万军，然安知狱吏之贵乎？”这里借用这句话来警告王绪，如果不改悔，将来也会下狱被治罪的。

5 文靖：谢安的谥号。

刘注

[1]《王氏谱》曰：“绪字仲业，太原人。祖延。父乂，抚军。”《晋安帝纪》曰：“绪为会稽王从事中郎，以佞邪亲幸。王珣、王恭恶国宝与绪乱政，与殷仲堪克期同举，内匡朝廷。及恭表至，乃斩绪以说诸侯。国宝，平北将军坦之第三子。太傅谢安，国宝妇父也，恶而抑之不用。安薨，相王辅政，迁中书令，有妾数百。从弟绪有宠于王，深为其说，国宝权动内外，王珣、王恭、殷仲堪为孝武所待，不为相王所昵。恭抗表讨之，车胤又争之。会稽王既不能拒诸侯兵，遂委罪国宝，付廷尉赐死。”

[2]《史记》曰：“有上书告汉丞相欲反，文帝下之廷尉。勃既出叹曰：‘吾

尝将百万之军,安知狱吏之为贵也?'"

[3]《韩诗外传》曰:"昔周道之隆,召伯在朝,有司请召民。召伯曰:'以一身劳百姓,非吾先君文王之志也。'乃暴处于棠下而听讼焉。诗人见召伯休息之棠,美而歌之曰:'蔽芾甘棠,勿翦勿伐,召伯所茇。'"

捷悟第十一

导读

捷悟,即反应敏捷与颖悟。本门共七条。

东汉末期的杨脩是一个反应敏锐而又能够领会曹操意图的人。这一门里,讲述杨脩与曹操的故事就有四条。其中第一条记载,杨脩任曹操的主簿,当时正修建相国府大门,曹操去看,叫人在门上写了一个"活"字就走了。杨脩看了,就让人把门楣拆了。拆完后,他说,门里面加一个"活"字,是"阔"字。魏王是嫌门大了。由此可见杨脩的捷悟。关于杨脩的这几则故事后来被写入《三国演义》,在当今仍广为人知。

原文

11.1 杨德祖[1]为魏武主簿,时作相国门,始构榱桷[2],魏武自出看,使人题门作"活"字,便去。杨见,即令坏之。既竟,曰:"'门'中'活','阔'字,王正嫌门大也。"[1]

11.2 人饷[3]魏武一杯酪,魏武啖少许,盖头上题"合"字以示众。众莫

译文

杨德祖(脩)任魏武帝(曹操)的主簿,当时正值建造相国府的大门,刚架好门椽,曹操亲自出来观看,叫人在门上写了一个"活"字,便走了。杨德祖看见了,立刻叫人把门拆毁。拆完以后,说道:"'门'中加了一个'活'字,就是'阔'字,魏王正是嫌门大了。"

有人送给魏武帝(曹操)一杯奶酪,魏武帝稍稍吃了一点,就在盒盖上写了一个"合"字拿给大家看,大家都不懂

能解。次至杨脩，脩便啖，曰："公教人啖一口也，复何疑？"

是什么意思。按次序轮到杨脩看时，杨脩拿过来便吃，说道："曹公教每人吃一口，还犹豫什么？"

今注

1 杨德祖：即杨脩(175—219)，汉末文学家。字德祖，弘农华阴(今陕西华阴东南)人。累世显贵。好学能文，才思敏捷，任丞相曹操主簿。曹植引为羽翼，交往甚密。后植失宠于操，操因脩有智谋，又是袁术之甥，虑有后患，遂借故杀之。原有集，已失传。今存作品七篇。

2 榱桷(cuī jué)：椽子。

3 饷：赠送。

刘注

[1]《文士传》曰："杨脩字德祖，弘农人，太尉彪子。少有才学思干。魏武为丞相，辟为主簿。脩常白事，知必有反覆教，豫为答对数纸，以次牒之而行。敕守者曰：'向白事，必教出相反覆，若按此次第连答之。'已而风吹纸次乱，守者不别，而遂错误。公怒推问，脩惭惧，然以所白甚有理，终亦是脩。后为武帝所诛。"

原文

11.3 魏武尝过曹娥[1]碑下，杨脩从。碑背上见题作"黄绢幼妇，外孙齑臼[2]"八字，魏武谓脩曰："解不？"答曰："解。"魏武曰："卿未可言，待我思之。"行三十

译文

魏武帝(曹操)曾经从孝女曹娥碑旁路过，杨脩跟随在他身边。他们看见碑的背面写着"黄绢幼妇，外孙齑臼"八个字，曹操对杨脩说道："你懂吗？"杨脩回答道："懂。"魏武道："你不要说出来，等我想一想。"走了

里，魏武乃曰："吾已得。"令脩别记所知。脩曰："黄绢，色丝也，于字为'绝'；幼妇，少女也，于字为'妙'；外孙，女子也，于字为'好'；韲臼，受辛也，于字为'辞'[3]：所谓'绝妙好辞'也。"魏武亦记之，与脩同，乃叹曰："我才不及卿，乃觉[4]三十里。"[1]

三十里路，魏武才说道："我已经想出来了。"令杨脩把自己理解的另外写出来。杨脩写道："黄绢，是有色的丝，在字当中，是个'绝'字；幼妇，是年少女子，在字当中，是个'妙'字；外孙，是女儿之子，在字当中，是个'好'字；韲臼，是受辛之器，在字当中，是个'辞（辤）'字：这就是'绝妙好辞'啦。"魏武也把自己理解的写下了，和杨脩的理解完全相同。于是他叹息道："我的才智不如你，竟然相差了三十里。"

今注

1 曹娥（130—143）：东汉会稽上虞（今浙江绍兴市上虞区）人，其父曹盱在五月五日迎伍神（伍子胥）的祭祀活动中溺于舜江（今曹娥江）中，数日不见尸体。当时孝女曹娥年仅十四岁，昼夜沿江号哭。过了十七天，曹娥也投江。五日后，曹娥的尸体抱父尸浮出水面。就此传为神话，继而为之立碑。曹娥所住之村镇即更名为曹娥镇，殉父之江为曹娥江，并建以寺庙慰其孝心。

2 韲（jī）臼：捣姜蒜等的器具。

3 于字为"辞"：辞的异体字是"辤"。

4 觉：通"较"，相距，相差。

刘注

[1]《会稽典录》曰："孝女曹娥者，上虞人。父盱，能抚节按歌，婆娑乐神。汉安二年，迎伍君神，溯涛而上，为水所淹，不得其尸。娥年十四，号

慕思盱，乃投瓜于江，存其父尸曰：'父在此，瓜当沈。'旬有七日，瓜偶沈，遂自投于江而死。县长度尚悲怜其义，为之改葬，命其弟子邯郸子礼为之作碑。”按曹娥碑在会稽中。而魏武、杨脩未尝过江也。《异苑》曰：“陈留蔡邕避难过吴，读碑文，以为诗人之作，无诡妄也。因刻石旁作八字。魏武见而不能了，以问群寮，莫有解者。有妇人浣于汾渚，曰：'第四车解。'既而，祢正平也。衡即以离合义解之。或谓此妇人即娥灵也。”

原文

11.4 魏武征袁本初[1]，治装，余有数十斛竹片，咸长数寸。众云并不堪用，正令烧除。太祖思所以用之，谓可为竹椑楯[2]，而未显其言，驰使问主簿杨德祖。应声答之，与帝心同。众伏其辩悟。

11.5 王敦引军垂至大桁[3]，明帝自出中堂。温峤为丹阳尹，帝令断大桁，故未断，帝大怒瞋目，左右莫不悚惧。[1] 召诸公来，峤至，不谢，但求酒炙。王导须臾至，徒跣下地，谢曰：“天威在颜，遂使温峤不容得谢。”峤于

译文

魏武帝（曹操）起兵征伐袁本初（绍），修造军事装备，剩下几十斛竹片，都有几寸长。大家说这些全不堪用，正要下令烧掉。太祖考虑怎么来利用这些竹片，认为可以做成椭圆形的竹盾牌，只是没有把这个意思明确说出来。他派人飞速地去问主簿杨德祖（脩），杨随声答复了使者，和曹操的想法一样。大家都佩服他的聪慧和捷悟。

王敦率领的部队即将逼近朱雀桥，晋明帝（司马绍）亲自驻扎到建康城南的中堂地区。温峤当时任丹阳尹，明帝命令他拆毁朱雀桥，结果他没有拆断，明帝得知大怒，双目圆睁，身边的人都很恐惧。召集群臣，温峤到了后，并不谢罪，只请求赐给酒肉。王导很快也来到，赤着双脚伏在地上，谢罪道：“天子显露威

是下谢，帝乃释然。诸公共叹王机悟名言。

严，竟使温峤吓得不敢请罪。”温峤这才跪地请罪，明帝的怒气也就慢慢消释了。众大臣都赞赏王导说的话是机警敏悟的名言。

今注

1 袁本初：袁绍（？—202），东汉末汝南汝阳（今河南商水西北）人，字本初。出身四世三公世家大族，结交游侠，救济党人，名重一时。初为司隶校尉。何进谋召董卓诛宦官，事泄被杀，他尽杀宦官。卓至京师专朝政，他奔冀州（治今河北临漳西南），旋任勃海太守。初平元年（190）召关东诸郡长官起兵讨卓，被推为盟主。次年，逐冀州牧韩馥，据其地。后破公孙赞，占有冀、青、幽、并四州，地广兵多。建安五年（200），以指挥失当，在官渡（今河南中牟东北）为曹操大败，旋病死。其子袁谭、袁尚互相攻击，皆为曹操所灭。

2 竹椑（pí）楯（dùn）：椭圆形的竹盾牌。楯，同“盾”。

3 大桁（háng）：即大浮桥，这里指建康城南的朱雀桥，横跨秦淮河上。桁，通“航”。浮桥。

刘注

[1] 按《晋阳秋》、邓《纪》皆云：敦将至，峤烧朱雀桥以阻其兵。而云未断大桁，致帝怒，大为讹谬。一本云“帝自劝峤入”，一本作“啖饮帝怒”，此则近也。

原文

11.6 郗司空在北府，桓宣武恶其居兵权。[1] 郗于事机素暗，遣笺诣桓：

译文

郗司空（愔）镇守北府的时候，桓宣武（温）忌恨他掌握兵权。郗司空对世事的机宜素来比较糊涂，竟派人送信给

"方欲共奖王室,修复园陵[1]。"世子嘉宾出行,于道上闻信至,急取笺,视竟,寸寸毁裂,便回。还更作笺,自陈老病,不堪人间,欲乞闲地自养。宣武得笺大喜,即诏转公督五郡、会稽太守。[2]

桓宣武说:"正想和您一起辅佐王室,收复中原。"当时嫡长子嘉宾(郗超)外出,在路上听说送信的人到了,急忙拿过父亲所写的信,看完以后,把它撕得粉碎,随即回去,代他的父亲另外写了一封信,诉说自己年老多病,不能胜任繁重的职事,想求个安闲的地方休养。宣武收到信后非常高兴,立即升任郗司空为都督五郡军事,并兼任会稽太守。

11.7 王东亭作宣武主簿,尝春月与石头兄弟[2]乘马出郊。时彦[3]同游者连镳[4]俱进,[3]唯东亭一人常在前,觉数十步,诸人莫之解。石头等既疲倦,俄而乘舆,(回)〔向〕[5]诸人皆似从官,唯东亭奕奕在前,其悟捷如此。

王东亭(珣)担任宣武(桓温)的主簿时,曾经在春天和石头(桓熙)兄弟一同骑马到郊外游春。同游的名流贤士都和他们一起并马前进,只有东亭一人总是走在前面,和他们相距几十步,大家都不明白其中的缘故。石头等人玩得疲倦了,不久就坐上了车,刚才那些人都像侍从官一样跟随在后面,只有东亭一人神采奕奕地骑马在前。他对事物的理解能力和机警敏捷就是这样。

今注

1 修复园陵:修复先帝的陵墓。先帝园陵在洛阳。故此代指收复中原。

2 石头兄弟:桓温共六子,唯桓熙、桓玄知名。桓熙,桓温长子,小字石头。

3 时彦:当时的名流贤士。

4 连镳(biāo):骑马同行。镳,马嚼子。

5 据徐震堮说校改。

刘注

[1]《南徐州记》曰:“徐州人多劲悍,号精兵,故桓温常曰:‘京口酒可饮,箕可用,兵可使。’”

[2]《晋阳秋》曰:“大司马将讨慕容暐,表求申劝平北愔及袁真等严办。愔以羸疾求退,诏大司马领愔所任。”按《中兴书》:愔辞此行,温责其不从,转授会稽。《世说》为谬。

[3] 石头,桓遐小字。《中兴书》曰:“遐字伯道,温长子也。仕至豫州刺史。”

夙惠第十二

导读

夙惠，即早慧，自小聪明。本门共七条。

这一门所谈的都是幼年智慧超群，自小就聪明的故事。比如，何晏的父亲死得早，曹操任司空的时候，娶了何晏的母亲，并且收养了何晏。那时何晏七岁，聪明过人。曹操很想认何晏做自己的儿子。何晏知道这件事后，便在地上画了一个方框，自己站在里面。别人问他这是什么意思，他说，这是何家的屋子。言外之意是不想改姓做曹操的儿子。曹操知道这件事后，随即把他送回何家。

又如，晋明帝幼年时非常聪慧，一天坐在晋元帝膝上，当时有人从长安来。元帝问明帝，你看太阳和长安，哪个远？明帝说，太阳远，没有听说有人从太阳那边来，据此可以知道。第二天，元帝召集群臣宴饮，把明帝昨天的回答告诉大家，又将那个问题提出来问明帝。明帝却说，太阳近。元帝问他为何与昨天的回答不一样。明帝则说，抬头可以看见太阳，却看不见长安。

原文

12.1 宾客诣陈太丘宿，太丘使元方、季方炊。客与太丘论议，二人进火[1]，俱委而窃听，炊忘著箄，饭

译文

有位客人到陈太丘（寔）家里过夜，太丘叫儿子元方（陈纪）、季方（陈谌）做饭待客。客人和太丘正在一起谈论，元方、季方在烧火，两人都放下

落釜中。太丘问:"炊何不馏?"元方、季方长跪曰:"大人与客语,乃俱窃听,炊忘著箄[2],饭今成糜[3]。"太丘曰:"尔颇有所识[4]不?"对曰:"仿佛志之。"二子俱说,更相易夺,言无遗失。太丘曰:"如此,但糜自可,何必饭也?"

手中的事去偷听,结果蒸饭时忘了放上箄子,要蒸的饭都掉到锅里去了。太丘问道:"为什么不蒸饭?"元方、季方跪在地上说道:"父亲和客人谈玄,我们两人都去偷听,蒸饭时忘了放上箄子,现在饭煮成了粥。"太丘道:"你们可还记得些什么吗?"两人回答道:"好像还能记得大概。"于是两人一起叙说,相互改正补充,一句话也没有漏掉。太丘道:"既然这样,只吃粥也可以,何必吃饭呢?"

今注

1 进火:烧火。

2 箄(bì):同"箅",蒸饭用具,可使米不漏到锅底的水内。

3 糜:粥。

4 识(zhì):记。

原文

12.2 何晏七岁,明惠若神。魏武奇爱之,因晏〔母〕[1]在宫内[2],欲以为子。晏乃画地令方,自处其中。人问其故,答曰:"何氏之庐也。"魏武知之,即遣还。[1]

译文

何晏七岁的时候,聪慧非凡,魏武帝(曹操)特别喜爱他。因为何晏的母亲在曹操府第里,曹操便想认他做儿子。何晏便在地上画了一个方框,自己待在里边。有人问他为什么这样,他回答道:"这是何家的房子。"魏武帝知道了这件事,随即把他送回何家。

12.3 晋明帝数岁，坐元帝膝上。有人从长安来，元帝问洛下[3]消息，潸然流涕。明帝问何以致泣，具以东渡[4]意告之。因问明帝："汝意谓长安何如日远？"答曰："日远。不闻人从日边来，居然可知。"元帝异之。明日，集群臣宴会，告以此意，更重问之。乃答曰："日近。"元帝失色，曰："尔何故异昨日之言邪？"答曰："举目见日，不见长安。"

晋明帝（司马绍）才几岁的时候，坐在元帝（司马睿）的膝上。这时有人从长安来，元帝问起洛阳的消息，不觉伤心流泪。明帝问他为什么会哭泣，元帝就把国土沦丧王室被迫东渡的不幸全部告诉了他。于是问明帝道："你想一想长安和太阳相比，哪一个远？"明帝回答道："太阳远。没有听说过有人从太阳那边来，根据这一点可以知道。"元帝对他的回答感到惊异。第二天，元帝召集群臣宴饮，把明帝的看法告诉了大家，又重新问他。他竟然回答道："太阳近。"元帝惊愕得脸色都变了，说道："你为什么和昨日说的话不一样呢？"明帝回答道："抬头一看，只见太阳，不见长安。"

今注

1 据程炎震说补。

2 晏〔母〕在宫内：何晏少丧父，曹操纳晏母尹氏。何晏小时被养于魏宫。

3 洛下：洛阳，西晋都城。

4 东渡：晋室渡江东迁，建都建康，史称东晋。

刘注

[1]《魏略》曰："晏父蚤亡，太祖为司空时纳晏母。其时秦宜禄阿鳔亦随母在宫，并宠如子，常谓晏为假子也。"

原文

12.4 司空顾和与时贤共清言。张玄之、顾敷是中外孙，年并七岁，[1]在床边戏，于时闻语，神情如不相属。瞑于灯下，二儿共叙客主之言，都无遗失。顾公越席而提其耳曰："不意衰宗[1]复生此宝。"

12.5 韩康伯数岁，家酷贫，至大寒，止得襦[2]。母殷夫人[3]自成之，令康伯捉熨斗，谓康伯曰："且著襦，寻作复㡓[4]。"儿云："已足，不须复㡓也。"母问其故，答曰："火在熨斗中而柄热，今既著襦，下亦当暖，故不须耳。"母甚异之，知为国器[5]。

译文

司空顾和与当代贤达一起清谈。张玄之、顾敷是他的外孙和孙子，年龄都只有七岁，在坐榻旁边玩耍，当时听着大人们的谈话，神情好像漠不关心。后来两人睡于灯下，一起复述主客双方的谈话，一句也没有遗漏。顾和跨过席位，揪住他们的耳朵说道："没想到我们这个衰落的家族会生出这样的宝贝。"

韩康伯(伯)只有几岁的时候，家里非常贫穷，已至大寒，他还只穿了一件短袄。这是他的母亲殷夫人亲手给他做的，殷夫人叫康伯拿着熨斗，对他说："暂时先穿上短袄，过不久就给你做夹裤。"康伯说："已经够了，不需要夹裤了。"母亲问他为什么，他回答说："炭火在熨斗里面，熨斗柄也就热了，现在既然已经穿上短袄，下身也会是暖和的，因此不再需要夹裤了。"母亲听了非常惊异，认为他将会是一位具有治国才能的人。

今注

1 衰宗：谦辞，谦称自己的家族。

2 襦(rú)：短袄。

3 殷夫人：豫章太守殷羡女。

4 幝(kūn):同“裈”,有裆的裤子。
5 国器:有治国才能之人。

刘注

[1]《顾恺之家传》曰:“敷字祖根,吴郡吴人。滔然有大成之量。仕至著作郎,二十三卒。”

原文

12.6 晋孝武年十二,时冬天,昼日不著复衣,但著单练衫五六重,夜则累茵褥。谢公谏曰:“圣体宜令有常。陛下昼过冷,夜过热,恐非摄养之术。”帝曰:“昼动夜静。”[1]谢公出,叹曰:“上理不减先帝[1]。”[2]

12.7 桓宣武薨,桓南郡年五岁。服始除,桓车骑与送故[2]文武别,[3]因指语南郡:“此皆汝家故吏佐。”玄应声恸哭,酸感傍人。车骑每自目己坐曰:“灵宝[3]成人,当以此坐还之。”[4]鞠爱[4]过于所生。

译文

晋孝武帝(司马曜)十二岁时,当时正是冬天,他白天不穿夹衣,只穿五六层白绢单衫,晚上则铺着好多层垫褥。谢公(安)规劝他道:“保养圣体应当讲究规律。陛下白天过于寒冷,晚上过于燥热,这恐怕不是养生的好办法。”孝武帝说道:“白天活动则热,夜间静卧则寒。”谢公出来以后,赞叹道:“皇上谈论玄理不比先帝(司马昱)差。”

桓宣武(温)去世的时候,桓南郡(玄)只有五岁。丧服刚除,他的叔父桓车骑(冲)和参加丧事的文武官员告别,便指着这些人对南郡说道:“这些都是你家的老下属。”南郡随声痛哭起来,悲酸之情,感动旁人。车骑常常看着自己的座位说:“灵宝(桓玄)长大成人,我一定要把这个座位交还给他。”疼爱他胜过自己的儿女。

今注

1 先帝：指晋简文帝司马昱。

2 送故：六朝风习，州郡长官死于任所，佐吏护丧返回故里，叫作“送故”。

3 灵宝：桓玄的小名。

4 鞠(jū)爱：宠爱，疼爱。

刘注

[1]《老子》曰：“躁胜寒，静胜热。”此言夜静寒，宜重肃也。

[2] 简文帝善言理也。

[3]《桓冲别传》曰：“冲字玄叔，温弟也。累迁车骑将军、都督七州诸军事。”

[4] 灵宝，玄小字也。

豪爽第十三

导读

豪爽，即行为不拘一格，性格豪放直爽。本门共十三条。

魏晋士人对豪爽的性情特别看重。比如，王敦年轻的时候，有乡巴佬的外号，说话带有浓重的地方口音。晋武帝召集一些名流谈论艺术，别人都多少懂得一些，唯独王敦默然无话可谈，脸色神态都特别难看，自称只懂得打鼓。武帝叫人拿鼓给他，他马上卷起衣袖站起来，举起鼓槌，精神振奋地敲起鼓来，鼓音急促和谐，气势宏大豪迈，旁若无人。满座的人都赞叹他的雄壮豪爽。又如，庾翼早有收复中原山河的志向。他的兄长庾亮当政时，大权不在他自己手里。后来庾亮的弟弟庾冰做丞相时，他才出兵北伐。庾翼调集了荆州、汉水一带的力量，进驻襄阳，在襄阳开会，列开阵势，把兵器发下去，说道："我这次出征，就和这箭一样。"于是连发三箭，箭箭射中靶心，士气大为振奋，情绪高涨。庾翼的言语举止表现出他强悍豪迈的雄风。

原文

13.1 王大将军年少时，旧有田舍名，语音亦楚。武帝唤时贤共言伎艺事，人皆多有所知，唯王都无所关，意色殊恶。自言知打

译文

王大将军（敦）年轻时，原来有个乡巴佬的外号，说话口音也重。晋武帝（司马炎）召集当时的名流贤士一起谈论技艺才能的事，别人都多少有所了解，只有王敦完全没有涉猎，因

鼓吹[1],帝令取鼓与之。于坐振袖而起,扬槌奋击,音节谐捷[2],神气豪上[3],傍若无人,举坐叹其雄爽。[1]

此神色很难看。他自称会打鼓,晋武帝叫人拿鼓给他。他在座位上卷起袖子便站起来,高高举起鼓槌,猛力地敲打起来,音调节奏,和谐迅疾,气概豪迈,旁若无人,满座的人尽都叹赏他的雄壮豪爽。

13.2 王处仲世许高尚之目。尝荒恣于色,体为之弊。左右谏之,处仲曰:"吾乃不觉尔,如此者甚易耳!"乃开后阁[4],驱诸婢妾数十人出路,任其所之。时人叹焉。[2]

王处仲(敦),世人评价他高超不凡。他曾经沉迷于女色,身体也因此遭到损伤。周围的人规劝他,处仲说道:"我自己却不觉得怎么样,既然这样,也很容易解决呀!"于是打开内室,把几十个婢妾都打发上路,随便她们到哪里去。当时的人为此而非常赞赏他。

今注

1 鼓吹:古代的一种乐器合奏。主要乐器有鼓、钲、箫、笳,出自北方民族,本为军中之乐,后渐用于朝廷。

2 谐捷:和谐迅疾。

3 豪上:豪爽,豪迈。

4 后阁:内室。

刘注

[1] 或曰:敦尝坐武昌钓台,闻行船打鼓,嗟称其能。俄而一槌小异,敦以扇柄撞几曰:"可恨!"应侍侧曰:"不然,此是回帆槌。"使视之,云"船人入夹口"。应知鼓又善于敦也。

[2] 邓粲《晋纪》曰:"敦性简脱,口不言财,其存尚如此。"

原文

13.3 王大将军自目“高朗疏率[1],学通《左氏》”。[1]

13.4 王处仲每酒后,辄咏“老骥伏枥,志在千里;烈士暮年,壮心不已”。[2]以如意打唾壶[2],壶口尽缺。

13.5 晋明帝欲起池台,元帝不许。帝时为太子,好养武士。一夕中作池,比[3]晓便成。今太子西池是也。[3]

译文

王大将军(敦)品评自己“高尚爽朗,疏朗直率,精通《左氏春秋》”。

王处仲(敦)每逢酒后,总要吟咏“老骥伏枥,志在千里;烈士暮年,壮心不已”,并用如意敲着唾壶打拍子,唾壶口被敲出一个个缺口。

晋明帝(司马绍)想修建池苑楼台,他的父亲晋元帝(司马睿)不让。明帝当时还是太子,喜欢招养武士。一天晚上,他命令武士们挖池塘,等到天亮便已完成。这就是今天的太子西池。

今注

1 高朗:高尚爽朗。　疏率:疏朗直率。

2 唾壶:旧时一种小口巨腹的吐痰器皿。

3 比:等到。

刘注

[1]《晋阳秋》曰:“敦少称高率通朗,有鉴裁。”

[2] 魏武帝《乐府诗》。

[3]《丹阳记》曰:“西池,孙登所创,《吴史》所称西苑也。明帝修复之耳。”

原文

13.6 王大将军始欲下都[1]处分树置，先遣参军告朝廷，讽旨时贤。祖车骑尚未镇寿春，瞋目厉声语使人曰："卿语阿黑，[1]何敢不逊！催摄面[2]去！须臾不尔，我将三千兵槊脚令上！"王闻之而止。

13.7 庾穉恭既常有中原之志，文康时，权重未在己。及季坚作相，忌兵畏祸，与穉恭历同异者久之，乃果行。倾荆、汉之力，穷舟车之势，师次于襄阳。[2]大会参佐，陈其旌甲，亲(授)〔援〕[3]弧矢曰："我之此行，若此射矣！"遂三起三叠[4]。徒众属目，其气十倍。

译文

王大将军(敦)最初想领兵东下京都，去重新安排设置各部门官职，他先派遣参军报告朝廷，同时把自己的意图暗示给当时的名流贤达。这时祖车骑(逖)还没有到寿春镇守，他瞪起双眼，声色俱厉地对使者说："你回去告诉阿黑(王敦)，怎敢这样无礼！叫他赶快收起脸回去！如果不马上走，我就率领三千兵马用长矛戳他的脚赶他回武昌。"王大将军听说后，只好打消了这个念头。

庾穉恭(翼)很早就有收复中原的志向，文康(庾亮)当政时，大权不在他手里。等到季坚(庾冰)做了丞相，害怕兵灾，和穉恭经过长时间的争执讨论，才决定出师北伐。庾穉恭倾尽了荆州、汉水一带的全部兵力，调集了所有舟船车马，统率大军，驻扎襄阳。他在襄阳召集所有部属开会，陈列旌旗，摆开阵势，亲自开弓执箭，说道："我这次出征，就和这箭一样。"于是连发三箭，三发三中。全场官兵全神贯注，士气陡然增长十倍。

今注

1 下都：到京都。时王敦镇武昌，建康在武昌下游，故称。

2 摄面：收起脸，即收起那嚣张跋扈之貌。

3 据徐震堮说校改。

4 叠：轻击，击鼓。徐震堮校笺："凡军中阅射，中的则以击鼓为号。三起三叠，犹言三发三中也。"

刘注

[1] 敦小字也。

[2]《汉晋春秋》曰："翼风仪美劭，才能丰赡，少有经纬大略。及继兄亮居方州之任，有匡维内外，埽荡群凶之志。是时，杜乂、殷浩诸人盛名冠世，翼未之贵也，常曰：'此辈宜束之高阁，俟天下清定，然后议其所任耳！'其意气如此。唯与桓温友善，相期以宁济宇宙之事。初，翼辄发所部奴及车马万数，率大军入沔，将谋伐狄，遂次于襄阳。"《翼别传》曰："翼为荆州，雅有正志。每以门地威重，兄弟宠授，不陈力竭诚，何以报国。虽蜀阻险塞，胡负凶力，然皆无道酷虐，易可乘灭。当此时，不能扫除二寇以复王业，非丈夫也。于是征役三州，悉其帑实，成众五万，兼率荒附，治戎大举，直指魏、赵，军次襄阳，耀威汉北也。"

原文

13.8 桓宣武平蜀[1]，集参僚置酒于李势殿，巴、蜀搢绅莫不来萃。桓既素有雄情爽气，加尔日音调英发，叙古今成败由人，存亡系才。其状磊落，一坐叹赏。既散，诸人追味余言。于时寻阳周馥曰："恨卿辈不见

译文

桓宣武（温）平定蜀地后，聚集部下在李势原来的宫殿里摆设酒宴，巴、蜀一带的官员都来聚会。桓宣武一向有豪迈的性格和爽朗的气概，加上这一天语调昂扬奔放，畅谈古往今来成败由人而定，存亡关键在于人才。他的仪态英武坦荡，满座的人无不叹赏。散会以后，大家还在回味他

王大将军。”[1]

说过的话。这时寻阳人周馥说道："可惜你们没有见过王大将军(敦)!"

13.9 桓公读《高士传》[2]，至於陵仲子[3]，便掷去，曰："谁能作此溪刻[4]自处!"[2]

桓公(温)读《高士传》，读到於陵仲子的传记，便把书扔掉，说道："谁能这样刻薄地对待自己!"

今注

1 桓宣武平蜀：晋穆帝永和二年(346)，桓温率晋军伐蜀。永和三年，成汉李势降。

2《高士传》：晋皇甫谧撰。记载古代隐士的生平事迹。原书已佚，今存辑本。

3 於(wū)陵仲子：即东仲子，战国时齐国高士。其兄戴为齐卿，食禄万钟，仲子以为不义，避于楚，居于於陵，号於陵仲子。楚王闻其贤，欲以为相，仲子携妻逃走，为人灌园，自食其力。

4 溪刻：刻薄，苛刻。

刘注

[1]《中兴书》曰："馥，周抚孙也，字湛隐。有将略，曾作敦掾。"

[2] 皇甫谧《高士传》曰："陈仲子字子终，齐人。兄戴相齐，食禄万钟。仲子以兄禄为不义，乃适楚，居於陵。曾乏粮三日，匍匐而食井李之实，三咽而后能视。身自织屦，令妻擗纑，以易衣食。尝归省母，有馈其兄生鹅者。仲子嚬頞曰：'恶用此鶂鶂为哉！'后母杀鹅，仲子不知而食之。兄自外入曰：'鶂鶂肉邪？'仲子出门，哇而吐之。楚王闻其名，聘以为相，乃夫妇逃去，为人灌园。"

原文

13.10 桓石虔[1],司空豁[2]之长庶也,[1]小字镇恶。年十七八,未被举[3],而童隶已呼为镇恶郎。尝住宣武斋头。从征枋头,车骑冲没陈,左右莫能先救。宣武谓曰:“汝叔落贼,汝知不?”石虔闻之,气甚奋。命朱辟为副,策马于数万众中,莫有抗者,径致冲还,三军叹服。河朔[4]后以其名断疟。[2]

译文

桓石虔,司空桓豁的侍妾所生的长子,小名叫镇恶。他十七八岁了,还没有被正式承认身份地位,但是僮仆们已经称呼他为镇恶郎了。他曾经住在宣武(桓温)的书房里。后来跟随宣武北伐燕国,一直打到枋头,车骑将军桓冲陷入了敌阵,周围的人没有谁能前去营救。宣武对石虔说道:“你的叔父陷入敌人的包围,你知道吗?”石虔听了,顿时气势昂扬,命令朱辟做副手,跃马扬鞭冲入几万敌军的重重包围中,没有谁能抵挡,径直把桓冲救了回来,全军上下无不称赞佩服。后来黄河以北的居民,就拿他的名字来驱赶疟鬼。

今注

1 桓石虔(?—388):小字镇恶,谯国龙亢(今安徽怀远西北)人。勇猛矫捷,颇有才干,因功累迁豫州刺史。

2 司空豁:即桓豁,字朗子,大司马桓温之弟。累迁荆州刺史,逝后追赠司空。

3 举:魏晋南北朝时,称正式承认庶出子女的身份地位为举。

4 河朔:黄河以北地区。

刘注

[1]《豁别传》曰:“豁字朗子,温之弟。累迁荆州刺史,赠司空。”

[2]《中兴书》曰:“石虔有才干,有史学,累有战功。仕至豫州刺史,赠后军将军。”

原文

13.11 陈林道在西岸,[1]都下诸人共要至牛渚[1]会。陈理既佳,人欲共言折。陈以如意拄颊,望鸡笼山[2]叹曰:“孙伯符志业不遂!”[2]于是竟坐不得谈。

13.12 王司州在谢公坐,咏“入不言兮出不辞,乘回风兮载云旗”[3]。[3]语人云:“当尔时,觉一坐无人。”

13.13 桓玄西下,入石头,外白[4]“司马梁王[5]奔叛”。[4]玄时事形已济,在平乘[6]上笳鼓并作,直高咏云:“箫管有遗音,梁王安在哉?”[7][5]

译文

陈林道(逵)驻守在长江北岸,京都众人一起邀请他到牛渚山聚会。陈林道善于谈论玄理,大家想和他一起谈论,以便驳倒他。他手拿如意支着面颊,远望鸡笼山,叹息道:“孙伯符(策)立志做的事业没有成功!”于是直到散会大家也没能和他谈成。

王司州(胡之)在谢公(安)家里做客,朗诵“入不言兮出不辞,乘回风兮载云旗”。他告诉别人道:“在这个时候,觉得整个座席连一个人也没有。”

桓玄从西边顺流而下,攻入石头城,吏役禀告说司马梁王(珍之)已经逃跑了。这时桓玄举兵灭晋大局已定,他正在平乘舫上,鼓乐齐鸣,听了禀告,只是高声朗诵道:“箫管有遗音,梁王安在哉?”

今注

1 牛渚:牛渚山。山脚突入长江部分叫采石矶。

2 鸡笼山:山名。在建康西北。

3 入不言兮出不辞,乘回风兮载云旗:引自屈原《九歌·少司命》。大意是:“来不说话,去不告辞,乘着旋风,驾着云旗。”云旗,以云作旗。

4 外白:吏役禀告。外,吏役,男仆。

5 司马梁王:即司马珍之,梁孝王司马瓘之孙,梁王司马龢之子。桓玄篡位,珍之奔于寿阳。玄败后,珍之归朝廷,累迁游击将军、左卫、太常。刘裕欲削弱东晋王室势力,诬其罪害之。

6 平乘:一种大船,又名平乘舫。

7 箫管有遗音,梁王安在哉:引自阮籍《咏怀》之三十一。这首诗是凭吊战国时魏国古迹吹台的。大意是:“箫管奏出的乐曲里还有魏国时的音调,可是魏王到哪里去了呢?”梁王,指战国时魏王。这里桓玄用“梁王”的字面意义,借指司马珍之。

刘注

[1]《晋阳秋》曰:“逵为西中郎将,领淮南太守,戍历阳。”

[2]《吴录》曰:“长沙桓王讳策,字伯符,吴郡富春人。少有雄姿风气,年十九而袭业,众号孙郎。平定江东,为许贡客射破其面,引镜自照,谓左右曰:‘面如此!岂可复立功乎?’乃谓张昭曰:‘中国方乱,夫以吴、越之众,三江之固,足以观成败。公等善相吾弟。’呼大皇帝授以印绶曰:‘举江东之众,决机于两陈之间,卿不如我;任贤使能,各尽其心,我不如卿。慎勿北渡!’语毕而薨,年二十有六。”

[3]《离骚·九歌·少司命》之辞。

[4]《续晋阳秋》曰:“梁王珍之字景度。”《中兴书》曰:“初,桓玄篡位,国人有孔璞者,奉珍之奔寻阳。义旗既兴,归朝廷,仕至太常卿,以罪诛。”

[5] 阮籍《咏怀诗》也。

容止第十四

导读

容止,即仪容、举止。本门共三十九条。

魏晋时期的士族大家都注重仪容举止。风度翩翩、豪迈威严就会受到赏识,得到尊重。比如,曹操将要接见匈奴的使节,自认为相貌丑陋,不能够显示出自己的威严,便叫崔琰代替他,自己却握着刀站在崔琰的坐床边。接见后,曹操派密探去问匈奴使节对魏王的印象。使节先是恭维魏王,转而又说,魏王身边握刀的人,才是英雄!这就说明曹操的形象显示出了非同一般的气度。

在魏晋时,男人涂脂抹粉不是个别的行为。本篇中就记载何晏本来脸长得白净帅气,魏文帝就怀疑他搽了粉,想看一下他的真容。当时正值夏天,明帝就让他吃热汤面食。吃完后,何晏大汗淋漓,撩起红衣擦拭,脸色更加光鲜。

原文

14.1 魏武将见匈奴使,自以形陋,不足雄远国1,[1]使崔季珪2代,帝自捉刀立床头。既毕,令间谍问曰:"魏王何如?"匈奴使答曰:"魏

译文

魏武帝(曹操)将要接见匈奴的使者,自认为相貌丑陋,不足以震慑远方外族,便叫崔季珪(琰)代替,自己却握着刀侍立在崔琰的坐榻旁边。接见以后,曹操派密探去问使者道:"你认为魏王怎么样?"匈奴使者回答道:"魏王高雅的仪容

王雅望非常，[2]然床头捉刀人，此乃英雄也。”魏武闻之，追杀此使。

14.2 何平叔美姿仪，面至白。魏(明)〔文〕[3]帝疑其傅粉，正夏月，与热汤饼。既啖，大汗出，以朱衣自拭，色转皎然。[3]

风采非同一般，可是坐榻边握刀的人，才是真正的英雄啊。”曹操听说后，派人追去杀了那个使者。

何平叔(晏)容貌仪态很美，脸非常白。魏明帝(曹叡)怀疑他搽了粉，当时正值夏天，就拿热汤面食给他吃。吃完以后，何平叔大汗淋漓，自己撩起红色外衣擦拭，脸色更加明亮洁白。

今注

1 雄远国：称雄远国。

2 崔季珪：即崔琰，字季珪，清河东武城(今河北故城)人。师从汉末大儒郑玄，曹操帐下谋士。其侄女嫁给平原侯曹植。后因罪下狱，为曹操赐死。

3 据徐震堮说校改。

刘注

[1]《魏氏春秋》曰：“武王姿貌短小，而神明英发。”

[2]《魏志》曰：“崔琰字季珪，清河东武城人。声姿高畅，眉目疏朗，须长四尺，甚有威重。”

[3]《魏略》曰：“晏性自喜，动静粉帛不去手，行步顾影。”按此言，则晏之妖丽，本资外饰。且晏养自宫中，与帝相长，岂复疑其形姿，待验而明也。

原文

14.3 魏明帝使后弟毛

译文

魏明帝(曹叡)让毛皇后的弟弟毛

曾[1]与夏侯玄共坐,时人谓“蒹葭倚玉树”。[1]

曾和夏侯玄并排坐在一起,当时的人认为是“蒹葭倚靠着玉树”。

14.4 时人目夏侯太初“朗朗如日月之入怀”,李安国[2]“颓唐如玉山之将崩”。[2]

当时的人品评夏侯太初(玄)明亮光彩像日月照人胸怀,李安国(丰)萎靡不振似玉山将要崩塌。

14.5 嵇康身长七尺八寸,风姿特秀。[3] 见者叹曰:“萧萧肃肃,爽朗清举。”或云:“肃肃如松下风,高而徐引。”山公曰:“嵇叔夜之为人也,岩岩若孤松之独立;其醉也,傀俄[3]若玉山之将崩。”

嵇康身高七尺八寸,风度姿容特别秀美。见过他的人都赞叹道:“潇洒严整,清朗俊逸。”又有人说他:“就像松林里飒飒作响的劲风,高远而舒缓悠长。”山公(涛)评论他道:“嵇叔夜(康)的为人,像挺拔的孤松傲然屹立;当他醉了的时候,一副倾颓的样子,如高大的玉山快要倒塌。”

今注

1 毛曾:毛皇后之弟。官驸马都尉、散骑侍郎。因出身寒门,为豪门权贵耻笑。

2 李安国:李丰,字安国,卫尉李义子。因在曹爽和司马懿政争中摇摆不定,两面讨好,为世人所鄙。仕至中书令,为司马师所诛。

3 傀(guī)俄:倾颓貌。

刘注

[1]《魏志》曰:“玄为黄门侍郎,与毛曾并坐。玄甚耻之,曾说形于色。明帝恨之,左迁玄为羽林监。”

[2]《魏略》曰:“李丰字安国,卫尉李义子也。识别人物,海内注意。明帝得吴降人,问江东闻中国名士为谁?以安国对之。是时丰为黄门郎,

改名宣。上问安国所在？左右公卿即具以丰对。上曰：'丰名乃被于吴、越邪？' 仕至中书令，为晋王所诛。"

[3]《康别传》曰："康长七尺八寸，伟容色，土木形骸，不加饰厉，而龙章凤姿，天质自然。正尔在群形之中，便自知非常之器。"

原文

14.6 裴令公目王安丰："眼烂[1]烂如岩下电。"[1]

14.7 潘岳妙有姿容，好神情。[2]少时挟弹出洛阳道，妇人遇者，莫不连手共萦[2]之。左太冲绝丑，[3]亦复效岳游遨。于是群妪齐共乱唾之，委顿[3]而返。[4]

14.8 王夷甫容貌整丽[4]，妙于谈玄。恒捉白玉柄麈尾，与手都无分别。

译文

裴令公（楷）品评王安丰（戎）道："双目闪闪，像山岩下的闪电。"

潘岳容貌美好，神态风度优雅。他年轻时挟着弹弓走在洛阳街头，妇女们遇见他，无不手牵手一起围住他。左太冲（思）容貌非常丑陋，也仿效潘岳外出游逛，于是妇女们一齐向他乱吐唾沫，他只好狼狈不堪地返回。

王夷甫（衍）容貌端庄漂亮，善于谈论玄理。他常常握着白玉柄麈尾，他的手和白玉柄完全没有区别，非常洁白。

今注

1 烂：有光芒，灿烂。

2 萦：围绕。

3 委顿：憔悴疲乏。此指狼狈，难堪。

4 整丽：端庄秀丽，工整秀丽。

刘注

[1] 王戎形状短小，而目甚清炤，视日不眩。

[2]《岳别传》曰:“岳姿容甚美,风仪闲畅。”

[3]《续文章志》曰:“思貌丑悴,不持仪饰。”

[4]《语林》曰:“安仁至美,每行,老妪以果掷之,满车。张孟阳至丑,每行,小儿以瓦石投之,亦满车。”二说不同。

原文

14.9 潘安仁、夏侯湛并有美容,喜同行,时人谓之连璧[1]。[1]

14.10 裴令公有俊容姿,一旦有疾,至困,惠帝使王夷甫往看。裴方向壁卧,闻王使至,强回视之。王出,语人曰:“双眸闪闪若岩下电,精神挺动[2],体中故小恶。”[2]

14.11 有人语王戎曰:“嵇延祖卓卓如野鹤之在鸡群。”答曰:“君未见其父耳!”[3]

译文

潘安仁(岳)和夏侯湛都长得非常漂亮,喜欢一起出行,当时的人评论他们是两块并列的玉璧。

裴令公(楷)有漂亮的容貌姿态,有一天生了病,病得很重,晋惠帝(司马衷)派王夷甫(衍)去探望他。裴楷正面向墙壁躺着,听说王衍奉命来到,就勉强回头看了看他。王告辞出来后,告诉别人道:“双目闪闪,好像山岩下的闪电,可是精神涣散,确实身体有点不舒服。”

有人对王戎说:“嵇延祖(绍)出类拔萃的样子,好像野鹤独立在鸡群。”王戎说:“那是您没有见过他的父亲罢了!”

今注

1 连璧:并列的美玉。

2 挺动:同义复词,即动,晃动。这里指精神涣散。

刘注

[1]《八王故事》曰:“岳与湛著契,故好同游。”

[2]《名士传》曰:“楷病困,诏遣黄门郎王夷甫省之,楷回眸属夷甫云:‘竟未相识。’夷甫还,亦叹其神俊。”

[3] 康已见上。

原文

14.12 裴令公有俊容仪,脱冠冕,粗服乱头皆好,时人以为玉人。见者曰:“见裴叔则,如玉山上行,光映照人。”

14.13 刘伶身长六尺 1,貌甚丑悴 2,而悠悠忽忽 3,土木形骸。[1]

14.14 骠骑王武子是卫玠之舅,俊爽有风姿。见玠,辄叹曰:“珠玉在侧,觉我形秽 4。”[2]

译文

裴令公(楷)有俊美的容貌仪表,即使脱下礼帽,衣着粗劣,头发蓬乱,也很美,当时的人说他是玉人。见到他的人说:“看见裴叔则(楷),就仿佛在玉山上行走,光彩照人。”

刘伶身材只有六尺高,相貌也非常丑陋憔悴,然而神情悠闲恍惚,形体像土木一般质朴无华。

骠骑将军王武子(济)是卫玠的舅舅,英俊爽朗,有很好的风度仪表。他看见卫玠,总要赞叹道:“明珠美玉在我身边,就感到自己的容貌太丑陋了。”

今注

1 六尺:相当于现在四尺多,说明身体是比较短小的。

2 丑悴:丑陋。

3 悠悠忽忽:悠闲懒散,迷迷糊糊。

4 形秽:形态、容貌丑陋。

刘注

[1] 梁祚《魏国统》曰："刘伶，字伯伦，形貌丑陋，身长六尺；然肆意放荡，悠焉独畅。自得一时，常以宇宙为狭。"

[2]《玠别传》曰："骠骑王济，玠之舅也。尝与同游，语人曰：'昨日吾与外生共坐，若明珠之在侧，朗然来照人。'"

原文

14.15 有人诣王太尉，遇安丰、大将军、丞相在坐。往别屋，见季胤[1]、平子。[1] 还，语人曰："今日之行，触目见琳琅珠玉。"

14.16 王丞相见卫洗马，曰："居然[2]有羸形[3]，虽复终日调畅，若不堪罗绮[4]。"[2]

14.17 王大将军称太尉："处众人中，似珠玉在瓦石间。"

译文

有人去拜访王太尉（衍），遇到安丰（王戎）、大将军（王敦）、丞相（王导）在座。到另一间屋子去，又看见季胤（王诩）、平子（王澄）。回家后，他告诉别人道："今天这一趟，满眼都是珠宝美玉。"

王丞相（导）看见卫洗马（玠），说道："显然身体很瘦弱，虽然整天调理使身心舒畅，还是像连轻软的丝绸都不能承受的样子。"

王大将军（敦）赞扬王太尉（衍）："处在众人之中，就像明珠美玉放在瓦砾石块中间。"

今注

1 季胤：即王诩，字季胤，琅邪临沂（今山东临沂）人。王夷甫（衍）之弟。官至脩武令。

2 居然：显然，自然。

3 羸形：身体瘦弱的样子。

4 罗绮：罗和绮。多借指丝绸衣裳。

刘注

[1] 石崇《金谷诗叙》曰:“王诩字季胤,琅邪人。”《王氏谱》曰:“诩,夷甫弟也,仕至脩武令。”

[2]《玠别传》曰:“玠素抱羸疾。”《西京赋》曰:“始徐进而羸形,似不胜乎罗绮。”

原文

14.18 庾子嵩长不满七尺,腰带十围,颓然自放[1]。

14.19 卫玠从豫章至下都,人久闻其名,观者如堵墙。玠先有羸疾[2],体不堪劳,遂成病而死。时人谓“看杀卫玠”。[1]

14.20 周伯仁道桓茂伦:“嵚崎历落[3]可笑人[4]。”或云谢幼舆言。

译文

庾子嵩(敳)身高不到七尺,腰带却有十围之长,虽然矮胖,但他本性和顺,纵情放达。

卫玠从豫章来到京都,人们早已听到他的名声,出来看他的人围得像一堵墙。卫玠本来就虚弱多病,身体经受不了这种劳累,于是生了重病死去。当时的人说是“看死卫玠”。

周伯仁(顗)评论桓茂伦(彝)道:“品格卓异,磊落洒脱,是个了不起的人。”有人说这是谢幼舆(鲲)说的话。

今注

1 颓然自放:颓放不羁,纵情放达。

2 羸疾:虚弱有病,衰弱生病。

3 嵚(qīn)崎历落:比喻人品高洁,有骨气。

4 可笑人:非常之人,了不起的人。

刘注

[1]《玠别传》曰:“玠在群伍之中,实有异人之望。龆龀时,乘白羊车于洛阳市上,咸曰:‘谁家璧人?’于是家门州党号为‘璧人’。”按《永嘉流人名》曰:“玠以永嘉六年五月六日至豫章,其年六月二十日卒。”此则玠之南度豫章四十五日,岂暇至下都而亡乎?且诸书皆云玠亡在豫章,而不云在下都也。

原文

14.21 周侯说王长史父1:[1]“形貌既伟,雅怀有概。保而用之,可作诸许物也。”

14.22 祖士少见卫君长,云:“此人有旄仗下形。”

14.23 石头事故,朝廷倾覆,[2]温忠武与庾文康投陶公求救2。陶公云:“肃祖3顾命不见及。且苏峻作乱,衅由诸庾4,诛其兄弟,不足以谢天下。”[3]于时庾在温船后,闻之,忧怖无计。别日,温劝庾见陶,庾犹豫未能往。温曰:“溪狗5我所

译文

周侯(顗)评议王长史(濛)的父亲(王讷):“身体魁梧,相貌英伟,情怀高雅,气度不凡。保持并运用这些优点,诸多事情皆可办成。”

祖士少(约)见到卫君长(永),说道:“这个人有持着旄节镇守一方的将帅的气度。”

苏峻作乱,将晋成帝迁到石头城,朝廷被颠覆,温忠武(峤)和庾文康(亮)投奔江陵,向陶公(侃)求救。陶公说道:“肃祖遗诏中的顾命大臣里并没有提到我。再说苏峻作乱,事端在于庾氏,即使杀了庾氏兄弟,也不足以向天下人谢罪。”当时庾文康正在温忠武的船后,听见这话,忧惧交集,无计可施。另一天,温忠武劝庾文康去见一见陶公,庾文康犹豫不决,不敢前去。温忠武说:“那溪狗我最了解,

悉，卿但见之，必无忧也。”庾风姿神貌，陶一见便改观，谈宴竟日，爱重顿至。

你只管去见他，一定不会有事。”庾文康的风度姿容和神采状貌，使陶公一见便改变了态度，二人畅谈欢饮了一整天，陶公对庾文康的钦慕和推重顿时达到了极点。

今注

1 王长史父：指王濛的父亲王讷。王讷，字文开，太原晋阳（今山西太原）人。官至新淦令。

2 按：陶侃时为征西大将军、荆州刺史，兵强位重。

3 肃祖：晋明帝庙号。

4 诸庾：庾姓诸人。

5 溪狗：六朝人对江西人的蔑称。陶侃本鄱阳人，所以温峤如此称呼他。

刘注

[1]《王氏谱》曰：“讷字文开，太原人。祖默，尚书。父祐，散骑常侍。讷始过江，仕至新淦令。”

[2]《晋阳秋》曰：“苏峻自姑孰至于石头，逼迁天子。峻以仓屋为宫，使人守卫。”《灵鬼志·谣征》曰：“明帝末有谣歌：‘侧侧力，放马出山侧。大马死，小马饿。’后峻迁帝于石头，御膳不具。”

[3] 徐广《晋纪》曰：“肃祖遗诏，庾亮、王导辅幼主而进大臣官，陶侃、祖约不在其例。侃、约疑亮寝遗诏也。”《中兴书》曰：“初，庾亮欲征苏峻，卞壶不许。温峤及三吴欲起兵卫帝室，亮不听，下制曰：‘妄起兵者诛！’故峻得作乱京邑也。”

原文

14.24 庾太尉在武昌[1]，秋

译文

庾太尉（亮）在武昌的时候，正

夜气佳景清，使吏[2]殷浩、王胡之之徒登南楼理咏。音调始遒，闻函道中有屐声甚厉，定是庾公。俄而率左右十许人步来，诸贤欲起避之。公徐云："诸君少住，老子[3]于此处兴复不浅。"因便据胡床与诸人咏谑，竟坐甚得任乐。后王逸少下，与丞相言及此事。丞相曰："元规尔时风范，不得不小颓。"右军答曰："唯丘壑独存。"[1]

值秋夜天气凉爽，景色清幽，他的下属殷浩、王胡之一班人登上南楼吟诗。正当咏调高昂的时候，听见楼梯上传来一阵阵非常急促的木屐声，知道一定是庾公来了。一会儿，他带着十多个随从走来，大家就想起身回避。庾公缓缓地说道："诸位暂且留步，老夫对此事兴致也不浅。"于是便坐在交椅上，和大家一起吟咏、戏谑，满座的人都尽情欢乐。后来王逸少（羲之）东下建康，和丞相（王导）谈到这件事，丞相说道："元规（庾亮）那个时候的气派不得不说已有所减弱。"右军回答道："唯独对幽美景致的兴趣还保留着。"

今注

1 庾太尉在武昌：时庾亮都督江、荆等六州军事，镇武昌。

2 使吏：《晋书·庾亮传》作佐吏，是军府中的参佐僚属。

3 老子：老夫。汉晋人自称老子有自谦之意。

刘注

[1] 孙绰《庾亮碑》文曰："公雅好所托，常在尘垢之外。虽柔心应世，蠖屈其迹，而方寸湛然，固以玄对山水。"

原文

14.25 王敬豫有美形，

译文

王敬豫（恬）的容貌很美，向父亲

问讯王公。王公抚其肩曰：“阿奴恨才不称。”又云：“敬豫事事似王公。”[1]

王公（导）请安时，王公拍着他的脊背说：“阿奴，可惜才华和容貌不相称。”又有人说：“敬豫样样都像王公。”

14.26 王右军见杜弘治，叹曰：“面如凝脂[1]，眼如点漆，此神仙中人。”[2]时人有称王长史形者，蔡公曰：“恨诸人不见杜弘治耳。”

王右军（羲之）见到杜弘治（乂），赞叹道：“脸如凝冻的油脂，洁白柔润，眼像点上的墨漆，明亮乌黑，这是神仙一般的人物。”当时有人称赞王长史（濛）的容貌，蔡公（谟）说道：“可惜这些人没有见过杜弘治啊！”

14.27 刘尹道桓公鬓如反猬皮[2]，眉如紫石棱[3]，自是孙仲谋、司马宣王一流人。[3]

刘尹（惔）品评桓公（温），说他双鬓像四散竖立的刺猬的硬刺，眉毛像紫石的棱角，确实是孙仲谋（权）和司马宣王（懿）一类的人物。

14.28 王敬伦风姿似父。作侍中，加授桓公，公服从大门入。桓公望之，曰：“大奴固自有凤毛[4]。”[4]

王敬伦（劭）的仪表风度像他的父亲王公（导）。他任侍中时，去给桓公（温）加授官职，穿着官服从大门进来。桓公远远地看见他，说道：“大奴（王劭）的确有他父亲的风采。”

今注

1 面如凝脂：形容皮肤洁白柔润。

2 猬皮：刺猬的鬃毛，刚硬并四向竖起。

3 紫石棱：紫石英的棱角。

4 有凤毛：六朝时，南方人称人子的才干、风采可以和父辈相比的为“有凤毛”。

刘注

[1]《语林》曰:“谢公云:‘小时在殿廷会见丞相,便觉清风来拂人。’”

[2]《江左名士传》曰:“永和中,刘真长、谢仁祖共商略中朝人士。或曰:‘杜弘治清标令上,为后来之美,又面如凝脂,眼如点漆,粗可得方诸卫玠。’”

[3] 宋明帝《文章志》曰:“温为温峤所赏,故名温。”《吴志》曰:“孙权字仲谋,策弟也。汉使者刘琬语人曰:‘吾观孙氏兄弟,虽并有才秀明达,皆禄(胙)〔祚〕不终。唯中弟孝廉,形貌魁伟,骨体不恒,有大贵之表。’”《晋阳秋》曰:“宣王天姿杰迈,有英雄之略。”

[4] 大奴,王劭也。已见。《中兴书》曰:“劭美姿容,持仪操也。”

原文

14.29 林公道王长史:“敛衿[1]作一来,何其轩轩韶举!”[1]

14.30 时人目王右军:“飘如游云,矫若惊龙。”

14.31 王长史尝病,亲疏不通。林公来,守门人遽启之曰:“一异人在门,不敢不启。”王笑曰:“此必林公。”[2]

14.32 或以方谢仁祖不乃重者[2]。桓大司马曰:“诸君莫轻道,仁祖企脚[3]北窗下弹琵琶,故自有天际真人想[4]。”[3]

译文

林公(支遁)评论王长史(濛)道:“他整饬衣襟站起来时,是多么气宇轩昂,举止优美啊!”

当时的人品评王右军(羲之):“像浮云一般飘逸,像惊龙一样矫捷。”

王长史(濛)有一次生病,无论亲近的或疏远的客人一律不接待。一天林公(支遁)来了,守门人急速禀报王长史道:“有一位相貌奇特的人来到门口,不敢不禀报。”王长史笑道:“这一定是林公。”

有人议论谢仁祖(尚),意在看轻他。桓大司马(温)说道:“诸位不要轻易评论,仁祖(谢尚)翘起脚在北窗下面弹琵琶时,的确有天外仙人的情怀。”

【今注】

1 敛衿:整理衣襟。

2 余嘉锡《世说新语笺疏》曰:“言有比人为谢尚者,其意乃实轻之。若曰‘某不过谢仁祖之流耳’。”

3 企脚:翘起脚。

4 想:情怀。

【刘注】

[1]《语林》曰:“王仲祖有好仪形,每览镜自照,曰:‘王文开那生如馨儿!’时人谓之达也。”

[2] 按《语林》曰:“诸人尝要阮光禄共诣林公。阮曰:‘欲闻其言,恶见其面。’”此则林公之形,信当丑异。

[3]《晋阳秋》曰:“尚善音乐。”《裴子》云:“丞相尝曰:‘坚石挈脚枕琵琶,有天际想。’”坚石,尚小名。

【原文】

14.33 王长史为中书郎,往敬和许[1]。[1] 尔时积雪,长史从门外下车,步入尚书,著公服。敬和遥望叹曰:“此不复似世中人!”

14.34 简文作相王时,与谢公共诣桓宣武。王珣先在内,桓语[2]王:“卿尝欲见相王,可住帐里。”二客既去,桓谓王曰:“定何

【译文】

王长史(濛)任中书郎的时候,曾经到敬和(王洽)那里去。当时遍地积雪,长史从门外下车,走入尚书省,身穿官服。敬和远远地望着雪地里的王长史,赞叹道:“这不像是尘世中的人!”

简文帝(司马昱)做相王时,和谢公(安)一起去看望桓宣武(温)。这时王珣已经先在那里,桓宣武对王珣说:“你常想见一见相王,现在可以到帷幔里面去。”两位客人走了以后,桓宣武

如？”王曰：“相王作辅，自然湛[3]若神君。[2]公亦万夫之望，不然，仆射何得自没[4]？”[3]

问王珣：“相王究竟怎么样？”王珣说：“相王做宰相，自然清明澄澈像神灵一般。您也为万民所景仰，不然仆射（谢安）为什么自甘处于其下呢？”

今注

1 许：住所，住处。

2 语（yù）：告诉，对……说。

3 湛：清明澄澈的样子。

4 自没（mò）：自己甘心居于人下。

刘注

[1] 敬和，王洽，已见。

[2]《续晋阳秋》曰：“帝美风姿，举止端详。”

[3] 仆射，谢安。

原文

14.35 海西时，诸公每朝，朝堂犹暗，唯会稽王来，轩轩[1]如朝霞举。

14.36 谢车骑道谢公：“游肆[2]复无乃高唱，但恭坐捻鼻顾睐[3]，便自有寝处山泽间仪。”

14.37 谢公云：“见林公双眼，黯黯明黑[4]。”孙

译文

海西公（司马奕）称帝时，群臣每次早朝，殿堂还很昏暗，唯有会稽王（司马昱）来到，他那气宇轩昂的样子就如朝霞升起一般。

谢车骑（玄）品评谢公（安）道：“一旦纵情游逛，恐怕还会放声高唱，只要端坐捏鼻作洛下书生咏，游目四望，就有栖处山林草泽之间的仪态风度。”

谢公（安）说道：“看见林公（支遁）的一

兴公见林公:"棱棱[5]露其爽。"

双眼睛,漆黑发光,照亮了昏暗的角落。"孙兴公(绰)看见林公,说道:"威严方正的眼神里闪露出直爽。"

今注

1 轩轩:仪态轩昂貌。
2 游肆:恣意游览,纵情游逛。
3 顾睐:环顾四周。
4 黯黯明黑:形容眼睛黑亮有神。
5 棱(léng)棱:威严的样子。

原文

14.38 庾长仁与诸弟入吴,欲住亭中宿。诸弟先上,见群小[1]满屋,都无相避意。长仁曰:"我试观之。"乃策杖将一小儿,始入门,诸客望其神姿,一时退匿。[1]

14.39 有人叹王恭形茂者,云:"濯濯[2]如春月柳。"

译文

庾长仁(统)和弟弟们进入吴地,想在客舍中住宿。几个弟弟先进去,见满屋子的平民百姓,完全没有一点儿回避的意思。长仁道:"我去看看。"于是拄着手杖,由一个下人扶着,刚一进门,许多旅客望见他的神采风姿,一下子都避开了。

有人赞叹王恭容貌秀美,说道:"明净清新像春天的杨柳。"

今注

1 群小:指平民百姓。
2 濯(zhuó)濯:明净貌,清朗貌。

刘注

[1] 长仁已见,一说是庾亮。

自新第十五

导读

自新,即自觉改正错误,重新做人。本门共两条,讲述了周处和戴渊两人悔过自新的故事。周处年少时凶狠而豪横,乡里民众把山中猛虎、水中蛟龙及周处称为“三横”。当他得知自己的所作所为危害乡里后,决心改过自新,并亲自登门拜访吴郡陆机、陆云。最终,他在陆云的指点下,成为忠臣孝子。戴渊曾在长江、淮河间抢劫过往客商,后来遇到陆机,在陆机的忠告与劝勉下,归附了陆机。在陆机的推荐下,他官至征西将军。

这一门尽管只有两条,却很有意义。劝人从善,使其改过自新,有所作为,成为对社会有用的人。

原文

15.1 周处[1]年少时,凶强侠气,为乡里所患。[1]又义兴[2]水中有蛟,山中有邅迹[2]虎[3],并皆暴犯百姓。义兴人谓为“三横”,而处尤剧。或说处杀虎斩蛟,实冀三横唯余其一。处即刺杀虎,又入水击蛟,蛟或浮或没,行数十里。处与

译文

周处年轻的时候,凶狠强暴,勇武使气,是乡里的祸患。另外,义兴河中有一条蛟龙,山上有一只跛脚虎,都凶残地伤害百姓。义兴人称之为“三横”,而周处为害最大。有人劝说周处去杀虎斩蛟,其实是希望“三横”中只剩下一个。周处立即去刺杀了老虎,又下水斩蛟龙,蛟龙时而浮出水面,时而潜入水底,游行了几十里。周处始终和

之俱,经三日三夜,乡里皆谓已死,更相庆,竟杀蛟而出。闻里人相庆,始知为人情所患,有自改意。[3] 乃(自)〔入〕[4]吴寻二陆[5],平原不在,正见清河,具以情告,并云:"欲自修改,而年已蹉跎,终无所成。"清河曰:"古人贵朝闻夕死[6],况君前途尚可。且人患志之不立,亦何忧令名不彰邪?"处遂改励,终为忠臣孝子。[4]

蛟龙搏斗在一起,经过三天三夜,乡亲们认为他已死去,就相互庆贺。不料周处竟然杀死蛟龙,从水里出来了。听说乡亲相互庆贺,他才知道自己受人们憎恶,于是有了改过自新的心愿。他到吴郡寻找陆氏兄弟,陆平原(机)不在家,只见到清河(陆云),他就把实情原原本本告诉了他,并且说:"我打算加强修养,改正错误,可是岁月已经虚度,恐怕终究无所成就。"清河道:"古人重视朝闻夕死,何况你的前途还有希望。再说,一个人怕不能立志,又何必担心美好的名声不能显扬呢?"于是周处便改过自励,终于成为忠臣孝子。

今注

1 周处(约 236—297):西晋义兴阳羡(今江苏宜兴)人,字子隐。膂力过人。传少时横行乡里,与蛟、虎并称"三害",后斩蛟射虎,发愤改过。吴时,为东观左丞。入晋,历任新平太守等,迁御史中丞,有治绩,纠劾不避权贵。时氐人齐万年起兵,他任建威将军,率军镇压,战死。今存《风土记》辑本。

2 义兴:郡名。晋代治所在阳羡县。

3 邅(zhān)迹虎:跛脚的老虎。

4 据余嘉锡说校改。

5 二陆:陆机,曾任平原内史;陆云,曾任清河内史。

6 朝闻夕死:语出《论语·里仁》:"朝闻道,夕死可矣。"意思是早晨听到了真理，即使是当晚死去，也都可以。

刘注

[1]《处别传》曰："处字子隐，吴郡阳羡人。父鲂，吴鄱阳太守。处少孤，不治细行。"《晋阳秋》曰："处轻果薄行，州郡所弃。"

[2] 一作"白额"。

[3]《孔氏志怪》曰："义兴有邪足虎，溪渚长桥有苍蛟，并大啖人，郭西周，时谓郡中三害。"周即处也。

[4]《晋阳秋》曰："处仕晋为御史中丞，多所弹纠。氐人齐万年反，乃令处距万年。伏波孙秀欲表处母老，处曰：'忠孝之道，何当得两全？'乃进战。斩首万计。弦绝矢尽，左右劝退，处曰：'此是吾授命之日。'遂战而没。"

原文

15.2 戴渊少时游侠，不治行检[1]，尝在江淮间攻掠商旅。陆机赴假还洛，辎重甚盛，渊使少年掠劫。渊在岸上，据胡床指麾左右，皆得其宜。渊既神姿峰颖[2]，虽处鄙事，神气犹异。机于船屋上遥谓之曰："卿才如此，亦复作劫邪？"渊便泣涕，投剑归机，辞(厉)〔属〕[3]非常。机弥重之，定交，

译文

戴渊年轻时，豪侠仗义，不注意品德修养。曾经在长江、淮河之间袭击抢劫商人和旅客。陆机度假结束返回洛阳，随身携带的物资甚多，戴渊指使一批年轻人去抢劫。他自己留在岸上，坐在交椅上指挥手下的人，安排十分妥帖恰当。戴渊的神采风姿不凡，虽然是处理抢劫这种事情，神态仍然与众不同。陆机在船舱上远远地对他说道："你有这样的才能，还要做盗贼吗？"戴渊流下了眼泪，扔掉手中的剑，归附了陆机，言辞谈吐，非同一般。陆机更加器重他，

作笔荐焉。[1]过江,仕至征西将军。

和他结为朋友,并且写信推荐他。过江以后,戴渊的官做到了征西将军。

今注

1 行检:品行,操行。

2 峰颖:高超不凡。

3 据余嘉锡、徐震堮说校改。属,徐震堮云"谓吐属",即谈吐。

刘注

[1] 虞预《晋书》曰:"机荐渊于赵王伦曰:'盖闻繁弱登御,然后高墉之功显;孤竹在肆,然后降神之曲成。伏见处士戴渊,砥节立行,有井渫之洁;安穷乐志,无风尘之慕。诚东南之遗宝,朝廷之贵璞也。若得寄迹康衢,必能结轨骥騄;耀质廊庙,必能垂光瑜璠。夫枯岸之民,果于输珠;润山之客,烈于贡玉。盖明暗呈形,则庸识所甄也。'伦即辟渊。"

企羡第十六

导读

企羡,即企望与羡慕,敬仰与思慕。本门共六条。

本门主要记录了魏晋时期士人对他人的衣着装束、容貌举止、气质精神、经典作品充满仰慕之情的故事。比如,西晋富豪石崇在洛阳城外金谷涧修建金谷园,在那里大宴宾客,计三十人,饮酒赋诗,写成《金谷诗序》记载其事,当时的人非常称赏。书法家王羲之听到有人把他的《兰亭集序》和五十多年前的《金谷诗序》并列,自己可同石崇匹敌,不禁喜形于色。

又如,孟昶还没有显贵的时候,家住在京口。有一天,天下着零星小雪,他在竹篱间看见身披鹤氅衣,乘车经过的相貌英俊的王恭,羡慕并赞叹道,他真是神仙中人啊!

原文

16.1 王丞相拜司空,桓廷尉作两髻、葛裙[1]、策杖,路边窥之,叹曰:"人言阿龙[2]超,阿龙故自超!"[1]不觉至台门。

16.2 王丞相过江,自说昔在洛水边,数与裴成公、

译文

王丞相(导)被授为司空的时候,桓廷尉(彝)梳起两个发髻,身穿葛布裙,拄着拐杖,在路上观察他,赞叹道:"人们说阿龙(王导)出众,阿龙的确出众。"不知不觉地跟随到官府大门口。

王丞相(导)到江南以后,自己说

阮千里诸贤共谈道。羊曼曰:“人久以此许卿,何须复尔?”王曰:“亦不言我须此,但欲尔时不可得耳!”[2]

起从前在洛水岸边,多次和裴成公(頠)、阮千里(瞻)等许多贤达一起谈论道理。羊曼说:“人们早就以此称赞你,哪还需要再说呢?”王丞相道:“也不是我要自我标榜,只是想到那样的时刻不可能再有罢了!”

16.3 王右军得人以《兰亭集序》方《金谷诗序》,又以己敌[3]石崇,甚有欣色。[3]

王右军(羲之)得知人们把《兰亭集序》和《金谷诗序》并列,又认为自己和石崇相当,脸上露出非常喜悦的表情。

今注

1 葛裙:以葛布制成的衣裙。

2 阿龙:指王导。王导小名赤龙。名称前加“阿”,为时人习惯。

3 敌:与……相当。

刘注

[1] 阿龙,丞相小字。

[2] 欲,一作“叹”。

[3] 王羲之《临河叙》曰:“永和九年,岁在癸丑,莫春之初,会于会稽山阴之兰亭,修禊事也。群贤毕至,少长咸集。此地有崇山峻岭,茂林修竹。又有清流激湍,映带左右。引以为流觞曲水,列坐其次。是日也,天朗气清,惠风和畅,娱目骋怀,信可乐也。虽无丝竹管弦之盛,一觞一咏,亦足以畅叙幽情矣。故列序时人,录其所述。右将军司马太原孙丞公等二十六人,赋诗如左,前余姚令会稽谢胜等十五人不能赋诗,罚酒各三斗。”

原文

16.4 王司州先为庾公记室参军，后取殷浩为长史。始到，庾公欲遣王使下都。王自启1求住，曰："下官希见盛德，渊源始至，犹贪与少日周旋2。"

16.5 郗嘉宾得人以己比苻坚，大喜。

16.6 孟昶未达时，家在京口。[1]尝见王恭乘高舆，被鹤氅裘3。于时微雪，昶于篱间窥之，叹曰："此真神仙中人！"

译文

王司州（胡之）先任庾公（亮）的记室参军，后来庾公又调殷浩做长史。殷浩刚到，庾公打算派王司州东下建康，王司州自己启禀请求留下，说道："下官很少见到德高望重的人，渊源（殷浩）刚来，我还贪恋和他交往几天呢。"

郗嘉宾（超）得知有人把自己比作苻坚，非常高兴。

孟昶还没有显贵的时候，家住在京口。有一次看见王恭坐在一辆高大的车子上，身上披着鹤氅裘。当时天正下着零星小雪，孟昶从竹篱后面偷偷地看着他，赞叹道："这真是神仙中人啊！"

今注

1 启：启禀。

2 周旋：交往，应酬。

3 鹤氅裘：鸟羽制成的裘。用作外套。

刘注

[1]《晋安帝纪》曰："昶字彦达，平昌人。父馥，中护军。昶矜严有志局，少为王恭所知。豫义旗之勋，迁丹阳尹。卢循既下，昶虑事不济，仰药而死。"

伤逝第十七

导读

伤逝，即伤悼去世的人，寄托哀思。本门共十九条。

这类故事当时很多，有的非常感人，催人泪下。比如，王仲宣喜欢听驴叫。他死后，曹丕去吊唁，回头对同行的人说，王仲宣喜欢听驴叫，在场的每个人应该学一声驴叫来送别他。于是去吊丧的客人都学了一声驴叫。又如，和峤名声很大，庾敳曾称赞他“森森如千丈松”。他去世后，有人哭吊他说，好像千丈青松倒塌下来了。

原文

17.1 王仲宣1好驴鸣。[1]既葬，文帝2临其丧，顾语同游曰：“王好驴鸣，可各作一声以送之。”赴客皆一作驴鸣。[2]

17.2 王濬冲为尚书令，着公服，乘轺车3，经黄公酒垆下过。[3]顾谓后车客：“吾昔与嵇叔夜、阮嗣宗共酣饮于此垆。竹林之游，亦预其

译文

王仲宣(粲)喜欢学驴叫。死后安葬完毕，魏文帝(曹丕)亲自去吊丧，回头对同行的人说：“王仲宣喜欢学驴叫，我们每人学一声驴叫来送他吧。”于是去吊丧的人都学了一声驴叫。

王濬冲(戎)任尚书令的时候，身穿官服，乘坐轺车，从黄公酒垆下经过。他回头对后面车上的宾客说：“我曾经和嵇叔夜(康)、阮嗣宗(籍)一起在这个酒肆中畅饮。竹林中的

末。自嵇生夭、阮公亡以来，便为时所羁绁[4]。今日视此虽近，邈若山河。”[4]

交游，我也位列其末。自从嵇生早死、阮公亡故以来，我便被时务束缚住了。今天看见这个酒肆，虽然近在咫尺，却像远隔山河。”

今注

1 王仲宣：即王粲(177—217)，汉末文学家。字仲宣，山阳高平(今山东微山西北)人。“建安七子”之一，或誉为“七子之冠冕”。以博洽著称。先依刘表，未被重用。后为曹操幕僚，官侍中。其诗、赋辞气慷慨，亦讲求骈俪华彩。《七哀诗》反映了汉末离乱和自身离乡不遇之悲。《登楼赋》亦颇有名。与曹植并称为“曹王”。原有集，已散佚，今人辑有《王粲集》，并附其《英雄记》。

2 文帝：曹丕。此时尚为太子。

3 轺(yáo)车：古代比较轻便的马车。

4 羁绁(xiè)：束缚。

刘注

[1]《魏志》曰：“王粲字仲宣，山阳高平人。曾祖龚、父畅，皆为汉三公。粲至长安见蔡邕，邕奇之，倒屣迎之曰：‘此王公孙，有异才，吾不及也！吾家书籍，尽当与之。’避乱荆州，依刘表，以粲貌寝通脱，不甚重之。太祖以从征吴，道中卒。”

[2] 按戴叔鸾母好驴鸣，叔鸾每为驴鸣以说其母。人之所好，傥亦同之。

[3] 韦昭《汉书注》曰：“垆，酒肆也。以土为堕，四边高似垆也。”

[4]《竹林七贤论》曰：“俗传若此。颍川庾爰之尝以问其伯文康，文康云：‘中朝所不闻，江左忽有此论，盖好事者为之也。’”

原文

17.3 孙子荆以有才少所推服，唯雅敬王武子。武子丧时，名士无不至者。子荆后来，临尸恸哭，宾客莫不垂涕。哭毕，向灵床曰："卿常好我作驴鸣，今我为卿作。"体似(真声)〔声真〕1，宾客皆笑。孙举头曰："使君辈存，令此人死！"[1]

17.4 王戎丧儿万子，山简往省之，王悲不自胜。简曰："孩抱中物2，何至于此？"王曰："圣人忘情，最下不及情。情之所钟，正在我辈。"[2] 简服其言，更为之恸。[3]

译文

孙子荆(楚)因为有才华，很少推重佩服别人，唯独非常敬重王武子(济)。武子去世后，当时有名望的人都来吊丧。孙子荆到后，对着遗体痛哭，客人们也都流下了眼泪。哭完以后，孙子荆朝着灵床说道："你平日喜欢听我学驴叫，现在我为你再叫一叫。"他模仿得极像，声音逼真，宾客们都笑了起来。孙子荆抬起头来说道："竟让你们这类人活着，却让这个人死了！"

王戎的儿子万子(王绥)死了，山简去探望他。王戎悲伤得不能够克制自己。山简说道："只不过是一个抱在怀中的小儿罢了，怎么能悲痛到这个地步！"王戎道："圣人没有喜怒哀乐之情，最下等的众人谈不上感情。感情最专注的，正是我们这类人。"山简非常敬佩他的这番话，转而为他悲伤。

今注

1 据李慈铭说校改。

2 按：王绥死时已十九岁，已非"孩抱中物"。

刘注

[1]《语林》曰："王武子葬，孙子荆哭之甚悲，宾客莫不垂涕。既作驴鸣，

宾客皆笑。孙曰:'诸君不死,而令武子死乎?'宾客皆怒。"

[2] 王隐《晋书》曰:"戎子绥,欲取裴遁女。绥既蚤亡,戎过伤痛,不许人求之,遂至老无敢取者。"

[3] 一说是王夷甫丧子,山简吊之。

原文

17.5 有人哭和长舆曰:"峨峨若千丈松崩。"

17.6 卫洗马以永嘉六年[1]丧,谢鲲哭之,感动路人。[1] 咸和[2]中,丞相王公教曰:"卫洗马当改葬。此君风流名士,海内所瞻,可修薄祭,以敦旧好。"[2]

17.7 顾彦先平生好琴,及丧,家人常以琴置灵床上。张季鹰往哭之,不胜其恸,遂径上床鼓琴。作数曲竟,抚琴曰:"顾彦先颇复赏此不?"因又大恸,遂不执孝子手[3]而出。

译文

有人哭吊和长舆(峤),说:"高峻挺拔,卓然特立,好像千丈青松倒了。"

卫洗马(玠)在永嘉六年逝世,谢鲲哭吊他,感动了过路行人。咸和年间,丞相王公(导)发布文告说:"卫洗马应当改葬。这人是风雅名流,四海瞻仰,应当准备一些菲薄的祭品,以加深彼此往昔的情谊。"

顾彦先(荣)生前爱好弹琴,死后,家里的人一直把琴放在灵床上。张季鹰(翰)去哭吊他,悲痛得不能控制自己,便径直坐在灵床上弹琴。他弹完几支曲子之后,抚摩着琴说:"顾彦先还能再欣赏这些曲子吗?"于是又大哭起来,哭完,竟然不握孝子的手就出门去了。

今注

1 永嘉六年:公元 312 年。永嘉,西晋怀帝司马炽年号。

2 咸和:东晋成帝司马衍年号(326—334)。

3 不执孝子手:执手是东晋以来通行的一种礼仪习俗。吊丧者应与主人握手表示慰问。这里指张季鹰悲痛已极以至于忘了礼节。

刘注

[1]《永嘉流人名》曰:“玠以六年六月二十日亡,葬南昌城许徵墓东。玠之薨,谢幼舆发哀于武昌,感恸不自胜。人问:‘子何恤而致哀如是?’答曰:‘栋梁折矣,何得不哀?’”

[2]《玠别传》曰:“玠咸和中改迁于江宁。丞相王公教曰:‘洗马明当改葬。此君风流名士,海内民望,可修三牲之祭,以敦旧好。’”

原文

17.8 庾亮儿遭苏峻难遇害。诸葛道明女为庾儿妇,既寡,将改适1。[1]与亮书及之。亮答曰:“贤女尚少,故其宜也。感念亡儿,若在初没2。”

17.9 庾文康亡,何扬州临葬,云:“埋玉树著土中,使人情何能已已!”[2]

17.10 王长史病笃,寝卧灯下,转麈尾视之,叹曰:“如此人,曾不得四十!”及亡,刘尹临殡,以犀柄麈尾著柩中,因恸绝。[3]

译文

庾亮的儿子庾会在苏峻之乱中被杀。诸葛道明(恢)的女儿是庾会的妻子,守寡后,将要改嫁。诸葛道明给庾亮的信中提到此事。庾亮回信说:“令爱还年轻,这自然是应该的。只是在感情上,我感觉那死去的孩儿好像刚刚去世。”

庾文康(亮)死了,何扬州(充)去参加葬礼,说:“把玉树埋在黄土里,使人的感情怎么能平静下来!”

王长史(濛)病重,在灯下躺着,转动麈尾看了又看,叹息道:“像我这样的人,竟然连四十岁都活不到!”死后,刘尹(惔)去参加入殓,把犀牛角柄的麈尾放在棺材里,随即悲痛得昏倒了。

今注

1 改适：改嫁。

2 没：同“殁”，死亡。

刘注

[1] 亮子会，会妻(父)〔文〕彪，并已见上。

[2]《搜神记》曰：“初，庾亮病，术士戴洋曰：‘昔苏峻事，公于白石祠中许赛车下牛，从来未解。为此鬼所考，不可救也。’明年，亮果亡。”《灵鬼志·谣征》曰：“文康初镇武昌，出石头，百姓看者于岸歌曰：‘庾公上武昌，翩翩如飞鸟；庾公还扬州，白马牵旒旐。’又曰：‘庾公初上时，翩翩如飞鸦；庾公还扬州，白马牵旐车。’后连征不入，寻薨，下都葬焉。”

[3]《濛别传》曰：“濛以永和初卒，年三十九。沛国刘惔与濛至交，及卒，惔深悼之。虽友于之爱，不能过也。”

原文

17.11 支道林丧法虔[1]之后，精神霣[2]丧，风味转坠。[1]常谓人曰：“昔匠石废斤于郢人[3]，[2]牙生辍弦于钟子，[3]推己外求，良不虚也。冥契既逝，发言莫赏，中心蕴结，余其亡矣！”却后一年，支遂殒。

17.12 郗嘉宾丧，左右白郗公：“郎丧。”既闻，不悲，因语左右：“殡时可道。”

译文

支道林(遁)在法虔离世以后，精神颓废萎靡，风度日渐衰减。他常常告诉人们说：“从前有个名字叫石的匠人，在郢人死后就不再动用斧子，牙生(伯牙)在钟子期死后也终止了鼓琴。推己及人，确实不假。知心的朋友已经去世，说出话来也无人欣赏，内心忧闷郁结，我大概要死了。”一年以后，支道林便死去了。

郗嘉宾(超)死了，手下的人禀告郗公(愔)说：“郎死了。”郗公听了，并

公往临殡，一恸几绝。[4]	不悲伤，只是告诉手下的人说："入殓时可以告诉我。"郗公亲临殡殓，大哭一场，几乎气绝。

今注

1 法虔：支道林的同学。外形俊朗，义理精微，支道林非常器重他。

2 霣(yǔn)：通"陨"。坠落。

3 "昔匠石"句：出自《庄子·徐无鬼》。说的是匠石挥斧削掉郢人鼻尖上的白土而未损伤鼻子，郢人站着一动不动，二人配合默契。失去了配合他的郢人，他的神技也就无所施展。

刘注

[1]《支遁传》曰："法虔，道林同学也。俊朗有理义，遁甚重之。"

[2]《庄子》曰："郢人垩漫其鼻端若蝇翼，使匠石运斤斫之，垩尽而鼻不伤，郢人立不失容。"

[3]《韩诗外传》曰："伯牙鼓琴，钟子期听之，方鼓琴，志在太山，子期曰：'善哉乎鼓琴！巍巍乎若太山！'莫景之间，志在流水，子期曰：'善哉乎鼓琴！洋洋乎若流水！'钟子期死，伯牙擗琴绝弦，终身不复鼓之，以为在者无足为之鼓琴也。"

[4]《中兴书》曰："超年四十一，先愔卒。超所交友，皆一时俊义。及死之日，贵贱为诔者四十余人。"《续晋阳秋》曰："超党戴桓氏，为其谋主，以父愔忠于王室，不令知之。将亡，出一小书箱付门生，云：'本欲焚此，恐官年尊，必以伤愍为毙。我亡后，若大损眠食，则呈此箱。'愔后果恸悼成疾，门生乃如超旨，则与桓温往反密计。愔见即大怒曰：'小子死恨晚！'后不复哭。"

原文

17.13 戴公见林法师墓，[1] 曰："德音未远，而拱木已积。冀神理绵绵，不与气运俱尽耳。"[2]

17.14 王子敬与羊绥善。绥清淳简贵，为中书郎1，少亡。[3] 王深相痛悼，语东亭云："是国家可惜人。"

17.15 王东亭与谢公交恶。[4] 王在东2闻谢丧，便出都，诣子敬，道欲哭谢公。子敬始卧，闻其言，便惊起曰："所望于法护。"[5] 王于是往哭。督帅3刁约不听前，曰："官4平生在时，不见此客。"王亦不与语，直前哭，甚恸，不执末婢5手而退。[6]

译文

戴公（逵）看见林法师（支遁）的陵墓，说道："你的言谈还留在耳边，可是墓上的树木已经成林。但愿你精湛的玄理连绵不断，不会和气数寿命一起消失殆尽。"

王子敬（献之）和羊绥非常友好。羊绥为人高洁纯朴，简约清贵，任中书郎时，不幸早死。王子敬深切地悼念他，并对东亭（王珣）说："他是国家值得痛惜的人！"

王东亭（珣）和谢公（安）互相憎恶。王东亭在会稽听说谢公去世，就到京都去见子敬（王献之），说自己想去哭吊谢公。子敬最初还躺卧着，听了他的话，便吃惊地起身说："这正是我对法护（王珣）的期望。"王东亭于是就去哭吊。谢公手下的督帅刁约不允许他上前，说道："大人活着的时候，从来不见这个客人。"王东亭也不和他搭话，径直上前哭吊，哭得非常悲痛，没有按照常礼和末婢（谢琰）握手就退出来了。

今注

1 中书郎：即中书侍郎，为中书监、令之副职。

2 东：会稽。因在都城建康以东，故称。

3 督帅：府中总管。

4 官：晋时门下及属吏对府主的称呼。

5 末婢：谢琰，字瑗度，小字末婢，陈郡阳夏（今河南太康）人。东晋后期重要将领，太保谢安次子、车骑将军谢玄从弟。初拜著作郎，之后累任秘书丞、散骑常侍等职。

刘注

[1]《支遁传》曰："遁太和元年终于剡之石城山，因葬焉。"

[2] 王珣《法师墓下诗序》曰："余以宁康二年，命驾之剡石城山，即法师之丘也。高坟郁为荒楚，丘陇化为宿莽，遗迹未灭，而其人已远。感想平昔，触物凄怀。"其为时贤所惜如此。

[3] 绥已见。

[4]《中兴书》曰："珣兄弟皆婿谢氏，以猜嫌离婚。太傅既与珣绝婚，又离妻，由是二族遂成仇衅。"

[5] 法护，珣小字。

[6] 末婢，谢琰小字。琰字瑗度，安少子。开率有大度，为孙恩所害。赠侍中、司空。

原文

17.16 王子猷、子敬俱病笃，而子敬先亡。[1] 子猷问左右："何以都不闻消息？此已丧矣！"语时了不悲。便索舆来奔丧，都不哭。子敬素好琴，便径入坐灵床上，取子敬琴弹，弦既不调，掷地云："子敬，

译文

王子猷（徽之）和王子敬（献之）都病得很重，而子敬先逝世。子猷问身边的人："为什么听不到子敬的一点消息？他已经去世了！"说话时一点也不悲伤。接着就要备车去奔丧，没哭一声。子敬平时喜欢弹琴，子猷便径直坐在灵床上，拿过子敬的琴来弹奏，琴弦怎么也调不好，他便把琴扔到地

子敬,人琴俱亡!”因恸绝良久。月余亦卒。[2]

17.17 孝武山陵夕[1],王孝伯入临,告其诸弟曰:“虽榱桷[2]惟新,便自有《黍离》之哀。”[3]

上,说道:“子敬,子敬,人与琴一道死去了!”随即悲痛得昏厥了很长一段时间。一个多月以后,也就死去了。

晋孝武帝(司马曜)驾崩时,王孝伯(恭)进京哭祭,对他的几个弟弟说:“虽然屋椽已经更新,却让人有国家衰亡的悲哀。”

今注

1 山陵夕:驾崩时。

2 榱桷(cuī jué):屋椽。比喻担负重任的人物。晋孝武帝死后,会稽王司马道子执政。王恭看到他宠信小人,国家将有祸乱,所以说“虽榱桷惟新,便自有《黍离》之哀”。

刘注

[1] 献之以泰元十三年卒,年四十五。

[2]《幽明录》曰:“泰元中,有一师从远来,莫知所出。云:‘人命应终,有生乐代者,则死者可生。若逼人求代,亦复不过少时。’人闻此,咸怪其虚诞。王子猷、子敬兄弟,特相和睦。子敬疾属纩,子猷谓之曰:‘吾才不如弟,位亦通塞,请以余年代弟。’师曰:‘夫生代死者,以己年限有余,得以足亡者耳。今贤弟命既应终,君侯算亦当尽,复何所代?’子猷先有背疾,子敬疾笃,恒禁来往。闻亡,便抚心悲惋,都不得一声,背即溃裂。推师之言,信而有实。”

[3]《中兴书》曰:“烈宗丧,会稽王道子执政,宠幸王国宝,委以机任。王恭入赴山陵,故有此叹。”

原文

17.18 羊孚年三十一卒，桓玄与羊欣书曰："贤从情所信寄，暴疾而殒。[1]祝予1之叹，如何可言！"[2]

17.19 桓玄当篡位，语卞鞠2云：[3]"昔羊子道恒禁吾此意。今腹心丧羊孚，爪牙失索元，[4]而匆匆作此诋突3，讵4允天心？"

译文

羊孚三十一岁时死去，桓玄给羊欣写信说："贤堂兄是我感情上最信赖的人，不幸暴病死去，天将亡我的悲叹，怎么能用言语来表达！"

桓玄将要篡位的时候，对卞鞠说道："以前羊子道（孚）经常对我的这种意图进行劝阻。现在我的心腹里失去了羊孚，武臣里又失去了索元，却要匆匆忙忙做这种犯上作乱之事，怎能符合天意呢？"

今注

1 祝予：断绝我，亡我。《公羊传·哀公十四年》："子路死，子曰：'噫，天祝予。'"何休解诂："祝，断也。……天将亡夫子之证。"

2 卞鞠：卞范之。少与桓玄交好，桓玄辅政时用为丹阳尹。与殷仲文共助桓玄篡逆，为桓玄心腹。

3 诋突：即唐突，冒犯，亵渎。

4 讵：难道，岂。

刘注

[1] 孚已见。《宋书》曰："欣字敬元，太山南城人。少怀静默，秉操无竞。美姿容，善笑言，长于草隶。"《羊氏谱》曰："孚即欣从祖〔兄〕。"

[2]《公羊传》曰："颜渊死，子曰：'噫！天丧予！'子路亡，子曰：'噫！天祝予！'"何休曰："祝者，断也。天将亡夫子耳。"

[3] 卞范，已见。

[4]《索氏谱》曰:“元字天保,燉煌人。父绪,散骑常侍。元历征虏将军、历阳太守。”《幽明录》曰:“元在历阳,疾病,西界一年少女子姓某,自言为神所降,来与元相闻,许为治护。元性刚直,以为妖惑,收以付狱,戮之于市中。女临死曰:‘却后十七日,当令索元知其罪。’如期,元果亡。”

栖逸第十八

导读

栖逸，即隐栖避世。本门共十七条。

为了逃避当时的社会动乱和日益残酷的政治斗争，一些对现实不满或者有厌世思想的人，选择了隐栖避世，消极抵抗的生活方式。比如，孙登隐居于汲郡北山上，嵇康入山采药，遇见了他。嵇康和他交往了三年，问他的意图，他始终不肯回答。嵇康临去的时候，孙登对他说，你的才能很出众，可是保护自身的方法还欠缺。这话不幸被言中。后来嵇康被司马昭杀害。又如，嵇康和山涛是好朋友，山涛任选曹郎，主管官吏选授。后来山涛要离职，便推荐嵇康担任此职。嵇康拒绝了山涛的荐引，指出人的秉性各有所好，申明他自己赋性疏懒，不堪礼法约束。他觉得山涛不了解他，写信与山涛断交。这就是有名的《与山巨源绝交书》。

原文

18.1 阮步兵啸闻数百步[1]。苏门山[2]中，忽有真人，樵伐者咸共传说。阮籍往观，见其人拥膝岩侧。籍登岭就之，箕踞[3]相对。籍商略终古，上陈黄、农玄寂之道，下考三代盛德之美

译文

阮步兵（籍）的啸咏声能传到几百步远。苏门山里忽然来了一个修行得道的人，砍柴伐木的人都这么说。阮籍前去观看，看见那个人抱膝坐在山岩旁边，于是登上山岭去见他，两人随意伸开两腿坐着。阮步兵和他品评古代的事理，往上述说黄帝、神农之时玄

以问之，仡然[4]不应。复叙有为之教、栖神导气之术以观之，彼犹如前，凝瞩不转。籍因对之长啸。良久，乃笑曰："可更作。"籍复啸。意尽，退。还半岭许，闻上嗜[5]然有声，如数部鼓吹，林谷传响。顾看，乃向人[6]啸也。[1]

远幽寂的道理，往下考究夏商周三代淳厚的美德，拿这些来请教他，对方昂头不予回答。阮步兵又叙说儒家有为的学说以及道家凝神导气的方法，以便看他的反应。他还是和原先一样，凝神不动。阮步兵便对着他长啸。过了许久，他才笑着说："可以再啸一次。"阮步兵又长啸，待到意趣已尽，才离开。他到了半山腰处，听到上面吹出悠扬的声音，好像几部乐器在合奏，山林溪谷中发出回响。回头一看，原来是刚才那个人在长啸。

今注

1 步：古人以迈腿两次为一步。

2 苏门山：又名苏岭、百门山，太行山脉之一，在今河南辉县市。

3 箕踞：古人席地而坐，随意伸开两腿坐着，像个簸箕。这是一种不拘礼节的坐姿。

4 仡(yì)然：屹然不动的样子。

5 嗜(jiū)：通"啾"，吹奏。

6 向人：刚才的那个人。

刘注

[1]《魏氏春秋》曰："阮籍常率意独驾，不由径路，车迹所穷，辄恸哭而反。尝游苏门山，有隐者莫知姓名，有竹实数斛，杵臼而已。籍闻而从之，谈太古无为之道，论五帝三王之义，苏门先生翛然曾不眄之。籍乃嘐然长啸，韵响寥亮。苏门先生乃逌尔而笑。籍既降，先生喟然高啸，有如凤音。籍素知音，乃假苏门先生之论以寄所怀。其歌曰：'日没

不周西，月出丹渊中。阳精晦不见，阴光代为雄。亭亭在须臾，厌厌将复隆。富贵俯仰间，贫贱何必终。'"《竹林七贤论》曰："籍归，遂著《大人先生论》，所言皆胸怀间本趣，大意谓先生与己不异也。观其长啸相和，亦近乎目击道存矣。"

原文

18.2 嵇康游于汲郡[1]山中，遇道士孙登[2]，遂与之游。康临去，登曰："君才则高矣，保身之道不足。"[1]

18.3 山公将去选曹[3]，欲举嵇康，康与书告绝。[2]

18.4 李廞[4]是茂曾第五子，清贞有远操，而少羸病，不肯婚宦[5]。居在临海，住兄侍中墓下。既有高名，王丞相欲招礼之，故辟为府掾。廞得笺命，笑曰："茂弘乃复以一爵假人。"[3]

译文

嵇康到汲郡山中漫游，遇见道士孙登，便同他游乐交往。嵇康临走的时候，孙登说："您的才能很高了，只是保全自身的本领不足。"

山公（涛）将要辞去吏部的职务，想推荐嵇康继任，嵇康便写信给他宣告绝交。

李廞是李茂曾（重）的第五个儿子，清廉坚贞，有高尚的情操，可是从小体弱多病，不肯结婚和做官。他住在临海郡，暂宿在哥哥李侍中（式）的墓旁。他已经有很高的名望，王丞相（导）想征召他，予以礼遇，就聘他做相府的属官。李廞得到任命信后，笑着说："王茂弘竟然把一个官爵送给我。"

今注

1 汲郡：郡名，治所在今河南卫辉西南。

2 孙登：字公和，汲郡共人。无家，居住在共城北山苏门山土窟中。夏天编草为裳，冬天披发自覆。喜欢读《易》，弹一弦琴，性无喜怒。

3 选曹:负责选拔官吏的官署,指吏部。

4 李廞(xīn):字宗子,江夏钟武(今湖南衡阳)人。累迁临海太守、侍中。

5 婚宦:结婚和做官。

刘注

[1]《康集序》曰:"孙登者,不知何许人。无家,于汲郡北山土窟住。夏则编草为裳,冬则被发自覆。好读《易》,鼓一弦琴,见者皆亲乐之。"《魏氏春秋》曰:"登性无喜怒,或没诸水,出而观之,登复大笑。时时出入人间,所经家设衣食者,一无所辞,去皆舍去。"《文士传》曰:"嘉平中,汲县民共入山中,见一人,所居悬岩百仞,丛林郁茂,而神明甚察。自云'孙姓,登名,字公和'。康闻,乃从游三年。问其所图,终不答。然神谋所存良妙,康每薾然叹息。将别,谓曰:'先生竟无言乎?'登乃曰:'子识火乎?生而有光,而不用其光,果然在于用光。人生有才,而不用其才,果然在于用才。故用光在乎得薪,所以保其曜;用才在乎识物,所以全其年。今子才多识寡,难乎免于今之世矣!子无多求!'康不能用。及遭吕安事,在狱为诗自责云:'昔惭下惠,今愧孙登!'"王隐《晋书》曰:"孙登即阮籍所见者也。嵇康执弟子礼而师焉。魏、晋去就,易生嫌疑,贵贱并没,故登或默也。"

[2]《康别传》曰:"山巨源为吏部郎,迁散骑常侍,举康,康辞之,并与山绝。岂不识山之不以一官遇己情邪?亦欲标不屈之节,以杜举者之口耳!乃答涛书,自说不堪流俗,而非薄汤武。大将军闻而恶之。"

[3]《文字志》曰:"廞字宗子,江夏钟武人。祖康,秦州刺史。父重,平阳太守。世有名望。廞好学,善草隶,与兄式齐名。躄疾不能行坐,常仰卧弹琴,读诵不辍。河间王辟太尉掾,以疾不赴。后避难,随兄南渡,司徒王导复辟之。廞曰:'茂弘乃复以一爵加人!'永和中卒。廞尝为二府辟,故号李公府也。式字景则,廞长兄也。思理儒隐,有平素之誉。渡江,累迁临海太守、侍中。年五十四而卒。"

原文

18.5 何骠骑弟[1]以高情避世,而骠骑劝之令仕。答曰:"予第五之名,何必减骠骑!"[1]

18.6 阮光禄在东山[2],萧然无事,常内足于怀。[2]有人以问王右军,右军曰:"此君近不惊宠辱。[3]虽古之沉冥[3],何以过此!"[4]

18.7 孔车骑少有嘉遁[4]意,年四十余,始应安东[5]命。未仕宦时,常独寝,歌吹自箴诲,自称孔郎,游散名山。[5]百姓谓有道术,为生立庙,今犹有孔郎庙。

译文

何骠骑(充)的五弟何准,因为有高雅情趣而避世隐居。何骠骑劝他出来做官。他回答道:"我老五的名望不见得比骠骑将军低。"

阮光禄(裕)隐居东山,清静无事,内心一直非常满足。有人因此问王右军(羲之),右军说:"这位老先生近来宠辱不惊。就算是古代的隐士,也不过如此!"

孔车骑(愉)年轻时就有隐居的志向,到了四十多岁,才接受安东将军(司马睿)的任命出来做参军。未做官时,他一直独自居住在山中,歌咏吹弹,告诫自己要谨慎,还自称孔郎,漫游名山。百姓认为他有道术,就给他立了一个生祠,现今还有孔郎庙在。

今注

1 何骠骑弟:即何准,字幼道,庐江灊县(今安徽庐江)人,骠骑将军何充第五弟。雅好高尚,不及世事。

2 东山:指会稽剡山。

3 沉冥:幽居匿迹的人,多指隐者。

4 嘉遁:合乎正道或合乎时宜的隐遁。语出《周易·遁卦》:"嘉遁,贞吉。"

5 安东:晋元帝司马睿在永嘉年间曾任安东将军,征孔愉为参军。

刘注

[1]《中兴书》曰:“何准字幼道,庐江灊人。骠骑将军充第五弟也。雅好高尚,征聘一无所就。充位居宰相,权倾人主,而准散带衡门,不及世事。于时名德皆称之。年四十七卒。有女,为穆帝皇后。赠光禄大夫,子恢让不受。”

[2]《阮裕别传》曰:“裕居会稽剡山,志存肥遁。”

[3]《老子》曰:“宠辱若惊,得之若惊,失之若惊。”

[4]《杨子》曰:“蜀庄沈冥。”李轨注曰:“沈冥,犹玄寂,泯然无迹之貌。”

[5]《孔愉别传》曰:“永嘉大乱,愉入临海山中,不求闻达,中宗命为参军。”

原文

18.8 南阳刘驎之 1,高率,善史传,隐于阳岐。于时苻坚临江,荆州刺吏桓沖将尽讦谟之益,征为长史,遣人船往迎,赠贶 2 甚厚。之闻命,便升舟,悉不受所饷,缘道以乞 3 穷乏,比至上明 4 亦尽。一见沖,因陈无用,翛然 5 而退。居阳岐积年,衣食有无,常与村人共。值己匮乏,村人亦如之。甚厚,为乡闾所安。[1]

译文

南阳刘驎之,高尚直率,长于史传学问,隐居在距荆州二百里的阳岐村。当时苻坚南侵已经逼近长江,荆州刺史桓沖想竭力实施自己的宏图大略,便聘请刘驎之做长史,派人和船去迎接他,馈赠的礼物非常丰厚。刘驎之听了任命令就上船出发,所赠之物一概不留用,一路上拿来送给贫困的人,等到了上明也就送完了。他一见到桓沖便陈说自己毫无用处,然后就洒脱地告退离去了。他在阳岐住了多年,衣食无论多少,一直和村里人共享,碰到自己短缺了,村里人也这样待他。他为人忠厚,村里人和他相处很安适。

今注

1 刘驎之：字子骥，南阳安众（今河南南阳）人。少尚质素，虚退寡欲。好游山泽间，志存遁逸。

2 赠贶(kuàng)：赠送。亦指赠送的礼物。

3 乞：赠送，给予。

4 上明：东晋时为荆州治所，在今湖北松滋北。

5 翛(xiāo)然：无拘无束貌，超脱貌。

刘注

[1] 邓粲《晋纪》曰："驎之字子骥，南阳安众人。少尚质素，虚退寡欲。好游山泽间，志存遁逸。桓冲尝至其家，驎之方条桑，谓冲：'使君既枉驾光临，宜先诣家君。'冲遂诣其父。父命驎之，然后乃还，拂短褐与冲言。父使驎之自持浊酒葅菜供宾，冲敕人代之。父辞曰：'若使官人，则非野人之意也。'冲为慨然，至昏乃退。因请为长史，固辞。居阳岐，去道斥近，人士往来，必投其家。驎之身自供给，赠致无所受。去家百里，有孤妪疾将死，谓人曰：'唯有刘长史当埋我耳！'驎之身往候之，疾终，为治棺殡。其仁爱皆如此。以寿卒。"

原文

18.9 南阳翟道渊 1 与汝南周子南 2 少相友，共隐于寻阳。庾太尉说周以当世之务，周遂仕。翟秉志弥固。其后周诣翟，翟不与语。[1]

18.10 孟万年 3 及弟

译文

南阳翟道渊（汤）和汝南周子南（邵）从小就非常友好，一同在寻阳隐居。庾太尉（亮）用当时的客观形势来劝说周子南，周子南于是就出来做官。翟道渊隐居的志向却更加坚定。后来周子南去看望翟道渊，翟不和他说话。

孟万年（嘉）和他的弟弟少孤（孟

少孤[4],居武昌阳新县[5]。万年游宦,有盛名当世。少孤未尝出,京邑人士思欲见之,乃遣信报少孤云:"兄病笃。"狼狈[6]至都。时贤见之者,莫不嗟重,因相谓曰:"少孤如此,万年可死。"[2]

陋),住在武昌郡阳新县。万年外出做官,在当时有很大的名望。少孤却从来没有外出求官。京都知名人士都想见一见他,便派遣送信的人告诉少孤说:"你哥哥病重。"少孤急急忙忙赶到京都,当时有才德声望的人见到他,没有谁不赞叹推重他,于是互相说道:"少孤既是这样,万年可以死而无憾了。"

今注

1 翟道渊:即翟汤,字道渊,南阳(今河南南阳)人。东晋隐士,有德行,为当世所称。

2 周子南:周邵,字子南,少与翟汤为友,共隐于寻阳。后为庾亮所举,官至西阳太守。

3 孟万年:即孟嘉,江夏(今湖北武汉)人,居于武昌阳新(今湖北阳新)。陶渊明的外公。

4 少孤:即孟陋,字少孤,孟嘉之弟,为人高洁,博闻广识,一生隐居不仕,为当世所重。

5 阳新县:属武昌郡,旧治所在今湖北阳新境内。

6 狼狈:急速,急忙。

刘注

[1]《晋阳秋》曰:"翟汤字道渊,南阳人,汉方进之后也。笃行任素,义让廉洁,馈赠一无所受。值乱多寇,闻汤名德,皆不敢犯。"《寻阳记》曰:"初,庾亮临江州,闻翟汤之风,束带蹑屐而诣焉。亮礼甚恭。汤曰:'使君直敬其枯木朽株耳。'亮称其能言,表荐之。征国子博士,不赴。

主簿张玄曰：'此君卧龙，不可动也。'终于家。"

[2] 袁宏《孟处士铭》曰："处士名陋，字少孤，武昌阳新人，吴司空孟宗后也。少而希古，布衣蔬食，栖迟蓬荜之下，绝人间之事，亲族慕其孝。大将军命会稽王辟之，称疾不至，相府历年虚位，而澹然无闷，卒不降志，时人奇之。"

原文

18.11 康僧渊在豫章，去郭数十里立精舍，旁连岭，带长川，芳林列于轩庭，清流激于堂宇。乃闲居研讲，希心理味。庾公诸人多往看之，观其运用吐纳，风流转佳。加已处之怡然，亦有以自得，声名乃兴。后不堪，遂出。[1]

18.12 戴安道既厉操东山，[2] 而其兄欲建式遏[1]之功。[3] 谢太傅曰："卿兄弟志业，何其太殊？"戴曰："下官不堪其忧，家弟不改其乐。[2]"

译文

康僧渊在豫章的时候，在离城郭几十里的地方建了一座静修的住所，旁边连着山岭，四周环绕着河流，花草树木布置在庭院中，清泉流水腾涌于堂檐下。于是他在此独居，研习佛经，潜心体悟。庾公（亮）等人常去看望他，见他运用吐纳之术，仪表风度越来越美好。加之他对这种生活感到怡然自乐，悠然自得，于是名声大振。后来由于不能忍受外界的干扰，便又离开了那里。

戴安道（逵）已在东山隐居，磨炼情操。他的哥哥戴逯却想建功立业。谢太傅（安）说："你们兄弟俩的志向行迹，为什么相差这样大？"戴逯说："下官受不了隐居的清苦，家弟却甘于清苦，自得其乐。"

今注

1 式遏：式，句首语气词。遏，阻止。语出《诗经·大雅·民劳》"式遏寇虐"，意为阻止侵犯、残害百姓。

2“下官”句:这里借颜回箪食瓢饮的故事。《论语·雍也》:“一箪食,一瓢饮,在陋巷,人不堪其忧,回也不改其乐。”

刘注

[1] 僧渊已见。

[2]《续晋阳秋》曰:“逵不乐当世,以琴书自娱,隐会稽剡山,国子博士征,不就。”

[3]《戴氏谱》曰:“逯字安丘,谯国人。祖硕,父绥,有名位。逯以武勇显,有功,封广陵侯,仕至大司农。”

原文

18.13 许玄度隐在永兴1南幽穴中,每致四方诸侯之遗2。或谓许曰:“尝闻箕山人3似不尔耳。”许曰:“筐篚苞苴,故当轻于天下之宝耳。”[1]

18.14 范宣未尝入公门。韩康伯与同载,遂诱俱入郡,范便于车后趋下。[2]

译文

许玄度(询)隐居在永兴县南面幽深的岩洞中,常常接受各处王侯的馈赠。有人对许玄度说:“我曾经听说隐居箕山的许由似乎并不是这样做的。”许玄度说:“饭食之类的礼物,本来就比天子的君位轻呀!”

范宣不曾进过官署大门,韩康伯(伯)和他一起坐车,想顺便把他诱骗到郡府邸,范宣便从车后溜了。

今注

1 永兴:县名,晋属会稽郡。

2 遗(wèi):给予,赠送。

3 箕山人:指许由。相传尧让天下与许由,许由不受,隐居箕山。

刘注

[1] 郑玄《礼记注》云:"苞苴,裹肉也。或以苇,或以茅。"此言许由尚致尧帝之让,筐篚之遗,岂非轻邪?

[2]《续晋阳秋》曰:"宣少尚隐遁,家于豫章,以清洁自立。"

原文

18.15 郗超每闻欲高尚隐退者,辄为办百万资,并为造立居宇。在剡,为戴公起宅,甚精整。戴始往(旧)[1]居,与所亲书曰:"近至剡,如〔入〕[2]官舍。"郗为傅约亦办百万资,傅隐事差互,故不果遗。[1]

18.16 许掾好游山水,而体便登陟。时人云:"许非徒有胜情,实有济胜之具。"

18.17 郗尚书[3]与谢居士[4]善,常称:"谢庆绪识见虽不绝人,可以累心处都尽。"[2]

译文

郗超每次听说有人想品行高洁而辞官隐遁时,就为他筹办百万钱,并且给他修建房屋。他在剡县给戴公(逵)建造了一座住宅,非常精致齐整。戴公开始去住的时候,给亲友写信说:"最近到了剡县,就好像住进官邸一样。"郗超也为傅约筹办了百万钱,后来傅约隐居的事拖延未成,所以并没有把钱送给他。

许掾(询)喜欢游山玩水,而且身体矫健敏捷,便于登山越岭。当时的人说:"许掾不只有高雅的情趣,而且有攀越胜境、登山临水的体魄。"

郗尚书(恢)和谢居士(敷)很要好,常常称赞他说:"谢庆绪(敷)的见识虽然不一定超群出众,但能把劳心之事完全摒弃。"

今注

1 据徐震堮说删。

2 据徐震堮说补。

3 郗尚书:郗恢,字道胤,小名阿乞,高平金乡(今山东嘉祥西)人。太尉郗鉴之孙,北中郎将郗昙之子。官至雍州刺史,尚书。

4 谢居士:指谢敷,字庆绪,会稽(今浙江绍兴)人,笃信佛教,终身不仕,时称谢居士。

刘注

[1] 约,琼小字。

[2] 尚书,郗恢也,别见。檀道鸾《续晋阳秋》曰:"谢敷字庆绪,会稽人,崇信释氏。初入太平山中十余年,以长斋供养为业,招引同事,化纳不倦。以母老还南山若邪中。内史郗愔表荐之,征博士,不就。初,月犯少微星,一名处士星。占云:'以处士当之。'时戴逵居剡,既美才艺而交游贵盛,先敷著名,时人忧之。俄而敷死,会稽人士以嘲吴人云:'吴中高士,便是求死不得。'"

贤媛第十九

导读

贤媛，即有德行、有才能的女子。本门共三十二条。

魏晋时士族阶层的伦理道德观之一，即褒扬那些贤妻良母型的妇女，以之为妇女楷模。比如，当时有人认为做好事，会受到他人妒忌，因为人们不喜欢别人超过自己。赵母出嫁女儿，临出门时还告诫她，千万不要做好事。女儿疑惑不解，反问道，那是不是可以做坏事？赵母答道，好事尚且不能够做，何况是坏事呢？又如，陶侃年轻时做监管鱼梁的小官，曾经把一罐公家的腌鱼送给母亲。母亲把鱼退了回来，并且写信责备他说，你拿公家的东西送给我，非但对我没有任何好处，反而增加了我的忧虑。赵母和陶母都被认为是贤良慈爱的母亲，深谙人情世故，能真正为子女着想。

原文

19.1 陈婴[1]者，东阳[2]人。少修德行，著称乡党。秦末大乱，东阳人欲奉婴为主。母曰："不可。自我为汝家妇，少见贫贱，一旦富贵，不祥。不如以兵属人，事成，少受其利；

译文

陈婴是东阳人，从小注意道德品行的修养，在乡里很有名望。秦朝末年，天下大乱，东阳人想拥立陈婴做首领，陈婴的母亲说："不行！自从我做了你家的媳妇，从年轻时就贫贱，一下子富贵起来，不吉利。不如把军队交给别人，事情成功，可以稍稍得点好处；如果失不成，祸有所归。”[1]

19.2 汉元帝[3]宫人既多，乃令画工图之，欲有呼者，辄披图召之。其中常者，皆行货赂。王明君姿容甚丽，志不苟求，工遂毁为其状。后匈奴来和，求美女于汉帝，帝以明君充行。既召见而惜之，但名字已去，不欲中改，于是遂行。[2]

败，灾祸自有他人承担。”

汉元帝（刘奭）后宫人数太多，便命令画工画下她们的形貌，他想叫谁时，就翻开画像来召见她们。那些相貌一般的人，都向画工行贿。王昭君姿态容貌非常美丽，决心不苟且向画工求情，画工就丑化了她的容貌。后来匈奴来和亲，向汉元帝求赐美女，元帝便让昭君充当宗室女前往。元帝召见她以后发现她很美，舍不得让她去，但是名字已经送去，又不想中途更改，于是昭君便出嫁了。

今注

1 陈婴：秦时东阳（今江苏盱眙）人，为县令史。秦末起兵，为项梁将，封上柱国。项羽死后，归汉，封侯。

2 东阳：秦时县名，在泗水南。

3 汉元帝：即刘奭，宣帝子。公元前 49—前 33 年在位。

刘注

[1]《史记》曰：“婴故东阳令史，居县素信，为长者。东阳人欲立长，乃请婴。婴母谏之。乃以兵属项梁，梁以婴为上柱国。”

[2]《汉书·匈奴传》曰：“竟宁元年，呼韩邪单于来朝，自言愿婿汉氏以自亲，元帝以后宫良家子王嫱字明君赐之。单于欢喜，上书愿保塞。”文颖曰：“昭君本蜀郡秭归人也。”《琴操》曰：“王昭君者，齐国王穰女也。年十七，仪形绝丽，以节闻国中。长者求之者，王皆不许，乃献汉元帝。帝造次不能别房帷，昭君恚怒之。会单于遣使，帝令宫人装出，使者

请一女。帝乃谓宫中曰:'欲至单于者起。'昭君喟然越席而起。帝视之,大惊悔。是时使者并见,不得止,乃赐单于。单于大说,献诸珍物。昭君有子曰世违。单于死,世违继立。凡为胡者,父死妻母。昭君问世违曰:'汝为汉也?为胡也?'世违曰:'欲为胡耳。'昭君乃吞药自杀。"石季伦曰:"'昭'以触文帝讳,故改为'明'。"

原文

19.3 汉成帝[1]幸赵飞燕[2],飞燕谗班婕妤[3]祝诅[4],于是考问。辞曰:"妾闻死生有命,富贵在天。修善尚不蒙福,为邪欲以何望?若鬼神有知,不受邪佞之诉;若其无知,诉之何益?故不为也。"[1]

19.4 魏武帝崩,文帝悉取武帝宫人自侍。及帝病困,卞后[5]出看疾。太后入户,见直侍并是昔日所爱幸者。太后问:"何时来邪?"云:"正伏魄[6]时过。"因不复前[7]而叹曰:"狗鼠不食汝余,死故应尔。"至山陵,亦竟不临。[2]

译文

汉成帝(刘骜)宠幸赵飞燕,飞燕诬告班婕妤向鬼神祷告加祸于她,于是成帝对婕妤进行拷问。班婕妤的供词说:"我听说死生由命来决定,富贵随天意去安排。做好事尚且不能得到赐福,做坏事又想指望什么?如果鬼神有知,就不会接受邪恶谄佞的祷告;如果鬼神无知,向他祷告又有什么好处?所以我不做这种事。"

魏武帝(曹操)死后,文帝(曹丕)把武帝的宫女全部招来侍奉自己。到文帝病重的时候,他的母亲卞太后去探病。太后一进宫,看见值班侍奉的都是从前武帝宠爱的人。太后问她们道:"你们什么时候过来的?"回答道:"正在为武帝招魂的时候过来的。"太后于是不再去见文帝,叹息道:"狗鼠也不吃你剩下的东西,你的确是该死。"直到文帝出殡,太后始终未去哭吊。

今注

1 汉成帝:即刘骜,元帝子。公元前33—前7年在位。性好酒色,在位期间外戚王氏专权。

2 赵飞燕(? —前1):西汉成帝皇后。本为阳阿公主家歌女,善歌舞,以体轻,故称“飞燕”。成帝时入宫,与其妹合德皆为婕妤,后立为皇后。平帝即位,废为庶人,自杀。世传《赵飞燕外传》为魏晋或其以后人所作小说,与史实不合。

3 班婕妤:西汉女文学家。名不详,楼烦(今山西宁武附近)人,班固祖姑。少有才学,成帝时被选入宫,立为婕妤。作品今存《自悼赋》《捣素赋》《怨歌行》三篇,写她在宫中的苦闷心情。《怨歌行》见《文选》,亦称《团扇歌》,后人或疑为伪托。原有集,已散佚。

4 祝诅:祈祷鬼神降祸于所恨之人。

5 卞后:即卞太后。魏武帝后,曹丕、曹植之母。

6 伏魄:即“复魄”。古人认为人刚死时,魂魄离体不久,可以在高处呼唤他归来,叫作“复魄”。

7 前:相见。

刘注

[1]《汉书·外戚传》曰:“成帝赵皇后,本长安宫人。初生,父母不举,三日不死,乃收养之。及壮,属(河)阳〔阿〕主家学歌舞,号曰飞燕。帝微行过主,见而说之,召入宫,大得幸,立为后。班婕妤者,雁门人。成帝初,选入宫,大得幸,立为婕妤。帝游后庭,尝欲与同辇,婕妤辞之。赵飞燕谮许皇后及婕妤,婕妤对有辞致,上怜之,赐黄金百斤。飞燕娇妒,婕妤恐见危(中),求供养太后于长信宫。帝崩,婕妤充奉园陵。薨,葬园中。”

[2]《魏书》曰:“武宣卞皇后,琅邪开阳人。以汉延熹三年生齐郡白亭,有黄气满室移日。父敬侯怪之,以问卜者王越。越曰:‘此吉祥也。’年二十,太祖纳于谯。性约俭,不尚华丽,有母仪德行。”

原文

19.5 赵母[1]嫁女，女临去，敕之曰："慎勿为好！"女曰："不为好，可为恶邪？"母曰："好尚不可为，其况恶乎？"[1]

19.6 许允妇是阮卫尉[2]女，德如[3]妹，[2]奇丑。交礼[4]竟，允无复入理，家人深以为忧。会允有客至，妇令婢视之，还答曰："是桓郎。"桓郎者，桓范[5]也。[3]妇云："无忧，桓必劝入。"桓果语许云："阮家既嫁丑女与卿，故当有意，卿宜察之。"许便回入内。既见妇，即欲出。妇料其此出无复入理，便捉裾停之。许因谓曰："妇有四德，卿有其几？"[4]妇曰："新妇所乏唯容尔。然士有百行，君有几？"许云："皆备。"妇曰："夫百行以德为首。君好色不好德，何谓皆备？"允

译文

赵母嫁女儿。女儿临出门时，赵母告诫她说："千万不要做好事！"女儿说："不做好事，可以做坏事吗？"母亲说："好事尚且不能做，何况是坏事呢？"

许允的妻子是阮卫尉（共）的女儿，阮德如（侃）的妹妹，长得特别丑陋。举行交拜礼后，许允没有进入新房的意愿，家人为此深感忧虑。正好这时许允有位客人来到，新娘叫婢女去看看是谁，婢女回来禀报说："是桓郎。"桓郎就是桓范。新娘道："不用担心，桓郎一定会劝他进来。"桓范果然对许允说道："阮家既然嫁个丑女给你，一定是有用意的，你应当用心体察。"许允便回到新房，见到新娘后，马上就想出去。新娘料定他这一走肯定不会再回来，就拉住他的衣襟让他留下。许允便对她说："妇女应该有四种美德，你有其中的哪几种？"新娘道："新妇所缺少的只是容貌罢了。可是读书人应该有许多的品行，你有几种？"许允道："全都有。"新娘道："各种品行中以德行为首，你爱色不爱德，怎么能说全都有？"许允听了，面有愧色，从此

有惭色，遂相敬重。‖ 夫妇两人便互相敬重了。

今注

1 赵母：三国吴人，桐乡令虞韪妻。韪死后孙权召入宫，称赵姬。有文才，作《列女传解》。

2 阮卫尉：阮共，字伯彦，尉氏（今河南开封）人。仕至卫尉卿，故称。

3 德如：阮侃，字德如，阮共少子。有俊才，仕至河内太守。

4 交礼：结婚时举行的交拜礼。

5 桓范：字元则，或以为字"允明"，沛郡龙亢（今安徽怀远西北）人。仕至大司农，后因谋反罪为司马懿所诛。

刘注

[1]《列女传》曰："赵姬者，桐乡令东郡虞韪妻，颍川赵氏女也。才敏多览。韪既没，文皇帝敬其文才，诏入宫省。上欲自征公孙渊，姬上疏以谏。作《列女传解》，号赵母注。赋数十万言。赤乌六年卒。"《淮南子》曰："人有嫁其女而教之者，曰：'尔为善，善人疾之。'对曰：'然则当为不善乎？'曰：'善尚不可为，而况不善乎？'"景献羊皇后曰："此言虽鄙，可以命世人。"

[2]《魏略》曰："允字士宗，高阳人。少与清河崔赞，俱发名于冀州。仕至领军将军。"《陈留志名》曰："阮共字伯彦，尉氏人。清真守道，动以礼让。仕魏，至卫尉卿。少子侃，字德如，有俊才，而饬以名理。风仪雅润，与嵇康为友。仕至河内太守。"

[3]《魏略》曰："范字允明，沛郡人。仕至大司农，为宣王所诛。"

[4]《周礼》："九嫔掌妇学之法，以教九御。妇德、妇言、妇容、妇功。"郑注曰："德谓贞顺，言谓辞令，容谓婉娩，功谓丝枲。"

原文

19.7 许允为吏部郎，多用其乡里，魏明帝遣虎贲[1]收之。其妇出诫允曰："明主可以理夺[2]，难以情求。"既至，帝核问之。允对曰："'举尔所知[3]'，臣之乡人，臣所知也。陛下检校[4]，为称职与不？若不称职，臣受其罪。"既检校，皆官得其人，于是乃释。允衣服败坏，诏赐新衣。初，允被收，举家号哭。阮新妇自若云："勿忧，寻还。"作粟粥待。顷之，允至。[1]

译文

许允任吏部郎的时候，任用的人大多数是他的同乡，魏明帝（曹叡）派武士去逮捕他。许允的妻子出来告诫许允道："对英明的君主可以用道理去说服，而难于以感情来求告。"押送到后，明帝审问他。许允回答道："孔子说'举尔所知'，臣的同乡就是臣所了解的人。陛下可以调查，核实他们是否称职。如果不称职，臣愿意接受惩罚。"经调查核实，各个职位都用人得当，于是就释放了他。许允衣服破旧，明帝命令赏赐新衣给他。起初，许允被逮捕的时候，全家号啕大哭，他的妻子阮氏却说："不必担心，不久就会回来的。"同时煮好小米粥等待他。不一会儿，许允就回来了。

今注

1 虎贲：武士。

2 理夺：用道理使之动摇、改变。

3 举尔所知：语出《论语·子路》。孔子的学生仲弓问孔子，怎样去识别和提拔优秀人才。孔子说"举尔所知"，意即举荐你所了解的人。

4 检校：查核，调查。

刘注

[1]《魏氏春秋》曰："初，允为吏部，选迁郡守。明帝疑其所用非次，将加

其罪。允妻阮氏跣出，谓曰：‘明主可以理夺，不可以情求。’允颔之而入。帝怒诘之，允对曰：‘某郡太守虽限满，文书先至，年限在后，日限在前。’帝前取事视之，乃释然。遣出，望其衣败，曰：‘清吏也。’”

原文

19.8 许允为晋景王所诛，门生走入告其妇。妇正在机中，神色不变，曰：“蚤知尔耳。”[1] 门人欲藏其儿，妇曰：“无豫诸儿事。”后徙居墓所，景王遣钟会看之，若才流及父，当收。儿以咨母，母曰：“汝等虽佳，才具不多。率胸怀与语，便无所忧。不须极哀，会止便止[1]。又可少问朝事[2]。”儿从之。会反，以状对，卒免。[2]

译文

许允被晋景王（司马师）杀害。门客跑进来告诉他的妻子。她正在织机上织布，听后神色没有改变，说道：“早就知道会这样。”门客想把许允的儿子藏起来，许允的妻子说：“不关孩子们的事。”后来他们迁移到许允墓地旁居住，景王派钟会前去察看许允的儿子，如果才能流品赶得上他们的父亲，就应该把他们逮捕起来。孩子们向母亲求救，母亲说：“你们虽然都很好，但是才能并不大。只要坦率地和他交谈，就没什么好担心的。也不必过度哀痛，若钟会停止哭泣，你们也停止哭泣。还可以略微问一点儿朝中的事情。”孩子们照她的话去做了。钟会回去后，把情况报告了景王，他们最终得以幸免。

今注

1 会止便止：余嘉锡说：“会盖假吊问之名以来，故必涕泣。会止儿亦止，以示不知其父得祸之酷。”

2 又可少问朝事：余嘉锡说：“又令儿少问及朝廷之事者，阳为愚不晓事，不知会之侦己，无所疑惧也。”少，稍，略微。

刘注

[1]《魏志》曰："初，领军与夏侯玄、李丰亲善，有诈作尺一诏书，以玄为大将军，允为太尉，共录尚书事。无何，有人天未明乘马以诏版付允门吏，曰：'有诏。'因便驱走。允投书烧之，不以关呈景王。"《魏略》曰："明年，李丰被收，允欲往见大将军。已出门，允回遑不定，中道还取裤。大将军闻而怪之曰：'我自收李丰，士大夫何为匆匆乎？'会镇北将军刘静卒，以允代静。大将军与允书曰：'镇北虽少事，而都典一方。念足下震华鼓，建朱节，历本州，此所谓著绣昼行也。'会有司奏允前擅以厨钱谷，乞诸俳及其官属。减死徙边，道死。"《魏氏春秋》曰："允之为镇北，喜谓其妻曰：'吾知免矣！'妻曰：'祸见于此，何免之有？'"《晋诸公赞》曰："允有正情，与文帝不平，遂幽杀之。"《妇人集》载阮氏与允书，陈允祸患所起，辞甚酸怆。文多不录。

[2]《世语》曰："允二子：奇，字子太；猛，字子豹。并有治理。"《晋诸公赞》曰："奇，泰始中为太常丞，世祖尝祠庙，奇应行事，朝廷以奇受害之门，不令接近，出为长史。世祖下诏，述允宿望，又称奇才，擢为尚书祠部郎。猛礼学儒博，加有才识，为幽州刺史。"

原文

19.9 王公渊[1]娶诸葛诞女。入室，言语始交，王谓妇曰："新妇神色卑下，殊不似公休。"妇曰："大丈夫不能仿佛彦云，而令妇人比踪英杰！"[1]

19.10 王经[2]少贫苦，仕至二千石[3]。母语之曰：

译文

王公渊（广）娶诸葛诞的女儿为妻。进入新房，刚开始交谈，王公渊对妻子说："你这个新妇的神情卑微低下，很不像你的父亲公休（诸葛诞）。"妻子说："你这个男子汉不能像你父亲彦云（王淩）那样，却要求妇女向英雄豪杰看齐！"

王经年轻时家境贫苦，后来官至二千石。母亲对他说道："你本来是贫

"汝本寒家子,仕至二千石,此可以止乎!"经不能用。为尚书,助魏,不忠于晋,被收。涕泣辞母曰:"不从母敕,以至今日。"母都无戚容,语之曰:"为子则孝,为臣则忠。有孝有忠,何负吾邪?"[2]

寒人家的子弟,现在做到二千石这么大的官,可以止步了!"王经不能够采纳母亲的建议。后来他担任尚书,辅助曹魏,不忠于晋司马氏,结果遭到逮捕。他流着眼泪辞别母亲,说道:"我没有听从母亲的教诲,以至于有今天!"他的母亲没有一点悲戚的样子,对他说道:"做儿子就要孝顺,做臣子就要忠心。现在你有孝有忠,有什么对不起我的呢?"

今注

1 王公渊:即王广,字公渊,王淩之子。有才学,名重当世。因拥戴曹魏政权,父子均被司马懿所杀。

2 王经:字彦伟,三国魏人。官至尚书。忠于曹魏,不满司马氏专权擅政。后死于高贵乡公之难,母亦被杀。

3 二千石:官秩等级。因所得俸禄以米谷为标准,故以"石"称之。汉代二千石为中央政府机构列卿及州郡牧守、诸侯王国相一级官员。亦泛指州牧、郡守、国相等官级官员。

刘注

[1]《魏氏春秋》曰:"王广字公渊,王淩子也。有风量才学,名重当世。与傅嘏等论才性同异,行于世。"《魏志》曰:"广有志尚学行,淩诛,并死。"臣谓王广名士,岂以妻父为戏,此言非也。

[2]《世语》曰:"经字彦伟,清河人。高贵乡公之难,王沈、王业驰告文王,经以正直不出。因沈、业申意,后诛经及其母。"《晋诸公赞》曰:"沈、业将出,呼经,不从,曰:'吾子行矣!'"《汉晋春秋》曰:"初,曹髦将

自讨司马昭,经谏曰:'昔鲁昭不忍季氏,败走失国,为天下笑。今权在其门久矣,朝廷四方,皆为之致死,不顾逆顺之理,非一日也。且宿卫空阙,寸刃无有,陛下何所资用?而一旦如此,无乃欲除疾而更深之邪?'髦不听。后杀经,并及其母。将死,垂泣谢母。母颜色不变,笑而谓曰:'人谁不死!往所以止汝者,恐不得其所也。以此并命,何恨之有?'"干宝《晋纪》曰:"经正直,不忠于我,故诛之。"按傅畅、干宝所记,则是经实忠贞于魏,而《世语》既谓其正直,复云因沈、业申意,何其相反乎?故二家之言深得之。

原文

19.11 山公与嵇、阮一面,契若金兰[1]。山妻韩氏觉公与二人异于常交,问公。公曰:"我当年可以为友者,唯此二生耳。"妻曰:"负羁之妻亦亲观狐、赵[2],意欲窥之,可乎?"他日,二人来,妻劝公止之宿,具酒肉。夜穿墉以视之,达旦忘反。公入曰:"二人何如?"妻曰:"君才致殊不如,正当以识度相友耳。"公曰:"伊辈亦常以我度为胜。"[1]

译文

山公(涛)和嵇康、阮籍见了一面,就情意相投好像金兰之交。山公的妻子韩氏发现他和二人的交情不一般,就问山公。山公说:"我有生之年可以当成朋友的人,只有这两个人而已!"妻子说:"晋公子重耳逃亡时,僖负羁的妻子也曾经亲自观察过狐偃和赵衰,我想暗中看看他们,可以吗?"有一天,嵇康和阮籍来了,妻子劝山公把他们留下来住宿,并且准备了酒肉。晚上,她便通过墙壁缝偷看他们,直到天亮也不曾回去。山公进来问道:"这两人怎么样?"妻子说:"你的才华根本比不上他们,只能靠见识和气度与他们交朋友罢了!"山公说:"他们也常常认为我的气度好。"

今注

1 金兰：语出《周易·系辞上》："二人同心，其利断金。同心之言，其臭如兰。"

2 狐、赵：狐偃、赵衰。狐、赵二人均为晋公子重耳从者，后为晋国大夫。事见《左传·僖公二十三年》。

刘注

[1]《晋阳秋》曰："涛雅素恢达，度量弘远，心存事外，而与时俯仰。尝与阮籍、嵇康诸人著忘言之契。至于群子，屯蹇于世，涛独保浩然之度。"王隐《晋书》曰："韩氏有才识，涛未仕时，戏之曰：'忍寒，我当作三公，不知卿堪为夫人不耳！'"

原文

19.12 王浑妻钟氏生女令淑，[1] 武子为妹求简[1]美对而未得。有兵家子有俊才，欲以妹妻之，乃白母。[2] 曰："诚是才者，其地可遗，然要令我见。"武子乃令兵儿与群小杂处，使母帷中察之。既而母谓武子曰："如此衣形者，是汝所拟者非邪？"武子曰："是也。"母曰："此才足以拔萃，然地[2]寒，不有长年[3]，不得

译文

王浑的妻子生了一个容貌美丽、品德善良的女儿，武子（王济）想给妹妹寻个好配偶，但还没有找到。有一个军人的儿子才智卓越，武子想把妹妹嫁给他，于是禀告了母亲。母亲说："如果他确实有才能，可以抛开门第，但是要让我看看他。"于是武子便叫军人的儿子和一群地位低下的人混杂在一起，让母亲在帷幕里面观察他。事后母亲对武子说："穿着这样的衣服，长着这样的相貌的，就是你所选中的那个人吗？"武子说："是的。"母亲说："这人的才能足以使他出类拔萃，可是他的门第低微，如

申其才用。观其形骨,必不寿,不可与婚。”武子从之。兵儿数年果亡。

果不能长寿,就不能够施展他的才能。看他的形貌和骨相,一定不能长寿,不能和他结婚。”武子听从了母亲的意见。几年后,那个军人的儿子果然死了。

今注

1 求简:寻求,挑选。简,选择。

2 地:通“第”。门第。

3 长年:长寿。

刘注

[1] 虞预《晋书》曰:“浑字玄冲,太原晋阳人,魏司(徒)〔空〕昶子。仕至司徒。”

[2]《王氏谱》曰:“钟夫人名琰之,太傅繇之孙。”

原文

19.13 贾充前妇,是李丰女。丰被诛,离婚徙边。[1]后遇赦得还,充先已取1郭配2女,[2]武帝特听3置左右夫人。李氏别住外,不肯还充舍。[3]郭氏语充,欲就省李。充曰:“彼刚介有才气,卿往不如不去。”[4]郭氏于是盛威仪,多将侍婢。既至,入户,李氏起迎。郭不觉脚

译文

贾充的前妻是李丰的女儿。李丰被杀后,他们离了婚,李氏被流放到边疆。后来遇到大赦得以回来,可是贾充早已娶了郭配的女儿,晋武帝(司马炎)特许他设置左右两位夫人。李氏住在外面,不肯回到贾充家。郭氏对贾充说,想去探望李氏。贾充道:“她刚强正直,很有才华,你去不如不去。”郭氏于是盛装打扮,带了一大批侍婢前往。到了李氏住处,进入内室,

自屈，因跪再拜。既反，语充。充曰："语卿道何物！"[5]	李氏起身迎接，郭氏不知不觉双腿自然弯曲，就跪下拜了两拜。回家后，她告诉了贾充。贾充说："我跟你说什么来着！"

今注

1 取：通"娶"，把女子接过来成亲。

2 郭配：字南仲，三国魏人，车骑将军郭淮弟，官至城阳太守。其女名玉璜，后封广城君，谥宣。

3 听：允许。

刘注

[1]《妇人集》曰："充妻李氏，名婉，字淑文。丰诛，徙乐浪。"

[2]《贾氏谱》曰："郭氏名玉璜，即广宣君也。"

[3]《晋诸公赞》曰："世祖践阼，李氏赦还，而齐献王妃欲令充遣郭氏，更纳其母。充不许，为李氏筑宅而不往来。充母柳氏将亡，充问所欲言者，柳曰：'我教汝迎李新妇尚不肯，安问他事！'"

[4]《充别传》曰："李氏有淑性令才也。"

[5] 按《晋诸公赞》曰："世祖以李丰得罪晋室，又郭氏是太子妃母，无离绝之理，乃下诏敕断，不得往还。"而王隐《晋书》亦云："充既与李绝婚，更取城阳太守郭配女，名槐。李禁锢解，诏充置左右夫人。充母柳亦敕充迎李。槐怒，攘臂责充曰：'刊定律令，为佐命之功，我有其分。李那得与我并！'充乃架屋永年里中以安李。槐晚乃知。充出，辄使人寻充。诏许充置左右夫人。充答诏以谦让不敢当盛礼。"《晋赞》既云世祖下诏不遣李还，而王隐《晋书》及《充别传》并言诏听置立左右夫人。充惮郭氏，不敢迎李。三家之说并不同，未详孰是。然李氏不还，别有余故，而《世说》云自不肯还，谬矣。且郭槐强狠，岂能就李而为之拜乎？皆为虚也。

原文

19.14 贾充妻李氏作《女训》,行于世。李氏女,齐献王妃;郭氏女,惠帝后。充卒,李、郭女各欲令其母合葬,经年不决。贾后[1]废,李氏乃祔葬[2],遂定。[1]

19.15 王汝南少无婚,自求郝普[3]女。[2]司空[4]以其痴,会无婚处,任其意便许之。[3]既婚,果有令姿淑德。生东海,遂为王氏母仪。或问汝南:"何以知之?"曰:"尝见井上取水,举动容止不失常,未尝忤观,以此知之。"[4]

译文

贾充的妻子李氏写了《女训》一书,流行于当时。李氏生的女儿做了齐献王(司马攸)的王妃,郭氏生的女儿做了晋惠帝(司马衷)的皇后。贾充死后,李氏、郭氏的女儿各自都想让自己的生母和贾充合葬,多年决定不下来。贾后被废以后,李氏与贾充合葬之事才确定下来。

王汝南(湛)年轻未婚,便自己主动提出要求娶郝普的女儿。他父亲司空(王昶)认为他痴呆,又正好没有婚配对象,便随他心意答应了他。婚后,郝氏果然姿容美好,品德善良。生下儿子王东海(承)后,她成了王家母亲们的典范。有人问王汝南:"你是怎么了解她的呢?"王汝南回答道:"我曾经看见她在井边打水,举止仪容不失规矩,未曾举目直视,因此知道她好。"

今注

1 贾后:即惠帝后。贾充女,名南风。

2 祔(fù)葬:合葬。

3 郝普:字道匡,太原襄城人。仕至洛阳太守。

4 司空:指王湛父王昶,字文舒,太原晋阳(今山西太原)人。仕至司空,故称。

刘注

[1]《晋诸公赞》曰:“李氏有才德,世称《李夫人训》者。生女合,亦才明,即齐王妃。”《妇人集》曰:“李氏至乐浪,遗二女《典式》八篇。”王隐《晋书》曰:“贾后字南风,为赵王所诛。”

[2]《郝氏谱》曰:“普字道匡,太原襄城人。仕至洛阳太守。”

[3]《魏氏志》曰:“王昶字文舒,仕至司空。”

[4]《汝南别传》曰:“襄城郝仲将,门至孤陋,非其所偶也。君尝见其女,便求聘焉。果高朗英迈,母仪冠族。其通识余裕,皆此类。”

原文

19.16 王司徒妇,钟氏女1,太傅曾孙,[1] 亦有俊才女德。[2] 钟、郝为娣姒,雅相亲重。钟不以贵陵郝,郝亦不以贱下钟。东海家内则郝夫人之法,京陵2家内范钟夫人之礼。

19.17 李平阳,秦州3子,[3] 中夏4名士,于时以比王夷甫。孙秀5初欲立威权,咸云:“乐令民望,不可杀,减李重者又不足杀。”[4] 遂逼重自裁。初,重在家,有人走从门入,出髻中疏示重。重看

译文

王司徒(浑)的妻子是钟家的女儿,太傅(钟繇)的曾孙女,也有卓越的才华和女性的美德。钟氏和郝氏是妯娌,向来非常亲密又互相敬重。钟氏不因为门第高贵而欺侮郝氏,郝氏也不因为门第卑微而在钟氏面前低声下气。东海(王承)家里恪守郝夫人的规矩,京陵(王浑)家里遵从钟夫人的礼法。

李平阳(重)是秦州(李秉)的儿子,中原地区的名士,当时人们把他和王夷甫(衍)并称。孙秀起初想树立威权,到处散布消息说:“乐令(广)众望所归,不可杀,不如李重的人又不值得杀。”于是逼迫李重自尽。起初,李重在家中,有人由侧门跑进来,从发髻中拿出一个奏疏给他看。李重看后,变了脸色,进

之色动，入内示其女，女直叫“绝”。了其意，出则自裁[6]。[5]此女甚高明，重每咨焉。

入内室给女儿看，女儿看了只是叫“完了”。李重明白她的意思，出来就自杀了。这个女儿的见识非常高明，李重遇事经常和她商量。

今注

1 钟氏女：指黄门郎钟徽女，名琰，太傅钟繇曾孙女。

2 京陵：指京陵侯王浑。其父王昶因军功晋爵京陵侯，死后，王浑袭爵。

3 秦州：指李秉，字玄胄，江夏（今湖北武汉）人。曾官秦州刺史。

4 中夏：中原地区。此指西晋。

5 孙秀：字俊忠，琅邪临沂（今山东临沂）人。西晋赵王司马伦篡位，任孙秀为中书令，专朝政，杀石崇、欧阳建、潘岳等人。司马伦落败，孙秀被杀。

6 自裁：自杀。

刘注

[1]《王氏谱》曰：“夫人，黄门侍郎钟琰女。”

[2]《妇人集》曰：“夫人有文才，其诗赋颂诔行于世。”

[3] 李重，已见。《永嘉流人名》曰：“康字玄胄，江夏人，魏秦州刺史。”

[4]《晋诸公赞》曰：“孙秀字俊忠，琅邪人。初，赵王伦封琅邪，秀给为近职小吏。伦数使秀作书疏，文才称伦意。伦封赵，秀徙户为赵人，用为侍郎，信任之。”《晋阳秋》曰：“伦篡位，秀为中书令，事皆决于秀。为齐王所诛。”

[5] 按诸书皆云：“重知赵王伦作乱，有疾不治，遂以致卒。”而此书乃言自裁，甚乖谬。且伦、秀凶虐，动加诛夷，欲立威权，自当显戮，何为逼令自裁？

原文

19.18 周浚[1]作安东时，行猎，值暴雨，过汝南李氏。李氏富足，而男子不在。有女名络秀[2]，闻外有贵人，与一婢于内宰猪羊，作数十人饮食，事事精办，不闻有人声。密觇之，独见一女子状貌非常，浚因求为妾，父兄不许。络秀曰："门户殄瘁[3]，何惜一女？若连姻贵族，将来或大益。"父兄从之。[1] 遂生伯仁兄弟。络秀语伯仁等："我所以屈节为汝家作妾，门户计耳。[2] 汝若不与吾家作亲亲者，吾亦不惜余年！"伯仁等悉从命。由此李氏在世，得方幅齿遇[4]。

译文

周浚任安东将军时，外出打猎，碰上了暴雨，就去拜望汝南郡的李氏。李氏家境富有，只是男子都不在家。这家有个女儿名叫络秀，听说外面来了贵人，就和一个婢女在里面杀猪宰羊，备办了几十个人的酒菜饭食，事事都很精到，却听不到一点儿声音。周浚偷偷去察看，只见一个女子相貌很不一般，便请求娶她为妾，女子的父亲和兄长都不答应。络秀说道："门第衰微，何必怜惜一个女儿？如果和贵族联姻，将来也许大有好处。"父兄顺从了她。后来她生了伯仁(周顗)兄弟。络秀对伯仁等人说道："我降低身份，给你家做妾的原因，只不过是为我家的门第考虑罢了。你们如果不肯和我家做亲戚来往，我也不会吝惜余生！"伯仁兄弟全都听从母亲的吩咐。因此，李家在社会上得到了正当的礼遇。

今注

1 周浚：字开林，汝南安成(今河南汝南)人。因伐吴有功，封成武侯，历任侍中、少府。后代替王浑都督扬州诸军事，封安东将军。

2 络秀：汝南李伯宗女，字络秀，晋安东将军周浚妻，生周顗、周嵩、周谟兄弟。

3 殄瘁(tiǎn cuì):困穷,困苦。此指衰败,衰微。

4 方幅齿遇:方幅,光明正大。齿遇,礼遇,平等相待。余嘉锡笺疏:“盖截木为方,裁帛为幅,皆整齐有度。故六朝人谓凡事之出于光明显著者为方幅。此言‘方幅齿遇’,犹言正当礼遇之也。”

刘注

[1]《八王故事》曰:“浚字开林,汝南安城人。少有才名。太康初,平吴,自御史中丞出为扬州刺史。元康初,加安东将军。”

[2] 按《周氏谱》:“浚取同郡李伯宗女。”此云为妾,妄耳。

原文

19.19 陶公少有大志,家酷贫,与母湛氏 1 同居。同郡范逵 2 素知名,举孝廉,[1] 投侃宿。于时冰雪积日,侃室如悬磬,而逵马仆甚多。侃母湛氏语侃曰:“汝但出外留客,吾自为计。”湛头发委地,下为二髲,[2] 卖得数斛米。斫 3 诸屋柱,悉割半为薪。锉诸荐 4,以为马草。日夕,遂设精食,从者皆无所乏。逵既叹其才辩,又深愧其厚意。明旦去,侃

译文

陶公(侃)从小就有远大的志向,家中却极为贫困,他和母亲湛氏住在一起。同郡的范逵一向很有名望,被举荐为孝廉,有一次到陶公家里投宿。当时冰雪满地已经多日,陶公家中一无所有,犹如悬挂的磬一般,可是范逵的马匹仆从却非常多。侃母湛氏对陶公说:“你只管到外面去把客人留下,我自己来想办法。”湛氏头发长得拖到了地上,便把它剪下做成两副假发,卖掉后买了几斛米。又劈破屋子里的几根柱子,分一半来当柴烧,铡碎几个草垫子做马的草料。到傍晚时分,便安排了精美的饮食,连随从们也都不缺什么。范逵既赞

追送不已。且百里许，逵曰："路已远，君宜还。"侃犹不返。逵曰："卿可去矣。至洛阳，当相为美谈。"侃乃返。逵及洛，遂称之于羊晫[5]、顾荣诸人。大获美誉。[3]

叹陶公的言谈才智，又对他的厚意深表感谢。第二天早晨起身离去时，陶公追随相送不肯止步。走了将近一百里，范逵说："已经走了很远了，你应该回去了。"陶公还是不肯回去。范逵说："你可以回去了。我到了京都洛阳，一定给你美言一番。"陶公这才回去了。范逵到了洛阳，便在羊晫、顾荣等人面前极力赞扬陶公。于是陶公获得了极好的声誉。

今注

1 湛氏：陶侃母，豫章新淦（今江西樟树）人，贤淑有才智。

2 范逵：西晋鄱阳（今江西鄱阳北）人。曾举孝廉，与陶侃为友。

3 斫（zhuó）：砍。

4 锉（cuò）：铡切。　荐：草席、垫子。

5 羊晫（zhuó）：陶侃的同乡好友，江西鄱阳人，曾任豫章郎中令。

刘注

[1] 逵，未详。

[2] 一作"髢"。

[3]《晋阳秋》曰："侃父丹，娶新淦湛氏女，生侃。湛虔恭有智算，以陶氏贫贱，纺绩以资给侃，使交结胜己。侃少为寻阳吏，鄱阳孝廉范逵尝过侃宿，时大雪，侃家无草，湛彻所卧荐锉给。阴截发，卖以供调。逵闻之叹息。逵去，侃追送之。逵曰：'岂欲仕乎？'侃曰：'有仕郡意。'逵曰：'当相谈致。'过庐江，向太守张夔称之。召补吏，举孝廉，除郎中。时豫章顾荣或责羊晫曰：'君奈何与小人同舆？'晫曰：'此寒俊也。'"王隐《晋书》曰："侃母既截发供客，闻者叹曰：'非此母不生此

子。'乃进之于张夔,羊晫亦简之。后晫为十郡中正,举侃为鄱阳小中正,始得上品也。"

原文

19.20 陶公少时作鱼梁吏,尝以坩鲊1饷母。母封鲊付使,反书责侃曰:"汝为吏,以官物见饷2,非唯不益,乃增吾忧也。"[1]

19.21 桓宣武平蜀,以李势妹为妾,甚有宠,常著斋后。主3始不知,既闻,与数十婢拔白刃袭之。[2] 正值李梳头,发委藉地,肤色玉曜,不为动容。徐曰:"国破家亡,无心至此,今日若能见杀,乃是本怀。"主惭而退。[3]

译文

陶公(侃)年轻时做管理鱼梁的小官,曾经把一陶罐腌鱼送给母亲。母亲封好那一罐鱼交给来人,回信责备陶公道:"你做了小官,就拿公家的东西送给我,这非但没有好处,反而增加了我的忧虑。"

桓宣武(温)平定了蜀地,把李势的妹妹纳为小妾,非常宠爱她,常常把她安置在书斋后面。桓温的妻子南康长公主起初不知道,后来听说了,就率领着几十名婢女提着刀去袭击她。恰好遇见李氏在梳头,头发垂下来拖在地上,肌肤像白玉一般光彩照人,并没有因为公主的突然到来而改变神色。她从容不迫地说道:"国破家亡,我并不情愿来到这里。今天如果能被杀死,这正是我的心愿。"公主非常惭愧,就退出去了。

今注

1 坩鲊(gān zhǎ):用陶器、瓦锅盛着腌鱼。

2 见:放在动词前,表示对自己怎么样。 饷:馈赠。

3 主:公主的简称。桓温妇为晋明帝女南康长公主。

刘注

[1]《侃别传》曰:"母湛氏,贤明有法训。侃在武昌,与佐吏从容饮燕,常有饮限。或劝犹可少进,侃凄然良久曰:'昔年少,曾有酒失,二亲见约,故不敢逾限。'及侃丁母忧,在墓下,忽有二客来吊,不哭而退,仪服鲜异,知非常人。遣随视之,但见双鹤冲天而去。"《幽明录》曰:"陶公在寻阳西南一塞取鱼,自谓其池曰鹤门。"按吴司徒孟宗为雷池监,以鲑饷母,母不受。非侃也。疑后人因孟假为此说。

[2]《续晋阳秋》曰:"温尚明帝女南康长公主。"

[3]《妒记》曰:"温平蜀,以李势女为妾,郡主凶妒,不即知之。后知,乃拔刃往李所,因欲斫之。见李在窗梳头,姿貌端丽,徐徐结发,敛手向主,神色闲正,辞甚凄惋。主于是掷刀前抱之曰:'阿子,我见汝亦怜,何况老奴!'遂善之。"

原文

19.22 庚玉台1,希之弟也。希诛,将戮玉台。[1]玉台子妇,宣武弟桓豁女也,[2]徒跣求进。阍禁不内2,女厉声曰:"是何小人!我伯父门,不听我前!"因突入,号泣请曰:"庚玉台常因人,脚短三寸,当复能作贼3不?"宣武笑曰:"婿故自急。"遂原玉台一门。[3]

译文

庚玉台(友)是庚希的弟弟。庚希被杀以后,玉台也被株连,将要被杀。玉台的儿媳妇是宣武(桓温)弟弟桓豁的女儿,光着脚板就跑去求见桓温。守门的人不许她进去,她大声斥骂道:"是什么小人!我伯父的家竟敢不准许我进去!"接着就冲了进去,哭喊着请求道:"庚玉台常常要依靠别人帮助才能行走,一只脚比正常人短了三寸,还能够造反吗?"宣武笑着说:"侄女婿自然会着急的。"最终赦免了玉台一家。

今注

1 庚玉台:即庾友,字惠彦,小字玉台,司空庾冰第三子。

2 阍(hūn):守门人。　内:"纳"的古字。接纳。

3 作贼:造反。

刘注

[1] 希,已见。玉台,庾友小字。《庾氏谱》曰:"友字惠彦,司空冰第三子。历中书郎、东阳太守。"

[2]《庾氏谱》曰:"友字弘之,长子宣,娶宣武弟桓豁之女,字女幼。"

[3]《中兴书》曰:"桓温杀庾希弟倩,希闻难而逃,希弟友当伏诛。子妇桓氏女,请温,得宥。"

原文

19.23 谢公夫人帏诸婢,使在前作伎[1],使太傅暂见,便下帏。太傅索更开,夫人云:"恐伤盛德。"[1]

19.24 桓车骑不好著新衣,浴后,妇故送新衣与。[2] 车骑大怒,催使持去。妇更持还,传语云:"衣不经新,何由而故?"桓公大笑,著之。

19.25 王右军郗夫人[2]谓二弟司空、中郎曰:[3]

译文

谢公(安)的妻子刘夫人把众婢女围在帷幔中,叫她们在自己面前唱歌跳舞,也让太傅观看片刻,便又放下了帷幔。太傅要求再打开帷幔,夫人说:"恐怕会损害你的美德。"

桓车骑(冲)不喜欢穿新衣服。洗过澡后,他的妻子特意叫人送新衣服给他。车骑大发脾气,催促仆人拿走。他的妻子又让人拿回来,并且传话给他说:"衣服不经过新,又怎么会变旧呢?"桓车骑哈哈大笑,便穿上了。

王右军(羲之)的妻子郗夫人对司空(郗愔)、中郎(郗昙)两个弟弟说:"王

"王家见二谢,倾筐倒庋[3];[4]见汝辈来,平平尔。汝可无烦复往。"

家看见谢安、谢万来,倾筐倒度,盛情招待;看见你们来,平平常常而已。你们可以不必再去了。"

今注

1 作伎:唱歌跳舞,表演歌舞。

2 郗夫人:即郗璿。

3 倾筐倒庋(guǐ):比喻倾尽所有。庋,放器物的架子。

刘注

[1] 刘夫人已见。

[2]《桓氏谱》曰:"冲娶琅邪王恬女,字女宗。"

[3] 司空,愔,已见。《郗昙别传》曰:"昙字重熙,鉴少子。性韵方质,和正沈简。累迁丹阳尹、北中郎将、徐兖二州刺史。"

[4] 二谢:安、万。

原文

19.26 王凝之谢夫人既往王氏,大薄凝之。既还谢家,意大不说。太傅慰释之,曰:"王郎,逸少之子,人身亦不恶,汝何以恨乃尔?"答曰:"一门叔父,则有阿大、中郎[1];群从兄弟,则有封、胡、遏、末[2]。[1]不意天壤之

译文

王凝之的妻子谢道韫嫁到王家后,很瞧不起王凝之。她回到谢家,心里非常不高兴。太傅(谢安)宽慰开导她说:"王郎是逸少(王羲之)的儿子,人品才识也不错,你为什么这么不满意?"谢道韫说:"我们谢家的伯叔辈里有阿大(谢尚)、中郎(谢据),堂兄弟中又有封(谢韶)、胡(谢朗)、遏(谢玄)、末(谢渊)这样的人才。没想到天地之间竟有王郎这样

中，乃有王郎！”

19.27 韩康伯母隐古几毁坏，卞鞠[3]见几恶，欲易之。[2]答曰：“我若不隐此，汝何以得见古物！”

的人！”

韩康伯（伯）的母亲平时倚靠的那张古老的小桌子坏了，卞鞠看见小桌已坏，就想换掉它。韩母回答道：“我如果不倚着这个，你怎么能够见到古代的器物！”

今注

1 阿大、中郎：阿大疑是谢尚，中郎指的是谢据。

2 封、胡、遏、末：封是谢韶的小字。胡是谢朗的小字。遏，据《晋书·列女传》当作“羯”，是谢玄的小字。末是谢渊的小字。

3 卞鞠：即卞范之，字敬祖，小字鞠。少与桓玄为友，玄将篡晋，以卞为丹阳尹。后与殷仲文共助玄僭位，为玄心腹。玄败后被杀。

刘注

[1] 封胡，谢韶小字。遏末，谢渊小字。韶字穆度，万子，车骑司马。渊字叔度，奕第二子，义兴太守。时人称其尤彦秀者。或曰封、胡、遏、末。封谓朗，遏谓玄，末谓韶，朗玄渊，一作胡谓渊，遏谓玄，末谓韶也。

[2] 鞠，卞范之。母之外孙也。

原文

19.28 王江州夫人语谢遏曰：“汝何以都不复进？[1]为是尘务经心，天分有限？”

19.29 郗嘉宾丧，妇兄

译文

王江州（凝之）的夫人谢道韫对弟弟谢遏（玄）说道：“你为什么完全不长进？是世间俗事萦心，还是天资有限？”

郗嘉宾（超）死了，他妻子的兄弟想把妹妹接回去。她却始终不肯返回娘家，弟欲迎妹还。终不肯归,[2]曰:"生纵不得与郗郎同室,死宁不同穴?"[3]

说道:"活着纵然不能和郗郎同居一室,死了难道不可以和他同葬一穴?"

19.30 谢遏绝重其姊。张玄常称其妹,欲以敌之。有济尼者,并游张、谢二家。人问其优劣,答曰:"王夫人神情散朗,故有林下风气1;顾家妇2清心玉映,自是闺房之秀。"

谢遏(玄)极敬重自己的姐姐。张玄常常赞扬自己的妹妹,想使她和谢遏的姐姐并列。有位法名叫济的尼姑,和张、谢两家都有交往。有人问她这两个人的高下,她回答道:"王夫人的风姿神采闲适疏朗,的确有竹林名士风度;顾家媳妇心地清纯,莹泽玉润,自然是闺房中的杰出人物。"

今注

1 林下风气:人处清幽山林之下,举手投足自然娴雅脱俗。形容妇女举止娴雅,风韵脱俗。

2 顾家妇:即张玄的妹妹,嫁与顾氏。

刘注

[1] 夫人,玄之妹。

[2]《郗氏谱》曰:"超娶汝南周闵女,名马头。"

[3]《毛诗》曰:"穀则异室,死则同穴。"郑玄注曰:"穴谓圹中墟也。"

原文

19.31 王尚书惠1尝看王右军夫人,[1]问:"眼耳未觉恶2不?"[2]答曰:"发白齿落,属乎形骸。

译文

王尚书惠曾经去看望王右军(羲之)的夫人,问道:"您的视力、听力没有觉得衰退吧?"她回答道:"头发转白,牙齿脱落,是属于形体上的衰老。至于视力和至于眼耳，关于神明，那可便与人隔？”

19.32 韩康伯母殷，随孙绘之[3]之衡阳，[3]于阖庐洲[4]中逢桓南郡。卞鞠是其外孙，时来问讯。谓鞠曰：“我不死，见此竖二世作贼[5]！”在衡阳数年，绘之遇桓景真[6]之难也，[4]殷抚尸哭曰：“汝父昔罢豫章，征书朝至夕发。汝去郡邑数年，为物不得动，遂及于难，夫复何言！”

听力，却关系到人的精神，怎么能丧失视听，从而和人世隔绝呢？”

韩康伯（伯）的母亲殷氏，随同孙子韩绘之到衡阳，在阖庐洲上遇到桓南郡（玄）。卞鞠是殷氏的外孙，时常来问安。殷氏对卞鞠说：“我若不死，则会亲眼看见这小子父子两代人做乱臣贼子！”在衡阳住了几年，碰上桓景真（亮）作乱，绘之被害，殷氏抚尸痛哭道：“你父亲从前被免去豫章太守时，征调他的文书早上一到，他傍晚就出发了。你被免去衡阳太守已经几年了，却为别人的事而不能动身，以致遭难，这还有什么可说的！”

今注

1 王尚书惠：即王惠，字令明，琅邪临沂（今山东临沂）人。历吏部尚书，赠太常卿。王羲之之从孙。

2 恶：官能衰退。

3 绘之：韩绘之，字季伦。韩康伯子，仕至衡阳太守。

4 阖庐洲：长江中小洲名。

5 二世作贼：桓玄父桓温晚年有不臣之志，及桓玄篡逆，故云“二世作贼”。

6 桓景真：桓亮，字景真，大司马桓温之孙。父济，叔父玄，篡逆见诛。

刘注

[1]《宋书》曰：“惠字令明，琅邪人。历吏部尚书，赠太常卿。”

[2]《妇人集》载谢表曰:“妾年九十,孤骸独存,愿蒙哀矜,赐其鞠养。”

[3]《韩氏谱》曰:“绘之字季伦。父康伯,太常卿。绘之仕至衡阳太守。”

[4]《续晋阳秋》曰:“桓亮字景真,大司马温之孙。父济,给事中。叔父玄,篡逆见诛,亮聚众于长沙,自号湘州刺史。杀太宰甄恭、衡阳前太守韩绘之等十余人。为刘毅军人郭珍斩之。”

术解第二十

导读

术解，即有点特异功能，通晓技艺，善解疑难。本门共十一条。

本篇所述及的技艺主要指占卜和医药，还包括音乐。这一时期，道教盛行，讲求占卜，宣扬迷信，荒诞不经。比如，有个人看了羊祜父亲的墓地，说他的后代应该会出真命天子。羊祜讨厌他的话，就把坟后的地挖断，认为这样可以破坏坟山的气脉。那个人又去看了地，说，你家还是要出一个断臂三公。不久羊祜从马上跌了下来，摔断了手臂。羊祜后来果然高升到公的位子。再如，郗愔信奉天师道非常虔诚，他常闹肚子痛，请了许多医生诊治都不见好。听说僧人于法开有办法，就请他来。于法开诊脉后说，你的病是修行过度所引起的。于是配了一剂汤药，郗愔服了大泻，泻下一堆纸团。剖开一看，竟是他从前所服的符箓。这就是迷信带来的恶果。

原文

20.1 荀勖善解音声，时论谓之“暗解”。遂调律吕[1]，正雅乐[2]。每至正会，殿庭作乐，自调宫商，无不谐韵。阮咸妙赏，时谓“神解”。每公会作乐，

译文

荀勖很懂音律，当时人认为他是“暗解”。于是由他来调节音律，校正用于各种正式场合的正乐。每到正月初一举行朝会，殿堂上演奏音乐，他都亲自调节五音，韵律无不和谐顺畅。阮咸对音乐的鉴赏能力非常高妙，当时人认

而心谓之不调。既无一言直[3]勖，意忌之，遂出阮为始平[4]太守。后有一田父耕于野，得周时玉尺，便是天下正尺。荀试以校己所治钟鼓、金石、丝竹，皆觉短一黍[5]，于是伏阮神识。[1]

为他是“神解”。每逢官府集会奏乐，他都认为音律不够协调。他没有讲过一句肯定荀勖的话，荀勖心中非常忌恨，于是就调他出任始平太守。后来有一个农夫在田野里耕种，得到一根周代玉尺，这便是天下的标准尺。荀勖试着用它来校正自己调试的钟鼓、金石、丝竹等乐器，律管都要短一黍的长度，这时他不得不佩服阮咸的神妙见识。

今注

1 律吕：古代校正乐律的器具。用竹管或金属管制成，共十二管，管径相等，以管的长短来确定音的不同高度。从低音算起，成奇数的六个管叫作“律”，成偶数的六个管叫作“吕”。亦指乐律或音律。

2 雅乐：古代帝王祭祀，宴享等正式场合所用的乐舞。

3 直：认为……正确。

4 始平：西晋郡名，治所在槐里(今陕西兴平东南)。

5 一黍：即一黍的长度。古代度量衡以中等籽粒的黍作为标准。

刘注

[1]《晋后略》曰：“钟律之器，自周之末废，而汉成、哀之间，诸儒修而治之。至后汉末，复隳矣。魏氏使协律知音者杜夔造之，不能考之典礼，徒依于时丝管之声、时之尺寸而制之，甚乖失礼度。于是世祖命中书监荀勖依典制，定钟律。既铸律管，募求古器，得周时玉律数枚，比之不差。又诸郡舍仓库，或有汉时故钟，以律命之，皆不叩而应，声音韵合，又若俱成。”《晋诸公赞》曰：“律成，散骑侍郎阮咸谓勖所造声高，高则悲。夫亡国之音哀以思，其民困。今声不合雅，惧非德政中和之

音，必是古今尺有长短所致。然今钟磬是魏时杜夔所造，不与勖律相应，音声舒雅，而久不知夔所造，时人为之，不足改易。勖性自矜，乃因事左迁咸为始平太守，而病卒。后得地中古铜尺，校度勖今尺，短四分，方明咸果解音，然无能正者。”干宝《晋纪》曰：“荀勖始造《正德》《大象》之舞，以魏杜夔所制律吕，校大乐本音不和。后汉至魏尺，长于古四分有余，而夔据之，是以失韵。乃依《周礼》，积粟以起度量，以度古器，符于本铭。遂以为式，用之郊庙。”

原文

20.2 荀勖尝在晋武帝坐上食笋进饭，谓在坐人曰：“此是劳薪[1]炊也。”坐者未之信，密遣问之，实用故车脚。

20.3 人有相羊祜父墓，后应出受命君。祜恶其言，遂掘断墓后，以坏其势。相者立视之，曰：“犹应出折臂三公。”俄而祜坠马折臂，位果至公。[1]

20.4 王武子善解马性。尝乘一马，著连钱障泥[2]，前有水，终日不肯渡。王云：“此必是惜障泥。”使人解去，便径渡。[2]

译文

荀勖曾经在晋武帝（司马炎）的宴席上以竹笋下饭，对在座的人说道：“这笋是用车轮当柴火煮的。”座上的人不相信，暗中派人去询问，才知道的确是用旧车轮做燃料煮成的。

有一个会看风水的人看了羊祜父亲的坟地，说其后代会出禀受天命的君主。羊祜厌恶他的话，便把坟后的地挖断，以便破坏坟山的气脉。看风水的人立刻又去看，说道：“还是会出一个断臂三公。”不久，羊祜从马上跌下来，折断了手臂，后来果然升到三公之位。

王武子（济）很懂马的脾性。他曾经骑了一匹马，马身上套着有连钱纹的障泥，碰到前面有一条河，马始终不肯渡过去。王武子说：“这一定是马爱惜这个障泥。”叫人把障泥取下，马便径直过去了。

今注

1 劳薪:以车轮为薪。古时木轮车车轮吃力最大,使用数年后,可析之以为薪。

2 连钱:花纹、形状似相连的铜钱。 障泥:垂于马腹两侧,用于遮挡尘土、泥水的东西。

刘注

[1]《幽明录》曰:“羊祜工骑乘。有一儿五六岁,端明可喜。掘墓之后,儿即亡。羊时为襄阳都督,因盘马落地,遂折臂。于时士林咸叹其忠诚。”

[2]《语林》曰:“武子性爱马,亦甚别之。故杜预道:‘王武子有马癖,和长舆有钱癖。’武帝问杜预:‘卿有何癖?’对曰:‘臣有《左传》癖。’”

原文

20.5 陈述为大将军掾,甚见爱重1。及亡,郭璞往哭之,甚哀,乃呼曰:“嗣祖,焉知非福?”俄而大将军作乱,如其所言。[1]

20.6 晋明帝解占冢宅2闻郭璞为人葬,帝微服往看。因问主人:“何以葬龙角3?此法当灭族!”主人曰:“郭云此葬龙耳,不出三年,当致天子。”帝问:“为是出天子邪?”答曰:“非出天子,

译文

陈述任大将军(王敦)的属官,很受喜爱和看重。到他死后,郭璞去哭吊他,悲痛异常,竟然哭喊着说:“嗣祖,怎么知道你的死不是你的福气?”不久大将军发动叛乱,正应了郭璞所说的话。

晋明帝(司马绍)会看坟地和房基的风水。听说郭璞给人择了一块墓地,他就改穿平民服装前去查看。他看后问主人:“为什么葬在龙角上?这种葬法会遭灭族之祸!”主人说:“郭璞说过,这是葬在龙耳上,不出三年,就会引来天子。”明帝问:“是家中能出个天子?”主人回答说:“不是出个天子,而是能引得天子

能致天子问耳。”[2]

来询问而已。”

今注

1 爱重:喜爱,看重。

2 冢宅:坟地与房基。亦单指坟墓,坟地。

3 龙角:看风水的人以山势为龙,山连绵起伏的脉络为龙脉。这里指的是墓穴选择在龙角的位置上。

刘注

[1]《陈氏谱》曰:“述字嗣祖,颍川许昌人。有美名。”

[2] 青乌子《相冢书》曰:“葬龙之角,暴富贵,后当灭门。”

原文

20.7 郭景纯过江,居于暨阳[1],墓去水不盈百步,时人以为近水。景纯曰:“将当为陆。”[1] 今沙涨,去墓数十里皆为桑田。其诗曰:“北阜烈烈,巨海混混。[2] 垒垒三坟,唯母与昆。[3]”

20.8 王丞相令郭璞试作一卦。卦成,郭意色甚恶,云:“公有震厄。”王问:“有可消伏理不[4]?”郭曰:“命驾西出数里,得一柏

译文

郭景纯(璞)避乱过江,住在暨阳县,选择的坟墓离大江不到一百步,当时的人认为离江太近。景纯说:“这里不久就要成为陆地。”如今泥沙增长,离墓几十里远的地方都变成了陆地。郭璞有诗云:“北阜烈烈,巨海混混。垒垒三坟,唯母与昆。”

王丞相(导)叫郭璞试着占卜一卦。卦象得出后,郭璞的神色很难看,说道:“您有雷震之灾。”王丞相问:“有没有消灾的方法?”郭璞说:“您坐车往西走几里路,取一株柏树,截成和您的身高一样长,放在床上常睡的地方,

树，截断如公长，置床上常寝处，灾可消矣。”王从其语。数日中，果震柏粉碎，子弟皆称庆。[2]大将军云：“君乃复委罪于树木。”

灾难就可以消除了。”王丞相按他说的去做。几天以内，雷电果然把柏木击得粉碎，子侄们都来道贺。大将军（王敦）对郭璞说道：“您竟然把罪过推给树木。”

今注

1 暨阳：晋代县名。旧治在今江苏张家港杨舍镇。

2 “北阜”句：烈烈，形容山势高峻险阻。混混，形容波涛翻腾的样子。这句话的意思是：北边的山峰险峻巍峨，大海的波涛滚滚流过。

3 “垒垒”句：垒垒，重叠堆积。昆，哥哥。这句话的意思是：重叠垒起的三座高坟，里面有我的母亲和哥哥。

4 消伏：消除。　理：方法。

刘注

[1]《璞别传》曰：“璞少好经术，明解卜筮。永嘉中，海内将乱，璞投策叹曰：‘黔黎将同异类矣！’便结亲昵十余家，南渡江，居于暨阳。”

[2] 王隐《晋书》曰：“璞消灾转祸，扶厄择胜，时人咸言京、管不及。”

原文

20.9 桓公有主簿，善别酒，有酒辄令先尝。好者谓“青州从事”，恶者谓“平原督邮”。青州有齐郡，平原有鬲县；“从事”言到脐[1]，“督邮”言在鬲上住[1]。

译文

桓公（温）有一位主簿，长于品酒，因此有酒总是让他先品尝。他称好酒是“青州从事”，称劣酒是“平原督邮”。这是因为青州有个齐郡，平原有个鬲县；“从事”是说酒力能达到肚脐，“督邮”是说酒力只到膈膜就停

20.10 郗愔信道，甚精勤。常患腹内恶，诸医不可疗。闻于法开有名，往迎之。既来，便脉云："君侯[3]所患，正是精进太过所致耳。"合一剂汤与之。一服即大下，去数段许纸如拳大。剖看，乃先所服符也。[1]

止了。

郗愔信奉天师道，非常虔诚勤勉。他常常肚子不舒服，许多医生都治不好。听说于法开很有名气，便去请他来。于法开来了以后，就给他诊脉，说道："您所害的病，恰恰是修行过度引起的。"配了一剂汤药给他。他一服药就大泻，泻下几块拳头大小的纸团。剖开一看，原来是先前所吞服的符箓。

今注

1 "从事"言到脐：从事，即从事史，为州郡长官任命的僚属。青州从事管下属齐郡事，故云"到齐"，"齐"与"脐"谐音。言好酒喝了一直下到肚脐处。

2 "督邮"言在鬲上住：督邮是管巡察的官。平原郡督邮可以巡察下属鬲县，故云"鬲上住"。"鬲"与"膈"谐音。

3 君侯：对官位尊贵者的敬称。

刘注

[1]《晋书》曰："法开善医术，尝行，莫投主人，〔其家〕妻产，而儿积日不堕。法开曰：'此易治耳。'杀一肥羊，食十余脔而针之。须臾儿下，羊膋裹儿出。其精妙如此。"

原文

20.11 殷中军妙解经脉，中年都废。有常所给

译文

殷中军（浩）精通经络脉理，到中年就全都荒废了。他有一个经常使唤的仆

使，忽叩头流血。浩问其故，云："有死事，终不可说。"诘问良久，乃云："小人母年垂百岁，抱疾来久，若蒙官一脉，便有活理。讫就屠戮无恨。"浩感其至性，遂令舁[1]来，为诊脉处方。始服一剂汤，便愈。于是悉焚经方[2]。

人，忽然跪下不断地向他磕头，磕得头破血流。殷浩问他为什么，他说道："有件关系人命的事，不过终究不便说出来。"经过再三盘问，他才说道："小人的母亲将近一百岁了，自从患病到现在，已有很长时间，如果承蒙大人给诊一次脉，便有活下去的可能。事成之后，就是让我去死也无遗恨。"殷浩被他至诚的孝心感动，让他把母亲抬来，然后给她诊脉开药方。她刚刚服了一剂汤药，病就好了。从此殷浩便把他记载医药方剂的书全部烧了。

今注

1 舁(yú)：抬。

2 经方：指记载医药方剂的书。

巧艺第二十一

导读

巧艺，即精巧的技艺。本门共十四条。

本门所说的巧艺，包括琴棋书画、建筑和骑射等。比如，第二条记述了陵云台的设计者的高超技艺。曹魏时期，洛阳的陵云台建得非常精巧，据说建造之前先称过所有木材的轻重，然后才修建，所以它四面的重量不差分毫，楼台高峻，常随风摇摆，却没有倒塌。魏明帝登上陵云台，怕它有危险，就用大木头去支撑它，楼台随即倒塌了。舆论认为这是重心偏向一边的缘故。

第三条记述了韦诞的书法造诣。韦诞擅长书法，魏明帝修建宫殿，匾额没有题字就挂上去了，于是派韦诞爬上梯子去题字。韦诞畏惧登高，从梯子上下来后，须发全都白了。因此他告诫子孙不要再学习书法。

本门还记载了顾恺之的绘画才艺。顾恺之画人像，有的几年不点眼睛，有人问他为什么，他说身躯的美或丑，本来不牵涉到精妙之处。画像要能够传神，正在眼睛里面。顾恺之绘画技艺高妙，谢安曾经评价他的画是有人类以来没有的。

原文

21.1 弹棋[1]始自魏宫内用妆奁戏。[1]文帝于此戏特妙，用手巾角拂之，无不

译文

弹棋是从魏代后宫开始的，用女子梳妆的镜匣来做游戏。文帝（曹丕）对这种游戏特别精通，他用手巾角轻

中。有客自云能，帝使为之。客著葛巾角，低头拂棋，妙逾于帝。[2]

轻一击，棋子没有不被弹中的。有一位客人自称水平很高，文帝就叫他来试一试。客人戴着葛布头巾，低下头来用葛巾角轻击棋子，比文帝玩得更巧妙。

21.2 陵云台[2]楼观[3]精巧，先称平众木轻重，然后造构，乃无锱铢相负揭[4]。台虽高峻，常随风摇动，而终无倾倒之理。魏明帝登台，惧其势危，别以大材扶持之，楼即颓坏。论者谓轻重力偏故也。[3]

陵云台楼观精巧，建造之前先称量过所有木料的轻重，然后才建造，因此四面重量不差分毫。其楼台虽然高耸，常常随风摇摆，可是始终没有倾倒的可能。魏明帝（曹叡）登陵云台，害怕它有倾倒的危险，另外用大木头去支撑它，结果楼台随即就倒塌了。评论者认为这是它的重心偏向一边的缘故。

今注

1 弹棋：古代的一种游戏。曹操执政时，宫女们用金钗、玉梳等在镜匣上做这种游戏。

2 陵云台：三国魏时楼台名，在洛阳城内，据说是曹丕所建。

3 楼观：泛指楼殿之类的高大建筑物。

4 负揭：秤杆的下坠或翘起，不平衡。

刘注

[1] 傅玄《弹棋赋叙》曰："汉成帝好蹴踘，刘向以谓劳人体，竭人力，非至尊所宜御。乃因其体作弹棋。今观其道，蹴踘道也。"按玄此言，则弹棋之戏，其来久矣。且《梁冀传》云："冀善弹棋，格五。"而此云起魏世，谬矣。

[2]《典论》常《自叙》曰："戏弄之事，少所喜，唯弹棋略尽其妙。少时尝

为之赋。昔京师少工有二焉，合乡侯、东方世安、张公子，常恨不得与之对也。”《博物志》曰：“帝善弹棋，能用手巾角。时有一书生，又能低头以所冠葛巾角撇棋也。”

[3]《洛阳宫殿簿》曰：“陵云台上壁方十三丈，高九尺。楼方四丈，高五丈。栋去地十三丈五尺七寸五分也。”

原文

21.3 韦仲将能书。魏明帝起殿，欲安榜1，使仲将登梯题之。既下，头鬓皓然。因敕儿孙勿复学书。[1]

21.4 钟会是荀济北从舅，二人情好不协。荀有宝剑，可直2百万，常在母钟夫人3许。[2]会善书，学荀手迹，作书与母取剑，仍窃去不还。[3]荀勖知是钟，而无由得也，思所以报之。后钟兄弟以千万起一宅，始成，甚精丽，未得移住。荀极善画，乃潜往画钟门堂，作太傅形象，衣冠状貌如平生。二钟入门，便大感恸，宅遂空废。[4]

译文

韦仲将（诞）擅长书法。魏明帝（曹叡）修建宫殿，想安放一块匾额，便派仲将爬上梯子去题字。下来以后，仲将的鬓发全都变白了。于是他告诫子孙，不要再学习书法。

钟会是荀济北（勖）的从舅，两人感情不和。荀济北有一把宝剑，价值百万，经常放在母亲钟夫人那里。钟会擅长书法，模仿荀济北的笔迹，写了一封信给他母亲索取宝剑，就此骗去不还。荀济北知道是钟会干的，但是没有办法要回来，就琢磨着怎样报复他。后来钟家兄弟用了上千万钱修建一座住宅，刚刚落成，十分精致美观，不过还没有搬进去住。荀济北非常擅长绘画，就偷偷潜入钟家新宅的门堂，画了钟会的父亲太傅（钟繇）的形象，其衣着服饰、形体相貌都和生前一模一样。钟毓、钟会进门一见，便十分悲伤哀痛，这所宅子最终无人居住而荒废了。

今注

1 安榜:安放匾额。榜,匾额。

2 直:通“值”。价值。

3 钟夫人:魏太傅钟繇从女,荀肸(xī)妻,荀勖母。

刘注

[1]《文章叙录》曰:“韦诞字仲将,京兆杜陵人,太仆端子。有文学,善属辞。以光禄大夫卒。”卫恒《四体书势》曰:“诞善楷书,魏宫观多诞所题。明帝立陵霄观,误先钉榜,乃笼盛诞,辘轳长絙引上,使就题之。去地二十五丈,诞甚危惧。乃戒子孙绝此楷法,著之家令。”

[2]《孔氏志怪》曰:“勖以宝剑付妻。”

[3]《世语》曰:“会善学人书,伐蜀之役,于剑阁要邓艾章表,皆约其言。令词旨倨傲,多自矜伐。艾由此被收也。”

[4]《孔氏志怪》曰:“于时咸谓勖之报会,过于所失数十倍。彼此书画,巧妙之极。”

原文

21.5 羊长和博学工书,[1]能骑射,善围棋。诸羊后多知书,而射、奕[1]余艺莫逮。

21.6 戴安道就范宣学,[2]视范所为,范读书亦读书,范抄书亦抄书。唯独好画,范以为无用,不宜劳思[2]于此。戴乃画《南都赋图》[3],范看毕咨嗟,甚以为有益,

译文

羊长和(忱)学识渊博,擅长书法,能骑马射箭,精通围棋。羊家后代多懂书法,可是射箭、下棋这些技能都赶不上他。

戴安道(逵)登门向范宣学习,处处效仿范的做法,范读书,他也读书,范抄书,他也抄书。唯独在他喜欢绘画这一点上,范宣认为没用,不应该在这方面劳神费心。戴安道于是画了

始重画。

21.7 谢太傅云："顾长康画，有苍生来所无。"[3]

一幅《南都赋图》，范宣看了以后赞叹不已，认为很有好处，从此开始重视绘画。

谢太傅(安)说道："顾长康(恺之)的画，自有人类以来，前所未有。"

今注

1 奕：通"弈"。下棋。

2 劳思：苦思苦想，劳神费心。

3《南都赋图》：《南都赋》，东汉张衡的赋作。南都，即南阳郡，郡治宛(在今河南南阳)。东汉开国皇帝刘秀起家南阳，而宛在东汉都城洛阳之南，故称"南阳"。戴逵据此而作《南都赋图》，画中表现了南都之繁华，寓意世间繁华乃过眼烟云。

刘注

[1]《文字志》曰："忱性能草书，亦善行隶，有称于一时。"

[2]《中兴书》曰："逵不远千里，往豫章诣范宣，宣见逵，异之，以兄女妻焉。"

[3]《续晋阳秋》曰："恺之尤好丹青，妙绝于时。曾以一厨画寄桓玄，皆其绝者，深所珍惜，悉糊题其前。桓乃发厨后取之，好加理。后恺之见封题如初，而画并不存，直云：'妙画通灵，变化而去，如人之登仙矣。'"

原文

21.8 戴安道中年画行像甚精妙。庾道季看之，语戴云："神明太俗，由卿世情未尽。"戴云："唯务光[1]当

译文

戴安道(逵)中年所画的佛像非常精细巧妙。庾道季(龢)看了后，对他说："佛像的神韵画得过于俗气，这是由于你的世俗之情还没有除尽。"

免卿此语耳。”[1]

21.9 顾长康画裴叔则,颊上益三毛。人问其故,顾曰:“裴楷俊朗有识具[2],正此是其识具。”看画者寻之,定觉益三毛如有神明,殊胜未安[3]时。[2]

21.10 王中郎以围棋是坐隐,支公以围棋为手谈。[3]

戴安道说:“只有夏朝的隐士务光,才能免受你这番指责吧。”

顾长康(恺之)给裴叔则(楷)画的像,脸颊上增加了三撇胡须。有人问他是何缘故,顾长康回答道:“裴楷俊逸爽朗,有见识才具,这恰恰表现了他的见识才具。”看画的人仔细玩味,的确感到增加三撇胡须显得更有神采气度,比不加三撇胡须强多了。

王中郎(坦之)认为下围棋是坐下来隐语,支公(遁)把下围棋看成用手交谈。

今注

1 务光:夏时隐士。传说商汤伐夏桀之后,曾以天下让务光,务光以为天下无道,负石自沉于卢水。

2 识具:见识才能。

3 安:安放,添加。

刘注

[1]《列仙传》曰:“务光,夏时人也。耳长七寸,好鼓琴,服菖蒲韭根。汤将伐桀,谋于光,光曰:‘非吾事也。’汤曰:‘伊尹何如?’务光曰:‘强力忍诟,不知其它。’汤克天下,让于光,光曰:‘吾闻无道之世,不践其土。况让我乎?’负石自沈于卢水。”

[2] 恺之历画古贤,皆为之赞也。

[3]《博物志》曰:“尧作围棋,以教丹朱。”《语林》曰:“王以围棋为手谈,故其在哀制中,祥后客来,方幅会戏。”

原文

21.11 顾长康好写起人形,[1] 欲图殷荆州。殷曰:“我形恶,不烦耳。”顾曰:“明府 1 正为眼尔。[2] 但明点童子,飞白 2 拂其上,使如轻云之蔽日 3。”[3]

21.12 顾长康画谢幼舆在岩石里。人问其所以,顾曰:“谢云:‘一丘一壑,自谓过之。’4 此子宜置丘壑中。”

译文

顾长康(恺之)喜欢给人物写生,想画殷荆州(浩)。殷荆州说:“我的相貌很难看,不必麻烦了。”顾长康说:“明府只是因为眼睛罢了。只要将眼珠点出,用飞白笔法轻轻地从上面掠过,就像一抹淡淡的浮云遮住太阳一样。”

顾长康(恺之)画谢幼舆(鲲)的像,让他置身于高大的山石中。有人问他为什么要这样画,顾长康说:“谢幼舆说过:‘退隐岩壑而纵情山水之意,自以为超过庾亮。’因此这位先生应当置身于深山幽谷中。”

今注

1 明府:指殷仲堪。汉魏以来对太守、牧尹皆称府君或明府君,省称明府。

2 飞白:字画笔法的一种。用蘸墨很少的毛笔写画,使笔画露白,像枯笔所作。

3 “使如”句:徐震堮曰:“‘日’,《晋书》本传作‘月’,下有‘岂不美乎!仲堪乃从之’九字,语意始备。”

4 “谢云”句:参见《品藻》9.17。

刘注

[1]《续晋阳秋》曰:“恺之图写特妙。”

[2] 仲堪眇目故也。

[3] 日,一作“月”。

原文

21.13 顾长康画人，或数年不点目精。人问其故，顾曰："四体妍蚩[1]，本无关于妙处。传神写照，正在阿堵中。"

21.14 顾长康道："画'手挥五弦'易，'目送归鸿'难。"[2]

译文

顾长康(恺之)画人像，有的几年都不点上眼睛。有人问他为什么，顾长康回答道："身躯的美或丑，本来就与画的奥妙所在无关。画像要能传神，正在眼睛里面。"

顾长康(恺之)谈论作画说："要画出'手挥五弦'的动作容易，要画出'目送归鸿'的神态很难。"

今注

1 蚩：通"媸"。相貌丑。

2 按：顾长康常常用嵇康四言诗的意境来作画。嵇康《赠兄秀才入军诗》说："目送归鸿，手挥五弦，俯仰自得，游心太玄。"这里是评论画出这两种意境的难易。

宠礼第二十二

导读

宠礼，即恩宠和礼遇，得到帝王将相、三公九卿的厚待。本门共六条。

古代士人把自己的才能受到当权者的赏识看作莫大的荣耀，魏晋士人也不例外。比如，王珣和郗超都有特殊的才能，受到大司马桓温赏识和提拔。王珣任主簿，郗超任记室参军。王珣个头矮小，郗超脸上胡须很多。当时荆州人为他们编了个顺口溜，说“大胡子参军，矮个子主簿，能叫桓公欢喜，能叫桓公发怒”。又如，晋孝武帝在西堂会见群臣，伏滔也在座。他回到家，一下车就把儿子叫来，洋洋得意地把自己受到皇帝荣宠的情形告诉儿子，那种欢喜之情跃然纸上。

原文

22.1 元帝正会，引王丞相登御床[1]。王公固辞，中宗[2]引之弥苦。王公曰：“使太阳与万物同晖，臣下何以瞻仰？”[1]

22.2 桓宣武尝请参佐入宿，袁宏、伏滔相次而至。莅名，府中复有袁参军。彦伯疑焉，令传教[3]更质。传

译文

晋元帝（司马睿）正月初一朝会群臣，拉王丞相（导）和他一起登上御座。王公（导）坚决推辞，中宗（司马睿）更是竭力地拉他。王公道：“如果太阳和万物一起发出光辉，那么做臣子的人又怎么瞻仰太阳呢？”

桓宣武（温）曾经请他的部属到官府中住宿，袁宏、伏滔先后来到。临到报名，发现府中还有个袁参

教曰:“参军是袁、伏之袁,复何所疑?”

军。彦伯(袁宏)怀疑名单的袁参军不是自己,便叫传令官再去问一下。传令官道:“参军就是袁、伏之袁,还有什么怀疑的?”

22.3 王珣、郗超并有奇才,为大司马所眷拔[4]。珣为主簿,超为记室参军。超为人多髯,珣状短小。于时荆州为之语曰:“髯参军,短主簿,能令公喜,能令公怒。”[2]

王珣、郗超都有非凡的才能,受到大司马(桓温)的爱重提拔。王珣担任主簿,郗超担任记室参军。郗超脸上胡子很多,而王珣个头矮小。当时荆州地区的人为他们编了个顺口溜:“大胡子参军,矮个子主簿,能使桓公欢喜,能使桓公发怒。”

今注

1 御床:御座。

2 中宗:晋元帝庙号。

3 传教:郡吏。传达教令的小官。

4 眷拔:爱重提拔。

刘注

[1]《中兴书》曰:“元帝登尊号,百官陪位,诏王导升御坐,固辞然后止。”

[2]《续晋阳秋》曰:“超有才能,珣有器望,并为温所昵。”

原文

22.4 许玄度停都一月,刘尹无日不往,乃叹曰:“卿复少时不去,我成轻薄京尹!”[1]

译文

许玄度(询)在京都停留了一个月,刘尹(惔)没有一天不去他那里,于是叹息道:“你若再待一段时间还不走,我将成为不务正业的京兆尹

22.5 孝武在西堂[1]会，伏滔预坐。还，下车呼其儿，[2]语之曰：“百人高会，临坐未得他语，先问：‘伏滔何在？在此不？’此故未易得。为人作父如此，何如？”

晋孝武帝（司马曜）在西堂集会，伏滔也在座。伏滔回到家中，一下车就呼唤他的儿子，告诉他说：“在上百人的盛会上，皇上一落座，还来不及说别的话，就先问：‘伏滔在哪里？在不在这儿？’这样的宠幸是不容易得到的。做父亲的能够这样，你认为怎么样？”

22.6 卞范之为丹阳尹，羊孚南州[2]暂还，往卞许，云：“下官疾动[3]，不堪坐。”卞便开帐拂褥。羊径上大床，入被须[4]枕。卞回坐倾睐，移晨达莫[5]。羊去，卞语曰：“我以第一理[6]期卿，卿莫负我！”[3]

卞范之（鞠）任丹阳尹的时候，羊孚从姑孰暂时回到京都，到卞范之家中，说道：“下官疾病发作，不能坐。”卞范之就打开帐子，掸干净褥垫。羊孚径直上了床，盖上被子，靠着枕头。卞范之扭着身坐着，尽心照顾，从早晨一直到傍晚。羊孚临去，卞范之对他道：“我把头等重要的事托付予你，你不要辜负了我！”

今注

1 西堂：宫殿的西厢。

2 南州：指姑孰，故址在今安徽当涂。地处长江要津，为京师建康（今南京）西南门户。东晋时为豫州及南豫州治所。

3 疾动：疾病发作。

4 须：斜靠、靠着。

5 莫：同“暮”。

6 第一理：头等重要的事情。

刘注

[1]《语林》曰:"玄度出都,真长九日十一诣之,曰:'卿尚不去,使我成薄德二千石。'"

[2] 儿,即系也。丘渊之《文章录》曰:"系字敬鲁,仕至光禄大夫。"

[3] 丘渊之《文章录》曰:"范之字敬祖,济阴冤句人。祖崐,下邳太守。父循,尚书郎。桓玄辅政,范之迁丹阳尹。玄败,伏诛。"

任诞第二十三

导读

任诞，即蔑视礼法，放诞不羁。本门共五十四条。

本门是对魏晋时期名士们生活方式的集中描写。他们主张言行不必遵守礼法，凭禀性行事，不受任何羁绊，这样才能回归自然，才是真正的名士风度。在这种标榜下，许多人不加节制地纵情享乐。比如陈留郡阮籍、谯国嵇康、河内郡山涛，三人年纪相当。嵇康的年纪稍小一些。和他们情投意合的还有：沛国刘伶、陈留郡阮咸、河内郡向秀、琅邪郡王戎。这七个人常常在竹林之下聚会，毫无顾忌地纵情畅饮，世人把他们称为“竹林七贤”。再如，张翰是江东吴郡人，放荡不拘，有人把他比作步兵校尉阮籍，称他作“江东步兵”。有人对他说，你怎么可以图一时之乐，而不考虑死后的名声？张翰则说，与其死后有名，还不如现在喝杯酒。

原文

23.1 陈留阮籍、谯国嵇康、河内山涛，三人年皆相比，康年少亚之。预此契者：沛国刘伶、陈留阮咸、河内向秀、琅邪王戎。七人常集于竹林之下，肆意酣畅，故世谓“竹林七贤”。[1]

译文

陈留郡阮籍、谯国嵇康、河内郡山涛，三人的年龄相仿，嵇康稍微小一点儿。参加到这个意气相投的集会中的人还有：沛国刘伶、陈留阮咸、河内向秀、琅邪王戎。这七个人经常在竹林之下聚会，毫无顾忌地开怀畅饮，所以世人把他们称为“竹林七贤”。

23.2 阮籍遭母丧,在晋文王坐,进酒肉。司隶何曾[1]亦在坐,[2]曰:"明公方以孝治天下,而阮籍以重丧,显于公坐饮酒食肉,宜流之海外,以正风教。"文王曰:"嗣宗毁顿如此,君不能共忧之,何谓?且有疾而饮酒食肉,固丧礼也。[2]"籍饮啖不辍,神色自若。[3]

阮籍在为母亲服丧期间,在晋文王(司马昭)席间喝酒吃肉。司隶校尉何曾也在座,说道:"明公正在用孝道治理天下,可是阮籍在重丧时公然在您的宴席上饮酒吃肉,应当把他流放到边远之地,以端正风俗教化。"文王说道:"阮嗣宗居丧过哀以致如此消瘦疲乏,你不能和我一起为他分忧,还这样讲什么呢?再说,有疾病而喝酒吃肉,这本来就符合丧礼仪制啊!"阮籍依旧吃喝不停,神色和先前一样。

今注

1 何曾(199—279):魏晋时大臣。字颖考,陈国阳夏(今河南太康)人。三国魏时,累迁尚书,党附司马氏,劝司马炎代魏称帝。西晋初,以功加侍中,进位太傅。谄附贾充,为时所非。生活奢侈,日食万钱,仍说无下箸处。

2 按:此句见《礼记·曲礼上》:"居丧之礼……有疾则饮酒食肉,疾止复初。不胜丧,乃比于不慈不孝。"饮酒吃肉并不违反丧礼,居丧不能坚持到底,才是不孝。

刘注

[1]《晋阳秋》曰:"于时风誉扇于海内,至于今咏之。"

[2]《晋诸公赞》曰:"何曾字颖考,陈郡阳夏人。父夔,魏太仆。曾以高雅称,加性仁孝,累迁司隶校尉。用心甚正,朝廷师之。仕晋至太宰。"

[3] 干宝《晋纪》曰:"何曾尝谓阮籍曰:'卿恣情任性,败俗之人也。今忠

贤执政，综核名实，若卿之徒，何可长也！'复言之于太祖，籍饮啖不辍。故魏、晋之间，有被发夷傲之事、背死忘生之人，反谓行礼者，籍为之也。"《魏氏春秋》曰："籍性至孝，居丧虽不率常礼，而毁几灭性。然为文俗之士何曾等深所仇疾。大将军司马昭爱其通伟，而不加害也。"

原文

23.3 刘伶病[1]酒，渴甚，从妇求酒。妇捐酒毁器，涕泣谏曰："君饮太过，非摄生之道，必宜断之！"伶曰："甚善。我不能自禁，唯当祝鬼神自誓断之耳。便可具酒肉。"妇曰："敬闻命。"供酒肉于神前，请伶祝誓。伶跪而祝曰："天生刘伶，以酒为名。一饮一斛，五斗解酲[2]。[1]妇人之言，慎不可听！"便引酒进肉，隗然[3]已醉矣。[2]

译文

刘伶酒醉后身体不适，口渴得很厉害，便向妻子要酒。妻子把酒倒了，砸毁装酒的器皿，流着泪劝告他："您喝得太过分了，这不是保养身体的办法，一定要把酒戒掉。"刘伶说："很好。不过我不能控制自己，只有在鬼神面前祷告发誓才能戒掉。你去准备酒肉。"妻子说："我按你说的去办。"于是把酒肉供在神的面前，请刘伶祷告发誓。刘伶跪着祷告道："上天生了我刘伶，因为爱酒才有大名声。一次要喝一斛，喝五斗才会神志模糊。妇人的话，万万不可听从。"于是斟酒吃肉，醉醺醺地又倒下了。

今注

1 病：身体受损。此指身体不适。

2 酲(chéng)：酒醉后神志模糊的状态。

3 隗(wěi)然：倾颓的样子。

刘注

[1] 毛公《注》曰:"酒病曰酲。"

[2] 见《竹林七贤论》。

原文

23.4 刘公荣与人饮酒,杂秽非类。人或讥之,答曰:"胜公荣者,不可不与饮;不如公荣者,亦不可不与饮;是公荣辈者,又不可不与饮。故终日共饮而醉。"[1]

23.5 步兵校尉[1]缺,厨中有贮酒数百斛,阮籍乃求为步兵校尉。[2]

23.6 刘伶恒纵酒放达,或脱衣裸形在屋中。人见讥之,伶曰:"我以天地为栋宇,屋室为幝[2]衣,诸君何为入我幝中?"[3]

译文

刘公荣(昶)和人喝酒,与一些不是同一身份地位的人混杂在一起。有人指责他,刘公荣回答道:"胜过公荣的人,不能不和他一起喝;不如公荣的人,也不能不和他一起喝;和公荣同类的人,更不能不和他一起喝。所以整天和他们一起喝酒直到酩酊大醉。"

步兵校尉的职位空出来了,步兵营的厨房中储存有几百斛酒,阮籍就请求调去做步兵校尉。

刘伶经常纵情狂饮,放诞不羁,有时脱去衣衫裸体待在屋里。有人看见了就讥笑他,刘伶说:"我把天地作为房屋,居室作为衣裤,诸位为什么要钻进我的裤子中来?"

今注

1 步兵校尉:官名。领宿卫营兵,下置司马等。

2 幝(kūn):此指有裆的裤子。

刘注

[1]《刘氏谱》曰："昶字公荣，沛国人。"《晋阳秋》曰："昶为人通达，仕至兖州刺史。"

[2]《文士传》曰："籍放诞有傲世情，不乐仕宦。晋文帝亲爱籍，恒与谈戏，任其所欲，不迫以职事。籍常从容曰：'平生曾游东平，乐其土风，愿得为东平太守。'文帝说，从其意。籍便骑驴径到郡，皆坏府舍诸壁障，使内外相望，然后教令清宁。十余日，便复骑驴去。后闻步兵厨中有酒三百石，忻然求为校尉。于是入府舍，与刘伶酣饮。"《竹林七贤论》又云："籍与伶共饮步兵厨中，并醉而死。"此好事者为之言。籍景元中卒，而刘伶太始中犹在。

[3] 邓粲《晋纪》曰："客有诣伶，值其裸袒，伶笑曰：'吾以天地为宅舍，以屋宇为㡓衣，诸君自不当入我㡓中，又何恶乎？'其自任若是。"

原文

23.7 阮籍嫂尝还家，籍见与别。或讥之，[1] 籍曰："礼岂为我辈设也？"

23.8 阮公邻家妇，有美色，当垆 1 酤酒。阮与王安丰常从妇饮酒，阮醉，便眠其妇侧。夫始殊疑之，伺察，终无他意。[2]

23.9 阮籍当葬母，蒸一肥豚，饮酒二斗，然后临诀，直言："穷矣！"都 2 得一号，因吐血，废顿 3 良久。[3]

译文

阮籍的嫂嫂有一次回娘家，阮籍去见她与她告别。有人讥笑他，阮籍说："礼法难道是为我们这类人设立的吗？"

阮公（籍）邻居的妻子，长得非常漂亮，在酒店卖酒。阮公常常和王安丰（戎）到她那里喝酒，他喝醉了，便躺在那位妇女身边睡觉。她的丈夫最初很怀疑他，仔细观察后，发现他自始至终没有别的意图。

阮籍在他的母亲将要出葬的时候，蒸了一只小肥猪，喝了两大斗酒，然后去向母亲诀别，只说了声："完了！"总共就号哭了这一声，就口吐鲜血，很长时间僵卧不起。

今注

1 当垆(lú):古时卖酒的守在安放酒瓮的土垆边。

2 都:总共。

3 废顿:僵卧不起。

刘注

[1]《曲礼》:"嫂叔不通问。"故讥之。

[2] 王隐《晋书》曰:"籍邻家处子有才色,未嫁而卒。籍与无亲,生不相识,往哭,尽哀而去。其达而无检,皆此类也。"

[3] 邓粲《晋纪》曰:"籍,母将死,与人围棋如故,对者求止,籍不肯,留与决赌。既而饮酒三斗,举声一号,呕血数升,废顿久之。"

原文

23.10 阮仲容[1]步兵居道南,诸阮1居道北。北阮皆富,南阮贫。七月七日,北阮盛晒衣,皆纱罗锦绮2。仲容以竿挂大布犊鼻裈3于中庭。人或怪之,答曰:"未能免俗,聊复尔耳!"[2]

23.11 阮步兵[3]丧母,裴令公[4]往吊之。阮方醉,散发坐床,箕踞不哭。裴至,下席于地,哭吊唁4毕便去。或问裴:"凡吊,

译文

阮仲容(咸)、阮步兵(籍)住在路南,其他阮姓住在路北。路北的阮家都很富有,路南的阮家比较贫穷。七月七日,路北的阮家大晒衣服,都是一些华丽的丝织品。仲容用竹竿挂了一条粗布短裤晒在院子里。有人对他的做法感到奇怪,他回答道:"不能免除世俗常情,姑且这样做做罢了!"

阮步兵(籍)的母亲去世,裴令公(楷)去吊唁。阮步兵刚喝醉了酒,披散着头发,随意伸开两腿坐在床上,没有哭泣。裴令公到后,他离开坐席下地,裴令公哭泣致哀,吊唁完毕,便离开了。

主人哭，客乃为礼。阮既不哭，君何为哭？”裴曰：“阮方外之人，故不崇礼制。我辈俗中人，故以仪轨[5]自居。”时人叹为两得其中。[5]

有人问裴令公：“凡是吊丧，主人哭，客人才行礼。阮步兵既然不哭，您为什么哭呢？”裴令公说：“阮步兵是超尘脱俗的人，所以不尊崇礼制。我们这一类人是尘世中人，所以要遵守礼法规矩。”当时的人赞叹这话使阮、裴两人的行为都符合事理。

今注

1 诸阮：阮籍族中诸人。

2 纱罗锦绮（qǐ）：轻软细薄、有花纹的丝织品。代指华丽的丝织品。

3 犊（dú）鼻幝：短裤，一说围裙。

4 吊喭：吊唁哀悼。喭，吊唁，安慰。

5 仪轨：礼法规矩。

刘注

[1] 咸也。

[2]《竹林七贤论》曰：“诸阮前世皆儒学，善居室，唯咸一家尚道弃事，好酒而贫。旧俗：七月七日，法当晒衣，诸阮庭中，烂然锦绮。咸时总角，乃竖长竿，挂犊鼻幝也。”

[3] 籍也。

[4] 楷也。

[5]《名士传》曰：“阮籍丧亲，不率常礼，裴楷往吊之，遇籍方醉，散发箕踞，旁若无人。楷哭泣尽哀而退，了无异色，其安同异如此。”戴逵论之曰：“若裴公之致吊，欲冥外以护内，有达意也，有弘防也。”

原文

23.12 诸阮皆能饮酒,仲容至宗人[1]间共集,不复用常杯斟酌,以大瓮盛酒,围坐相向大酌。时有群猪来饮,直接去上,便共饮之。

23.13 阮浑长成,风气韵度似父,亦欲作达[2]。步兵曰:"仲容已预之[3],卿不得复尔。"[1]

23.14 裴成公妇,王戎女。王戎晨往裴许,不通径前。裴从床南下,女从北下,相对作宾主,了无异色。[?]

译文

许多姓阮的人都能喝酒,仲容(阮咸)和族人聚会,不再用普通的杯子倒酒喝,而是用大酒瓮装酒,大家围着坐成圆圈,面对面地大喝。当时有一群猪也来饮酒,它们径直上去喝,于是大家与猪又一道喝了起来。

阮浑长大成人,风韵气度都像他父亲,也想做放任不羁的人。步兵(阮籍)说道:"仲容(阮咸)已经加入我们这一流了,你不能再这样。"

裴成公(颜)的妻子,是王戎的女儿。王戎清晨到裴颜家中去,不经通报就径直进去。裴成公从床的南边下床,他的妻子从床的北边下床,和王戎宾主相对,没有一点儿不自在的神色。

今注

1 宗人:同族的人。

2 作达:仿效放达行为。即学做"竹林七贤",纵情恣意,放任不羁。

3 预之:参与其中,加入其中。

刘注

[1]《竹林七贤论》曰:"籍之抑浑,盖以浑未识己之所以为达也。后咸兄子简,亦以旷达自居。父丧,行遇大雪,寒冻,遂诣浚仪令,令为它宾

设黍臛，简食之，以致清议，废顿几三十年。是时竹林诸贤之风虽高，而礼教尚峻，迨元康中，遂至放荡越礼。乐广讥之曰：'名教中自有乐地，何至于此？'乐令之言有旨哉！谓彼非玄心，徒利其纵恣而已。"

[2]《裴氏家传》曰："颜取戎长女。"

原文

23.15 阮仲容先幸姑家鲜卑婢。及居母丧，姑当远移，初云当留婢，既发，定将去。仲容借客驴，著重服，自追之。累骑而返，曰："人种不可失！"即遥集之母也。[1]

23.16 任恺[1]既失权势，不复自检括[2]。或谓和峤曰："卿何以坐视元裒败而不救？"和曰："元裒如北夏门，拉攞[3]自欲坏，非一木所能支。"[2]

译文

阮仲容（咸）早先就宠爱姑母家的一个鲜卑族婢女。他在给母亲守孝期间，姑母要搬迁到远方去，最初说要留下这个婢女，出发以后，却把她带走了。仲容借了客人的驴子，身穿孝服，亲自去追她。两人同乘驴子回来，他说道："人种不能失去。"这个婢女就是遥集（阮孚）的母亲。

任恺失去权势以后，纵酒耽乐，不再约束自己。有人问和峤："你为什么眼看着元裒（任恺）败落而不去救他？"和峤说："元裒好像洛阳城北雄峻的北夏门，本来就要毁坏，不是一根木头所能支撑得住的。"

今注

1 任恺：字元裒(póu)，安乐博昌（今山东博兴）人，曹魏太常卿任昊之子。娶魏明帝曹叡之女齐长公主为妻，历任中书侍郎、员外散骑常侍。西晋建立后，累官吏部尚书，加奉车都尉，获朝野赞誉。但与宠臣贾充有朋党之争，仕途受阻，忧郁而死。

2 检括：检点约束。

3 拉攞(luō)：折裂，断裂。

刘注

[1]《竹林七贤论》曰："咸既追婢，于是世议纷然。自魏末沈沦闾巷，逮晋咸宁中，始登王途。"《阮孚别传》曰："咸与姑书曰：'胡婢遂生胡儿。'姑答书曰：'《鲁灵光殿赋》曰"胡人遥集于上楹"，可字曰遥集也。'故孚字遥集。"

[2]《晋诸公赞》曰："恺字元裒，乐安博昌人。有雅识国干，万机大小多综之。与贾充不平，充乃启恺掌吏部，又使有司奏恺用御食器，坐免官，世祖情遂薄焉。"

原文

23.17 刘道真少时，常渔草泽，善歌啸，闻者莫不留连。有一老妪识其非常人，甚乐其歌啸，乃杀豚进之。道真食豚尽，了不[1]谢。妪见不饱，又进一豚。食半余半，乃还之。后为吏部郎，妪儿为小令史，道真超用之。不知所由，问母，母告之。于是赍[2]牛酒诣道真。道真曰："去，去！无可复用相报。"[1]

译文

刘道真(宝)年轻时，经常到草泽中打鱼，他擅长咏啸，听到的人莫不流连忘返。有一个老妇人看他不是一个普通人，又非常喜欢听他咏啸，就杀了一只小猪请他吃。道真吃完了小猪，根本不答谢。老妇人见他还没有吃饱，又送上一只小猪。他吃了一半，剩下一半，就还给了她。后来他做了吏部郎，老妇人的儿子做小令史，道真越级任用了他。他不知道是什么原因，便去询问母亲，母亲把过去的事告诉了他。于是他便带上牛肉酒食去拜见道真。道真说道："走吧，走吧！不用再拿礼物来答谢了。"

今注

1 了不：完全不。

2 赍(jī)：携带。

刘注

[1] 刘宝，已见。

原文

23.18 阮宣子常步行，以百钱挂杖头，至酒店，便独酣畅。虽当世贵盛，不肯诣也。[1]

23.19 山季伦[1]为荆州，时出酣畅。人为之歌曰："山公时一醉，径造高阳池。日莫[2]倒载归，茗艼[3]无所知。复能乘骏马，倒著白接羅[4]。举手问葛彊，何如并州儿？"高阳池在襄阳。彊是其爱将，并州人也。[2]

译文

阮宣子（脩）常常徒步出行，把一百钱挂在手杖顶端，到了酒店，就独自开怀畅饮。即使是当代的权贵名流，他也不肯拜访。

山季伦（简）都督荆州的时候，经常出游开怀畅饮。人们给他编了一首歌谣道："山公时出谋一醉，径直造访高阳池。日暮横卧车中归，酩酊酣畅渺无知。又能扶醉骑骏马，头顶歪戴白接羅。扬手作势问葛彊，何如你这并州儿？"高阳池在襄阳县。葛彊是他的爱将，并州人。

今注

1 山季伦：即山简（253—312），西晋河内怀县（今河南武陟西南）人，字季伦。山涛幼子。性温雅，有父风。永嘉初，累官尚书左仆射，领吏部。三年(309)，任征南将军，都督荆、湘、交、广四州诸军事，镇襄阳。次年，遣兵促南阳地区流民归关中，激起王如等人起义。刘聪攻洛阳，他派援军北上，又为流民截击，退驻夏口。旋病死。

2 莫："暮"的本字。

3 茗艼：即"酩酊"。形容大醉。

4 接䍦(lí)：一种用白鹭羽毛装饰的便帽。

刘注

[1]《名士传》曰："脩性简任。"

[2]《襄阳记》曰："汉侍中习郁于岘山南，依范蠡养鱼法作鱼池，池边有高堤，种竹及长楸，芙蓉菱芡覆水，是游燕名处也。山简每临此池，未尝不大醉而还，曰：'此是我高阳池也！'襄阳小儿歌之。"

原文

23.20 张季鹰纵任不拘，时人号为"江东步兵[1]"。或谓之曰："卿乃可纵适一时，独[2]不为身后名邪？"答曰："使我有身后名，不如即时一杯酒。"[1]

23.21 毕茂世[3]云："一手持蟹螯，一手持酒杯。拍浮[4]酒池中，便足了一生。"[2]

23.22 贺司空入洛赴命，为太孙舍人。经吴阊门[5]，在船中弹琴。张季鹰本不相识，先在金阊亭[6]，闻弦甚清，下船就贺，因共语，便大相

译文

张季鹰(翰)纵情任性，放诞不羁，当时的人称他为"江东步兵"。有人对他说："你怎么可以放纵适意于一时，难道就不考虑死后的名声吗？"他回答道："与其死后有名，不如此刻有一杯酒。"

毕茂世(卓)说："一只手拿住蟹螯，一只手端着酒杯，在酒池里游泳，就足以了结这一辈子。"

贺司空(循)到京都洛阳就职，任太孙舍人。经过姑苏城的阊门，他正坐在船上弹琴。张季鹰(翰)和他素不相识，这时已先在金阊亭上，听见琴声非常清朗，就下船去找贺司

知说。问贺:“卿欲何之?”贺曰:“入洛赴命,正尔进路。”张曰:“吾亦有事北京[7]。”因路寄载,便与贺同发,初不告家,家追问,乃知。

空,于是一起谈论起来,彼此都非常赏识对方。张季鹰问贺司空:“你打算到哪里去?”贺司空说:“到洛阳去就职,正在赶路。”张季鹰说:“我也有事要到洛阳去。”他就顺路搭船,与贺司空同行。他事先并没有告诉家里,直到家中追问,才知道是这么一回事。

今注

1 江东步兵:意为江东的阮籍。

2 独:难道。

3 毕茂世:即毕卓,字茂世,新蔡鲖(zhòu)阳(今安徽临泉鲖城)人。性放达,好酒。太兴末为吏部郎,官至平南长史。

4 拍浮:击水浮游,游泳。

5 吴阊(chāng)门:古代吴县(今江苏苏州)城门名。

6 金阊亭:亭名。在古代吴阊门外。

7 北京:洛阳。西晋建都洛阳,南方人称洛阳为北京。

刘注

[1]《文士传》曰:“翰任性自适,无求当世,时人贵其旷达。”

[2]晋《中兴书》曰:“毕卓字茂世,新蔡人。少傲达,为胡毋辅之所知。太兴末,为吏部郎,尝饮酒废职。比舍郎酿酒熟,卓因醉,夜至其瓮间取饮之。主者谓是盗,执而缚之,知为吏部也,释之。卓遂引主人燕瓮侧,取醉而去。温峤素知爱卓,请为平南长史,卒。”

原文

23.23 祖车骑过江时，公私俭薄[1]，无好服玩。王、庾诸公共就祖，忽见裘袍重叠，珍饰盈列。诸公怪问之，祖曰："昨夜复南塘[2]一出。"祖于时恒自使健儿鼓行劫钞，在事之人，亦容而不问。[1]

23.24 鸿胪卿[3]孔群好饮酒，王丞相语云："卿何为恒饮酒？不见酒家覆瓿[4]布，日月糜烂？"群曰："不尔，不见糟肉乃更堪久？"群尝书与亲旧："今年田得七百斛秫米[5]，不了曲蘖[6]事。"[2]

23.25 有人讥周仆射与亲友言戏，秽杂无检节。[3]周曰："吾若万里长江，何能不千里一曲[7]？"

译文

祖车骑(逖)过江到南方的时候，国库私府都不丰裕，没有什么好的衣饰和玩物。王公(导)、庾公(亮)等人一起去看望他，忽然看见皮袍层层堆积，到处摆满了珍宝服饰。王公等人非常奇怪，便问祖车骑缘由，他说："昨晚又到秦淮河南岸走了一趟。"祖车骑当时经常派一些勇士公开去抢劫，负责的官员也容忍了他而不加过问。

鸿胪卿孔群喜欢喝酒，王丞相(导)对他说："你为什么经常喝酒？你难道没有看见酒店盖酒坛的布日久年长就碎烂了吗？"孔群说："不是这样。您难道没有看见用酒糟腌制的肉可以放更久吗？"孔群曾经写信给亲朋故旧说："今年田里收了七百斛秫米，不够酿酒之用。"

有人讥讽尚书周仆射(𫖮)和亲友谈笑戏乐污秽不雅，没有一点检点节制。周𫖮说："我好比万里长江，怎么能不千里而一曲？"

今注

1 俭薄：不丰裕，贫乏。

2 南塘：地名。在秦淮河南岸。

3 鸿胪卿：官名。掌管朝贺庆吊等礼仪。

4 瓿(bù)：古代的一种小瓮，可用以盛酒。

5 秫(shú)米：高粱米。

6 曲糵(qū niè)：这里指酿酒。曲，酒母。

7 千里一曲(qū)：古代传说黄河自昆仑山发源，长九千里，每一千里一曲，经九曲而流入渤海，即所谓“九曲黄河”。此处比喻行为不拘小节。

刘注

[1]《晋阳秋》曰：“逖性通济，不拘小节。又宾从多是桀黠勇士，逖待之皆如子弟。永嘉中，流民以万数，扬土大饥，宾客攻剽，逖辄拥护全卫，谈者以此少之，故久不得调。”

[2] 群，已见上。

[3] 邓粲《晋纪》曰：“王导与周顗及朝士诣尚书纪瞻观伎，瞻有爱妾能为新声。顗于众中欲通其妾，露其丑秽，颜无怍色。有司奏免顗官，诏特原之。”

原文

23.26 温太真位未高时，屡与扬州、淮中估客樗蒱[1]，与辄不竞。尝一过[2]，大输物，戏屈[3]，无因得反。与庾亮善，于舫中大唤亮曰：“卿可赎我！”庾即送直，然后得还。经此数四。[1]

23.27 温公喜慢语，

译文

温太真(峤)官位还不高的时候，屡次和扬州、淮中的客商赌博，总是不能取胜。曾经有一次，赌注非常大，他把钱都输光了，没有办法脱身。他和庾亮关系很好，便在船中大声呼喊庾亮道：“你该来赎我！”庾亮立刻把钱送过去，他才得以回来。这种事情曾经有过好几次。

温公(峤)喜欢不庄重地随便讲话，卞令(壸)却以礼法之士自居。两人到庾卞令礼法自居。[2]至庾公许，大相剖击。温发口鄙秽，庾公徐曰："太真终日无鄙言。"[3]

公（亮）那里，互相激烈地辩驳。温公出口庸俗粗鄙，庾公却慢悠悠地说道："太真（温峤）一整天也不会说一句不雅的话。"

今注

1 估客：行商，客商。　樗蒱（chū pú）：同"樗蒲"，古代的一种赌博游戏。

2 过：量词。次，遍。

3 戏屈（jué）：赌钱都输完了。屈，竭尽，穷尽。

刘注

[1]《中兴书》曰："峤有俊朗之目，而不拘细行。"

[2]《卞壸别传》曰："壸正色立朝，百寮严惮，贵游子弟，莫不祗肃。"

[3] 重其达也。

原文

23.28 周伯仁风德雅重，深达危乱。过江积年，恒大饮酒，尝经三日（不）醒[1]。时人谓之"三日仆射"。[1]

23.29 卫君长为温公长史，温公甚善之。每率尔[2]提酒脯就卫，箕踞相对弥日。卫往温许，亦尔。[2]

译文

周伯仁（𫖮）风操德行，一向高尚，深知国家危乱。过江多年，他常常痛饮，曾经一连三天酒醉不醒。当时的人称他为"三日仆射"。

卫君长（永）任温公（峤）的长史，温公待他特别友善。温公经常随随便便地提着酒肉到卫君长那里去，两人随意伸开双腿面对面坐着，喝一整天酒。卫君长到温公那里去也是如此。

今注

1 三日不醒:余嘉锡笺疏:"马国翰《语林》辑本注曰:'《御览》四百九十七引:周伯仁过江恒醉,止有姊丧三日醒,姑丧三日醒也。'……《南史·陈庆之传》载庆之子暄与兄子秀书云'昔周伯仁度江,唯三日醒。吾不以为少'云云。"徐震堮校笺:"'不'字衍。"

2 率尔:随便,无拘束貌。

刘注

[1]《晋阳秋》曰:"初,顗以雅望,获海内盛名,后屡以酒失。庾亮曰:'周侯末年,可谓凤德之衰也。'"《语林》曰:"伯仁正有姊丧,三日醉,姑丧,二日醉,大损资望。每醉,诸公常共屯守。"

[2] 卫永,已见。

原文

23.30 苏峻乱,诸庾逃散。庾冰时为吴郡,单身奔亡。民吏皆去,唯郡卒独以小船载冰出钱塘口,籧篨[1]覆之。时峻赏募觅冰,属所在搜检甚急。卒舍船市渚,因饮酒醉还,舞棹向船曰:"何处觅庾吴郡?此中便是!"冰大惶怖,然不敢动。监司见船小装狭,谓卒狂醉,都不复

译文

苏峻叛乱的时候,庾氏兄弟纷纷逃散。庾冰当时任吴郡内史,独自一人奔逃。百姓官吏都跑了,只有郡衙中一个小卒独自用小船载着庾冰划出钱塘江口,用粗席子遮盖着他。当时苏峻悬赏大肆搜捕庾冰,下令各处搜索,非常紧急。小卒丢下了船到小岛上去买东西,结果喝得醉醺醺地回来,挥舞着船桨对着船说:"到哪里去找庾吴郡?这里面就是!"庾冰听了非常恐惧,但是不敢动。负责监察的官员看见船非常窄小,认为是小卒烂醉胡说,一点儿也不再怀疑。

疑。自送过浙江，寄山阴魏家，得免。[1]后事平，冰欲报卒，适其所愿。卒曰："出自厮下，不愿名器。少苦执鞭[2]，恒患不得快饮酒。使其酒足余年，毕矣，无所复须。"冰为起大舍，市奴婢，使门内有百斛酒，终其身。时谓此卒非唯有智，且亦达生[3]。

小卒亲自把他送过钱塘江，寄住在山阴县魏家以后，庾冰才得以逃脱这场大难。叛乱平定以后，庾冰想要报答那个小卒，满足他的愿望。小卒说道："我是当差的出身，不愿做官。只是我从小就苦于给人当奴仆，经常不能够痛痛快快地喝酒。如果能让我后半辈子有足够的酒喝，我就满足了，没有其他什么需要。"庾冰给他修了一座大房子，买来奴婢，让他家里有成百斛酒，一直到他去世。当时的人认为这个小卒不但有智谋，而且对人生也很达观。

今注

1 籧篨(qú chú)：用竹子或苇子编成的粗席子。

2 执鞭：持鞭驾车。多借以表示卑贱的仆役。

3 达生：参透人生、不受世事牵累的达观态度。

刘注

[1]《中兴书》曰："冰为吴郡，苏峻作逆，遣军伐冰，冰弃郡奔会稽。"

原文

23.31 殷洪乔[1]作豫章郡，[1]临去，都下人因附百许函书。既至石头，悉掷水中，因祝曰："沉者自沉，浮者自浮，殷洪乔不能作

译文

殷洪乔（羡）出任豫章太守，临走时，京都人士托他带去一百来封信。走到石头城，他把信全部扔到江里，并且祷告道："要沉的自己沉下去，要浮的自己浮起来，殷洪乔不能做送信的

致书邮。"

23.32 王长史、谢仁祖同为王公掾。[2] 长史云:"谢掾能作异舞。"谢便起舞,神意甚暇。[3] 王公熟 2 视,谓客曰:"使人思安丰。"[4]

邮差。"

王长史(濛)和谢仁祖(尚)同在王公(导)手下做司徒掾,长史说道:"谢掾会跳一种不同寻常的舞蹈。"谢仁祖便跳起舞来,神情意态非常悠闲。王公仔细地看着他,对客人说道:"让人想起安丰(王戎)。"

今注

1 殷洪乔:即殷羡,殷浩之父,晋陈郡长平(今河南西华东北)人。历任豫章太守、光禄勋。

2 熟:仔细。

刘注

[1]《殷氏谱》曰:"羡字洪乔,陈郡人。父识,镇东司马。羡仕至豫章太守。"

[2]《王濛别传》曰:"丞相王导辟名士时贤,协赞中兴。旌命所加,必延俊乂,辟濛为掾。"

[3]《晋阳秋》曰:"尚性通任,善音乐。"《语林》曰:"谢镇西酒后,于槃案间,为洛市肆工鸲鹆舞,甚佳。"

[4] 戎性通任,尚类之。

原文

23.33 王、刘共在杭南 1,酣宴于桓子野家。[1] 谢镇西往尚书墓还,葬后三日反哭 2。诸人欲要之,

译文

王濛、刘惔住在朱雀桥南的乌衣巷,一同去桓子野(伊)家里畅饮。这时谢镇西(尚)从他的叔父谢尚书(裒)的墓地回来,这是安葬三天后迎神主回

初遣一信，犹未许，然已停车。重要，便回驾。诸人门外迎之，把臂便下。裁得脱帻着帽，酣宴半坐，乃觉未脱衰[3]。[2]

祖庙的哭祭。大家想邀请他来宴饮，最初派了一位送信的人去请，他还没有答应，可是已经把车子停了下来。再次邀请，他便掉转车头来了。大家都到门外去迎接，他握着别人的手臂便下了车。他只摘下头巾、戴上便帽就入席痛饮。坐着吃了好一会儿，他才发觉自己还没有脱掉丧服。

今注

1 杭南：即航南，朱雀桥南，指乌衣巷。东晋时，王谢诸名族聚居在这里。

2 反哭：古代丧礼仪式。葬后迎死者神主回祖庙并进行哭祭。

3 衰(cuī)：用粗麻布做的不缝边沿的丧服。

刘注

[1] 伊，已见。

[2] 尚书谢裒，尚叔也，已见。宋明帝《文章志》曰："尚性轻率，不拘细行。兄葬后，往墓还，王濛、刘惔共游新亭，濛欲招尚，先以问惔曰：'计仁祖正当不为异同耳。'惔曰：'仁祖韵中自应来。'乃遣要之。尚初辞，然已无归意。及再请，即回轩焉。其率如此。"

原文

23.34 桓宣武少家贫，戏大输，债主敦求甚切。思自振之方，莫知所出。陈郡袁耽[1]俊迈多能，[1]宣武欲求救于耽。耽时

译文

桓宣武(温)年轻时家里很贫穷，有一次赌博输了很多钱，债主催索得很急。他想转输为赢，却又想不出来方法。陈郡的袁耽杰出豪迈，多才多艺，宣武便想向他求救。当时袁耽正在守孝，宣

居艰，恐致疑，试以告焉。应声便许，略无嫌吝。遂变服，怀布帽，随温去与债主戏。耽素有艺名，债主就局，曰："汝故当不办[2]作袁彦道邪？"遂共戏。十万一掷，直上百万数。投马[3]绝叫，傍[4]若无人，探布帽掷对人曰："汝竟识袁彦道不？"[2]

武担心他犹豫，便试着把自己的想法告诉了他。袁耽随口就答应了，没有丝毫为难。于是他换了孝服，揣着布帽，跟随桓温前去和债主赌博。袁耽的赌博技能一向很出名，债主到了赌局后说道："你当然不可能是袁彦道吧？"于是两人一起赌博。赌注从一次十万钱，一直升到一次百万钱。袁耽每次掷下筹码就大呼大叫，旁若无人，从怀里摸出布帽扔向对方说："你到底认识不认识袁彦道？"

今注

1 袁耽(dān)：字彦道，陈郡阳夏（今河南太康）人。魏中郎令袁涣曾孙。少倜傥不羁，有杰出的才能，仕至司徒从事中郎。

2 不办：不会，不能。

3 马：赌博用的筹码。

4 傍(páng)：通"旁"。

刘注

[1]《袁氏家传》曰："耽字彦道，陈郡阳夏人，魏中郎令涣曾孙也。魁梧爽朗，高风振迈，少倜傥不羁，有异才，士人多归之。仕至司徒从事中郎。"

[2]《郭子》曰："桓公樗蒱，失数百斛米，求救于袁耽。耽在艰中，便云：'大快。我必作采，卿但大唤。'即脱其衰，共出门去。觉头上有布帽，掷去，著小帽。既戏，袁形势呼袒，掷必卢雉，二人齐叫，敌家顷刻失数百万也。"

原文

23.35 王光禄云："酒正使人人自远[1]。"[1]

23.36 刘尹云："孙承公，狂士。每至一处，赏玩累日，或回至半路却返。"[2]

23.37 袁彦道有二妹：一适[2]殷渊源，一适谢仁祖。[3]语桓宣武云："恨不更有一人配卿。"

译文

王光禄（蕴）说道："酒正好让每个人都忘掉自己。"

刘尹（惔）说道："孙承公（统）是一个狂放的人。每到一个地方，就一连几天地游玩观赏，有时已经往回走，半路上又转身返回。"

袁彦道（躭）有两个妹妹：一个嫁给了殷渊源（浩），一个嫁给了谢仁祖（尚）。他对桓宣武（温）说："可惜不能再有一个妹妹许配给你。"

今注

1 自远：忘却自己。

2 适：旧指女子出嫁。

刘注

[1] 光禄，王蕴也。《续晋阳秋》曰："蕴素嗜酒，末年尤甚。及在会稽，略少醒日。"

[2]《中兴书》曰："承公少诞任不羁，家于会稽，性好山水。及求鄞县，遗心细务，纵意游肆，名皐胜川，靡不历览。"

[3]《袁氏谱》曰："躭大妹名女皇，适殷浩；小妹名女正，适谢尚。"

原文

23.38 桓车骑在荆州，张玄为侍中，使至江陵。

译文

桓车骑（冲）任荆州刺史时，张玄任侍中，被派去江陵。他途中经过阳路经阳岐村，[1]俄见一人持半小笼生鱼，径来造船，云："有鱼欲寄作脍。"张乃维舟而纳之。问其姓字，称是刘遗民。[2]张素闻其名，大相忻1待。刘既知张衔命，问："谢安、王文度并佳不？"张甚欲话言，刘了无停意。既进脍，便去，云："向得此鱼，观君船上当有脍具，是故来耳。"于是便去，张乃追至刘家。为设酒，殊不清旨2。张高其人，不得已而饮之。方共对饮，刘便先起，云："今正伐荻3，不宜久废。"张亦无以留之。

岐村，忽然看见一个人提着半小筐活鱼，一直走到船边来，说道："有点鱼，想托你们把它切成细小的鱼片。"张玄就叫人拴好船让他上来。问他的姓名，他自称是刘遗民（骠之）。张玄早就听说过他的名声，非常高兴地接待了他。刘遗民得知张玄是奉命出行的官员后，就问道："谢安和王文度（坦之）都好吗？"张玄非常想和他交谈，刘遗民却完全没有一点儿留下来的意思。等到把切成的鱼片拿来后，他便要走，说道："刚才得到这些鱼，看您的船上应该有把鱼肉切细的刀具，因此才来的。"于是就走了，张玄就跟着到了刘家。刘遗民给他摆上酒，酒很浑浊，而且味道也不好。张玄非常敬重这个人，不得已就喝了酒。两人正在对饮时，刘遗民先站了起来，说道："现在正是割荻的时候，不宜耽搁久了。"张玄也没法挽留他。

今注

1 忻：同"欣"。喜悦，高兴。

2 清旨：清醇，清净纯正。

3 荻（dí）：芦苇一类的草。

刘注

[1] 村临江,去荆州二百里。

[2]《中兴书》曰:"刘驎之,一字遗民。"已见。

原文

23.39 王子猷诣郗雍州1,[1]雍州在内。见有毾㲪2,云:"阿乞那得此物!"[2]令左右送还家。郗出觅之,王曰:"向有大力者负之而趋。"[3]郗无忤色3。

23.40 谢安始出西4戏,失车牛,便杖策步归。道逢刘尹,语曰:"安石将无伤?"谢乃同载而归。

译文

王子猷(徽之)去拜访郗雍州(恢),雍州还在屋里。王子猷看见有毛毯,说道:"阿乞哪里得来这样的东西!"便令随从送回自己家里。郗雍州出来寻找毛毯,王子猷说道:"刚才有个大力士背着它跑了。"郗雍州并没有被冒犯之神色。

谢安初到建康,出去游玩,丢了车子和驾车的牛,只好拄着手杖步行回家。半路上,他碰见了刘尹(惔),刘尹说:"安石大概没有受伤吧?"谢安于是搭着他的车一起回了家。

今注

1 郗雍州:即郗恢,小字阿乞。

2 毾㲪(tà dēng):一种质地细密的毛毯。

3 忤色:抵触的神色,被冒犯的神色。

4 出西:指入都。因建康在会稽西,故有此说。

刘注

[1]《中兴书》曰:"郗恢字道胤,高平人。父昙,北中郎将。恢长八尺,美髭髯,风神魁梧。烈宗器之,以为蕃伯之望。自太子左率,擢为雍州

刺史。”

[2] 阿乞,恢小字。

[3]《庄子》曰:“夫藏舟于壑,藏山于泽,谓之固矣。然有大力者负之而走,昧者不知也。”

原文

23.41 襄阳罗友[1]有大韵,少时多谓之痴。尝伺人祠,欲乞食,往太蚤,门未开。主人迎神出见,问以非时何得在此,答曰:“闻卿祠,欲乞一顿食耳。”遂隐门侧,至晓,得食便退,了无怍容。为人有记功。从桓宣武平蜀,按行蜀城阙观宇,内外道陌广狭,植种果竹多少,皆默记之。后宣武(漂)〔溧〕[2]洲与简文集,友亦预焉,共道蜀中事,亦有所遗忘。友皆名列,曾无错漏。宣武验以蜀城阙簿,皆如其言,坐者叹服。谢公云:“罗友讵减魏阳元?”后为广州刺史,当之镇,刺史桓豁语令莫来

译文

襄阳罗友做人很有气度,年轻时许多人都说他傻。有一次,他打听到有人要祭神,想去讨点吃的,又去得太早,那家的门还没有开。后来主人出来迎神看见了他,问他为何这个时候待在这里,他回答道:“听说您要祭神,想讨一顿饭吃罢了。”便躲到门边等待,到了天亮,得了吃食便走,没有一点儿羞愧的神色。他的记忆力极强,跟随桓宣武(温)平定蜀地,视察巡行成都的城楼宫殿、庙宇房屋,城内城外道路的宽窄,种植的果木竹林的多少,都默默地记在心里。后来宣武在溧洲和简文帝(司马昱)举行会议,罗友也参加了,大家一起谈起蜀地的情况,往往有所遗忘。罗友却能一一说出来,没有一点儿错漏。宣武拿出记载蜀地城楼房舍情况的簿册来验证,和他所说的完全一样,在座的人都赞叹佩服。谢公(安)说道:“罗友哪里比不上魏阳元(舒)?”后来罗友出任广州刺史,当他将

宿。答曰："民已有前期。主人贫，或有酒馔之费，见与甚有旧。请别日奉命。"征西密遣人察之。至(日)〔夕〕[3]，乃往荆州门下书佐家，处之怡然，不异胜达。在益州，语儿云："我有五百人食器。"家中大惊，其由来清，而忽有此物，定是二百五十沓乌樏[4]。[1]

要到镇守的地方去赴任时，荆州刺史桓豁告诉他，要他晚上来住。他回答道："我先前已经与人有约，主人家中贫穷，可能已经花费钱财备办了酒食，我和他是老交情了。请允许我改日再拜访您。"征西(桓豁)暗中派人观察他，到了晚上，他竟去了荆州刺史的下属、一个负责文书的佐吏家，在那里，他非常愉快，不异于同名流显贵相处。他在益州担任刺史的时候，曾经对儿子说道："我有可供五百人食用的餐具。"家中的人大吃一惊，他向来清白，却突然有这种用品，一定是指二百五十套黑色食盒。

今注

1 罗友：字宅仁，一作"它仁"，襄阳(今属湖北)人。少好学，嗜酒，放达，为大司马桓温器重，官至襄阳太守、广益二州刺史。

2 据李慈铭说校改。

3 据徐震堮说校改。

4 沓(dá)：量词。套。　乌樏(lěi)：一种有格子的黑色食盒，即攒盒。乌樏多用于清贫之家。一沓可供两人使用，所以二百五十沓就是五百人的食具。

刘注

[1]《晋阳秋》曰："友字宅仁，襄阳人。少好学，不持节检。性嗜酒，当其所遇，不择士庶。又好伺人祠，往乞余食，虽复营署垆肆，不以为羞。桓温常责之云：'君太不逮！须食，何不就身求？乃至于此！'友傲然

不屑，答曰：'就公乞食，今乃可得，明日已复无。'温大笑之。始仕荆州，后在温府，以家贫乞禄。温虽以才学遇之，而谓其诞肆，非治民才，许而不用。后同府人有得郡者，温为席起别，友至尤晚。问之，友答曰：'民性饮道嗜味，昨奉教旨，乃是首旦出门，于中路逢一鬼，大见揶揄，云："我只见汝送人作郡，何以不见人送汝作郡？"民始怖终惭，回还以解，不觉成淹缓之罪。'温虽笑其滑稽，而心颇愧焉。后以为襄阳太守，累迁广、益二州刺史。在藩举其宏纲，不存小察，甚为吏民所安说。薨于益州。"

原文

23.42 桓子野每闻清歌[1]，辄唤"奈何[2]！"谢公闻之，曰："子野可谓一往有深情。"

23.43 张湛[3]好于斋前种松柏，[1]时袁山松出游，每好令左右作挽歌。[2]时人谓："张屋下陈尸，袁道上行殡。"[3]

译文

桓子野（伊）每逢听到优美的歌声，就要呼叫"奈何！"谢公（安）听见了，说道："子野可以说是一往情深。"

张湛喜欢在书房前面栽种松柏，当时袁山松外出游览，常常喜欢叫随从唱送葬的歌。当时的人形容道："张处度（湛）在屋里停放尸首，袁山松在路上运送灵柩。"

今注

1 清歌：优美的歌声。一说"清歌"是没有乐器伴奏的歌唱。

2 奈何：如何。感叹之辞。一说"奈何"是一人唱，众人呼唤"奈何"，帮腔相和。

3 张湛：东晋学者。字处度，高平（今山东巨野南）人。仕至中书侍郎、光禄勋。作《列子注》。注中征引何晏《道论》《无名论》和《庄子》

向秀注文,保存了一些资料。认为“群有以至虚为宗,万品以终灭为验”,论证万有以无为本。认为“气散形朽”,人的生命不能长久,承认世界的生成变化是“形气转续,代谢无间”的过程。但又由“生死气化”而主张“肆情纵欲”、及时行乐的人生观。著作另有《养生要集》《延年秘录》,均佚。

刘注

[1]《晋东宫官名》曰:“湛字处度,高平人。”《张氏谱》曰:“湛祖嶷,正员郎。父旷,镇军司马。湛仕至中书郎。”

[2] 山松别见。《续晋阳秋》曰:“袁山松善音乐。北人旧歌有《行路难曲》,辞颇疏质。山松好之,乃为文其章句,婉其节制。每因酒酣,从而歌之,听者莫不流涕。初,羊昙善唱乐,桓尹能挽歌,及山松以《行路难》继之,时人谓之‘三绝’。”今云“挽歌”,未详。

[3] 裴启《语林》曰:“张湛好于斋前种松,养鸲鹆。袁山松出游,好令左右作挽歌。时人云云。”

原文

23.44 罗友作荆州从事,桓宣武为王车骑集别,[1]友进坐,良久辞出。宣武曰:“卿向欲咨事,何以便去?”答曰:“友闻白羊肉美,一生未曾得吃,故冒求前耳,无事可咨。今已饱,不复须驻。”了无惭色。

译文

罗友任荆州从事,一天桓宣武(温)聚集大家给王车骑(洽)送别,罗友进来坐了很久,才告辞退出。宣武说道:“你刚才要和我商量什么事,怎么这就要走了呢?”罗友回答道:“我听说白羊肉味道鲜美,一辈子未曾吃过,所以冒昧地求见而已,实在没有什么事要商量。现在我已经吃饱,无须再留在这里了。”说时毫无愧色。

23.45 张骥酒后挽歌，甚凄苦。桓车骑曰："卿非田横[1]门人，何乃顿尔[2]至致？"[2]

张骥（湛）喝酒以后唱起了哀悼死者的歌，非常悲苦。桓车骑（冲）说道："你又不是齐王田横的门客，为什么突然就悲苦到这种地步？"

今注

1 田横（？—前202）：秦末狄县（今山东高青东南）人。本齐国贵族。秦末从兄田儋起兵，重建齐国。楚汉战争中自立为"齐王"，旋为汉军所破，投奔彭越。汉朝建立，率徒党五百余人逃亡海岛。汉高祖命其到洛阳，他被迫前往，因不愿称臣于汉，途中自杀。居海岛徒党闻田横死，也全部自杀。

2 顿尔：顿然，突然。

刘注

[1] 车骑，王洽，别见。

[2] 骥，张湛小字也。《谯子法训》云："有丧而歌者。或曰：'彼为乐丧也，有不可乎？'谯子曰：'《书》云："四海遏密八音。"何乐丧之有！'曰：'今丧有挽歌者，何以哉？'谯子曰：'周闻之：盖高帝召齐田横至于户乡亭，自刎奉首，从者挽至于宫，不敢哭而不胜哀，故为歌以寄哀音。彼则一时之为也。邻有丧，舂不相引，挽人衔枚，孰乐丧者邪？'"按《庄子》曰："绋讴所生，必于斥苦。"司马彪注曰："绋，引柩索也。斥，疏缓也。苦，用力也。引绋所以有讴歌者，为人有用力不齐，故促急之也。"《春秋左氏传》曰："鲁哀公会吴伐齐，其将公孙夏命歌《虞殡》。"杜预曰："《虞殡》，送葬歌，示必死也。"《史记·绛侯世家》曰："周勃以吹箫乐丧。"然则挽歌之来久矣，非始起于田横也。然谯氏引礼之文，颇有明据，非固陋者所能详闻。疑以传疑，以俟通博。

原文

23.46 王子猷尝暂寄人空宅住，便令种竹。或问："暂住何烦尔？"王啸咏良久，直指竹曰："何可一日无此君！"[1]

23.47 王子猷居山阴，夜大雪，眠觉，开室命酌酒。四望皎然[1]，因起彷徨[2]，咏左思《招隐诗》，[2]忽忆戴安道。时戴在剡，即便夜乘小船就之。经宿方至，造门不前而返。人问其故，王曰："吾本乘兴而行，兴尽而返，何必见戴？"

译文

王子猷(徽之)曾经暂时寄居在别人的空宅子里，随即叫人种竹子。有人问他："暂时住一住，何必这样麻烦？"王子猷啸咏了好久，才指着竹子说："怎么可以一天没有这位君子！"

王子猷(徽之)住在山阴县，晚上下起了一场大雪，他一觉醒来，打开房门，叫人斟酒。环视四周，一片皎洁，于是起身徘徊，朗诵左思的《招隐诗》，忽然想起隐士戴安道(逵)。当时戴安道住在剡县，他立即连夜坐小船赶到那里。船行了一夜方才到达，到了门口，没有进去就返回了。有人问他这是为什么，子猷说道："我本来是趁着一时的兴致去的，兴致没有了就回来，何必一定要见到戴安道呢？"

今注

1 皎然：明亮洁白貌。

2 彷徨：徘徊，游移不定。

刘注

[1]《中兴书》曰："徽之卓荦不羁，欲为傲达，放肆声色颇过度。时人钦其才，秽其行也。"

[2]《中兴书》曰："徽之任性放达，弃官东归，居山阴也。"左诗曰："杖策

招隐士,荒涂横古今。岩穴无结构,丘中有鸣琴。白雪停阴冈,丹葩曜阳林。"

原文

23.48 王卫军云:"酒正自引人著胜地。"[1]

23.49 王子猷出都,尚在渚[1]下。旧闻桓子野善吹笛,[2]而不相识。遇桓于岸上过,王在船中,客有识之者云:"是桓子野。"王便令人与相闻云:"闻君善吹笛,试为我一奏。"桓时已贵显,素闻王名,即便回下车,踞胡床,为作三调。弄[2]毕,便上车去,客主不交一言。

译文

王卫军(荟)说道:"酒的确可以把人引入一种美妙的境地。"

王子猷(徽之)从外地进京,船还停泊在青溪渚旁。他过去听说过桓子野(伊)擅长吹笛,可是并不认识。这时恰逢桓子野从岸上经过,王子猷在船中,听见乘客中有位认得的人说:"那是桓子野。"王子猷便叫人去向他传话:"听说您擅长吹笛子,试请为我演奏一曲。"桓子野当时已经位高名显,素来也听说过王子猷的大名,于是立即回身下车,坐在胡床上,为他吹了三支曲子。吹奏完毕,桓子野就上车走了,宾主双方没有交谈一句话。

今注

1 渚:指青溪渚。东晋建康青溪上的码头,是京都漕运要道。

2 弄:演奏。

刘注

[1] 王荟,已见。

[2]《续晋阳秋》曰:"左将军桓伊善音乐,孝武饮燕,谢安侍坐,帝命伊吹笛。伊神色无忤,既吹一弄,乃放笛云:'臣于筝乃不如笛,然自足以

韵合歌管。臣有一奴，善吹笛，且相便串，请进之。' 帝赏其放率，听召奴。奴既至，吹笛，伊抚筝而歌怨诗，因以为谏也。"

原文

23.50 桓南郡被召作太子洗马 1，[1] 船泊荻渚 2。王大服散后已小醉，往看桓。桓为设酒，不能冷饮，频语左右令温酒来。桓乃流涕呜咽 3，王便欲去。桓以手巾掩泪，因谓王曰："犯我家讳 4，何预卿事！" [2] 王叹曰："灵宝故自达！" [3]

译文

桓南郡（玄）出任太子洗马，船停泊在秦淮河附近的荻渚。王大（忱）服食五石散后已经有些醉意，去看望桓南郡。桓南郡为他安排了酒食，但他这时不能喝冷酒，不断地吩咐随从"温酒来"，桓南郡便呜呜咽咽地哭泣起来，王大见状便想离去。桓南郡拿手巾揩着眼泪，然后对王大说："犯的是我家的讳，关你什么事！"王大赞叹道："灵宝（桓玄）这人，的确旷达。"

今注

1 太子洗（xiǎn）马：东宫太子属官。

2 荻（dí）渚：地名，故址在今湖北江陵。

3 桓乃流涕呜咽：晋人风俗，听到已死尊长的名讳必须哭。"温"字犯了桓温的名讳，所以桓玄要哭。

4 家讳：父祖的名讳。王忱令温酒，犯桓玄父桓温讳。

刘注

[1]《玄别传》曰："玄初拜太子洗马，时朝廷以温有不臣之迹，故抑玄为素官。"

[2]《晋安帝纪》曰："玄哀乐过人，每欢戚之发，未尝不至呜咽。"

[3] 灵宝，玄小字也。《异苑》曰："玄生而有光照室，善占者云：'此儿生有奇耀，宜字为天人。'宣武嫌其三文，复言为'神灵宝'，犹复用三。既难重前，却减'神'一字，名曰'灵宝'。"《语林》曰："玄不立忌日，止立忌时，其达而不拘皆此类。"

原文

23.51 王孝伯问王大："阮籍何如司马相如？"王大曰："阮籍胸中垒块[1]，故须酒浇之。"[1]

23.52 王佛大叹言："三日不饮酒，觉形神不复相亲！"[2]

23.53 王孝伯言："名士不必须奇才，但使常得无事，痛饮酒，熟读《离骚》，便可称名士。"

23.54 王长史[2]登茅山[3]，大恸哭[4]曰："琅邪王伯舆，终当为情死！"[3]

译文

王孝伯（恭）问王大（忱）："阮籍与司马相如相比如何？"王大说道："阮籍只是胸中郁积了不平之气，所以需要借酒浇愁。"

王佛大（忱）叹息道："三天不喝酒，就觉得身体和精神不相亲密了！"

王孝伯（恭）说道："名士不一定需要杰出的才能，只要能经常清闲无事，痛痛快快地喝酒，熟读《离骚》，就可以称为名士。"

王长史（廞）登上茅山，放声痛哭道："琅邪王伯舆，终究会为感情而死。"

今注

1 垒块：比喻郁积在胸中的不平之气。

2 王长史：即王廞，字伯舆，出身琅邪王氏，王导之孙。历任太子中庶子、司徒左长史。

3 茅山：亦称三茅山，在今江苏句容东南。

4 恸哭：放声痛哭。

刘注

[1] 言阮皆同相如,而饮酒异耳。

[2]《晋安帝纪》曰:"忱少慕达,好酒,在荆州转甚,一饮或至连日不醒,遂以此死。"宋明帝《文章志》曰:"忱嗜酒,醉辄经日,自号'上顿'。世喭以大饮为'上顿',起自忱也。"

[3]《王氏谱》曰:"廞字伯舆,琅邪人。父荟,卫将军。廞历司徒长史。"周祇《隆安记》曰:"初,王恭将唱义,使喻三吴,廞居丧,拔以为吴国内史。国宝既死,恭罢兵,令廞反丧服。廞大怒,即日据吴都以叛。恭使司马刘牢之讨廞,廞败,不知所在。"

简傲第二十四

导读

简傲,即怠慢倨傲。本门共十七条。

高傲不敬,傲慢失礼,这是当时士族阶层生活表现出的一个方面。比如,在司马昭座上的客人都很严肃庄重,把他比作王者。只有阮籍伸开两腿,啸咏长歌,放纵畅饮,不改原来的态度。这说明他看不起司马昭。又如,嵇康和吕安是好朋友。一次吕安来访,嵇康不在。他的哥哥出门接待,吕安不肯进门,只在门上题了一个“凤(鳳)”字就走了。嵇喜没有弄懂,还以为是吕安高兴,夸他是神鸟,所以才写这个字。他不知道“凤”字是由“凡”“鸟”二字构成,比喻平凡的人物、庸才。吕安看不起嵇喜这样的凡夫俗子,用这个字来表示轻蔑。

原文

24.1 晋文王功德盛大,坐席严敬,拟于王者。[1] 唯阮籍在坐,箕踞啸歌,酣放[1]自若。

24.2 王戎弱冠诣阮籍,时刘公荣在坐。阮谓王曰:“偶[2]有二斗美酒,当与君共饮,彼公荣者,无预焉。”二人交觞酬酢[3],公荣遂不得

译文

晋文王(司马昭)功业巨大,德高望重,座席之间,人们都非常严肃庄重,好像在君王面前一样。只有阮籍在座上,伸开双腿,啸咏长歌,酣饮放达,泰然自若。

王戎年轻时去拜访阮籍,当时刘公荣(昶)也在座。阮对王说:“碰巧有两斗好酒,应该和你一起喝,那

一杯,而言语谈戏,三人无异。或有问之者,阮答曰:"胜公荣者,不得不与饮酒;不如公荣者,不可不与饮酒;唯公荣,可不与饮酒。"[2]

个公荣不能参与进来。"两人举杯相互敬酒,公荣始终没有得到一杯,可是言谈戏耍,三人并无不同。有人问这是为什么,阮籍回答道:"胜过公荣的人,我不能不和他喝酒;不如公荣的人,我不可以不和他喝酒;只有公荣这个人,我可以不和他一起喝酒。"

今注

1 酣放:嗜酒放纵、纵恣狂放。

2 偶:碰巧。

3 交觞酬酢:相互敬酒。酬,向客人敬酒。酢,向主人敬酒。

刘注

[1]《汉晋春秋》曰:"文王进爵为王,司徒何曾与朝臣皆尽礼,唯王祥长揖不拜。"

[2]《晋阳秋》曰:"戎年十五,随父浑在郎舍,阮籍见而说焉。每适浑俄顷,辄在戎室久之。乃谓浑:'濬冲清尚,非卿伦也。'戎尝诣籍共饮,而刘昶在坐不与焉,昶无恨色。既而戎问籍曰:'彼为谁也?'曰:'刘公荣也。'濬冲曰:'胜公荣,故与酒;不如公荣,不可不与酒;唯公荣者,可不与酒。'"《竹林七贤论》曰:"初,籍与戎父浑俱为尚书郎,每造浑,坐未安,辄曰:'与卿语,不如与阿戎语。'就戎,必日夕而返。籍长戎二十岁,相得如时辈。刘公荣通士,性尤好酒。籍与戎酬酢终日,而公荣不蒙一杯,三人各自得也。戎为物论所先,皆此类。"

原文

24.3 钟士季精有才理,先不识嵇康。钟要于时贤俊之士,俱往寻康。康方大树下锻,向子期为佐鼓排[1]。康扬槌不辍,傍若无人,移时不交一言。钟起去,康曰:“何所闻而来?何所见而去?”钟曰:“闻所闻而来,见所见而去。”[1]

24.4 嵇康与吕安[2]善,每一相思,千里命驾。[2]安后来,值康不在,喜[3]出户延之。不入,[3]题门上作“凤[4]”字而去。喜不觉,犹以为欣。故作“凤”字,凡鸟也。[4]

译文

钟士季(会)极有才思,先前并不认识嵇康。他邀约了当时一些才德出众的名士一起去探访嵇康。嵇康正在大树下打铁,向子期(秀)当他的助手拉着风箱。嵇康不停地挥动铁锤,旁若无人,过了好长时间也不说一句话。钟士季起身离去,嵇康说:“你听到了什么才来的?看见了什么才走的?”钟士季回答道:“听到了所听到的才来,看见了所看见的才走。”

嵇康和吕安非常要好,每当思念之时,即使相隔千里也要立刻动身造访。后来吕安到嵇康家里,恰巧嵇康不在,他的哥哥嵇喜出门迎请。吕安不肯进去,只在门上写了个“凤”字就走了。嵇喜没有弄懂,还为此高兴。吕安之所以写这个“凤”字,是在讽刺嵇喜是凡鸟。

今注

1 排:通“鞴”。皮制鼓风囊,俗称风箱。

2 吕安:字仲悌,山东东平(今山东东平)人。志量开旷,有拔俗风气。与嵇康、山涛、向秀友善,后为司马氏所杀。

3 喜:即嵇喜,字公穆,嵇康兄,谯郡铚县嵇山(今安徽涡阳)。曾任扬州刺史。

4 凤:繁体作“鳳”,从鸟凡声。

刘注

[1]《文士传》曰:“康性绝巧,能锻铁。家有盛柳树,乃激水以圜之,夏天甚清凉,恒居其下傲戏,乃身自锻。家虽贫,有人说锻者,康不受直。唯亲旧以鸡酒往,与共饮啖,清言而已。”《魏氏春秋》曰:“钟会为大将军兄弟所昵,闻康名而造焉。会,名公子,以才能贵幸,乘肥衣轻,宾从如云。康方箕踞而锻,会至,不为之礼,会深衔之。后因吕安事,而遂谮康焉。”

[2]《晋阳秋》曰:“安字中悌,东平人,冀州刺史招之第二子。志量开旷,有拔俗风气。”干宝《晋纪》曰:“初,安之交康也,其相思则率尔命驾。”

[3]《晋百官名》曰:“嵇喜字公穆,历扬州刺史,康兄也。阮籍遭丧,往吊之。籍能为青白眼,见凡俗之士,以白眼对之。及喜往,籍不哭,见其白眼,喜不怿而退。康闻之,乃赍酒挟琴而造之,遂相与善。”干宝《晋纪》曰:“安尝从康,或遇其行,康兄喜拭席而待之,弗顾,独坐车中。康母就设酒食,求康儿共语戏。良久则去,其轻贵如此。”

[4] 许慎《说文》曰:“凤,神鸟也。从鸟凡声。”

原文

24.5 陆士衡初入洛,咨张公所宜诣,刘道真是其一。陆既往,刘尚在哀制[1]中。性嗜酒,礼毕,初无他言,唯问:“东吴有长柄壶卢[2],卿得种来不?”陆兄弟殊失望,乃悔往。

24.6 王平子出为荆州,[1]王太尉及时贤送者倾路。时

译文

陆士衡(机)初到洛阳,请教张公(华)应该拜访的人,刘道真(宝)就是其中之一。陆士衡前去拜访的时候,刘还在守孝期间。他生性喜欢喝酒,叙礼以后,并没有说其他的话,只问:“东吴有一种长柄葫芦,你带种子来没有?”陆家兄弟非常失望,很后悔去拜访他。

王平子(澄)出任荆州刺史,王

庭中有大树，上有鹊巢。平子脱衣巾，径上树取鹊子，凉衣拘阂3树枝，便复脱去。得鹊子还，下弄，神色自若，傍若无人。[2]

太尉（衍）和来送行的当世名流布满道路。当时院子里有棵大树，树上有个喜鹊窝。平子脱去外衣和头巾，径直爬上树去掏小喜鹊，汗衫被树枝钩住，就又把汗衫脱掉。他掏到了小喜鹊，又在树下玩弄起来，神态自如，旁若无人。

24.7 高坐道人于丞相坐，恒偃卧其侧。见卞令，肃然改容云："彼是礼法人。"[3]

高坐道人在丞相（王导）家做客时，经常仰卧在他身旁。他见到卞令（壸），便一改神态，变得庄重严肃，说道："他是注重礼法的人。"

今注

1 哀制：为父母服丧的礼制。此指服丧、守孝。

2 壶卢：亦作"壶芦"，即葫芦。

3 拘阂(hé)：束缚阻碍。这里用作被动，指被钩住。

刘注

[1]《晋阳秋》曰："惠帝时，太尉王夷甫言于选者，以弟澄为荆州刺史，从弟敦为青州刺史。澄、敦俱诣太尉辞。太尉谓曰：'今王室将卑，故使弟等居齐、楚之地，外可以建霸业，内足以匡帝室，所望于二弟也。'"

[2] 邓粲《晋纪》曰："澄放荡不拘，时谓之达。"

[3]《高坐传》曰："王公曾诣和上，和上解带偃伏，悟言神解。见尚书令卞望之，便敛衿饰容，时叹皆得其所。"

原文

24.8 桓宣武作徐州，时谢

译文

桓宣武（温）任徐州刺史，这时

奕为晋陵，[1] 先粗经虚怀，而乃无异常。及桓迁荆州，将西之间，意气甚笃，奕弗之疑。唯谢虎子[1]妇王[2]悟其旨，[2] 每曰："桓荆州用意殊异，必与晋陵俱西矣。"俄而引奕为司马。奕既上，犹推布衣交[3]。在温坐，岸帻啸咏，无异常日。宣武每曰："我方外司马。"遂因酒，转[4]无朝夕礼。桓舍入内，奕辄复随去。后至奕醉，温往主[5]许避之。主曰："君无狂司马，我何由得相见？"

谢奕任晋陵郡太守，起初两人交往不过略微叙叙心怀，并没有什么特殊的交情。到桓宣武调任荆州刺史，将要西去赴任的时候，情意就特别深厚了，谢奕对这种情况并没有什么怀疑。只有他的弟弟谢虎子（据）的妻子王氏领悟了桓宣武的意图，常常说："桓荆州（温）的用意很特别，一定是要让晋陵（谢奕）一起到荆州去。"不久，桓宣武引荐谢奕为司马。谢奕到荆州以后，他们还保持着布衣之交。在桓宣武那里，他掀起头巾潇洒自在地啸咏吟唱，和往日完全一样。宣武常说："这是我的世外司马。"竟至因醉酒连日常应有的礼节也不讲了。桓宣武离开他进入内室，谢奕总是跟着进去。后来一到谢奕喝醉了，桓宣武就到妻子南康公主那里去躲避。公主说："你如果没有这样一位狂荡的司马，我怎么能够见到你？"

今注

1 谢虎子：谢据，小字虎子。

2 王：谢据妻王绥，王韬女，生谢朗。

3 推布衣交：以布衣之交相处。布衣交，贫贱时建立的平等而真挚的交情。

4 转：更加，越发。

5 主：公主。桓温妻为晋明帝女南康长公主。

刘注

[1]《中兴书》曰:“奕自吏部郎,出为晋陵太守。”

[2] 虎子,谢据小字,奕弟也。其妻王氏,已见。

原文

24.9 谢万在兄前,欲起索便器。于时阮思旷在坐,曰:“新出门户1,笃而无礼。”

24.10 谢中郎是王蓝田女婿,[1]尝著白纶巾,肩舆径至扬州听事见王,直言曰:“人言君侯痴,君侯信自痴。”蓝田曰:“非无此论,但晚令耳。”[2]

24.11 王子猷作桓车骑骑兵参军。桓问曰:“卿何署?”答曰:“不知何署,时见牵马来,似是马曹2。”[3]桓又问:“官有几马?”答曰:“不问马3,何由知其数?”[4]又问:“马比4死多少?”答曰:“未知生,焉知死5?”[5]

译文

谢万在哥哥面前,打算起身找便壶。当时阮思旷(裕)在座,说道:“新兴的门户,实在无礼。”

谢中郎(万)是王蓝田(述)的女婿,曾经戴着白色丝带做的头巾,坐着轿子径直到扬州官府的大厅上见王蓝田,直言不讳地说:“人家说你傻,你确实是傻。”蓝田道:“并非没有这种说法,只不过就是迟获美名罢了。”

王子猷(徽之)任桓车骑(冲)的骑兵参军。桓问他:“你在哪个官署?”王答道:“不知道是什么官署,时常看见有人牵马进来,好像是管马匹的官署。”桓又问:“官署里有多少马匹?”王答道:“我不问马,怎么知道马匹的数目?”桓又问:“马匹近来死了多少?”王答道:“我还不知道活着的,哪能知道死掉的?”

今注

1 新出门户：新兴的门第，犹言“暴发户”。

2 马曹：应为骑曹，掌管马匹的官署。马曹是王子猷戏谑之语。

3 不问马：语出《论语·乡党》。原文的意思是孔子的马棚失火，孔子只问有没有伤人，而“不问马”。

4 比：比来，近来。

5 未知生，焉知死：语出《论语·先进》。子路向孔子询问死是怎么回事，孔子说：“生的道理还不了解，怎么能了解死？”王子猷信口引用，并非原书本意。

刘注

[1]《谢氏谱》曰：“万取太原王述女，名荃。”

[2]《述别传》曰：“述少真独退静，人未尝知，故有晚令之言。”

[3]《中兴书》曰：“桓冲引徽之为参军，蓬首散带，不综知其府事。”

[4]《论语》曰：“厩焚，孔子退朝曰：‘伤人乎？’不问马。”注：“贵人贱畜，故不问也。”

[5]《论语》曰：“子路问死。孔子曰：‘未知生，焉知死？’”马融注曰：“死事难明，语之无益，故不答。”

原文

24.12 谢公尝与谢万共出西，过吴郡，阿万欲相与共萃王恬许 1。[1] 太傅云：“恐伊不必酬汝，意不足尔。”万犹苦要 2，太傅坚不回，万乃独往。坐少时，王

译文

谢公（安）和谢万一起到京都建康去，经过吴郡，阿万想一起到王恬那里聚会。太傅（谢安）说：“恐怕他不一定会招待你，我看不必这样。”谢万还是极力相邀，太傅坚决不改变主意，谢万便一个人去了。坐了一会儿，王恬

便入门内。谢殊有欣色，以为厚待己。良久，乃沐头散发而出，亦不坐，仍据胡床，在中庭晒头，神气傲迈 3，了无相酬对意。谢于是乃还，未至船，逆呼太傅。安曰：“阿螭不作尔！”[2]

就进里面去了。谢万露出非常欣喜的神色，以为会很盛情地招待自己。过了许久，王恬竟洗了头披着头发出来，也不陪客人坐，就又坐在胡床上，在院子里晒头发，神气高傲凌人，完全没有招待他的意思。谢万只好回去，还没有回到船上，就先大声呼叫太傅。太傅说：“阿螭（王恬）不做作，不虚以应酬而已！”

今注

1 萃：聚集，聚会。　许：住处，住所。

2 要：邀请。

3 傲迈：高傲凌人。

刘注

[1] 恬，已见。时为吴郡太守。

[2] 王恬，小字螭虎。

原文

24.13 王子猷作桓车骑参军。桓谓王曰：“卿在府久，比当相料理。”初不答，直高 1 视，以手版拄颊云：“西山朝来 2，致有爽气。”

24.14 谢万北征 3，常以啸咏自高，未尝抚慰众

译文

王子猷（徽之）任桓车骑（冲）的参军。桓车骑对王子猷说道：“你到府中已经很久了，近日应该处理一些事情了。”王子猷全不回答，只是眺望着远处，用手版撑着腮帮说：“西山的早晨，有一股清爽的气息。”

谢万北伐的时候，常常用长啸吟

士。谢公甚器爱万，而审其必败，乃俱行，从容谓万曰："汝为元帅，宜数唤诸将宴会，以说众心。"万从之。因召集诸将，都无所说，直以如意指四坐云："诸君皆是劲卒[4]。"诸将甚忿恨之。谢公欲深著恩信，自队主将帅以下，无不身造，厚相逊谢。及万事败，军中因欲除之，复云："当为隐士[5]。"故幸而得免。[1]

咏来显示自己的高贵，从来没有安抚慰劳过将士。谢公（安）非常器重爱护谢万，却察觉到他必然会失败，于是和他一起出征，乘方便时对他说道："你身为主帅，应该常常召请将士们来宴饮聚会，这会使大家心里高兴。"谢万听从了他的建议。于是召集了各位将领宴饮，席上谢万没有说什么，只是拿着如意指着满座的人说："诸位都是精壮的士兵。"众将领更加怨恨他。谢公想对他们施以恩信，自队长将帅以下，无不亲自登门拜访，非常诚挚谦恭地向他们致歉。等到谢万北伐失败后，军队内部想趁机除掉他，但又说："应当看隐士的面子。"因此万才能侥幸逃脱一死。

今注

1 高：远处。

2 西山：首阳山。《史记·伯夷列传》载，伯夷、叔齐义不食周粟，隐居首阳山，作歌道："登彼西山兮，采其薇矣。"王子猷用它来表示自己的超尘脱俗。　来：用在时间名词之后，近于后缀。

3 谢万北征：晋穆帝升平二年(358)，谢万受命北征前燕，次年于寿春大败而回，被废为庶人。

4 劲卒：精壮的士兵。

5 当为隐士：看在隐士面子上。隐士指谢安，当时其隐居会稽，尚未出仕。

刘注

[1] 万败事已见上。

原文

24.15 王子敬兄弟见郗公，蹑履[1]问讯，甚修外生[2]礼。及嘉宾死，皆著高屐，仪容轻慢。命坐，皆云："有事，不暇坐。"既去，郗公慨然曰："使[3]嘉宾不死，鼠辈敢尔？"[1]

24.16 王子猷尝行过吴中，见一士大夫家极有好竹。主已知子猷当往，乃洒扫施设[4]，在听事坐相待。王肩舆径造竹下，讽啸良久，主已失望，犹冀还当通，遂直欲出门。主人大不堪，便令左右闭门，不听出。王更以此赏主人，乃留坐，尽欢而去。

译文

王子敬（献之）兄弟拜见舅舅郗公（愔），恭恭敬敬地去问候，很讲究外甥做客的礼节。等到嘉宾（郗超）死后，他们再去见郗公时，都穿着高齿木屐，态度非常傲慢。让他们坐，他们都说："有事，没有时间坐。"他们走后，郗公感慨地说："如果嘉宾不死，这些鼠辈敢这样吗？"

王子猷（徽之）有一次路过吴中，看见一个士大夫家里有一片上好的竹林。竹林的主人已经知道子猷将会去赏竹，就打扫布置了一番，在大厅上坐着等候。王子猷坐着轿子径直来到竹林里，讽诵吟啸了很长时间，主人很失望，可还希望他回去时会派人来通报一下，谁知他竟然想直接出门而去。主人实在不能忍受，就命令手下的人把门关了，不许他出去。王子猷反而因主人愤然挡驾而赏识他，这才留坐，尽情欢乐了一番才离去。

今注

1 蹑履：古人家居脱鞋席地而坐，蹑履谓来不及穿鞋，拖着鞋子匆忙出迎。形容对来人的热情欢迎。亦指恭敬貌。

2 外生:外甥。

3 使:假如。

4 施设:安排,措置。

刘注

[1] 愔子超,有盛名,且获宠于桓温,故为超敬愔。

原文

24.17 王子敬自会稽经吴,闻顾辟疆[1]有名园,先不识主人,径往其家。值顾方集宾友酣燕[1],而王游历既毕,指麾[2]好恶,傍若无人。顾勃然不堪曰:"傲主人,非礼也;以贵骄人,非道也。失此二者,不足齿之伧[3]耳。"便驱其左右出门。王独在舆上,回转顾望,左右移时不至,然后令送著门外,怡然不屑。

译文

王子敬(献之)从会稽郡经过吴郡,听说顾辟疆家有一处非常著名的园林,他原先并不认识这个名园的主人,却径直到他家去了。正碰上顾辟疆邀集宾客朋友饮宴,而王子敬游览完毕后,只在那里指点,评论优劣,旁若无人。顾辟疆勃然大怒,忍无可忍,说道:"对主人傲慢,这是失礼;以贵盛傲视他人,这是失道。无礼无道的人,是不值一提的粗俗之人罢了。"说完就把他的随从赶了出去。王子敬独自坐在轿子里,四处张望,等了很久都不见随从来服侍,然后他就让主人把他送到门外,仍摆出一副怡然自得、满不在乎的样子。

今注

1 酣燕:亦作"酣宴",纵情饮宴。

2 指麾:指点。

3 伧:伧头,伧夫。指粗俗、鄙陋、没有教养的人。

刘注

[1]《顾氏谱》曰:"辟疆,吴郡人。历郡功曹、平北参军。"

排调第二十五

导读

排调，即戏谑调笑。一般指亲朋友人之间的嘲笑、戏弄、讽刺、反击、劝告、玩笑。本门共六十五条。

这些故事今天看来已经不好理解，需要仔细探讨，认真说明。比如，诸葛恢和王导一起争论姓氏的先后顺序，以别高低。凡是两字连读而有平仄的不同，总是平声在前，仄声在后。王字是平声，葛字是仄声。王导举例说，人们不说葛、王，而说王、葛，这说明王居于葛之前。诸葛恢则举了一个类似的例子，这就像人们说驴马，不说马驴，难道因此可以说驴胜过马吗？诸葛氏原为葛氏，后称诸葛。按照当时的规则，王氏应该在葛氏之前。

又如，习凿齿和孙绰尚不相识时，两人一起在桓温家做客，用《诗经》里的文句相互对答，互相戏谑。习凿齿是荆州襄阳郡人，孙绰于是引用《诗经·小雅·采芑》里的“蠢尔蛮荆，大邦为仇”，意思是“你们这些愚蠢的荆蛮，怎么敢和我大国为敌？”借此嘲笑习凿齿是荆蛮。习凿齿也引用《诗经》回敬他，用的是《诗经·小雅·六月》里的诗句“薄伐猃狁，至于太原”，意思是“讨伐猃狁，将其驱赶至太原”。因为孙绰是太原人。两人你来我往，针锋相对。

原文

25.1 诸葛瑾为豫州[1]，

译文

诸葛瑾做豫州牧的时候，派遣别

遣别驾[2]到台[3]，[1]语云："小儿知谈，卿可与语。"连往诣恪[4]，[2]恪不与相见。后于张辅吴坐中相遇，[3]别驾唤恪"咄咄郎君[5]"。恪因嘲之曰："豫州乱矣，何咄咄之有？"答曰："君明臣贤，未闻其乱。"恪曰："昔唐尧在上，四凶[6]在下。"答曰："非唯四凶，亦有丹朱。"于是一坐大笑。

驾从事入朝，并且告诉他说："我的儿子善于清谈，你可以去和他聊聊。"别驾接连去拜访诸葛恪，诸葛恪却不见他。后来他们两人在张辅吴(昭)家中的宴席上相遇，别驾唤恪为"咄咄郎君"。恪于是嘲笑他说："豫州出乱子了，还咄咄什么？"别驾答道："君主英明，臣下贤良，没有听说那里出了乱子。"恪说："古时候唐尧在上，下面尚有四凶。"别驾答道："不只有四凶，而且有不肖的丹朱。"于是满座的人都大笑起来。

今注

1 豫州：州名。治所在谯县(今安徽亳州)。

2 别驾：官名。刺史的重要佐吏。

3 到台：入朝。晋时称朝廷禁省为台。

4 恪(kè)：诸葛恪(203—253)，三国琅邪阳都(今山东沂南南)人，字元逊。诸葛瑾之子。吴嘉禾三年(234)，任抚越将军、丹阳太守，率兵攻山越，迁山越民于平原，收其丁壮为兵。孙权死，辅立孙亮，任大将军，专国政。力主攻魏，建兴二年(253)，攻合肥新城不克，士卒多伤病，因退兵。旋为皇族孙峻所杀。

5 咄咄郎君：好一个郎君。咄咄，感叹声，表示责备或惊诧。

6 四凶：即浑沌、穷奇、梼杌、饕餮四个不服从命令的部族首领。

刘注

[1] 瑾已见。

[2]《江表传》曰:"恪字元逊,瑾长子也。少有才名,发藻岐嶷,辩论应机,莫与为对。孙权见而奇之,谓瑾曰:'蓝田生玉,真不虚也!'仕吴至太傅。为孙峻所害。"

[3] 环济《吴纪》曰:"张昭字子布,忠正有才义,仕吴,为辅吴将军。"

原文

25.2 晋文帝与二陈[1]共车,过唤钟会同载,即驶车委去。比出,已远。既至,因嘲之曰:"与人期行,何以迟迟?望卿遥遥[2]不至。"会答曰:"矫然懿实,何必同群?[3]"帝复问会:"皋繇[4]何如人?"答曰:"上不及尧、舜,下不逮周、孔,亦一时之懿士。"[1]

译文

晋文帝(司马昭)和陈骞、陈泰一起乘车,路过钟家时招呼钟会一同乘坐,却不等他,立即驾车走了。等他出来,车子已经走远了。当他赶到以后,文帝就嘲笑他道:"和别人相约同行,为什么迟迟不出?大家盼着你,你却遥遥不至。"钟会回答道:"矫勇出众、有懿德实才的人,何必跟大家同群?"文帝又问钟会:"皋繇是怎样的一个人?"钟会回答道:"比上不如尧、舜,比下不如周公、孔子,但也是当时的懿德之士。"

今注

1 二陈:指陈骞(qiān)、陈泰。

2 遥遥:形容时间长久。钟会的父亲名繇,与"遥"同音,因此司马昭借此戏弄钟会。

3 按:陈骞的父亲是陈矫;司马昭的父亲是司马懿;陈泰的祖父是陈寔(同"实"),父亲是陈群。钟会在回答时,或者直接用他们长辈的名字,或者用同音字,借此进行报复。

4 皋繇(gāo yáo):又称皋陶,传说为东夷族的首领,偃姓。相传曾被舜任为掌管刑法的官,后被禹选为继承人,早死未继位。春秋时英、六等国之君即其后裔。

刘注

[1] 二陈,骞与泰也。会父名繇,故以"遥遥"戏之。骞父矫,宣帝讳懿,泰父群,祖父寔,故以此酬之。

原文

25.3 钟毓为黄门郎[1],有机警,在景王坐燕饮。时陈群子玄伯、武周[2]子元夏同在坐,[1]共嘲毓。景王曰:"皋繇何如人?[3]"对曰:"古之懿士[4]。"顾谓玄伯、元夏曰:"君子周而不比,群而不党[5]。"[2]

译文

钟毓任黄门侍郎,机智灵敏,一次在景王(司马师)那里宴饮。当时陈群的儿子玄伯(陈泰)、武周的儿子元夏(武陔)也在座,他们一起调笑钟毓。景王说:"皋繇是什么样的人?"钟毓回答道:"是古代的懿德之士。"又回过头去对玄伯、元夏说:"君子周而不比,群而不党。"

今注

1 黄门郎:官名。侍从皇帝,传达诏谕。

2 武周:字伯南,沛国竹邑(今安徽宿州)人。仕至光禄大夫。

3 按:司马师用钟毓父亲之名"繇"字调笑。

4 懿士:有美德的人。

5 君子周而不比:见《论语 · 为政》,意思是君子团结而不勾结。 群而不党:见《论语 · 卫灵公》,意思是合群而不结私党。按:这里用的"周"字和"群"字,正是武周和陈群的名讳,钟毓用双关语来报复他们。

刘注

[1]《魏志》曰:“武周字伯南,沛国竹邑人。仕至光禄大夫。”

[2] 孔安国注《论语》曰:“忠信为周,阿党为比。党,助也。君子虽众,不相私助。”

原文

25.4 嵇、阮、山、刘在竹林酣饮,王戎后往。步兵曰:“俗物[1]已复来败人意!”[1]王笑曰:“卿辈意亦复可败邪?”

25.5 晋武帝问孙皓:[2]“闻南人好作《尔汝歌》[2],颇能为不?”皓正饮酒,因举觞劝帝而言曰:“昔与汝为邻,今与汝为臣。上汝 杯酒,令汝寿万春。”帝悔之。

译文

嵇康、阮籍、山涛、刘伶在竹林中畅饮,王戎后到。步兵(阮籍)道:“俗物又来败坏人的兴致!”王戎笑道:“你们的兴致也是可以败坏的吗?”

晋武帝(司马炎)问孙皓道:“听说南方人喜欢作《尔汝歌》,你能唱吗?”孙皓正在喝酒,于是举起酒杯向武帝劝酒,并且唱道:“从前和你是近邻,今天给你做小臣。奉献给你一杯酒,祝你长寿万万春!”武帝后悔不该如此调笑他。

今注

1 俗物:俗人,世俗之人。魏晋名士以脱离世事为清高,常用“俗物”来骂那些和自己不相合的人。

2《尔汝歌》:魏晋时盛行于南方的民歌。歌词中以“尔”“汝”等称谓表示亲昵。“尔”“汝”都是你的意思。孙皓以亡国之君称呼武帝为“尔”“汝”,本来就是失礼的。

刘注

[1]《魏氏春秋》曰:"时谓王戎未能超俗也。"

[2]《吴录》曰:"皓字元宗,一名彭祖,大皇帝孙也。景帝崩,皓嗣位,为晋所灭,封归命侯。"

原文

25.6 孙子荆年少时欲隐,语王武子"当枕石漱流",误曰"漱石枕流"。王曰:"流可枕,石可漱乎?"孙曰:"所以枕流,欲洗其耳1;[1]所以漱石,欲砺其齿。"

25.7 头责秦子羽2云:[2]"子曾不如太原温颙3、颍川荀寓4、[3]范阳张华、士卿刘许5、[4]义阳邹湛6、河南郑诩7。[5]此数子者,或謇吃无宫商8,或尪陋9希言语,或淹伊10多姿态,或讙哗少智谞11,或口如含胶饴12,或头如巾齑杵13。[6]而犹以文采可观,意思详序,攀龙附凤,并登天府。"[7]

译文

孙子荆(楚)年轻时想要隐居山林,对王武子(济)说"我将枕石漱流",误说成"漱石枕流"。王武子说:"流水可以枕,石头能够漱口吗?"孙子荆说:"枕流,是想要洗耳朵;漱石,是想要磨砺牙齿。"

秦子羽的头颅谴责子羽说:"你竟不如太原温颙、颍川荀寓、范阳张华、宗正卿刘许、义阳邹湛、河南郑诩。这几个人,有的结结巴巴,说话不能抑扬顿挫;有的瘦弱丑陋,寡言少语;有的阿谀逢迎,忸怩作态;有的喧闹吵嚷,缺少智谋;有的口里像含着饴糖,会说甜言蜜语;有的脑袋像头巾包着棒槌,又小又尖。然而他们仍凭文采可观,思想周详而有条理,又会攀附权贵,最终都身居高位。"

今注

1 洗耳:比喻不愿过问世事。据说尧想召许由为九州长,许由认为听脏了自己的耳朵,就到颍水之滨去洗耳。参见皇甫谧《高士传》。

2 头责秦子羽:《头责子羽》,是张敏撰写的讽刺文,假托秦子羽的头颅来谴责子羽本人。

3 温颙(yóng):晋初人,事迹不详。《晋书·任恺传》记载温颙与张华、向秀、和峤等人党附任恺。

4 荀寓:字景伯。荀彧孙,官至尚书。

5 刘许:字文生,涿郡(治今河北涿州)人。惠帝时为宗正卿。

6 邹湛:字润甫,南阳新野(今河南新野)人,少以才学知名。仕魏,历任通事郎、太学博士。太康年间,出补渤海太守,转太子太傅,迁少府。

7 郑诩:字思渊,荥阳开封(今河南开封)人。官至卫骑卿。

8 謇吃:口吃。　无宫商:形容人口吃说话不好听。

9 尪(wāng)陋:瘦弱丑陋。

10 淹伊:阿谀逢迎貌。

11 讙(huān)哗:喧哗。　智谞(xū):才智、智谋。

12 胶饴:胶糖。

13 巾齑(jī)杵:用头巾包着捣姜、蒜等物的棒槌,形容头小。

刘注

[1]《逸士传》曰:"许由为尧所让,其友巢父责之。由乃过清泠水洗耳拭目,曰:'向闻贪言,负吾之友。'"

[2] 子羽,未详。

[3] 温颙,已见。《荀氏谱》曰:"寓字景伯,祖(式)〔彧〕,太尉。父(保)〔俣〕,御史中丞。"《世语》曰:"寓少与裴楷、王戎、杜默俱有名,仕晋,至尚书。"

[4]《晋百官名》曰:"刘许字文生,涿鹿郡人。父放,魏骠骑将军。许,惠帝时为宗正卿。"按许与张华同范阳人,故曰士卿,互其辞也。宗正卿,或

曰士卿。

[5]《晋诸公赞》曰:"湛字润甫,新野人。以文义达,仕至侍中。诩字思渊,荥阳开封人。为卫尉卿。祖泰,扬州刺史。父(褒)〔袤〕,司空。"

[6]《文士传》曰:"华为人少威仪,多姿态。"推意此语,则此六句,还以目上六人,而"口如含胶饴",则指邹湛。湛辩丽英博,而有此称。未详。

[7]《张敏集》载《头责子羽文》曰:"余友有秦生者,虽有姊夫之尊,少而狎焉。同时好昵,有太原温长仁颙、颍川荀景伯寓、范阳张茂先华、士卿刘文生许、南阳邹润甫湛、河南郑思渊诩。数年之中,继踵登朝,而此贤身处陋巷,屡沽而无善价,亢志自若,终不衰堕,为之慨然。又怪诸贤既已在位,曾无《伐木》嘤鸣之声,甚违王贡弹冠之义,故因秦生容貌之盛,为头责之文以戏之,并以嘲六子焉。虽似谐谑,实有兴也。"其文曰:"维泰始元年,头责子羽曰:'吾托子为头,万有余日矣。大块禀我以精,造我以形。我为子植发肤、置鼻耳、安眉须、插牙齿、眸子摛光,双颧隆起。每至出入之间,遨游市里,行者辟易,坐者竦踸。或称君侯,或言将军,捧手倾侧,伫立崎岖。如此者,故我形之足伟也。子冠冕不戴,金银不佩,钗以当笄,帢以代帼,旨味弗尝,食粟茹菜,隈摧园间,粪壤污黑,岁莫年过,曾不自悔。子厌我于形容,我贱子乎意态。若此者乎,必子行己之累也。子遇我如仇,我视子如仇,居常不乐,两者俱忧,何其鄙哉!子欲为人宝也,则当如皋陶、后稷、巫咸、伊陟,保乂王家,永见封殖。子欲为名高也,则当如许由、子臧、卞随、务光,洗耳逃禄,千岁流芳。子欲为游说也,则当如陈轸、蒯通、陆生、邓公,转祸为福,令辞从容。子欲为进趣也,则当如贾生之求试,终军之请使。砥砺锋颖,以干王事。子欲为恬淡也,则当如老聃之守一,庄周之自逸。廓然离欲,志陵云日。子欲为隐遁也,则当如荣期之带索,渔父之瀺灂,栖迟神丘,垂饵巨壑。此一介之所以显身成名者也。今子上不希道德,中不效儒墨,块然穷贱,守此愚惑。察子之情,观子之志,退不为于处士,进无望于三事,而徒玩日劳形,习为常人之所喜,不亦过乎!'于是子羽愀然深念而

对曰:'凡所教敕,谨闻命矣。以受性拘系,不闻礼义,设以天幸,为子所寄。今欲使吾为忠也,即当如伍胥、屈平。欲使吾为信也,则当杀身以成名。欲使吾为介节邪,则当赴水火以全贞。此四者,人之所忌,故吾不敢造意。'头曰:'子所谓天刑地网,刚德之尤,不登山抱木,则褰裳赴流。吾欲告尔以养性,诲尔以优游,而以虮虱同情,不听我谋,悲哉!俱寓人体,而独为子头!且拟人其伦,喻子侪偶。子不如太原温颙、颍川荀寓、范阳张华、士卿刘许、南阳邹湛、河南郑诩。此数子者,或謇吃无宫商,或尫陋希言语,或淹伊多姿态,或讙哗少智谞,或口如含胶饴,或头如巾齑杵,而犹文采可观,意思详序,攀龙附凤,并登天府。夫舐痔得车,沈渊得珠,岂若夫子徒令唇舌腐烂,手足沾濡哉?居有事之世,而耻为权图,譬犹凿池抱瓮,难以求富。嗟乎子羽!何异槛中之熊,深阱之虎,石间饥蟹,窦中之鼠。事力虽勤,见功甚苦。宜其拳局剪蹙,至老无所希也。支离其形,犹能不困,非命也夫!岂与夫子同处也!'"

原文

25.8 王浑与妇钟氏[1]共坐,见武子从庭过,浑欣然谓妇曰:"生儿如此,足慰人意。"妇笑曰:"若使新妇得配参军[2],生儿故可不啻如此。"[1]

25.9 荀鸣鹤[3]、陆士龙二人未相识,俱会张茂先坐。张令共语,以其并有大才,可勿作常语。陆举手曰:"云间陆士龙[4]。"

译文

王浑和他的妻子钟氏在一起坐着,看见武子(王济)从院中走过,他高兴地对妻子说:"生出这样的儿子,足够使人安心适意了。"妻子笑着说:"假使我和参军(王沦)婚配,生的儿子可就不止如此了。"

荀鸣鹤(隐)、陆士龙(云)两人互不相识,在张茂先(华)家的宴席上碰见了。张茂先让他们一起交谈,由于他们都有杰出的才能,便要求他们不要说那些平常的话。陆士龙举起手道:"云荀答曰:“日下荀鸣鹤[5]。”陆曰:“既开青云睹白雉[6],何不张尔弓,布尔矢?”荀答曰:“本谓云龙骙骙,定是山鹿野麋[7]。兽弱弩强,是以发迟。”张乃抚掌大笑。[2]

间陆士龙。”荀鸣鹤回答道:“日下荀鸣鹤。”陆士龙道:“拨开青天的云彩,看见白色的野鸡,为什么不张开你的弓,搭上你的箭?”荀鸣鹤回答道:“本来认为云中之龙,威武雄壮,却原来是山中之鹿,野地之麋。只因兽弱而弓强,所以才发箭迟缓。”张茂先于是拍手大笑。

今注

1 钟氏:王浑妻。名琰之,魏太傅钟繇曾孙女。

2 参军:指王浑弟王沦。

3 荀鸣鹤:即荀隐,字鸣鹤,颍川(今河南禹州)人。历任太子舍人、廷尉平。早卒。

4 云间陆士龙:陆云,字士龙,松江(今属上海)人,而松江古称云间。又,云中之龙是暗喻自己高贵。

5 日下荀鸣鹤:“日下”指京都。荀鸣鹤是河南颍川人,地近洛阳。又,日下指太阳之下,日下仙鹤也是暗喻自己高贵。

6 雉(zhì):野鸡。“雉”“日”音相近。暗指荀鸣鹤不是仙鹤。

7 麋:兽名,又叫四不像。暗指陆士龙并不是龙。

刘注

[1]《王氏家谱》曰:“沦字太冲,司徒穆侯中子,司徒浑弟也。醇粹简远,贵老、庄之学,用心淡如也。为《老子例略》《周纪》。年二十余,举孝廉,不行。历大将军参军。年二十五卒,大将军为之流涕。”

[2]《晋百官名》曰:“荀隐字鸣鹤,颍川人。”《荀氏家传》曰:“隐祖昕,乐安太守。父岳,中书郎。隐与陆云在张华坐语,互相反覆,陆连受屈,

隐辞皆美丽,张公称善云。世有此书,寻之未得。历太子舍人、延尉平,蚤卒。"

原文

25.10 陆太尉诣王丞相,[1] 王公食以酪。陆还遂病。明日,与王笺云:"昨食酪小过,通夜委顿。民虽吴人,几为伧鬼[1]。"

25.11 元帝皇子生,普赐群臣。殷洪乔谢曰:[2]"皇子诞育,普天同庆。臣无勋焉,而猥[2]颁厚赉。"中宗笑曰:"此事岂可使卿有勋邪?"

25.12 诸葛令、王丞相共争姓族先后。王曰:"何不言葛王,而云王葛?[3]"令曰:"譬言驴马,不言马驴,驴宁胜马邪?"[3]

译文

陆太尉(玩)去拜访王丞相(导),王公请他吃乳酪。陆太尉回家后便病了。第二天,他写信给王公说:"昨天吃乳酪稍为过量,整夜疲惫不堪。小民虽然是吴人,却差点儿成了北方的死鬼。"

元帝(司马睿)因皇子降生,遍赐群臣。殷洪乔(羡)谢恩道:"皇子诞生,普天之下共同庆贺。臣下没有功劳,却承蒙重赏。"中宗笑着说:"这件事岂能让你有功劳?"

诸葛令(恢)和王丞相(导)两人一起争论家族排列的先后。王丞相说:"为什么不说葛王,而说王葛?"诸葛令道:"譬如说驴马,而不说马驴,驴子难道胜过马吗?"

今注

1 伧(cāng)鬼:吴地人称北方人为伧。王导祖籍山东琅邪,酪又是北方的食物,陆玩因吃酪过量而生病,因此以伧鬼来调笑王导。

2 猥(wěi):谦词。指使对方屈尊。

3 按:晋时王氏、诸葛氏为世家大族,并称王葛。

刘注

[1] 陆玩，已见。

[2] 殷羡，已见。

[3] 诸葛恢，已见。

原文

25.13 刘真长始见王丞相，时盛暑之月，丞相以腹熨[1]弹棋局，曰："何乃渹[2]？"[1] 刘既出，人问见王公云何，刘曰："未见他异，唯闻作吴语耳。"[2]

25.14 王公与朝士共饮酒，举琉璃碗谓伯仁曰："此碗腹殊空，谓之宝器，何邪？"[3] 答曰："此碗英英[3]，诚为清彻，所以为宝耳。"

译文

刘真长（惔）初次见到王丞相（导），当时正是酷热的季节，丞相把腹部贴在弹棋的棋盘上，说道："怎么这么冰凉？"刘真长出来以后，有人问他见到王丞相感觉怎么样，他说："没见丞相有什么特别的地方，只是听到他说吴语罢了。"

王公（导）和朝廷官员一道喝酒，举起琉璃杯对着伯仁（周顗）说："这个碗腹中空空，还要称它是宝贵的器物，为什么呢？"伯仁回答道："这个碗非常精美，特别晶莹透明，这就是它成为宝物的原因。"

今注

1 熨（yùn）：指紧贴。

2 渹（chèng 或 qìng）：当时吴语。指冷、冰凉。

3 英英：俊美，精美。

刘注

[1] 吴人以冷为"渹"。

[2]《语林》曰:“真长云:‘丞相何奇?止能作吴语及细唾也。’”
[3] 以戏周之无能。

原文

25.15 谢幼舆谓周侯曰:“卿类社树,远望之,峨峨[1]拂青天;就而视之,其根则群狐所托,下聚溷[2]而已。”[1]答曰:“枝条拂青天,不以为高;群狐乱其下,不以为浊。聚溷之秽[3],卿之所保[4],何足自称[5]?”

25.16 王长豫幼便和令[6],丞相爱恣甚笃。每共围棋,丞相欲举行,长豫按指不听。丞相笑曰:“讵[7]得尔?相与似有瓜葛。”[2]

译文

谢幼舆(鲲)对周侯(顗)说:“你像种在土地神坛周围的树木,远远望去,高峻耸立,轻轻地擦拂着云霄;走近去看,根部有许多狐狸聚居,下面堆积着污秽之物罢了。”周侯回答道:“枝叶擦着青天,我不认为它高大;狐狸在下捣乱,我也不认为它混乱。那堆积的污秽之物,是你拥有的东西,哪里值得自吹自擂呢?”

王长豫(悦)从小温顺善良,丞相(王导)非常溺爱他。每当他们一起下围棋,丞相落了之后又想拿起重走,长豫按着他的手指不让。丞相笑道:“你怎么能够这样做?我们彼此之间好像还有一点亲戚关系吧。”

今注

1 峨峨:高峻耸立的样子。
2 溷(hùn):污秽物。
3 秽(huì):污秽,肮脏。
4 保:保有,拥有。
5 称:称道。此有自夸、自吹之义。

6 和令：温顺善良。

7 讵：表示反问。

刘注

[1] 谓顗好媟渎故。

[2] 蔡邕曰："瓜葛，疏亲也。"

原文

25.17 明帝问周伯仁："真长何如人？"答曰："故是千斤犗特 1。"王公笑其言。伯仁曰："不如卷角牸 2，有盘辟 3 之好。"[1]

25.18 王丞相枕周伯仁膝，指其腹曰："卿此中何所有？"答曰："此中空洞无物，然容卿辈数百人。"

25.19 干宝 4 向刘真长 [2] 叙其《搜神记》，[3] 刘曰："卿可谓鬼之董狐 5。"[4]

译文

晋明帝（司马绍）问周伯仁（顗）："真长（刘惔）是什么样的人？"周伯仁回答道："自然是个千斤重的阉牛。"王公（导）嘲笑他说的话。伯仁说："当然比不上特角卷曲的母牛，具有盘旋进退皆如人意的好处。"

王丞相（导）把头放在周伯仁（顗）的膝上，指着他的肚子说："你这里面有什么东西？"周伯仁回答道："这里面空空洞洞没有东西，却能够容纳下几百个像你这样的人。"

干宝向刘真长（惔）叙说他的《搜神记》，刘真长说："你可谓记载鬼神历史的史官董狐。"

今注

1 犗（jiè）特：阉割过的公牛，能任重致远。

2 牸（zì）：母牛。

3 盘辟:盘旋进退。徐震堮校笺:"犹盘旋也……言卷角牸不能如千斤犗特之任重致远,而折旋进退,皆如乘者之意。"

4 干宝(? —336):东晋史学家、文学家。字令升,新蔡(今属河南)人。勤学博览,并好阴阳术数。元帝时以佐著作郎领修国史,著《晋纪》,时称良史,今已佚。又编集神怪灵异故事为《搜神记》,原书已佚,今本为后人辑录。

5 董狐:亦称"史狐"。春秋时晋国史官。周人辛有之后裔,世袭太史职。晋灵公十四年(前 607),晋卿赵盾为避灵公害己而出走,未出境,其族人赵穿杀灵公。他认为赵盾应负其责,故在史册上写道:"赵盾弑其君。"被孔子誉为"古之良史"。

刘注

[1] 以戏王也。

[2]《中兴书》曰:"宝字令升,新蔡人。祖正,吴奋武将军。父莹,丹阳丞。宝少以博学才器著称,历散骑常侍。"

[3]《孔氏志怪》曰:"宝父有嬖人,宝母至妒,葬宝父时,因推著藏中。经十年而母丧,开墓,其婢伏棺上,就视犹暖,渐有气息。舆还家,终日而苏。说宝父常致饮食,与之接寝,恩情如生。家中吉凶,辄语之,校之悉验。平复数年后方卒。宝因作《搜神记》,中云'有所感起'是也。"

[4]《春秋传》曰:"赵穿攻晋灵公于桃园,赵宣子未出境而复。太史书:'赵盾弑其君。'宣子曰:'不然。'对曰:'子为正卿,亡不越境,反不讨贼,非子而谁?'孔子曰:'董狐,古之良史也,书法不隐。赵盾,古之贤大夫也,为法受恶。'"

原文

25.20 许文思往顾和许,顾先在帐中眠。许至,便径

译文

许文思(琛)到顾和那里去,顾和原先在帐子里睡觉。许文思到了

就床角枕共语。[1] 既而唤顾共行,顾乃命左右取杭[1]上新衣,易己体上所著。许笑曰:"卿乃复有行来衣乎!"

后,就径直走到床前,靠着用兽角做装饰的枕头与他交谈。接着又招呼顾和一起出门,顾和便叫随从去拿衣架上的新衣服,换下自己身上穿的衣服。许文思笑道:"你竟然还有出门专用的衣服啊!"

25.21 康僧渊目深而鼻高,王丞相每调之。僧渊曰:"鼻者,面之山;[2] 目者,面之渊。山不高,则不灵;渊不深,则不清。"

康僧渊眼睛深陷,鼻梁高耸,王丞相(导)常常调笑他。康僧渊说:"鼻子,是脸上的山峰;眼睛,是脸上的深潭。山如果不高,就没有神灵;潭如果不深,就不会清澈。"

25.22 何次道往瓦官寺,礼拜甚勤。[3] 阮思旷语之曰:"卿志大宇宙,[4] 勇迈终古[2]。"[5] 何曰:"卿今日何故忽见推?"阮曰:"我图数千户郡,尚不能得。卿乃图作佛,不亦大乎!"[6]

何次道(充)到瓦官寺拜佛,非常虔诚精勤。阮思旷(裕)对他说:"你的志向比宇宙还大,你的勇气超过了往古。"何次道说:"你今天为什么忽然推崇起我来了?"阮思旷说:"我想做个管理几千户的郡守,尚且不能实现。你竟然想成佛,这不是很了不起吗?"

今注

1 杭:通"桁(hàng)"。衣架。

2 迈:超越,超出。 终古:往昔,自古以来。

刘注

[1] 许琛,已见。

[2]《管辂别传》曰:"鼻者,天中之山。"《相书》曰:"鼻之所在为天中,鼻

有山象，故曰山。"
[3] 充崇释氏，甚加敬也。
[4]《尸子》曰："天地四方曰宇，往古来今曰宙。"
[5] 终古，往古也。《楚辞》曰："吾不能忍此终古也。"
[6] 思旷，裕也。

原文

25.23 庾征西大举征胡1，既成行，止镇襄阳。[1] 殷豫章与书，送一折角如意以调之。[2] 庾答书曰："得所致，虽是败物2，犹欲理而用之。"

25.24 桓大司马乘雪欲猎，先过王、刘诸人许。真长见其装束单急3，问："老贼欲持此何作？"桓曰："我若不为此，卿辈亦那得坐谈？"[3]

25.25 褚季野问孙盛："卿国史4何当成？"孙云："久应竟。在公无暇，故至今日。"褚曰："古人'述而不作'，何必在蚕室中？"[4]

译文

庾征西(翼)大规模征伐胡人，军队出发以后，停在襄阳镇守。殷豫章(羡)给他写了一封信，并且送他一支折断了角的如意来戏弄他。庾征西写信回复说："收到你送来的礼物，虽然是残损了的东西，我也想修好它来使用。"

桓大司马(温)趁着大雪想去打猎，先到王濛、刘惔家中探望。真长(刘惔)见他一身戎装，问道："老家伙这身打扮要去干什么？"桓大司马说："我如果不戎装征战，你们这班人又哪能闲坐清谈？"

褚季野(裒)问孙盛："你写的国史什么时候完成？"孙盛回答道："早就应该完成了。因为公务在身，没有闲暇，所以拖到现在。"褚季野道："古人只是阐述前人的话，而不创作，你为什么一定要学司马迁那样写史书呢？"

今注

1 庾征西:即庾翼,庾亮弟,官至征西将军,故称。 征胡:康帝建元元年(343),庾翼率军北伐。二年,以北军势强,康帝驾崩,未能决战即回襄阳。

2 败物:残损的东西。

3 单急:指戎装。

4 国史:指孙盛所著《晋阳秋》。今已佚。

刘注

[1]《晋阳秋》曰:"翼率众入沔,将谋伐狄。既至襄阳,狄尚强,未可决战。会康帝崩,兄冰薨,留长子方之守襄阳,自驰还夏。"

[2] 豫章,殷羡。

[3]《语林》曰:"宣武征还,刘尹数十里迎之,桓都不语,直云:'垂长衣,谈清言,竟是谁功?'刘答曰:'晋德灵长,功岂在尔?'"二人说小异,故详载之。

[4]《汉书》曰:"李陵降匈奴,武帝甚怒。太史令司马迁盛明陵之忠,帝以迁为陵游说,下迁腐刑。乃述唐、虞以来,至于获麟,为《史记》。"迁与任安书曰:"李陵既生降,仆又茸之以蚕室。"苏林注曰:"腐刑者,作密室蓄火,时如蚕室。"旧时平阴有蚕室狱。

原文

25.26 谢公在东山,朝命屡降而不动。后出为桓宣武司马,将发新亭,朝士咸出瞻送。高灵时为中丞,亦往相祖。先时多

译文

谢公(安)在东山隐居,朝廷屡次下令征召他出来做官,他都没有应命。后来他出任桓宣武(温)的司马,将要从新亭出发,朝中人士都到那里去送行。高灵(崧)当时为中丞,也去给谢公

少饮酒,因倚如醉,戏曰:"卿屡违朝旨,高卧东山,诸人每相与言:'安石不肯出,将如苍生何?'今亦苍生将如卿何?"谢笑而不答。[1]

25.27 初,谢安在东山居,布衣,时兄弟已有富贵者[1],翕[2]集家门,倾动人物。刘夫人戏谓安曰:"大丈夫不当如此乎?"谢乃捉鼻曰:"但恐不免耳。"

饯行。他来之前已经多少喝了一些酒,于是借着醉意,开玩笑道:"你屡次违抗朝廷的旨意,在东山高枕而卧,大家常常相互说:'安石不肯出来做官,老百姓将怎么办呢?'现在老百姓又将把你怎么办呢?"谢安笑着没有回答。

当初,谢安在东山隐居,处于平民地位,当时他的兄弟中已经有富贵显达的,把整个家族都凝聚起来,社会名流也为之倾倒。刘夫人向谢安开玩笑道:"大丈夫不应该如此吗?"谢安于是捻着鼻子说:"只怕避免不了如此啊。"

今注

1 兄弟已有富贵者:谢安兄谢尚、谢奕及弟谢万均已入朝为官,显赫一时。

2 翕(xī)集:聚集。

刘注

[1] 高灵,已见。《妇人集》载桓玄问王凝之妻谢氏曰:"太傅东山二十余年,遂复不终,其理云何?"谢答曰:"亡叔太傅先正,以无用为心,显隐为优劣,始末正当动静之异耳。"

原文

25.28 支道林因人就深公买(印)〔岬〕[1]山,深公答曰:"未闻巢、由[2]买山而隐。"[1]

译文

支道林(遁)托人到深公(竺法深)那里买岬山,深公道:"没有听说过巢父、许由买座山来隐居。"

25.29 王、刘每不重蔡公。二人尝诣蔡，语良久，乃问蔡曰："公自言何如夷甫？"答曰："身不如夷甫。"王、刘相目而笑，曰："公何处不如？"答曰："夷甫无君辈客。"

王濛、刘惔常常不尊重蔡公（谟）。这二人曾经去看望蔡公，谈了很久，竟问他道："您觉得您与王夷甫（衍）相比如何？"蔡公答道："我不如王夷甫。"王、刘相视而笑，说："您什么地方不如他？"蔡公答道："王夷甫没有你们这类客人。"

25.30 张吴兴年八岁，亏齿。[2] 先达知其不常 3，故戏之曰："君口中何为开狗窦 4？"张应声答曰："正使君辈从此中出入。"

张吴兴（玄之）八岁的时候，门齿掉了。前辈名流知道他不平凡，故意戏弄他道："你嘴里为什么开了一个狗洞？"张吴兴应声回答道："正是为了让你们这类人从这里出入。"

今注

1 据程炎震说校改。

2 巢、由：巢父和许由，相传为尧时隐士。巢父在树上筑巢而居，许由则隐居箕山之下。

3 不常：不平凡，不一般。

4 狗窦：狗洞。

刘注

[1]《逸士传》曰："巢父者，尧时隐人。山居，不营世利，年老以树为巢而寝其上，故号巢父。"《高逸沙门传》曰："遁得深公之言，惭恧而已。"

[2] 玄之，已见。

原文

25.31 郝隆[1]七月七日出日中仰卧，人问其故，答曰："我晒书[2]。"[1]

25.32 谢公始有东山之志，后严命屡臻，势不获已，始就桓公司马。于时人有饷桓公药草，中有远志。公取以问谢："此药又名小草，何一物而有二称？"[2]谢未即答。时郝隆在坐，应声答曰："此甚易解。处则为远志，出则为小草。"谢甚有愧色。桓公目谢而笑曰："郝参军此(过)〔通〕[3]乃不恶，亦极有会。"

译文

郝隆七月七日那一天在太阳底下朝天躺着，有人问他这是干什么，他回答道："我在晒书。"

谢公(安)最初有在东山隐居的志向，后来官府屡次征召他出仕，迫于情势，他才就任桓公(温)属下司马。这时有人赠送草药给桓公，其中有一种药名叫远志。桓公拿来问谢公："这种药又叫小草，为什么一种东西有两个名称呢？"谢公没有马上回答。当时郝隆也在座，随声回答道："这很容易解释。处则为远志，出则为小草。"谢公露出非常惭愧的神色。桓公看着谢公笑着说："郝参军这个解释不错，也很有意趣。"

今注

1 郝隆：字佐治，东晋名士，生性诙谐。年轻时无书不读，有博学之名。后投奔桓温，官至南蛮府参军。

2 晒书：旧日民间风俗，七月初七晒经书和衣裳。郝隆戏称自己满腹经书也要晒。

3 据余嘉锡、徐震堮说校改。"通"指阐释、解释。

刘注

[1]《征西寮属名》曰:"隆字佐治,汲郡人。仕吴至征西参军。"

[2]《本草》曰:"远志一名棘宛,其叶名小草。"

原文

25.33 庾园客诣孙监,值行,见齐庄在外,尚幼,而有神意。庾试之曰:"孙安国何在?"即答曰:"庾稺恭家。"庾大笑曰:"诸孙大盛[1],有儿如此。"又答曰:"未若诸庾之翼翼[2]。"还,语人曰:"我故胜,得重唤奴父名。"[1]

25.34 范玄平在简文坐,谈欲屈,引王长史曰:"卿助我。"[2]王曰:"此非拔山力所能助。"[3]

译文

庾园客(爰之)去拜访孙监(盛),恰遇他外出,看见齐庄(孙放)在外面,年纪还小,却有一股灵秀之气。庾园客便想试探他一下,说道:"孙安国(盛)在哪里?"齐庄立即回答:"在庾稺恭(翼)家。"庾园客大笑起来,说道:"孙氏家族真兴盛,有这样的好儿子。"齐庄又回答道:"不如庾氏家族之翼翼。"回去后,齐庄告诉别人说:"仍然是我胜了,我能两次叫那家伙父亲的名字。"

范玄平(汪)在简文帝(司马昱)座中,清谈时将要理屈词穷,拉住王长史(濛)道:"你帮帮我。"王濛道:"这不是靠拔山的力量所能救助的。"

今注

1 诸孙大盛:孙放之父为孙盛。庾爰故意云"盛"来戏弄孙放。

2 翼翼:繁盛貌。庾爰之父为庾翼,字稺恭。孙放故意云"翼"来回敬。这里用了两个"翼"字,所以下文孙放说"得重唤奴父名"。

刘注

[1]《孙放别传》曰:"放兄弟并秀异,与庾翼子园客同为学生。园客少有佳称,因谈笑嘲放曰:'诸孙于今为盛。'盛,监君讳也。放即答曰:'未若诸庾之翼翼。'放应机制胜,时人仰焉。司马景王、陈、钟诸贤相酬,无以逾也。"

[2]《范汪别传》曰:"汪字玄平,颍阳人。左将军略之孙。少有不常之志,通敏多识,博涉经籍,致誉于时。历吏部尚书、徐兖二州刺史。"

[3]《史记》曰:"项羽为汉兵所围,夜起歌曰:'力拔山兮气盖世,时不利兮骓不逝。'"

原文

25.35 郝隆为桓公南蛮参军1。三月三日会,作诗,不能者罚酒三升。隆初以不能受罚,既饮,揽笔便作一句云:"娵隅2跃清池。"桓问:"娵隅是何物?"答曰:"蛮名鱼为娵隅。"桓公曰:"作诗何以作蛮语?"隆曰:"千里投公,始得蛮府参军,那得不作蛮语也?"

25.36 袁羊尝诣刘(恢)〔惔〕3,恢在内眠未起。袁因作诗调之曰:"角枕粲文茵,锦衾烂长筵。4"[1]刘尚晋明帝女,[2]主见诗,不平,

译文

郝隆担任桓公(温)南蛮校尉府的参军。三月三日聚会,要求作诗,作不出诗的要罚饮三升酒。郝隆最初因为作不出诗受了罚,喝完酒后,提起笔来便写了一句:"娵隅跃清池。"桓公问道:"娵隅是什么东西?"郝隆答道:"南蛮把鱼叫作娵隅。"桓公说:"作诗为什么用蛮语?"郝隆说:"我从千里之外来投奔你,才得到南蛮校尉府的参军这一职位,怎么能不说蛮语呢?"

袁羊(乔)有一次去拜访刘惔,刘惔正在内室睡觉还没起来。袁羊于是作诗戏弄他说:"角枕粲文茵,锦衾烂长筵。"刘惔的妻子是晋明帝(司马绍)的女儿,公主看见袁羊的诗,非常愤慨,

曰:"袁羊,古之遗狂。"

说道:"袁羊是古代遗留下来的狂人。"

今注

1 南蛮参军:即南蛮校尉府参军。
2 娵隅(jū yú):古代西南地区少数民族对鱼的称谓。
3 据程炎震说校改。
4 "角枕"句:语出《诗经·唐风·葛生》。原文为:"角枕粲兮,锦衾烂兮。予美亡此,谁与独旦?"

刘注

[1]《唐诗》曰:"晋献公好攻战,国人多丧,其诗曰:'角枕粲兮,锦衾烂兮。予美亡此,谁与独旦?"袁故嘲之。
[2]《晋阳秋》曰:"恢尚庐陵长公主,名南弟。"

原文

25.37 殷洪远答孙兴公诗云:"聊复放一曲。"刘真长笑其语拙,问曰:"君欲云那放?"殷曰:"榻腊[1]亦放,何必其枪铃[2]邪?"[1]

25.38 桓公既废海西,立简文[3]。[2]侍中谢公[4]见桓公,拜。桓惊笑曰:"安石,卿何事至尔?"谢曰:"未有君拜于前,臣立于后。[5]"

译文

殷洪远(融)回赠孙兴公(绰)的诗说:"姑且再放声歌一曲。"刘真长(惔)嘲笑他的言语拙劣,问道:"你想怎么放?"殷洪远说:"鼓声也能放歌,何必一定要刻意作那钟铃声呢?"

桓公(温)废黜海西公(司马奕)后,扶立简文帝(司马奕)。侍中谢公(安)见了桓公,跪拜。桓公惊讶地笑道:"安石,你为什么这样呢?"谢公回答说:"没有君在前面行礼而臣站在后面的道理。"

今注

1 榻(tà)腊:鼓声。
2 枪铃:钟铃。此指钟铃发出之声。
3 废海西,立简文:太和六年(371),大司马桓温废晋帝司马奕为海西公,立相王司马昱为帝,即简文帝。
4 侍中谢公:即谢安,当时官拜侍中。
5 "未有"句:君,用来尊称在上位的人,也指君主。臣,谦称,也指臣子。这里谢安对桓温行跪拜礼并称桓温为君,是讽刺桓温自行废置君主、有篡权的图谋。

刘注

[1] 殷融,已见。
[2]《晋阳秋》曰:"海西公讳奕,字延龄,成帝子也。兴宁中即位。少同阉人之疾,使宫人与左右淫通生子。大司马温自广陵还姑孰,过京都,以皇太后令,废帝为海西公。"

原文

25.39 郗重熙与谢公书,道:"王敬仁闻一年少怀问鼎,[1] 不知桓公德衰,为复后生可畏。"[2]

25.40 张苍梧 2 是张凭之祖,尝语凭父曰:"我不如汝。"凭父未解所以,苍梧曰:"汝有佳儿。"[3] 凭时年数岁,敛手曰:"阿翁,讵宜以子戏

译文

郗重熙(昙)给谢公(安)写信说:"王敬仁(脩)听说一个年轻人意欲篡夺王位,不知是桓公(温)的德行衰微,还是后生可畏。"

张苍梧(镇)是张凭的祖父,曾经对张凭的父亲说道:"我比不上你。"张凭的父亲不懂是什么意思,苍梧说:"你有个好儿子。"当时张凭只有几岁,恭恭敬敬地拱手道:"爷

父？”

25.41 习凿齿、孙兴公未相识，同在桓公坐。桓语孙：“可与习参军共语。”孙云：“‘蠢尔蛮荆[3]’，敢与大邦为仇[4]？”习云：“‘薄伐猃狁’，至于太原。[5]”[4]

爷，怎么可以拿儿子来戏弄父亲呢？”

习凿齿和孙兴公（绰）两人并不相识，一起在桓公（温）家做客。桓公对孙兴公说：“你应该和习参军一起谈谈。”孙兴公说：“你们这些愚蠢的蛮荆，怎么敢和大国为敌？”习凿齿说：“讨伐猃狁，将其驱赶至太原。”

今注

1 张苍梧：即张镇，字义远，吴国人。曾任苍梧太守，故名。历任散骑常侍、建威将军。

2 “蠢尔”句：语出《诗经 · 小雅 · 采芑(qǐ)》。蛮荆，南蛮。本指春秋时代的楚国。

3 按：习凿齿是襄阳（今属湖北）人，襄阳属楚。

4 “薄伐”句：语出《诗经·小雅·六月》。猃狁(xiǎn yǔn)，匈奴的旧称。按：孙兴公是太原人。

刘注

[1] 郗昙、王脩，已见。《史记》曰：“楚庄王观兵于周郊，周定王使王孙满迎劳楚王。王问鼎大小轻重，对曰：‘在德不在鼎。’庄王曰：‘子无阻九鼎，楚国折钩之喙，足以为九鼎也。’”

[2]《春秋传》曰：“齐桓公伐楚，责苞茅之不贡。”《论语》曰：“后生可畏，焉知来者之不如今？”孔安国曰：“后生，少年。”

[3]《张苍梧碑》曰：“君讳镇，字义远，吴国吴人。忠恕宽明，简正贞粹。泰安中，除苍梧太守。讨王含有功，封兴道县侯。”

[4]《小雅》诗也。《毛诗注》曰：“蠢，动也。荆蛮，荆之蛮也。猃狁，北夷也。”

习凿齿,襄阳人。孙兴公,太原人。故因《诗》以相戏也。

原文

25.42 桓豹奴[1]是王丹阳[2]外生,形似其舅。桓甚讳之。[1]宣武云:“不恒相似,时似耳。恒似是形,时似是神。”桓逾[3]不说。

25.43 王子猷诣谢万,林公先在坐,瞻瞩甚高。王曰:“若林公须发并全,神情当复胜此不?”谢曰:“唇齿相须,不可以偏亡。[2]须发何关于神明?”林公意甚恶,曰:“七尺之躯,今日委君二贤。”

译文

桓豹奴(嗣)是王丹阳(混)的外甥,容貌像他舅舅。桓豹奴非常忌讳这一点。宣武(桓温)说:“并非总是像他,只是偶尔像他罢了!经常像的只是外貌,偶尔像的则是神态。”桓豹奴听了更加不高兴。

王子猷(徽之)拜访谢万,林公(支遁)早已在座,眼神很高傲。王说:“如果林公的胡须头发都齐全,神态会比现在更强些吗?”谢道:“嘴唇和牙齿是互相依赖的,不可以缺少任何一部分。至于胡须、头发,和人的精神有什么关系呢?”林公神色难看,说道:“我堂堂七尺之躯,今天就托付给你们两位贤人褒贬了。”

今注

1 桓豹奴:桓嗣,字恭祖,小字豹奴,谯国龙亢(今安徽怀远西北)人,太尉桓冲长子。少有清誉,拜都督荆州之三郡豫州之四郡军事、建威将军、江州刺史,莅事简约,转西阳、襄城二郡太守,镇守夏口,后领江夏相,卒于官,追赠南中郎将,谥号为靖。

2 王丹阳:即王混,字奉正,中军将军王恬子。仕至丹阳尹,故称。

3 逾:通“愈”,更加。

刘注

[1] 豹奴,桓嗣小字。《中兴书》曰:"嗣字恭祖,车骑将军冲子也。少有清誉。仕至江州刺史。"《王氏谱》曰:"混字奉正,中军将军恬子。仕至丹阳尹。"

[2]《春秋传》曰:"唇亡齿寒。"

原文

25.44 郗司空拜北府,[1]王黄门诣郗门拜,云:"应变将略,非其所长。"骤咏之不已。郗仓谓嘉宾曰:"公今日拜,子猷言语殊不逊[1],深不可容。"[2]嘉宾曰:"此是陈寿作诸葛评[2]。[3]人以汝家比武侯,复何所言?"

译文

郗司空(愔)就任北府督将,王黄门(徽之)登门祝贺,说道:"应变将略,非其所长。"不停地咏诵这两句话。郗仓(融)对嘉宾(郗超)说:"父亲今天拜官,子猷(王徽之)说话太不恭敬,真让人无法容忍!"嘉宾说:"他说的话是陈寿对诸葛亮的评价。人家把你的父亲比作诸葛武侯,还有什么可说的呢?"

今注

1 逊:谦虚,恭顺。

2 "此是陈寿"句:参见《三国志·蜀书·诸葛亮传》。陈寿与诸葛亮有个人恩怨,所以有这样的评论。

刘注

[1]《南徐州记》曰:"旧徐州都督以东为称。晋氏南迁,徐州刺史王舒加北中郎将。'北府'之号,自此起也。"

[2] 仓,郗融小字也。《郗氏谱》曰:"融字景山,愔第二子,辟琅邪王文学,不拜而蚤终。"

[3]《蜀志》陈寿评曰:“亮连年动众,而无成功,盖应变将略,非其所长也。”王隐《晋书》曰:“寿字承祚,巴西安汉人。好学,善著述。仕至中庶子。初,寿父为马谡参军,诸葛亮诛谡,髡其父头;亮子瞻又轻寿。故寿撰《蜀志》,以爱憎为评也。”

原文

25.45 王子猷诣谢公,谢曰:“云何七言诗?”[1]子猷承问,答曰:“昂昂若千里之驹,泛泛若水中之凫。[1]”[2]

25.46 王文度、范荣期俱为简文所要。范年大而位小,王年小而位大。将前,更相推在前,既移久,王遂在范后。王因谓曰:“簸之扬之,糠秕在前。”范曰:“洮[2]之汰之,沙砾在后。”[3]

译文

王子猷(徽之)去拜访谢公(安),谢公说:“什么叫作七言诗?”子猷见他询问,回答说:“昂昂若千里之驹,泛泛若水中之凫。”

王文度(坦之)和范荣期(启)都得到了简文帝(司马昱)的邀请。范荣期年纪大而官位低,王文度年纪小而官位高。他们即将谒见时,互相推让请对方走在前面,推让了很久后,王最终走在范的后面。王文度于是说道:“簸米扬米,糠和秕子飘在前面。”范荣期道:“淘米洗米,沙子石块落在后头。”

今注

1 “昂昂”句:《楚辞·卜居》:“宁昂昂若千里之驹乎?将泛泛若水中之凫乎?”这里引用时省去了表达选择询问的词,成为两句七个字的话,并不符合七言诗的要求。大意是:像千里马一般气势昂扬,像野鸭子一般漂浮不定。

2 洮(táo):淘洗,洗濯。

刘注

[1]《东方朔传》曰："汉武帝在柏梁台上，使群臣作七言诗。"七言诗自此始也。

[2] 出《离骚》。

[3] 王坦之、范启，已见。一说是孙绰、习凿齿言。

原文

25.47 刘遵祖少为殷中军所知，称之于庾公。庾公甚忻然，便取为佐。既见，坐之独榻上与语。刘尔日殊不称，庾小失望，遂名之为"羊公鹤"。昔羊叔子有鹤善舞，尝向客称之。客试使驱来，氃氋1而不肯舞。故称比之。[1]

25.48 魏长齐雅有体量2，而才学非所经。初宦当出，虞存嘲之曰："与卿约法三章：谈者死，文笔者刑，商略3抵罪。"魏怡然而笑，无忤于色。[2]

译文

刘遵祖（爰之）年轻的时候，受到殷中军（浩）的赏识，被推荐给庾公（亮）。庾公非常高兴，便把他调来做僚属。两人见面以后，庾公请他坐在尊贵的独榻上和他交谈。刘遵祖那天的表现很不称意，庾公稍微有点失望，便称他为"羊公鹤"。从前羊叔子（祜）有一只鹤善于跳舞，他曾经向客人夸赞它。客人试着叫人把它赶来，这只鹤却羽毛蓬松不肯跳舞。所以用"羊公鹤"来比拟。

魏长齐（颢）很有气量，但是读书治学不是他所擅长的。他初次出外做官，虞存嘲笑他说："和你约法三章：清谈玄理的人处死，舞文弄墨的人判刑，品评人物的人治罪。"魏颢愉悦地笑笑，脸上没有一点抵触的神情。

今注

1 氃氋(tóng méng):羽毛松散的样子。一说痴昧无知的样子。

2 体量:气量、气度。

3 商略:品评、评论。

刘注

[1] 徐广《晋纪》曰:"刘爰之字遵祖,沛郡人。少有才学,能言理。历中书郎、宣城太守。"

[2]《魏氏谱》曰:"颉字长齐,会稽人。祖胤,处士。父说,大鸿胪卿。颉仕至山阴令。"《汉书》曰:"沛公入咸阳,召诸父老曰:'天下苦秦苛法久矣,今与父老约法三章耳:杀人者死,伤人及盗抵罪。'"应劭注曰:"抵,至也。但至于罪。"

原文

25.49 郗嘉宾书与袁虎,道戴安道、谢居士云:"恒任之风,当有所弘耳。"以袁无恒,故以此激之。[1]

25.50 范启与郗嘉宾书曰:"子敬举体无饶纵[1],掇皮无余润[2]。"郗答曰:"举体无余润,何如举体非真者?"范性矜假[3]多烦,故嘲之。

25.51 二郗奉道,二何奉佛,皆以财贿。谢中郎

译文

郗嘉宾(超)给袁虎(宏)写信,评论戴安道(逵)和谢居士(敷)说:"有恒心的作风应该得到发扬啊!"因为袁虎没有恒心,所以郗嘉宾用这话来调侃他。

范启给郗嘉宾(超)写信说:"子敬(王献之)全身没有丰润的肌肉,即使剥去了皮也没有肌肉。"郗嘉宾答复说:"全身没有肌肉,比起全身没有真东西,哪样好?"范启本性极其骄矜虚伪,所以郗嘉宾这样嘲笑他。

郗愔、郗昙信奉天师道,何充、何准信奉佛教,都花费了许多财物。谢

云："二郗谄于道，二何佞于佛。"[2]

中郎（万）说："二郗奉承道教，二何讨好佛教。"

今注

1 饶纵：指肌肉丰满。

2 掇（duō）皮：指除去皮。掇，通"剟"，削除。 余润：丰润的肌肉。

3 矜假：骄矜虚伪。

刘注

[1] 袁、戴、谢，并已见。

[2]《中兴书》曰："郗愔及弟昙奉天师道。"《晋阳秋》曰："何充性好佛道，崇修佛寺，供给沙门以百数。久在扬州，征役吏民，功赏万计，是以为遐迩所讥。充弟准，亦精勤，唯读佛经、营治寺庙而已矣。"

原文

25.52 王文度在西州[1]，与林法师讲，韩、孙诸人并在坐。林公理每欲小屈[2]，孙兴公曰："法师今日如著弊絮在荆棘中，触地挂阂[3]。"

25.53 范荣期见郗超俗情不淡，戏之曰："夷、齐、巢、许[4]，一诣垂名，何必劳神苦形，支策据梧[5]邪？"郗未答，韩康伯曰：

译文

王文度（坦之）在西州，和林法师（支遁）讲论，韩康伯（伯）、孙兴公（绰）等人都在座。林公论理总是受挫，孙兴公说："法师今天好像穿着破棉絮在荆棘丛中行走，处处都有挂碍。"

范荣期（启）看到郗超的世俗之情并不淡薄，戏弄他说："伯夷、叔齐、巢父、许由，一下子就名垂千古，你何必要如此苦心费神，劳苦身体，疲惫不堪地持杖击节、倚树辩论呢？"郗超没有回答，韩康伯（伯）道："为什么不使刀

“何不使游刃[6]皆虚？”[1]

刃都在骨节的空隙之间自如转动呢？”

今注

1 西州：东晋扬州刺史治所，此借指扬州。

2 小屈：稍受委屈。此指受挫，不顺。

3 挂阂(hé)：同“挂碍”。牵挂，牵掣。

4 夷、齐、巢、许：指伯夷、叔齐、巢父、许由，皆古时隐士。

5 支策据梧：见《庄子·齐物论》。枝策，即支策，指师旷因疲惫而拄着打鼓之棒。据梧，指惠施因疲惫而倚着树与人辩。

6 游刃：见《庄子·养生主》，指运刀自如。比喻做事要顺乎天理和自然，这样就能从容自如，轻松利落。

刘注

[1]《庄子》曰：“昭文之鼓琴，师旷之支策，惠子之据梧，三子之智幾矣，皆其盛也，故载之末年。”“庖丁为文惠君解牛，三年之后，未尝见全牛也。用刀十九年矣，所解数千牛，而刀刃若新发于硎。文惠君问之，庖丁曰：‘彼节者有间，而刀刃无厚。以无厚入有间，恢恢乎其于游刃必有余地。’”

原文

25.54 简文在殿上行，右军与孙兴公在后。右军指简文语孙曰：“此啖名客。”简文顾曰：“天下自有利齿儿[1]。”后王光禄作会稽，谢车骑出曲阿祖之，[1]

译文

简文帝(司马昱)在殿上走，右军(王羲之)和孙兴公(绰)在后面跟随。右军指着简文帝对孙兴公说：“这是好名之士。”简文回头说：“天下自有牙齿尖利的人。”后来王光禄(蕴)出任会稽内史，谢车骑(玄)到曲阿为他设宴送王孝伯罢秘书丞[2]在坐。谢言及此事，因视孝伯曰："王丞齿似不钝[3]。"王曰："不钝，颇亦验。"

25.55 谢遏夏月尝仰卧，谢公清晨卒[4]来，不暇著衣，跣出屋外，方蹑履问讯。公曰："汝可谓'前倨而后恭'。"[2]

行，这时免去秘书丞升转中书郎的王孝伯（恭）也在座。谢车骑谈到这件事，于是看着孝伯说："王丞的牙齿好像不钝。"王恭道："不钝，还略微试了试。"

夏季的一天，谢遏（玄）正仰卧睡着，谢公（安）清晨突然来到，他来不及穿衣服，光着脚跑到屋外，才穿上鞋子问好。谢公道："你可以说是'前倨后恭'。"

今注

1 利齿儿：牙齿尖利的人。喻口齿伶俐的人。

2 罢秘书丞：王恭曾免秘书丞，升任中书郎。

3 王丞齿似不钝：这句为戏言，指王恭善啖名。此时王恭罢秘书丞，升转中书郎之职。

4 卒：突然。

刘注

[1] 王蕴、谢玄，已见。

[2]《战国策》曰："苏秦说惠王而不见用，黑貂之裘弊，黄金百斤尽，大困而归。父母不与言，妻不为下机，嫂不为炊。后为从长，行过洛阳，车骑辎重甚众，秦之昆弟妻嫂侧目不敢视。秦笑谓其嫂曰：'何先倨而后恭？'嫂谢曰：'见季子位高而金多。'秦叹曰：'一人之身，富贵则亲戚畏惧，贫贱则轻易之，而况于他人哉！'"

原文

25.56 顾长康作殷荆州佐，请假还东[1]。尔时例不给布帆，顾苦求之，乃得发。至破冢[2]，遭风大败。[1] 作笺与殷云："地名破冢，真破冢而出。行人安稳，布帆无恙。[3]"

25.57 苻朗[4]初过江，[2] 王咨议[5]大好事，问中国人物及风土所生，终无极已，[3] 朗大患之。次复问奴婢贵贱，朗云："谨厚有识中者，乃至十万；无意为奴婢问者，止数千耳。"

译文

顾长康（恺之）做殷荆州（仲堪）的参军，请假返回荆州以东的家中。那时按照惯例，公家不提供帆船，顾长康极力请求，才得到一只。到了华容县的破冢时，遇上大风，布帆遭到很大的损坏。顾长康写信给殷荆州说："地名叫破冢，我们的确破冢而出。行人安稳，帆船无恙。"

苻朗刚过江，王咨议（肃之）非常好事，向苻朗询问中原地区的人物、风土人情和物产，问个没完没了，苻朗感到非常厌烦。然后他又问到奴婢的贵贱，苻朗说："谨慎忠厚有见识的奴婢，可以卖到十万钱一个；无见识而把奴婢的事问来问去的，不过值几千钱罢了。"

今注

1 东：指都城建康。建康在荆州东，故有此说。

2 破冢：地名。在今湖北江陵东。

3 "行人"句：余嘉锡笺疏："汉、晋时常语于人之无忧无病者，皆谓之无恙。布帆，物也，非人也，安得谓之无恙乎？盖本当云：'布帆安稳，行人无恙。'因帆已破败，不可言安稳，故易其语以见意。此乃以文滑稽耳。"比喻风浪使人船颠倒。

4 苻朗：字元达，氐族。苻坚从兄子，十六国前秦将领。征拜镇东将军青州刺史，封乐安男。坚败后，朗降晋，为员外散骑侍郎，后为王国宝所杀。

5 王咨议：王肃之，字幼恭，王羲之第四子。曾任骠骑咨议，故称。

刘注

[1] 周祇《隆安记》曰："破冢，洲名，在华容县。"

[2] 裴景仁《秦书》曰："朗字元达，苻坚从兄〔子〕。性宏放，神气爽悟。坚常曰：'吾家千里驹也。'坚为慕容沖所围，朗降谢玄，用为员外散骑侍郎。吏部郎王忱与兄国宝命驾诣之。沙门法汰问朗曰：'见王吏部兄弟未？'朗曰：'非一狗面人心，又一人面狗心者是邪？'忱丑而才，国宝美而狠故也。朗常与朝士宴，时贤并用唾壶，朗欲夸之，使小儿跪而张口，唾而含出。又善识味，会稽王道子为设精馔，讫，问：'关中之食，孰若于此？'朗曰：'皆好。唯盐味小生。'即问宰夫，如其言。或人杀鸡以食之，朗曰：'此鸡栖，恒半露。'问之，亦验。又食鹅炙，知白黑之处，咸试而记之，无豪厘之差。著《苻子》数十篇，盖老庄之流也。朗矜高忤物，不容于世，后众谗而杀之。"

[3]《王氏谱》曰："肃之字幼恭，右将军羲之第四子。历中书郎、骠骑咨议。"

原文

25.58 东府客馆是版屋。谢景重诣太傅，时宾客满中，初不交言，直仰视云："王乃复西戎其屋1。"[1]

25.59 顾长康啖甘蔗，先食尾。人问所以，云："渐至佳境。"

25.60 孝武属王珣求

译文

扬州府招待宾客的地方是用木板修筑的。谢景重（重）去拜访太傅（司马道子），当时宾客满座，他也不和别人交谈，只是仰头望着上面说："会稽王竟然使自己的客馆成了西戎人的木板屋。"

顾长康（恺之）吃甘蔗，先从尾部吃起。有人问这是为什么，他说："渐至佳境。"

晋孝武帝（司马曜）嘱托王珣为女

女婿，曰："王敦、桓温磊砢[2]之流，既不可复得，且小如意，亦好豫人家事，酷[3]非所须。正如真长、子敬比，最佳。[4]"珣举谢混。后袁山松欲拟谢婚，[2]王曰："卿莫近禁脔[5]。"

儿选女婿，说道："王敦、桓温属于奇才异能之流，这种人已不可再得，而且只要他们稍为得意，就喜欢干预别人的家事，绝不是我需要的女婿。同真长（刘惔）、子敬（王献之）差不多的最好。"王珣举荐了谢混。后来袁山松打算与谢家联姻。王珣说："你千万别去接近禁脔。"

今注

1 西戎其屋：语本《诗经·秦风·小戎》。原文是："在其板屋，乱我心曲。"这是秦襄公率兵讨伐西戎，出征者的妻子怀念丈夫作的诗。这里含有讽刺宾客使自己心烦意乱的意思。

2 磊砢(luǒ)：比喻人有奇特的才能。

3 酷：极，甚。

4 按：刘惔（真长）、王献之（子敬）皆取公主为妻。

5 禁脔(luán)：比喻独自占有而不让别人染指的东西。《晋书·谢混传》："初，元帝始镇建业，公私窘罄，每得一㹠，以为珍膳，项上一脔尤美，辄以荐帝，群下未尝敢食，于时呼为'禁脔'。故珣因以为戏。"

刘注

[1]《秦诗叙》曰："襄公备其兵甲，以讨西戎，妇人闵其君子，故作诗曰：'在其版屋，乱我心曲。'"毛公《注》曰："西戎之版屋也。"

[2]《续晋阳秋》曰："山松，陈郡人。祖乔，益州刺史。父方平，义兴太守。山松历秘书监、吴国内史。孙恩作乱，见害。初，帝为晋陵公主访婿于王珣，珣举谢混，云：'人才不及真长，不减子敬。'帝曰：'如此便已足矣。'"

原文

25.61 桓南郡与殷荆州语次,因共作了语[1]。顾恺之曰:"火烧平原无遗燎[2]。"桓曰:"白布缠棺竖旒旐[3]。"殷曰:"投鱼深渊放飞鸟[4]。"次复作危语[5]。桓曰:"矛头淅米剑头炊[6]。"殷曰:"百岁老翁攀枯枝。"顾曰:"井上辘轳卧婴儿。"殷有一参军在坐,云:"盲人骑瞎马,夜半临深池。"殷曰:"咄咄逼人[7]!"仲堪眇目故也。[1]

译文

桓南郡(玄)和殷荆州(仲堪)谈话的时候,一同作起"了语"联句。顾恺之道:"火烧平原无遗燎。"桓南郡道:"白布缠棺竖旒旐。"殷荆州道:"投鱼深渊放飞鸟。"接着又说"危语"。桓南郡道:"矛头淅米剑头炊。"殷荆州道:"百岁老翁攀枯枝。"顾恺之道:"井上辘轳卧婴儿。"殷荆州有一位参军也在座,说道:"盲人骑瞎马,夜半临深池。"殷荆州说道:"咄咄逼人!"这是因为殷仲堪瞎了一只眼睛的缘故。

今注

1 了语:一种语言游戏,要求句末一字必须与"了"同韵,而且句子要有"了"(完结、终了,一切全无)的意思。参见潘维佳、杨天戈《魏晋南北朝时期"了"字的用法》(《语言论集》第一辑)。

2"火烧"句:意思是烈火烧平原,什么都烧光了。

3"白布"句:意思是白布裹着棺材,竖起招魂幡出殡,一切都了结了。旒旐(liú zhào),招魂幡,一种用竹竿等挑起来的、边缘悬垂着装饰品的长条形旗子。

4"投鱼"句:意思是把鱼放回深渊,把鸟放回山林,鱼游鸟飞,一无所有了。

5 危语:一种语言游戏,要求句末一字必须与"危"同韵,而且句子要有危险的意思。

6"矛头"句:意思是在矛头上淘米,在剑尖上煮饭。

7 咄咄逼人：六朝习语，形容气势汹汹，使人惊惧。亦形容出语伤人，使人难以忍受。

刘注

[1]《中兴书》曰："仲堪父尝疾患经时，仲堪衣不解带数年。自分剂汤药，误以药手拭泪，遂眇一目。"

原文

25.62 桓玄出射，有一刘参军与周参军朋赌[1]，垂成，唯少一破[2]。刘谓周曰："卿此起不破，我当挞卿。"周曰："何至受卿挞？"刘曰："伯禽[3]之贵，尚不免挞，而况于卿？"[1] 周殊无忤色。桓语庾伯鸾[4]曰：[2]"刘参军宜停读书，周参军且勤学问。[5]"

译文

桓玄外出射箭，有一位刘参军和周参军合在一组赌射，再中一箭就可获胜。刘对周说："你这一箭不中，我就用鞭子打你。"周道："何至于挨你的打？"刘道："伯禽那样显贵，还免不了受周公的鞭打，何况是你？"周完全没有一点儿不满的神色。桓玄对庾伯鸾(鸿)说："刘参军应该停止读书，周参军还须努力学习。"

今注

1 朋赌：分组赌射。一朋等于一组。

2 破："破的"的省称，指射中靶心。

3 伯禽：周公之子，封于鲁。

4 庾伯鸾：即庾鸿，字伯鸾，颍川(今河南禹州)人，官至辅国内史。

5 "刘参军"句：意思是刘参军滥引典故，不如不读书；周参军不学无知，被人取笑而无怒色，故应多学习。

刘注

[1]《尚书大传》曰:"伯禽与康叔见周公,三见而三笞。康叔有骇色,谓伯禽曰:'有商子者,贤人也,与子见之。'乃见商子而问焉。商子曰:'南山之阳有木焉,名乔。'二三子往观之,见乔实高高然而上。反,以告商子。商子曰:'乔者,父道也。南山之阴有木焉,名曰梓。'二三子复往观焉,见梓实晋晋然而俯。反以告商子。商子曰:'梓者,子道也。'二三子明日见周公,入门而趋,登堂而跪。周公拂其首,劳而食之,曰:'尔安见君子乎?'"《礼记》曰:"成王有罪,周公则挞伯禽。"亦其义也。

[2]《晋东宫百官名》曰:"庾鸿字伯鸾,颍川人。"《庾氏谱》曰:"鸿祖义,吴国内史。父楷,左卫将军。鸿仕至辅国内史。"

原文

25.63 桓南郡与道曜1讲《老子》,王侍中为主簿,在坐。桓曰:"王主簿可顾名思义2。"王未答,且大笑。桓曰:"王思道能作大家儿3笑。"[1]

25.64 祖广行恒缩头。诣桓南郡,始下车,桓曰:"天甚晴朗,祖参军如从屋漏中来。"[2]

25.65 桓玄素轻桓崖4。崖在京下有好桃,玄连就求之,遂不得佳者。[3]玄与殷仲文书,以为嗤笑曰:"德

译文

桓南郡(玄)和道曜研讨《老子》,王侍中(桢之)当时任主簿,也在座。桓南郡说:"王主簿可以从自己的小名思考道的真谛。"王侍中没有回答,只是放声大笑。桓南郡说:"王思道能发出世家子弟的笑声。"

祖广走路时经常缩着头。有一次他去拜访桓南郡(玄),刚下车,桓南郡说:"天气很晴朗,祖参军好像从漏雨的屋里出来。"

桓玄一向瞧不起桓崖(脩)。桓崖在京都有良种桃子,桓玄一连几次向他求取,终究没有得到好的。桓玄给殷仲文写信,就这件事嘲笑他说:"如果德行

之休明，肃慎贡其楛矢[5]。如其不尔，篱壁间物亦不可得也。”[4]

美善盛明，连肃慎这样的边远民族都会来进贡弓箭。如果不是这样，就连自己宅院里所产的东西也是得不到的。”

今注

1 道曜：姓名事迹不详，系当时道士。

2 顾名思义：看到名称，就想到它的含义。此为戏谑之语。王桢之小字思道，《老子》之中心为言道，顾己之名，便可知《老子》之义。

3 大家儿：士族豪门的子弟。王思道是王羲之的孙子，因此称他为大家儿。

4 桓崖：桓脩，字承祖，小字崖，谯国龙亢(今安徽怀远西北)人。车骑将军桓冲第三子。迎娶晋简文帝之女武昌公主，历任吏部侍郎、左卫将军，迁中护军。桓玄执政，以其为右将军及徐、兖二州刺史，进位抚军将军，加散骑常侍。桓玄篡位，以其为抚军大将军，封安成郡王。元兴三年(404)，为刘裕所杀。

5 肃慎：古族名。在今东北北部一带，从事狩猎。周武王伐商，肃慎来献楛(hù)矢。　楛矢：用楛木做箭杆的箭。

刘注

[1] 道曜，未详。思道，王(祯)〔桢〕之小字也。《老子》明道，(祯)〔桢〕之字思道，故曰“顾名思义”。

[2]《祖氏谱》曰：“广字渊度，范阳人。父台之，仕光禄大夫。广仕至护军长史。”

[3] 崖，桓脩小字。《续晋阳秋》曰：“脩少为玄所侮，于言端常嗤鄙之。”

[4]《国语》曰：“仲尼在陈，有隼集陈侯之庭而死，楛矢贯之，石砮尺有咫。问于仲尼。对曰：‘隼之来远矣。此肃慎之矢也。昔武王克商，通道于九夷百蛮，使各以方贿贡。于是肃慎氏贡楛矢。古者分异姓之职，

使不忘服也，故分陈以肃慎之贡；若求之故府，其可得。’使求，得之金椟，如初。”

轻诋第二十六

导读

轻诋，即轻慢、讥讽与诋毁。本门共三十三条。

这一门和前一门内容差不多，只是涉及的方面有所不同。比如，王导看不起蔡充的儿子蔡谟，说，我与王承、阮瞻一起在洛水游玩时，何曾听说过蔡充有儿子？这一句话就将王导的鄙视之意写得淋漓尽致。又如，王羲之在南方，王导写信给他，慨叹自己的子侄才德平庸，说："虎犳、虎犊，正如他们各自的名字一样。"虎犳是王彭之的小名，虎犊是王彪之的小名。犳的原意是猪，犊的原意是小牛。在王导眼中，子侄的才智与猪、牛相当。

原文

26.1 王太尉问眉子："汝叔名士，何以不相推重？"[1]眉子曰："何有名士终日妄语？"

26.2 庾元规语周伯仁："诸人皆以君方乐[1]。"周曰："何乐？谓乐毅邪？"[2]庾曰："不尔，乐令耳。"周曰："何乃刻画[2]无盐，以唐突[3]

译文

王太尉（衍）问眉子（王玄）："你的叔父（王澄）是名士，为什么你不推重他？"眉子说："哪有名士整天胡言乱语的？"

庾元规（亮）对周伯仁（顗）说："大家都把您和乐氏相比。"周伯仁说："是哪个乐氏？是指战国时的乐毅吗？"庾亮说："不是这样的，是乐令（广）啊。"周伯仁说："怎么竟刻画丑女无西子也？”[3]

26.3 深公云：“人谓庾元规名士，胸中柴棘[4]三斗许。”

盐，来冒犯美女西施呢？”

深公(竺法深)道：“人们说庾元规(亮)是名士，可是他胸中隐藏的荆棘柴草大约有三斗之多。”

今注

1 方：比拟，相比。　乐(yuè)：指姓乐的人。

2 刻画：精细地描摹、塑造。

3 唐突：冒犯，亵渎。

4 胸中柴棘：形容人有心计。

刘注

[1] 眉子，已见。叔，王澄也。

[2]《史记》曰：“乐毅，中山人。贤而为燕昭王将军，率诸侯伐齐，终于赵。”

[3]《列女传》曰：“钟离春者，齐无盐之女也。其丑无双，黄头深目，长壮大节，鼻昂结喉，肥项少发，折腰出胸，皮肤若漆。行年三十，无所容人，衒嫁不售，乃自诣齐宣王，乞备后宫，因说王以四殆，王拜为正后。”《吴越春秋》曰：“越王句践得山中采薪女子，名曰西施，献之吴王。”

原文

26.4 庾公权重，足倾王公。庾在石头，王在冶城坐。大风扬尘，王以扇拂尘曰：“元规尘污人。”[1]

26.5 王右军少时甚涩讷[1]，在大将军许，王、

译文

庾公(亮)权势很大，足以超过王公(导)。庾公驻扎在石头城，王公驻守在冶城。大风扬起了尘土，王公用扇子轻轻掸去尘土说：“元规的尘土把人弄脏了。”

王右军(羲之)年轻时不善言谈，在大将军(王敦)那里坐，王导和庾亮两人

庾二公后来,右军便起欲去。大将军留之,曰:"尔家司空[2]、[2]元规,复可[3]所难?"

26.6 王丞相轻蔡公,曰:"我与安期、千里共游洛水边[4],何处闻有蔡充[5]儿?"[3]

后到,右军便站起来打算离去。大将军留他,说:"是你家的司空和元规,又有什么为难的呢?"

王丞相(导)看不起蔡公(谟),说道:"我和安期(王承)、千里(阮瞻)一起在洛水之滨游玩时,哪里听说过蔡充有儿子?"

今注

1 涩讷:说话迟钝,不流畅。形容不善言谈。

2 尔家司空:王导、王羲之同出于琅邪王氏,故称尔家。晋元帝时,王导曾为司空,故称。

3 可:通"何"。什么。

4 共游洛水边:指早在西晋时,自己和王承、阮瞻就是显赫名士。

5 蔡充:字子尼,陈留雍丘(治今河南杞县)。蔡谟之父,蔡邕之孙。

刘注

[1] 按王公雅量通济,庾亮之在武昌,传其应下,公以识度裁之,嚣言自息。岂或回贰有扇尘之事乎?王隐《晋书·戴洋传》曰:"丹阳太守王导,问洋得病七年。洋曰:'君侯命在申,为土地之主,而于申上冶,火光昭天,此为金火相烁,水火相炒,以故相害。'导呼冶令奕逊,使启镇东徙,今东冶是也。"《丹阳记》曰:"丹阳冶城,去宫三里,吴时鼓铸之所,吴平犹不废。"又云:"孙权筑冶城,为鼓铸之所。"既立石头大坞,不容近立此小城,当是徙县(冶)〔治〕空城而置冶尔。冶城疑是金陵本(冶)〔治〕。汉高六年,令天下县邑,秣陵不应独无。

[2] 王丞相,已见。

[3]《晋诸公赞》曰:“充字子尼,陈留雍丘人。”《充别传》曰:“充祖睦,蔡邕孙也。充少好学,有雅尚,体貌尊严,莫有媟慢于其前者。高平刘整有隽才,而车服奢丽,谓人曰:‘纱縠,人常服耳。尝遇蔡子尼在坐,终日不自安。’见惮如此。是时,陈留为大郡,多人士,琅邪王澄尝经郡入境,问:‘此郡多士,有谁乎?’吏曰:‘有江应元、蔡子尼。’时陈留多居大位者,澄问:‘何以但称此二人?’吏曰:‘向谓君侯问人,不谓位也。’澄笑而止。充历成都王东曹掾,故称东曹。”《妒记》曰:“丞相曹夫人性甚忌,禁制丞相,不得有侍御,乃至左右小人亦被检简,时有妍妙,皆加诮责。王公不能久堪,乃密营别馆,众妾罗列,儿女成行。后元会日,夫人于青疏台中,望见两三儿骑羊,皆端正可念。夫人遥见,甚怜爱之。语婢:‘汝出问,是谁家儿?’给使不达旨,乃答云:‘是第四、五等诸郎。’曹氏闻,惊愕大恚。命车驾,将黄门及婢二十人,人持食刀,自出寻讨。王公亦遽命驾,飞辔出门,犹患牛迟,乃以左手攀车栏,右手捉麈尾,以柄助御者打牛,狼狈奔驰,劣得先至。蔡司徒闻而笑之,乃故诣王公,谓曰:‘朝廷欲加公九锡,公知不?’王谓信然,自叙谦志。蔡曰:‘不闻余物,唯闻有短辕犊车,长柄麈尾。’王大愧。后贬蔡曰:‘吾昔与安期、千里共在洛水集处,不闻天下有蔡充儿!’正忿蔡前戏言耳。”

原文

26.7 褚太傅初渡江,尝入东,至金昌亭,吴中豪右燕集亭中。[1] 褚公虽素有重名,于时造次不相识别。敕左右多与茗汁,少著粽[1],汁尽辄益,使终

译文

褚太傅(裒)刚到江南,曾经东至吴郡,到了金昌亭,吴地的豪门大族正在亭中聚会宴饮。褚公虽然一向有很高的名望,但是在仓促之间没有人认出他。主事的人就吩咐随从多给他茶水,少放蜜渍瓜果,茶喝完了就添上,使他

不得食。褚公饮讫，徐举手共语云：“褚季野。”于是四坐惊散，无不狼狈。

始终吃不到杯中的瓜果。褚公喝完了茶，慢慢举手施礼道：“褚季野。”于是满座的人都惊慌四散，无不显示出一副狼狈不堪的模样。

26.8 王右军在南，丞相与书，每叹子侄不令，云：“虎㹠、虎犊[2]，还其所如。”[2]

王右军（羲之）在南边江州，丞相（王导）给他写信，常常叹息子侄辈才德不出众，说：“虎㹠（王彭之）、虎犊（王彪之），正如他们各自的小名一样。”

今注

1 粽：粽子，一说指蜜饯果品。

2 㹠：猪。 犊：小牛。按：王彭之小名虎㹠，王彪之小名虎犊。

刘注

[1] 谢歆《金昌亭诗叙》曰：“余寻师，来入经吴，行达昌门，忽睹斯亭，傍川带河，其榜题曰‘金昌’。访之耆老，曰：‘昔朱买臣仕汉，还为会稽内史，逢其迎吏，逆旅比舍，与买臣争席。买臣出其印绶，群吏惭服自裁。因事建亭，号曰金伤，失其字义耳。’”

[2] 虎㹠，王彭之小字也。《王氏谱》曰：“彭之字安寿，琅邪人。祖正，尚书郎。父彬，卫将军。彭之仕至黄门郎。虎犊，彪之小字也。彪之字叔虎，彭之第三弟。年二十而头须皓白，时人谓之‘王白须’。少有局干之称。累迁至左光禄大夫。”

原文

26.9 褚太傅南下，孙长乐于船中视之。[1] 言次及刘

译文

褚太傅（裒）乘船南下，孙长乐（绰）到船上看望他。言谈之间说到刘

真长死，孙流涕，因讽咏曰："人之云亡，邦国殄瘁[1]。"[2] 褚大怒，曰："真长平生何尝相比数[2]，而卿今日作此面向人！"孙回泣向褚曰："卿当念我！"时咸笑其才而性鄙。

真长（惔）已去世，孙长乐流下泪来，接着讽诵道："人之云亡，邦国殄瘁。"褚太傅大怒道："真长平生哪曾看得上你，而你今天居然在人前装出这副面孔！"孙长乐便收泪对褚太傅说："你应该怜悯我！"当时的人都笑话他虽然有才学但禀性卑鄙。

26.10 谢镇西书与殷扬州，为真长求会稽。殷答曰："真长标同伐异，侠[3]之大者。常谓使君降阶[4]为甚，乃复为之驱驰邪？"

谢镇西（尚）写信给殷扬州（浩），为真长（刘惔）谋求主管会稽的职务。殷扬州回复说："真长维护同道，攻击异己，这是心胸狭隘最突出的表现。我常常说你对他过于谦卑，难道你还要为他奔走效劳吗？"

今注

1 "人之云亡"句：语出《诗经·大雅·瞻卬》。大意是贤德之士都逃亡了，国家即将衰落。

2 比数：重视，看得上，看得起。

3 侠：通"狭"。气量狭小。

4 降阶：走下台阶相迎，以示尊重。比喻谦卑待人。

刘注

[1] 长乐，孙绰。

[2]《大雅》诗。毛公注曰："殄，尽。瘁，病也。"

原文

26.11 桓公入洛[1]，过淮、

译文

桓公（温）进军洛阳，渡过淮

泗，践北境[2]，与诸僚属登平乘楼，眺瞩中原，慨然曰："遂使神州陆沉，百年丘墟，王夷甫诸人不得不任其责！"[1] 袁虎率尔[3]对曰："运自有废兴，岂必诸人之过？"桓公懔然作色，顾谓四坐曰："诸君颇闻刘景升[4]不？[2] 有大牛重千斤，啖刍豆十倍于常牛，负重致远，曾不若一羸牸[5]。魏武入荆州，烹以飨士卒，于时莫不称快。"意以况袁。四坐既骇，袁亦失色。

水、泗水，踏上北方的土地，和众僚属登上平乘舫的船楼，遥望中原，感慨地说："最终使中原沦陷，长久成为废墟，王夷甫（衍）等人不能不承担这个责任！"袁虎（宏）冒失地应答道："国家的命运本来就有兴有衰，难道一定是他们诸人的过错吗？"桓公的神色变得很严峻，环顾四座的人道："诸位多少都听说过刘景升这个人吧？他有一头千斤重的大牛，吃的饲料比一般牛多十倍，可是驮着重物走远路，竟然连一头瘦弱的母牛都不如。魏武帝进入荆州，就把它宰了犒赏士兵，当时没有人不叫好的。"桓温的意思是拿大牛来比拟袁虎。满座的人都很惊骇，袁虎也大惊失色。

今注

1 桓公入洛：晋穆帝永和十二年(356)，桓温奉命北伐，征讨姚襄，收复洛阳。

2 践：踏上，登上。　北境：中国北部地区，指中原一带。

3 率尔：轻率，冒失。

4 刘景升：即刘表(142—208)，东汉末山阳高平（今山东微山西北）人，字景升。汉远支皇族。初平元年(190)，任荆州刺史，得豪族蒯良、蒯越等人支持平定各宗部，治兵襄阳，以观时局变化。后攻占长沙等郡，拥兵十余万，有地数千里，中原士人多前往避难。后病死，子琮降于曹操。

5 羸牸(léi zì):瘦弱的母牛。羸,衰病,瘦弱。牸,母牛。

刘注

[1]《八王故事》曰:"夷甫虽居台司,不以事物自婴,当世化之,羞言名教。自台郎以下,皆雅崇拱默,以遗事为高。四海尚宁,而识者知其将乱。"《晋阳秋》曰:"夷甫将为石勒所杀,谓人曰:'吾等若不祖尚浮虚,不至于此!'"

[2]《刘镇南铭》曰:"表字景升,山阳高平人。黄中通理,博识多闻,仕至镇南将军、荆州刺史。"

原文

26.12 袁虎、伏滔同在桓公府,桓公每游燕,辄命袁、伏。袁甚耻之,恒叹曰:"公之厚意,未足以荣国士。与伏滔比肩[1],亦何辱如之?"

26.13 高柔[2]在东,甚为谢仁祖所重。既出,不为王、刘所知。仁祖曰:"近见高柔大自敷奏,然未有所得。"真长云:"故不可在偏地居,轻在角觚[3][1]中,为人作议论。"高柔闻之,云:"我就[4]伊无所求。"人有向真长学此言者,真长

译文

袁虎(宏)和伏滔一同在桓公(温)的大司马府中任职,桓公每逢游乐宴饮,就要叫袁、伏相陪。袁虎对此感到羞愧,常常叹息说:"公的深情厚意,并不足以使国中的杰出人才感到荣耀。把我和伏滔并列,还有什么羞辱比得上这个呢?"

高柔在浙东,深受谢仁祖(尚)的器重。到京都以后,他不被王濛、刘惔赏识。仁祖说:"近日见高柔大力自陈奏进,却没有什么效果。"真长(刘惔)说:"所以不能够住在边远的地方,随便住在一个屋角里,不过是被人当作议论的对象。"高柔听到这话后说道:"我和他接近并不图什么。"有人将此话说给

曰:“我实亦无可与伊者。”然游燕,犹与诸人书:“可要[5]安固。”安固者,高柔也。[2]

真长听,真长说:“我确实也没有什么东西可以给他。”然而每次游乐宴饮的时候,他还是给大家写信说:“可以邀请安固。”安固,就是高柔。

今注

1 比肩:并肩,平起平坐。

2 高柔:字世远,临海乐安(今浙江仙居)人,官至安固令、司空参军。

3 角觺(nuò):屋角,角落。

4 就:接近。

5 要(yāo):邀请。

刘注

[1] 奴角反。

[2] 孙统为《柔集叙》曰:“柔字世远,乐安人。才理清鲜,安行仁义。婚泰山胡毋氏女,年二十,既有倍年之觉,而姿色清惠,近是上流妇人。柔家道隆崇,既罢司空参军、安固令,营宅于伏川。驰动之情既薄,又爱玩贤妻,便有终焉之志。尚书令何充取为冠军参军,僶俛应命,眷恋绸缪,不能相舍。相赠诗书,清婉新切。”

原文

26.14 刘尹、江虨、王叔虎、孙兴公同坐,江、王有相轻色。虨以手歙[1]叔虎云:“酷吏!”词色甚强。刘尹顾谓:“此是瞋邪?非特是

译文

刘尹(惔)、江虨、王叔虎(彪之)、孙兴公(绰)四个人坐在一起,江、王露出互相轻视的神色。江虨捉着王叔虎道:“酷吏!”说话时声色俱厉。刘尹望着他说:“这是生气吗?不止

丑言声,拙视瞻[2]!"[1]

26.15 孙绰作《列仙·商丘子赞[3]》曰:"所牧何物?殆非真猪。傥遇风云,为我龙摅[4]。"[2]时人多以为能。王蓝田语人云:"近见孙家儿作文,道'何物''真猪'也。"

是说话难听,眼神也很难看!"

孙绰作《列仙传·商丘子赞》道:"我所牧的是什么?或许不是一头真猪。倘若遭际风云变幻,它会像飞龙那样载我腾跃而起。"当时的人大多认为他有才能。王蓝田(述)对别人说:"近来看见孙家小儿写文章,说些'何物''真猪'之类的话。"

今注

1 歙(shè):捉持、提拿等胁迫的动作。

2 视瞻:看,望。此代指看人的眼神、神色。

3 赞:文体名。用于称赞人物,多为韵语。刘向《列仙传》载商丘子喜欢吹竽放猪,以老术、昌蒲根为食。孙绰曾经为他作赞。

4 摅(shū):腾跃。

刘注

[1] 言江此言,非是丑拙,似有忿于王也。

[2]《列仙传》曰:"商丘子晋者,商邑人。好吹竽牧豕,年七十,不娶妻而不老。问其道要,言'但食老术、昌蒲根,饮水,如此便不饥不老耳'。贵戚富室闻而服之,不能终岁辄止,谓将有匿术。"孙绰为赞曰:"商丘卓荦,执策吹竽。渴饮寒泉,饥食昌蒲。所牧何物?殆非真猪。傥逢风云,为我龙摅。"

原文

26.16 桓公欲迁都[1],以

译文

桓公(温)想迁都洛阳,来拓展疆

张拓定之业。孙长乐上表谏,此议甚有理。桓见表心服,而忿其为异,令人致意孙云:"君何不寻《遂初赋》,而强[2]知人家国事?"[1]

26.17 孙长乐兄弟[3]就谢公宿,言至款杂[4]。刘夫人在壁后听之,具闻其语。谢公明日还,问:"昨客何似?"刘对曰:"亡兄门未有如此宾客。"[2]谢深有愧色。

土,安定国家社稷。孙长乐(绰)上表劝阻,表文中的论述很有道理。桓公看了很心服,可是恨他竟敢持异议,就派人向孙长乐表明自己的看法说:"你为什么不去重温那归隐山林的《遂初赋》,而竭力干预别人的国家大事?"

孙长乐(绰)兄弟到谢公(安)家住宿,言谈非常空泛杂乱。刘夫人在板壁后面听到了他们的全部谈话。第二天,谢公回到家,问昨晚来的客人怎么样。刘夫人回答说:"我亡兄的家里从来没有这样的宾客。"谢公非常惭愧。

今注

1 桓公欲迁都:晋穆帝永和十二年(356),桓温北伐,收复洛阳,上表请迁都于此。

2 强(qiǎng):竭力,尽力。

3 孙长乐兄弟:指孙绰、孙统。

4 款杂:空泛杂乱。

刘注

[1] 孙绰《表》谏曰:"中宗龙飞,实赖万里长江,画而守之耳。不然,胡马久已践建康之地,江东为豺狼之场矣。"绰赋《遂初》,陈止足之道。

[2] 夫人,刘惔之妹。

原文

26.18 简文与许玄度共语，许云："举君亲以为难。"简文便不复答。许去后而言曰："玄度故可不至于此。"[1]

26.19 谢万寿春败[1]后，还，书与王右军云："惭负宿顾。"右军推书曰："此禹、汤之戒[2]。"[2]

26.20 蔡伯喈睹睐笛椽，孙兴公听妓，振且摆[3]折。[3]王右军闻，大嗔曰："三祖寿[4]乐器[4]，虺瓦[5]吊[5]孙家儿打折！"

译文

简文帝（司马昱）和许玄度（询）在一起交谈，许玄度说："在忠亲之间选择其一，我认为很困难。"简文帝便不再答话。许玄度离开以后他才说："玄度本来可以不说这种话。"

谢万在寿春大败以后，回去给王右军（羲之）写信说："很惭愧辜负了你以往对我的关怀照顾。"右军把信推到一边，说道："这是禹、汤自责罪己的话。"

蔡伯喈（邕）避难江南时用竹椽子做成了竹笛，孙兴公（绰）听任歌女演唱时用这支竹笛伴奏，把它弄断了。王右军（羲之）听到这件事后，非常生气地说道："三代保存下来的乐器，被孙家的小儿弄断了，连屋上歪斜的瓦也因此感伤！"

今注

1 谢万寿春败：晋穆帝升平三年(359)，谢万受命北伐，于寿春大败而归，被废为庶人。

2 禹、汤之戒：《左传·庄公十一年》："宋其兴乎！禹、汤罪己，其兴也（悖）〔勃〕焉。"这里是讥讽谢万并没有真正认识到自己的错误。

3 摆折：弄断。

4 寿：一作"台"。按：这一句难解，其中可能有错乱、误字。

5 虺(huī)瓦吊：虺瓦，一作"虺凡"。各家解释不一。一说"虺瓦"意为尪瓦。因为抽取椽子作笛，屋瓦就排列不整齐。尪，同"尫"，走路不正的样子。吊，伤痛。即连屋上歪歪斜斜的瓦也因此伤痛。一说应吊起这只土瓪瓦，把孙家这小子打成两截。

刘注

[1] 按《邴原别传》："魏五官中郎将，尝与群贤共论曰：'今有一丸药，得济一人疾，而君、父俱病，与君邪？与父邪？'诸人纷葩，或父，或君。原勃然曰：'父子一本也。'亦不复难。'"君亲相校，自古如此。未解简文诮许意。

[2]《春秋传》曰："禹、汤罪己，其兴也勃焉。"言禹、汤以圣德自罪，所以能兴。今万失律致败，虽复自咎，其可济焉？故(王)〔不〕嘉万也。

[3] 伏滔《长笛赋叙》曰："余同寮桓子野有故长笛，传之耆老云'蔡邕伯喈之所制也'。初，邕避难江南，宿于柯亭之馆，以竹为椽，邕仰眄之，曰：'良竹也。'取以为笛，音声独绝，历代传之至于今。"

[4] 一作"台"。

[5] 一作"瓪凡"。

原文

26.21 王中郎与林公绝不相得。王谓林公诡辩，林公道王云："著腻颜帢[1]，𦈌[2]布单衣，挟《左传》，逐郑康成车后。问是何物尘垢囊？"[1]

26.22 孙长乐作王长史诔云："余与夫子，交非势利，心犹澄水，同此玄

译文

王中郎(坦之)和林公(支遁)关系很不融洽。王中郎说林公诡辩，林公说王中郎："戴着油腻的老式白帽，穿着粗葛布单衣，夹着《左传》，跟在郑康成的车子后面跑。试问这是一只什么样的装尘埃污垢的袋子？"

孙长乐(绰)给王长史(濛)写诔文说："我和您的交往并不是为了权势和财利，我们的心像水一般清澈，共同

味。”[2] 王孝伯见曰：“才士不逊，亡祖何至与此人周旋？”

品尝那玄妙的旨趣。”王孝伯（恭）看了后说：“才士太不谦逊，我死去的祖父怎么会与这样的人交往？”

26.23 谢太傅谓子侄曰：“中郎始是独有千载。”车骑曰：“中郎衿抱未虚，复那得独有？”[3]

谢太傅（安）对子侄们说：“中郎（谢万）才是千百年来独一无二的。”车骑（谢玄）说：“中郎胸怀傲慢，又怎能算得上独一无二？”

今注

1 腻颜帢（qià）：油腻的白帽。李慈铭说：“案《晋书·五行志》：‘魏造白帢，横缝其前以别后，名之曰颜帢。至永嘉之间，稍去其缝，名无颜帢。’据此，则江东时以颜帢为旧制，故道林以腻颜帢诮之。”颜帢，白帽。

2 緆（xì）：徐震堮疑其为“绤”之俗字。绤（xì），粗葛布。

刘注

[1] 中郎，坦之。帢，帽也。《裴子》曰：“林公云：‘文度著腻颜，挟《左传》，逐郑康成，自为高足弟子。笃而论之，不离尘垢囊也。’”

[2]《礼记》曰：“君子之交淡若水，小人之交甘若醴。”

[3] 中郎，谢万。

原文

26.24 庾道季诧谢公曰：“裴郎云：‘谢安谓裴郎乃可不恶，何得为复饮酒？’[1] 裴郎又云：‘谢安目支道林如九方皋[1]之相马，略其玄

译文

庾道季（龢）告诉谢公（安）道：“裴郎（启）说：‘谢安认为裴郎确实不错，怎么会又喝酒？’裴郎又说：‘谢安品评支道林（遁）像九方皋相马一般，不计较马是黑色还是黄色，而注

黄[2],取其俊逸[3]。'"[2] 谢公云:"都无此二语,裴自为此辞耳。"庾意甚不以为好,因陈东亭《经酒垆下赋》。读毕,都不下赏裁,直云:"君乃复作裴氏学!"于此《语林》遂废。今时有者,皆是先写,无复谢语。[3]

重它的精神超群拔俗。'"谢公道:"我根本没有说过这两句话,是裴氏自己编造出来的。"庾道季心中很不以为然,于是陈述王东亭(珣)写的《经酒垆下赋》。读完以后,谢公完全不评说好坏,只是说:"你竟做起裴氏的学问来了!"从此,《语林》一书便停止了传播。现在不是见到的,都是在这之前抄写的,没有谢安的话。

今注

1 九方皋:春秋时人,善相马。相传伯乐推荐他为秦穆公外出求马,他不辨毛色雌雄,而观察马的内神,因得天下良马。

2 玄黄:泛指颜色,比喻外表,非本质的东西。

3 俊逸:英俊洒脱,超群拔俗。

刘注

[1] 庾龢、裴启,已见。

[2]《支遁传》曰:"遁每标举会宗,而不留心象喻,解释章句,或有所漏,文字之徒,多以为疑。谢安石闻而善之曰:'此九方皋之相马也,略其玄黄而取其俊逸。'"《列子》曰:"伯乐谓秦穆公曰:'臣所与共儋缪薪菜者,有九方皋,此其于马,非臣之下也。'公使行求马,反,曰:'得矣!牝而黄。'使人取之,牡而骊。公曰:'毛物牡牝之不知,何马之能知也?'伯乐曰:'若皋之观马者,天机也。得其精,亡其粗。在其内,亡其外。见其所见,不见其所不见;视其所视,遗其所不视。若彼之所相,有贵于马也。'既而,马果千里足。"

[3]《续晋阳秋》曰："晋隆和中，河东裴启撰汉、魏以来迄于今时，言语应对之可称者，谓之《语林》。时人多好其事，文遂流行。后说太傅事不实，而有人于谢坐叙其黄公酒垆，司徒王珣为之赋，谢公加以与王不平，乃云：'君遂复作裴郎学。'自是众咸鄙其事矣。安乡人有罢中宿县诣安者，安问其归资。答曰：'岭南凋弊，惟有五万蒲葵扇，又以非时为滞货。'安乃取其中者捉之，于是京师士庶竞慕而服焉。价增数倍，旬月无卖。夫所好生羽毛，所恶成疮痏。谢相一言，挫成美于千载；及其所与，崇虚价于百金。上之爱憎与夺，可不慎哉！"

原文

26.25 王北中郎不为林公所知，乃著论《沙门不得为高士论》。大略云："高士必在于纵心调畅。沙门虽云俗外[1]，反更束于教，非情性自得之谓也。"

26.26 人问顾长康："何以不作洛生咏？"答曰："何至作老婢声？"[1]

26.27 殷颢、庾恒[2]并是谢镇西外孙，[2]殷少而率悟[3]，庾每不推。尝俱诣谢公，谢公熟视殷，曰："阿巢故似镇西。"[3]于是庾下声[4]语曰："定[5]何

译文

王北中郎（坦之）不被林公（支遁）赏识，便撰写了《沙门不得为高士论》。大意是："志行高洁之士必然处于随其所欲、身心自然舒畅的状态中。僧徒虽然置身世俗之外，反而更要受宗教的种种束缚，无法处于本性的自我舒适状态。"

有人问顾长康（恺之）："为什么不模仿洛阳书生读书吟诗那种低沉粗重的音调？"他回答道："我何至于去模仿老女仆说话的腔调？"

殷颢、庾恒都是谢镇西（尚）的外孙，殷颢从小坦率聪敏，庾恒总是不推重他。有一次两人一起去拜访谢公（安），谢公注目细看殷颢说："阿巢确实像镇西。"于是庾恒低声问道："究竟哪里像？"谢公接着又说："阿巢的面颊像

似？”谢公续复云：“巢颊似镇西。”庾复云：“颊似，足作健[6]不？”[4]

镇西。”庾恒又说道：“面颊像，就足以成为强者吗？”

今注

1 俗外：世俗之外。

2 庾恒：字敬则，祖父为庾亮，父亲为庾龢。官至尚书仆射。

3 率悟：坦率聪敏。

4 下声：低声。

5 定：究竟，到底。

6 作健：成为强者，能奋发称雄。

刘注

[1] 洛下书生咏，音重浊，故云老婢声。

[2]《谢氏谱》曰：“尚长女僧要适庾龢，次女僧韶适殷歆。”

[3] 巢，殷颢小字也。

[4]《庾氏谱》曰：“恒字敬则。祖亮，父龢。恒仕至尚书仆射。”

原文

26.28 旧目韩康伯“将肘[1]无风骨”。[1]

26.29 苻宏叛来归国[2]，谢太傅每加接引。宏自以有才，多好上人，坐上无折之者。适王子猷来，太傅使共语。子猷直孰视良久，回语太傅云：“亦复竟

译文

过去人们品评韩康伯（伯），说他“胳膊肘肥壮，没有风骨气质”。

苻宏叛逃归降晋国，谢太傅（安）常常加以接待。苻宏自认为有才干，经常喜欢凌驾于他人之上，在座的没有人能够折服他。恰逢王子猷（徽之）到来，太傅让他们在一起交谈。子猷只是仔细打量了他很长时间，回头对太傅说：

不异人。”宏大惭而退。[2]

26.30 支道林入东[3]，见王子猷兄弟。还，人问：“见诸王何如？”答曰：“见一群白颈乌[4]，但闻唤哑哑声[5]。”

“终究也和别人没有什么不同。”苻宏十分惭愧地告辞了。

支道林(遁)到会稽去，见到了王子猷(徽之)兄弟。他回到京都，有人问道：“你看王氏兄弟怎么样？”他答道：“看见一群白脖子乌鸦，只听到哑哑的叫声。”

今注

1 将肘：胳膊肘。

2 苻宏叛来归国：晋孝武帝太元十年(385)，西燕王慕容冲攻苻坚，苻坚留太子苻宏守长安，宏不能守，携母、妻降晋。

3 入东：指到会稽去。会稽在都城建康东面，故有此说。时王羲之任会稽内史，居家于此。

4 徐震堮校笺：“王琦注李贺《染丝上春机》引《世说》此事，末云：‘王氏子弟多服白领故也。’盖以释白颈乌之义，但未知所据。”

5 余嘉锡《笺疏》：“道林之言，讥王氏兄弟作吴音耳。”

刘注

[1]《说林》曰：“范启云：‘韩康伯似肉鸭。’”

[2]《续晋阳秋》曰：“宏，苻坚太子也。坚为姚苌所杀，宏将母妻来投，诏赐田宅。桓玄以宏为将，玄败，寇湘中，伏诛。”

原文

26.31 王中郎举许玄度为吏部郎，郗重熙曰：“相王好事，不可使阿讷

译文

王中郎(坦之)推荐许玄度(询)任吏部郎，郗重熙(昙)说：“相王(司马昱)喜欢多事，不能让阿讷(许询)在他身边。”

在坐头。”[1]

26.32 王兴道[1]谓谢望蔡[2]:“霍霍[3]如失鹰师。”[2]

26.33 桓南郡每见人不快,辄嗔云:“君得哀家梨[4],当复不烝[5]食不?”[3]

王兴道(和之)评论谢望蔡(琰)说:“急切躁动得像一个丢失了鹰的驯鹰师。”

桓南郡(玄)每当看到别人做事不爽利,就生气说道:“您得到了哀家梨,该不会拿去蒸着吃吧?”

今注

1 王兴道:即王和之,字兴道,琅邪临沂(今山东临沂)人,王廙之孙,王胡之之子,历任永嘉太守、正员常侍。

2 望蔡:地名。谢琰以勋封望蔡公,故称谢望蔡。刘孝标注误。

3 霍霍:闪动疾速貌。形容人性子急躁。

4 哀家梨:亦作“哀梨”。传说汉朝秣陵人哀仲所种之梨个大味美,入口即化。时人称为“哀家梨”。

5 烝:同“蒸”。

刘注

[1] 讷,询小字。

[2]《永嘉记》曰:“王和之字兴道,琅邪人。祖(翼)〔廙〕,平南将军。父胡之,司州刺史。和之历永嘉太守、正员常侍。”望蔡,谢琰小字也。

[3] 旧语:秣陵有哀仲家梨甚美,大如升,入口消释。言愚人不别味,得好梨烝食之也。

假谲第二十七

导读

假谲，即虚假欺诈。本门共十四条，所记之事，都是以说假话、做假事的欺骗手段来达到目的。比如，曹操行军途中，找不到通向水源的道路，全军都很口渴。于是他下令说，前面有梅树林，梅子很多，味道甜酸，可以解渴。士兵听了这话，口水都流出来了，借此才得以赶到前面有水的地方。这就是有名的"望梅止渴"的故事。又如，晋朝男子有佩带香囊的习惯，讲究仪容。谢玄年少的时候，喜欢带紫色的香囊。谢安对此很不安，又不好出言阻止伤了他的心，于是就骗他来赌博，把他的香囊赢过来后，随即烧掉。

原文

27.1 魏武少时，尝与袁绍好为游侠[1]。观人新婚，因潜入主人园中，夜叫呼云："有偷儿贼！"青庐[2]中人皆出观。魏武乃入，抽刃劫新妇，与绍还出。失道，坠枳棘中，绍不能得动。复大叫云："偷儿在此！"绍遑迫[3]自掷出，

译文

魏武帝（曹操）年轻时，曾经喜欢和袁绍一起学游侠。他们去看别人结婚，乘机溜进主人的园子里，夜里大声呼喊道："有小偷！"青庐里面的人都出来察看。魏武便进去，拔出刀来劫持了新娘，和袁绍一起往回跑。他们中途迷了路，陷入荆棘丛中，袁绍不能挣扎脱身。魏武又大声呼喊道："小偷在这里！"袁绍惶急不安竟自己跳了出来，

遂以俱免。[1] 两人最终得以免于被抓获。

今注

1 游侠：不循规蹈矩，重义气，勇于救人急难的人。

2 青庐：当时婚俗，用青布幔搭成棚屋，设在新郎家门旁边，叫作青庐。新婚夫妇在这里行交拜礼。

3 遑迫：惶急不安。

刘注

[1]《曹瞒传》曰："操小字阿瞒，少好谲诈，游放无度。"孙盛《杂语》云："武王少好侠，放荡不修行业。尝私入常侍张让宅中，让乃手戟于庭，逾垣而出，有绝人力，故莫之能害也。"

原文

27.2 魏武行役[1]，失汲道[2]，军皆渴，乃令曰："前有大梅林，饶子[3]，甘酸，可以解渴。"士卒闻之，口皆出水，乘此得及前源。

27.3 魏武常[4]言："人欲危己，己辄心动。"[5]因语所亲小人[6]曰："汝怀刃密来我侧，我必说心动，执[7]汝使行刑，汝但[8]勿言其使，无他，当

译文

魏武帝（曹操）行军途中，找不到通向水源的道路，全军都非常口渴，于是他便下令道："前面有大片梅树林，梅子很多，味道甜酸，可以解渴。"士兵们听了这番话，口中都流出涎水来，借此才得以赶到前面有水源的地方。

魏武帝（曹操）曾经说过："有人想害我的时候，我会心跳得厉害。"于是他告诉亲近的侍从说："你揣着刀偷偷地来到我的身边，我一定会说心跳得厉害，逮捕你下令处决时，你只要不说出是我指使你干的，就不会有什么祸事，我定会重重报答你。"被

厚相报。”执者信焉，不以为惧，遂斩之。此人至死不知也。左右以为实，谋逆者挫气矣。[1]

逮捕的侍从相信了他的话，一点儿也不害怕，结果就被杀掉了。这个人直到死也不知道是怎么回事。身边的人都认为真有此事，图谋叛逆的人因此而丧失了勇气。

今注

1 行役：行军跋涉。
2 汲道：通向水源的道路。
3 饶子：指果实很多。
4 常：通“尝”。曾经。
5 危：危害，指谋害。　心动：心跳。
6 小人：指侍从。
7 执：逮捕。
8 但：只要。

刘注

[1]《曹瞒传》曰：“操在军，廪谷不足，私语主者曰：‘何如？’主者云：‘可以小斛足之。’操曰：‘善。’后军中言操欺众，操题其主者背以徇曰：‘行小斛，盗军谷。’遂斩之。仍云：‘特当借汝死以厌众心。’其变诈皆此类也。”

原文

27.4 魏武常云：“我眠中不可妄近，近便斫人 1，亦不自觉。左右宜深 2 慎此。”后阳 3 眠，所幸 4 一

译文

魏武帝（曹操）曾经说过：“我睡觉的时候不能够随便靠近，只要靠近了，我就会杀人，连自己也不知道。你们应当千万小心。”后来，他假装睡着了，有个

人，窃[5]以被覆之，因便斫杀。自尔每眠，左右莫敢近者。

他平日宠幸的人悄悄地拿着被子给他盖上，结果被他砍杀了。从此以后，他每次睡觉，身边的人没有谁敢靠近。

27.5 袁绍年少时，曾遣人夜以剑掷魏武，少下[6]，不著。魏武揆[7]之，其后来必高。因帖[8]卧床上，剑至果高。[1]

袁绍年轻的时候，曾经派人在夜间投剑刺杀魏武（曹操），剑投得稍微偏低了一点，没有刺中。魏武揣测，第二次投来的剑一定偏高。他于是紧紧地贴床躺着，投来的剑果然高了些。

今注

1 斫(zhuó)人：杀人。

2 深：表示程度深。

3 阳：通"佯"，假装。

4 幸：宠爱，宠幸。

5 窃：偷偷。

6 少下：稍微低了一点。

7 揆(kuí)：推测，揣测。

8 帖：紧挨。

刘注

[1] 按袁、曹后由鼎跱，迹始携贰。自斯以前，不闻仇隙，有何意故而剚之以剑也？

原文

27.6 王大将军既为逆，顿军姑孰。晋明帝以英武

译文

王大将军（敦）发动叛乱后，把军队驻扎在姑孰。晋明帝（司马绍）虽然

之才，犹相猜惮[1]，乃著戎服，骑巴賨马，赍一金马鞭，阴察军形势。未至十余里，有一客姥居店卖食，帝过愒[2]之，谓姥曰："王敦举兵图逆，猜害忠良，朝廷骇惧，社稷是忧。故劬劳晨夕，用相觇察。恐形迹危露，或致狼狈，追迫之日，姥其匿之！"便与客姥马鞭而去，行敦营匝而出。军士觉，曰："此非常人也！"敦卧心动，曰："此必黄须鲜卑奴[3]来！"命骑追之。已觉多许里，追士因问向姥："不见一黄须人骑马度此邪？"姥曰："去已久矣，不可复及。"于是骑人息意而反。[1]

英明勇武，仍然不免疑惧他，于是穿上戎装，骑着巴川賨人进贡的良马，带着一条金马鞭，暗地去察看叛军的形势。离王敦军营还有十多里的地方，有个外地来的老妇在店里卖食物，明帝去那里休息，对老妇说："王敦举兵图谋叛逆，残酷迫害忠臣贤良，朝廷惊恐，国家忧惧。所以我不分早晚，不辞辛劳，前来侦察。恐怕我的行踪败露，陷入窘迫的境地，若是有人追过来打听，希望老妈妈为我隐瞒行踪！"把金马鞭送给老妇就离去了，到王敦军营绕了一圈后离开了。士兵发觉了，说道："这不是一般的人啊！"王敦睡在床上，心跳异常，说道："这一定是黄胡须的鲜卑奴来了！"命令骑兵去追赶他，但已经相差了好几里，追赶的骑兵就去问那个老妇："你没有看见一个黄胡须的人骑马经过这里吗？"老妇人道："离开已经很久了，不可能追赶上了。"于是骑兵打消了追赶的念头而返回去了。

今注

1 猜惮：疑惧，畏惧。

2 愒(qì)：休息。

3 鲜卑奴：对晋明帝的蔑称。晋明帝的母亲是今河北一带的人，鲜卑族曾经在这一带居住，而明帝的相貌也像外族人，黄须。

刘注

[1]《异苑》曰:“帝躬往姑孰,敦时昼寝,卓然惊悟曰:‘营中有黄头鲜卑奴来,何不缚取!’帝所生母荀氏,燕国人,故貌类焉。”

原文

27.7 王右军年减十岁时,大将军甚爱之,恒置帐中眠。大将军尝先出,右军犹未起。须臾钱凤1入,屏人论事,[1]都忘右军在帐中,便言逆节之谋。右军觉,既闻所论,知无活理,乃(剔)〔阳〕2吐污头面被褥,诈孰眠。敦论事造半,方(意)〔忆〕3右军未起,相与大惊曰:“不得不除之!”及开帐,乃见吐唾从横4,信其实孰眠,于是得全。于时称其有智。[2]

译文

王右军(羲之)不到十岁的时候,大将军(王敦)非常喜爱他,常常把他安顿在帷帐里睡觉。一次,大将军先起床出帐,右军还没有起来。一会儿钱凤进来,屏退手下的人,与他商议事情,完全忘了右军还在帐中,就谈到了叛乱的图谋。右军醒来,听到了他们的谈论,知道自己没有活命的可能,便假装呕吐而把头脸和被褥都弄脏了,还装着睡得很熟。王敦密谈到中途,才想起右军还没有起来,两人大惊道:“不得不除掉他!”等到撩开帐子,才看见他吐得到处都是,相信他确实在熟睡,于是他才得以保全性命。当时的人都称赞他有智谋。

今注

1 钱凤:字世仪。奸慝好利,为王敦铠曹参军。多次怂恿王敦逆反,敦败被杀。

2 据余嘉锡说校改。

3 据余嘉锡说校改。

4 从(zòng)横:即纵横。杂乱貌。

刘注

[1]《晋阳秋》曰:"凤字世仪,吴嘉兴尉子也。奸慝好利,为敦铠曹参军。知敦有不臣心,因进说。后敦败,见诛。"

[2] 按诸书皆云王允之事,而此言羲之,疑谬。

原文

27.8 陶公自上流来[1]赴苏峻之难,令诛庾公,谓必戮庾,可以谢峻。[1]庾欲奔窜,则不可;欲会,恐见执,进退无计。温公劝庾诣陶,曰:"卿但遥拜,必无他。我为卿保之。"庾从温言诣陶。至,便拜。陶自起止之,曰:"庾元规何缘拜陶士衡?"毕,又降就下坐。陶又自要起同坐。坐定,庾乃引咎责躬[2],深相逊谢[3]。陶不觉释然。

译文

陶公(侃)从长江上游赶来平定苏峻之乱,下令杀掉庾公(亮),认为只有处死庾公,才可以使苏峻退兵。庾公想逃跑,又跑不了;想去见陶公,又怕被逮捕,进退两难,无计可施。温公(峤)劝庾公去拜见陶公,说道:"你只要远远地向他下拜,一定不会有什么事。我敢给你担保。"庾公听了温公的话去拜访陶公。他一到,便下拜行礼。陶公亲自起身拦住,说道:"庾元规哪有拜陶士衡之理?"行礼后,庾公又退下来坐在下位。陶公又亲自邀请他和自己同坐。坐定以后,庾公于是引咎自责,深切而谦恭地认错。陶公对庾公的怒气不知不觉地消除了。

今注

1 自上流来:指从长江上游来。时陶侃为荆州刺史,率兵东下,平定苏峻之乱。

2 引咎责躬:承认过失,责备自己。

3 逊谢:道歉。

刘注

[1]《晋阳秋》曰:“是时成帝在襁褓,太后临朝,中书令庾亮以元舅辅政,欲以风轨格政,绳御四海。而峻拥兵近甸,为逋逃薮。亮图召峻,王导、卞壸并不欲。亮曰:‘苏峻豺狼,终为祸乱,晁错所谓削亦反,不削亦反。’遂下优诏,以大司农征之。峻怒曰:‘庾亮欲诱杀我也!’遂克京邑。平南温峤闻乱,号泣登舟,遣参军王愆期推征西陶侃为盟主,俱赴京师。时亮败绩奔峤,人皆尤而少之。峤愈相崇重,分兵以配给之。”

原文

27.9 温公丧妇。从姑刘氏,家值乱离散,唯有一女,甚有姿慧,姑以属公觅婚。公密有自婚意,答云:“佳婿难得,但如峤比云何?”姑云:“丧败之余,乞粗存活,便足慰吾余年,何敢希汝比?”却后少日,公报姑云:“已觅得婚处,门地粗可,婿身名宦,尽不减峤。”因下玉镜台[1]一枚。姑大喜。既婚,交礼,女以手披纱扇,抚

译文

温公(峤)的妻子死了。堂房姑母刘氏家中遭逢战乱而流离失散,身边只有一个女儿,非常漂亮聪慧,姑母嘱托温公给她找一门亲事。温公私下里有自己和她成婚的意思,就回答道:“称心如意的女婿不容易找到,仅仅像我这样的人行不行?”姑母说:“我们是战乱之后侥幸活下来的人,只求马马虎虎生活下去,就足以安慰我的晚年了,哪里还敢希求像你这样的人?”此后不几天,温公告诉姑母说:“已经找到了婚配对象,门第大体还可以,女婿的名声和官职都不比我差。”于是送了一座玉镜台

掌大笑曰:"我固疑是老奴[2],果如所卜。"[1]玉镜台,是公为刘越石长史北征刘聪[3]所得。[2]

作为聘礼。姑母非常高兴。等到结婚,行了交拜礼,新娘用手拨开纱扇,拍手大笑道:"我早就疑心是你这个老东西,果然不出所料。"玉镜台是温公当年任刘越石(琨)的长史北伐刘聪时得到的。

今注

1 玉镜台:玉制镜座,上面可以承托铜镜,里面可以储放梳妆用具。

2 老奴:老仆,老东西。为轻诋笑骂之词。

3 刘聪(?—318):十六国时期汉国国君。公元310—318年在位。一名载,字玄明。刘渊之子。匈奴族。河瑞二年(310)渊死,杀兄和自立。后遣刘曜等攻破洛阳、长安,俘晋怀、愍二帝,灭西晋。在位时定百官,完善政制。但穷兵黩武,广建宫殿,沉溺酒色,激起各族人民反抗。

刘注

[1] 按《温氏谱》:"峤初取高平李暅女,中取琅邪王诩女,后取庐江何邃女。"都不闻取刘氏,便为虚谬。(谷口云:"刘氏,政谓其姑尔,非指其女姓刘也。孝标之注,亦未为得。")

[2] 王隐《晋书》曰:"建兴二年,峤为刘琨假守左司马,都督上前锋诸军事,讨刘聪。"《晋阳秋》曰:"聪,一名载,字玄明,屠各人。父渊,因乱起兵。死,聪嗣业。"

原文

27.10 诸葛令女,庾氏妇[1],既寡,誓云不复重出。此女性甚正强,无有登车

译文

诸葛令(恢)的女儿是庾会的妻子,守寡以后,发誓不再出嫁。这位女子生性正直刚强,没有可能重新登车

理。[1]恢既许江思玄婚，乃移家近之。初，诳女云："宜徙于是。"家人一时去，独留女在后。比其觉，已不复得出。江郎莫来，女哭詈弥甚，积日渐歇。江虨暝入宿，恒在对床上。后观其意转帖[2]，虨乃诈厌[3]，良久不悟，声气转急。女乃呼婢云："唤江郎觉！"江于是跃来就之曰："我自是天下男子，厌，何预卿事而见唤邪？既尔相关，不得不与人语。"女默然而惭，情义遂笃。[2]

改嫁。诸葛恢把女儿许给江思玄(虨)后，就把家搬到江家附近。起初，他骗女儿说："应该搬到那里去。"家里的人同时走了，单单留下了女儿。等到她醒悟过来，已经再也出不去了。江郎傍晚进来，她哭骂得更加厉害，过了好几天才渐渐平静下来。江虨天黑进来睡觉，总是睡在对面床上。后来看她情绪逐渐平静，江虨就假装做噩梦，很久醒不过来，声音和呼吸越来越急促。她于是招呼婢女说："去把江郎叫醒！"江虨这时跳起来靠近她说："我是天下的一个堂堂男子汉，做噩梦和你有什么关系，你却要把我叫醒？既然你这样关心我，就不能不和我说话。"诸葛恢的女儿默不作声而心中羞愧，从此两人的情意才深厚起来。

今注

1 庾氏妇：诸葛恢女嫁庾亮子庾会。

2 转帖：渐渐平静。帖，平静。

3 厌(yǎn)：同"魇"。做噩梦。

刘注

[1] 即庾亮子会妻(父彪)〔文彪〕，已见上。

[2] 葛令之清英，江君之茂识，必不背圣人之正典，习蛮夷之秽行。康王之言，所轻多矣。

原文

27.11 愍度道人[1]始欲过江，与一伧道人[2]为侣，谋曰："用旧义往江东，恐不办得食。"便共立"心无义[3]"。既而此道人不成渡，愍度果讲义积年。[1] 后有伧人来，先道人寄语云："为我致意愍度，'无义'那可立？[2]治此计，权救饥尔，无为遂负如来也！"

译文

愍度和尚起初想过江去，和一个北方和尚结伴同行，两人商议说："用佛家原来的教义在江南宣讲，恐怕不能有饭吃。"就一起创立"心无义"说。事后，这个和尚没能成功地渡江，愍度果真在江南宣讲了多年的"心无义"说。后来有个北方人过江来，先前那个和尚托他传话说："请替我问候愍度，'心无义'说怎么能成立呢？当初那个办法，只是姑且用来救饥罢了，不要因此而辜负了如来佛祖呀！"

今注

1 愍度道人：即支愍度，晋代高僧。创"心无义"说，著《传译经录》。

2 伧道人：北方僧人。南北朝时，南人称北人为伧，含鄙夷之意。

3 心无义：佛教的一种教义，相传为支愍度所创。

刘注

[1]《名德沙门题目》曰："支愍度才鉴清出。"孙绰《愍度赞》曰："支度彬彬，好是拔新。俱禀昭见，而能越人。世重秀异，咸竞尔珍。孤桐峄阳，浮磬泗滨。"

[2] 旧义者曰："种智有是，而能圆照。然则万累斯尽，谓之空无，常住不变，谓之妙有。"而无义者曰："种智之体，豁如太虚，虚而能知，无而能应。居宗至极，其唯无乎？"

原文

27.12 王文度弟阿智[1]，恶乃不翅[2]，当年长而无人与婚。孙兴公有一女，亦僻错[3]，又无嫁娶理。因诣文度，求见阿智。既见，便阳言："此定可，殊不如人所传，那得至今未有婚处？我有一女，乃不恶，但吾寒士，不宜与卿计，欲令阿智娶之。"文度欣然而启蓝田云："兴公向来，忽言欲与阿智婚。"蓝田惊喜。既成婚，女之顽嚚[4]，欲过阿智。方知兴公之诈。[1]

译文

王文度（坦之）的弟弟阿智（王处之），不止愚痴，年纪已经大了仍没有人和他结亲。孙兴公（绰）有个女儿，也很邪僻乖张，并且没有出嫁的希望。因此他便去拜访文度，要求见见阿智。见面后，孙绰便假意说："这人确实可以，根本不像人们所传的那样，怎么到现在还没有婚配对象？我有个女儿，还不错，只不过我是一个寒士，本不宜和你商议婚事，但我想让阿智娶她。"文度非常高兴地禀告蓝田（王述）说："兴公刚才来过，忽然说起想和阿智结亲。"蓝田又惊又喜。结婚后，女方的愚鲁顽固似乎超过了阿智。文度这才明白了兴公的狡诈。

今注

1 阿智：即王处之，小字阿智，王述子。
2 不翅：不啻，不止。翅，通"啻"。
3 僻错：邪僻乖张。
4 顽嚚（yín）：愚鲁顽固。

刘注

[1] 阿智，王处之小字。处之字文将，辟州别驾，不就。娶太原孙绰女，字阿恒。

原文

27.13 范玄平为人好用智数 [1],而有时以多数失会。尝失官居东阳,桓大司马在南州 [2],故往投之。桓时方欲招起屈滞,以倾朝廷,且玄平在京,素亦有誉。桓谓远来投己,喜跃非常。比入至庭,倾身引望,语笑欢甚。顾谓袁虎曰:"范公且可作太常卿。"范裁坐,桓便谢其远来意。范虽实投桓,而恐以趋时损名,乃曰:"虽怀朝宗 [3],会有亡儿瘗在此,故来省视。"桓怅然失望,向之虚伫,一时都尽。[1]

27.14 谢遏年少时,好著紫罗香囊,垂覆手 [4]。太傅患之,而不欲伤其意,乃谲与赌,得即烧之。[2]

译文

范玄平(汪)做人处世爱使心计,可是有时竟因心计太多而错失机会。他曾经丢官后住在东阳郡,当时桓大司马(温)镇守姑孰,他便特意前去投奔。桓公当时正打算招揽起用被委屈埋没的人才以倾覆朝廷,况且玄平在京向来也有一定声誉。桓公以为他远道而来投奔自己,格外高兴。等到他进入庭院,桓公便伸长脖子望着,两人见面有说有笑,相谈甚欢。桓公回头对袁虎(宏)说:"范公暂且可以做太常卿。"范玄平刚刚入坐,桓公便感谢他远道而来的好意。范玄平虽然确实是来投奔桓公的,但是又担心别人说他迎合时势而损害名望,便说道:"我虽是有心来拜谒长官,也是恰巧有个儿子埋葬在这里,所以来看看。"桓公惆怅不悦,大失所望,刚才那种虚心接待的热情,顷刻消失殆尽。

谢遏(玄)年少时,喜欢佩带紫罗香袋,垂挂着覆手。太傅(谢安)对此很不安,可是又不想伤他的心,于是设诡计和他赌博,赢到香袋和覆手后就把它们都烧了。

今注

1 智数:即心计智谋。

2 南州:此指姑孰,古城名,东晋筑,在今安徽当涂。

3 朝宗:本指诸侯朝见天子,又泛指臣下朝见帝王。晋时下属进见长官,亦称朝宗。

4 覆手:余嘉锡笺疏:"覆手不知何物,恐是手巾之类。"

刘注

[1]《中兴书》曰:"初,桓温请范汪为征西长史,复表为江州,并不就。还都,因求为东阳太守,温甚恨之。汪后为徐州,温北伐,令汪出梁国,失期,温挟憾奏汪为庶人。汪居吴,后至姑孰见温,温语其下曰:'玄平乃来见,当以护军起之。'汪数日辞归,温曰:'卿适来,何以便去?'汪曰:'数岁小儿丧,往年经乱,权瘗此境,故来迎之,事竟去耳。'温愈怒之,竟不屑意。"

[2] 遏,谢玄小字。

黜免第二十八

导读

黜免，即废黜罢免。本门共九条，讲述了当时一些人被废黜罢免的轶事。比如，殷浩以中军将军北伐，打败仗而回，被桓温奏请废为庶人，迁居扬州东阳郡信安县，一天到晚总在空中写字。人们偷偷观察，结果发现写的是"咄咄怪事"四个字。又如，殷仲文素有名望，自以为一定会像商代的伊尹一样辅佐帝王主持国政，忽然被调离京都，出任东阳太守，心里非常不平。他上任途中经过富阳，看到当地的风景，慨叹道，看这里的山河形势，应该再出一个孙伯符。孙伯符就是孙策，孙权的兄长，吴郡富春人，曾经任会稽太守，平定江东，为孙权建立吴国打下了基础。

原文

28.1 诸葛厷在西朝，少有清誉，为王夷甫所重，时论亦以拟王。后为继母族党所谗，诬之为狂逆[1]。将远徙[2]，友人王夷甫之徒诣槛车[3]与别。厷问："朝廷何以徙我？"王曰："言卿狂逆。"厷曰："逆则应杀，

译文

诸葛厷在西晋的时候，年纪很轻就有美好的声誉，受到王夷甫（衍）的推重，当时的舆论也把他和王相比。后来他被继母的同族亲属诽谤中伤，他们诬蔑他狂放悖逆。将要被流放到边远地区时，他的朋友王夷甫等人到囚车前和他告别。诸葛厷问道："朝廷为什么流放我？"王夷甫说："说你狂放悖逆。"诸葛厷道："悖逆的人就该杀头，狂放的人为什么要被流放？"

狂何所徙？”[1]

28.2 桓公入蜀，至三峡中，部伍中有得猿子者。[2]其母缘岸哀号，行百余里不去，遂跳上船，至便即绝。破视其腹中，肠皆寸寸断。公闻之怒，命黜其人。

桓公（温）率领大军进入蜀地，到达三峡地区，军中有人捕获了一只小猿。母猿沿着江岸悲哀地号叫，跟着船走了一百多里都不肯离去，最后终于跳上了船，但一上船就断了气。剖开母猿的肚子一看，肠子都断得一寸一寸的。桓公听说后非常生气，下令罢免了那个捕获小猿的人的职务。

今注

1 狂逆：狂妄悖逆。

2 徙：流放到远地。

3 槛（jiàn）车：囚车。

刘注

[1] 厷，已见。

[2]《荆州记》曰：“峡长七百里，两岸连山，略无绝处，重岩叠障，隐天蔽日。常有高猿长啸，属引清远。渔者歌曰：‘巴东三峡巫峡长，猿鸣三声泪沾裳。’”

原文

28.3 殷中军被废 1，在信安 2，终日恒书空作字。扬州吏民寻义逐之。窃视，唯作“咄咄怪事 3”四字而已。[1]

译文

殷中军（浩）被废为庶人后，住在信安县，一天到晚总在空中写字。他在扬州时的部属和百姓不忘他的恩义而跟随他到了信安。他们偷偷地观察，原来他只写“咄咄怪事”四个字而已。

28.4 桓公坐有参军椅[4]烝薤[5],不时解,共食者又不助,而椅终不放,举坐皆笑。桓公曰:“同盘尚不相助,况复危难乎?”敕令免官。

桓公(温)的宴席上有位参军用筷子夹蒸藠头,不能及时分开,同桌的人又不帮忙,筷子终于粘住拔不出来,在座的人都笑起来。桓公说:“同在一个盘子里吃饭,尚不能相助,更何况遇到危难呢?”下令免去了这些人的官职。

今注

1 殷中军被废:晋穆帝永和年间,扬州刺史殷浩为中军将军,假节都督扬、豫、徐、兖、青五州军事,北征许洛,因前锋将平北将军叛,殷浩大败而归。桓温与殷浩有隙,上表弹劾,殷浩被废为庶人,徙居信安。

2 信安:县名,晋时属东阳郡。治所在今浙江衢州。

3 咄咄怪事:令人惊讶、不合情理的事。

4 椅:通“攲”。用筷子夹取。

5 烝薤(xiè):蒸藠(jiào)头。烝,同“蒸”。薤,一种名叫藠头的蔬菜,味苦辛。余嘉锡笺疏:“《齐民要术》九《素食篇》有薤白蒸。”观其做法,乃是米薤同蒸,调以油豉,蒸熟后必凝结如糍不可解,故夹取较难耳。

刘注

[1]《晋阳秋》曰:“初,浩以中军将军镇寿阳,羌姚襄上书归降。后有罪,浩阴图诛之。会关中有变,苻健死。浩伪率军而行,云‘修复山陵’。襄前驱,恐,遂反。军至山桑,闻襄将至,弃辎重,驰保谯。襄至,据山桑,焚其舟实。至寿阳,略流民而还。浩士卒多叛,征西温乃上表黜浩,抚军大将军奏免浩,除名为民。浩驰还谢罪。既而迁于东阳信安县。”

原文

28.5 殷中军废后，恨简文曰："上人著百尺楼上，儋[1]梯将去。"[1]

28.6 邓竟陵[2]免官后赴山陵，过见大司马桓公。公问之曰："卿何以更瘦？"[2]邓曰："有愧于叔达，不能不恨于破甑。[3]"[3]

译文

殷中军（浩）罢官以后，怨恨简文帝（司马昱）说："把人送上百尺高楼，却扛起梯子走了。"

邓竟陵（遐）被罢官后去参加简文帝（司马昱）的葬礼并探望大司马桓公（温）。桓公问他道："你为什么更加消瘦了？"邓竟陵说："我在孟叔达（敏）面前心中有愧，不能不因为打破了饭甑而感到遗憾。"

今注

1 儋：同"担"，负，扛。

2 邓竟陵：邓遐，字应玄，陈郡（今河南周口淮阳区）人。勇力过人，气盖当世，时人比之为樊哙。曾任竟陵太守，故称。

3 "有愧"句：指自己没有孟叔达那样的品德，对丢掉了官职不能不感到遗憾。《后汉书·郭泰传》："孟敏，字叔达……客居太原。荷甑堕地，不顾而去。林宗见而问其意，对曰：'甑以破矣，视之何益？'林宗以此异之。"

刘注

[1]《续晋阳秋》曰："浩虽废黜，夷神委命，雅咏不辍，虽家人不见其有流放之戚。外生韩伯始随至徙所，周年还都，浩素爱之，送至水侧，乃咏曹颜远诗曰：'富贵它人合，贫贱亲戚离。'因泣下。"其悲见于外者，唯此一事而已。则书空、去梯之言，未必皆实也。

[2]《大司马寮属名》曰："邓遐字应玄，陈郡人，平南将军岳之子。勇力绝人，气盖当世，时人方之樊哙。为桓温参军，数从温征伐，历竟陵太守。

枋头之役,温既怀耻忿,且惮遐,因免遐官,病卒。”

[3]《郭林宗别传》曰:“巨鹿孟敏,字叔达,敦朴质直。客居太原,杂处凡俗,未有所名。尝至市买甑,荷担堕地,坏之,径去不顾。适遇林宗,见而异之,因问曰:‘坏甑可惜,何以不顾?’客曰:‘甑既已破,视之何益?’林宗赏其介决,因以知其德性,谓必为美士,劝令读书。游学十年,遂知名,三府并辟,不就。东夏以为美贤。”

原文

28.7 桓宣武既废太宰父子1,仍上表曰:“应割近情,以存远计。若除太宰父子,可无后忧。”简文手答表曰:“所不忍言,况过于言。”宣武又重表,辞转苦切。简文更答曰:“若晋室灵长,明公便宜奉行此诏;如大运去矣,请避贤路。”桓公读诏,手战2流汗,于此乃止。太宰父子远徙新安3。[1]

译文

桓宣武(温)罢免了太宰司马晞父子之后,仍然上表说:“应当割断亲情,以确保长远大计。如果清除太宰父子,就可以免除后顾之忧。”简文帝(司马昱)亲手在表上批答道:“你所说的是我不忍心说的,何况所做的超过了所说的。”宣武又重新上表,文辞更加迫切。简文帝再次批答道:“如果晋朝国运广远绵长,明公就应该遵照这个诏令办理;如果国运已去,请让我退位,让路给贤人。”桓公读着诏书,手颤汗流,这才停止了原来的企图。太宰父子被流放到了边远的新安郡。

今注

1 桓宣武既废太宰父子:咸安元年(371),桓温废海西,立简文帝。同年,又废太宰武陵王司马晞父子。司马晞好武功,为桓温所忌,诬以谋反,与子司马综并被废黜。司马晞是晋元帝子,简文帝兄。太宰,官名,辅佐皇帝处理政务,相当于太师。

2 战:害怕得发抖。

3 新安:郡名,治所在今浙江淳安西北。

刘注

[1]《司马晞传》曰:"晞字道升,元帝第四子。初封武陵王,拜太宰。少不好学,尚武凶恣。时太宗辅政,晞以宗长不得执权,常怀愤慨,欲因桓温入朝杀之。太宗即位,新蔡王晃首辞,引与晞及子综谋逆。有司奏晞等斩刑,诏原之,徙新安。晞未败四五年中,喜为挽歌,自摇大铃,使左右习和之。又燕会,倡妓作新安人歌舞离别之辞,其声甚悲,后果徙新安。"

原文

28.8 桓玄败后[1],殷仲文还为大司马咨议[2],意似二三,非复往日。大司马府听前有一老槐,甚扶疏。殷因月朔,与众在听[3],视槐良久,叹曰:"槐树婆娑[4],无复生意!"[1]

28.9 殷仲文既素有名望,自谓必当阿衡[5]朝政。忽作东阳太守,意甚不平。[2]及之郡,至富阳[6],慨然叹曰:"看此山川形势,当复出一孙伯符[7]。"[3]

译文

桓玄失败以后,殷仲文又担任大司马(刘裕)的咨议参军,似乎三心二意,反复不定,再也不像以前那样了。大司马府厅前有棵老槐树,枝叶繁盛茂密。殷仲文因月朔惯例,和大家一起会集于大厅,他久久地注视着槐树,叹息道:"槐树枝叶扶疏,毫无生机!"

殷仲文一向就很有名望,自认为一定会辅佐帝王主持国政。忽然调任东阳太守,他心中非常不平。他上任时,经过富阳,感慨地叹息道:"看这里的山河形势,应当再出一位孙伯符。"

今注

1 桓玄败后：晋安帝元兴二年(403)，桓玄篡晋称帝，建国号楚，次年被刘裕等讨灭。

2 大司马咨议：官名，是大司马咨议参军的省称。刘裕平桓玄，拜官大司马。殷仲文投玄前曾为会稽王司马道子咨议参军，桓玄败后，他又为大司马刘裕咨议参军，故曰“还为”。

3 听：通“厅”，厅署，厅堂。

4 婆娑：扶疏、分披貌。

5 阿衡：商代官名。伊尹曾为商汤阿衡。引申为辅佐帝王，主持国政。

6 富阳：县名，原称富春。在今浙江杭州西南富春江左岸。

7 孙伯符：即孙策(175—200)，东汉末吴郡富春(今浙江杭州市富阳区)人，字伯符。孙坚长子。性豁达，善用人。少居寿春，结交江淮士人。父死，依附袁术，收领父之部曲。兴平二年(195)，率军渡江，削平当地割据势力，据有吴、会稽等五郡，自领会稽太守。后又夺取庐江郡，依靠周瑜、张昭等南北士人，在江东地区建立孙氏政权。曹操任为讨逆将军，封吴侯。后遇刺死。弟孙权称帝时，追尊为长沙桓王。

刘注

[1]《晋安帝纪》曰：“桓玄败，殷仲文归京师，高祖以其卫从二后，且以大信宣令，引为镇军长史。自以名辈先达，位遇至重，而后来谢混之徒，皆畴昔之所附也。今比肩同列，常怏然自失。后果徙信安。”

[2]《晋安帝纪》曰：“仲文后为东阳，愈愤怨，乃与桓胤谋反，遂伏诛。仲文尝照镜不见头，俄而难及。”

[3] 孙策，富春人。故及此而叹。

俭啬第二十九

导读

俭啬，即极其节俭与吝啬小气。本门共九条。

这一门和下一门汰侈不同。节俭到了极致与吝啬到视财如命、一毛不拔是当时一些人生活的又一个方面。比如，王戎家里有上好的李子树，他卖李子时，怕别人得到他家的良种，就用钻子把李子的核钻破再卖。又如，王戎借了几万钱给女儿，女儿回娘家，王戎的脸色很难看。女儿赶快把钱还给他，他这才有了笑脸。通过这些小故事，王戎的吝啬本性被刻画得栩栩如生。

原文

29.1 和峤性至俭，家有好李，王武子求之，与不过数十。王武子因其上直，率将少年能食之者，持斧诣园，饱共啖毕，伐之。送一车枝与和公，问曰："何如君李？"和既得，唯笑而已。[1]

29.2 王戎俭吝，其从

译文

和峤的本性极为悭吝，他家有上好的李子树，王武子（济）向他要一些李子吃，他只不过给了几十颗。王武子趁着他去上朝轮值，带领一批很能吃的年轻人，拿着斧头到园子里去，大家饱吃一顿以后，就把李子树砍掉了。王武子然后送了一车树枝给和公，问道："和你家的李子比怎么样？"和峤收到树枝，只是苦笑罢了。

子[1]婚，与一单衣，后更责[2]之。[2]

王戎非常吝啬，他的侄儿结婚，他只送了一件单衣，后来又要了回去。

29.3 司徒王戎既贵且富，区宅、僮牧、膏田、水碓[3]之属，洛下无比。契疏[4]鞅掌[5]，每与夫人烛下散筹筭[5]计。[3]

司徒王戎地位显赫，家财富足，房屋、奴仆、良田、水碓之类，在洛阳没有人能够和他相比。他家券契账簿繁多，他常常和妻子一起在烛光下摆开筹码算账。

今注

1 从子：侄儿。

2 责：求，索取。

3 水碓(duì)：利用水力的舂米器具。

4 契疏：券契账簿。

5 鞅掌：繁多。

6 筭：同"算"。

刘注

[1]《晋诸公赞》曰："峤性不通，治家富拟王公，而至俭，将有犯义之名。"《语林》曰："峤诸弟往园中食李，而皆计核责钱。故峤妇弟王济伐之也。"

[2] 王隐《晋书》曰："戎性至俭，不能自奉养，财不出外。天下人谓为膏肓之疾。"

[3]《晋诸公赞》曰："戎性简要，不治仪望，自遇甚薄，而产业过丰。论者以为台辅之望不重。"王隐《晋书》曰："戎好治生，园田周遍天下，翁妪二人，常以象牙筹昼夜筭计家资。"《晋阳秋》曰："戎多殖财贿，常若不足。或谓戎故以此自晦也。"戴逵论之曰："王戎晦默于危乱之际，获免忧祸，既明且哲，于是在矣。或曰：'大臣用心，岂其然乎？'逵曰：

‘运有险易，时有昏明，如子之言，则蘧瑗、季札之徒，皆负责矣。自古而观，岂一王戎也哉？’”

原文

29.4 王戎有好李，卖之，恐人得其种，恒钻其核。

29.5 王戎女适裴頠，贷钱数万。女归，戎色不说。女遽还钱，乃释然。

29.6 卫江州[1]在寻阳，[1]有知旧人投之，都不料理，唯饷“王不留行”一斤。此人得饷，便命驾。[2]李弘范[2]闻之，曰：“家舅刻薄，乃复驱使草木。”[3]

29.7 王丞相俭节，帐下甘果，盈溢不散，涉春烂败。都督白之，公令舍去，曰：“慎不可令大郎[3]知。”[4]

译文

王戎家里有上好的李子树，卖李子的时候，他怕人得到里面的种子，总是先把李子的果核钻破才卖。

王戎的女儿嫁给了裴頠，曾经向王戎借过几万钱。女儿回到娘家，王戎的脸色很不好看。女儿赶快把钱还给他，他才有了笑脸。

卫江州（展）在寻阳时，有老朋友前来投奔他，他根本不照顾接待，只是送了一斤中药“王不留行”给他。这人得到馈赠的礼物就起身回家了。外甥李弘范（轨）听说了这件事，说道：“我的舅父太刻薄了，竟然驱使草木为他逐客。”

王丞相（导）本性节俭，营帐中堆满了甘甜的水果，却不分发给众人，结果到了春天都腐烂了。帐下总管向他禀报此事，王丞相令他扔掉，吩咐道：“千万不要让大郎（王悦）知道。”

今注

1 卫江州：即卫展，字道舒，河东安邑（今山西夏县西）人。历任尚书郎，迁南阳太守，转江州刺史。

2 李弘范：即李轨，字弘范，江夏（今湖北武汉）人。撰《周易音》《春秋公羊音》等各一卷，泰始、泰宁、咸和《起居注》共六十七卷。见《隋书·经籍志》。仕至尚书郎，封都亭侯。

3 大郎：父称长子为大郎。这里指王悦。

刘注

[1]《永嘉流人名》曰："卫展字道舒，河东安邑人。祖列，彭城护军。父韶，广平令。展，光熙初，除鹰扬将军、江州刺史。"

[2]《本草》曰："王不留行，生太山，治金疮，除风，久服之，轻身。"

[3]《中兴书》曰："李轨字弘范，江夏人。仕至尚书郎。"按轨，刘氏之甥，此应弘度，非弘范也。

[4] 王悦也。

原文

29.8 苏峻之乱[1]，庾太尉南奔见陶公[2]，陶公雅相赏重。陶性俭吝，及食，啖薤，庾因留白[3]。陶问："用此何为？"庾云："故可种。"于是大叹庾非唯风流，兼有治实。

29.9 郗公大聚敛，有钱数千万。嘉宾意甚不同。常朝旦问讯，郗家法，子弟不坐，因倚语[4]移时，遂及财货事。郗公曰："汝正当

译文

苏峻作乱的时候，庾太尉（亮）逃奔到南方去见陶公（侃），陶公非常赏识和器重他。陶公生性节俭吝啬，到吃饭的时候，吃的是藠头，庾太尉顺便把藠头的根留下。陶公问："留下这个干什么？"庾太尉答道："还可以种。"陶公于是大加赞叹，说庾太尉不仅仪容俊美，气度超凡脱俗，还很务实。

郗公大肆搜刮钱财，家中有钱几千万。嘉宾（郗超）非常不赞同他这样做。有一天早晨他向郗公请安问候，按照郗氏的家规，子弟不能坐着，他就

欲得吾钱耳！”乃开库一日，令任意用。郗公始正谓损数百万许，嘉宾遂一日乞与[5]亲友、周旋[6]略尽。郗公闻之，惊怪不能已已。[1]

站着谈了好长时间，最终谈到了钱财方面的事。郗公道：“你只是想得到我的钱罢了！”就把钱库打开了一天，叫他随意取用。郗公原先认为只会损失大约几百万，嘉宾却在一天之内把全部的钱送给了亲戚朋友和与他有交往的人。郗公听说后惊诧不已。

今注

1 苏峻之乱：晋明帝薨，庾亮以帝舅执政，欲夺苏峻兵权。咸和二年(327)，苏峻举兵反，攻入建康，后被陶侃、温峤等讨灭。

2 庾太尉南奔见陶公：苏峻反，朝廷命庾亮都督征讨，兵败，亮携其弟南奔见陶侃，推陶侃为讨叛盟主。

3 白：葱、蒜、藠(jiào)头一类植物的根部。

4 倚语：徐震堮校笺：“倚语谓立语也。”

5 乞与：给予。

6 周旋：指相与交往的人。

刘注

[1]《中兴书》曰：“超少卓荦而不羁，有旷世之度。”

汰侈第三十

导读

汰侈，即骄纵奢侈。本门共十二条，主要记录那些骄纵奢侈达到无以复加的程度，简直不可思议的人和事。

石崇是晋朝有名的富豪，有关他的故事极多。王恺与石崇斗富在当时就广为流传。本门第四条载，王恺用饴糖和干饭洗锅，石崇用蜡烛当柴火做饭。王恺出行时用紫色的丝布做成的步障来遮风挡路，步障长达四十里；石崇用锦缎做成五十里的步障来和他抗衡。石崇用花椒和泥来涂墙，王恺则用赤石脂涂墙。由此反映出当时权贵豪富的骄奢淫逸、任性妄为。

原文

30.1 石崇每要客燕集，常令美人行酒。客饮酒不尽者，使黄门[1]交斩美人。王丞相与大将军尝共诣崇，丞相素不能饮，辄自勉强，至于沉醉。每至大将军，固不饮以观其变。已斩三人，颜色如故，尚

译文

石崇每次请客宴饮聚会，常常命令美女酌酒劝饮。客人不肯把酒喝干的，就叫黄门轮流杀掉劝酒的美人。王丞相（导）和王大将军（敦）曾经一同去拜访石崇，丞相一向不善喝酒，就勉强自己去喝，直到大醉。每次轮到大将军喝酒时，他坚持不喝，以观察石崇究竟会怎么做。已经杀了三个美女，王敦神色仍和往常一样，还是不肯喝。丞相责备他，大将军道："他自己

不肯饮。丞相让之,大将军曰:“自杀伊家人,何预卿事?”[1]

杀他家里的人,关你什么事?”

30.2 石崇厕,常有十余婢侍列,皆丽服藻饰。置甲煎粉[2]、沉香汁[3]之属,无不毕备。又与新衣著令出,客多羞不能如厕。王大将军往,脱故衣,著新衣,神色傲然。群婢相谓曰:“此客必能作贼。”[2]

石崇家的厕所经常有十多个婢女列队侍候,她们都穿着华丽的服装,打扮得很漂亮。厕所中还摆着甲香膏、沉香汁一类物品,种类很齐备。又送新衣服给上厕所的客人,让他们换上以后再出来。客人大多难为情不肯到厕所去。王大将军(敦)进厕所,脱掉旧衣,穿上新装,神色傲慢。婢女们相互说:“这个客人将来必定会造反。”

今注

1 黄门:阉人,可以在内庭侍候人的奴仆。

2 甲煎粉:即甲香膏,用作唇脂的芳香软膏。以江南水边形似蜗牛的软体动物的甲壳加上某些贵重香料、药物制成。

3 沉香汁:一种沉香木制成的洗剂。

刘注

[1] 王隐《晋书》曰:“石崇为荆州刺史,劫夺杀人,以致巨富。”《王丞相德音记》曰:“丞相素为诸父所重,王君夫问王敦:‘闻君从弟佳人,又解音律,欲一作妓,可与共来。’遂往。吹笛人有小忘,君夫闻,使黄门阶下打杀之,颜色不变。丞相还,曰:‘恐此君处世,当有如此事。’”两说不同,故详录。

[2]《语林》曰:“刘寔诣石崇,如厕,见有绛纱帐大床,茵蓐甚丽,两婢持锦香囊。寔遽反走,即谓崇曰:‘向误入卿室内。’崇曰:‘是厕耳。’”

原文

30.3 武帝尝降王武子家，武子供馔，并用琉璃器。婢子百余人，皆绫罗绔襬[1]，以手擎饮食。烝㹠肥美，异于常味。帝怪而问之，答曰："以人乳饮㹠。"帝甚不平，食未毕，便去。王、石所未知作。[1]

30.4 王君夫[2]以粭糒[3]澳釜[4]，石季伦用蜡烛作炊。君夫作紫丝布步障[5]碧绫里四十里，石崇作锦步障五十里以敌之。石以椒为泥，王以赤石脂[6]泥壁。[2]

译文

晋武帝(司马炎)曾经到王武子(济)家里去，武子设宴招待，用的全是琉璃器皿。婢女一百多人，都穿着绫罗衣裤，用手高高地举着食物。蒸的小猪肥嫩鲜美，和平常的味道大不相同。武帝觉得奇怪，便问是怎么做的，武子答道："这是用人乳喂养的小猪。"武帝非常愤慨，没有吃完便走了。就连王恺、石崇也不知道这种制作方法。

王君夫(恺)用饴糖和干饭洗锅，石季伦(崇)用蜡烛当柴火做饭。君夫用紫色的丝布做步障，里面用绿色的绫子做衬料，长达四十里；石崇用锦缎做成长达五十里的步障和他相抗。石崇用花椒和泥涂墙壁，王恺就用赤石脂来涂墙壁。

今注

1 绔襬(luò)：套裤和女人上衣。

2 王君夫：即王恺，西晋东海郯县(今山东郯城北)人，字君夫。司马昭妻弟。历位清显，官至后将军。有才力，无行检。性豪侈，曾用赤石脂泥壁，与石崇斗富。

3 粭糒(yí bèi)：饴糖和干饭。粭，同"饴"。

4 澳釜：洗锅。澳，冲洗，刷洗。

5 步障：古代显贵出行，在道路两旁设置的用来遮避风尘或隔离内外的帷幕。

6 赤石脂：风化石的一种，色红，可以涂饰墙壁。

刘注

[1] 襬，一作“襹”。

[2]《晋诸公赞》曰：“王恺字君夫，东海人，王肃子也。虽无检行，而少以才力见名，有在公之称。既自以外戚，晋氏政宽，又性至豪。旧制，鸩不得过江，为其羽栎酒中，必杀人。恺为翊军时，得鸩于石崇而养之，其大如鹅，喙长尺余，纯食蛇虺。司隶奏按恺、崇，诏悉原之，即烧于都街。恺肆其意色，无所忌惮。为后军将军。卒谥曰‘丑’。”

原文

30.5 石崇为客作豆粥，咄嗟便办。恒冬天得韭萍齑[1]。又牛形状气力不胜王恺牛，而与恺出游，极晚发，争入洛城，崇牛数十步后迅若飞禽，恺牛绝走不能及。每以此三事为扼腕，乃密货崇帐下都督及御车人，问所以。都督曰：“豆至难煮，唯豫作熟末，客至，作白粥以投之。韭萍齑是捣韭根，杂以麦苗尔。”复问驭人牛所以驶。驭人云：“牛本不

译文

石崇给客人做豆粥，顷刻之间就煮熟了。他家常常在冬天也能够吃到韭萍齑。另外，石崇家的牛在外表和气力上都赶不上王恺家的牛，可是他和王恺一起外出游览，每次回来时即使很晚才出发，两人争先进入洛阳城时，石崇的牛走了几十步后就快得像飞鸟一般，王恺的牛拼命追赶也赶不上。王恺常常因这三件事而不平，便秘密地收买了石崇府中的管家和车夫，探问究竟是什么原因。管家说：“豆子是最难煮烂的，只是事先煮熟做成豆末，客人到来后先煮好白米稀饭，然后把豆末加进去。韭萍齑是把韭菜根切碎，再掺上麦苗罢了。”又问车夫牛为什么跑得那样快。车夫说：“牛本来就跑得

迟[2]，由将车人不及制之尔。急时听偏辕，则驶矣。”恺悉从之，遂争长。石崇后闻，皆杀告者。[1]

不慢，只是由于驾车的人不懂如何控制它罢了。紧急的时候让车前驾牛的杠子偏向一边，牛就会飞快地向前跑。”王恺完全照他们所说的去做，最终超过了石崇。石崇后来听说了这些情况，就把泄密的人全部杀了。

今注

1 韭蓱(píng)齑(jī)：用韭根等制成的菜。韭，韭菜。蓱，蒿类植物。齑，切成细末的腌菜。

2 牛本不迟：这句颇费解，疑有脱文、误字。徐震堮校笺：“《晋书·石崇传》作‘良由驭者逐不及，反制之’，语意更明。”

刘注

[1]《晋诸公赞》曰：“崇性好侠，与王恺竞相夸衔也。”

原文

30.6 王君夫有牛名八百里驳[1]，常莹其蹄角。王武子语君夫：“我射不如卿，今指[2]赌卿牛，以千万对之。”君夫既恃手快，且谓骏物无有杀理，便相然可，令武子先射。武子一起便破的，却据胡床，叱左右速探牛心来。须臾，炙至，

译文

王君夫(恺)有一头牛名叫八百里驳，他常用美石装饰其蹄角。王武子(济)对君夫说：“我射箭的技术赶不上你，今天想拿你的牛作赌注，我出一千万钱来抵对。”君夫仗着自己的射箭技艺高超，又认为这样优良的牛绝没有被杀掉的可能，便答应了，并且让武子先射。武子一箭便射中了靶心，退下来坐在胡床上，喝令手下的人赶快把牛心取来。一会儿，烤熟的牛心送来了，他吃了一小块就离

一脔便去。[1]

30.7 王君夫尝责一人无服余衵，因直内著曲阁重闺里，不听人将出。遂饥经日，迷不知何处去。后因缘[3]相为，垂死，乃得出。

去了。

王君夫(恺)曾经处分了一个不穿内衣的人，他去上朝时，就把那人关在曲折深邃的密室里，不准人带其出来。那人饿了多日，迷迷糊糊不知道从哪里出去。后来有亲近小吏帮忙，在那人快要死的时候，才得以出来。

今注

1 八百里驳：指日行八百里、颜色黑白相间的牛。驳，颜色黑白相间。

2 指：意向，意图。

3 因缘：亲近的人，朋友。

刘注

[1]《相牛经》曰："《牛经》出甯戚，传百里奚。汉世河西薛公得其书，以相牛，千百不失。本以负重致远，未服辎軿，故文不传。至魏世，高堂生又传以与晋宣帝，其后王恺得其书焉。"臣按其《相经》云："阴虹属颈，千里。"注曰："阴虹者，双筋自尾骨属颈，甯戚所饭者也。"恺之牛，其亦有阴虹也。甯戚《经》曰："棰头欲得高，百体欲得紧，大膁疏肋难龄龤，龙头突目好跳。又角欲得细，身欲促，形欲得如卷。"

原文

30.8 石崇与王恺争豪[1]，并穷绮丽以饰舆服[2]。[1]武帝，恺之甥也，每[3]助恺，尝以一珊瑚树高二尺许[4]赐恺，

译文

石崇和王恺争比豪富阔绰，两人都尽量用鲜艳华丽的东西来装点车服。晋武帝(司马炎)是王恺的外甥，常常帮助他，曾经把一株约两尺

枝柯扶疏[5]，世罕其比。恺以示崇。崇视讫，以铁如意击之，应手[6]而碎。恺既惋惜，又以为疾[7]己之宝，声色甚厉。崇曰："不足恨，今还卿。"乃命左右悉取珊瑚树，有三尺四尺、条干绝世、光彩溢目者六七枚，如恺许比甚众。恺惘然自失。[2]

来高的珊瑚树赐给王恺，枝条繁茂，世间很少有能和它相比的。王恺拿去给石崇看，石崇看后拿起铁如意就砸，珊瑚树随手就碎了。王恺既非常惋惜，又认为石崇妒忌自己的宝物，于是说话的声音和脸色都很严厉。石崇道："不必遗憾，现在就还给你。"于是命令身边的人把家里的珊瑚树全都拿出来，有三四尺高、树干枝条举世无双、光彩夺目的六七株，像王恺那样的就更多了。王恺看后心里很不自在，好像失落了什么东西似的。

今注

1 争豪：争比富有。
2 舆服：指服饰车马。
3 每：常常。
4 许：约略，估计之词。
5 枝柯扶疏：枝条繁茂。
6 应手：随手。
7 疾：妒忌。

刘注

[1]《续文章志》曰："崇资产累巨万金，宅室舆马，僭拟王者。庖膳必穷水陆之珍。后房百数，皆曳纨绣，珥金翠，而丝竹之蓺，尽一世之选。筑榭开沼，殚极人巧。与贵戚羊琇、王恺之徒竞相高以侈靡，而崇为居最之首，琇等每愧羡，以为不及也。"

[2]《南州异物志》曰:“珊瑚生大秦国,有洲在涨海中,距其国七八百里,名珊瑚树洲。底有盘石,水深二十余丈,珊瑚生于石上。初生白,软弱似菌。国人乘大船,载铁网,先没在水下,一年便生网目中,其色尚黄,枝柯交错,高三四尺,大者围尺余。三年色赤,便以铁钞发其根,系铁网于船,绞车举网。还,裁凿恣意所作。若过时不凿,便枯索虫蛊。其大者输之王府,细者卖之。”《广志》曰:“珊瑚,大者可为车轴。”

原文

30.9 王武子被责,移第北邙[1]下。[1] 于时人多地贵,济好马射,买地作埒[2],编钱匝地竟埒,时人号曰“金沟”。[2]

30.10 石崇每与王敦入学戏,见颜、原[3]象[3]而叹曰:“若与同升孔堂,去人何必有间!”王曰:“不知余人云何。子贡[4]去卿差近。”[4] 石正色云:“士当令身名俱泰[5],何至以瓮牖[6]语人!”[5]

译文

王武子(济)被处罚后,移居北邙山下。当时人多地贵,王济喜欢跑马射箭,便买地作骑射场地,四周用矮墙围着,所用的钱穿起来可以环绕矮墙铺一圈,当时的人称之为“金沟”。

石崇常常和王敦到学宫去游览,看见颜回、原宪的画像就叹息道:“如果和他们一起做孔子的门徒,那么与他们哪里会有差别!”王敦说:“不知道其他弟子怎么样,我认为子贡和你比较接近。”石崇神色严肃地说:“读书人应该使自己的地位和名誉显达,何至于拿安于贫苦的人对人宣传!”

今注

1 北邙(máng):北邙山,在洛阳东北。

2 埒(liè):矮墙,骑射场地四周的土围墙。

3 颜、原:即颜回与原宪,皆好学安贫乐道之贤人。

4 子贡(前520—前456):春秋末卫国人。端木氏,名赐。孔子学生。才思敏捷,善于辞令。曾言:“君子之过也,如日月之食焉,过也人皆见之,更也人皆仰之。”(《论语·子张》)经商曹、鲁间,富至千金。并参与政治活动,历仕鲁、卫。聘问各国,与诸侯“分庭抗礼”。曾游说齐、吴等国,促使吴伐齐救鲁。

5 身名俱泰:地位名誉显达。

6 瓮牖:用破瓮口做窗,比喻贫苦。语出《庄子·让王》:“(原宪)桑以为枢而瓮牖。”

刘注

[1]《晋诸公赞》曰:“济与从兄恬不平。济为河南尹,未拜,行过王官,吏不时下道。济于车前鞭之,有司奏免官。论者以济为不长者。寻转太仆,而王恬已见委任,济遂斥外。”

[2] 沟,一作“埒”。

[3]《家语》曰:“颜回字子渊,鲁人。少孔子二十九岁而发白,三十二岁蚤死。”原宪,已见。

[4]《史记》曰:“端木赐字子贡,卫人。尝相鲁,家累千金,终于齐。”

[5] 原宪以瓮为户牖。

原文

30.11 彭城王[1]有快牛,至爱惜之。[1]王太尉与射[2],赌得之。彭城王曰:“君欲自乘,则不论;若欲啖者,当以二十肥者代之。既

译文

彭城王(司马权)有一头跑得很快的牛,他非常爱惜这头牛。王太尉(衍)和他赌射,赢得了这头牛。彭城王说:“你如果想用它来驾车,我就无话可说了;如果你想杀了它来吃,我就要用二十头肥牛来换它。这既不妨碍你吃肉,又能保住我喜爱

不废啖，又存所爱。”王遂杀啖。

30.12 王右军少时，在周侯末坐，割牛心啖之，于此改观。[2]

的牛。”王太尉竟把这头牛杀掉吃了。

王右军（羲之）年少时，在周侯（顗）家做客，坐在末座，周侯特意把最珍贵的烤牛心先切了一块给他吃，从此人们就改变了对王右军的看法，开始器重他。

今注

1 彭城王：即司马权，字子舆，河内温县（今河南温县）人。西晋宗室，晋宣帝司马懿四弟，东武城侯司马馗之子。曹魏时承袭父亲东武城侯爵位，任冗从仆射。司马炎建立西晋后获封彭城王，食邑二千九百户，任北中郎将、都督邺城诸军事。

2 射：亦称“射戏”“博射”，是魏晋时的一种娱乐活动。

刘注

[1] 朱凤《晋书》曰：“彭城穆王权，字子舆，宣帝弟馗子。太始元年封。”

[2] 俗以牛心为贵，故羲之先食之。

忿狷第三十一

导读

忿狷，即激忿与急躁。本门共八条。

本门讲述了性情激愤与急躁的人，为一点小事而怀恨在心，伺机报复。比如，司州刺史王胡之有一次冒雪前往堂弟王螭的住所，他的言语态度稍微冒犯了王恬，惹得王恬很不高兴。王胡之觉察到了，感到惭愧，就移动坐床靠近王恬，拉着他的手臂说道，这难道值得你和老兄计较？王恬甩开他的手说，你的手冷得像鬼手一般，还要强行来握人家的手臂！又如，桓温和袁耽玩樗蒲来赌博，袁耽掷输了，将满腹怒气发泄在赌具上。温峤说，看见袁耽把气发在赌具上，更知道颜回的可敬。这里温峤用《论语》中记载的颜回“不迁怒，不贰过”来评论袁耽的行为，说他远不及颜回。

原文

31.1 魏武有一妓，声最清高[1]，而性情酷恶[2]。欲杀，则爱才；欲置，则不堪[3]。于是选百人，一时俱教。少时，果有一人声及之，便杀恶性者。

31.2 王蓝田性急。尝

译文

魏武帝（曹操）有一名歌妓，声音特别清脆嘹亮，可是脾气极为暴躁。曹操打算杀死她，却又爱她的才华；想宽释她，却又忍受不了她的脾气。于是他挑选了百名歌女，同时学习训练。不久，果然有一人的歌声赶上了她，曹操便把那个脾气暴躁的歌女杀了。

食鸡子，以箸刺之，不得，便大怒，举以掷地。鸡子于地圆转未止，仍下地以屐齿蹍之[4]，又不得。瞋甚[5]，复于地取内口中，啮破即吐之。王右军闻而大笑曰："使安期有此性，犹当无一豪[6]可论，况蓝田邪？"[1]

王蓝田（述）性情急躁。有一次吃鸡蛋，用筷子去戳它，没有戳中，便大发脾气，抓起鸡蛋扔到地上。鸡蛋在地上旋转未停之际，他又下到地上用木屐齿去踩它，又没有踩中。他愤怒至极，又从地上把鸡蛋捡起来塞进口中，把它咬破，随即吐了。王右军（羲之）听说后哈哈大笑说："即使是安期（王承）有这种性格，尚且没有一丝一毫可取之处，何况是蓝田侯呢？"

今注

1 清高：清亮激越。

2 酷恶：极其恶劣，极坏。

3 不堪：不能忍受。

4 屐（jī）：木底、前后有齿的鞋子。　蹍（niǎn）：踩踏。

5 瞋甚：极其愤怒。

6 豪：通"毫"。

刘注

[1]《中兴书》曰："述清贵简正，少所推屈，唯以性急为累。"安期，述父也，有名德，已见。

原文

31.3 王司州尝乘雪往王螭许。[1] 司州言气少有牾逆于螭，便作色不夷。

译文

王司州（胡之）曾经冒雪前往堂弟王螭（恬）的住所。司州的言谈气色稍微触犯了王螭，王螭便变了脸色不高司州觉恶，便舆床就之，持其臂曰：“汝讵复足与老兄计？”[2] 螭拨其手曰：“冷如鬼手馨，强来捉人臂！”

兴。司州觉得得罪了他，便移动坐榻靠近他，握着他的手臂说：“这难道值得你和老兄计较？”王螭拨开他的手说：“你的手冷得像鬼手一般，还要强行来握人家的手臂！”

31.4 桓宣武与袁彦道樗蒱。袁彦道齿[1]不合，遂厉色掷去五木[2]。温太真云：“见袁生迁怒，知颜子为贵。”[3][3]

桓宣武（温）和袁彦道（耽）一起玩樗蒲游戏。袁彦道掷的点数不合心意，竟然满脸怒气地把五木扔掉。温太真（峤）道：“看见袁生把怒气发泄到五木上，更知道颜子（回）的可贵之处。”

今注

1 齿：色子上的点数。

2 五木：古代赌具，用木头做成，一套五颗，上有点数。

3 “见袁生”句：颜子，颜回，孔子弟子。《论语·雍也》：“有颜回者好学，不迁怒，不贰过。”袁耽迁怒于五木，使人更知颜回的可敬。

刘注

[1] 王胡之、王恬，并已见。恬，小字螭虎。

[2] 按《王氏谱》：胡之是恬从祖兄。

[3]《论语》曰：“哀公问：‘弟子孰为好学？’孔子曰：‘有颜回者好学，不迁怒，不贰过，不幸短命死矣。’”

原文

31.5 谢无奕性粗强，以事不相得，自往数[1]王

译文

谢无奕（奕）性情粗暴骄横，因为一件事与王蓝田（述）产生矛盾，亲自前去

蓝田，肆言[2]极骂。王正色面壁不敢动。半日，谢去良久，转头问左右小吏曰："去未？"答云："已去。"然后复坐。时人叹其性急而能有所容。

数落王蓝田，无所顾忌地大骂。王蓝田神色严肃，面对着墙壁不敢动弹。骂了半天，谢无奕就走了，他才回过头来问身边的小吏道："走了没有？"小吏回答道："已经走了。"他这才重新回到座位上。当时的人赞赏他虽然性情急躁，但能够容忍别人。

31.6 王令诣谢公，值习凿齿已在坐，当与并榻。王徙倚不坐，公引之与对榻。去后，语胡儿曰："子敬实自清立，但人为尔多矜咳[3]，殊足损其自然。"[1]

王令（献之）去拜访谢公（安），正碰上习凿齿已在座，按理说他们两人应该并排坐在一起。王令却徘徊着不肯就座，谢公拉着他坐在自己对面。王令走了后，谢公告诉胡儿（谢朗）道："子敬的确清高特立，但是过分矜持拘执，足以损害他的天然本性。"

今注

1 数（shǔ）：责备，列举过错。

2 肆言：无所顾忌地说话。

3 矜咳：徐震堮校笺："矜咳，沈（宝砚）校本'咳'作'硋'，疑是。……矜，矜持；硋，拘执。晋人讲门地，士庶不同坐，书中屡见。谢安见献之不肯与习同榻，故以拘于习俗讥之。"

刘注

[1] 刘谦之《晋纪》曰："王献之性甚整峻，不交非类。"

原文

31.7 王大、王恭尝俱

译文

王大（忱）和王恭曾经一起在何仆

在何仆射1坐，[1]恭时为丹阳尹，大始拜荆州。[2]讫2将乖之际，大劝恭酒，恭不为饮，大逼强之转苦3，便各以裙4带绕手。恭府近千人，悉呼入斋；大左右虽少，亦命前：意便欲相杀。何仆射无计，因起排坐二人之间，方得分散。所谓势利之交，古人羞之。

射(澄)家做客，王恭当时任丹阳尹，王大刚被任命为荆州刺史。到了即将分别时，王大劝王恭喝酒，王恭不肯喝，王大则极力逼迫他喝，直到两人都用系裙的带子绕住手腕，要动武了。王恭的府中有近千人，全都被叫进了何家房舍中；王大的随从虽然要少一些，也奉命进来了：双方摆开阵势，便要厮杀。何仆射没有办法，只好起来挤坐在两人中间，这才把他们分开。他们的关系就是所谓势利之交，古人也认为这非常可耻。

今注

1 何仆射：何澄，字子玄，庐江灊县(今安徽霍山)人，晋穆帝皇后何法倪之弟。清正有器望，曾任尚书左仆射。

2 讫：通“迄”，到。

3 转苦：愈加急迫。

4 裙：古人穿的下衣。

刘注

[1]《中兴书》曰：“何澄字子玄，清正有器望。历尚书左仆射。”

[2]《灵鬼志·谣征》曰：“初，桓石民为荆州，镇上(时)〔明〕，民忽歌《黄昙曲》曰：‘黄昙英，扬州大佛来上(朋)〔明〕。’少时石民死，王忱为荆州。”佛大，忱小字也。

原文

31.8 桓南郡小儿时，与诸从兄弟各养鹅共斗。南郡鹅每不如，甚以为忿。乃夜往鹅栏间，取诸兄弟鹅悉杀之。既晓，家人咸以惊骇，云是变怪[1]，以白[2]车骑。车骑曰："无所致怪，当是南郡戏[3]耳。"问，果如之。

译文

桓南郡（玄）还是小孩的时候，堂兄弟们各自养鹅来做斗鹅的游戏。南郡的鹅常常斗败，他为此非常恼怒。于是他晚上到鹅栏里，把堂兄弟们的鹅全部抓来杀掉了。天亮以后，家里的人全都为此而惊骇，认为是灾变怪异，并且把这件事禀告了桓车骑（冲）。车骑说："没有什么怪异的，应当是南郡在恶作剧罢了。"一问，果然是这样。

今注

1 变怪：灾变怪异。

2 白：禀告，告诉。

3 戏：恶作剧，开玩笑。

谗险第三十二

导读

谗险，即为人狡诈，谗害贤良。本门共四条，条目不多，讲的都是为人狡诈、谗害贤良的人和事。比如，王绪喜欢陷害人，经常在堂兄王国宝面前讲殷仲堪的坏话。殷仲堪为此非常忧虑，向王珣讨教办法。王珣给他出了个离间计，让他频繁去拜访王绪，见面后，把随从支开，然后谈论别的事。殷仲堪按他说的去做，果然有效。王国宝和王绪的关系渐渐疏远，针对殷仲堪的谗言也慢慢平息下来。

原文

32.1 王平子形甚散朗，内实劲侠[1]。[1]

32.2 袁悦有口才，能短长说[2]，亦有精理。始作谢玄参军，颇被礼遇。后丁艰[3]，服除还都，唯赍《战国策》而已。语人曰："少年时读《论语》《老子》，又看《庄》《易》，此皆是病痛事，当

译文

王平子（澄）表面上飘逸爽朗，骨子里却刚愎狭隘。

袁悦口才很好，擅长战国纵横家的合纵连横之说，也有精深的思想。他最初任谢玄的参军，受到很隆重的礼遇。后来遇到父母的丧事，在家守孝，服丧期满后回到京都，只带一部《战国策》而已。他告诉别人说："年轻的时候读《论语》《老子》，又读《庄子》《周易》，这些讲的都是小事，会有什么好处呢？天下最重要的

何所益邪？天下要物，正有《战国策》。”既下，说司马孝文王，大见亲待，几乱机轴[4]。俄而见诛。[2]

书籍，只有《战国策》。”到了京都后，他去游说司马孝文王（道子），极受信任厚待，几乎扰乱了整个朝廷。不久他便被杀掉了。

今注

1 侠：通“狭”。狭隘。

2 短长说：战国时纵横家的合纵连横之说，取义于《战国策》。《战国策》别名叫“短长”或“短长书”。

3 丁艰：遭父母丧时，子女在家守孝三年，不做官、不应考、不嫁娶、不赴宴，称为丁艰。

4 机轴：机，弩牙。轴，车轴。比喻国家要害部门。此指朝廷。

刘注

[1] 邓粲《晋纪》云：“刘琨尝谓澄曰：‘卿形虽散朗，而内劲狭，以此处世，难得其死！’澄默然无以答。后果为王敦所害。刘琨闻之，曰：‘自取死耳！’”

[2]《袁氏谱》曰：“悦字元礼，陈郡阳夏人。父朗，给事中。仕至骠骑咨议。太元中，悦有宠于会稽王，每劝专览朝权，王颇纳其言。王恭闻其说，言于孝武。乃托以它罪，杀悦于市中。既而朋党同异之声播于朝野矣。”

原文

32.3 孝武甚亲敬王国宝、王雅[1]。[1] 雅荐王珣于帝，帝欲见之。尝夜与国宝及雅相对，帝微有酒色，

译文

晋孝武帝（司马曜）非常亲近敬重王国宝和王雅。王雅向孝武帝推荐王珣，孝武帝想召见他。有一天晚上，孝武帝和王国宝、王雅对坐，已经略有一

令唤珣。垂至[2],已闻卒传声。国宝自知才出珣下,恐倾夺其宠,因曰:"王珣当今名流,陛下不宜有酒色见之,自可别诏召也。"帝然其言,心以为忠,遂不见珣。

32.4 王绪数谗殷荆州于王国宝,殷甚患之,求术于王东亭。曰:"卿但数诣王绪,往辄屏[3]人,因论它事。如此,则二王之好离矣。"殷从之。国宝见王绪,问曰:"比与仲堪屏人何所道?"绪云:"故是常往来,无它所论。"国宝谓绪于己有隐,果情好日疏,谗言以息。[2]

些醉意,便下令召见王珣。人将到时,已经听到了吏卒传报的声音。王国宝知道自己的才能不如王珣,害怕他尽夺帝王的宠幸,于是对孝武帝说:"王珣是当今名流,陛下不宜带着酒色召见他,应该另外找时间专门召见他。"孝武帝以为他说得很对,心里觉得他非常忠诚,便没有召见王珣。

王绪屡屡向王国宝说殷荆州(仲堪)的坏话,殷荆州对这事非常担忧,便向王东亭(珣)请教对付的办法。王东亭说:"你只要频繁地去拜访王绪,到了后就叫手下的人退下,接着谈一些不相干的事情。这样,二王的交情就会渐渐疏远了。"殷荆州听从了他的话。后来王国宝见到王绪,问道:"近来你和殷仲堪在一起时常常屏退左右的人,你们究竟说了些什么?"王绪说:"就是一般的往来,没有谈其他什么事。"王国宝认为王绪对自己有所隐瞒,果然两人的感情越来越疏远,谗言因此也平息下来。

今注

1 王雅:据《晋书》载,雅字茂达,东海郯县(今山东郯城)人。少知名,以宠幸超授太子少傅、尚书左仆射。

2 垂至:将到,快到。

3 屏(bǐng):使……退下。

刘注

[1]《雅别传》曰:“雅字茂建,东海沂人,少知名。”《晋安帝纪》曰:“雅之为侍中,孝武甚信而重之。王珣、王恭特以地望见礼,至于亲幸,莫及雅者。上每置酒燕集,或召雅未至,上不先举觞。时议谓珣、恭宜傅东宫,而雅以宠幸,超授太傅、尚书左仆射。”

[2] 按国宝得宠于会稽王,由绪获进,同恶相求,有如市贾,终至诛夷,曾不携贰。岂有仲堪微间而成离隟?

尤悔第三十三

导读

尤悔，即犯了过错，自觉悔恨。本门共十七条，多涉及当时的政治斗争，还记述了时人言行上的过失和见识上的不足。比如，西晋太安初年，成都王司马颖起兵讨伐长沙王司马乂，任命陆机代理河北大都督，进兵洛阳。陆机在河桥大败，司马颖的左长史卢志诬陷陆机要谋反，结果陆机被杀。陆机是华亭人，临刑前怀念故土，伤感叹息道，好想再听听故乡华亭的鹤鸣，还有可能吗？这句话一出，一股极度悲凉的气氛就呈现在读者眼前。又如，晋简文帝看见田里的稻子，不认识，问是什么草，近侍回答说是稻子。简文帝回到宫里，三天没有出门。他为自己以稻谷为食却不认识稻子而悔恨自责。

原文

33.1 魏文帝忌弟任城王[1]骁壮，因在卞太后阁共围棋，并啖枣，文帝以毒置诸枣蒂中，自选可食者而进。王弗悟，遂杂进之。既中毒，太后索水救之。帝预敕[2]左右毁瓶罐，太后徒跣

译文

魏文帝（曹丕）忌妒他弟弟任城王（曹彰）勇猛强壮，趁着在卞太后楼阁里一起下围棋并且吃枣子的时机，文帝把毒药放在枣蒂里，自己挑选能吃的来吃。任城王没有察觉，把有毒的和没有毒的都混杂着吃了。他中毒后，卞太后找水来解救他。文帝事先已经命令手下的人把盛水的瓶罐都打碎了，卞太后光着脚跑到井边，没

趋井，无以汲。须臾，遂卒。[1]复欲害东阿[3]，太后曰："汝已杀我任城，不得复杀我东阿！"[2]

有打水的用具。一会儿，任城王就死了。文帝又打算杀害东阿王（曹植），卞太后说道："你已经杀了我的任城，不能再杀害我的东阿！"

33.2 王浑后妻，琅邪颜氏女。王时为徐州刺史。交礼拜讫，王将答拜，观者咸曰："王侯州将[4]，新妇州民，恐无由答拜。"王乃止。武子以其父不答拜，不成礼，恐非夫妇，不为之拜，谓为"颜妾"。颜氏耻之，以其门贵，终不敢离。[3]

京陵侯王浑续娶的妻子是琅邪颜家的女儿。王浑当时任徐州刺史。颜氏行交拜礼后，王浑刚要答拜，旁边的人都说："王侯是州刺史，新娘是本州百姓，恐怕没有理由答拜。"王浑于是停止了答拜。武子（王济）认为自己的父亲没有答拜，没有完成结婚的礼仪，恐怕不算真正的夫妻，因此不拜颜氏为继母，只称她为"颜妾"。颜氏认为这是耻辱，但是因为王家门第高贵，她终究不敢离异。

今注

1 任城王：即曹彰，字子文。沛国谯县（今安徽亳州）人。三国时期曹魏宗室、将领，魏武帝曹操与武宣卞皇后所生第二子，魏文帝曹丕之弟，陈王曹植之兄。性刚勇而黄须，被曹操称为"黄须儿"。曹丕即位后，进爵为公，次年被封为任城王。

2 敕：命令，嘱咐。古时自上告下之词。南北朝以后特指皇帝诏书。

3 王侯：即王浑，袭京陵侯，故称。时任徐州刺史，故下文称"州将"。

刘注

[1]《魏略》曰："任城威王彰，字子文，太祖卞太后（弟）〔第〕二子。性刚勇而黄须，北讨代郡，独与麾下百余人突虏而走。太祖闻曰：'我黄须

儿可用也！'"《魏志春秋》曰："黄初三年，彰来朝。初，彰问玺绶，将有异志，故来朝不即得见，有此忿惧而暴薨。"

[2]《魏志·方伎传》曰："文帝问占梦周宣：'吾梦磨钱文，欲灭而愈更明，何谓？'宣怅然不对。帝固问之，宣曰：'陛下家事，虽欲尔，而太后不听，是以欲灭更明耳。'帝欲治弟植之罪，逼于太后，但加贬爵。"

[3] 婚姻之礼，人道之大，岂由一不拜而遂为妾媵者乎？《世说》之言，于是乎纰缪。

原文

33.3 陆平原河桥败[1]，为卢志所谗，被诛。[1] 临刑叹曰："欲闻华亭鹤唳[2]，可复得乎？"[2]

33.4 刘琨善能招延，而拙于抚御[3]。一日虽有数千人归投，其逃散而去亦复如此，所以卒无所建。[3]

33.5 王平子始下[4]，丞相语大将军："不可复使羌人东行。"平子面似羌。[4]

译文

陆平原(机)在河桥兵败后，遭卢志的谗言诬陷而被杀。临刑时，他叹道："想听听故乡华亭众鹤的鸣叫声，还有可能吗？"

刘琨擅长招募延揽人才，却不善于安抚和驾驭他们。一天之内虽然有几千人前来投奔，可是逃跑的人也几乎相等，因此他终究没什么建树。

王平子(澄)刚从荆州东下建康，丞相(王导)告诉大将军(王敦)："不可再让那个羌人到东边来。"平子的面貌像羌人。

今注

1 陆平原河桥败：晋惠帝太安元年(302)，成都王司马颖起兵讨长沙王司马乂，任陆机为河北大都督。陆机进兵洛阳，在河桥大败。卢志诬他谋反，使其被司马颖所杀。

2 华亭鹤唳(lì):陆机在吴亡入洛之前,与弟陆云于华亭闭门读书十载。此时他听不到华亭鹤唳,追悔当初走出田园书斋而投身宦海以致今日招来杀身之祸。华亭,古地名,故址在今上海市松江区。

3 抚御:安抚驾驭。

4 下:指从荆州东下建康。

刘注

[1] 王隐《晋书》曰:"成都王颖讨长沙王乂,使陆为都督前锋诸军事。"《机别传》曰:"成都王长史卢志,与机弟云趣舍不同。又黄门孟玖求为邯郸令于颖,颖教付云。云时为左司马,曰:'刑余之人,不可以君民。'玖闻此怨云,与志谗构日至。及机于七里涧大败,玖诬机谋反所致,颖乃使牵秀斩机。先是,夕梦黑幔绕车,手决不开,恶之。明旦,秀兵奄至,机解戎服,著衣帢见秀,容貌自若,遂见害。时年四十三。军士莫不流涕。是日,天地雾合,大风折木,平地尺雪。"干宝《晋纪》曰:"初,陆抗诛步阐,百口皆尽,有识尤之。及机、云见害,三族无遗。"

[2]《八土故事》曰:"华亭,吴由拳县郊外墅也,有清泉茂林。吴平后,陆机兄弟共游于此十余年。"《语林》曰:"机为河北都督,闻警角之声,谓孙丞曰:'闻此不如华亭鹤唳。'故临刑而有此叹。"

[3] 邓粲《晋纪》曰:"琨为并州牧,纠合齐盟,驱率戎旅,而内不抚其民,遂至丧军失士,无成功也。"敬彻按:"琨以永嘉元年为并州,于时晋阳空城,寇盗四攻,而能收合士众,抗行渊、勒,十年之中,败而能振,不能抚御,其得如此乎?凶荒之日,千里无烟,岂一日有数千人归之?若一日数千人去之,又安得一纪之间以对大难乎?"

[4] 按王澄自为王敦所害,丞相名德,岂应有斯言也!

原文

33.6 王大将军起事[1]，丞相兄弟诣阙谢[2]。周侯深忧诸王，始入，甚有忧色。丞相呼周侯曰："百口委卿！"周直过不应。既入，苦相存救。既释，周大悦，饮酒。及出，诸王故在门。周曰："今年杀诸贼奴[3]，当取金印如斗大系肘后。"大将军至石头，问丞相曰："周侯可为三公不？"丞相不答。又问："可为尚书令不？"又不应。因云："如此，唯当杀之耳。"复默然。逮周侯被害，丞相后知周侯救己，叹曰："我不杀周侯，周侯由我而死，幽冥中负[4]此人！"[1]

译文

王大将军（敦）起兵谋反，丞相（王导）带着同宗的兄弟到朝廷请罪。周侯（顗）特别担忧王氏诸兄弟，走进宫时，面色非常忧虑。丞相对周侯喊道："全家百口都拜托你了！"周侯径直走了过去，没有理睬他。进宫以后，周侯极力保全救援他们。丞相等人被免罪以后，周侯特别高兴，喝了酒。等他出宫时，王氏诸兄弟仍然待在大门口。周侯说："今年把乱臣贼子全都杀掉，我定会拿到一颗斗大的金印，悬挂在胳膊肘后面。"后来，大将军攻进石头城，问丞相："周侯能不能做三公？"丞相没有回答。又问："能不能做尚书令？"又没有回答。于是说道："如是这样，唯有杀掉他了。"丞相还是默不作声。等到周侯被杀害以后，丞相后来才知道周侯曾经救过自己，叹息道："我没有杀周侯，周侯却是因我而死，到阴曹地府我都有负于此人！"

今注

1 将军起事：晋元帝永昌元年(322)，王敦以"清君侧"的名义在武昌起兵，攻陷石头，自为丞相。

2 阙谢：到朝廷谢罪。王敦乃王导从兄。王敦既反，王导怕危及自己，每日携同宗的兄弟到朝廷谢罪。

3 奴:对坏人、恶人的称呼,此处指王敦等乱臣贼子。

4 负:辜负。

刘注

[1] 虞预《晋书》曰:"敦克京邑,参军吕猗说敦曰:'周顗、戴渊皆有名望,足以惑众。视近日之言,无惭惧之色。若不除之,役将未歇也。'敦即然之,遂害渊、顗。初,猗为台郎,渊既上官,素有高气,以猗小器待之,故售其说焉。"

原文

33.7 王导、温峤俱见明帝,帝问温前世[1]所以得天下之由,温未答。顷,王曰:"温峤年少未谙,臣为陛下陈之。"王乃具叙宣王创业之始,诛夷名族[2],宠树同己,及文王之末高贵乡公事。[1] 明帝闻之,覆面著床曰:"若如公言,祚安得长?"

33.8 王大将军于众坐中曰:"诸周由来未有作三公者。"有人答曰:"唯周侯邑五马领头而不克[3]。"大将军曰:"我与周洛下相

译文

王导、温峤同去谒见晋明帝(司马绍),明帝问温峤晋朝前代帝王能够统一天下的原因,温峤没有回答。一会儿,王导说:"温峤年轻,不熟悉旧事,请让我来给陛下陈述。"于是王导详细地叙述了晋宣王(司马懿)开始创立大业的时候,诛戮名门大族,宠用和培植亲信势力,直到晋文王(司马昭)晚年杀掉魏帝高贵乡公(曹髦)的事。晋明帝听了后,掩面坐在榻上说:"如果像公所说的那样,我们晋朝的国运又怎么能够长久呢?"

王大将军(敦)在大庭广众中说:"周氏家族中从来没有做到三公的。"有人回答说:"只有周侯(顗)已经做到距三公不远的官职,但是最终却没有成

遇，一面顿尽。值世纷纭，遂至于此！”因为流涕。[2]

功。”大将军道：“我和周侯在洛阳相识，一见面就倾心相待。遇上世事纷乱，才到了现在这个地步！”于是为他流下了眼泪。

今注

1 前世：指晋朝前代帝王。

2 诛夷名族：指司马懿为了夺取魏国政权，先后杀死了大将军曹爽、吏部尚书何晏、太尉王凌等人。

3 五马领头而不克：比喻周顗官位已高，距三公不远，可惜没有成功，犹如赌博游戏，胜利在望却未能取胜。

刘注

[1] 宣王创业，诛曹爽，任蒋济之流者是也。高贵乡公之事，已见上。

[2] 邓粲《晋纪》曰：“王敦参军有于敦坐樗蒱，临当成都，马头被杀，因谓曰：‘周家奕世令望，而位不至三公，伯仁垂作而不果，有似下官此马。’敦慨然流涕曰：‘伯仁总角时，与于东宫相遇，一面披衿，便许之三司。何图不幸，王法所裁，凄怆之深，言何能尽！’”

原文

33.9 温公初受刘司空使劝进。母崔氏固驻之[1]，峤绝裾[2]而去。[1] 迄于崇贵，乡品犹不过也。每爵皆发诏。[2]

33.10 庾公欲起周子南，子南执辞愈固。庾每

译文

温公（峤）当初受刘司空（琨）的派遣，过江劝说晋元帝（司马睿）即位。母亲崔氏坚决阻拦，温峤扯断衣襟走了。一直到他显贵以后，乡里还是没有通过对他的品评。他每次升官晋爵，都由皇帝直接颁发诏书。

庾公（亮）想起用周子南（邵），子

诣周，庾从南门入，周从后门出。庾尝一往奄[3]至，周不及去，相对终日。庾从周索食，周出蔬食[4]，庾亦强饭，极欢。并语世故，约相推引[5]，同佐世之任。既仕，至将军、二千石，[3]而不称意。中宵慨然曰："大丈夫乃为庾元规所卖！"一叹，遂发背[6]而卒。

南执意推辞，态度很坚决。庾公每次去拜访周子南，他从大门进来，周子南就从后门出去。有一次庾公突然直接进屋，周子南来不及离开，便和庾公面对面坐了一整天。庾公向周子南要吃食，周子南拿出粗茶淡饭，庾公也尽力吃了下去，表现得很高兴。他们一起谈了许多世间事务，还约定要举荐周子南，两人共同担负辅佐朝廷的重任。周子南出来做官后，官至将军、郡守，但并不称心如意。他在半夜里慨叹道："大丈夫竟被庾元规(亮)出卖了！"一声长叹，竟因背上的痈疽发作而死。

今注

1 固驻：坚决阻拦。

2 绝裾：扯断衣襟。

3 奄(yǎn)：突然。

4 蔬食：粗食。

5 推引：推荐引进。

6 发背：背上痈疽发作。

刘注

[1]《温氏谱》曰："峤父襜，娶清河崔参女。"

[2] 虞预《晋书》曰："元帝即位，以温峤为散骑侍郎。峤以母亡，逼贼，不得往临葬，固辞。诏曰：'峤以未葬，朝议又颇有异同，故不拜。其令人坐议，吾将折其衷。'"

[3]《寻阳记》曰:“周邵字子南,与南阳翟汤隐于寻阳庐山。庾亮临江州,闻翟、周之风,束带蹑履而诣焉。闻庾至,转避之。亮后密往,值邵弹鸟于林,因前与语。还,便云:‘此人可起。’即拔为镇蛮护军、西阳太守。”其集载与邵书曰:“西阳一郡,户口差实,非履道真纯,何以镇其流遁?询之朝野,佥曰足下。今具上表,请足下临之无让。”

原文

33.11 阮思旷奉大法,敬信甚至。大儿年未弱冠,忽被笃疾。[1] 儿既是偏所爱重,为之祈请三宝[1],昼夜不懈。谓至诚有感者,必当蒙佑,而儿遂不济。于是结恨释氏,宿命[2]都除。[2]

33.12 桓宣武对简文帝,不甚得语。废海西[3]后,宜自申叙,乃豫撰数百语,陈废立之意。既见简文,简文便泣下数十行。宣武矜愧,不得一言。

译文

阮思旷(裕)信奉佛法,虔诚笃信到了极点。他的大儿子还不到二十岁,忽然患了重病。这个儿子是他特别喜爱和看重的,他便为儿子向三宝祈祷,日日夜夜不敢懈怠。他认为只要至诚有感的人一定会得到保佑,可是这个儿子终究没有救活。于是他就怨恨佛教,把一切宿命论都抛弃了。

桓宣武(温)在简文帝(司马昱)面前不怎么会说话。废黜海西公(司马奕)后,他应当亲自向简文帝申述,便事先写了几百句话,陈说废黜旧君、另立新主的用意。见到简文帝后,简文帝泪流不止。宣武心中怜悯内疚,一句话也说不出来。

今注

1 三宝:佛教称佛、法、僧为三宝。佛指佛教的创始人释迦牟尼,法指佛教教义,僧指继承和宣扬佛教教义的僧徒。

2 宿命:指佛教宿命之说,亦指前世的命运。借指生来就注定的命运。

3 废海西：太和六年(371)，桓温废晋帝司马奕，立简文帝。

刘注

[1]《阮氏谱》曰："牖字彦伦，裕长子也。仕至州主簿。"

[2] 以阮公智识，必无此弊。脱此非谬，何其惑欤！夫文王期尽，圣子不能驻其年，释种诛夷，神力无以延其命。故业有定限，报不可移。若请祷而望其灵，匪验而忽其道，固陋之徒耳，岂可与言神明之智者哉！

原文

33.13 桓公卧语曰："作此寂寂，将为文、景所笑1。"既而屈2起坐曰："既不能流芳后世，亦不足复遗臭万载邪？"[1]

33.14 谢太傅于东船行，小人引船，或迟或速，或停或待。又放船从横，撞人触岸，公初不呵谴，人谓公常无嗔喜。曾送兄征西葬还，[2] 日莫3雨驶4，小人皆醉，不可处分。公乃于车中手取车柱撞驭人，声色甚厉。夫以水性沉柔，入隘奔激。方之人情，固知迫隘之地，无得保其夷粹。[3]

译文

桓公(温)躺着说："像这样无所作为，将会被文帝(司马昭)、景帝(司马师)耻笑。"接着他突然坐起来说道："既然不能流芳百世，难道也不能遗臭万年吗？"

谢太傅(安)在建康以东会稽一带乘船出行，仆役摇着船，任其或慢或快，或停或待，甚至还听任船只在水中任意漂荡，撞着别人的船，碰到河岸，他并没有呵斥谴责，人们认为他常常不显露自己的喜怒。谢太傅曾经给他哥哥征西(谢奕)送葬回来，日色已晚，下着急雨，驾车的车夫都喝醉了，无法驾车。谢公竟然从车上取下车柱击打车夫，声色俱厉。水的本性是沉静柔和的，可是一流入险要狭隘的地方，就会奔腾激荡。将人的性情和水相比，自然会理解人逢险境就不可能保持自己的平和纯粹之态了。

今注

1 将为文、景所笑：晋景帝司马师、晋文帝司马昭先后把持魏朝政，魏帝形同傀儡。桓温觉得自己不如二人，故为其所笑。

2 屈：通“崛”。突然，一下子。

3 莫(mù)：同“暮”，傍晚。

4 雨驶：雨势来得猛烈。

刘注

[1]《续晋阳秋》曰：“桓温既以雄武专朝，任兼将相，其不臣之心，形于音迹。曾卧对亲僚，抚枕而起曰：‘为尔寂寂，为文、景所笑！’众莫敢对。”

[2] 征西，谢奕。

[3]《孟子》曰：“湍水，决之东则东，决之西则西。搏而跃之，可使过颡；激而行之，可使在山。岂水之性哉？人可使为不善，性亦犹是也。”

原文

33.15 简文见田稻，不识，问是何草，左右答是稻。简文还，三日不出，云：“宁有赖其末而不识其本？”[1]

33.16 桓车骑在上明畋猎[1]，东信至，传淮上大捷。语左右云：“群谢年少大破贼！”因发病薨。谈者以为此死，贤于让扬之荆[3]。[2]

译文

简文帝(司马昱)看见田里的禾苗，不认识，问是什么草，近侍回答说是稻子。简文帝回到宫里，三天没有出门，说道：“哪里有靠末梢的谷穗为生而不认识它的根本禾苗的？”

桓车骑(冲)在他镇守的上明地区打猎时，东边建康的信使到了，送来淮上大捷的消息。桓冲对身边的人说道：“谢家那一群年轻人大败贼寇！”于是发病死了。评论者认为，桓冲不能为国立功，羞愧而死，比他当年让出扬州刺史而到荆州去任职强。

33.17 桓公初报破殷荆州，[3] 曾讲《论语》，至“富与贵，是人之所欲，不以其道得之不处”，[4] 玄意色甚恶。

桓公(玄)当初为了报复而击败并追杀殷荆州(仲堪)。他曾听人讲解《论语》，当讲到“富有和尊贵是人人盼望得到的，如果不用正当的方法得来就不能安然享用”时，他的神色很难看。

今注

1 畋(tián)猎：打猎。

2 让扬之荆：宁康元年(373)，桓冲为扬州刺史，三年(375)改任徐州，镇丹徒。太元二年(377)桓豁卒，始代为荆州刺史，非自扬至荆。

刘注

[1] 文公种菜，曾子牧羊，纵不识稻，何所多悔！此言必虚。

[2]《续晋阳秋》曰：“桓冲本以将相异宜，才用不同，忖己德量不及谢安，故解扬州以让安。自谓少经军镇，及为荆州，闻苻坚自出淮、淝，深以根本为虑，遣其随身精兵三千人赴京师。时安已遣诸军，且欲外示闲暇，因令冲军还。冲大惊曰：‘谢安乃有庙堂之量，不闲将略。吾量贼必破襄阳，而并力淮、(肥)〔淝〕。今大敌果至，方游谈示暇，遣诸不经事年少，而实寡弱，天下谁知？吾其左衽矣！’俄闻大勋克举，惭慨而薨。”

[3] 周祇《隆安记》曰：“仲堪以人情注于玄，疑朝廷欲以玄代己，遣道人竺僧懋赍宝物遗相王宠幸媒尼左右，以罪状玄，玄知其谋而击灭之。”

[4] 孔安国《注》曰：“不以其道得富贵，则仁者不处。”

纰漏第三十四

导读

纰漏，即错误，差错，误解。本门共八条。

本门所讲的，主要是犯了差错或有所疏漏，把意思领悟错了。比如，王敦刚和晋武帝的女儿舞阳公主成婚时，不知道宫廷生活的豪华。上厕所时，王敦看见漆箱里装着干枣，这本是用来堵鼻子的，他误以为厕所里面也摆着果品，便吃起来，竟然吃光了。出来时，侍女端着盛水的金澡盘和装澡豆的琉璃碗，他以为是干粮，就把澡豆倒在盘里喝了。侍女们见状都掩口而笑。读来令人捧腹。

又如，虞啸父任晋孝武帝司马曜的侍中时，孝武帝委婉地对他说，你在门下省任职时，怎么从来没有听到你献替过什么？献指奉献，替指除去。献替的意思是献善除恶，进献能者，废去庸者。虞家在富春，靠近海边。虞啸父误认为是皇帝希望他进贡，就说，现在天气还暖和，还不是制作鱼虾制品的时候，我不久将会有所进献。武帝听了他的话，知道他误会了自己的意思，拍手大笑起来。

原文

34.1 王敦初尚主[1]，[1]如厕，见漆箱盛干枣，本以塞鼻，王谓厕上亦下果，食遂至尽。既还，婢擎金澡

译文

王敦刚刚和晋武帝的女儿舞阳公主结婚，到厕所去，看见漆盒里装着晾干的枣子，这本是用来堵塞鼻孔的，他以为厕所里面也摆着果品，便吃了起

盘盛水，琉璃碗盛澡豆[2]，因倒著水中而饮之，谓是干饭。群婢莫不掩口而笑之。

来，竟至吃光了。回来后，侍女端着盛着水的金澡盘，奉上装着澡豆的琉璃碗，王敦便把澡豆倒在水里喝了，以为是干粮。侍女们无不掩口而笑。

34.2 元皇初见贺司空，言及吴时事，问："孙皓烧锯截一贺头，是谁？"司空未得言，元皇自忆，曰："是贺劭。"[2] 司空流涕曰："臣父遭遇无道，创巨痛深，无以仰[3]答明诏。"[3] 元皇愧惭，三日不出。

元皇（司马睿）初次召见贺司空（循），谈到东吴时的旧事，问道："孙皓曾烧红锯子锯断了一个姓贺的人的头，这个人是谁？"贺司空还未回答，元皇自己回忆了起来，道："是贺劭。"司空流着泪说道："臣的父亲碰上无道昏君，臣的创伤非常深痛，无法回答陛下的问话。"元皇非常羞愧，三天没有出门。

今注

1 尚主：指娶公主为妻。

2 澡豆：古代洗涤用品，用豆末和药物制成，用来洗手洗脸，使皮肤光润。

3 仰：敬辞。用于修饰下对上的行为。

刘注

[1] 敦尚武帝女舞阳公主，字脩祎。

[2] 邵即循父也。皓凶暴骄矜，邵上书切谏，皓深恨之。亲近惮邵贞正，谮云谤毁国事，被诘责，后还复职。邵中恶风，口不能言语。皓疑邵托疾，收付酒藏，考掠千数，卒无一言。遂杀之。

[3]《礼》云："创巨者其日久，痛深者其愈迟。"

原文

34.3 蔡司徒渡江，见彭蜞，大喜曰：“蟹有八足，加以二螯。”令烹之。既食，吐下委顿，方知非蟹。后向谢仁祖说此事，谢曰：“卿读《尔雅》[1]不熟，几为《劝学》[2]死。”[1]

34.4 任育长年少时，甚有令名。武帝崩，选百二十挽郎，一时之秀彦，育长亦在其中。王安丰选女婿，从挽郎搜其胜者，且择取四人，任犹在其中。童少时神明可爱，时人谓育长影亦好。自过江，便失志。王丞相请先度[3]时贤共至石头迎之，犹作畴日相待，一见便觉有异。坐席竟，下饮，便问人云：“此为茶？为茗[4]？”觉有异色，乃自申明云：“向问饮为热、为冷耳。”尝行从棺邸下度，流涕悲哀。王丞相闻之

译文

蔡司徒（谟）渡江后，看见体形很小、螯足无毛、外形很像螃蟹的彭蜞，非常高兴地说道：“螃蟹有八只脚，加上两个钳子。”于是命人把它煮熟。他吃后呕吐不止，疲乏困顿，这才知道那不是螃蟹。后来他向谢仁祖（尚）说起这件事，谢仁祖说：“你读《尔雅》读得不熟，差点被《劝学》害死了。”

任育长（瞻）年少的时候，有很好的名声。晋武帝（司马炎）驾崩后，要挑选一百二十名牵引灵柩唱挽歌的少年，这些人都是当时杰出的人物，育长是其中的一位。王安丰（戎）要挑选女婿，从挽郎里面寻找超群的人，预先挑出四个人，育长也在其中。他少年时灵秀可爱，当时的人认为他连影子都是漂亮的。自从过江以后，他便失魂落魄，精神恍惚。王丞相（导）邀请先渡江的名流到石头城去迎接他，还是像往日一样接待他，一见面便感到他有些异常。入座以后，献上茶来，他就问人道：“这是茶，还是茗？”他发现别人的神色有异，又赶快申明说：“刚才我是问茶是热的还是冷的而已。”他曾经从棺材铺前经过，非常悲伤地流下眼泪。王丞相听到这件

曰："此是有情痴。"[2]

事，说道："这是个多情的痴人。"

今注

1《尔雅》：我国最早的一部辞书，其中的《释鱼》讲到八足二螯的动物有三种，并非都是螃蟹。

2《劝学》：汉末蔡邕曾根据《荀子·劝学》的文义写成《劝学篇》，是四字韵语的童蒙识字课本。"蟹有八足，加以二螯"是该书的佚文。按：蔡邕是蔡谟的曾祖辈。

3 度：通"渡"。

4 茗：早采者为茶，晚采者为茗。一说茗是茶芽。

刘注

[1]《大戴礼·劝学篇》曰："蟹二螯八足，非蛇蟺之穴无所寄托者，用心躁也。"故蔡邕为《劝学章》取义焉。《尔雅》曰："螖蠌小者劳。"即彭蜞也，似蟹而小。今彭蜞小于蟹，而大于彭螖，即《尔雅》所谓螖蠌也。然此三物，皆八足二螯，而状甚相类。蔡谟不精其小大，食而致弊，故谓读《尔雅》不熟也。

[2]《晋百官名》曰："任瞻字育长，乐安人。父琨，少府卿。瞻历谒者仆射、都尉、天门太守。"

原文

34.5 谢虎子尝上屋熏鼠。[1] 胡儿既无由知父为此事，闻人道痴人有作此者，戏笑之，时道此非复一过。太傅既了己之不知，因

译文

谢虎子(据)曾经爬上房顶熏老鼠。胡儿(谢朗)无从知道父亲干过这种事，所以听人讲有傻子这样做时，便嘲笑此人，还不止一次说起这件事。太傅(谢安)已经明白胡儿不知实情，趁着他又

其言次[1],语胡儿曰:"世人以此谤中郎,亦言我共作此。"[2]胡儿懊热[2],一月日闭斋不出。太傅虚托引己之过,以相开悟,可谓德教。

谈到这件事的时候,告诉他说:"世上的人用这件事来毁谤你的父亲,还说我也与他一起这样做了。"胡儿听后悔恨烦躁,一个月关在书房里不出来。太傅假称这件事是自己做的,把过错揽在自己身上,以此开导他,使他醒悟过来,这可以说是以德教人。

34.6 殷仲堪父病虚悸[3],闻床下蚁动,谓是牛斗。[3]孝武不知是殷公,问仲堪:"有一殷,病如此不?"仲堪流涕而起曰:"臣进退唯谷。"[4]

殷仲堪的父亲得了虚悸之病,听到床下蚂蚁活动,说是牛在相斗。晋孝武帝(司马曜)不知道生病的人是殷仲堪的父亲,问仲堪道:"有一位姓殷的生的病是如此这般吗?"仲堪流着眼泪站起来回答道:"臣不知怎样回答才好。"

今注

1 因其言次:趁他说话的时候。

2 懊热:悔恨烦躁。

3 虚悸:中医病名,因气血亏虚引起心跳加速、心神不宁等症状。

刘注

[1] 虎子,据小字。据字玄道,尚书褒第二子,年三十三亡。

[2] 中郎,据也。章仲反。按世有兄弟三人,则谓第二者为中。今谢昆弟有六,而以据为中郎,未可解。当由有三时,以中为称,因仍不改也。

[3]《殷氏谱》曰:"殷师字师子。祖识、父融,并有名。师至骠骑咨议,生仲堪。"《续晋阳秋》曰:"仲堪父曾有失心病,仲堪腰不解带,弥年父卒。"

[4]《大雅》诗也。毛公《注》曰:"谷,穷也。"

原文

34.7 虞啸父为孝武侍中,帝从容问曰:“卿在门下,初不闻有所献替。”虞家富春,近海,谓帝望其意气,对曰:“天时尚暖,鮆鱼虾(鲩)〔鲝〕1未可致,寻当有所上献。”帝抚掌大笑。[1]

34.8 王大丧后,朝论或云国宝应作荆州。[2]国宝主簿夜函白事,云:“荆州事已行。”国宝大喜,其夜开阁,唤纲纪2话势,虽不及作荆州,而意色甚恬。晓遣参问,都无此事。即唤主簿数之曰:“卿何以误人事邪?”

译文

虞啸父任晋孝武帝(司马曜)侍中时,一次孝武帝委婉地问他:“你在门下省任职时,从来没有听到你有什么献替。”虞啸父家住富春,靠近大海,误认为孝武帝希望他有所馈献进奉,就回答道:“现在天气还暖和,各类鱼虾制品还不好制作,不久当会有所进献。”孝武帝听了拍手大笑。

王大(忱)死后,在朝堂议论中,有人说王国宝应该出任荆州刺史。王国宝的主簿连夜致函报告说:“荆州刺史的任命已经确定了。”王国宝非常高兴,当夜打开侧门叫主簿进去,两人谈话的内容虽然没有涉及荆州刺史之事,可他们的神色非常恬适安详。天亮以后,王国宝派人去探问核实,完全没有这么一回事。他便把主簿叫来,数落他道:“你怎么能耽误了我的事情呢?”

今注

1 据余嘉锡说校改。鲝,同“鲊”,腌鱼。

2 纲纪:古代公府及州郡主簿。

刘注

[1]《中兴书》曰:“哺父,会稽人,光禄潭之孙,右将军纯之子。少历显位,与王廞同废为庶人。义旗初,为会稽内史。”

[2]《晋安帝纪》曰:“王忱死,会稽王欲以国宝代之。孝武中诏用仲堪,乃止。”

惑溺第三十五

导读

惑溺，即疑惑与沉溺。本门共七条，所讲的都是沉溺于声色、财富、忌妒等方面的故事。比如，贾充后妻郭氏生性嫉妒，她生有一个小孩名叫黎民。小孩刚满一周岁的时候，贾充从外面回来，奶妈正抱着他在院子里玩。他看见贾充，高兴得直跳，贾充便凑过去亲了孩子一下。郭氏远处望见了，误以为贾充爱上了奶妈，便把她杀了。小孩思念奶妈，终日啼哭，不吃别人的奶，最终饿死了。郭氏后来一直没有再生儿子。这可谓嫉妒的报应。又如，丞相王导有个爱妾姓雷，经常干预政事，收受贿赂，蔡谟戏称她为"雷尚书"，读来颇觉讽刺。

原文

35.1 魏甄后[1]惠而有色[2]，先为袁熙妻，甚获宠。曹公之屠邺[3]也，令疾召甄。左右白："五官中郎已将去。"公曰："今年破贼，正为奴。"[1]

35.2 荀奉倩与妇至笃，冬月妇病热，乃出中庭自取冷，还以身熨[4]之。妇亡，

译文

魏文帝曹丕的皇后甄氏既聪明又漂亮，她原是袁熙的妻子，很受宠爱。曹公（操）当年攻破邺城屠杀百姓时，下令立即召甄氏进见。侍从禀告说："五官中郎（曹丕）已经把她带走了。"曹公说："今年打败贼寇，正是为了她。"

荀奉倩（粲）和妻子的感情非常深厚，冬天妻子发烧了，他就到庭院把自己冻冷，再回到房中用身体紧贴着妻

奉倩后少时亦卒，以是获讥于世。[2]奉倩曰："妇人德不足称，当以色为主。"裴令闻之，曰："此乃是兴到之事，非盛德言，冀后人未昧此语。"[3]

子。妻子死了，奉倩不久也死了，因此他遭到世人的讥讽。奉倩曾经说过："妇人的德行不值得称道，应当以姿色为主。"裴令(楷)听说这话后，说道："这只不过是兴之所至的事，不是德行高尚的人应该说的话，希望后人不要被这话迷惑了。"

今注

1 魏甄后：魏文帝曹丕皇后，甄会女，本为袁熙妻。曹操灭袁绍，为子曹丕娶之。得宠，生魏明帝。

2 有色：形容女子容貌艳丽。

3 曹公之屠邺：汉献帝建安九年(204)，曹操大破袁尚，攻取邺城。邺旧址在今河北临漳西南。

4 熨：紧贴。

刘注

[1]《魏略》曰："建安中，袁绍为中子熙娶甄会女。绍死，熙出在幽州，甄留侍姑。及邺城破，五官将从而入绍舍，见甄怖，以头伏姑膝上。五官将谓绍妻袁夫人：'扶甄令举头。'见其色非凡，称叹之。太祖闻其意，遂为迎娶，擅室数岁。"《世语》曰："太祖下邺，文帝先入袁尚府，见妇人被发垢面垂涕，立绍妻刘后。文帝问，知是熙妻，使令揽发，以袖拭面，姿貌绝伦。既过，刘谓甄曰：'不复死矣！'遂纳之，有宠。"《魏氏春秋》曰："五官将纳熙妻也，孔融与太祖书曰：'武王伐纣，以妲己赐周公。'太祖以融博学，真谓书传所记。后见融问之，对曰：'以今度古，想其然也。'"

[2]《粲别传》曰："粲常以妇人才智不足论，自宜以色为主。骠骑将军曹

洪女有色，粲于是聘焉。容服帷帐甚丽，专房燕婉。历年后妇病亡。未殡，傅嘏往喭粲，粲不(明)〔哭〕而神伤。嘏问曰：‘妇人才色并茂为难。子之聘也，遗才存色，非难遇也，何哀之甚？’粲曰：‘佳人难再得！顾逝者不能有倾城之异，然未可易遇也。’痛悼不能已已。岁余亦亡。亡时年二十九。粲简贵，不与常人交接，所交者一时俊杰。至葬夕，赴期者裁十余人，悉同年相知名士也。哭之，感恸路人。粲虽褊隘，以燕婉自丧，然有识犹追惜其能言。”

[3] 何劭论粲曰：“仲尼称‘有德者有言’。而荀粲减于是，内顾所言有余，而识不足。”

原文

35.3 贾公闾[1]后妻郭氏酷妒。有男儿名黎民，生载周[1]，充自外还，乳母抱儿在中庭，儿见充喜踊，充就乳母手中呜[2]之。郭遥望见，谓充爱乳母，即杀之。儿悲思啼泣，不饮它乳，遂死。郭后终无子。[2]

35.4 孙秀降晋，晋武帝厚存宠之，[3]妻以姨妹蒯氏[3]，室家甚笃。妻尝妒，乃骂秀为貉子[4]。[4]秀大不平，遂不复入。蒯氏大自悔责，请救于帝。

译文

贾公闾(充)续娶的妻子郭氏忌妒心极强。她有一个男孩名叫黎民，刚满一周岁时，贾充从外面回来，奶妈正抱着小孩在庭院中玩，小孩看见贾充，高兴得直跳，贾充便凑过去在奶妈抱着他时亲吻他。郭氏远远望见，认为贾充爱上了奶妈，使把奶妈杀了。小孩整天思念奶妈，悲伤地啼哭不止，也不吃别人的奶，最终饿死了。郭氏后来一直没有再生儿子。

孙秀投降了晋朝，晋武帝(司马炎)非常关怀宠信他，把姨妹蒯氏嫁给他为妻，夫妇二人感情非常好。蒯氏曾经因为忌妒，竟骂孙秀是貉子。孙秀非常气愤不满，就不再进入内室。蒯氏极为悔恨自责，向武帝求救。当时正值大赦天时大赦，群臣咸见。既出，帝独留秀，从容谓曰："天下旷荡，蒯夫人可得从其例不？"秀免冠而谢，遂为夫妇如初。

下，群臣都受到召见。退朝时，武帝把孙秀单独留下，委婉地对他说道："国家对有罪之人尚且宽宏大量，蒯夫人是否可以依据大赦条例而得到宽恕呢？"孙秀脱下帽子谢罪，于是夫妻和好如初。

今注

1 载周：满周岁。载，开始。

2 呜：亲吻。

3 蒯(kuǎi)氏：为晋武帝之姨妹。

4 貉子：当时北方人轻视、辱骂南方人的口头话，好比辱骂他们如狐貉一般。

刘注

[1]《充别传》曰："充父逵，晚有子，故名曰充，字公闾，言后必有充闾之异。"

[2]《晋诸公赞》云："郭氏即贾后母也。为性高朗，知后无子，甚忧爱愍怀，每劝厉之。临亡，诲贾后，令尽意于太子，言甚切至。赵充华及贾谧母，并勿令出入宫中。又曰：'此皆乱汝事。'后不能用，终至诛夷。"臣按：傅畅此言，则郭氏贤明妇人也。向令贾后抚爱愍怀，岂当纵其妒悍，自弊其子。然则物我不同，或老壮情异乎？

[3]《太原郭氏录》曰："秀字彦才，吴郡吴人，为下口督，甚有威恩。孙皓惮欲除之，遣将军何定溯江而上，辞以捕鹿三千口供厨。秀豫知谋，遂来归化。世祖喜之，以为骠骑将军、交州牧。"

[4]《晋阳秋》曰："蒯氏，襄阳人，祖良，吏部尚书。父钧，南阳太守。"

原文

35.5韩寿[1]美姿容，贾充辟以为掾。充每聚会，贾女于青琐[2]中看，见寿，说之，恒怀存想，发于吟咏。后婢往寿家，具述如此，并言女光丽。寿闻之心动，遂请婢潜修音问[3]，及期往宿。寿蹻捷绝人，逾墙而入，家中莫知。[1]自是充觉女盛自拂拭[4]，说畅有异于常。后会诸吏，闻寿有奇香之气，是外国所贡，一著人，则历月不歇。[2]充计武帝唯赐己及陈骞，余家无此香，疑寿与女通，而垣墙重密，门阁急峻，何由得尔？乃托言有盗，令人修墙。使反，曰："其余无异，唯东北角如有人迹。而墙高，非人所逾。"充乃取女左右婢考[5]问，即

译文

韩寿的仪表容貌都长得非常漂亮，贾充征召他来做属官。贾充每次聚会宴客，贾充的女儿都从窗格中观看，看到韩寿，就非常喜欢他，心中常常想念他，相思之情在吟唱歌咏中流露出来。后来她的婢女跑到韩寿家里去，把这些情况一一讲述出来，还说小姐长得光艳夺目。韩寿听了心驰意动，便请这个婢女暗中传递音讯，约定时间去过夜。韩寿动作轻灵敏捷，超过常人，跳过围墙进去，贾充家里没有人知觉。此后，贾充察觉女儿极力装饰打扮自己，喜悦欢畅的神情和过去大不相同。后来贾充召集官员们聚会，闻到韩寿身上有一股奇特的香气，这种香是外国进贡的，一旦沾到人身上，香味几个月也不会消失。贾充寻思晋武帝（司马炎）只把这种香赐给了自己和陈骞，其他人家绝不会有，便怀疑韩寿和自己女儿私通，但是家中围墙严密，门户严紧，他怎么能进来呢？于是他以有盗贼为借口，派人修理围墙。派去的人回来禀报："其他地方没有什么异常，只有东北角上好像有人翻越的痕迹。可是围墙很高，不是一般人能够翻越的。"贾充便把女儿身边的婢女叫来拷

以状对。充秘之，以女妻寿。[3]

打盘问，婢女就把实情说了出来。贾充将此事隐瞒起来，把女儿嫁给了韩寿。

今注

1 韩寿：字德真，南阳堵阳(今河南方城)人，曹魏司徒韩暨曾孙。贾充聘为司空掾，以女妻之，即晋惠帝贾后妹。《晋书》言其“美姿貌，善容止”。

2 青琐：古代豪富之家门窗上的装饰，镂刻成连环形格子花纹，再涂上青色。

3 潜修音问：暗中传递音讯。

4 盛自拂拭：极力装饰打扮自己。

5 考：拷打。

刘注

[1]《晋诸公赞》曰：“寿字德真，南阳赭阳人。曾祖暨，魏司徒，有高行。”寿敦家风，性忠厚，岂有若斯之事？诸书无闻，唯见《世说》，自未可信。

[2]《十洲记》曰：“汉武帝时，西域月氏国王遣使献香四两，大如雀卵，黑如桑椹，烧之，芳气经三月不歇。”盖此香也。

[3]《郭子》谓与韩寿通者，乃是陈骞女，即以妻寿，未婚而女亡。寿因娶贾氏，故世因传是充女。

原文

35.6 王安丰妇常卿安丰。安丰曰：“妇人卿婿，于礼为不敬，后勿复尔[1]。”妇曰：“亲卿爱卿，是以卿

译文

王安丰(戎)的妻子常常称安丰为卿。安丰说：“妻子称呼丈夫，用这种平辈间表示亲热而又不拘礼法的卿，在礼节上是不敬重，以后不要再这样称呼

卿。我不卿卿，谁当卿卿！”遂恒听之。

35.7 王丞相有幸妾姓雷，颇预[2]政事纳货[3]。蔡公谓之“雷尚书”。[1]

了。”妻子说：“我亲卿爱卿，所以称你为卿。我不称你为卿，谁该称你为卿！”安丰于是任凭她这样叫下去。

王丞相（导）有个深受宠幸的爱妾，姓雷，很喜欢干预朝政，收受贿赂。蔡公（谟）称她为“雷尚书”。

今注

1 尔：如此，这样。

2 预：干预。

3 纳货：接受贿赂。

刘注

[1]《语林》曰：“雷有宠，生洽、恬。”

仇隙第三十六

导读

仇隙，即仇怨与嫌隙。本门共八条，主要记载了魏晋时期士大夫之间的结怨和嫌隙。比如，王恭起兵讨伐太傅司马道子和王国宝，结果兵败被杀，首级被悬在秦淮河的朱雀桥上。司马道子驾车经过那里，仔细地看着王恭的头，说道，你为什么急着想杀我呢？

又如，桓玄和桓脩是堂兄弟，桓脩年幼的时候经常受到桓玄的欺负。桓玄将要篡夺帝位，桓脩想趁桓玄在自己母亲庾夫人那里袭击他。庾夫人知道后说，我不忍心看到你做出这种事。由此亦可窥见当时政治斗争的残酷性。

原文

36.1 孙秀既恨石崇不与绿珠 1，[1] 又憾潘岳昔遇之不以礼。后秀为中书令，岳省内见之，因唤曰："孙令，忆畴昔周旋不？"秀曰："中心藏之，何日忘之？ 2"岳于是始知必不免。[2] 后收石崇、欧阳坚石，同日收岳。[3] 石先送市，亦不相

译文

孙秀既憎恨石崇不肯把爱妾绿珠送给自己，又不满潘岳过去对自己不能以礼相待。后来石秀做了中书令，潘岳在中书省内见到他，便叫他道："孙令，还记得我们过去交往的情形吗？"孙秀说："藏在心中，何日能忘？"潘岳这才知道自己免不了灾祸。后来孙秀逮捕了石崇和欧阳坚石(建)，同一天又逮捕了潘岳。石崇先被押赴刑

知。潘后至，石谓潘曰："安仁，卿亦复尔邪？"潘曰："可谓'白首同所归'。"潘《金谷集诗》云："投分寄石友，白首同所归。[3]"[4]乃成其谶。

场，还不知道潘岳也将遇害。随后潘岳也被押解来了，石崇对潘岳说道："安仁，你也遭遇这样的事了？"潘岳道："这可以说是'白首同所归'。"潘岳在金谷诗会的诗集《金谷集诗》里曾经写道："投分寄石友，白首同所归。"这两句诗竟然成了他们被害的预言。

今注

1 绿珠(？—300)：西晋女舞人。传说本姓梁，白州博白(今属广西)人。长于吹笛、歌舞。为石崇妾，以善《明君舞》闻名。石为其作《王明君辞》，后石因党争被处死，她遂跳楼自杀。

2"中心"句：见《诗经·小雅·隰(xí)桑》。意思是藏在心中，何日能忘？

3"投分"句：意思是情意相投、友情坚贞的朋友，白头之后同归一处。投分，情意相投。石友，情谊像金石一般坚贞的朋友。

刘注

[1] 干宝《晋纪》曰："石崇有妓人绿珠，美而工笛，孙秀使人求之。崇别馆北邙下，方登凉观，临清水，使者以告。崇出其婢妾数十人以示之曰：'任所以择。'使者曰：'本受命者，指绿珠也，未识孰是？'崇勃然曰：'绿珠，吾所爱，不可得也！'使者曰：'君侯博古知今，察远照迩，愿加三思。'崇不然。使者已出，又反，崇竟不许。"

[2] 王隐《晋书》曰："岳父文德，为琅邪太守，孙秀为小吏给使，岳数蹴蹋秀，而不以人遇之也。"

[3]《晋阳秋》曰："欧阳建字坚石，渤海人。有才藻，时人为之语曰：'渤海赫赫，欧阳坚石。'初，建为冯翊太守，赵王伦为征西将军，孙秀为腹心，挠乱关中，建每匡正，由是有隙。"王隐《晋书》曰："石崇、潘岳与

贾谧相友善，及谧废，惧终见危，与淮南王谋诛伦，事泄，收崇及亲期以上皆斩之。初，岳母诫岳以止足之道，及收，与母别曰：‘负阿母！’崇家河北，收者至。曰：‘吾不过流徙交、广耳！’及车载东市，始叹曰：‘奴辈利吾家之财。’收崇人曰：‘知财为害，何不蚤散？’崇不能答。”

[4]《语林》曰：“潘、石同刑东市。石谓潘曰：‘天下杀英雄，卿复何为？’潘曰：‘俊士填沟壑，余波来及人。’”

原文

36.2 刘玙兄弟[1]少时为王恺所憎，尝召二人宿，欲默除之。令作坑[2]，坑毕，垂加害矣。石崇素与玙、琨善，闻就恺宿，知当有变，便夜往诣恺，问二刘所在。恺卒迫不得讳，答云：“在后斋中眠。”石便径入，自牵出，同车而去，语曰：“少年何以轻就人宿？”[1]

36.3 王大将军执司马愍王[3]，夜遣世将[4]载王于车而杀之，当时不尽知也。[2]虽愍王家，亦未之皆悉，而无忌兄

译文

刘玙、刘琨兄弟二人年轻时曾遭到王恺憎恶，王恺曾请他们两人到他家过夜，想暗中杀掉他们。他先叫人挖坑，坑挖好后，就准备动手杀人。石崇一向和刘玙、刘琨要好，听说两人到王恺家过夜，知道必然会有变故，就连夜去拜访王恺，问刘氏兄弟在什么地方。王恺仓促之际没法隐瞒，回答道：“在后面书房中睡觉。”石崇就径直进去，亲自把他们拉了出来，一同坐车走了，并且对他们说：“年轻人为什么这样轻率地到别人家里过夜？”

王大将军（敦）捉拿了司马愍王（丞），夜里派遣世将（王廙）把他放在车中杀害了，当时的人不完全了解这件事的真相。即使是愍王家里的人也不完全清楚内情，而他的儿子无忌兄弟年纪又都很小。世将的儿子王胡之和无忌长大以后非常亲

弟皆稚。[3]王胡之与无忌长甚相昵。胡之尝共游,无忌入告母,请为馔。母流涕曰:“王敦昔肆酷汝父,假手世将。[4]吾所以积年不告汝者,王氏门强,汝兄弟尚幼,不欲使此声著,盖以避祸耳。”无忌惊号,抽刃而出,胡之去已远。

近。有一次,无忌和胡之一起游玩,无忌进去告诉母亲,请她备饭。母亲流着眼泪告诉他说:“王敦从前肆意残杀你的父亲,是借王世将之手干的。我这么多年没有告诉你们,是因为王氏家族势力强大,你们兄弟年纪又还很小,不想把这件事情张扬出去,是为了避免灾祸罢了。”无忌听了,非常震惊,号啕大哭,拔刀而出,可是王胡之已经走远了。

今注

1 刘玙兄弟:刘玙、刘琨。刘玙,《晋书》本传作“刘舆”,字庆孙,刘琨的哥哥。

2 坑:土坑。

3 司马愍王:司马丞,字敬才。官至湘州刺史,封谯王,死后谥为愍王。

4 世将:即王廙(yì),字世将,琅邪临沂(今山东临沂)人。王导从弟,王羲之叔父。历任尚书郎、散骑常侍、左卫将军等职。助王敦为乱,封平南将军、荆州刺史。

刘注

[1] 刘璨《晋纪》曰:“琨与兄玙俱知名,游权贵之间,当世以为豪杰。”

[2]《晋阳秋》曰:“司马丞字元敬,谯王逊子也。为中宗(相)〔湘〕州刺史,路过武昌,王敦与燕会,酒酣,谓丞曰:‘大王笃实佳士,非将御之才。’对曰:‘焉知铅刀不能一割乎?’敦将谋逆,召丞为军司马,丞叹曰:‘吾其死矣!地荒民解,势孤援绝。赴君难,忠也;死王事,义也。死忠与

义，又何求焉？’乃驰檄诸郡丞赴义。敦遣从母弟魏乂攻丞，王廙使贼迎之，薨于车。敦既灭，追赠骠骑，谥曰愍王。”

[3]《无忌别传》曰：“无忌字公寿，丞子也。才器兼济，有文武干。袭封谯王，卫军将军。”

[4]《司马氏谱》曰：“丞娶南阳赵氏女。”《王廙别传》曰：“廙字世将。祖览、父正。廙高朗豪率。王导、庾亮游于石头，会廙至，尔日迅风飞帆，廙倚船楼长啸，神气甚逸。导谓亮曰：‘世将为复识事。’亮曰：‘正足舒其逸耳。’性倨傲，不合己者面拒之，故为物所疾。加平南将军，薨。”

原文

36.4 应镇南[1]作荆州，[1]王脩载、谯王子无忌同至新亭与别。坐上宾甚多，不悟二人俱到。有一客道：“谯王丞致祸，非大将军意，正是平南所为耳。”无忌因夺直兵参军刀，便欲斫。脩载走投水，舸上人接取，得免。[2]

36.5 王右军素轻蓝田。蓝田晚节论誉转重，右军尤不平。蓝田于会稽丁艰[2]，停山阴治丧。右军代为郡，屡言出吊，连日不果，后

译文

应镇南（詹）出任荆州刺史，王脩载（耆之）和谯王（司马丞）的儿子无忌同时到新亭为他送别。座上有许多宾客，不知道这两个人都来了。一位客人说：“谯王司马丞遇难，并不是大将军（王敦）的意思，只是平南将军（王廙）干的罢了。”无忌于是夺了直兵参军的刀，就要向王脩载砍去。王脩载慌忙逃跑，被迫跳进河中，大船上的人把他救起来，才得免于一死。

王右军（羲之）一向轻视蓝田侯（王述）。蓝田侯晚年的声望逐渐提高，王右军尤为愤慨不满。蓝田侯任会稽内史职位时遇到母亲逝世，停留在山阴县料理丧事。右军代理会稽内史，屡次表示要前去吊唁，但一连几天拖着不去，后来他上门自报前来吊唁，等到主人遵照丧礼哭起来

诣门自通，主人既哭，不前而去，以陵辱[3]之。于是彼此嫌隙大构。后蓝田临扬州，右军尚在郡。初得消息，遣一参军诣朝廷，求分会稽为越州。使人受意失旨，大为时贤所笑。蓝田密令从事数其郡诸不法，以先有隙，令自为其宜。右军遂称疾去郡，以愤慨致终。[3]

后，他不上灵堂行礼就走了，借此来羞辱蓝田侯。于是双方的怨仇越结越深。后来蓝田侯任扬州刺史，右军还在主管会稽郡。他得到蓝田出任扬州刺史的消息，就派一名参军到朝廷，请求把会稽郡从扬州划分出来，另外设置越州。使者接受任务时错误地领会了主人的意旨，结果大为当时名流耻笑。蓝田侯也暗中命令属官列举王右军在会稽郡的各种不法行为，由于两人过去就有嫌隙，他便叫王右军自己找个合适的办法来解决。右军于是称身体有病辞职离任，因气愤不平而死去。

今注

1 应镇南：即应詹，字思远，汝南南顿（今河南项城）人，应璩曾孙。曾任镇南将军，故称。

2 丁艰：父母亡故居丧。

3 陵辱：即“凌辱”。侮辱。

刘注

[1] 王隐《晋书》曰：“应詹字思远，汝南南顿人，璩曾孙也。为人弘长有淹度，饰之以文才。司徒何充叹曰：‘所谓文质之士！’累迁江州刺史、镇南将军。”

[2]《中兴书》曰：“褚裒为江州，无忌于坐拔刀斫耆之，裒与桓景共免之。御史奏无忌欲专杀害，诏以赎论。”前章既言无忌母告之，而此章复云客叙其事，且王廙之害司马丞，遐迩共悉，脩龄兄弟岂容不知？法

盛之言，皆实录也。

[3]《中兴书》曰："羲之与述志尚不同，而两不相能。述为会稽，艰居郡境，王羲之后为郡，申慰而已，初不重诣，述深以为恨。丧除，征拜扬州，就征，周行郡境，而不历羲之。临发，一别而去。羲之初语其友曰：'王怀祖免丧，正可当尚书，投老可得为仆射。更望会稽，便自邈然。'述既显授，又检校会稽郡，求其得失，主者疲于课对。羲之耻慨，遂称疾去郡，墓前自誓不复仕。朝廷以其誓苦，不复征也。"

原文

36.6 王东亭与孝伯语，后渐异。孝伯谓东亭曰："卿便不可复测。"答曰："王陵廷争，陈平从默[1]，但问克终云何耳！"[1]

36.7 王孝伯死[2]，县其首于大桁[3]。司马太傅命驾出，至标所，孰视首，曰："卿何故趣欲杀我邪？"[2]

36.8 桓玄将篡，桓脩欲因玄在脩母许袭之。庾夫人云："汝等近，过我余年。我养之，不忍见行此事。"[3]

译文

王东亭（珣）和孝伯（王恭）一起谈论，后来意见不合。孝伯对东亭说道："你已经使人不可捉摸了。"东亭回答道："汉代王陵在朝廷上力争不能立吕氏兄弟为王，陈平默不作声，只要问最后的结果怎么样就好了。"

王孝伯（恭）被处死后，他的首级被悬挂在朱雀桥示众。司马太傅（道子）乘车来到悬挂首级的高柱前，仔细地看着他的头，说道："你为什么急着想杀我呢？"

桓玄即将篡夺帝位，桓脩打算趁着桓玄在桓脩母亲那里时袭击他。桓脩的母亲庾夫人说道："你们是近亲，让我好好地度过晚年吧。我养大了他，不忍心看到你做出这种事。"

今注

1 王陵廷争，陈平从默：王陵、陈平皆为汉开国功臣，后均为丞相。惠帝死，吕后欲封诸吕为王，王陵反对，吕后不悦，迁为太傅，实夺其相位。陈平却顺从其意。但最后陈平与太尉周勃诛灭诸吕，迎立文帝。

2 王孝伯死：晋安帝时，太傅司马道子专权。隆安二年(398)，王恭联合殷仲堪、桓玄起兵反，兵败被杀。

3 大桁(háng)：即大航，大浮桥。此指秦淮河上的朱雀桥。桁，通“航”。

刘注

[1]《汉书》曰：“吕后欲王诸吕，问右相王陵，以为不可。问左丞相陈平，平曰：‘可。’陵出让平，平曰：‘面折廷争，臣不如君；全社稷，定刘氏，君不如臣。’”《晋安帝纪》曰：“初，王恭赴山陵，欲斩国宝。王珣固谏之，乃止。既而恭谓珣曰：‘此日视君，一似胡广。’珣曰：‘王陵廷争，陈平从默，但问克终如何也。’”

[2]《续晋阳秋》曰：“王恭深惧祸难，抗表起兵。于是遣左将军谢琰讨恭，恭败，走曲阿，为湖浦尉所擒。初，道子与恭善，欲载出都，面相折数。闻西军之逼，乃令于兒塘斩之，枭首于东桁也。”

[3]《桓氏谱》曰：“桓冲后娶颍川庾蔑女，字姚。”《晋安帝纪》曰：“脩少为玄所侮，言论常鄙之。脩深憾焉，密有图玄之意。脩母曰：‘灵宝视我如母，汝等何忍骨肉相图！’脩乃止。”

附录一

魏晋风度及文章与药及酒之关系

——九月间在广州夏期学术演讲会讲

鲁迅

我今天所讲的,就是黑板上写着的这样一个题目。

中国文学史,研究起来,可真不容易,研究古的,恨材料太少,研究今的,材料又太多,所以到现在,中国较完全的文学史尚未出现。今天讲的题目是文学史上的一部分,也是材料太少,研究起来很有困难的地方。因为我们想研究某一时代的文学,至少要知道作者的环境、经历和著作。

汉末魏初这个时代是很重要的时代,在文学方面起一个重大的变化,因当时正在黄巾和董卓大乱之后,而且又是党锢的纠纷之后,这时曹操出来了。——不过我们讲到曹操,很容易就联想起《三国志演义》,更而想起戏台上那一位花面的奸臣,但这不是观察曹操的真正方法。现在我们再看历史,在历史上的记载和论断有时也是极靠不住的,不能相信的地方很多,因为通常我们晓得,某朝的年代长一点,其中必定好人多;某朝的年代短一点,其中差不多没有好人。为什么呢?因为年代长了,做史的是本朝人,当然恭维本朝的人物,年代短了,做史的是别朝人,便很自由地贬斥其异朝的人物,所以在秦朝,差不多在史的记载上半个好人也没有。曹操在史上年代也是颇短的,自然也逃不了被后一朝人说坏话的公例。其实,曹操是一个很有本事的人,至少是一个英雄,我虽不是曹操一党,但无论如何,总是非常佩服他。

研究那时的文学,现在较为容易了,因为已经有人做过工作:在文集一方面有清严可均辑的《全上古三代秦汉三国晋南北朝文》。其中于此有用的,是《全汉文》《全三国文》《全晋文》。

在诗一方面有丁福保辑的《全汉三国晋南北朝诗》。——丁福保是做医生的,现在还在。

辑录关于这时代的文学评论有刘师培编的《中国中古文学史》。这本书是北大的讲义,刘先生已死,此书由北大出版。

上面三种书对于我们的研究有很大的帮助。能使我们看出这时代的文学的确有点异彩。

我今天所讲,倘若刘先生的书里已详的,我就略一点;反之,刘先生所略的,我就较详一点。

董卓之后,曹操专权。在他的统治之下,第一个特色便是尚刑名。他的立法是很严的,因为当大乱之后,大家都想做皇帝,大家都想叛乱,故曹操不能不如此。曹操曾自己说过:"倘无我,不知有多少人称王称帝!"这句话他倒并没有说谎。因此之故,影响到文章方面,成了清峻的风格。——就是文章要简约严明的意思。

此外还有一个特点,就是尚通脱。他为什么要尚通脱呢?自然也与当时的风气有莫大的关系。因为在党锢之祸以前,凡党中人都自命清流,不过讲"清"讲得太过,便成固执,所以在汉末,清流的举动有时便非常可笑了。

比方有一个有名的人,普通的人去拜访他,先要说几句话,倘这几句话说得不对,往往会遭倨傲的待遇,叫他坐到屋外去,甚而至于拒绝不见。

又如有一个人,他和他的姊夫是不对的,有一回他到姊姊那里去吃饭之后,便要将饭钱算回给姊姊。她不肯要,他就于出门之后,把那些钱扔在街上,算是付过了。

个人这样闹闹脾气还不要紧,若治国平天下也这样闹起执拗的脾气来，那还成甚么话？所以深知此弊的曹操要起来反对这种习气，力倡通脱。通脱即随便之意。此种提倡影响到文坛，便产生多量想说甚么便说甚么的文章。

更因思想通脱之后，废除固执，遂能充分容纳异端和外来的思想，故孔教以外的思想源源引入。

总括起来，我们可以说汉末魏初的文章是清峻、通脱。在曹操本身，也是一个改造文章的祖师，可惜他的文章传的很少。他胆子很大，文章从通脱得力不少，做文章时又没有顾忌，想写的便写出来。

所以曹操征求人才时也是这样说，不忠不孝不要紧，只要有才便可以。这又是别人所不敢说的。曹操做诗，竟说是"郑康成行酒伏地气绝"，他引出离当时不久的事实，这也是别人所不敢用的。还有一样，比方人死时，常常写点遗令，这是名人的一件极时髦的事。当时的遗令本有一定的格式，且多言身后当葬于何处何处，或葬于某某名人的墓旁；操独不然，他的遗令不但没有依着格式，内容竟讲到遗下的衣服和伎女怎样处置等问题。

陆机虽然评曰"贻尘谤于后王"，然而我想他无论如何是一个精明人，他自己能做文章，又有手段，把天下的方士文士统统搜罗起来，省得他们跑在外面给他捣乱。所以他帷幄里面，方士文士就特别地多。

孝文帝曹丕，以长子而承父业，篡汉而即帝位。他也是喜欢文章的。其弟曹植，还有明帝曹叡，都是喜欢文章的。不过到那个时候，于通脱之外，更加上华丽。丕著有《典论》，现已失散无全本，那里面说"诗赋欲丽"，"文以气为主"。《典论》的零零碎碎，在唐宋类书中；一篇整的《论文》，在《文选》中可以看见。

后来有一般人很不以他的见解为然。他说诗赋不必寓教训，反对当时那些寓训勉于诗赋的见解，用近代的文学眼光看来，曹丕的一个时代可说是"文学的自觉时代"，或如近代所说是为艺术而艺术（Art for Art's

Sake)的一派。所以曹丕做的诗赋很好,更因他以“气”为主,故于华丽以外,加上壮大。归纳起来,汉末、魏初的文章,可说是清峻、通脱、华丽、壮大。在文学的意见上,曹丕和曹植表面上似乎是不同的。曹丕说文章事可以留名声于千载;但子建却说文章小道,不足论的。据我的意见,子建大概是违心之论。这里有两个原因,第一,子建的文章做得好,一个人大概总是不满意自己所做而羡慕他人所为的,他的文章已经做得好,于是他便敢说文章是小道;第二,子建活动的目标在于政治方面,政治方面不甚得志,遂说文章是无用了。

曹操曹丕以外,还有下面的七个人:孔融、陈琳、王粲、徐幹、阮瑀、应瑒、刘桢,都很能做文章,后来称为“建安七子”。七人的文章很少流传,现在我们很难判断;但,大概都不外是“慷慨”“华丽”罢。华丽即曹丕所主张,慷慨就因当天下大乱之际,亲戚朋友死于乱者特多,于是为文就不免带着悲凉、激昂和“慷慨”了。

七子之中,特别的是孔融,他专喜和曹操捣乱。曹丕《典论》里有论孔融的,因此他也被拉进“建安七子”一块儿去。其实不对,很两样的。不过在当时,他的名声可非常之大。孔融作文,喜用讥嘲的笔调,曹丕很不满意他。孔融的文章现在传的也很少,就他所有的看起来,我们可以瞧出他并不大对别人讥讽,只对曹操。比方操破袁氏兄弟,曹丕把袁熙的妻甄氏拿来,归了自己,孔融就写信给曹操,说当初武王伐纣,将妲己给了周公了。操问他的出典,他说,以今例古,大概那时也是这样的。又比方曹操要禁酒,说酒可以亡国,非禁不可,孔融又反对他,说也有以女人亡国的,何以不禁婚姻?

其实曹操也是喝酒的。我们看他的“何以解忧?惟有杜康”的诗句,就可以知道。为什么他的行为会和议论矛盾呢?此无他,因曹操是个办事人,所以不得不这样做;孔融是旁观的人,所以容易说些自由话。曹操见他屡屡反对自己,后来借故把他杀了。他杀孔融的罪状大概是不孝。

因为孔融有下列的两个主张：

第一，孔融主张母亲和儿子的关系是如瓶之盛物一样，只要在瓶内把东西倒了出来，母亲和儿子的关系便算完了。第二，假使有天下饥荒的一个时候，有点食物，给父亲不给呢？孔融的答案是：倘若父亲是不好的，宁可给别人。——曹操想杀他，便不惜以这种主张为他不忠不孝的根据，把他杀了。倘若曹操在世，我们可以问他，当初求才时就说不忠不孝也不要紧，为何又以不孝之名杀人呢？然而事实上纵使曹操再生，也没人敢问他。我们倘若去问他，恐怕他把我们也杀了！

与孔融一同反对曹操的尚有一个祢衡，后来给黄祖杀掉的。祢衡的文章也不错，而且他和孔融早是“以气为主”来写文章的了。故在此我们又可知道，汉文慢慢壮大起来，是时代使然，非专靠曹操父子之功的。但华丽好看，却是曹丕提倡的功劳。

这样下去一直到明帝的时候，文章上起了个重大的变化，因为出了一个何晏。

何晏的名声很大，位置也很高，他喜欢研究《老子》和《易经》。至于他是怎样的一个人呢？那真相现在可很难知道，很难调查。因为他是曹氏一派的人，司马氏很讨厌他，所以他们的记载对何晏大不满。因此产生许多传说，有人说何晏的脸上是搽粉的，又有人说他本来生得白，不是搽粉的。但究竟何晏搽粉不搽粉呢？我也不知道。

但何晏有两件事我们是知道的。第一，他喜欢空谈，是空谈的祖师；第二，他喜欢吃药，是吃药的祖师。

此外，他也喜欢谈名理。他身子不好，因此不能不服药。他吃的不是寻常的药，是一种名叫“五石散”的药。

“五石散”是一种毒药，是何晏吃开头的。汉时，大家还不敢吃，何晏或者将药方略加改变，便吃开头了。五石散的基本，大概是五样药：石钟乳、石硫黄、白石英、紫石英、赤石脂，另外怕还配点别样的药。但现在也不必细细研究它,我想各位都是不想吃它的。

从书上看起来,这种药是很好的,人吃了能转弱为强。因此之故,何晏有钱,他吃起来了;大家也跟着吃。那时五石散的流毒就同清末的鸦片的流毒差不多,看吃药与否以分阔气与否的。现在由隋巢元方做的《诸病源候论》的里面可以看到一些。据此书,可知吃这药是非常麻烦的,穷人不能吃,假使吃了之后,一不小心,就会毒死。先吃下去的时候,倒不怎样的,后来药的效验既显,名曰“散发”。倘若没有“散发”,就有弊而无利。因此吃了之后不能休息,非走路不可,因走路才能“散发”,所以走路名曰“行散”。比方我们看六朝人的诗,有云“至城东行散”,就是此意。后来做诗的人不知其故,以为“行散”即步行之意,所以不服药也以“行散”二字入诗,这是很笑话的。

走了之后,全身发烧,发烧之后又发冷。普通发冷宜多穿衣,吃热的东西。但吃药后的发冷刚刚要相反:衣少,冷食,以冷水浇身。倘穿衣多而食热物,那就非死不可。因此五石散一名寒食散。只有一样不必冷吃的,就是酒。

吃了散之后,衣服要脱掉,用冷水浇身,吃冷东西,饮热酒。这样看起来,五石散吃的人多,穿厚衣的人就少;比方在广东提倡,一年以后,穿西装的人就没有了。因为皮肉发烧之故,不能穿窄衣。为豫防皮肤被衣服擦伤,就非穿宽大的衣服不可。现在有许多人以为晋人轻裘缓带、宽衣,在当时是人们高逸的表现,其实不知他们是吃药的缘故。一班名人都吃药,穿的衣都宽大,于是不吃药的也跟着名人,把衣服宽大起来了!

还有,吃药之后,因皮肤易于磨破,穿鞋也不方便,故不穿鞋袜而穿屐。所以我们看晋人的画像或那时的文章,见他衣服宽大,不鞋而屐,以为他一定是很舒服,很飘逸的了,其实他心里都是很苦的。

更因皮肤易破,不能穿新的而宜于穿旧的,衣服便不能常洗。因不洗,便多虱。所以在文章上,虱子的地位很高,“扪虱而谈”,当时竟传为美事。比方我今天在这里演讲的时候，扪起虱来，那是不大好的。但在那时不要紧，因为习惯不同之故。这正如清朝是提倡抽大烟的，我们看见两肩高耸的人，不觉得奇怪。现在就不行了，倘若多数学生，他的肩成为一字样，我们就觉得很奇怪了。

此外可见服散的情形及其他种种的书，还有葛洪的《抱朴子》。

到东晋以后，作假的人就很多，在街旁睡倒，说是"散发"以示阔气。就像清时尊读书，就有人以墨涂唇，表示他是刚才写了许多字的样子。故我想，衣大、穿屐、散发等等，后来效之，不吃也学起来，与理论的提倡实在是无关的。

又因"散发"之时，不能肚饿，所以吃冷物，而且要赶快吃，不论时候，一日数次也不可定。因此影响到晋时"居丧无礼"。——本来魏晋时，对于父母之礼是很繁多的。比方想去访一个人，那么，在未访之前，必先打听他父母及其祖父母的名字，以便避讳。否则，嘴上一说出这个字音，假如他的父母是死了的，主人便会大哭起来——他记得父母了——给你一个大大的没趣。晋礼居丧之时，也要瘦，不多吃饭，不准喝酒。但在吃药之后，为生命计，不能管得许多，只好大嚼，所以就变成"居丧无礼"了。

居丧之际，饮酒食肉，由阔人名流倡之，万民皆从之，因为这个缘故，社会上遂尊称这样的人叫作名士派。

吃散发源于何晏，和他同志的，有王弼和夏侯玄两个人，与晏同为服药的祖师。有他三人提倡，有多人跟着走。他们三人多是会做文章，除了夏侯玄的作品流传不多外，王何二人现在我们尚能看到他们的文章。他们都是生于正始的，所以又名曰"正始名士"。但这种习惯的末流，是只会吃药，或竟假装吃药，而不会做文章。

东晋以后，不做文章而流为清谈，由《世说新语》一书里可以看到。此中空论多而文章少，比较他们三个差得远了。三人中王弼二十余岁便死了，夏侯、何二人皆为司马懿所杀。因为他二人同曹操有关系，非死不可，犹曹操之杀孔融，也是借不孝做罪名的。

二人死后，论者多因其与魏有关而骂他，其实何晏值得骂的就是因为他是吃药的发起人。这种服散的风气，魏晋，直到隋唐，还存在着，因为唐时还有“解散方”，即解五石散的药方，可以证明还有人吃，不过少点罢了。唐以后就没有人吃，其原因尚未详，大概因其弊多利少，和鸦片一样罢？

晋名人皇甫谧作一书曰《高士传》，我们以为他很高超。但他是服散的，曾有一篇文章，自说吃散之苦。因为药性一发，稍不留心，即会丧命，至少也会受非常的苦痛，或要发狂；本来聪明的人，因此也会变成痴呆。所以非深知药性，会解救，而且家里的人多深知药性不可。晋朝人多是脾气很坏，高傲，发狂，性暴如火的，大约便是服药的缘故。比方有苍蝇扰他，竟至拔剑追赶；就是说话，也要胡胡涂涂地才好，有时简直是近于发疯。但在晋朝更有以痴为好的，这大概也是服药的缘故。

魏末，何晏他们以外，又有一个团体新起，叫做“竹林名士”，也是七个，所以又称“竹林七贤”。正始名士服药，竹林名士饮酒。竹林的代表是嵇康和阮籍。但究竟竹林名士不纯粹是喝酒的，嵇康也兼服药，而阮籍则是专喝酒的代表。但嵇康也饮酒，刘伶也是这里面的一个。他们七人中差不多都是反抗旧礼教的。

这七人中，脾气各有不同。嵇阮二人的脾气都很大；阮籍老年时改得很好，嵇康就始终都是极坏的。

阮年青时，对于访他的人有加以青眼和白眼的分别。白眼大概是全然看不见眸子的，恐怕要练习很久才能够。青眼我会装，白眼我却装不好。

后来阮籍竟做到“口不臧否人物”的地步，嵇康却全不改变。结果阮得终其天年，而嵇竟丧于司马氏之手，与孔融何晏等一样，遭了不幸的杀害。这大概是因为吃药和吃酒之分的缘故：吃药可以成仙，仙是可以骄视俗人的；饮酒不会成仙，所以敷衍了事。

他们的态度，大抵是饮酒时衣服不穿，帽也不带。若在平时，有这种状态，我们就说无礼，但他们就不同。居丧时不一定按例哭泣；子之于父，是不能提父的名，但在竹林名士一流人中，子都会叫父的名号。旧传下来的礼教，竹林名士是不承认的。即如刘伶——他曾做过一篇《酒德颂》，谁都知道——他是不承认世界上从前规定的道理的，曾经有这样的事，有一次有客见他，他不穿衣服。人责问他；他答人说，天地是我的房屋，房屋就是我的衣服，你们为什么进我的裤子中来？至于阮籍，就更甚了，他连上下古今也不承认，在《大人先生传》里有说："天地解兮六合开，星辰陨兮日月颓，我腾而上将何怀？"他的意思是天地神仙，都是无意义，一切都不要，所以他觉得世上的道理不必争，神仙也不足信，既然一切都是虚无，所以他便沉湎于酒了。然而他还有一个原因，就是他的饮酒不独由于他的思想，大半倒在环境。其时司马氏已想篡位，而阮籍名声很大，所以他讲话就极难，只好多饮酒，少讲话，而且即使讲话讲错了，也可以借醉得到人的原谅。只要看有一次司马懿求和阮籍结亲，而阮籍一醉就是两个月，没有提出的机会，就可以知道了。

阮籍作文章和诗都很好，他的诗文虽然也慷慨激昂，但许多意思都是隐而不显的。宋的颜延之已经说不大能懂，我们现在自然更很难看得懂他的诗了。他诗里也说神仙，但他其实是不相信的。嵇康的论文，比阮籍更好，思想新颖，往往与古时旧说反对。孔子说："学而时习之，不亦说乎？"嵇康做的《难自然好学论》，却道，人是并不好学的，假如一个人可以不做事而又有饭吃，就随便闲游不喜欢读书了，所以现在人之好学，是由于习惯和不得已。还有管叔蔡叔，是疑心周公，率殷民叛，因而被诛，一向公认为坏人的。而嵇康做的《管蔡论》，就也反对历代传下来的意思，说这两个人是忠臣，他们的怀疑周公，是因为地方相距太远，消息不灵通。

但最引起许多人的注意，而且于生命有危险的，是《与山巨源绝交书》中的"非汤武而薄周孔"。司马懿因这篇文章，就将嵇康杀了。非薄了汤武周孔，在现时代是不要紧的，但在当时却关系非小。汤武是以武定天下的；周公是辅成王的；孔子是祖述尧舜，而尧舜是禅让天下的。嵇康都说不好，那么，教司马懿篡位的时候，怎么办才是好呢？没有办法。在这一点上，嵇康于司马氏的办事上有了直接的影响，因此就非死不可了。嵇康的见杀，是因为他的朋友吕安不孝，连及嵇康，罪案和曹操的杀孔融差不多。魏晋，是以孝治天下的，不孝，故不能不杀。为什么要以孝治天下呢？因为天位从禅让，即巧取豪夺而来，若主张以忠治天下，他们的立脚点便不稳，办事便棘手，立论也难了，所以一定要以孝治天下。但倘只是实行不孝，其实那时倒不很要紧的，嵇康的害处是在发议论；阮籍不同，不大说关于伦理上的话，所以结局也不同。

但魏晋也不全是这样的情形，宽袍大袖，大家饮酒。反对的也很多。在文章上我们还可以看见裴頠的《崇有论》，孙盛的《老子非大贤论》，这些都是反对王何们的。在史实上，则何曾劝司马懿杀阮籍有好几回，司马懿不听他的话，这是因为阮籍的饮酒，与时局的关系少些的缘故。

然而后人就将嵇康阮籍骂起来，人云亦云，一直到现在，一千六百多年。季札说："中国之君子，明于礼义而陋于知人心。"这是确的，大凡明于礼义，就一定要陋于知人心的，所以古代有许多人受了很大的冤枉。例如嵇阮的罪名，一向说他们毁坏礼教。但据我个人的意见，这判断是错的。魏晋时代，崇奉礼教的看来似乎很不错，而实在是毁坏礼教，不信礼教的。表面上毁坏礼教者，实则倒是承认礼教，太相信礼教。因为魏晋时所谓崇奉礼教，是用以自利，那崇奉也不过偶然崇奉，如曹操杀孔融，司马懿杀嵇康，都是因为他们和不孝有关，但实在曹操司马懿何尝是著名的孝子，不过将这个名义，加罪于反对自己的人罢了。于是老实人以为如此利用，亵黩了礼教，不平之极，无计可施，激而变成不谈礼教，不信礼教，甚至于反对礼教。——但其实不过是态度，至于他们的本心，恐怕倒是相信礼教，当作宝贝，比曹操司马懿们要迂执得多。现在说一个容易明白的比喻罢，譬如有一个军阀，在北方——在广东的人所谓北方和我常说的北方的界限有些不同，我常称山东、山西、直隶、河南之类为北方——那军阀从前是压迫民党的，后来北伐军势力一大，他便挂起了青天白日旗，说自己已经信仰三民主义了，是总理的信徒。这样还不够，他还要做总理的纪念周。这时候，真的三民主义的信徒，去呢，不去呢？不去，他那里就可以说你反对三民主义，定罪，杀人。但既然在他的势力之下，没有别法，真的总理的信徒，倒会不谈三民主义，或者听人假惺惺的谈起来就皱眉，好像反对三民主义模样。所以我想，魏晋时所谓反对礼教的人，有许多大约也如此。他们倒是迂夫子，将礼教当作宝贝看待的。

还有一个实证，凡人们的言论、思想、行为，倘若自己以为不错的，就愿意天下的别人，自己的朋友都这样做。但嵇康阮籍不这样，不愿意别人来模仿他。竹林七贤中有阮咸，是阮籍的侄子，一样的饮酒。阮籍的儿子阮浑也愿加入时，阮籍却道不必加入，吾家已有阿咸在，够了。假若阮籍自以为行为是对的，就不当拒绝他的儿子，而阮籍却拒绝自己的儿子，可知阮籍并不以他自己的办法为然。至于嵇康，一看他的《绝交书》，就知道他的态度很骄傲的；有一次，他在家打铁——他的性情是很喜欢打铁的——钟会来看他了，他只打铁，不理钟会。钟会没有意味，只得走了。其时嵇康就问他："何所闻而来，何所见而去？"钟会答道："闻所闻而来，见所见而去。"这也是嵇康杀身的一条祸根。但我看他做给他的儿子看的《家诫》——当嵇康被杀时，其子方十岁，算来当他做这篇文章的时候，他的儿子是未满十岁的——就觉得宛然是两个人。他在《家诫》中教他的儿子做人要小心，还有一条一条的教训。有一条是说长官处不可常去，亦不可住宿；官长送人们出来时，你不要在后面，因为恐怕将来官长惩办坏人时，你有暗中密告的嫌疑。又有一条是说宴饮时候有人争论，你可立刻走开，免得在旁批评，因为两者之间必有对与不对，不批评则不像样，一批评就总要是甲非乙，不免受一方见怪。还有人要你饮酒，即使不愿饮也不要坚决地推辞,必须和和气气的拿着杯子。我们就此看来,实在觉得很希奇:嵇康是那样高傲的人,而他教子就要他这样庸碌。因此我们知道,嵇康自己对于他自己的举动也是不满足的。所以批评一个人的言行实在难,社会上对于儿子不像父亲,称为"不肖",以为是坏事,殊不知世上正有不愿意他的儿子像自己的父亲哩。试看阮籍嵇康,就是如此。这是,因为他们生于乱世,不得已,才有这样的行为,并非他们的本态。但又于此可见魏晋的破坏礼教者,实在是相信礼教到固执之极的。

不过何晏、王弼、阮籍、嵇康之流,因为他们的名位大,一般的人们就学起来,而所学的无非是表面,他们实在的内心,却不知道。因为只学他们的皮毛,于是社会上便很多了没意思的空谈和饮酒。许多人只会无端的空谈和饮酒,无力办事,也就影响到政治上,弄得玩"空城计",毫无实际了。在文学上也这样,嵇康阮籍的纵酒,是也能做文章的,后来到东晋,空谈和饮酒的遗风还在,而万言的大文如嵇阮之作,却没有了。刘勰说:"嵇康师心以遣论,阮籍使气以命诗。"这"师心"和"使气",便是魏末晋初的文章的特色。正始名士和竹林名士的精神灭后,敢于师心使气的作家也没有了。

到东晋,风气变了。社会思想平静得多,各处都夹入了佛教的思想。再至晋末,乱也看惯了,篡也看惯了,文章便更和平。代表平和的文章的人有陶潜。他的态度是随便饮酒、乞食,高兴的时候就谈论和作文章,无尤无怨。所以现在有人称他为"田园诗人",是个非常和平的田园诗人。他的态度是不容易学的,他非常之穷,而心里很平静。家常无米,就去向人家门口求乞。他穷到有客来见,连鞋也没有,那客人给他从家丁取鞋给他,他便伸了足穿上了。虽然如此,他却毫不为意,还是"采菊东篱下,悠然见南山"。这样的自然状态,实在不易模仿。他穷到衣服也破烂不堪,而还在东篱下采菊,偶然抬起头来,悠然的见了南山,这是何等自然。现在有钱的人住在租界里,雇花匠种数十盆菊花,便做诗,叫作"秋日赏菊效陶彭泽体”，自以为合于渊明的高致，我觉得不大像。

陶潜之在晋末，是和孔融于汉末与嵇康于魏末略同，又是将近易代的时候。但他没有什么慷慨激昂的表示，于是便博得“田园诗人”的名称。但《陶集》里有《述酒》一篇，是说当时政治的。这样看来，可见他于世事也并没有遗忘和冷淡，不过他的态度比嵇康阮籍自然得多，不至于招人注意罢了。还有一个原因，先已说过，是习惯。因为当时饮酒的风气相沿下来，人见了也不觉得奇怪，而且汉魏晋相沿，时代不远，变迁极多，既经见惯，就没有大感触，陶潜之比孔融嵇康和平，是当然的。例如看北朝的墓志，官位升进，往往详细写着，再仔细一看，他是已经经历过两三个朝代了，但当时似乎并不为奇。

据我的意思，即使是从前的人，那诗文完全超于政治的所谓“田园诗人”“山林诗人”，是没有的。完全超出于人间世的，也是没有的。既然是超出于世，则当然连诗文也没有。诗文也是人事，既有诗，就可以知道于世事未能忘情。譬如墨子兼爱，杨子为我。墨子当然要著书；杨子就一定不著，这才是“为我”。因为若做出书来给别人看，便变成“为人”了。

由此可知陶潜总不能超于尘世，而且，于朝政还是留心，也不能忘掉“死”，这是他诗文中时时提起的。用别一种看法研究起来，恐怕也会成一个和旧说不同的人物罢。

自汉末至晋末文章的一部分的变化与药及酒之关系，据我所知的大概是这样。但我学识太少，没有详细的研究，在这样的热天和雨天费去了诸位这许多时光，是很抱歉的。现在这个题目总算是讲完了。

（本篇记录稿最初发表于1927年8月11、12、13、15、16、17日广州《民国日报》副刊《现代青年》第一七三至一七八期；改定稿发表于1927年11月16日《北新》半月刊第二卷第二号。）

附录二

述东晋王导之功业

陈寅恪

王鸣盛《十七史商榷》五〇“《晋书·王导传》多溢美”条云：

> 《王导传》一篇凡六千余字，殊多溢美。要之，看似煌煌一代名臣，其实乃并无一事，徒有门阀显荣、子孙官秩而已。所谓翼戴中兴称“江左夷吾”者，吾不知其何在也。以惧妇为蔡谟所嘲，乃斥之云：“吾少游洛中，何知有蔡克儿？”导之所以骄人者，不过以门阀耳。

寅恪案：王氏为清代史学名家，此书复为世所习知，而此条所言乖谬特甚，故本文考辨史实，证明茂弘实为民族之功臣。至若斥蔡谟一节，《晋书》殆采自《世说新语·轻诋类》“王丞相轻蔡公”条及刘《注》所引《妒记》，源出小说，事涉个人末节，无关本文宏旨，不足深论。又门阀一端乃当时政治社会经济文化有关之大问题，不在本文范围之内，是以亦不涉及。本文仅据当日情势，阐明王导在东晋初期之功业一点，或可供读史者之参考也。

东汉之末，三国鼎峙，司马氏灭蜀篡魏，然后平吴，中国统一。吴、蜀之人同为被征服者，而其对征服者司马氏之政权态度不同，观下引史料可知也。

《晋书》五二《华谭传》略云：

> 华谭，广陵人也。祖融，吴左将军、录尚书事。父谞，吴黄门郎。太康中，刺史嵇绍举谭秀才。谭至洛阳，武帝策曰：“吴、蜀恃险，今

既荡平。蜀人服化，无携贰之心；而吴人趑睢，屡作妖寇。岂蜀人敦朴，易可化诱；吴人轻锐，难安易动乎？今将欲绥静新附，何以为先？”对曰：“蜀染化日久，风教遂成；吴始初附，未改其化，非为蜀人敦悫而吴人易动也。然殊俗远境，风土不同，吴阻长江，旧俗轻悍。所安之计，当先筹其人士，使云翔阊阖，进其贤才，待以异礼；明选牧伯，致以威风；轻其赋敛，将顺咸悦，可以永保无穷，长为人臣者也。”

同书六八《贺循传》略云：

贺循，会稽山阴人也。曾祖齐，仕吴为名将。祖景，灭贼校尉。父邵，中书令。著作郎陆机上疏荐循曰：伏见武康令贺循，前蒸阳令郭讷，皆出自新邦，朝无知己。今扬州无郎，而荆州、江南乃无一人为京城职者，诚非圣朝待四方之本心。至于才望资品，循可尚书郎，讷可太子洗马、舍人。

寅恪案：吴、蜀之人对洛阳统治政权态度不同，虽与被征服时间之长短有关，然非其主因，其主因在两国统治者之阶级性各殊所致。蜀汉与曹魏固是死敌，但曹操出身寒族，以法术为治。刘备虽自云汉之宗室，然渊源既远，不能纪其世数，与汉之光武迥异，实亦等于寒族。诸葛亮为诸葛丰之后，乃亦家世相传之法家。故两国施政之道正复相同。蜀亡以后，西晋政乱，洛阳政府失去统治权，然终能恢复独立者，非蜀汉旧境内之汉人，而是自汉中北徙，乘机南返之巴賨部落，盖蜀汉境内无强宗大族之汉人组织，地方反抗力薄弱，洛阳征服者易于统治，此晋武帝所谓“蜀人服化，无携贰之心”者是也。吴之情势则大不然，孙氏之建国，乃由江淮地域之强宗大族因汉末之扰乱，拥戴江东地域具有战斗力之豪族，即当时不以文化见称之次等士族孙氏，借其武力，以求保全而组织之政权。

故其政治社会之势力全操于地方豪族之手。西晋灭吴以后，此种地方势力并未因之消灭，所以能反抗洛阳之统治，而与蜀亡后之情势不同也。观陆机荐贺循之疏及华谭对晋武帝之策，皆以笼络吴地之统治阶级为绥靖之妙用，此中关键不难窥知矣。后来洛阳政府亦稍采用此种绥靖政策，尚未收大效，而中州已乱，陈敏遂乘此机会据有江东，恢复孙吴故壤，此本极自然之趋势，不足为怪。所可怪者，陈敏何以不能如孙氏之创业垂统，历数十年之久，基业未定，遽尔败亡，为世所笑，斯又吾人所应研究之问题，而当日江东地域即孙吴故壤特殊情势之真相所在也。

《晋书》一〇〇《陈敏传》略云：

> 陈敏，庐江人也。少有干能，以郡廉吏补尚书仓部令史。惠帝幸长安，四方交争，敏遂有割据江东之志。会吴王常侍甘卓自洛至，教卓假称皇太弟命，拜敏为扬州刺史，并假江东首望顾荣等四十余人为将军、郡守，荣并伪从之。东海王军諮祭酒华谭闻敏自相署置，而顾荣等并江东首望，悉受敏官爵，乃遗荣等书曰：陈敏仓部令史，七第顽冗，六品下才，欲蹑桓王之高踪，蹈大皇之绝轨，远度诸贤，犹当未许也。诸君垂头，不能建翟义之谋，而顾生俯眉，已受羁绊之辱。何颜见中州之士邪？周玘、顾荣之徒常惧祸败，又得谭书，皆有惭色。玘、荣又说甘卓，卓遂背敏。敏单骑东奔，至江乘，为义兵所斩。

同书五二《华谭传》云：

> 顾荣先受〔陈〕敏官，而潜谋图之。谭不悟荣旨，露檄远近，极言其非，由此为荣所怨。

寅恪案：陈敏之失败，由于江东之豪宗大族不与合作之故，史传所载甚明，不待详论。西晋末年孙吴旧壤内文化世族如吴郡顾氏等，武力豪宗如义兴周氏等，皆当日最强之地方势力，陈敏既不属于文化世家，又非武力豪族。故华谭一檄提醒顾、周诸人之阶级性，对症下药，所以奏效若斯之神速也。东汉末年孙氏一门约相当于义兴周氏之雄武，而政治社会地位则颇不及之，孙坚、策、权父子兄弟声望才智又远过于陈敏，此孙氏为江淮之豪家大族所推戴，得成霸业，而陈敏则为东吴之豪宗大族所离弃，终遭失败也。

《世说新语·言语类》云:

> 元帝始过江,谓顾骠骑曰:“寄人国土,心常怀惭。”荣跪对曰:“臣闻王者以天下为家,是以耿亳无定处,九鼎迁洛邑,愿陛下勿以迁都为念。”

寅恪案:东晋元帝者,南来北人集团之领袖;吴郡顾荣者,江东士族之代表。元帝所谓“国土”者,即孙吴之国土;所谓“人”者,即顾荣代表江东士族之诸人。当日北人南来者之心理及江东士族对此种情势之态度,可于两人问答数语中窥知。顾荣之答语乃允许北人寄居江左,与之合作之默契。此两方协定既成,南人与北人戮力同心,共御外侮,而赤县神州免于全部陆沉,东晋南朝三百年之世局因是决定矣。

王导之功业即在勘破此重要关键,而执行笼络吴地士族之政策,观下引史料可知也。

《晋书》六五《王导传》云:

> 〔琅邪王睿〕徙镇建康,吴人不附,居月余,士庶莫有至者,导患之。会〔王〕敦来朝,导谓之曰:“琅邪王仁德虽厚,而名论犹轻。兄威风已振,宜有以匡济者。”会三月上巳,帝亲观禊,乘肩舆,具威仪,敦、导及诸名胜皆骑从。吴人纪瞻、顾荣,皆江南之望,窃觇之,见其如此,咸惊惧,乃相率拜于道左。导因进计曰:“古之王者,莫不宾礼故老,存问风俗,虚己倾心,以招俊乂。况天下丧乱,九州分裂,大业草创,急于得人者乎? 顾荣、贺循,此土之望,未若引之,以结人心。二子既至,则无不来矣。”帝乃使导躬造循、荣,二人皆应命而至,由是吴会风靡,百姓归心焉。自此之后,渐相崇奉,君臣之礼始定。

寅恪案:《资治通鉴》八六《晋纪》“怀帝永嘉元年九月戊申琅邪王睿至建业”条《考异》于此类有疑义,然司马君实不过怀疑此传文中数事有小失实处,而于王导执行笼络江东士族之大计,仍信用此传所载也。考司马氏之篡魏,乃东汉儒家大族势力之再起,晋之皇室及中州避乱南来之士大夫大抵为东汉末年之儒家大族拥戴司马氏集团之子孙，其与顾荣诸人虽属不同邦土，然就社会阶级言之，实为同一气类，此江东士族宁戴仇雠敌国之子孙以为君主，而羞与同属孙吴旧壤寒贱庶族之陈敏合作之故也。兹更引史料以证明王导之政策及其功业所在之关键如下：

《世说新语·政事类》云：

丞相（王导）末年略不复省事，正封箓诺之，自叹曰："人言我愦愦，后人当思此愦愦。"（刘《注》引徐广《历纪》曰：导阿衡三世，经纶夷险，政务宽恕，事从简易，故垂遗爱之誉也。）

同书同类又云：

丞相尝夏月至石头看庾公，庾公正料事。丞相云："暑，可小简之。"庾公曰："公之遗事，天下亦未以为允。"（刘《注》引《殷羡言行》曰：王公薨后，庾冰代相，网密刑峻。羡时行遇收捕者于途，慨然叹曰："丙吉问牛喘，似不尔。"尝从容谓冰曰："卿辈自是网目不失，皆是小道小善耳，至如王公，故能行无理事。"谢安石每叹咏此唱。庾赤玉曾问羡："王公治何似，讵是所长？"羡曰："其余令绩不复称论。然三捉三治，三休三败。"）

同书《规箴类》云：

王丞相为扬州遣八部从事之职，顾和时为下传还，同时俱见，诸从事各奏二千石官长得失，至和独无言。王问顾曰："卿何所闻？"答曰："明公作辅，宁使网漏吞舟，何缘采听风闻，以为察察之政。"丞相咨嗟称佳，诸从事自视缺然也。（参《晋书》八三《顾和传》。）

寅恪案：东汉末年曹操、袁绍两人行政之方法不同，操刑网峻密，绍宽纵大族，观陈琳代绍罪操之檄及操平邺后之令可知也。司马氏本为儒家大族，与袁绍正同，故其夺取曹魏政权以后，其施政之道号称"平恕"，其实是宽纵大族，一反曹氏之所为，此则与蜀汉之治术有异，而与孙吴之政情相合者也。东晋初年既欲笼络孙吴之士族，故必仍循宽纵大族之旧政策，顾和所谓“网漏吞舟”，即指此而言。王导自言“后人当思此愦愦”，实有深意。江左之所以能立国历五朝之久，内安外攘者，即由于此。故若仅就斯点立论，导自可称为民族之大功臣，其子孙亦得与东晋南朝三百年之世局同其兴废。岂偶然哉！

《世说新语·方正类》云：

王丞相初在江左，欲结援吴人，请婚陆太尉。对曰：“培塿无松柏，薰犹不同器。玩虽不才，义不为乱伦之始。”

同书《排调类》云：

刘真长始见王丞相，时盛暑之月，丞相以腹熨弹棋局，曰：“何乃渹！”（刘《注》云：“吴人以冷为渹。”）刘既出，人问见王公云何？刘曰：“未见他异，唯闻作吴语耳。”（刘《注》引《语林》曰：“真长云丞相何奇？止能作吴语及细唾也。”）

同书《政事类》云：

王丞相拜扬州，宾客数百人，并加沾接，人人有说色。唯有临海一客姓任（刘《注》引《语林》曰：“任名颙，时官在都，预三公坐。”）及数胡人为未洽。公因便还到过任边云：“君出，临海便无复人。”任大喜说。因过胡人前，弹指云：“兰阇！兰阇！”群胡同笑，四坐并欢。

寅恪案：后来北魏孝文帝为诸弟聘汉人士族之女为妃，及禁止鲜卑人用鲜卑语，施行汉化政策，借以巩固鲜卑统治地位，正与王导以笼络吴人之故求婚陆氏，强作吴语者，正复暗合。所可注意者，东晋初年江左吴人士族在社会婚姻上其对北人态度之骄傲，与后来萧齐以降迥不侔矣。吴语者，当时统治阶级之北人及江左吴人士族所同羞用之方言（详见拙著《从史实论〈切韵〉》），王导乃不惜屈尊为之，故宜为北人名士所笑，而导之苦心可以推见也。临海任姓自是吴人，故导亦曲意与之周旋。至“弹指”及“兰阇”，寅恪别有解释，以其不在本文范围，故不赘及，惟颇疑庾信之小字兰成实与此有关，姑附记此重有趣之公案，以待异日之参究耳。

王导笼络吴人之例证既如上述，其他东晋初年施行之大政策可以据此类推，不必列举。其最可注意不得不稍详加论述者，则有元帝、王导对待义兴周氏一事，此事属于北人南来之路线及其居住地域问题，实为江左三百年政治社会经济史之关键所在，职是之故，多录史料并推论之于后：

《晋书》五八《周处传》附周玘传云：

玘宗族强盛，人情所归，帝疑惮之。于时中州人士佐佑王业，而玘自以为不得调，内怀怨望，复为刁协轻之，耻恚愈甚。时镇东将军祭酒东莱王恢亦为周顗所侮，乃与玘阴谋诛诸执政，推玘及戴若思与诸南士共奉帝，以经纬世事。先是，流人帅夏铁等寓于淮泗，恢阴书与铁，令起兵，己当与玘以三吴应之。建兴初，铁已聚众数百人，临淮太守蔡豹斩铁以闻。恢闻铁死，惧罪，奔于玘，玘杀之，埋于豕牢。帝闻而秘之，召玘为镇东司马。未到，复改授建武将军、南郡太守。玘既南行，至芜湖，又下令曰："玘奕世忠烈，义诚显著，孤所钦喜。今以为军諮祭酒，将军如故，进爵为公，禄秩、僚属一同开国之例。"玘忿于回易，又知其谋泄，遂忧愤发背而卒。将卒，谓子勰曰："杀我者诸伧子，能复之，乃吾子也。"吴人谓中州人曰"伧"，故云耳。

同书同卷《周勰传》云：

〔勰〕常缄父言。时中国亡官失守之士避乱来者，多居显位，驾御吴人，吴人颇怨。勰因之欲起兵，潜结吴兴郡功曹徐馥。馥家有部曲，勰使馥矫称叔父札命以合众，豪侠乐乱者翕然附之，以讨王导、刁协为名。孙皓族人弼亦起兵广德以应之。馥杀吴兴太守袁琇，有众数千，将奉札为主。时札以疾归家，闻而大惊，乃告乱于义兴太守孔侃。勰知札不同，不敢发兵。馥党惧，攻馥，杀之。孙弼众亦溃，宣城太守陶猷灭之。元帝以周氏奕世豪望，吴人所宗，故不穷治，抚之如旧。

同书同卷《周札传》略云：

札一门五侯，并居列位，吴士贵盛，莫与为比，王敦深忌之。后〔周〕莚丧母，送者千数，敦益惮焉。及敦疾，钱凤以周氏宗强，与沈充权势相侔，欲自托于充，谋灭周氏，使充得专威扬土，乃说敦曰："夫有国者患于强逼，自古衅难恒必由之。今江东之豪莫强周、沈，公万世之后，二族必不静矣。周强而多俊才，宜先为之所，后嗣可安，国家可保耳。"敦纳之。时有道士李脱者，妖术惑众。弟子李弘，养徒潜山，云应谶当王。故敦使庐江太守李恒告札及其诸兄子与脱谋图不轨。时莚为敦諮议参军，即营中杀莚及脱、弘，又遣参军贺鸾就沈充尽掩杀札兄弟子，既而进军会稽袭札。札先不知，卒闻兵至，率麾下数百人出距之。兵散见杀。及敦死，札、莚故吏并诣阙讼周氏之冤，宜加赠谥。事下八坐，尚书卞壸议以札石头之役，开门延寇，遂使贼敦恣乱，札之责也。追赠意所未安。司徒王导议以宜与周顗、戴若思等同例。朝廷竟从导议，追赠札卫尉。

寅恪案：东晋初年孙吴旧统治阶级略可分为二类，一为文化士族，如吴郡顾氏等是；一为武力强宗，如义兴周氏等是。前者易于笼络，后者则难驯服。而后者之中推义兴周氏为首，钱凤所谓"江东之豪莫强周、沈"者，诚为实录。盖此等强宗具有武力经济等地方之实力，最易与南来北人发生利害冲突。而元帝、王导委曲求全，以绥靖周氏，实由其势力特强之故，必非有所偏爱。不过畏其地方势力之强大而出此，断可知也。然江东之豪族亦不止义兴周氏，孙吴旧统治阶级亦多不满南来之北人，何以义兴周氏一门特别愤恨北人至于此极者，颇疑其所居住之地域与南来之北人接触，两不相下，利害冲突所致也。

北人南来避难约略可分为二路线，一至长江上游，一至长江下游。路线固有不同，而避难人群中其社会阶级亦各互异。其上层阶级为晋之皇室及洛阳之公卿士大夫。中层阶级亦为北方士族，但其政治社会文化地位不及聚集洛阳之士大夫集团，除少数人如徐澄之、臧琨等外（见《晋书》九一《儒林传·徐邈传》),大抵不以学术擅长,而用武勇擅战著称。下层阶级为长江以北地方低等士族及一般庶族,以地位卑下及实力薄弱,远不及前二者之故,遂不易南来避难,其人数亦因是较前二者为特少也。兹先就至长江下游之路线言之,下层阶级大抵分散杂居于吴人势力甚大之地域,既以人数寡少,不能成为强有力之集团。复因政治文化地位之低下,更不敢与当地吴人抗衡,遂不得不逐渐同化于土著之吴人,即与吴人通婚姻,口语为吴语,此等可以陈之皇室及王敬则家等为代表。(陈霸先先娶吴兴钱氏女,续娶吴兴章氏即钮氏女,见《南史》一二《陈武宣章皇后传》。王敬则接士庶皆吴语,见《南齐书》二六《王敬则传》。陈霸先之先世,不知其在西晋末年真为何地人,但避难南来,定居吴兴郡长城县。王敬则之籍贯,据《南史》四五《王敬则传》,本为临淮射阳,后侨居晋陵南沙县。然则同为自北而南避难过江之伧楚,俱是北来南人之下层社会阶级,故杂居吴人势力甚大之地域,遂同化于吴人也。)此等人之势力至南齐以后终渐兴起,其在东晋初年颇不重要,故本文姑置不论。

东西晋之间江淮以北次等士族避乱南来,相率渡过阻隔胡骑之长江天堑,以求保全,以人事地形便利之故,自必觅较接近长江南岸,又地广人稀之区域,以为安居殖产之所。此种人群在当时既非占有政治文化上之高等地位,自不能亦不必居住长江南岸新立之首都建康及其近旁。复以人数较当时避难南来之上下两层社会阶级为多之故,又不便或不易插入江左文化士族所聚居之吴郡治所及其近旁,故不得不择一距新邦首都不甚远,而又在长江南岸较安全之京口、晋陵近旁一带,此为事势所必致者也。据《元和郡县图志》二五《江南道一》“润州丹阳县”条云:

> 新丰湖在县东北三十里,晋元帝大兴四年晋陵内使张闿所立。旧晋陵地广人稀,且少陂渠,田多恶秽。闿创湖,成溉灌之利。初以劳役免官,后追纪其功,超为大司农。

可知东晋初年京口、晋陵一带地广人稀,后来此区域之发展繁盛实有赖于此种避难南来者之力也。又据《元和郡县图志》二五《江南道一》“常州义兴县”条云：

晋惠帝时妖贼石冰寇乱扬土，县人周玘创义讨冰。割吴兴之阳羡并长城县之北乡为义兴郡，以表玘功。

及《宋书》三五《州郡志一》“南徐州刺史”条略云：

晋永嘉大乱，幽、冀、青、并、兖州及徐州之淮北流民，相率过淮，亦有过江在晋陵郡界者。晋成帝咸和四年，司空郗鉴又徙流民之在淮南者于晋陵诸县，其徙过江南及留在江北者，并立侨郡县以司牧之。故南徐州备有徐、兖、幽、冀、青、并、扬七州郡邑。户七万二千四百七十二，口四十二万六百四十。晋陵太守领户一万五千三百八十二，口八万一百一十三。义兴太守领户一万三千四百九十六，口八万九千五百二十五。

《世说新语·捷悟类》“郗司空在北府桓宣武恶其居兵权”条刘《注》引《南徐州记》曰：

徐州人多劲悍，号精兵，故桓温常曰：“京口酒可饮，箕可用，兵可使。”

《晋书》八四《刘牢之传》略云：

刘牢之，彭城人也。曾祖羲，以善射事武帝，历北地、雁门太守。父建，有武干，为征虏将军。世以壮勇称。牢之面紫赤色，须目惊人，而沉毅多计画。太元初，谢玄北镇广陵，时苻坚方盛，玄多募劲勇，牢之与东海何谦、琅邪诸葛侃、乐安高衡、东平刘轨、西河田洛及晋陵孙无终等以骁猛应选。玄以牢之为参军，领精锐为前锋，百战百胜，号为“北府兵”，敌人畏之。

《宋书》一《武帝纪》略云：

高祖武皇帝讳裕，小名寄奴，彭城县绥舆里人。〔曾祖〕混始过江，居晋陵郡丹徒县之京口里。〔高祖〕乃与〔东海何〕无忌同船共

> 还,建兴复之计。于是与弟道规、沛郡刘毅、平昌孟昶、任城魏咏之、高平檀凭之、琅邪诸葛长民、太原王元德、陇西辛扈兴、东莞童厚之,并同义谋。

《魏书》九八《岛夷萧道成传》略云:

> 岛夷萧道成,晋陵武进楚也。

又同书同卷《岛夷萧衍传》略云:

> 岛夷萧衍,亦晋陵武进楚也。

则知此种人群所住居之晋陵郡,其人口之数在当时为较繁庶者,但尚不及周氏住居之义兴郡,是周氏宗族之强大可以推见。此种北来流民为当时具有战斗力之集团,易言之,即江左北人之武力集团,后来击败苻坚及创建宋、齐、梁三朝之霸业皆此集团之子孙也。此种人群既为勇武之团体,而与豪宗大族之义兴周氏所居之地接近,人数武力颇足对抗,其利害冲突不能相下,又不能同化,势成仇敌,理所必然。此东晋初年义兴周氏所具之特殊性,而为元帝、王导笼络吴人政策中最重要之一点,抑可知矣。至南来北人之上层社会阶级本为住居洛阳及其近旁之士大夫集团,在当时政治上尤其在文化上有最高之地位,晋之司马氏皇室既舍旧日之首都洛阳,迁于江左之新都建业,则此与政治中心最有关系之集团自然随司马氏皇室,移居新政治中心之首都及其近旁之地。王导之流即此集团之人物,当时所谓"过江名士"者是也。但建业本为孙吴旧都,吴人之潜在势力甚大,又人口繁庶,其经济情势必非京口、晋陵一带地广人稀空虚区域可比。此集团固占当日新都政治上之高位,若复殖产兴利,与当地吴人作经济上之竞争,则必招致吴人之仇怨,违反当日笼络吴人之国策,此王导及其集团之人所不欲或不能为者也。然此等人原是东汉儒家大族之子孙,拥戴司马氏篡魏兴晋,即此集团之先世所为。其豪奢腐败促成洛阳政权之崩溃,逃命江左,"寄人国土",喘息稍定,旧习难除,自不能不作"求田问舍"之计,以恢复其旧日物质及精神上之享乐。新都近旁既无空虚之地，京口、晋陵一带又为北来次等士族所占有，至若吴郡、义兴、吴兴等皆是吴人势力强盛之地，不可插入。故惟有渡过钱塘江，至吴人士族力量较弱之会稽郡，转而东进，为经济之发展。观下引此集团领袖王、谢诸家"求田问舍"之史料，可为例证也。

《晋书》八〇《王羲之传》略云：

〔王〕述后检察会稽郡，辩其刑政，主者疲于简对。羲之深耻之，遂称病去郡，于父母墓前自誓。羲之既去官，与东土人士尽山水之游。与吏部郎谢万书曰：顷东游还，修植桑果。并行田视地利，颐养闲暇。

《宋书》六七《谢灵运传》略云：

灵运因父祖之资，生业甚厚。奴僮既众，义故门生数百。凿山浚湖，功役无已。寻山陟岭，必造幽峻，岩障千重，莫不备尽。登蹑常著木履，上山则去前齿，下山去其后齿。尝自始宁南山伐木开径，直至临海，从者数百人。临海太守王琇惊骇，谓为山贼，徐知是灵运，乃安。在会稽亦多徒众，惊动县邑。

寅恪案：世人以为王右军、谢康乐为吾国文学艺术史上特出之人物，其欣赏自然界美景之能力甚高，而浙东山水佳胜，故于此区域作"求田问舍"之计。此说固亦可通，但难解释阳羡、溪山之幽美甲于江左，而又在长江流域，王、谢诸名士何以舍近就远，东过浙江"求田问舍"，特留此幽美之溪山，以待后贤之游赏耶？鄙意阳羡、溪山虽美，然在"杀虎斩蛟"之义兴周氏势力范围以内（可参《晋书》五八《周处传》），王、谢诸名士之先世（参《晋书》七九《谢安传》）及本身断不敢亦不能与此吴地豪雄大族竞争。故唯有舍幽美之胜地，远至与王导座上群胡同类任姓客所居临海郡接近之区域，为养生适意之"乐园"耳。由此言之，北来上层社会阶级虽在建业首都作政治之活动，然其殖产兴利为经济之开发，则在会稽临海间之地域。故此一带区域亦是北来上层社会阶级所居住之地也。

上述南来北人至长江下游之路线及其居住之区域既竟，兹请再论南来北人至长江上游之路线，及其居住之区域如下：

《梁书》一〇《萧颖达传》略云：

兄颖胄，齐建武末行荆州事，颖达亦为西中郎外兵参军，俱在西府。东昏遣辅国将军刘山阳为巴西太守，道过荆州，密敕颖胄袭雍州。时高祖已为备矣。仍遣颖胄亲人王天虎以书疑之。山阳至，果不敢入城。颖胄计无所出，夜遣钱塘人朱景思呼西中郎城局参军席阐文、諮议参军柳忱闭斋定议。阐文曰："萧雍州蓄养士马，非复一日，江陵素畏襄阳人，人众又不敌，取之必不可制。"

寅恪案：此传最可注意之点为席阐文所谓"江陵素畏襄阳人"一语。此点不独涉及梁武帝之霸业，即前此之桓玄、刘毅、沈攸之，后此之梁元帝、萧詧诸人之兴亡成败皆与之有关也。若欲明了此中关键，必先考释居住襄阳及江陵之南来北人为当时何等社会阶级。此种南来北人亦可分为三等，与南来北人之迁居长江下游者之类别亦约略相似。兹为简便计，其下层阶级南来北人与吴人杂居者，关系不重要，可置不论，只论上中两层南来北人之阶级如下：

《宋书》三七《州郡志三》"雍州刺史"条云：

雍州刺史，晋江左立。胡亡氐乱，雍、秦流民多南出樊、沔。晋孝武始于襄阳侨立雍州，并立侨郡县。宋文帝元嘉二十六年，割荆州之襄阳、南阳、新野、顺阳、随五郡为雍州，而侨郡县犹寄寓在诸郡界。孝武大明中，又分实土郡县以为侨郡县境。

《南齐书》一五《州郡志》"雍州"条略云：

雍州。

新野郡。

寅恪案：史言"胡亡氐乱，雍、秦流民多南出樊、沔"，此谓永嘉南渡后事。然西晋末年中州扰乱，北人莫不欲南来，以求保全，当时具有逃避能力者自然逐渐向南移动，南阳及新野之上层士族，其政治社会地位稍逊于洛阳胜流如王导等者，则不能或不必移居江左新邦首都建业，而迁至当日长江上游都会江陵南郡近旁一带，此不仅以江陵一地距胡族势力较远，自较安全；且因其为当日长江上游之政治中心，要为占有政治上地位之人群所乐居者也。又居住南阳及新野地域之次等士族同时南徙至襄阳一带。其后复值“胡亡氐乱”，雍、秦流民又南徙而至此区域。此两种人之性质适与长江下游居住京口、晋陵一带之北人相似，俱是有战斗力之武人集团，宜其为居住江陵近旁一带之文化士族所畏惧也。请更分析解释下引史料，以证明之：

《周书》四一《庾信传》，《哀江南赋》云：

我之掌庾承周，以世功而为族；经邦佐汉，用论道而当官。禀嵩、华之玉石，润河、洛之波澜。居负洛而重世，邑临河而晏安。逮永嘉之艰虞，始中原之乏主。民枕倚于墙壁，路交横于豺虎。值五马之南奔，逢三星之东聚。彼凌江而建国，此播迁于吾祖。分南阳而赐田，裂东岳而胙土。诛茅宋玉之宅，穿径临江之府。

《隋书》七八《艺术传·庾季才传》略云：

庾季才，新野人也。八世祖滔，随晋元帝过江，官至散骑常侍，封遂昌侯，因家于南郡江陵县。

《梁书》一九《宗夬传》略云：

宗夬，南阳涅阳人也，世居江陵。祖景，宋时征太子庶子，不就，有高名。父繁，西中郎諮议参军。夬少勤学，有局干。弱冠，举郢州秀才。齐司徒竟陵王集学士于西邸，并见图画，夬亦预焉。永明中，与魏和亲，敕夬与尚书殿中郎任昉同接魏使，皆时选也。

《南齐书》五四《刘虬传》（参《南史》五〇《刘虬传》）略云：

刘虬，南阳涅阳人也。旧族，徙居江陵。建元初，豫章王为荆州，教辟虬为别驾，与同郡宗测、新野庾易并遣书礼请。永明三年，刺史庐陵王子卿表虯及同郡宗测、宗尚之、庾易、刘昭五人,请加蒲车束帛之命。诏征为通直郎,不就。

《世说新语·栖逸类》(参《晋书》九四《隐逸传·刘驎之传》)略云:

南阳刘磷之高率善史传,隐于阳岐。荆州刺史桓冲征为长史。(刘《注》引邓粲《晋纪》曰:"磷之,字子骥,南阳安众人。")

又同书《任诞类》云:

桓车骑在荆州,张玄为侍中,使至江陵,路经阳岐村。(刘《注》云:"村临江,去荆州二百里。")俄见一人持半小笼生鱼,径来造船,云:"有鱼欲寄作脍。"张乃维舟而纳之,问其姓字,称是刘遗民。(刘《注》引《中兴书》曰:"刘驎之,一字遗民。")

吴士鑑《〈晋书·刘驎之传〉斠注》引洪亮吉《东晋疆域志》曰:

石首有阳岐。

寅恪案:上述北人南来之上层士族,其先本居南阳一带,后徙江陵近旁地域,至江左政权之后期,渐次著称。及梁元帝迁都江陵,为此集团最盛时代。然西魏灭梁,此种士族与北方南来居住建业之上层士族遭遇侯景之乱,幸得逃命至江陵者,同为俘虏,随征服者而北迁,于是北方上层士族南渡之局遂因此告一结束矣。

《宋书》八三《宗越传》云:

宗越,南阳叶人也。本河南人,晋乱,徙南阳宛县,又土断属叶。本为南阳次门,安北将军赵伦之镇襄阳。襄阳多杂姓,伦之使长史范觊之条次氏族,辨其高卑,觊之点越为役门,出身补郡吏。

《梁书》九《曹景宗传》略云:

曹景宗,新野人也。父欣之,为宋将,位至征虏将军、徐州刺史。景宗幼善骑射。

同书一〇《蔡道恭传》(《南史》五五《蔡道恭传》同)略云:

蔡道恭,南阳冠军人也。父郡,宋益州刺史。〔道恭〕累有战功。

同书同卷《杨公则传》(《南史》五五《杨公则传》同)略云:

杨公则,天水西县人也。父仲怀,宋泰始初为豫州刺史殷琰将,战死于横塘,公则殓毕,徒步负丧归乡里。(寅恪案:《宋书》三七《州郡志》"雍州刺史"条下有"南天水太守"及"西县令"。公则之乡里当即指此。)

同书一二《席阐文传》(《南史》五五《席阐文传》同)略云:

席阐文,安定临泾人也。齐初,为雍州刺史萧赤斧中兵参军,由是与其子颖胄善。(寅恪案:《宋书》三七《州郡志》"秦州刺史"条有"安定太守"。又云:"晋孝武复立,寄治襄阳。"阐文既为雍州刺史府参军,疑其家亦因晋孝武时"胡亡氐乱"南迁襄阳者也。)

同书一七《马仙琕传》(《南史》二六《袁湛传》附马仙琕传同)略云:

马仙琕,扶风郿人也。父伯鸾,宋冠军司马。仙琕少以果敢闻。(寅恪案:《宋书》三七《州郡志》"雍州刺史"条下有"扶风太守郿县令"。)

同书一八《康绚传》(《南史》五五《康绚传》同)略云:

康绚,华山蓝田人也。其先出自康居。初,汉置都护,尽臣西域,康居亦遣侍子待诏于河西,因留为黔首,其后即以康为姓。晋时陇右乱,康氏迁于蓝田。绚曾祖因为苻坚太子詹事,生穆,穆为姚苌河南尹。宋永初中,穆举乡族三千余家,入襄阳之岘南,宋为置华山郡蓝田县,寄居于襄阳,以穆为秦、梁二州刺史,未拜,卒。绚世父元隆,父元抚,并为流人所推,相继为华山太守。绚少俶傥有志气,齐文帝为雍州刺史,所辟皆取名家,绚特以才力召为西曹书佐。永明三年,除奉朝请。文帝在东宫,以旧恩引为直。后以母忧去职,服阕,除振威将军、华山太守。推诚抚循,荒余悦服。迁前军将军,复为华山太守。永元元年,义兵起,绚举郡以应。

寅恪案:上述诸人皆属长江上游南来北人之武力集团,本为北方中层社会阶级，即《宗越传》所谓“次门”者是，与长江下游居住京口、晋陵一带之南来北人为武力集团者正同。但其南迁之时代较晚，观杨公则、席阐文、康绚诸传，可知此等人其先世之南迁当在“胡亡氐乱”以后。故其战斗力之衰退，亦较诸居住长江下游京口、晋陵一带之武力集团为稍迟。梁武帝之兴起实赖此集团之武力，梁之季年此集团之武力已不足用，故梁武不得已而改用北来降将。至陈霸先，则又别用南方土著之豪族。此为江左三百年政治社会上之大变动，本文所不能详及者也。

总而言之，西晋末年北人被迫南徙孙吴旧壤，当时胡羯强盛，而江东之实力掌握于孙吴旧统治阶级之手，一般庶族势力微薄，观陈敏之败亡，可以为证。王导之笼络江东士族，统一内部，结合南人北人两种实力，以抵抗外侮，民族因得以独立，文化因得以续延，不谓民族之功臣，似非平情之论也。寅恪草此文时，距寓庐不远，适发见一晋墓（墓在广州河南敦和乡客村），其砖铭曰：

> 永嘉世，天下灾。但江南，皆康平。
>
> 永嘉世，九州空。余吴土，盛且丰。永嘉世，九州荒。余广州，平且康。

呜呼！当永嘉之世，九州空荒，但仅存江南吴土尚得称康平丰盛者，是谁之力欤？

（原载《中山大学学报》一九五六年第一期）

附录三

魏晋玄学流别略论

汤用彤

溯自扬子云以后，汉代学士文人即间尝企慕玄远。凡抗志玄妙者，"常务道德之实，而不求当世之名。阔略杪小之礼，荡佚人间之事。"（冯衍《显志赋》）"逍遥一世之上，睥睨天地之间。不受当世之责，永保性命之期。"（仲长统《昌言》）则其所以寄迹宅心者，已与正始永嘉之人士无或异。而重玄之门，老子所游。谈玄者必上尊老子。故桓谭谓老氏其心玄远与道合。冯衍"抗玄妙之常操"，而"大老聃之贵玄"。傅毅言"游心于玄妙，清思于黄老"（《七激》）。仲长统"安神闺房，思老氏之玄虚"。则贵玄言，宗老氏，魏晋之时虽称极盛，而于东汉亦已见其端矣。

然谈玄者，东汉之与魏晋，固有根本之不同。桓谭曰："扬雄作玄书，以为玄者天也，道也。言圣贤著法作事，皆引天道以为本统。而因附属万类王政人事法度。"亦此所谓天道，虽颇排斥神仙图谶之说，而仍不免本天人感应之义，由物象之盛衰，明人事之隆污。稽察自然之理，符之于政事法度。其所游心，未超于象数。其所研求，常在乎吉凶（扬雄《太玄赋》曰："观大易之损益兮，览老氏之倚伏。"张衡因"吉凶倚伏，幽微难明，乃作《思玄赋》"）。魏晋之玄学则不然。已不复拘拘于宇宙运行之外用，进而论天地万物之本体。汉代寓天道于物理。魏晋黜天道而究本体，以寡御众，而归于玄极（王弼《易略例・明象章》）；忘象得意，而游于物外（《易略例・明象章》）。于是脱离汉代宇宙之论（Cosmology or Cosmogony）而流连于存存本本之真(ontology or theory of being)。汉代之又一谈玄者曰:“玄者,无形之类,自然之根。作于太始,莫之与先。”(张衡《玄图》)此则其所谓玄,不过依时间言,万物始于精妙幽深之状,太初太素之阶。其所探究不过谈宇宙之构造,推万物之孕成。及至魏晋乃常能弃物理之寻求,进而为本体之体会。合物象,超时空,而研究天地万物之真际。以万有为末,以虚无为本。夫虚无者,非物也。非无形之元气,在太始之时,而莫之与先也。本无末有,非谓此物与彼物,亦非前形与后形。命万有之本体曰虚无,则无物而非虚无,亦即物未有时而非虚无也。汉代偏重天地运行之物理(按扬雄、张衡之玄亦有不同,兹不详析),魏晋贵谈有无之玄致。二者虽均尝托始于老子,然前者常不免依物象数理之消息盈虚,言天道,合人事;后者建言大道之玄远无朕,而不执著于实物,凡阴阳五行以及象数之谈,遂均废置不用。因乃进于纯玄学之讨论。汉代思想与魏晋清言之别,要在斯矣。

玄学兴起之原因,兹姑不详论。但道家老庄与佛家般若均为汉晋间谈玄者之依据。其中心问题,在辨本末有无之理。然名流竞起,新义迭出。其所据尝有殊,其着眼亦各别。嵇康《卜疑》曰:“宁如老聃之清净微妙,守玄抱一乎。将如庄周之齐物变化,洞达而放逸乎。”是则当时虽雅尚老庄,然其通释,固不必相同。谈老谈庄亦可各异。至于佛家般若性空,虽风行当代。而毗昙言有,亦复东来。童寿沙门与觉贤禅师,空义互殊,竟构仇怨(《高僧传·佛陀跋多罗传》)。而在什公前后,般若称六家七宗,或谓有十二家。则西国所传既不相同,中土立说亦各自异。详研魏晋僧俗之著述,其最重要之派别有四。兹分述之于下。

一

其一,为王辅嗣之学,释氏则有所谓本元义。其最要著作为《老子王注》。其形上之学在以无为体。其人生之学以反本为鹄。《晋书·王衍传》

曰："何晏、王弼立论，天地万物皆以无为本。"盖王、何深识宗极之贞一，至道之纯静。其着眼在贞一纯全之本体。万象纷陈，制之者一。品物咸运，主之者静。《周易》王注曰：

凡动息则静，静非对动者也。语息则默，默非对语者也。然则天地虽大，富有万物，雷动风行，运化万变，寂然至无，是其本矣。

万有群变以无为本。是则万有归于一本。群变原即寂无。未有非于本无之外，另有实在，与之对立。故虽万物之富，变化之烈，未有不以无为本也。此无对之本体(Substance)，号曰无，而非谓有无之无。因其为道之全，故超乎言象，无名无形。圆方由之得形，而此无形。白黑由此得名，而此无名（参看《列子·天瑞篇》注引何晏《道论》）。万有群生由之以成，而非器形之所谓生。形器之生，如此生彼，昭然二物。而宇宙之本，虽开物成务，然万物未尝对本而各有实体。《老子》三十九章，王注曰：

物皆各得此一以成。既成，而舍以居成。居成，则失其母。

无对贞一之本体，为物之本原。即谓万有群生，皆各不离此本而别为实有。惟人若昧于所以成，而自居于其成。一犯人之形，而曰人也，人也。则失其本，丧其母，永堕于有为之域，宥于有穷之量。夫自居于有穷之量者，未能全其用也。"执一家之量者，不能全家。执一国之量者，不能成国。"（《老子》四章王注）故人必法天法道，冲而用之。冲而用之，乃本体全体之用。不自居于成，不自宥于量，合有穷之域，反乎天理之本。故反本者，即以无为体。以无为体，则能以无为用（即冲而用之）。以无为用，则无穷而无不载矣（《老子》三十八章注，《周易》复卦注）。

由上所言，王氏形上之学在以无为本，人生之学所反本为鹄。西晋释氏所谓本无宗者，义当相似，而不免失之太偏。本无宗人，有释道安、竺道潜、竺法汰。道安弟子慧远，法汰弟子道生之学亦可谓为其枝叶。（道生象外之谈，并重反本，与王弼同，兹不赘。但生公之学精深，非其前辈所及。）安、潜、汰等之著作少存，难详其异同。"本无"者乃"真如"之古译。佛家因以之名本体。道安解曰:"无在元化之先,空为众形之始,故称本无。非谓虚豁之中,能生万有也。"(《名僧传抄》)本无者,非谓虚豁而指诸法之本性,无名无形之本体。本体本性,绝言超象,而为言象之所资。言象之域,属于因缘。本性空寂,故称本无(道安之学,早晚不同,理论甚杂,其立说颇存汉人思想之余习,兹不详叙)。故道安高足慧远法师释本无义曰:"因缘之所有者,本无之所无。本无之所无者,谓之本无。本无之与法性,同实而异名也。"(慧达《肇论疏》)然则本无义者,以真如法性为本无,因缘所生为末有。且古德尝视外书之"本末"即内典之"真俗"。故以安公本无为真谛,末有为俗谛(慧达疏)。又安曰:"世俗者可道之道。无为(真谛)者,常道。"(语见《合放光光赞略解序》。此盖晋代所谓之格义。格义乃以经中事数拟配外书。)则安公之根本义,仍自取证于《老子》。按王辅嗣之学,固以其《老子注》为骨干。而万有以无为本,又道安等与之有同信。则释氏之本无宗者,实可谓与王氏同流也。惟稽考古籍,本无宗未免过于着眼在实相之崇高,而本末遂形对立。故僧肇曰:"本无者,情尚于无多,触言以宾无。"此讥其崇无之太偏也。又评之曰:"此直好无之谈,岂谓顺通事实,即物之情哉?"此斥其画本末为两截,因而蹈空也。又南齐周颙作《三宗论》,其第二宗"空假名",虽称为于道邃缘会之说,但亦犯此病。讥之者遂名之为案苽义。盖体用对立,则空中无有,有中无空。如苽沉举体并没,苽浮举体并出,出时无没,没时无出也。又周氏谓老子属于空假名宗。盖空假名宗执著无相之体为真,而空假名。无相独真,假名纯空。独真与纯空,自不能相容,而分有无为二截。周颙以为老子仅能有知其有,无知其无。有无不相即,故属于此宗。又此宗既贵无太过,而离有。因之于有之外,别立无之宗义。周氏言虚无之学"有外张义",故谓老子不出于此宗也。案《老子》本义如何,自为另一问题。但两晋南朝之解老者,疑多有此弊。故周颙只许老子属于第二宗也。

二

其二，为向秀、郭象之学，在释氏则有支道林之即色义。其主要著作为向、郭之《庄子注》。其形上之学主独化，其人生之学主安分。独化者，物各自然，无使之然也。世称罔两（郭注景外之微阴也）待景，景待形，形待造物。而郭象则曰：罔两非景之所制，而景非形之所使，形非无（造物）之所化。故造物者无物，而有物各自造。知有物之自造而无所待，则罔两之因景，有景必有形，皆自然而并生，俱出而俱没，岂有相资前后之差哉？

万物均不为而自尔，各无待于外而同得，乃天地之正也（参看《齐物论》郭注）。盖王弼贵无，向、郭则可谓为崇有，崇有者则主物之自生、自然（见裴颁《崇有论》）。夫物自然而然，而不知其所以然。突然自生，而无所使之生。则万物无体，无所从生。古来号万物所从生为天，为道，为无。然向秀曰："天也者万物之总名也。"（《弘明集》罗含《更生论》）郭象曰："夫天籁者，岂复别有一物哉？即众窍比竹之属，接乎有生之类，会而共成一天耳。"（《齐物论》注）然则非生物者乃为天，而物自生耳。道者亦非别有一物也。牛之理即在筋骨。宰牛之道，直寄于技。故道可谓无所不在，而所在皆无。因日道无能而至无。言万物得于道者，亦以明其自得耳（参看《养生主》注及《知北游》"有先天地生者"段注）。至于无，即无有也。依独化之义，有且不能生有，而况无乃能生有哉？庄、老之所以屡称无者，正在明生物者无物，而自生耳（参看《在宥篇》注）。

王弼与向、郭均深感体用两截之不可通。故王谓万物本于无，而非对立。向、郭主万物之自生，而无别体。王既着眼在本体，故恒谈宇宙之贞一。向、郭既着眼在自生，故多明万物之互殊。二方立意相同，而推论则大异。又王弼既深见于本末之不离，故以为物象虽纷纭，运化虽万变，然寂然至无，乃为其本。万殊即归于一本，则反本抱一者，可见天地之心，复其性命之真。向、郭亦深有见于体用之不二，故言群品独化自生，而无有使之生。万物无体，并生而同得。因是若物能各当其分，各任其性，全其内而无待于外，则物之大小虽殊，其逍遥一也（参看《逍遥游》注）。王言反本抱一，故必得体之全，则物无不理。若安于有限，居于小成，则虽"穷力举重，亦不能为用"（《老子》四章注）。向、郭主安分自得，故物各以得性为至，自尽为极。若全马之性，"任其至分，而无铢毫之加"（《养生主》注），则驽马亦可足迹接乎八荒之表（参看《马蹄篇》注）。驽马之与良骥，得其性则俱济也。又王之所谓自然与向、郭义亦颇有不同。自然一语本有多义。王主万象之本体贞一。故天地之运行虽繁，而有宗统。"物无妄然，必由其理。故繁而不乱，众而不惑。"（《易略例·明象》）故自然者，乃无妄然也。至若向、郭则重万物之性分。物各有性，性各有极。物皆各有其宗极，而无使之者。故自然者即自尔也，亦即块然、掘然、突然也。由王之义，则自然也者并不与佛家因果相违。故魏、晋佛徒尝以二者并谈，如释慧远之《明报应论》是矣。由向、郭义，则自然与因果相悖。故反佛者亦尝执自然以破因果，如范缜之《神灭论》是矣。自然与因果问题，为佛教与世学最重要争论之一。其源盖系于立义之不同，其大宗约如上之二说。亦出于王与向、郭形上学说之不同也。

支道林以通庄命家。其学疑亦深受向、郭之影响。孙绰作《道贤论》，以支遁比向子期，当有见而云然。《世说·文学篇》注引支公《妙观章》文曰：

> 夫色之性也，不自有色。色不自有，虽色而空。故曰"色即为空，色复异空"（般若经文）。

又慧达《肇论疏》引其《即色论》云：

> 吾以为"即色是空，非色灭，空"（维摩经文），此斯言至矣。何者？夫色之性，色不自色（三字依上段加），虽色而空，如知不自知，虽知恒寂也。

所谓色不自色者，即明色法无有自性。“不自”者，即无支持(support, or substantum)之谓。亦即谓其色虽有，而自性无有。然色即不自有，则虽有色，而是假有。假有者“虽色而非色”(《肇论》述即色义语)，亦即是空。又空者古译为无。世人常以空无为本。支道林与向、郭同主万象纷纭，无本无体。夫色象既无体(即无自性)，则非别有空。无体，故曰“色复异空”。非别有空，故曰“色即是空”。既主色无体，无自性，则非色象(appearance)灭坏之后，乃发见空无之本体(reality)。故曰“非色灭，空”也。僧肇《不真空论》述即色义曰：

夫言色者，但当色即色，岂待色色而后为色哉。(唐元康疏云，此文乃肇述支公语意，并非破即色之言。)

此谓色不待色色而后为色，即是谓色不待色色之自性。色虽假有，本性空无。当此假有之色即是色(故曰当色即色)，非另有色色之自性也。《知北游》郭注有曰：“明物物者无物，而物自物耳。”又曰：“既明物物者无物，又明物之不能自物，则为之者谁哉，皆忽然而自尔耳。”支公所言，与此文义均同。其不同处，仅《庄子》注粗称曰万物，《即色论》析言曰形色耳(支公有知不自知等语，但疑仅为陪衬。论既名即色，则其所论，自只关于形色)。周颙《三宗论》之第一宗为“不空假名”，即支道林义：

不空假名者，但无性实，有假，世谛不可全无，为鼠喽栗。(《大乘玄论》卷一)

此谓法无自性，但有假名。世谛诸法虽有，而是假有。空自性，而不空假名。故如鼠喽栗，栗中肉尽，而外壳宛然犹存也。向、郭、支遁之义，盖至南朝尚为流行也。

至若《世说》载支公通《逍遥游》，卓然标新理于二家之表。似若支与向、郭立义悬殊，此则亦不尽然。盖向、郭谓万物大小虽差，而各安其性，则同为逍遥。然向、郭均言逍遥虽同，而分有待与无待。有待者必得其所待，然后逍遥。无待者则与物冥而循大变。不惟无待，而且能顺有待，而使其不失其所待(参看《世说》注引向、郭注,及《逍遥游》"乘天地之正"段郭注)。有待者,芸芸众生。无待者,圣人神人。有待者自足。无待者至足。支公新义,以为至足乃能逍遥。实就二家之说,去其有待而存其无待。郭注论逍遥,本有"至足者不亏"之言(至足本作至至,今从释文改)。支公曰,"至人乘天正于高兴,游无穷于放浪",亦不过引申至足不亏之义耳。按佛经所示圣贤凡人区画井然。支公独许圣人以逍遥,盖因更重视凡圣之限也。

三

其三,为心无义。其四为不真空义。今按玄学者辨有无之学也。僧肇居东晋末叶,品评一代学术,总举三家,一心无,二即色,三本无。周颙在南齐之世,会合众师玄义,定为三宗,一不空假名,二空假名,三假名空。不空假名与即色实为一系。空假名与本无颇有相同。是则王弼本无之学,以及向、郭与即色之说,均源远流长,为魏晋南朝主要之学说也。假名空者,上接不真空义,乃僧肇之学,自在三家之外。至若心无,仅流行于晋代,故周颙"三宗"遂未言及也。

心无义虽不行南朝,然颇行于晋代,而为新颖可注意之学说。盖玄学家诠无释有,多偏于空形色,而不空心神。六家七宗,识含宗以三界为大梦,而神位登十地。幻化宗谓世谛诸法皆空,而心神犹真。缘会亦主色相灭坏。至若即色,则就色谈空。凡此"无义"虽殊,而均在色,故悉可称为"色无义"也。独有支愍度乃立"心无义",空心而不空色,与流行学相径庭,故甚可异也。《世说·假谲篇》注曰:

旧义者曰:"种智是有(原作有是),而能圆照。然则万累斯尽,谓之空无。常住不变,谓之妙有。"

无义者曰:"种智之体,豁如太虚。虚而能知,无而能应。居宗至极,其为无乎。"

旧义与无义之别，在一以心神为实有，一以心神为虚豁。晋末刘遗民者，亦心无义家。其致僧肇书中有曰：

圣心冥寂，理极同无，不疾而疾，不徐而徐。

此即心无义也。肇答书有曰：

闻圣有知，谓之有心。闻圣无知，谓等太虚。

前者乃旧义，后者即心无义。（按，《高僧传》载道恒执心无义，慧远与论难反复。恒神色微动，未即有答。远曰："不疾而速，杼柚何为？"不疾而速，疑亦道恒所引用，与刘遗民同。而远公则更就恒所引用之言，以讥其踌躇。谢朓《酬德赋》"意搔搔以杼柚，魂营营以驰骛"。杼柚谓徘徊也。）又心无义之特点，不仅在空心，而亦在不空形色。心无各师，其心无之解释疑不全相同。而其空心不空色，则诸人所同。故肇公述曰："心无者，无心于万物，而万物未尝无也。"

心无义颇风行南方。道恒在荆州，竺法汰大集名僧，与之辩难二日。其学为时所重视可知。《世说》载愍度与一伧道人谋救饥，而立此义。其事未必实。但由此可见心无义为骇俗之论，而颇流传一时。盖自汉以来，佛家夙主住寿成道。神明不灭，经修炼以至成佛。若心神空无，则成佛无据。即精于玄理之僧俗，于心神虚豁之义，亦所未敢言。及至罗什东来，译中百二论，识神性空之义始大明(参看《祐录》僧叡《维摩序》)。故肇评心无义曰："此得在于神静，而失在于物虚。"许其神静为得，亦可见此义不全为什公门人所鄙弃也。

四

其四，为僧肇之不真空义。夫玄学者，乃本体之学，为本末有无之辨。有无之辨，群义互殊。学如崇有，则沉沦于耳目声色之万象，而所明者常在有物之流动。学如贵无，则流连于玄冥超绝之境，而所见者偏于本真之静一。于是一多殊途，动静分说，于真各有所见，而未尝见于全真。故僧肇论学，以为宜契神于有无之间，游心于动静之极，不谈真而逆俗，不顺俗而违真，知体用之一如，动静之不二，则能穷神知化，而见全牛矣。

《不真空论》曰："夫至虚无生者，般若玄鉴之妙趣，有物之宗极者也。"般若说空（至虚无生）在扫除封惑，以显示有物之宗极。原夫宗极之至虚无生者，谓"万物之自虚"。虚者无相，实相本为无相，非言象之所可得，故物非有。自虚者不假虚而虚物，不外体而有用，故物非无。夫宗极无相，则不可计度而谓有实物。既无实物，即不可物物。故论曰："如此则非无物也。物非真物。物非物，故于何而可物。"既非无物（无物则非至虚无生，而为顽空），故曰非无。物非可物（可物则堕于名象），故曰非有。至极之体，体用一如，真俗不乖，空有不外。俗不乖真，故物非有。空不外有，故物非无。非有曰空，非无而假（不真）。空故不真，空假相即。故非有非元，即所以显示真际之即伪即真，即体即用也。

然世之论者，未了体用之一如，实相之无相，而分割有无，于实相上着相。于是有也，无也，均执为实物，而不能即万物之自虚。故心无论曰，无者心无，而万物实有。万象咸运，岂可谓无。无者盖心如太虚，无累而能应。故必涤除万物，杜塞视听，寂寥虚豁，而后为真谛。是乃不知圣人"即万物之自虚，故物不能累其神明也"。本无论者，贵尚于无（本体substance），而离于有。无义竞张，均在"有"外。于是无为实物，与有对立。故妄解般若经曰，非有者，无此有，非无者，无彼无。既执实物，乃分彼此。分别彼此，即堕入言象。然真谛独静于名象之外，岂曰文言之所能辨者欤。又既贵无而离有，则万有落空而独在。于是无既为真，有则纯伪。真者实有，伪者实幻。而不知佛典所言之"幻"谓如幻，而非谓实无。谓假号不真，而非谓无有。如此则非无物也，物非真物也。故曰："譬如幻化人，非无幻化人，幻化人非真人也。"即色论者，偏于崇有，而不知言象所得之非有。故言色未尝无，而无者色色之自性。自性实无，色相实有。陈义虽与本无论相背，而其分割有无则相符。执著有无，"宰割以求通"，乃堕入名象之域。夫有也，无也，心之影响也。言也，象也，影响之所攀缘也（肇公《寄刘遗民书》语）。执著有无，则仅沉溺于影响，因乃分别言象，以为攀缘。由此而言象之物，实有而非不真。夫言象之物既为真有，则般若经何能谓至虚无生为有物之宗极哉！因不知至虚无生非有物之宗极，故向、郭注《庄》，言至无即实无，而万物实有。是不知万物名言所得，假号不真。夫“物无当名之实，名无得物之功。……名不当实，实不当名。名实无当，万物安在。”既万物安在，则所谓众窍比竹之属，接于有生之类会者，固亦未尝为实有也（故僧肇评即色论“未领色之非色”）。肇公继承魏晋玄谈极盛之后，契神于有无之间，对于本无论之著无，而示以万法非无。对于向、郭、支遁之著有，而诏之以万法非有。深识诸法非有非无，乃顺第一真谛，而游于中道矣。

总上所陈，王弼注《老》而阐贵无之学。向、郭释《庄》而有崇有之论。皆就中华固有学术而加以发明，故影响甚广。释子立义，亦颇挹其流风。及至僧肇解空第一。虽颇具谈玄者之趣味，而其鄙薄老、庄（见《高僧传》），服膺佛乘，亦几突破玄学之藩篱矣。周彦伦《三宗论》假名空宗，谓上承肇公之学。周之言曰：“世学未出于前二宗，而第三宗假名空则为佛之正说，非群情所及。”斯盖有所见而云然也。

（选自《魏晋玄学论稿》）

附录四

八大家族世系简表

魏世系简表

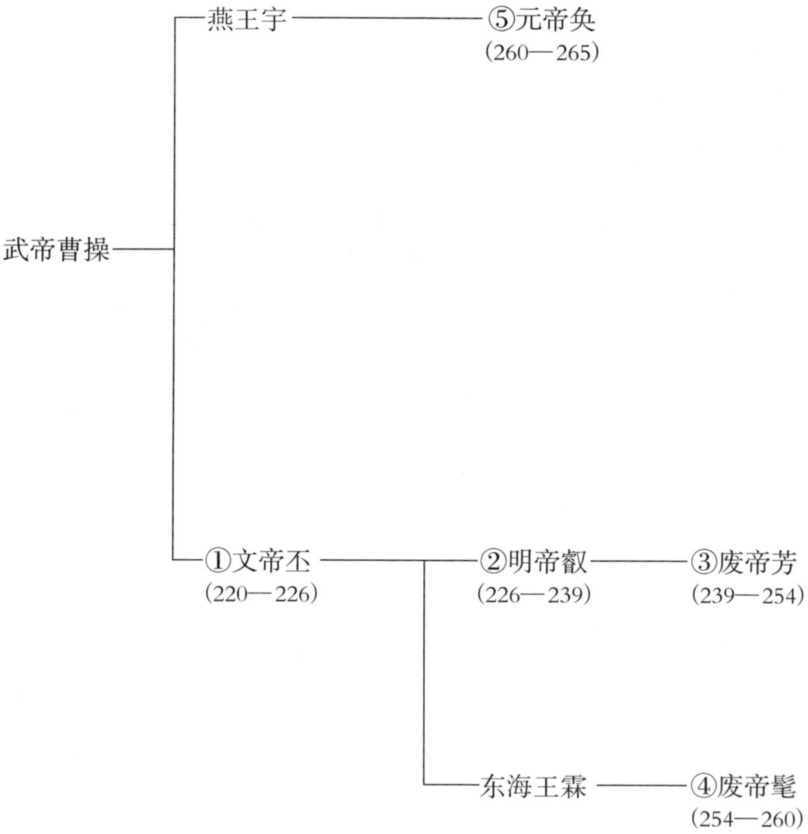

西晋世系简表

- 宣帝司马懿
  - 景帝师
  - 文帝昭
    - ①武帝炎（265—290）
      - ②惠帝衷（290—306）
      - ③怀帝炽（306—313）
      - 吴王宴
        - ④愍帝邺（313—316）
  - 琅邪王伷
    - 琅邪王觐
      - 东晋元帝睿

东晋世系简表

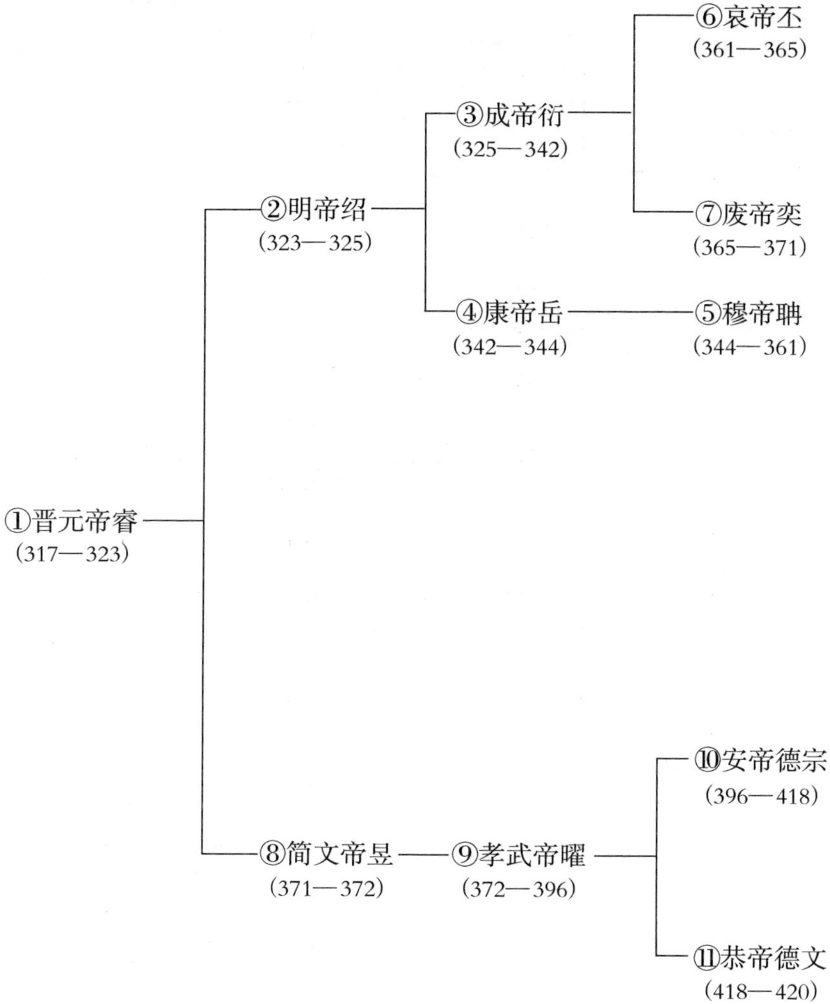
①晋元帝睿
(317—323)
②明帝绍
(323—325)
③成帝衍
(325—342)
④康帝岳
(342—344)
⑤穆帝聃
(344—361)
⑥哀帝丕
(361—365)
⑦废帝奕
(365—371)
⑧简文帝昱
(371—372)
⑨孝武帝曜
(372—396)
⑩安帝德宗
(396—418)
⑪恭帝德文
(418—420)

琅邪王氏世系简表

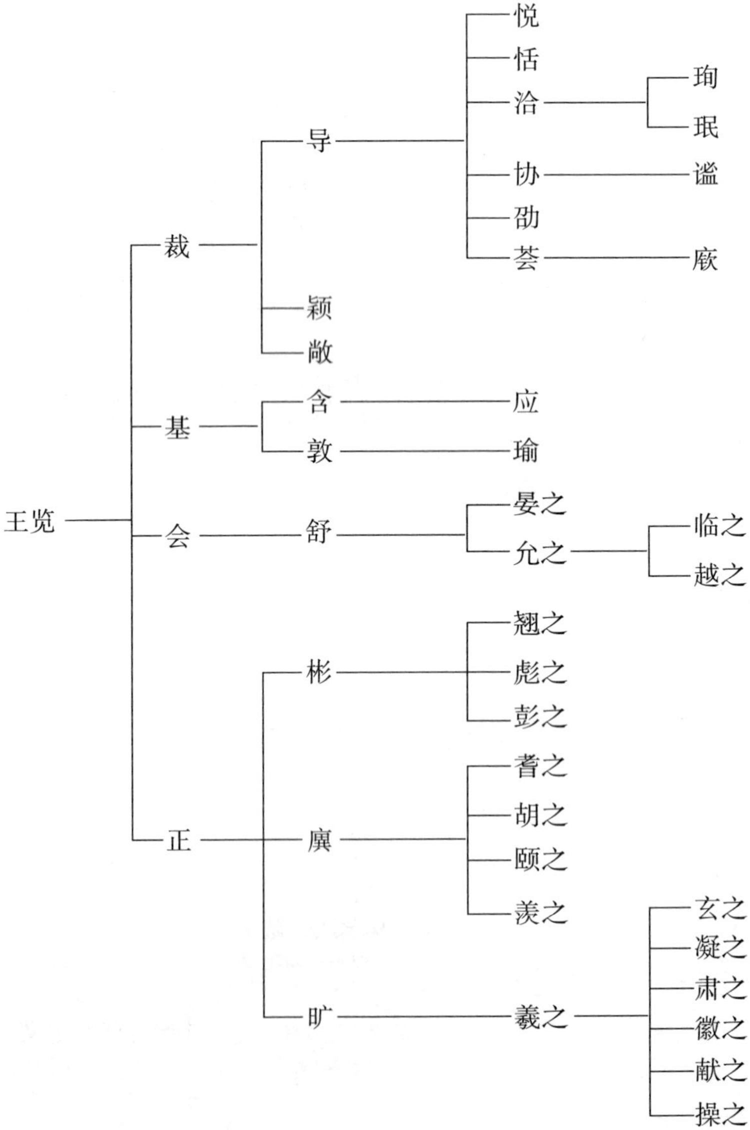
王览
裁
导
悦
恬
洽
珣
珉
协
谧
劭
荟
廞
颖
敞
基
含
应
敦
瑜
会
舒
晏之
允之
临之
越之
正
彬
翘之
彪之
彭之
廙
耆之
胡之
颐之
羡之
旷
羲之
玄之
凝之
肃之
徽之
献之
操之

太原晋阳王氏世系简表

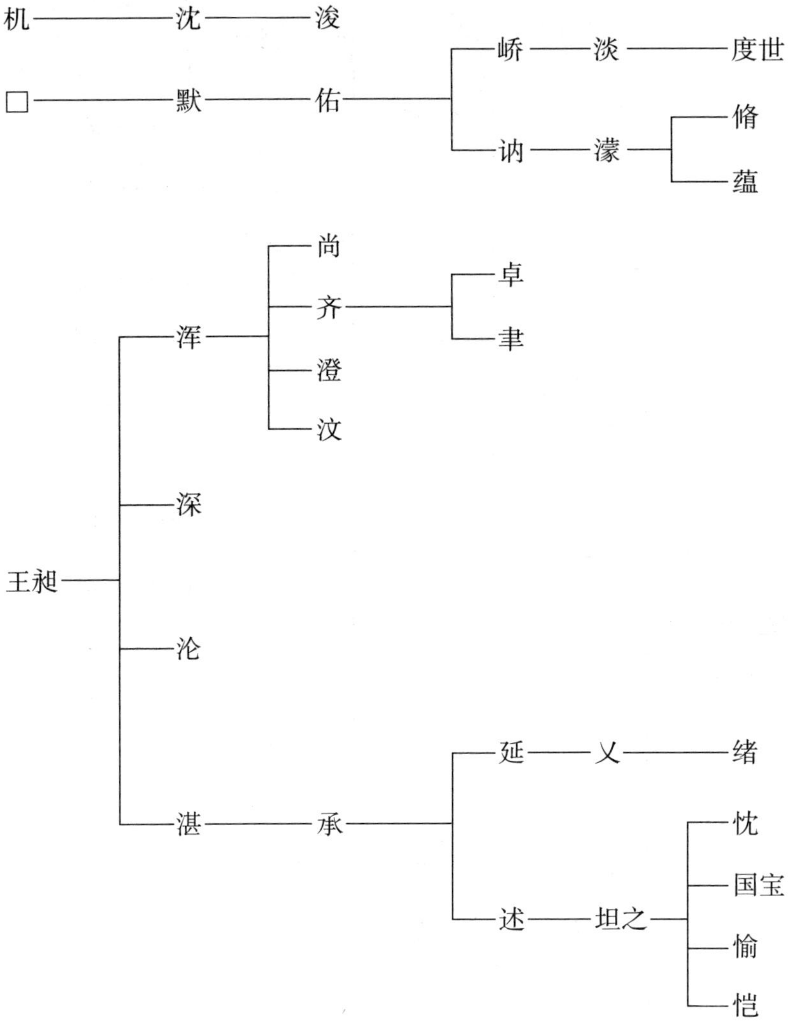

颍川鄢陵庾氏世系简表

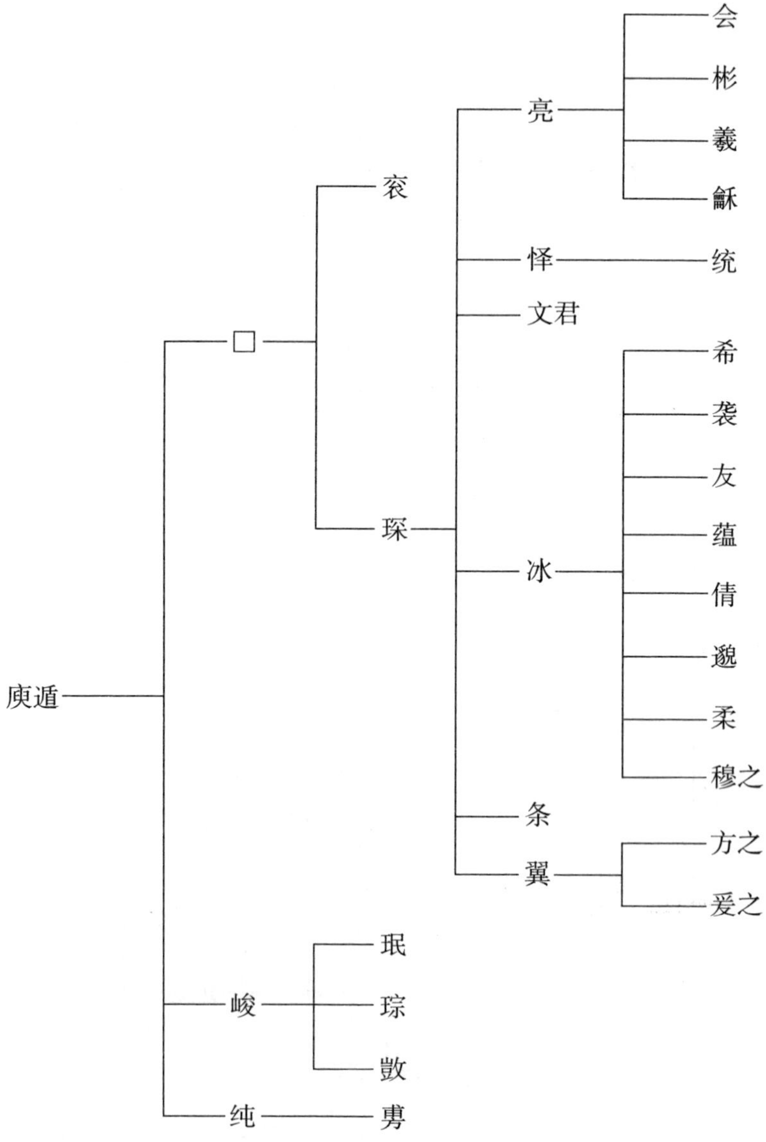

谯国龙亢桓氏世系简表

- 桓楷
  - 颢
    - 彝
      - 云
        - 序
      - 温
        - 熙
        - 济
        - 歆
        - 祎
        - 伟
        - 玄
      - 豁
        - 石虔
        - 石秀
        - 石民
        - 石生
        - 石绥
        - 石康
      - 秘
        - 蔚
      - 冲
        - 嗣
        - 谦
        - 脩
        - 崇
        - 弘
        - 羡
        - 怡
  - 赤之
    - 道恭

陈郡阳夏谢氏世系简表

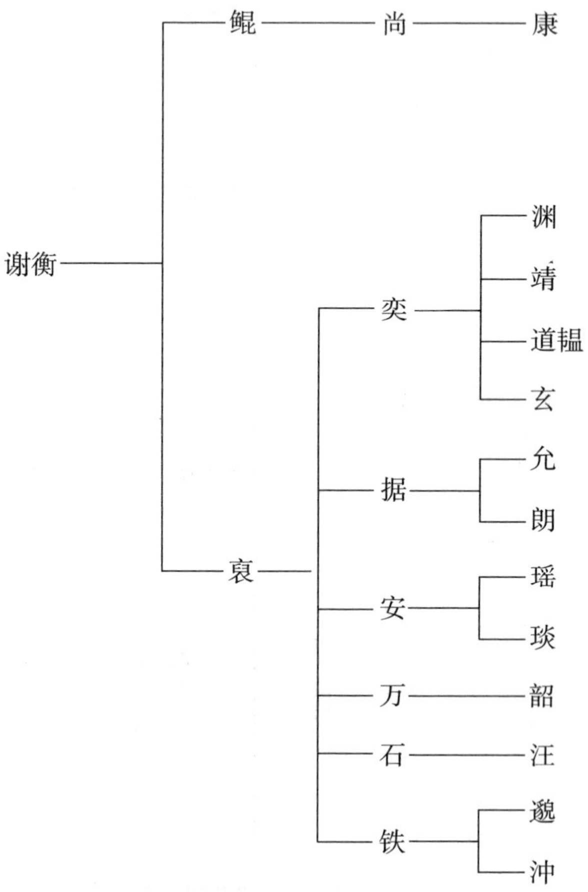

后 记

我从小爱读《世说新语》。在我父亲鄢守正和业师江小韩老师的影响下，中学时代我就喜爱这部书了。“新亭对泣”“桓公北征经金城”“郑玄家奴婢皆读书”“曹植七步诗”等，都是当时我们必须背诵的内容。书中栩栩如生的人物形象，质朴隽永的语言风格，给我留下很深的印象。大学时代，我结合鲁迅的《魏晋风度及文章与药及酒之关系》通读了全书，对于东汉末年至东晋末年约二百年动荡岁月中的魏晋一代士人的精神风貌和社会风尚，有了进一步的了解。后来，我借得1955年文学古籍刊行社影印宋绍兴八年刻本校了明袁氏嘉趣堂本，同时阅读了王利器《世说新语校勘记》、周一良《世说新语札记》《颜氏家训札记》等等，收集了一些资料。1976年以后，我又阅读了刘盼遂《世说新语校笺》、席启駉《世说中当时语释》以及《南开大学学报》1979年第一期和第三期发表的郑学弢、郭在贻、张展华等人研究《世说新语》的部分新成果，进一步积累了资料。接手了译注《世说新语》的工作后，我又仔细参考了余嘉锡《世说新语笺疏》、蔡镜浩《魏晋南北朝词语例释》、张永言和骆晓平等人的《世说新语辞典》以及萧艾、柳士镇、钱南秀、王叔珉、杨勇、刘坚、郭在贻、吴金华、方一新、王继如等先生的研究成果。这些成果对于本书的完成，提供了很大的帮助。特在此一并致以诚挚的谢意。

鄢先觉

图书在版编目(CIP)数据

世说新语/(南朝宋)刘义庆撰;(南朝梁)刘孝标注;鄢先觉,赵振铎注译. --长沙:岳麓书社,2025.1(2025.10重印). --(古典名著全本全注全译). --ISBN 978-7-5538-2210-5

Ⅰ. I242.1

中国国家版本馆CIP数据核字第20245E3M92号

SHISHUO XINYU

世说新语

撰　　者:[南朝宋]刘义庆

注　　者:[南朝梁]刘孝标

注　　译:鄢先觉　赵振铎

出 版 人:崔　灿

责任编辑:张丽琴

责任校对:舒　舍

封面设计:罗志义

岳麓书社出版发行

地址:湖南省长沙市爱民路47号

直销电话:0731-88804152　0731-88885616

邮编:410006

版次:2025年1月第1版

印次:2025年10月第2次印刷

开本:890mm×1240mm　1/32

印张:26.75

字数:668千字

书号:ISBN 978-7-5538-2210-5

定价:78.00元

承印:长沙超峰印刷有限公司

如有印装质量问题,请与本社印务部联系

电话:0731-88884129